U0034414

Arsène Lupin

關於亞森・羅蘋

About Arsene Lupin

他是浪漫英勇的騎士；他的形象百變，但自始至終懷有男子漢的率性豪氣。由於骨子裡渴求冒險的天性，他修習法律、醫學、獲取易容術的知識以及各種格鬥術，憑藉自己敏銳的直覺和過人的智慧與對手一次又一次地生死較量，尤其越是強大的對手，越能激起他的旺盛鬥志。然而他也給人一種愛開玩笑的印象，因為他犯下的每一個案件彷彿僅是為求解悶，以譏諷對手為目的。真正了解他的人卻知道，亞森是個孤寂之人，他雖是個竊賊，但行事是那樣地光明磊落，紳士君子也不及他。

父親泰奧弗拉斯特・羅蘋（Théophraste Lupin）的生活拮据，是一名體操教練，同時也教授劍術和拳擊。亞森三、四歲時即逝世。在〈神秘女盜賊〉中，約瑟芬・巴爾莎摩曾指出他私底下是個騙徒，死於美國監獄中。

母親昂莉艾特・德萊齊（Henriette d'Andrésy）不顧家族的反對，嫁給了泰奧弗拉斯特。在丈夫死後，家族逼她改回娘家姓氏。但她並沒有回到原生家庭，而是投靠德勒・蘇比士家族，成為伯爵夫人的貼身女僕，與兒子亞森相依為命。

美好年代

Belle Époque

十九世紀末至二十世紀初，歐洲的政治局勢複雜糾結，各國之間不斷地拉攏盟友、以軍事協約相互制衡，使歐洲得以避免大規模的實質戰爭。在這種「和平」的社會風氣之下，新一波的工業革命興起，推動了經濟與文化的繁榮發展。法國為第四屆萬國博覽會建造了艾菲爾鐵塔、汽車逐漸代替馬車、電話逐漸取代電報、飛機成功試飛——在「美好年代」裡，便有亞森·羅蘋冒險犯難的身影。

1874
亞森·羅蘋出生

1879
企業家雷賽布取得巴拿馬運河的開鑿權，並於1881年組成巴拿馬運河開鑿公司。為獲得資金，公司以金錢賄絡達官顯要，從而得到議會和政府批准其再次發行大量的股票。

1880
犯下〈王后項鍊〉一案。

1885
卡爾·賓士與加特立·戴姆勒幾乎同時製造了能實際應用內燃機發動的汽車。

1887
母親昂莉艾特·德萊齊病逝。母親病逝後，小羅蘋便由奶媽維克圖瓦（Victoire）扶養成人。

1890
法國的克雷芒·阿德爾順利地完成第一次的飛機駕駛。

1892
巴拿馬運河舞弊案被揭露，加速了法國的政治風潮。

1893
尼古拉·特斯拉首次公開展示無線電通信的研究。

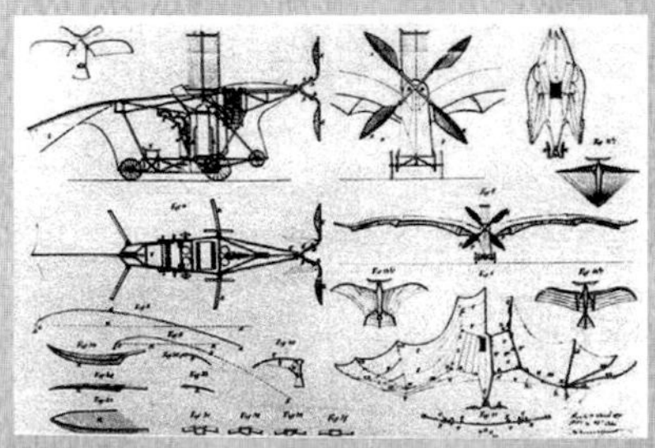
克雷芒·阿德爾的飛機草圖

1894

以拉烏爾・德萊齊（Raoul d'Andrésy）為名，與克拉莉絲・德蒂格（Clarisse d'Etigues）在南法陷入熱戀。經歷〈神秘女盜賊〉一案後，兩人隨即結婚，羅蘋並向愛妻發誓婚後不再行竊，兩人度過一段安穩的幸福時光。

1895

羅蘋與克拉莉絲的女兒出生後即夭折。

1899

克拉莉絲難產逝世，尚在繈褓中的兒子尚・德萊齊（Jean d'Andrésy）失蹤。痛失愛妻與稚兒的羅蘋自此全心全意地投入犯罪生涯中。

1900

巴黎萬國博覽會。

1901

私生女樂納維耶芙（Geneviève Ernemont）出生，羅蘋將孩子交由奶媽維克圖瓦撫養。

1908

〈空心岩柱〉一案發生。

```
   2.1.1..2..2.1.
.1..1...2.2.  .2.43.2..2.
 .45 .. 2 .4...2..2.4..2
D DF☐ 19F+44▷357◁
   13.53..2 ..25.2
```

城堡外約五、六百公尺處撿到的一張破爛紙條。

德皇威廉二世，布面油畫，1890年。

1912

四月，身涉〈八一三之謎〉。

因殺了朵諾瑞・克塞爾巴赫（Dolorès Kesselbach）而心灰意冷。跳崖自殺未遂後，以唐路易・佩雷納（Don Luis Perenna）的身分加入外籍兵團。

※亞森・羅蘋這個角色在法國的成功，使盧布朗自此之後活在亞森・羅蘋的陰影之下，幾度阻礙了他在文學創作上的發展。故盧布朗也曾心生賜死亞森・羅蘋的念頭。

1914

唐路易在外籍兵團的前兩年裡，獲得軍功章、榮譽團勳章以及七次獲得通令嘉獎。

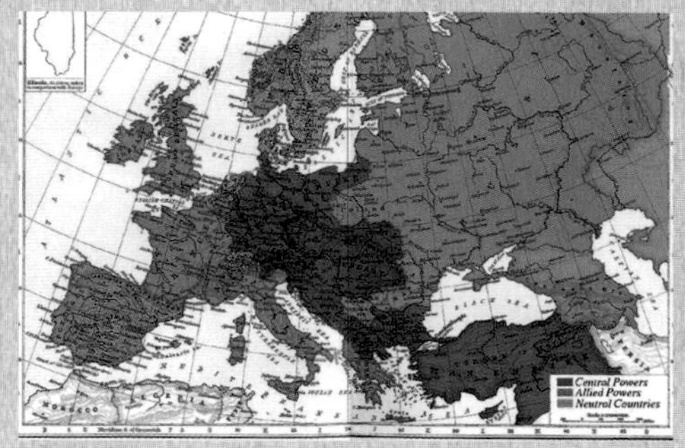

第一次世界大戰勢力分布圖。紅色代表同盟國，綠色代表協約國，黃色代表中立。

1915

第一次世界大戰的戰火延燒，法國經濟岌岌可危，唐路易介入〈金三角〉一案。

夏，遇柏柏爾人（Berber）埋伏，淪為戰俘，但隨後成為其部落首領。十五個月內征服了半個撒哈拉大沙漠與古茅利塔尼亞地區。

繩梯尾端附著一張紙條，上頭寫著：「克拉麗獨自上來，便可獲救。」

1917

〈棺材島〉一案。

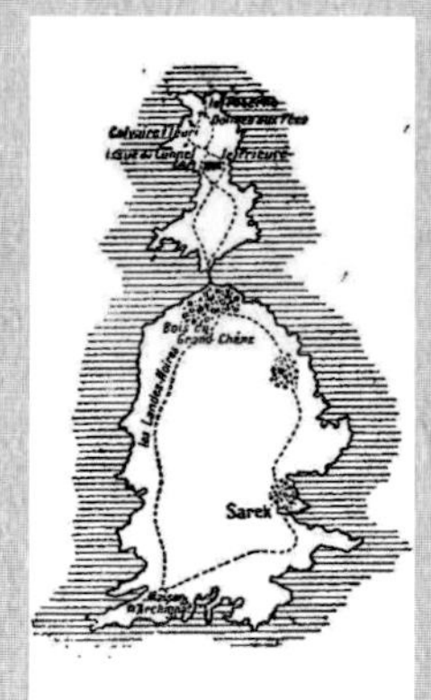

薩萊克島

一支箭呼嘯而過，插在樹幹上。他們驚呼：「我們完了，有人在攻擊我們！」

1919

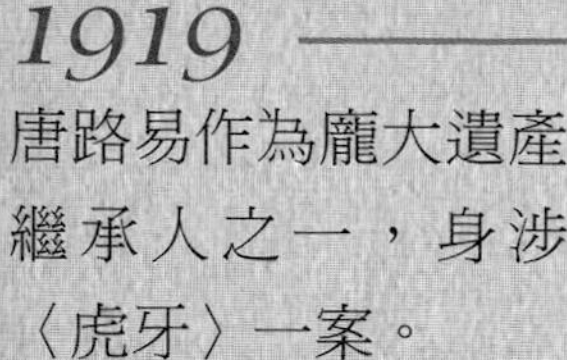

唐路易作為龐大遺產繼承人之一，身涉〈虎牙〉一案。

1925

與兒子尚・德萊齊重逢。

[出版序]

如果說亞瑟·柯南·道爾塑造的福爾摩斯是英國偵探文學的典型人物，那麼莫里斯·盧布朗塑造的亞森·羅蘋則是法國偵探文學中一個不朽的形象。從莫里斯·盧布朗於一九〇五年寫出首篇偵探小說起，一個亦正亦邪、浪漫英勇、多才俠義又形象百變的人物——亞森·羅蘋——就活靈活現地顯現在普羅大眾眼前。他以敏銳的眼光注視著這個世界，他那優雅的身影彷彿清風掠水，卻又總能激起千層浩浪。

莫里斯·盧布朗出生於法國盧昂，父親是造船廠老闆。盧布朗自幼接受良好的教育，就讀中學時，認識了法國大作家福樓拜，聽福樓拜講述動人的文學故事。後來，盧布朗又認識了莫泊桑與左拉。年輕的盧布朗有機會從文學大師那裡獲得創作經驗，這對他以後走上文學道路產生極大影響。

盧布朗因為不願繼承家業，所以不顧父親的反對，隻身前往巴黎學習法律。一八八七年，他發表了處女作《一個女郎》。一九〇〇年，他開始記者生涯，到了一九〇七年，「福爾摩斯熱」的浪潮已經影響了法國出版界，而盧布朗也開始涉足偵探小說。巴黎的一位出版商邀請盧布朗為一份雜誌寫偵探推理小說，並講明要塑造一個法國偵探，來與英國偵探福爾摩斯一較高低。這個要求頗具難度，但相對也是極其誘人的，這對盧布朗來說既是一個機會，也是一次挑戰。他決定嘗試一下，並想標新立異，塑造一個不是偵探但同樣令人喜愛的文學典型。盧布朗絞盡腦汁，終於想到了怪盜。他的《紳士怪盜：亞森·羅蘋》問世後，果然廣受歡迎，好評如潮。

莫里斯·盧布朗不愧是一位出色的偵探小說家，他所創作以亞森·羅蘋為主角的一系列作品，情節曲折，構思奇特，而且飽含豐富的想像力，將羅蘋身處時代的新科技，以及戰爭年代的時空背景非常有技巧的貫穿於小說情節中，令人讀來回味深長，難以釋卷。

從一九〇五年到一九三九年，莫里斯．盧布朗先後創作了多部以亞森．羅蘋為主角的作品，共有六百萬字之巨，是繼亞瑟．柯南．道爾後又一名多產的偵探小說家。為了將這一極具魅力的文學作品介紹給讀者，我們精心打造了本套《紳士怪盜：亞森．羅蘋經典探案集》。

本套書在充分尊重原著風格的基礎上，略去部份人物細節與累贅的背景敘述，保存原著的經典場景與故事主軸，加強情節的連貫性、邏輯性，使讀者能夠更輕鬆地閱讀。另外，書中亦收錄盧布朗在一九三三年撰寫的〈亞森．羅蘋是誰〉（Qui est Arsène Lupin ?）一文，讓讀者得以透過作者的現身說法，更全面地了解紳士怪盜的傳奇誕生。

在此，我們誠摯地邀請各位讀者，與我們一同進入羅蘋驚奇的冒險世界，體驗盧布朗筆下匡扶正義的英雄情懷，一窺人間的善惡美醜。

亞森・羅蘋是誰？

亞森・羅蘋是如何誕生的？

這只是巧合。我不僅不曾告訴自己「我要來創造一個如何如何的冒險家」，也從沒想到他在我的作品中會佔有多麼重要的位置。當時的我在社會現實主義小說與愛情小說的圈子裡已小有名氣，也一直跟吉爾・布拉斯有固定的合作。

一日，好友皮埃爾・拉菲特向我邀稿，為《我什麼都知道》的創刊號寫一篇冒險小說。但我不曾寫過這類型的小說，所以遲遲不敢嘗試。

終於在一個月後，我才將稿子交給皮埃爾・拉菲特，故事是由一名搭乘勒阿弗爾—紐約航線的旅客講述，在航行過程中他們遇到了暴風雨，而當時郵輪上正在接收一則無線電報，電文裡表明惡名昭彰的怪盜亞森・羅蘋就在船上，他化名為R——就在此時，受到暴風雨的干擾，通訊中斷。

無須贅述，這趟橫跨大西洋的旅程剎時翻天覆地，竊案頻傳。所有名字以字母R為開頭的旅客都受到質疑，但直到抵達目的地之後，亞森・羅蘋才被指認出來。其實亞森・羅蘋不是別人，就是說故事的這人，不過因為他客觀的敘述方式，讀者一時之間不會懷疑他。

這個故事雖獲得迴響，但拉菲特請我繼續寫下去時，我還是拒絕了。我的理由是：「在當時的法國，驚悚與懸疑小說並不入流。」

儘管如此，因為我心裡不時地琢磨這件事，再加上拉菲特又鍥而不捨地勸我，我堅持了半年後忍不住提醒他，別忘記結局已定，我的主角已經坐牢了，故事不可能再有進一步的發展。他卻平靜地答道：「沒關係，就讓他逃脫吧！」

於是就出現了第二篇故事，也就是亞森．羅蘋在籠中鳥的情況下，仍可以繼續指揮獄外的「行動」；第三篇故事則是他逃出牢籠。為了後面這篇故事，我秉持著創作者的良知，去向警察局局長諮詢。對方非常大方地接待我，並且表示願意幫我審稿，但是八天後我收到了他的回稿，上頭沒有任何評論……他一定是認為這個逃脫計畫根本完全不可能實現。

從這個時候開始，我便淪為亞森．羅蘋的俘虜。他的冒險史先是在英國發行，然後是美國，接著遍布世界各地。

當我打算將這幾篇故事集結成冊時，腦海突然就冒出「紳士怪盜，亞森．羅蘋」這個書名。在這個重新編撰的亞森．羅蘋冒險史裡，最大不同之處就是我不再讓怪盜與夏洛克．福爾摩斯（Sherlock Holmes）爭鬥，而是改為埃勒克．修摩斯（Herlock Sholmès）。但我之所以敢說自己完全沒有受到柯南．道爾影響的原因很簡單，那就是我在創造亞森．羅蘋的時候，根本不曾讀過他的作品。

對我的創作產生影響的，多半是我童年讀物的作者，諸如菲尼莫爾．庫珀、艾梭隆、加伯里歐，還有後來的巴爾札克，他筆下的越獄逃犯弗特漢一角令人震撼。然而，從各方面來看，影響我最深的莫過於愛倫．坡。在我來看，他的作品是融合懸疑與驚悚小說的經典。之後投入這個領域的人，不過只是在複製他的寫作模式而已……但這種寫作天才豈能重現，只有他才能使故事的主題充斥悲愴的氛圍。

[作者序]

此外，他的那些接班人一般來說都沒有將驚悚與懸疑兩種模式兼容並蓄，他們多數是朝第二種模式發展。因此，才會有加博里歐、柯南．道爾以及那些在英法兩地受到他們啟發的文學創作。

對我而言，我不力圖專攻；我所有的懸疑作品皆是驚悚小說，我所有的驚悚作品皆是懸疑小說。可以這麼說，是我筆下的主角決定我的創作走向，而且情況亦會隨著故事是以怪盜或偵探為中心而有所不同。當主角是偵探時，讀者是從偵探面對未知的角度切入，因不知道劇情將往何處發展而產生興趣；反過來說，當故事是圍繞著怪盜時，人們便能預先知道犯罪過程，畢竟主角正是他。

另一方面，我必須賦予亞森．羅蘋兩種面向，他既是個惡棍又是個好孩子（因為小說的主角不可以是個壞人）。所以我得在故事裡添加關於人性的描寫，讓人們覺得他行竊也是情有可原，並非天生就是個惡棍。首先，他行竊目的多在於找樂子，而不是出於貪婪；然後，他從不偷好人的東西，多數時他還很慷慨；最後，再點出他這種不正當的行為通常是受情感驅使，藉此展現他勇敢、無私奉獻以及俠義的精神。

在柯南．道爾筆下，福爾摩斯有著解決謎題的強烈渴望，而他也是透過破案的方法來吸引大眾的注意力。亞森．羅蘋則相反，他不斷地捲入各種事件，很多時候甚至連他自己都不知道是為什麼，但他仍然可以光榮地脫身……也就是又比過去更富裕了一點。他也會為了查明真相而投入冒險，只要這個真相能夠填滿他的口袋。

這並不表示他覺得自己是社會的公敵。他反倒這麼形容自己：「我是一個好公民……如果有人偷了我的手錶，我也會大喊捉賊。」可見他亦是個社會化且保守的人。只是他雖認同社會秩序不可亂，卻又本能地不斷搞破壞，而這種無可避免的天性使他成為惡人。

但是在羅蘋的冒險史中還有一個有趣的元素，頗具獨創性，雖然那並非我有意為之。畢竟在文學創作中，我們永遠無法預知自己的作品將會長成什麼模樣：我們呈現出來的，往往是我們內在的反射。在亞森·羅蘋的例子裡，有趣的地方在於時代的連結，故事是現代結合過去，其中有歷史，甚或是傳奇。它不同於亞歷山大·大仲馬對歷史事件的重新詮釋，而是直接解開舊有的歷史懸案。亞森·羅蘋就是透過這種積極的探索，持續不斷地捲入謎團之中。

因此，這一系列的亞森·羅蘋冒險史雖都是發生在當代的事件，但涉及的卻是歷史上的謎題。舉例來說，在《棺材島》一案裡，有岩塊被三十個暗礁圍繞，它被稱為波西米亞國王石，然而沒有人知道這個名稱的由來。傳說，只要將病患帶到這塊岩石上，病患就能夠不治而癒。結果，因亞森·羅蘋發現一艘賽爾特時代的沈船載有波西米亞岩塊而解開了謎團，那些人們所謂的奇蹟，不過是因為岩塊裡含有鐳（我們都知道，波西米亞是鐳最大的生產國）。

以這樣的考據資料為基礎，強化了冒險推理小說的主題，我想，這就是為什麼即使亞森·羅蘋擁有唐吉軻德式的無賴性格，還能受到大家歡迎、喜愛的原因。

莫里斯、盧布朗

寫於小瓦爾，一九三三年，十一月十一日，星期六

1905 紳士怪盜亞森・羅蘋
Arsène Lupin gentleman cambrioleur

1907 怪盜與偵探
Arsène Lupin contre Herlock Sholmès

1909 空心岩柱
L'Aiguille creuse

1919 棺材島

L'île aux trente cercueils

1920

虎牙

Les Dents du tigre

1922

八大奇案

Les Huit Coups de l'horloge

紳士怪盜亞森·羅蘋

警探加尼瑪爾終於逮到惡名昭彰的怪盜亞森·羅蘋了！
然而在警探欣喜若狂的同時，
監獄外頭卻發生了數起竊盜案，
嫌疑犯皆指向已是籠中鳥的羅蘋；
不僅如此，羅蘋還揚言自己即將成功越獄？
這一切究竟是亞森·羅蘋的調笑誑語，
還是一場精心的預謀？

Arsène Lupin
gentleman cambrioleur

1 亞森・羅蘋被捕

一艘客輪在無邊無際的大海中前行。它將橫渡大西洋，從法國到達彼岸的另一個城市。此艘客輪為「普羅旺斯號」，航速快，乘坐舒適。船長是一位極為和藹的人，乘客也都是些舉止優雅的人，彼此相處愉快，旅途十分愜意。旅行的人們彷彿脫離了世俗社會，即將前往一座小島，尋求世間難覓的快樂。

茫茫大海上，航行中的船仍然可以依靠無線電報與陸地互相交流資訊。透過它，人們能神奇地獲得另一個空間的資訊。船上收到的電報有的充滿了友情，有的富有詩意，但有的卻——航行的第二天，「普羅旺斯號」駛離法國海岸五百海浬，下午突然雨驟風狂，彷彿預示著有什麼不祥的東西就要來臨。

果然，船上收到一封電報，電文如下：「亞森・羅蘋在貴船頭等艙，金髮，右前臂有傷疤，單獨一人，化名R——」陰沉沉的天空突然一聲雷響，電波中斷，再也沒有下文。亞森・羅蘋所用的化名也只傳來了第一個字母。

對於亞森・羅蘋這個人，大家是再熟悉不過了。幾個月來，他的名字頻頻出現在報紙上，人們對他的所作所為早有耳聞。他是個怪異的俠盜，總是挑富人們居住的城堡或者出入的沙龍犯案。同時，他也是喬裝易容的行家，冒充過各式各樣的人物，先後以司機、男高音歌手、賽馬場的賭徒、富家公子、青年人、老頭子、馬賽的旅行商、俄羅斯醫生和西班牙鬥牛士的身份出現。為此，一位優秀的老警探加尼瑪爾曾發誓要親自送他進監獄。

事實擺在眾人眼前——神秘的亞森・羅蘋就在「普羅旺斯號」上，在頭等艙這個小空間裡來來去去，所有人隨時都可能與他碰面，人們都在暗地猜測到底誰是亞森・羅蘋。尤其是頭等艙的乘客，更顯得焦躁和恐懼。要知道，他們可都身懷鉅款，而怪盜亞森・羅蘋混上這條船，不就是衝著他們來的嗎？

富家小姐蕾莉·安德道恩和年輕紳士德萊齊在甲板上散步聊天，話題自然圍繞著亞森·羅蘋。

「天啊，真受不了！」蕾莉·安德道恩小姐抱怨道，「我們還有五天的航程，這樣下去怎麼得了？真希望早點捉住亞森·羅蘋。」

蕾莉小姐容貌姣好，家境富裕，身邊不乏崇拜者與擁護者。她在巴黎長大，母親是法國人，父親是芝加哥富豪安德道恩。這一次，她是在朋友傑蘭夫人的陪同下前往芝加哥探望她的父親。蕾莉小姐的魅力讓「普羅旺斯號」上的所有男性神魂顛倒，但只有德萊齊與另一位英俊優雅的年輕人受到她的青睞。她似乎比較喜歡沉默寡言、極有涵養的男人。

「德萊齊先生，您跟船長的關係不是挺好的嗎？有關亞森·羅蘋的事是否有新的進展？」

「我不知道確切的消息，小姐。」德萊齊答道，「但如果您有興趣的話，我們可以先在船上調查一番，與亞森·羅蘋的宿敵加尼瑪爾比一比。」

「呵，您的口氣真大啊！」

「這有什麼困難的？這謎團有那麼複雜嗎？」

「非常複雜。」

「那是因為您忘了，其實我們已經掌握有關此人的線索。」

「什麼線索？」

「第一，電報上說亞森·羅蘋的化名開頭為R；第二，他沒帶家眷，獨自旅行；第三，他留有一頭金髮。我們可以依據旅客名單，一個一個盤查。」

他們的談話引起旁邊幾個人的興趣，這幾個人也要求加入，想要嚐嚐當偵探的滋味。將旅客名單拿到手後，德萊齊鄭重其事地從口袋裡掏出鋼筆，一邊在上面畫記號，一邊說道：「頭等艙共有十三名旅客，其中有九位帶著家眷，剩下的四位是拉韋爾侯爵……」

「我認識他，」蕾莉小姐打斷德萊齊的話，「拉韋爾侯爵是大使館的秘書。」

「那這位應該沒有問題，第二位是羅松少校……」

「他是我伯父。」一位紳士插嘴道。

「喔，這位也可以排除了。下面一位是沃爾塔先生。」

「您是說我嗎？」一位帶著濃重的義大利口音、蓄著一臉漂亮黑鬍鬚的紳士從人群中擠出來。

蕾莉小姐和眾人都笑了起來，因為這位沃爾塔先生的頭髮中沒有一絲金色。

「那麼就……只剩下一位羅澤納先生了。有誰認識他嗎？」

無人回答。但不知怎麼地，蕾莉小姐的神色緊張。就在此時，一位紳士從甲板走下，正要穿過走廊。

「他就是羅澤納。」蕾莉小姐對眾人低聲說了一句，便隨即向那位紳士打招呼，「羅澤納先生，請您過來一下。」

那人聞聲走近，眾人的目光都聚集在他身上，原來他正是那個登船後就經常與蕾莉小姐待在一起的年輕人。更讓人感到不安的是，他恰好滿頭金髮。氣氛倏地緊繃了起來，令人喘不過氣。

「羅澤納先生，您……」蕾莉小姐吞吞吐吐地說。

「你們懷疑我是亞森．羅蘋？」羅澤納問道，「這也難怪，我的名字、獨自旅行的身份以及髮色都與你們的推論一致。這樣吧，我建議各位把我抓起來。」

他的一席話完全出乎眾人意料，眾人不禁仔細地打量他，覺得他的模樣怪異，兩片活似兩條橫線的薄唇此刻顯得更薄且毫無血色，眼睛佈滿了血絲。他是在開玩笑，抑或者真就是亞森．羅蘋？大家滿臉疑惑，只有蕾莉小姐略顯天真地問道：「那您的手臂上有傷疤嗎？」

「這是唯一不相符之處，我確實少了條傷疤。」羅澤納戲謔地說，霍地捲起袖子，露出胳臂，胳臂上確實什麼都沒有。然而德萊齊與蕾莉小姐交換了眼神，兩人都察覺到羅澤納伸出的是左臂。德萊齊正想指出這一點時，一樁突如其來的意外卻轉移了眾人的注意力。

蕾莉小姐的同伴——傑蘭夫人——神色慌張地跑了過來，她驚恐不安，臉色難看，嘴唇直打哆嗦，想說話又說不出來。大家趕緊圍上去，只見她似乎使盡了全身的力氣才斷斷續續地擠出幾個字：「我的首飾、我的珍珠，全……全被偷了！」

眾人湧進傑蘭夫人的房間裡，經過仔細檢查後，發現竊賊並沒有偷走所有的珠寶，而是選擇其中最精美、最貴重的寶石，其他的則被毀壞後扔在桌上。傑蘭夫人的珠寶就這樣在大白天被偷了。大家眾口一詞，認定做案人就是亞森·羅蘋。這是他的一貫手法，複雜、神秘以及出人意料。

人們都在猜測亞森·羅蘋究竟是誰，羅澤納自然成了最大的嫌疑犯。晚餐時，沒有人敢和他坐在一起。晚餐後，有很長一段時間都沒見到他的身影。不久，人們得知羅澤納是被船長叫去了。這個消息讓眾人如釋重負，當天晚上，大家玩牌、跳舞，盡情娛樂。對德萊齊先生而言，更為重大的收穫是，蕾莉小姐顯得異常興奮，她似乎早忘了羅澤納。趁此機會，德萊齊向她表達了忠誠和愛意，她居然沒有露出厭惡和不快。

但是，第二天一大早，羅澤納卻被放出來了，船長的理由是證據不足。經調查，羅澤納是波爾多的富商之子，他的所有證件均屬實有效，手臂上也沒有任何傷疤。人們還是疑慮重重，因為頭等艙裡除了羅澤納，有誰是單獨旅行、金髮、名字的第一個字母是R呢？

午餐後，一張便條在旅客間傳閱：

本人懸賞一萬法郎，獎勵查出亞森·羅蘋或找回失竊寶石之人。

路易·羅澤納

看來，羅澤納是想和亞森．羅蘋鬥一鬥。一場好戲就要上演，船長也開始積極地帶著船員，把「普羅旺斯號」上上下下、各個角落全搜了一遍，但就是沒有找到任何蛛絲馬跡。

接下來的幾天，即使「普羅旺斯號」仍籠罩在亞森．羅蘋的陰影裡，德萊齊和蕾莉小姐卻是越走越近。此時，德萊齊正用一臺柯達照相機不停地為蕾莉小姐照相，拍下她的千姿百態。蕾莉小姐始終惦記著傑蘭夫人珠寶被盜的事，她說道：「那些珠寶怎麼可能消失得無影無蹤？」

德萊齊指了指手中的相機說：「您相信嗎？只要一臺這麼大的相機，就可以藏下傑蘭夫人的全部珠寶。而且只要像我這樣假裝取景，就能躲過搜查。」

「不，不可能，我不相信有誰能犯案不留下任何痕跡。」

「有一個人例外，那就是亞森．羅蘋。只有他才能想到既可以偷東西，又能避開搜查的辦法。所以羅澤納和船長根本就是徒勞無功。」

「那……」蕾莉小姐還想說些什麼，但一位紳士突然跑過來告訴他們一件不可思議的事——船長的手錶被偷走了。

果然不出德萊齊所料，先前的搜查不僅毫無結果，還發生了新的案件。船長大怒，再次對羅澤納產生懷疑，盤問了他好幾次。事情到此還不算完，更諷刺的是，大家竟在大副的制服領口裡找到了船長的那隻錶。這一切，充分顯示出亞森．羅蘋幽默的個性，他本來就是一個愛開玩笑的竊賊，常喜歡捉弄人，然後在背地裡嘲笑人們的愚蠢。

這天夜裡，值班船員隱約聽到甲板上傳來呻吟聲，他急忙跑過去，看見一個人躺在那裡，被繩子綑得扎扎實實。值班船員趕緊過去幫他鬆綁，扶他起來，發現被綁之人竟是羅澤納！原來，因為再次遭到船長的懷疑和盤問，羅澤納心有不甘地在船上閒晃，企圖找點證據來為自己洗清不白之冤。不料竟被人由背後襲擊，打倒在地，身上值錢的東西被洗劫一空。更讓人驚訝的是，他的衣服上還別著一張名片：

茲收到羅澤納先生一萬法郎，謹此致謝。

亞森·羅蘋

實際上被搶的皮夾裡共有兩萬法郎。在此之前，若曾有人懷疑羅澤納是在演戲，面對如今這一幕，就有些釋然了。因為羅澤納如果是亞森·羅蘋，他不可能這樣將自己綑住。另外，名片上的字跡與羅澤納留在旅客名單上的字跡也不同，倒是跟一份舊報紙上所刊登的亞森·羅蘋字跡十分相似。

雖然羅澤納的嫌疑被排除了，但接二連三發生的事無不證明了一件事，亞森·羅蘋確實就在這艘客輪上。於是船上的氣氛再度緊張起來，大家開始彼此猜疑，互相孤立。人們暗自揣測，亞森·羅蘋的下一步行動也許就不僅止於偷竊、襲擊這麼簡單而已，有可能是謀殺、兇殺等更恐怖的舉動。從陸地上新發來的無線電報沒有再帶來任何消息，船長毫無辦法，藏匿在幕後的亞森·羅蘋成了「普羅旺斯號」的主宰。

當然，這其中也不乏獲益者，比如說德萊齊先生。船上的這些事件對他來說，成就了一段美好的時光。因為在這段時間內，蕾莉小姐膽怯、總是向人尋求保護的性格讓他得以贏得她的信任。美夢變得沒那麼空幻，愛情就在蕾莉小姐溫情微笑的雙眸中，就在她含情脈脈的話語裡。

美國的海岸線漸漸顯現在眼前，船上的人們在中板上眺望，期盼著盡快靠岸。船上的一切搜查早已停止，眾人都在等著謎底揭開、真相大白的時刻到來。這位大名鼎鼎的亞森·羅蘋到底是誰？究竟戴了什麼樣的面具？

「普羅旺斯號」拉響一聲長長的汽笛，舷梯緩緩地放下。德萊齊的心情複雜，他和蕾莉小姐即將分別。蕾莉小姐望著岸邊，自言自語道：「要是有人發現亞森·羅蘋早在航途中就跑了，我也不會吃驚的。」

「他也許寧願死，也不願不體面地活，沉到大西洋底下餵魚，總比被人逮著要強。」

「別說了。」她生氣地說。

德萊齊剛想安慰蕾莉小姐幾句，一個人影躍入他的眼簾，令他猛地一驚。

「您瞧站在舷梯那頭的那個小老頭。」他低下頭輕聲地對蕾莉小姐說。

「穿橄欖綠禮服、拿著雨傘的那個嗎？」

「對，他就是加尼瑪爾。」

「加尼瑪爾？」

「是的，他是個有名的警探，曾發誓要與亞森．羅蘋這一次跑不掉了？」

「決一死戰？您的意思是亞森．羅蘋決一死戰。」

「也許吧，但加尼瑪爾好像從來沒有見過亞森．羅蘋的真面目。喔，我明白了！航程中之所以一直沒有新的消息，就是因為加尼瑪爾也在船上，他不想讓其他人插手這件事。而且，很有可能他已經知道亞森．羅蘋所用的化名。」

「太棒了，」蕾莉小姐好奇地說，「要是我能親眼看見他被逮捕該多好啊！」

「別著急。亞森．羅蘋肯定也已經注意到對手了，他一定會等到最後，等老傢伙眼花了，才下船。」

旅客們開始下船，加尼瑪爾拄著雨傘，神情冷漠地站在出口，一個官員模樣的人站在他身後。乘客們陸續過去了，一臉倒楣相的羅澤納也向出口走去。

「說不定就是羅澤納，」蕾莉小姐對德萊齊說，「您說呢？」

「我想，要是給加尼瑪爾和羅澤納照一張合影，倒挺有意思的。您來照吧，我東西提太多了。」德萊齊把相機遞給了蕾莉小姐。

出口處，羅澤納順利通過了，並沒有人阻攔他。德萊齊和蕾莉小姐照完相之後，也向前走去。蕾莉在前，德萊齊在後。他們還走不到十步，就被加尼瑪爾攔住了去路。

「喂！幹什麼？」德萊齊大喊一聲。

「先生，走得這樣急，是誰在催您嗎？」

「什麼話？我是為了陪這位小姐。」

加尼瑪爾死死地盯著德萊齊的眼睛說：「好了，戲演完了。您就是亞森・羅蘋吧！」

德萊齊啞然失笑，說道：「當然不是，我是貝爾納・德萊齊。」

「是嗎？但據我所知，貝爾納・德萊齊先生早在三年前就在馬其頓去世了。」

「請不要亂說話，我是有證件的。」

「證件？要弄到一份證件對您亞森・羅蘋而言，太容易了。」

「我想您一定弄錯了，亞森・羅蘋是以開頭為R的化名上船。」

「是的，這又是您的花招，它是您製造的煙幕彈。真不賴啊，小夥子。可是這次您的運氣欠佳。亞森・羅蘋，您就老老實實地招認吧。」

德萊齊猶豫了片刻，加尼瑪爾毫不客氣地往他的右前臂狠狠一擊，他痛得叫了起來。是的，加尼瑪爾這一下正好打在德萊齊尚未癒合的傷口上，這個傷口也就是電報上所指明的。

德萊齊束手就擒，而在一旁聽到這段對話的蕾莉小姐則是臉色蒼白，身體微微發抖。德萊齊與她目光交會，然後轉向她手裡提著的柯達相機。蕾莉小姐恍然大悟，做了個手勢。是的，就在相機黑皮套的狹窄空間裡，放置了羅澤納的兩萬法郎和傑蘭夫人的珠寶。

德萊齊——亞森・羅蘋——被捕了！但他對周圍的一切全不在乎，他關心的只有蕾莉小姐將如何處置那臺相機，他的腦海裡也只有一個問題：「蕾莉小姐會出賣我嗎？我會斷送在她的手裡嗎？」

此時的蕾莉小姐雖然有些激動，但一直默不作聲。她逕自朝前走，亞森・羅蘋一句話也沒有說，只深深地向她鞠躬致謝。蕾莉小姐混在旅客中間，手拿柯達相機，向舷梯走去。當走到舷梯中間時，她假裝失手，讓柯達相機掉進了碼頭和客輪之間的海水中。

亞森．羅蘋看著蕾莉小姐走遠，她美麗的身影在人潮中漸漸消失。完了，永遠完了。亞森．羅蘋呆呆地站著，悵然若失。船上共處的這幾天裡，蕾莉小姐的一顰一笑都令他怦然心動，而此刻的離別更是令他悲傷又難過。亞森．羅蘋不禁長歎一聲道：「唉，不正正當當地做個好人，真是可惜啊……」加尼瑪爾詫異地看著面前的對手。

2 亞森．羅蘋入獄

塞納河兩岸的風光一直以來都是那麼地令人嚮往。作為一位旅人，如果不去看看在瑞米耶日遺址與聖旺德裏耶遺址之間，傲然屹立在河中岩石上的奇特建築——馬拉基城堡——的話，實在稱不上是個真正的旅人。馬拉基城堡建築奇特，一座拱橋連接城堡和公路，城堡的周圍聳立著陰暗的小塔群，河水靜靜地從城堡旁邊流過。馬拉基城堡的歷史像它的外觀一樣充滿了神秘色彩，戰鬥、圍困、襲擊、掠奪和屠殺。人們夜裡聊天的時候，回憶起這裡曾發生過的兇殺案，仍是不寒而慄。這裡流傳著一些神秘的傳說，昔日有一條著名的地道，可以通到瑞米耶日修道院，以及查理七世的情婦阿涅絲．索蕾的城堡。

在這座充滿神秘恐怖色彩的城堡裡，正住著納唐．加奧爾男爵。他因投機而一夜暴富，人們稱他為撒旦男爵。他的城堡裡藏有他喜愛的傢俱、油畫、釉陶以及木雕。他獨自一人生活，雇了三個老僕人。從來沒有一個外人進入這座城堡過，也從來沒有一個人曾經觀賞過古老客廳裡的那些裝飾——三幅魯本斯與兩幅華托的油畫、讓·古戎講壇，以及那些在拍賣會上不惜鉅資收購而來的奇珍異寶。男爵相當珍愛這些收藏品，成天為了它們提心吊膽；他狠狠地愛著這些珍寶，就像一個吝嗇鬼，他小心翼翼地愛著這些珍寶，就像一個情人。

九月的某個星期五，郵差給加奧爾男爵送來一封掛號信。男爵平時與世隔絕，無親無故，從沒有收過什麼信件。因此他的心中掠過一絲不祥的預感，感到忐忑不安。他打開信紙，只見箋頭上印著「巴黎桑塔監獄」，他迅速地看了一眼署名，竟然是「亞森·羅蘋」。大吃一驚的男爵趕忙讀信。

男爵先生：

您兩個客廳之間的走廊上掛的那幅菲利普·德·尚帕涅油畫，極為出色，我十分喜歡。我還喜歡您那幾幅魯本斯的作品和華托的那幅小畫。右邊客廳裡，路易十三時期的餐櫥、博韋的掛毯、附有雅各簽名的帝國時期獨腳小圓桌和文藝復興時期的儲藏箱；以及左邊客廳裡，玻璃櫥櫃中的首飾和小巧精緻的藝術品，我都注意到了，而且對它們很感興趣。這次我只需要上述物品，相信它們很容易就能脫手。因此，請妥善包裝好，並在八日內寄往巴蒂諾爾站，由我本人親收（並預付運費），否則我將於九月二十七日星期三至二十八日星期四的夜裡親自上門去取。只是如此一來，我的要求就會再多一點。

請原諒我小小的打擾，並接受我崇高的敬意。

亞森·羅蘋

男爵慌張不已，因為他知道亞森·羅蘋的厲害，他無所不能，什麼事都幹得出來。再者，信中透露出他對城堡裡的事瞭若指掌，就連油畫掛在哪裡、傢俱擺放的位置都清清楚楚，這簡直太可怕了！

當天晚上，男爵寫信給盧昂的地方檢察官，並附上亞森·羅蘋的恐嚇信，請求援助和保護。檢察官很快就回信，表明亞森．羅蘋此刻正被關在監獄裡，受到嚴密的看守，是不可能寫信的。該信很可能只是一個玩笑，因為經過筆跡鑑定後，專家認為此信的字跡與犯人的雖有相似之處，但絕不是出自同一人之手。

儘管如此，男爵還是充滿了疑慮，心事重重。兩天過去了，平安無事。第三天，《科德貝克復興報》上的一則新聞，令男爵興奮異常。

我們很高興地得知，辦案經驗豐富的加尼瑪爾探長即將來本地三周。加尼瑪爾探長近期的功勛是將亞森．羅蘋捉拿歸案，這使得他享譽全歐洲。這次他來此度假，是想藉由釣魚的樂趣來消除長期的勞累。

男爵眼睛一亮，加尼瑪爾正是他現在最需要找的人！要阻止亞森．羅蘋的計劃，誰能勝過老謀深算的加尼瑪爾呢？男爵四處打聽加尼瑪爾的住處，卻徒勞無功，最後只好到《科德貝克復興報》報社，找負責那則報導的編輯部。一位編輯很熱心地把加尼瑪爾釣魚的地點告訴他。男爵非常興奮，因為他認為加尼瑪爾是拯救自己那些珍寶的唯一希望。

他在河邊找到了一位身穿長禮服、頭戴草帽、沉默寡言、性情有些孤僻的人——此人正是加尼瑪爾探長。男爵向加尼瑪爾自我介紹，本想與他先寒暄兩句，不料這位探長一副拒人於千里之外的模樣，於是男爵便開門見山地說了自己的情況。

聽到亞森．羅蘋的名字，加尼瑪爾回過頭來，憐憫地將男爵從頭到腳打量了一番後說道：「男爵先生，我想您應該明白一個道理，盜賊行竊是不會預先通知失主的，尤其是亞森．羅蘋這樣的人絕不會犯這樣的錯誤。更何況他幾天前被我親自送進了監獄，絕對沒有逃出來犯案的可能。您放心回家吧。」

看到加尼瑪爾信誓旦旦的模樣，男爵的心稍稍放寬了些。

二十六日，星期二的整個上午，馬拉基城堡沒有任何異常之處。到了下午三點，有個孩子按門鈴，送來一份電報：

巴蒂諾爾站無包裹。請在明晚把一切準備好。

亞森·羅蘋

男爵再一次陷入極度的恐慌中，心想到底要不要向對方妥協讓步。

他再次到科德貝克去找加尼瑪爾，加尼瑪爾仍在老地方，正坐在一張折疊椅上釣魚。男爵向他說明電報的事，並再三懇請加尼瑪爾到自己的城堡守護，自己願意為此付出幾千法郎。加尼瑪爾雖極不耐煩，但因涉及亞森·羅蘋，最後還是勉強答應了男爵的要求。不過他還需要發電報通知另外兩個朋友，說如果他們願意來，城堡會更保險。男爵當然求之不得，他與加尼瑪爾約好明晚九點見。

第三天，即亞森·羅蘋於信中定下的日子。加奧爾男爵一大早就取出武器，在馬拉基城堡周圍巡視。他做好了戰鬥的準備，但沒有發現任何可疑的人物和跡象。晚上八點半，他將僕人打發走，獨自一人留在前廳，悄悄打開四道門。過了一會兒，他聽到一陣腳步聲。是加尼瑪爾探長來了，還帶著另外兩個人。

加尼瑪爾向男爵介紹兩名助手，他們都是身材高大健壯的小夥子。接著，他詢問了一些情況，了解城堡的格局，然後小心翼翼地關上出入口，堵住那間受威脅的房間。他查看了牆壁，連掛毯都揭開檢查了一遍，又命兩個手下守在兩個客廳之間的走廊，把兩個人關在房內，叫他們一定要隨時警戒，一有動靜就打開窗戶喊他。

「現在，到各自的崗位上去吧。」加尼瑪爾對男爵說。

十一點過了，十二點也過了，時間一分一秒的過去，眼看就快一點了，還是一點動靜也沒有。加尼瑪爾感到有些睏了，連打了幾個哈欠。突然之間，男爵抓住了加尼瑪爾的手臂，探長驚了一下。

「您聽見了嗎？」

「聽見了。」

「那是什麼？」

「我在打哈欠。」

「不是，您聽。」

「咦？好像是汽車喇叭聲。」

「怎麼回事？」

「沒什麼。亞森．羅蘋不可能開汽車到這兒，男爵先生，我想睡一會兒。」說完，加尼瑪爾果真靠著牆睡了起來。男爵豎起耳朵傾聽，除了探長那響亮均勻的鼾聲之外，再也沒有別的動靜了。

黎明終於到來，男爵跟加尼瑪爾熬過了一晚。城堡周圍靜悄悄的，連他們走上樓梯，也沒有聽見一點聲響，沒有發現任何疑點。「我是怎麼跟您說的，男爵先生？其實我根本不該受理此案……真慚愧啊。」

加尼瑪爾拿出鑰匙開門，走進了走廊。兩名警察歪著身子、雙手垂著在椅子上酣睡。

「他媽的。」探長罵了一句。

男爵卻發出一聲驚叫。「油畫……餐櫥……」他手指著空蕩蕩的位子，眼睛望著一片光禿禿的牆壁，結結巴巴，氣急敗壞。加尼瑪爾順著他手指的方向看去，華托的畫不見了、魯本斯的油畫也被偷走了、掛毯沒了蹤影、玻璃櫃裡的首飾珍寶全被洗劫一空！「路易十六時期的樹枝狀燭臺……攝政王時代的小燭臺……還有十二世紀的聖母像……」

男爵傷心欲絕地在房間裡來回踱步，神智也因慌亂的估價而顯得愈加模糊不清。他快要被逼瘋了！此時，他看起來就像一個隨時準備要開槍自殺的破產者，唯一可以使他稍微安靜下來的，便是加尼瑪爾臉上那副難以置信的神情。

相較於近乎失控的男爵，這位探長一動也不動地站在那裡，一雙質疑的眼睛不斷地環顧四周。窗戶關著的。門，完好無損。天花板和地板也沒有被破壞的痕跡。除了失竊的東西，室內幾乎保持原樣。亞森・羅蘋果然心思縝密、手腳俐落地偷去了所有他想要的東西！

「亞森・羅蘋……亞森・羅蘋……」探長沮喪地重複唸著。突然，他瘋狂且粗暴地撲向兩名熟睡中的警察，拼命地搖晃他們，嘴裡不停地痛罵：「該死的，你們！你們給我起來！」

但兩名警察絲毫沒有反應，探長彎下腰，仔細觀察。「有人對他們動了手腳。」他對男爵說。

「誰？」

「不就是亞森・羅蘋嗎？要不就是聽命他指揮的那夥人，這很明顯是他的犯案手法。」

「這麼說我的寶貝全完了。」

「我也沒有辦法……」

「可惡，真卑鄙！」

「去報警吧，向警方報案。」

「警方？他們能做什麼？您自己也很明白。喏，身為探長，您現在可以尋找線索，但您就是不動。」

「找出亞森・羅蘋留下的線索？嘿！親愛的先生，亞森・羅蘋犯案從不留痕跡，他也從來沒有出過什麼意外。我甚至想，他根本是有意讓我在美國把他逮住。」

「那麼我的油畫、我的一切呢？我要找回我的收藏品，即使得花上一大筆錢也在所不惜。要是大家都沒有辦法，那就讓他開個價吧！」

加尼瑪爾愣住了，說道：「您這話很有意思，您不會收回吧？」

「不會，為什麼要收回？」

「我有一個主意。」

「什麼主意？」

「今天發生的事，我很抱歉。請您放心，我不會不管的，我會竭盡全力幫您找回您的東西。不過，想要成功的話，請您務必照我所說的去做，把這件事發布出去，讓警方介入，但過程中千萬別提到我。」

兩名酣睡的警察終於醒了過來，癡癡呆呆的，神情麻木，如同那些被催眠後醒來的人一樣。他們睜開眼睛，驚訝地看著眼前的變化，試圖弄清楚剛才究竟發生了什麼事。然而，他們對之前的事卻一點都沒印象，只記得曾喝過一些水。

當天，加奧爾男爵對亞森．羅蘋提出的告訴，引起了媒體的興趣，更引發輿論的關注。亞森．羅蘋那封威脅男爵的信在報上以原文發表（誰也不知道這些記者是怎麼弄到手的），更是激起各界不同的反應。警方把城堡的各個地方都檢查過一遍，沒有發現任何疑點，傳言中的秘密通道也不存在。但是傢俱、油畫是不會像幽靈一樣憑空消失的，竊賊肯定是從門窗出入，但到底是些什麼人、怎麼進來、又怎麼出去的呢？盧昂警方在確信自己破不了案之後，請求巴黎的支援，加尼瑪爾就在其中。

聽完案情簡報後，加尼瑪爾搖頭說道：「我認為搜索城堡並不是正確的方法，線索應該在別處。」

「在哪兒？」警察局長迪杜伊問。

「在亞森．羅蘋那兒。」

「在亞森．羅蘋那兒？這不就等於已經認定是他幹的？」

「是的，我猜測——不，肯定是他幹的！」

「不可能啦，加尼瑪爾探長，這太荒謬，他還在牢裡呢。」

「對，亞森．羅蘋是在牢裡，而且被人看守著。但即使他手腳被綑、嘴巴被堵，我也不會改變我的看法。因為只有他才能策劃這種規模的行動，並且獲得成功。」

「加尼瑪爾探長，您似乎是在長他人志氣、滅自己威風！」

「這是事實，他的確是個十分厲害的人物，我們不得不用另一套辦法來對付他。」

「您是說……」

「請允許我單獨跟他談一個鐘頭。」

「在他的單人牢房裡？」

「是的，我相信他不會讓我白跑一趟的。」

加尼瑪爾被領到亞森·羅蘋的牢房時，剛過晚上十點。亞森·羅蘋躺在床上，看見加尼瑪爾進來，樂得高聲叫了起來：「親愛的加尼瑪爾，我待在此處的這段時間裡，最期盼的就是您能來看看我，現在您找我有什麼事呢？」

「加奧爾男爵失竊案。」加尼瑪爾單刀直入地問道，「這件事是不是您幹的？」

「喔，您真聰明！是的，從頭到尾都是由我指揮。」

「那封信呢？電報呢？」

「都出自在下之手，我甚至還保留著收據呢。」亞森·羅蘋一邊說著，一邊打開那張白木小桌的抽屜，取出兩張破紙，遞給加尼瑪爾。

「啊？我還以為您已被嚴密地看守和搜查，您居然還有本事私藏收據，還能看報紙……」

「嘿嘿，要怪只能怪這些人太笨。搜遍了我全身，又是撕我衣服、又是拆我靴底、又是敲牆壁聽聲音，就是沒有想到我會把東西放在這麼顯眼的地方。」

加尼瑪爾的好奇心被挑起，說道：「真諷刺啊！好吧，告訴我案件的經過。」

亞森·羅蘋在牢房裡來回走了兩、三次，停下來說：「告訴您？那不是自掘墳墓嗎？不過，您要是真想知道，我想先問您，對於我寫給男爵的信，您有什麼看法？」

「那只是您一貫的手法，目的就是為了讓大眾震驚。」

「天哪，加尼瑪爾，我以為您比別人要精明些，但您太讓我失望了。我，亞森．羅蘋，怎麼會這麼幼稚呢？您應該明白，這封信是絕不可少的出發點。您若願意聽，我們一起來準備一次對馬拉基城堡的歷險，如何？」

「我洗耳恭聽。」

「當強攻和偷取行不通時，那就只有一個辦法，就是讓城堡的主人請我進去。」

「這辦法非同凡響。」

「又極易得手！您想想，當主人收到信，得知亞森．羅蘋在打他的主意，他會怎麼辦？」

「寫信給檢察官。」

「但檢察官不相信，因為亞森．羅蘋正在坐牢咧。城堡主人一定會驚慌地四處向人求救，對嗎？」

「當然。」

「他如果在一份小報上看見一位著名的警探正在鄰近市鎮度假……」

「他會去碰碰運氣。」

「您也這麼想，太好了！另一方面，假定亞森．羅蘋早算準了這一點，請了一位最能幹的朋友去科德貝克冒充這名警探，並在男爵訂閱的報紙上刊登這名警探光臨科德貝克的消息，會出現什麼情況？」

「兩種可能。魚──我是說加奧爾──不上鉤，或者他會急著趕去求援，這是最有可能的。」

「事情就是如此，他請我的朋友幫忙對付我。當然，我的朋友起初不答應，於是亞森．羅蘋再發出一封電報，男爵慌了神，再次去找我的朋友，並提出願意給付報酬，我的朋友答應了。在夜裡，當男爵被他請來的人嚴密看守時，我們的手下將物品從窗戶搬出來，用繩子吊到租來的汽艇上，一切就這麼簡單。」

「太妙了，」加尼瑪爾喊道，「不過我想知道，哪位警探如此有名、如此有吸引力？」

「您，加尼瑪爾探長，我的死對頭。」

「我？」

「正是您，妙就妙在您的任務是逮捕您自己，就像您在美國逮捕我一樣。」亞森·羅蘋開心地笑了。

加尼瑪爾卻相當氣惱，他咬著嘴唇，認為這件事一點都不好笑。一個看守員送飯進來，亞森·羅蘋吃了兩、三口麵包後就接著說：「不過請放心，一切就快結束了，您也不用去城堡了，加奧爾男爵一案馬上就要解決了。」

「什麼意思？」加尼瑪爾瞪大眼睛，很是吃驚。

「是這樣的，冒牌的加尼瑪爾與男爵關係不錯，男爵委託他私下和我商討解決的辦法。男爵先生將會出一筆錢，贖回那批玩意兒，並撤銷告訴。」

「您怎麼知道？」

「我剛收到一封電報，出於禮貌，我沒有當著您的面打開，如果您允許的話……」

「別開玩笑，亞森·羅蘋。」

「不，我可不是個愛開玩笑的人。請輕輕剝開這個蛋殼——」

加尼瑪爾按照他的話，用刀口敲開蛋殼，不自覺地驚叫了一聲。只見裡面有一張藍紙，打開一看，上面寫著：「達成協議。已交十萬，一切順利。」

「十萬法郎？」加尼瑪爾問。

「對，十萬法郎！不算多，景氣不好，我的開銷又很大。」

加尼瑪爾站起身來，剛才的不快顯然已煙消雲散，他想了想，試圖從中找出任何薄弱的環節。接著欽佩地說道：「幸好您這樣的人不多，不然我們就只好去領取政府的失業救濟金了。」

說完，加尼瑪爾為挽回面子，無奈地補了一句：「我看，您還是老實的待在牢裡等著審訊吧，別再生事啦。」

「可是我決定不出庭。」亞森．羅蘋輕輕說了一句。

「不出庭？」

「是的，我不出庭。」亞森．羅蘋再次鄭重地說道。

「真的？」

「唉，您真以為我會在這潮濕的牢中等著發霉、發爛嗎？我只是一時興起才來蹲一蹲監獄，不想再久留。」

「那您應該更謹慎些，一開始就不要進來。」探長諷刺地反駁。

「先生，別開玩笑了。還記得您是怎麼抓住我的嗎？那時若不是我愛著的女人正望著我，占去了我的心思，任何人——包括您——都別想抓住我。那段回憶是迷人的，待在這兒的幾天裡讓我的精神又更加清爽，我想該是做正事的時候了。今天是星期五吧？下星期三的下午四點，我會在佩爾格里斯街——您的府上——悠閒地抽雪茄。」

「喔？是嗎？那我一定準時恭侯大駕。」

他們握手道別，就像兩個互相敬重的好朋友。

3 亞森·羅蘋越獄

放風的時間到了，獄警打開牢門。亞森·羅蘋剛從口袋裡掏出一根套有金色環帶的雪茄，隨之往抽屜裡一丟，說了句「我等你好久了，親愛的朋友」，便跟著獄警出去了。看他的樣子似乎不像在坐牢，倒像在度假，隨時都有陽光般愉悅的心情。

亞森·羅蘋和獄警剛繞過走廊轉角，兩名便衣警察就進了他的牢房。他們遵從警察局長迪杜伊的命令，對口出狂言宣稱即將越獄的亞森·羅蘋進行仔細的搜查。他們撬起牢房裡的每一塊石板，拆開床鋪，所有該查的都查了，結果什麼也沒有發現。正準備放棄時，獄警匆匆地跑來對他們說：「抽屜。我進來時，他好像正關上抽屜。」

他們將抽屜打開，發現裡面果然有許多東西，於是立即向局長報告。

兩分鐘後，迪杜伊先生仔細檢查抽屜，先是找到一疊有關亞森·羅蘋的報刊文章，都是從報上剪下來的，接著又發現了一個菸袋、一個菸斗、一些薄紙，還有兩本留有折痕，又加了批註的書。這書上的批註不知是暗號，還是亞森·羅蘋勤奮讀書的表現。迪杜伊仔細地看著，那根套有金色環帶的名牌雪茄引起他的注意。他用手指輕輕捏著雪茄，使雪茄在壓力下變軟，他發現菸草裡夾著一些白色的東西。於是，他拿起一根別針將其剔出，藏在雪茄裡的竟然是一張便條，上面有女人的娟秀字跡：

篮子已替換。準備得差不多了。用腳使勁踩，板子便會向下翻轉。HP將在每天十二至十六等候。去何地？請速告知。朋友會照顧您的，請放心。

迪杜伊先生思索片刻，得出結論：「ＨＰ應該是指汽車，在專業術語中，horsepower 指的是發動機的馬力，一輛二十四ＨＰ，就是一輛有二十四匹馬力的汽車。」

他站起身來，向兩名警察詢問了另外一些情況，然後決定將紙條翻拍下來，再原封不動地放回亞森．羅蘋的抽屜。按他們的推斷，亞森．羅蘋還來不及讀這封信。

迪杜伊先生對此事產生了濃厚的興趣，晚上，他帶了一名警探到桑塔監獄，檢查亞森．羅蘋用過的餐具和剩下的食物。在一把合乎規格的刀柄裡，他再次發現了一張紙條，上面寫著：

一切靠你了。讓ＨＰ每天遠遠跟著。我會迎上去的。早日見，可敬可愛的女友。

「說真的，」迪杜伊先生一邊搓手，一邊說，「我認為方向對了。我們稍微幫他一下，讓他逃出去，讓他幫我們抓住這個共犯，然後再從其口中套出亞森．羅蘋的底細。」

的確，幾個月來，審訊成了預審法官和律師枯燥無味的辯論會。亞森．羅蘋只有在出於禮貌時，才會說上幾句：「我承認，里昂信貸銀行搶劫案、巴比倫街竊盜案、發行假鈔案以及阿爾莫斯尼爾城堡、古萊城堡等一系列竊盜案，都是我幹的。」

法官厭倦了，暫停這種無聊的審訊。但看到迪杜伊局長取得的兩張紙條後，他又恢復了提問的精神。於是亞森．羅蘋便定時與幾個囚犯在午間十二點坐一輛囚車出去，下午三、四點再返回。

一日下午，管理人員突然決定先將亞森．羅蘋單獨送返。

亞森．羅蘋坐在被戲稱為「菜籃」的囚車裡，這類囚車中間有一條走道，將車子分為左右兩邊，車上有十個方形籠子，左右各五個。囚犯必須坐在籠子裡一個很窄的座位上，中間隔著隔板。一個士兵守在盡頭，監視著走道。此時的亞森．羅蘋坐在右邊第三格，笨重的囚車搖搖晃晃地行進。當車子行經聖米歇爾橋的中段時，他習慣地用右腳踩了一下關閉籠子的鋼板。鋼板慢慢移開了，露出兩個轉動的輪子。他默默地等待著，囚車在聖日爾曼的十字路口停住，前面出了點事故，交通阻塞。機會來了！亞森·羅蘋穿過鋼板的洞跳到地面上，重獲自由！

亞森·羅蘋跑了一段路，然後慢慢停下來，像個閒逛的人，自在而從容地逛著大街。

時值初秋，天氣宜人，他在一家街邊咖啡座坐了下來。他點了一杯啤酒、一包菸，一小口一小口喝光啤酒，再不急不忙地拿出一根菸。結帳時他叫來了經理，並且大聲地對經理說話。店裡的顧客全都聽到他說：「很抱歉，先生，我忘了帶皮夾，我叫亞森·羅蘋。您也許熟悉這個名字，請同意我賒幾天帳。」

說完，他在一片笑聲中從容地離開。他來到戒備森嚴的桑塔監獄外，大聲要求放自己進去。守衛大吃一驚，接著不情願地將他帶回監獄。幾分鐘後，典獄長跑了過來，佯裝生氣地責怪獄警。亞森·羅蘋微笑道：「算了吧，別演戲了。不要指望我會在你們的幫助下逃走，也別指望抓到我的朋友。拜託你們別再為我的行動煩惱，我自有主意，而且一定會離開的。」

幾天後，《法國迴聲報》詳細地報導這一起事件，弄得警方顏面盡失，典獄長更是灰頭土臉。所有的人都相信亞森·羅蘋會再次越獄，同時，他本人也明確地表示了這點。

亞森·羅蘋被換到了另一間牢房，而法官也停止了預審。此後的兩個月裡，亞森·羅蘋成天躺在床上，幾乎都是面壁而睡。他不見律師，也不與獄警講話，沒有任何的動作，像顆洩了氣的球。

但公眾的好奇心有增無減，民眾天天盼著亞森·羅蘋成功越獄的消息。開庭的前一天，有位不願透露姓名的先生來到《大日報》的辦公室，將一張名片扔給了司法專欄的編輯，上面寫著：「亞森·羅蘋定會信守諾言。」

法庭開審的時間終於到了，民眾紛紛趕來，想親眼看看亞森·羅蘋這位大人物如何應付一切。

那天下著雨，天空陰沉沉的，一切似乎都糟透了。亞森．羅蘋被帶上法庭，他笨拙地坐下，面無表情，幾乎沒說什麼話，只是搖頭。這讓許多特別跑來看他的人心中有幾分失望。

法官重複地問了他兩遍：「您的姓名是？」

一個粗重、嘶啞的聲音回答：「戴奇萊．博德呂。」

出人意料的回答引起在場所有人一陣譁然。法官說道：「戴奇萊．博德呂？好哇，又改名了。不過，我們還是用亞森．羅蘋這個名字，大家更熟悉些。」

接著，法官翻看了一下記錄後說道：「儘管我們對您做了詳細調查，仍無法確知您的真實身份，對您的過去我們一無所知。我這裡有一些資料，確切地說只是一些推測。八年前在魔術師狄克森身邊擔任助手，一個叫羅斯塔的人，很有可能是你亞森．羅蘋；六年前一個常去聖路易醫院阿爾蒂厄爾醫生實驗室的俄國學生，也可能是你亞森．羅蘋。也許你也是那個把許多人從慈善市集的小天窗救出來[1]，又將他們洗劫一空的人。」

法官看了一眼站在被告席上的人，問道：「是這樣嗎？亞森．羅蘋。」

人們再次把目光放到亞森．羅蘋的身上，監獄生活令他顯得蒼老憔悴，兩頰深陷，顴骨凸起，面如土色，臉上長滿紅斑，鬍子又長又亂。他垂肩環臂，蹺著的腿搖晃著，人們無法將眼前的他與報紙上描述的那個既年輕又英俊的怪盜聯想在一起。他沒有直接回答法官的問題，好像在思考什麼。法官追問了一句，他才抬起眼皮，低聲地說：「我是戴奇萊．博德呂。」

[1] 一八九七年五月四日，巴黎慈善市集（Bazar de la Charité）裡的戲院因放映員不慎引燃電影膠片，引發大火，共有一百多人喪生。

法官對他奇怪的反應不予理睬，開始細數亞森・羅蘋的罪狀，然後傳喚證人出庭作證。所有的證詞都極為混亂，甚至相互矛盾，不斷地引起人們的質疑。直至加尼瑪爾探長被帶進來，才又引起人們的興趣。探長的表現十分奇怪，失去了往日的穩重和沉著，神情極為不安。他多次轉過臉去看被告，顯得緊張而窘迫。他敘述了自己參於調查的一些案件，所有人都全神貫注地聽著，彷彿這不是證詞，而是一個扣人心弦的冒險故事。

在提到與亞森・羅蘋的交談時，加尼瑪爾有些吞吞吐吐，變得更猶豫和心不在焉。

法官同情地對他說道：「假如您不舒服，您可以暫停作證。」

「不、不，只是……」加尼瑪爾仔細地打量被告後說道，「法官大人，請准許我走近被告，仔細觀察，我必須弄清楚一個問題。」

得到了法官的同意，他走了過去，認真地端詳一段時間，然後回到證人席，慎重地說：「法官大人，我敢確定這個人不是亞森・羅蘋。」

此話一出，全場鴉雀無聲，人們都嚇呆了，不明白到底發生了什麼事。

加尼瑪爾此時不慌不忙地說：「是的，我承認，乍看之下他和亞森・羅蘋確實很像。但是只要仔細辨認，就能看出這絕不是亞森・羅蘋。他的鼻子、嘴、頭髮、膚色，還有這種酒鬼的眼神，亞森・羅蘋什麼時候有過這種眼神？」

「好、好，請您再說明白點，到底出了什麼問題？」

「我怎麼知道？他大概是被調包了……」

這戲劇性的一幕頓時引發大眾的笑聲與驚歎聲，法官不得不宣布休庭。重新開庭時，典獄長和獄警的證詞並沒有什麼大的突破，法官只好轉向被告，讓他敘述自己入獄的經歷。在溫和地勸誘和巧妙地詢問下，被告用他那特有的嘶啞聲音說：「我是個流浪漢，兩個月前，我在街上閒逛時被人帶到看守所，待了一個晚上就被放了。但當我穿過院子準備出去時，兩名警衛將我攔住，推入了囚車。從此，我就一直住在二十四號牢房，因為有吃有喝，又有睡的地方，比起我在外面的生活好多了，所以我一直沒有提出抗議。直到今天……」

流浪漢的敘述讓在場的人再次爆發出笑聲。

這一切實在太荒謬了，法官的面子實在掛不住，他敲了一下桌子，宣佈此案壓後再審。

流浪漢戴奇萊．博德呂的這番話在警方隨後的調查中獲得證實，對於亞森．羅蘋與流浪漢之間的關係，以及亞森．羅蘋越獄的過程，人們做了近二十多種假設，卻沒有一種能讓人完全信服，沒有人知道真相究竟為何。基於輿論壓力，法官只好釋放囚犯戴奇萊．博德呂，並在警察局長迪杜伊先生的建議下，對此人進行嚴密監視。其實這個想法源自於加尼瑪爾，他相信一定可以在此人身上找到線索。

博德呂出獄後，加尼瑪爾派了兩名助手跟蹤他。不料，卻在車站的候車室裡把他跟丟了。幸好加尼瑪爾反應快，想起候車室裡還有一個被人遺忘的出入口，趕緊追上去。但這次，助手卻沒跟上來。

加尼瑪爾氣壞了，簡直想揍博德呂一頓，但看見博德呂的那副傻樣時，他又打消了這種念頭。加尼瑪爾持續跟蹤了博德呂近一個鐘頭，博德呂似乎走累了，在一個行人稀少、較隱蔽的地方停了下來。加尼瑪爾足足守候了半個多鐘頭，但博德呂就是坐在那張椅子上一動也不動。加尼瑪爾漸漸失去了耐心，決定主動出擊。他走近博德呂，點燃一根菸，搭訕道：「今天的天氣真不錯啊。」

對方一陣沉默。加尼瑪爾想再說點什麼時，男人卻突然放聲大笑，那是一陣無法抑制、發自內心感到高興的笑聲。毛骨悚然的感覺席捲而來，這笑聲是那麼地熟悉！加尼瑪爾一把抓住博德呂的衣領，敏銳的目光穿透了男人醜陋的模樣，從中辨認出隱藏於其下的真實臉孔。

「亞森．羅蘋……亞森．羅蘋。」他結結巴巴地喊著。

緊接著，一股被耍弄的憤怒感湧上心頭，加尼爾瑪抓住亞森．羅蘋的領子不放，試圖將他揍倒在地。

然而，亞森·羅蘋反手一扭，戲謔地說道：「喂，老朋友，別再動了，我可能會一個不小心折斷您的胳膊。我誠心誠意地想讓您知道真相，不過您卻不領情，這樣可不太好！」

加尼瑪爾停止掙扎。如果不是自己在法庭上那引起轟動的指認，法官怎麼可能做出錯誤的判斷？想到這裡，加尼瑪爾的眼淚忍不住流了下來，順著皺紋淌進他灰白的鬍子裡。

「我的天啊，加尼瑪爾，別這樣，別太自責！即使您不幫我，我也會找人來做這件事的。想想，我怎麼可能讓真正的博德呂被判刑呢？」

「這麼說，」加尼瑪爾低聲說，「法庭上的人和現在站在我面前的人一直都是您嗎？」

「當然，從頭到尾都是我！您應該比別人更清楚，我在聖路易醫院整容科學習了十八個月，我知道怎麼把自己變成一個完全陌生的人，而且這種變化是逐漸的。所有的人都以為我會越獄，您當然也不會例外，所以您一直防著我，特別注意我的容貌。結果在法庭上您越看越覺得我不像亞森·羅蘋，於是，真的羅蘋就這麼被無罪開釋，哈哈！」

加尼瑪爾簡直想找個地洞鑽下去，但他仍然不甘心地追問道：「那麼囚車裡的機關是怎麼回事？還有那根雪茄和刀子裡的信？」

「很簡單，機關是我安排部下做的，至於雪茄和信都是我自己捏造的。根本就沒有什麼女友，我只不過用不同的筆跡寫了兩封信而已！」

「那為什麼之後提取您——博德呂——的指紋時，沒有人發現它跟亞森·羅蘋的相符？」

「指紋？警方的資料庫裡會有我真正的資料嗎？」

加尼瑪爾一句話也說不出來，他已經明白，亞森·羅蘋早在美國被抓到時，就沒有在警局留下真實資料，自己這一次是一敗塗地了。「現在您想幹什麼？」

「好了，」亞森·羅蘋說，「我把所有的事都對您說了，現在我要休息，好好補一補身體，慢慢恢復本來的面目，找回我自己。永遠不會有人知道您放走的就是亞森．羅蘋，再見啦，我的好朋友。」

「是的，您的確該休息一下了。」加尼瑪爾有些無奈地說。

「我也想啊，可是現下還有一些應酬不得不去。明天——明天我就能好好休息了。」

「您要到哪裡吃飯應酬？」

「英國大使館。」

4 神秘旅客

成功地從加尼瑪爾眼底逃脫的亞森．羅蘋，化名為紀堯姆．貝爾拉，坐在開往盧昂的火車上，準備前往塞納河畔拜會他的幾位朋友。發車前，幾位吸煙的先生湧進他那節空氣本來就不算好的車廂，攪擾了他的心情，他只好帶著行李，躲到另外一節車廂去。

裡頭坐著一位女士，她似乎對他的出現感到厭煩，臉上浮現不樂意的表情。她俯向車窗外，和月臺上的一位紳士說著什麼，大概是與丈夫道別吧。那位紳士對紀堯姆彷彿有幾分好感，他微微地笑著，低聲對妻子說話。不知他說了些什麼，那位女士轉頭友好地看了紀堯姆一眼。

夫婦倆吻別後，火車緩緩地啟動。

此時，一個男人粗魯地把車門打開，闖入了這節車廂，那位女士嚇得驚叫起來，倒在座位上。雖然紀堯姆不是什麼膽小鬼，但面對這位不速之客，他也有些不安。

仔細端詳下，紀堯姆總覺得這男人挺面熟的，卻怎麼也想不起來他是誰，只有一種模糊而飄忽的印象。當他回過神來，才發現對面的那位女士臉色蒼白，神情極度恐慌，顫抖地將座位上的旅行包拽進懷裡，緊緊抱著。紀堯姆忍不住問道：「夫人，您不舒服嗎？」

她沒有回答，只是畏畏怯怯地指了指身旁的新來者。這時，那個人轉過頭來，仔細地打量了他們，然後車廂裡又恢復了沉寂。女士好不容易恢復鎮定，用幾乎聽不清的聲音對紀堯姆說：「您知道嗎？怪盜亞森·羅蘋就在這班車上。」

紀堯姆嚇了一跳，但是他很快就發現女士的眼睛始終沒有離開那位闖進來的不速之客，似乎十分懷疑那位不速之客的身分。放下心的紀堯姆對那位女士說道：「這是不可能的，亞森·羅蘋不可能在這班車上。」

「不，他就在這班車上，」女士肯定地說，「我丈夫是監獄管理局副局長，站長親口說他們正在追捕亞森·羅蘋。只要想到這段車程裡，他可能會犯下的事……」

「像是什麼？」

「我不知道，但什麼都有可能。」女士顯得更為惶惶不安。

紀堯姆有些違心地安慰道：「就算亞森·羅蘋真在這列火車上，我想他也不會輕舉妄動的，他不是那種笨到跑來自找麻煩的人。」

女士沒有再說什麼，只是把她那個小旅行包拽得更緊了。紀堯姆翻開報紙，看著看著就不知不覺地睡著了。不知過了多久，紀堯姆被一陣劇痛弄醒，原來是剛才那個不速之客正用膝蓋頂住他的胸口，手正緊緊掐住他的脖子。紀堯姆呼吸困難，毫無反抗餘地。同時，他也聽見了那位女士的慘叫。那個傢伙看紀堯姆已無反抗之力，於是鬆開右手，用一條早已準備好的繩子將紀堯姆綑住，然後堵住了他的嘴。

這人的神情是如此的輕鬆自若，他不說一句話，冷靜且大膽，沒有半點不安。而紀堯姆——亞森·羅蘋——卻被綁在座位上動彈不得。這是他從不曾想過的事，自己居然像一般人那樣遭到搶劫，這實在是一件很有趣的事。

嚇傻了的女士始終縮在角落裡沒動，那個人動作俐落地搶走了她的小旅行包，將裡面的首飾、鈔票等錢財拿了出來，對車廂裡的這兩個人視若無睹。女士睜大了眼，渾身不自主地發抖著，她脫下手上的戒指，遞給那個人，似乎想讓他少費點力氣。男人接過戒指，看了她一眼，這一看竟把她嚇得昏了過去。那傢伙從容地回到座位，點了根菸，專心端詳著到手的財寶，一副心滿意足的樣子。看著這一切，紀堯姆的心裡萬分著急，他想的不是被這人劫走的錢財，他自有辦法能將失物回收，最要緊的是，這個人的舉動既然讓那位女士聯想到亞森．羅蘋，那麼這個人也一定會引起警察的注意，到時盧昂警方會派遣人手到火車上來搜索，所以自己必須考慮如何躲過警察的盤查。另一個問題也讓他頗傷腦筋，也許是緣於職業的好奇心吧，他非常想知道這個人的意圖何在。

火車一站一站地駛過，外面開始下起雨，那傢伙仍抽著菸，一雙眼盯著被雨水打濕的車窗看。他轉過身來，拿起紀堯姆的火車時刻表研究。那位女士則是一直努力地裝出深陷昏迷的樣子，好讓那傢伙忽略她的存在。但是菸嗆得她忍不住咳嗽，一下子就暴露了她那點小伎倆。

火車疾駛，到了聖德田。那人站了起來，往前走了兩步，女士再次發出一聲驚呼，又昏了過去——這一次是真的——可是那傢伙並沒有對車廂裡的兩個人做什麼，他放下他們這一側的車窗，外面正下著傾盆大雨。他回頭掃了一眼行李架，然後抓起女士放在那裡的一把晴雨傘，再把紀堯姆的大衣穿在身上。火車駛過塞納河，他捲起褲管，探出身子，抽開了外面的門閂。

他要跳車？可是火車的速度這麼快，這一跳可真夠危險的。紀堯姆在心裡暗忖著，但突然間又想起來，最近幾天，這裡的隧道正在進行加固施工，火車通過時必須放慢速度，看來這傢伙是想利用這個機會跳車逃走。果不其然，火車過隧道時，他就打開車門，謹慎地探出一步。真是瘋了啊！黑暗、煙霧與噪音席捲而來，他踏出下一步，重新插上門閂，鎖緊車門，不慌不忙地跳車離去。

他剛剛消失，火車就出了隧道，進入山谷，再穿過一條隧道，便到盧昂了。

女士終於清醒了，她的第一個反應是為她那些被搶走的首飾傷心。紀堯姆用眼神向受驚的女人求救，她發現了仍被綑綁著的紀堯姆，急忙扯掉塞在他口中的東西，但當她想替他解開繩索時，紀堯姆阻止了她。「不，讓一切保持現狀，我得讓警察們知道這傢伙的罪行。」

「我們該怎麼辦？拉警鈴嗎？」

「太晚了，早在他襲擊我時您就該這麼做。不過，夫人，聽我說，火車一進站，您就跑到車門口求救，放聲大叫。向警察和車站職員述說您所見到的經過，告訴他們那人頭戴軟帽、手持雨傘——您的那把——身穿灰色大衣。」

「灰大衣？就是您的那件？」

「不，怎麼是我的？不是，是他的。」

「我記得他上車時好像沒有穿大衣。」

「不、不……管他的，也有可能是一件忘在行李架上的衣服，總之，您記住他下去時穿著大衣，另外，您要告訴警察您的姓名和您丈夫的官銜，這樣能使他們更積極地偵辦。」

火車進站了，女士站到車廂口，紀堯姆又對將去求救的女士提醒道：「還有，請您務必告訴他們，我叫紀堯姆·貝爾拉，是您丈夫的朋友。」

「好的，我記住了。」

車未停穩，立即就有人跳了上來。那位女士上氣不接下氣地喊道：「上帝，我們……我們被亞森·羅蘋攻擊了，他、他搶走了我所有的首飾。我是萊諾夫人，我的丈夫是監獄管理局的副局長。」

「喔，夫人您好，我是盧昂站的站長。」跳上車來的那人自我介紹道。

女士呼了口氣說：「喔！這位是可憐的貝爾拉先生，是我丈夫的朋友，他被亞森．羅蘋綁了起來。」

「可是，」站長提出了疑問，「亞森．羅蘋在哪裡呢？」

「他跳車逃跑了，火車剛過塞納河，他就在隧道跳了車。」萊諾夫人按照紀堯姆剛剛說的那些話，認真地向站長解釋跳車的那人就是亞森．羅蘋。但站長似乎不這麼認為。

已經有人替紀堯姆鬆綁。紀堯姆咬破自己的嘴唇，彎著身子，用一種長時間被綁的人應有的樣子，有氣無力地說道：「先生，那傢伙肯定是亞森．羅蘋，你們……你們快去抓他啊！」

出事的那節車廂被卸了下來，紀堯姆和萊諾夫人被帶入站長辦公室。紀堯姆原本打算找個藉口離開，但火車上的那傢伙讓他丟大了臉，而且想要在他不熟悉的地方抓住這個人並不容易，於是，他決定碰碰運氣，冒著會被認出的危險，跟著警察來到站長辦公室。在他看來，這個遊戲玩起來一定很有趣！因此，當警方要求他們再次作證時，紀堯姆嚷道：「先生，亞森．羅蘋已經跑遠了，這樣吧，我的車就停在附近，不如試著追上他……」

站長沒有應聲。看站長沒有什麼反應，心急的紀堯姆大膽地對亞森．羅蘋接下來的行進方向推論一番，不小心顯露了自己推論的能力，使得站長不禁說道：「您說的不錯，先生，您很有本事嘛！」

紀堯姆察覺到站長語氣中存有懷疑，不，不可能，他們所搜集的那些亞森．羅蘋相片和眼前的自己有著天壤之別，他努力地鎮定下來，笑著說：「先生，我丟了皮夾，只想快點找回來。」

「唉！站長先生，求您聽聽貝爾拉先生的話吧。」萊諾夫人忍不住說道。

這位身分顯赫的夫人所說的話起了不小的作用，站長因此肯定了紀堯姆的身份，並同意派人和他一起去追趕歹徒。就這樣，紀堯姆——亞森．羅蘋——又一次從警察手裡順利脫身。

坐在奔馳的汽車上，紀堯姆的得意溢於言表，他自由了！現在亞森．羅蘋得去追捕亞森．羅蘋，而且是在兩名警察的協助之下。

趕到達爾內塔勒車站時，紀堯姆一行人得知有一個身穿黑天鵝絨領灰大衣的人已經坐上了開往亞眠的火車。經過一番討論之後，他們決定驅車繼續追趕。

車子狂奔了近一公里，一路與火車競速，結果比火車領先二十碼的距離到達車站！然而火車上的旅客都已下車，卻始終不見那傢伙的身影。紀堯姆思考片刻，忽然醒悟到這一次的追蹤肯定打草驚蛇了，那傢伙又一次中途跳車。

不出所料，這趟列車的列車長很快就證實了紀堯姆的推斷，他說他看見了一個男人在離火車站二百公尺處，沿著邊坡跳了下去。「瞧，在那邊，就是那個正在穿越交叉道的傢伙！」

紀堯姆和兩名警察奮力地追趕上去，跟著他到了一片小樹林。紀堯姆查看四周的地形，思索著如何獨自捉住那傢伙，他不能讓兩名警查看見他被盜走的那些文件，他得避開他們，親自收回。於是紀堯姆回到兩名警察身邊，說道：「這樣吧，你們倆各守住左右兩邊，我守在這裡，如果他不出來，我就進去，把他往這邊或那邊趕，你們只等抓人就是了，喔，對了！有緊急情況，就鳴槍示警。」

兩名警察朝各自分派好的崗位走去，紀堯姆小心翼翼地鑽進狹窄茂密的矮樹林，壓低身體穿梭行進，跟著那人在草地上留下的腳印，他走到一座小山腳下，山上有一間破敗簡陋的房子。紀堯姆直覺那傢伙一定躲在那兒。他幾乎是貼著地爬過去的，從房子的一道縫隙中看去，紀堯姆發現了一個男人的背影。

說時遲，那時快，紀堯姆兩個箭步衝上去，將那人按倒在地，迅速將其制服。

「嗨，小兄弟，」紀堯姆伏在他的耳邊說，「我才是亞森・羅蘋，馬上乖乖地將我的東西還給我，這樣我就可以放過您，並當您是朋友。不然的話……」

「行，」他低聲回答。

「很好，今天上午您做得很漂亮，以後我們可以合作。」

紀堯姆鬆開手站起身，不料那傢伙一脫身就抽出一把寬刃刀向紀堯姆刺過來。

「蠢貨！」紀堯姆以一隻手抵擋，另一隻手擊向對方的脖頸，那人立即被打得昏倒在地。紀堯姆從他身上翻出文件和鈔票，並從一個信封上看到了他的名字——皮耶爾．昂弗萊。紀堯姆不禁打了個冷顫，眼前這個人竟然是媒體大肆報導的奧特伊市拉封丹街殺人犯！沒錯，是他，紀堯姆終於想起來了，怪不得他上車時，自己會有一種似曾相識的感覺。

時間一分一秒地過去，紀堯姆不想再耽擱，他掏出一張名片，在上面寫了一句感謝兩位警察朋友的話，然後附上兩張一百法郎的鈔票，將它們塞進信封。萊諾夫人的小旅行包放在旁邊，紀堯姆想到這位女士曾替自己解圍，決定把它物歸原主。不過，他的天性讓他從旅行包裡拿走了所有值錢的東西，朋友歸朋友，生意歸生意，這是亞森．羅蘋一貫的作風。

一切收拾妥當後，紀堯姆搜出那人身上的武器，向空中放了一槍，警察會趕來的，就讓他們對付吧。

傍晚六點，紀堯姆先生回到巴黎。翌日，《法國迴聲報》刊登了一則消息：「警方抓住了皮耶爾．昂弗萊。」

5 王后項鍊

本世紀初，在卡斯蒂利亞宮殿舉辦的那場克里斯蒂安國王的歡迎宴會上，伯爵夫人大出風頭，她不僅以其出眾的美貌令國王傾倒，更因那串鑲滿寶石的王后項鍊受到全場矚目。那是德勒．蘇比士家族的傳家之寶，儘管他們的家境已大不如前，但他們寧願縮衣節食，也不願出賣這件寶貝。為求謹慎起見，平時伯爵特別將其存放在銀行的保險櫃裡，只有出席盛大宴會時，才將王后項鍊戴在夫人雪白的頸上。

晚會在興奮和歡樂中結束，當夫婦倆回到聖日爾曼郊區的古老府邸時，伯爵一如往常地將王后項鍊放入印有紅衣主教紋章的紅皮珠寶盒內，然後走進臥室一隅的衣帽間裡，將盒子藏於帽盒與亞麻布品之中。說實在的，伯爵今天晚上非常高興，他為妻子感到驕傲，也為這光耀門楣的項鍊自豪。

次日，伯爵將近九點才起床，他打算去一趟銀行，將項鍊存回保險櫃。妻子正在女僕的協助下梳頭，他走進小房間，但很快就走了出來。「親愛的，你把項鍊拿走了嗎？」

夫人答道：「什麼？沒有啊，我什麼都沒拿。」

「不可能，你一定是拿其他首飾時把這兒翻亂了。」

伯爵頓時慌張起來：「你沒有？那麼……」

「沒有啊……我甚至沒有開過這扇門。」

夫婦二人趕忙跑進衣帽間，焦急地翻找起來，帽盒和衣服散了一地。

因為房裡相當暗，他們點上蠟燭，搬出所有的東西，仔仔細細地找了一遍，但最後仍不得不承認一個事實，這串著名的王后項鍊確實不見了！個性果斷的伯爵夫人立即向聰明的警察分局長瓦洛爾布先生報案，因為到了這個時候，任何抱怨都是多餘的。

分局長聽完他們詳細的解釋後，立即提出疑點，最後得到一個結論，女僕昂莉艾特的嫌疑最大。因為她知道夫人昨晚要戴這串項鍊，而她住處的廚房窗戶正好朝向天井，正對著伯爵夫婦的臥室窗戶。不過，她也和別的僕人一樣不知道項鍊究竟藏在何處，同時衣帽間的窗戶是完好緊閉著的，並由一組衣櫃堵住了大半，外人無法進來。

儘管如此，瓦洛爾布先生仍然堅持要見昂莉艾特，畢竟他不能放過任何線索。

昂莉艾特正和她六歲的兒子拉烏爾待在家裡，她的住處十分簡陋，只有一間沒有壁爐的房間和一間小廚房。當她從分局長口中得知項鍊失竊的事情後，大為震驚，昨晚是她親手侍候夫人戴上項鍊的。言談之中，她無意間透露出自己知道項鍊原本藏在何處。項鍊丟失一事，讓她不安了起來，發覺自己似乎被牽扯入危險之中。看來，她已經成為人們懷疑的對象。

由於沒有任何真憑實據，警察分局長並未在調查中取得什麼進展。案子轉到了預審法官手中，經過四個多月的偵察，法官還是弄不清楚，竊賊是如何進出緊閉的門窗。對昂莉艾特的調查也沒有任何結果，事實上，她是一個很守規矩的人。於是法官私下推測，是伯爵夫婦急需用錢，變賣了王后項鍊，最後草草地結案。

丟失珍貴的首飾對伯爵一家來說是沉重的打擊，這不僅是財產上的損失，還有自尊心的受創。這串項鍊對他們的意義重大，失去它就如同失去了四分之一的貴族血統。伯爵夫人莫名地將矛頭對準昂莉艾特，還把她趕出了家門。

日子一天天地過去，再沒有發生什麼特別的事情。只有一件事值得一提，昂莉艾特離開的數月後，伯爵夫人收到她寄來的一封信，信的內容是感謝夫人寄給她兩千法郎。然而，無論是現在還是過去，伯爵夫人對她都很吝嗇，更別提會給她一大筆錢了，顯然是有人假借伯爵夫人的名義寄錢給昂莉艾特。緊接著，昂莉艾特第二、第三、第四次收到匯款。在接下來的六年中，年年如此，而且金額多了一倍，這倒使疾病纏身的昂莉艾特生活有了相當的保障。

但這些錢來自何處？又是誰寄的呢？六年後，昂莉艾特去世，謎題仍然沒有解開。

五天前，德勒．蘇比士先生在自家府上舉行宴會，有人無意間提到了王后項鍊失竊的事，一位客人——弗洛理亞尼騎士——與主人之間有一段意味深長的談話。

「一般來說，要找到犯人，必須先弄清楚整個犯案的經過。而目前既定的事實是，竊賊只有通過臥室門或衣帽間的窗戶才能進去，但他無論如何也打不開門緊的門，所以只可能是從窗戶進去的。」騎士肯定地說。

「但窗戶一直都是關著的。」德勒先生說道。

「是的，但如果在廚房陽臺和窗臺之間搭上梯子或木板……」

「再次提醒您，窗戶是關著的！」伯爵忍不住又強調一次。

「那房子一定有氣窗，這是那個時代建造府邸的規定。」騎士從容地回答。

「是的，不過那個氣窗也是關著的。」

「我推斷，這個氣窗與其他氣窗一樣，上面有鐵絲繩，而且吊了一個環，是嗎？」

「是的。」

「這個環是否在窗戶和衣櫃之間？」

「是的，可是……」

「從外面通過窗縫，將一個帶鉤的鐵條插入，鉤住鐵環，一拉，窗戶就開了。」

伯爵冷笑道：「您的推斷很有道理，不過窗戶沒有縫。」

「不，有的，只是你們從未發現，從垂直上方往下看，玻璃和油灰之間應有一條縫。」

伯爵站起身來，顯得非常激動，他惱怒地衝進那間多年來一直未曾動過的衣帽間，一會兒，他臉色蒼白地回到客人面前。他說道：「天哪，先生，太出人意料了。您說的沒錯，那麼請您說說，這之後發生了什麼事？」

弗洛理亞尼微微一笑，慢慢地說：「其實整件事情很簡單，竊賊趁您回臥室時打開氣窗，鑽進屋子後將項鍊竊走。」

「可是，氣窗那麼小……」

「是的，所以進來的那人應該是個孩子。」

「孩子？」

「對，你們不是說，昂莉艾特有個兒子嗎？」

「是的，好像是叫拉烏爾吧，可是，這、這不可能！」

「不，完全可能，他將廚房裡放鍋盆的木板搭在窗戶與陽臺之間，也許還拿了鐵條去打開氣窗。」

這次伯爵一聲不響地離開現場，他相信騎士的推斷是正確的，事實上也正是如此，他發現了木板和條鐵。伯爵夫人早就沉不住氣了，大聲地叫嚷：「天啊，這麼說是他們母子聯手幹了這件事？」

「不，母親一點都不知道，一切都是孩子在夜裡幹的。」

「可是，我們並沒在他們的屋裡找到項鍊，孩子的東西那麼少，總該找得到吧？」

「如果警方當初不是使出種種辦法對付清白的母親，而是去學校搜查孩子的課桌，翻翻他的書本，我想這事應該早就結案了。」

「那昂莉艾特每年都收到幾千法郎，這又該怎麼說呢？難道她不是同夥？」

「同夥？如果她是同夥，就不可能寫信向您致謝。再說，她一直被嚴密監視著，可是孩子是自由的，他可以出售鑽石，只需讓買主把錢從巴黎匯出就行了。」

伯爵夫婦以及賓客們都覺得此事簡直不可思議，令人不安。伯爵強裝笑臉地說道：「謝謝您豐富的想像力。」他總覺得騎士的這番話裡隱含了一種懷有敵意的嘲弄。

「想像？不，這肯定是事實，您親口告訴我，可憐的母子倆住在那偏遠的鄉村，母親病倒了，小傢伙為了救母親、給她治病——」騎士有些激動。

客廳裡一片沉寂，夫婦倆感到意外和惶恐，努力整理思緒。「先生，您究竟是誰？」

「我嗎？我只是個騎士，你們的朋友。我在想，如果拉烏爾在這裡，他一定會親口告訴您，他是唯一的罪犯。」

「這話是什麼意思？」

「喔，沒什麼！他是因為母親當時不幸地將失去那份僕人的工作，才會去偷項鍊。」

騎士抑制住內心的激動，但他的神態與言談都證明了一點，他就是昂莉艾特的兒子。

伯爵猶豫了一會兒，思忖該如何對待這位大膽的人物，揭穿他的身份嗎？但事情都過了這麼久，又有誰能接受兒童犯罪這種荒謬的說法呢？不，還是裝糊塗，接受現實算了。

於是，伯爵友好地走近這位勇敢的騎士，拍了拍他的肩膀說道：「您的故事太離奇了，那麼照您的說法，這位模範兒子，後來怎麼樣了呢？真希望他後來有好好做人。」

「那是一定的。」

「說的也是，六歲這樣小小的年紀就能偷走王后項鍊，可真是出色呢。」伯爵話中有話。

「是的，他的人生有這樣出色的開頭，現在正順利地走著。」弗洛理亞尼順著伯爵的話說下去。

伯爵打了個哆嗦，眼前這個奇怪的年輕人究竟隱藏了多少秘密？

弗洛理亞尼站起身來，走近伯爵夫人，打算向她告辭。夫人本能地往後一退。弗洛理亞尼笑了，說道：「喔，夫人別害怕！我演的這場戲過分了點，是嗎？」

伯爵夫人畢竟見慣了大場面，很快就鎮定下來，用同樣從容且有些嘲弄的口吻說：「我為什麼要害怕？我對這位孝子的做法很感興趣。同時，我也為我的項鍊能有這樣光輝的使命而高興。不過，我認為昂莉艾特之子的所作所為是出於他的天性。」

「天性？」騎士彷彿被觸到了痛處，反駁道，「是的，那孩子的犯罪天性想必非常強烈，才沒有就此灰心喪志。」

「這是什麼意思？」

「沒什麼意思，你們比我更清楚，那串項鍊上大多數的鑽石都是假的。」

「可它終歸是王后項鍊，先生。我想那孩子可能不懂。」伯爵夫人傲慢地說。

「不，他懂的，夫人，不論真假，項鍊就是一種裝飾品、一塊招牌。」

「先生，不管您怎麼說，那串項鍊真正值錢的不是鑽石，而是那些托座，您認為那孩子他懂嗎？」

騎士簡單地回答：「當然，我相信托座還在，那個孩子把它們珍藏下來了。」

「是嗎？那麼，先生，如果您能見到他，請告訴他，這件紀念物無論如何始終屬於我們的家族，就如同我們的姓氏、我們的榮譽。由他保管似乎不太恰當。」

「好的，我會轉告他的。」弗洛理尼亞輕聲說道，然後向在座的所有人一一致意後，便轉身離去了。

五天後，《法國迴聲報》發表了一則引起轟動的消息：

「王后項鍊」，德勒．蘇比士家族失去的那件著名首飾，已被亞森．羅蘋覓得，他立即將此物送還給其合法主人。

6 紅桃七

我是如何結識亞森·羅蘋的呢？又為何會熱情地將他的種種經歷書寫成傳記？仔細想來，這一切都是出於偶然，我偶然地與亞森·羅蘋走過了一段最離奇神秘的冒險經歷，還偶然地成功出演了亞森·羅蘋導演的一齣戲。

事情發生在六月二十二日那個難忘的夜晚，我與朋友共進晚餐之後，獨自回到自己位於馬約爾的住所。就寢前，我像往常一樣拿起每夜必讀的書，卻驚訝地發現書裡夾著一封寄給我的急件。是誰把這封信放在這兒的？我一向是一個人住，所以有些緊張，愣了一下後才撕開信封，讀了起來。

從您拆開這封信起，不管發生什麼事，不管聽到什麼聲音，都不要走開、不要動、不要喊叫。不然，您就完了。

「去他的！」我心想，「真是個無聊的玩笑。」

就在此時，隔壁房間傳來一陣劈啪聲，打破了沉寂。我感到神經極度緊繃，想起那些警告文句，「難道信上說的是真的？」

左邊的窗簾突然動了一下，我看見一個人影映照在上面。那個影子居然也正透過縫隙看著我，目的似乎是想將我鎮住，好讓同伴肆無忌憚地搬走他們想要的東西。客廳裡開始發出猛烈的敲擊聲，接著是一片嘈雜。我心跳加速，冷汗直流，坐在床沿猜想這一切的前因後果。

這一夜就在驚懼中度過了，直到早晨的陽光照進了房間。我慢慢地吸了一口氣，輕輕地在床頭櫃裡摸出一把槍，瞄準窗簾，扣動扳機，然後撲了過去。可是窗簾後什麼也沒有，那個隆起的地方不過是窗簾的褶子。我急忙衝進客廳，屋內的東西一件也沒少。難道說我僅僅是虛驚一場？我大感疑惑。如果說是窗簾的褶子害我嚇了一整夜，那嘈雜聲和搬動傢俱的聲音又作何解釋呢？

我仔細地將房間內外檢查了一遍，卻只在地毯上找到了一張紅桃七的撲克牌。與一般撲克牌不同的是，每一個桃尖上都有一個用打洞器打出的圓孔。

我沒有報警，只是將這詭異的一夜原原本本地寫進了我即將於專欄發表的稿子裡。

幾天以後，一個神秘的男人敲響我的房門，他說，在報上看見了我的文章，裡面描述的事與他的經歷有著驚人的巧合，他請求在我的屋子裡單獨待上三分鐘。

好奇心驅使我答應了那個陌生男人的奇怪請求。我走出房間，來到樓下，一直盯著錶，兩分四十五秒的時候，樓上傳來一聲槍響。我大步爬上樓梯，衝進房間，可怕的事竟在這短短的三分鐘裡發生了。

我一進門，就發現剛才的神秘男人橫倒在房間中央，鮮血流了一地，抽搐一下後就一命嗚呼了。現場除了他的屍體與一把冒煙的手槍外，還擺著一張同樣有著七個圓孔的撲克牌——紅桃七。

半個小時後，警察趕到了，迪杜伊局長隨後也來了。他們檢查後只多發現了一張握在死者手中的、揉皺了的名片，上面寫著「喬治．昂代馬特，貝里街三十七號」。除此之外，沒有找到任何可以證明死者身份的東西。

根據這張名片，警方找到了巴黎大銀行家昂代馬特，希望他能提供一些線索。昂代馬特一臉茫然，但他看到死者時卻吃了一驚，低聲地說了一句：「埃蒂安．瓦蘭。」

現在總算弄清死者的身份，這個埃蒂安．瓦蘭有個兄弟叫阿爾弗雷，曾經向昂代馬特求助過，但對於埃蒂安．瓦蘭為什麼自殺，銀行家則毫不知情。

警方很快就查到了瓦蘭兄弟的一些資料，他們曾經加入一個犯罪集團。集團犯下一連串猖狂的竊盜案件，因此受到警方大力通緝，導致集團最後解散。瓦蘭兄弟在普羅旺斯街住了六年，這裡的居民對他們的過去一無所知。

對於一個作家來說，這件撲朔迷離的案子實在很吸引人，在強烈的好奇心驅使下，我堅持查找可能的線索。我的朋友達斯普理也來幫我，我們在報紙上讀到了幾則有關潛艇試驗的新聞，潛艇代號恰巧就是「紅桃七」，另外《法國迴聲報》上一篇署名為薩爾瓦托的人所寫的《紅桃七事件》，則令始終處於混沌狀態的事情展露出一絲端倪。

報導寫道，十年前，住在馬約爾大街〇一〇二號的年輕礦業工程師路易·拉孔布透過助手瓦蘭兄弟，結識了銀行家喬治·昂代馬特先生，並說服這位先生支援他的潛艇計劃。然而在最後約定之日，拉孔布從昂代馬特的府邸出來後便失蹤，連設計圖也不見了！經過秘密調查後，證實拉孔布的設計圖已被瓦蘭兄弟偷偷賣給別的國家，目前，拉孔布設計的「紅桃七」也已由鄰國建造成功。可惜的是，瓦蘭兄弟提供的設計圖缺少了拉孔布失蹤當晚帶給昂代馬特的最新資料，這是一份極為關鍵的資料，少了這份資料，設計圖就殘缺不全，設計出來的潛艇也就存有缺陷。

薩爾瓦托在文章中威脅昂代馬特先生以行動支持回收設計圖的計劃，使得這位銀行家成了公眾的關注焦點。

對於這篇文章，我原本抱持著半信半疑的態度，但這一天昂代馬特夫人的突然造訪，證實了文章的可靠性和真實性。不過，夫人也說出了另一個隱情，在失蹤的設計圖中，還有一些涉及他們夫婦聲譽的東西，是昂代馬特夫人與拉孔布的私人信件。瓦蘭兄弟正是憑著這些東西一再地對他的丈夫進行敲詐。因為到目前為止，昂代馬特先生還沒有見過那些該死的信，昂代馬特夫人希望我能幫她要回那些信件，以挽回他們夫妻間即將破裂的感情。

一直在一旁觀察昂代馬特夫人的達斯普理走了過來，對她說：「可是，夫人，那兩兄弟對此是否有充分的防備？」

「是的，他們吹噓說東西放在最保險的地方。」

「那麼，您認為這個地方是……」

「我丈夫發現了這個地方。」

「真的？在哪兒？」

「這裡。」

我一跳而起，喊到：「可是他們並不住在這兒。」

「是的，在您住進來以前這幢小屋一直沒有人，因此他們很可能曾經回來過，另外，拉孔布十分聰明，致力於鑽研機械，有空就做保險櫃和鎖來消磨時光。也許瓦蘭兄弟無意中發現了這些保險櫃，就拿來裝這些東西，並準備隨時來拿取。但沒有料到我丈夫於六月二十二日晚上來這裡取走了東西，留下了自己的名片。並告訴那兩兄弟，他不再懼怕他們。兩天以後，埃蒂安·瓦蘭讀到了您的文章，便匆匆趕來，等他發現保險櫃已經空無一物時，就自殺了。」

屋裡一陣沉默，片刻之後，達斯普理問道：「夫人，如果我猜的沒錯，這些都只是您的推測，昂代馬特先生根本什麼也沒對您說吧？」

「是的。」

「那他對您的態度與平時有所不同嗎？」

「沒有。」

「這就對了，這表示昂代馬特先生並沒有找到那些信。他要是已經發現了那些信，事情就不會如此。所以到這裡帶走東西的人不是他，而是那個操縱整個事件的神秘作者薩爾瓦托。」

「天啊，那我該怎麼辦？說不定他也會拿這些信威脅我丈夫！」

「把這事告訴薩爾瓦托，必要時把您丈夫掌握的資料提供給他，總之，您得想辦法與他聯繫。你們的利益是一致的，我想他會考慮幫助您的。」達斯普理提出了大膽的、甚至有些危險的建議。

不管怎麼說，這對處於極度驚慌中的昂代馬特夫人總不失為一個辦法，因此，她立即表示可以試一試，並答應把聯繫的情況即時告知我們。

三天後，我收到了昂代馬特夫人寄來的信，那是薩爾瓦托給她的回函。上面說，那些信不在設計圖中，但他會找到的。我拿起信，發現筆跡與六月二十二日晚上夾在我書裡的信相同，看來達斯普理的推論是正確的，薩爾瓦托就是這一連串事件背後的神秘人物。

我一直在關心那兩張神秘的撲克牌，而達斯普理卻一心在尋找那些信件，他成天在我的房子裡翻東翻西，連牆上的磚石和屋頂的瓦片也不放過。皇天不負苦心人，他終於在院牆的轉角處，挖出了一堆屍骨以及一塊佈滿紅斑的小鐵片。鐵片與撲克牌一般大小，上面有七個桃型的圖案，已經褪色，而且每顆桃尖上都有一個小圓孔。

不知是不是因為過度恐懼，我病倒了。達斯普理是個很忠誠的朋友，每天都來陪我，當然也還是不斷地在房間裡敲敲打打。第三天，我起床了，人也好了許多，尤其是將近下午時的一封急件使我恢復得更快。信上說，今晚要借我的房子一用，以便解開最後的謎底，署名是薩爾瓦托。

我早早就將僕人打發走，打開花園的柵欄，等待薩爾瓦托的到來。不久，達斯普理來了，他也想留下來看個究竟。更有趣的是，昂代馬特夫人也慌慌張張地瞞著丈夫跑來了。她說，有人約昂代馬特今晚在這兒確認設計圖及交換書信。

就這樣，我、達斯普理和昂代馬特夫人藏在壁爐旁邊，以天鵝絨帷幔作為屏障，從這裡我們可以看清整個房間。達斯普理告誡另外兩個人千萬不能動。

牆上的掛鐘指向九點，有一個人走進房間，我立即認出他是阿爾弗雷．瓦蘭，他與埃蒂安．瓦蘭一樣，都長著一張兇狠的臉。阿爾弗雷．瓦蘭警覺地觀察著房間，擔心有什麼埋伏似的。他一路小心翼翼地走到牆上掛著的鑲嵌畫前，手指順著手持利劍的白鬍子老國王的肩和臉摸去。突然，身後的腳步聲使他停了下來。

昂代馬特出現在門口。兩人爭執起來，內容仍是關於設計圖和信的事。銀行家昂代馬特威脅說：「要是你不還給我，就別想出去！」

「我偏偏要出去。」

「絕不可能，你出不去的！」

瓦蘭見銀行家態度堅決，退了一步，嘴裡嘟囔一句：「好吧，有什麼話你就快說吧！希望這件事快點做個了結。」

這樣的場面令藏在壁爐旁的我們感到詭異，主角薩爾瓦托為什麼還不登場呢？

昂代馬特先生沉默了一會兒後說道：「我只要你告訴我，當年你對拉孔布到底做了些什麼？」

瓦蘭冷笑著，不正面回答昂代馬特的問題，他說自己和拉孔布的失蹤一點關係都沒有，那些設計圖是他在拉孔布的桌上找到的。「聽著，我奉勸你……」瓦蘭壓低聲音說，「別再纏著我不放，那些信公佈出去對你沒好處。」

瓦蘭的聲音充滿了憤怒，昂代馬特夫人不禁輕呼一聲。這驚動了瓦蘭，他拿出手槍，想強行衝出去。

突然間，一聲槍響，瓦蘭手裡的武器應聲落地。我嚇了一跳，這一槍竟然是達斯普理開的。此時，他已一個箭步走出帷幔，跨到昂代馬特和瓦蘭中間，他對嚇傻在那兒的銀行家說道：「先生，請原諒我插手管這件事。我實在看不下去，您的牌技太糟了。」

接著，達斯普理轉向瓦蘭，一反平時的和氣，威嚴地對他說：「我們兩個來較量較量吧，朋友，主牌是紅桃，我出七。」

說著，達斯普理把帶有七個紅桃的鐵片伸到瓦蘭的鼻尖下，只見瓦蘭臉色蒼白，兩眼睜得大大的，整個人都嚇傻了。「你……你是誰？」瓦蘭結結巴巴地問。

「我已經說過了，我是一個愛管閒事的人，而且是個一定會把閒事管到底的人！」

「你想要我做什麼？」

「交出你的設計圖和信件。」

「不，我……我什麼也沒帶。」

「別跟我耍花招，我什麼都知道。今天上午，你收到一張便條，要你晚上九點來這裡，並帶設計圖來。雖然你是個混蛋，但有一點你做得不錯，很聽話。所以，快點，我知道你把設計圖帶來了，交給我吧！」

我簡直沒想到，平日隨隨便便、和和氣氣的達斯普理，現在竟一反常態，言語神態間有一股凜然的威嚴，把瓦蘭給治得服服貼貼。瓦蘭交出了設計圖，不過他向達斯普理要求一萬法郎。達斯普理轉頭對昂代馬特說：「好吧，先生，就請您開一張支票吧。」

昂代馬特半信半疑地開了一張支票，雖然他不清楚眼前這個神秘人究竟要做什麼，但他的直覺告訴他，這個人是來幫他的。

瓦蘭伸出了手，但立即被達斯普理擋開：「朋友，事情還沒完，那些信呢？我說的是昂代馬特先生的那些信。」

「我不知道，信是我兄弟藏的。」

「是嗎？那我告訴你，信就在這裡，」達斯普理退到那幅畫前，用槍指著瓦蘭說道，「去，把它打開。」

「可是……可是我沒有紅桃七。」

「用這個。」達斯普理把那塊鐵片交給瓦蘭。

瓦蘭嚇得往後一退，喊道：「不——我不想——」

「這沒什麼可怕的。」

達斯普理走向白鬍子老國王的牆飾，跳上一把椅子，把紅桃七貼在利劍下端的護手處，讓鐵片蓋住劍刃，然後用一把錐子，輪流插入紅桃尖上的七個洞，抵住鑲嵌畫上的七塊小石子，機關逐漸啟動，國王的上身翻轉過去，出現一個大洞，裡面是一個鐵製的雙層保險櫃。打開保險櫃後，在場的人——尤其是昂代馬特先生大失所望——保險櫃是空的。

達斯普理朝瓦蘭走過去，說道：「別玩把戲了，一定還有另一個地方，說，在哪裡？」

瓦蘭愣了愣，說道：「我不知道。」

「行了，我知道你要錢，說吧，還要多少？」

「一萬法郎。」

達斯普理轉身問昂代馬特：「先生，您的那些信值這個價錢嗎？」

「當然。」銀行家堅定地回答。

瓦蘭關上保險櫃，拿起紅桃七，貼到利劍的護手處，再把錐子依次插進桃尖，機關又一次啟動，出人意料的是，保險櫃的其中一部分轉動了，露出另一個小保險櫃。那疊信就放在裡面，用繩子綁著，並蓋有封印，瓦蘭把它交給了達斯普理。達斯普理拿著信對昂代馬特說：「支票開好嗎？您那兒好像還有一份拉孔布留下的潛艇補充設計圖吧？」

昂代馬特點了點頭，取出了那份設計圖。達斯普理拿信跟昂代馬特所持的設計圖交換。昂代馬特走了，帶走他妻子寫給拉孔布的信。

接著，達斯普理把瓦蘭手裡的一疊設計圖拿了過來，但卻沒有將那兩張支票交給瓦蘭。

瓦蘭怒不可遏，卻又無可奈何，他發狂似地朝著達斯普理吼著：「錢！兩萬！」

「不可能，這沒有道理，想用偷來的東西換錢？滾吧，蠢貨！到外面吸點新鮮空氣，清醒一下吧。怎麼，還不願意走？想讓我把你帶走嗎？也好，我們到空地去看看，那兒有一堆石子，石子下面……」

「不，這不是真的。」瓦蘭顫抖地說。

「我可以說得更詳細些。我這塊帶有七個紅桃的小鐵片原本是拉孔布隨身攜帶之物，你應該比我更清楚。因為正是你們兄弟倆把它連同屍體埋在了石子下面……我想，刑事單位對這一切可能非常感興趣。」

「你……我……我認輸了。但是我想知道，我兄弟的死是怎麼一回事？保險櫃裡的那個小匣子是你取走的嗎？」

「是的，那是個裝滿了首飾、鑽石和珠寶的匣子，是你們兄弟倆四處偷來的，已經被我拿走了。如果換作是你，你也會做同樣的事。我想你兄弟的死可能是因為發現櫃子被洗劫一空，一時想不開，就自殺了。事情就是這樣，我全回答了。」

「你、你到底是誰？」

「亞森・羅蘋。」

「亞森・羅蘋……」這個名字令瓦蘭如挨了一記悶棍，然後踉蹌地走出房子。

「出來吧，我的朋友們。」達斯普理——亞森・羅蘋——又恢復了平日的溫和。

我撩開帷幔，扶出快癱倒的昂代馬特夫人。

「喂，怎麼了？」達斯普理趕緊過去幫忙。

「那些信，您給了她的丈夫？」我問道。

亞森・羅蘋拍了拍額頭道：「她以為我真的把信交給昂代馬特了？唉，她太不了解我了。」

昂代馬特夫人聚精會神地聽著亞森．羅蘋的話，眼睛裡充滿了疑惑。亞森．羅蘋笑了，他從提包裡取出一疊信，與昂代馬特先生帶走的一模一樣，說道：「這是您的信，夫人。」

「可是我丈夫他、他帶走的……」

「放心，我早已重新處理過，信上的內容會讓您的丈夫滿意的。」

我望著這位在關鍵時刻才暴露身份的朋友，神情有點尷尬，而亞森．羅蘋卻輕鬆自在地對我說：「您應該跟達斯普理道別了，他即將遠行。我打算把他送到摩洛哥，相信他會在那兒找到歸宿。」

「等等，」我將亞森．羅蘋拉到離昂代馬特夫人較遠的地方，問道，「您是如何知道這些事的？」

「我自有我的情報管道。當我於六月二十二日晚間來到這裡時，就猜這幅畫有特別的作用，而紅桃七則是關鍵。在這個隱藏的保險櫃裡，我發現了瓦蘭兄弟的來往信件，才知道他們的叛國行為，於是我把一切公諸於眾，也藉此引誘他們出現。」

「但您尋找設計圖是為了什麼？」

「您想知道？」亞森．羅蘋坐下來，「交給海軍部長，讓他們按設計圖建造第一艘自己的潛艇，至於昂代馬特先生的這筆錢，我會替他捐出來。」

這就是我與亞森．羅蘋結識的過程，我也就是這樣與這位偉大人物建立起了友誼，也多虧了亞森．羅蘋的信任，我成了他忠實、友好而又充滿感激之情的傳記作家。

7 安貝爾夫人的保險櫃

凌晨三點，坐落於貝蒂埃大道的一棟房子前仍停了六輛車。隨著前門敞開，一群男女夾雜走出，他們當中的多數人選擇坐進自家的車快速駛離，剩下的兩個男人則沿著庫塞爾街走，並在拐角處分手，因為其中一人就住在那條街上，而另一位決定徒步走回馬約門。這是個美好的冬夜，空氣冷冽清新，是個適合散步、呼吸新鮮空氣的冬夜。

然而幾分鐘之後，一股不快的感覺湧上這個男人的心頭，他似乎被跟蹤了。他回過頭時瞥見一條人影閃躲於樹木間。他並非一個膽小鬼，不過最好還是加快自己的步伐比較明智。緊接著，他發現尾隨他的那傢伙追趕上來，於是當下決定掏出左輪手槍與對方正面對峙。可是根本沒有時間。那傢伙瞬間猛撲上來，就是一陣襲擊，兩人隨即陷入一場殊死搏鬥。他馬上就發現對方居於上風，在呼救與掙扎之間，他被甩翻至一堆碎石上，對方掐住他的喉嚨，往他嘴裡塞了一條手帕。他緊閉雙眼，眼看就要失去知覺——那雙扼得他喘不過氣的手卻突然鬆開。那傢伙被迫起身抵擋一輪突然其來的攻擊，有一根手杖猛地朝那傢伙打去，緊接著那傢伙挨了一腳，痛呼出聲後就是一陣咒罵，跛著腳趕緊逃離。

新來的那人不屑於追趕上去，而是俯身問他：「先生，您受傷了嗎？」

他並沒有外傷，只是頭暈得站不起來。於是救命恩人攔了一輛車，陪同他回到他那棟位於大軍團大街的住處。回到家之後，他終於完全清醒了，滿懷感激地向救命恩人致謝。

「先生，我欠您一命，此恩我永生不忘。此刻夜已深，我不願驚動妻子，但是明天——明天她肯定會想親自向您致謝，所以我想邀請您與我們共進早餐。我是呂多維克·安貝爾，不知道您怎麼稱呼呢？」

男人遞上一張名片說道：「我叫亞森·羅蘋。」

這個時候尚未發生馬拉基城堡竊盜案、桑塔監獄越獄案以及其他轟動的案子，因此亞森・羅蘋還沒什麼名氣，他甚至還沒使用過亞森・羅蘋這個名字。這個名字是他特別為了應付安貝爾先生而杜撰的，也就是說，「亞森・羅蘋」一名是因此而誕生。此時的亞森・羅蘋雖然具備足夠的能力，但缺乏通往成功之路必備的資源與權力，所以在這一行裡只能算是一名小學徒，還稱不上大師。

回憶起安貝爾先生昨夜的邀約，亞森・羅蘋就樂不可支，他終於可以幹一件讓他大展奇才的案子了！百萬富翁安貝爾夫婦，簡直是道豪華又合他胃口的饗宴。

為了赴約，亞森・羅蘋刻意將自己打扮得十分寒酸卻不失整潔。他走下蒙馬特住處的樓梯，行經三樓時，他用手杖敲了敲一扇關著的門，但沒有停步，直接就到街道上，流暢地搭上一輛駛來的電車，有人緊隨在他身後，坐到他一旁。是那個三樓的房客。

過了好一會兒後，這人才開口問道：「如何，老闆？」

「如何？搞定了。」

「怎麼辦到的？」

「我正要去那裡吃頓早餐。」

「吃早餐！在那兒嗎？」

「當然，有什麼好懷疑的？我可是從你的手中救回安貝爾先生一命。安貝爾先生並不是個忘恩負義的人，所以他邀請我一塊兒吃早餐。」

沉默半晌後，那人說道：「您不打算放棄這次的計畫？」

「小老弟，」亞森・羅蘋說道，「我昨晚為了給你一拐、再踢你一腳，撐到凌晨三點都沒睡。這樣冒著打傷我唯一一個朋友的風險，可不是想放棄對方的報答。不！這不是我的本意。」

「可是那個關於他財產的奇怪謠言呢?」

「別想那麼多。為了這樁生意,我前後忙了六個月,調查、研究,訪問過僕人、債權人、受雇來做偽證的那些魁儡。這六個月以來,我都在探索這對夫婦的隱私。因此我知道自己在說什麼。無論那筆財產是就像他們說的來自老布拉福家,還是其他管道,我都不在乎。我只關心那筆財產是否存在,而既然它存在,它就將全部屬於我。」

「唉呀,那有一億呢!」

「即便只有一千萬,甚至是五百萬,也都夠本了!他們有個裝滿債券的保險櫃,如果我無法破解它的話,事情就麻煩了。」

電車在星形廣場停下。

那人低聲問:「那我現在該幹什麼?」

「現在,什麼也別幹。等候我的通知,不急。」

五分鐘後,亞森・羅蘋踏上安貝爾公館奢華的樓梯,安貝爾先生則向妻子介紹了亞森・羅蘋。潔維茲・安貝爾夫人是個矮小豐滿且相當健談的女人,她由衷地歡迎亞森・羅蘋。

「我很開心能夠設宴感謝我們的救命恩人。」她說。

這對夫妻從一開始就視「我們的救命恩人」為老朋友,所以到上點心的時候,他們已經非常信賴彼此,友誼堅不可摧。亞森・羅蘋說起自己的身世背景,提到他那個身為地方法官的父親,以及自己悲傷的童年與眼下的困境。潔維茲也聊到自己的青春過往、她的婚姻、老布拉福的恩情、她所繼承的億萬遺產、那些阻止她享受遺產的種種障礙、不得不背負的高利貸、那些與老布拉福的姪輩們永無止盡的爭奪糾紛,那些訴訟!不得取用遺產的強制令!事實上,她什麼事都說了。

「試想一下,羅蘋先生,債券就放在那裡,在我丈夫的辦公室裡,但只要弄丟了一張債券,我們就失去了一切！它們就在那兒，在我們的保險櫃裡，但我們卻連碰都不敢碰。」一想到這筆鉅額的財富就近在咫尺，羅蘋先生不禁微微一顫。他心裡清楚得很，亞森．羅蘋絕不會像這位女主人一般，因為碰那筆財產而感到絲毫的痛苦。

「啊，它們就在那兒，」他反覆地喃喃自語，「就在那兒。」

在這種情況下形成的友誼，很快地就使他們親密無間。於是，當對方委婉地問起他的境況時，亞森．羅蘋坦承自己現下窮困潦倒。結果這個不幸的年輕人當下就被安貝爾夫婦聘僱為私人秘書，月薪一百五十法郎，每天到安貝爾公館報到，而他位於二樓的辦公室，就恰好在安貝爾先生辦公室的正上方！

亞森．羅蘋很快就發現自己這個秘書職位根本就是個閒差。在最初的兩個月裡，他總共也就抄錄了四封重要信函，然後被叫進安貝爾先生的辦公室一次——因此他只有一次正式觀察保險櫃的機會。此外，他還注意到，秘書甚至不夠格參與一些社交聚會。但是他毫無怨言，因為他寧可繼續保持低調，一個人自由自在。

況且，他沒有那麼多時間可以浪費。他先是多次潛入安貝爾先生的辦公室，聊表自己對這個保險櫃的敬意。保險櫃封得死死的，就像塊巨大的鋼鐵，看起來森嚴冷酷，無法輕易地被竊賊的普通工具撬開。但是亞森．羅蘋並不氣餒。

「施蠻力不如多動腦，」他對自己說道，「這段時間我必須仔細觀察、耐心等待，留意任何機會。」

他立即著手進行前置作業。仔細測量他自己的辦公室地板後，他在樓下辦公室天花板的兩根突飾線腳之間插入一根鉛管，想藉由這條管線，窺視、竊聽安貝爾先生辦公室裡的動靜。

在這之後，亞森．羅蘋成天趴在地板上觀察，經常看見安貝爾夫婦站在保險櫃前翻閱文書討論。當他們轉動密碼鎖時，他努力地看清數字以及左右轉動的圈數，他關注他們的一舉一動，他試圖捕捉他們的隻字片語。最後他發現想要完全打開保險櫃，似乎還必須拿到一把鑰匙。

一日，他看見安貝爾夫婦離開房間前，沒將保險櫃的門關好，於是他趕緊跑下樓，大膽地闖了進去。沒想到他們卻又突然折回來了。

「喔！抱歉，」亞森·羅蘋說道，「我走錯了。」

「進來吧，羅蘋先生，」安貝爾夫人喊道，「別這麼見外，您怎麼還沒把這兒當自己的家呢？我們正需要您給點意見，您覺得我們該賣掉哪些債券？是外國債券好呢，還是政府年金？」

「不用理會強制令了嗎？」亞森·羅蘋驚訝地問道。

「喔！強制令並非對所有債券都有效力。」

她打開保險櫃，拿出一摞債券。但丈夫立刻阻止道：「不，不，潔維茲，現在就賣掉這些外國債券實在是太傻了。它們還會繼續漲，但政府年金卻不會再攀升了。您覺得呢，親愛的朋友？」

這位親愛的朋友不予置評，但還是建議先拋出年金。於是她拿出了另一摞，並隨機地從中抽出一張。它的利率為百分之三，價值兩千法郎。呂多維克把它塞進口袋。當天下午，他就在秘書的陪同下，將年金賣給了一名股票經紀人，拿到四萬六千法郎。

無論安貝爾夫人曾說過什麼，亞森·羅蘋從不覺得安貝爾公館讓他有家的感覺。相反地，他在那裡的身分相當突兀。他發現僕人們根本不知道他的名字，只稱呼他「先生」。呂多維克提到他的時候，總是那一貫說詞——你們去通知先生、先生來了嗎——幹嘛用這麼一個讓人困惑的稱謂呢？

再者，最初那股澎湃的熱情消退之後，安貝爾夫婦就鮮少跟他說話，雖然將他視為恩人而以禮相待，但不怎麼過問他的事。他們似乎覺得他是那種天性孤僻的人，因此也不隨意打擾他，彷彿這是亞森·羅蘋個人的嚴格準則。有一次，他穿越前廳時，聽到安貝爾夫人對兩位男士說道：「他是個怪人。」

「好極了，」他心想，「我就是個怪人吧。」

亞森·羅蘋繼續執行自己的計畫，而非花時間去懷疑他們的行為舉止為什麼如此古怪。畢竟他不能仰賴運氣，指望安貝爾夫人會一時疏忽地將鑰匙留在保險櫃上，更何況她總是撥亂密碼後才抽走鑰匙。因此，他必須親自行動。

然而，某則報導的瞎攪和，意外加速了事情的發展——幾家報紙先後尖銳地指出安貝爾夫婦是詐欺犯——此時的橫生變故，讓亞森．羅蘋決定不再等待，因為就這麼繼續拖下去，只怕他什麼也拿不到。所以接下來的這五天，他一反平常六點鐘就下班的作風，而是將自己關在辦公室裡。當人們都以為他已經離開時，他其實正趴在地板上監視安貝爾先生的辦公室。這五個夜晚，他殷殷期盼的良機都沒有出現，只能於午夜悄悄地從側門溜走。

但就在第六天，他得知安貝爾夫婦因為敵人們的含沙射影，決定清算保險櫃裡的債券。

「就是今晚了。」亞森．羅蘋心想。

果不其然，晚餐後，安貝爾和他的妻子就回到辦公室，開始檢閱帳簿以及保險櫃裡的債券。時間一點一滴地流逝，他聽到僕人們上樓回房，一樓已經無人留守，只剩安貝爾夫婦仍在午夜裡埋頭苦幹。

「得趕緊工作才行。」亞森．羅蘋喃喃地說道。

他打開面向院子的窗戶，外頭一片漆黑，萬籟俱寂。他從書桌上拿出一條打了結的繩子，將之拴在窗前的陽臺上，然後悄悄地降落到樓下安貝爾的辦公室窗前。他一動也不動地在陽臺上站了好一會兒，感官清晰敏銳、注意力集中，但終究敵不過擋住房內動靜的厚重窗簾。他謹慎地推了推兩扇窗戶。他下午的時候就已經動了手腳，如果沒意外的話，應該可以順利推開。窗戶因他的觸碰而動，於是他小心翼翼地再將窗戶推開一點，直到腦袋能鑽過去。他輕掀窗簾，看見安貝爾夫婦聚精會神地坐在保險櫃前工作，久久才低聲說幾句話。

亞森．羅蘋計算了一下自己跟他們之間的距離，忖度著該如何迅速且精確地制服他們，以免他們大聲呼救。正當他要撲上去時，安貝爾夫人說道：「喔！這房裡變冷了，我要上床睡覺了。親愛的你呢？」

「我想把事情做完。」

「做完?何必啊，這樣你得熬夜。」

「不會的，最多一個鐘頭就可以結束。」

她去休息了。二十分鐘，三十分鐘過去了。亞森・羅蘋把窗戶再推開一點，窗簾輕顫，他再推。安貝爾先生轉頭見到窗簾被風吹得鼓了起來，便起身想關窗戶。

一聲不響，甚至連反抗的痕跡都沒有。亞森・羅蘋動作俐落地打昏他，沒有造成什麼傷害，並用窗簾包住他的頭，將他的手腳綑起來，以免安貝爾先生看見襲擊者的真面目。

他迅速地接近保險櫃，抓起兩摞債券就往腋下一夾，離開辦公室，穿過僕人走的便門。一輛車就停在街上。「先拿著這個，然後跟我來。」他對駕駛說，然後回身往辦公室走。來回跑了兩趟，兩人就把保險櫃大致掃空了。接著，亞森・羅蘋回到自己的辦公室，解開繩索以及抹去所有暗中行事的痕跡。

幾個鐘頭後，亞森・羅蘋和他的助手著手清點偷來的戰利品。一如他事前所料，安貝爾夫婦並沒有傳說中的那麼富有，那些債券不但沒有上億，甚至夠不上千萬。但亞森・羅蘋一點也不失望，因為那終究還是筆可觀的數目，而且具保值力。他已經心滿意足了。

「當然，」他說，「我們不得不偷偷地以低價出售這些債券，所以必然會有相當大的損失。在這之前，它們就乖乖地待在我的辦公桌上，等待最佳的出售時機吧。」

亞森・羅蘋覺得隔天沒理由不去安貝爾公館上班。但他卻在早報上讀到一則令人吃驚的報導：「潔維茲・安貝爾和呂多維克・安貝爾失蹤了。」

當執法人員打開保險櫃時，看到的不過是亞森・羅蘋少數沒拿走的東西。

事情的經過大致是如此。某日，亞森・羅蘋一副分享什麼祕密的模樣，告訴我這次事件的後續發展。

他神經兮兮地在我房裡來回踱步，眼底散發狂熱的光芒，迥異於平常。

「這是您幹得最漂亮的一次，」我對他說，「對吧？」

他並沒有正面回答我，而是說道：「這次的事件有不少令人費解之處，有幾點我一直想不透。例如，他們究竟為什麼要逃跑？為什麼不順水推舟地利用這件事？只要簡單的一句『保險櫃裡的財產價值上億，但全被偷走了』！」

「他們嚇到失去理智了。」

「是啊，就是這樣，他們嚇傻了……但從另一方面來看，其實——」

「其實什麼？」

「喔，沒事。」

亞森．羅蘋為什麼話只說一半？很明顯地，他並沒有將事件的經過全盤托出，其中有些他不願意為人所知的事。他的這種行為令我感到困惑。那些事肯定非常嚴重，才會連亞森．羅蘋這樣的男人都閃過一絲的猶疑。我隨口問道：「在那之後您還有見過他們嗎？」

「沒有。」

「您是不是對那兩個不幸的人產生惻隱之心？」

「我？」他猛地驚呼。

他突如其來的激動嚇了我一跳。我戳到他的痛處了嗎？我繼續說道：「是啊。如果不是您，他們也許還能正面面對危機，或者至少能口袋鼓鼓地潛逃。」

「您這是什麼意思？」他憤怒地說，「我猜您大概是認為，我這是在懊惱自責囉？」

「自責也好，懊惱也好，隨您怎麼稱呼它——」

「他們不配。」

「難道您完全沒有對偷了他們的財產這件事感到絲毫的後悔與自責嗎？」

「哪來的財產？」

「就是您從他們的保險櫃裡拿走的那幾摞債券啊。」

「喔！我偷了他們的債券？我剝奪他們一部份的財產？這就是我的罪名嗎？小老弟，您根本不知道事情的真相。您萬萬沒有想到的是，那些債券根本沒有那個價值，那些債券全是假的——它們都是偽造的——您聽懂了嗎？**它們是假的！**」

我詫異地看著他。「偽造！四、五百萬法郎？」

「沒錯，假的！」他怒吼一聲，「都是一些廢紙！加起來甚至連一個蘇[2]也換不到！您問我，我是否感到一絲的悔意。**他們**才是應該感到內疚的人！他們把我當傻子耍，我還真就掉進他們的騙局。我是他們最後也是最蠢的一個受害者！」

他由於自尊心受損而怒不可遏。他繼續說道：「從頭到尾我都居於劣勢。您知道我在這次的事件裡扮演什麼角色嗎？或是更確切地說，他們讓我扮演誰？安德列．布拉福！是的，小老弟，這是真的，而且我甚至不曾起疑心。一直到後來我看了報紙，我這愚蠢的腦袋才終於恍然大悟。在我冒充成救命恩人，冒著生命危險從刺客的手中救回富翁安倍爾先生的同時，他們則將我塑造成一個布拉福家的子弟。很精采吧？那個在二樓有間辦公室的怪人，那個給人隔閡感的孤僻怪人就是布拉福，而布拉福就是我！多虧以我的名字——布拉福——做擔保，他們得以向銀行、其他債權人貸款。哈！真是菜鳥的初體驗啊！我向您發誓，我徹底從中學到了教訓。」

[2] 蘇（sou），法國舊時硬幣，二十蘇等於一法郎。

他驀地住口，抓住我的手臂，用一種惱怒的語氣對我說道：「親愛的朋友，現在潔維茲．安貝爾還欠我一千五百法郎。」

我忍不住笑出聲，因為此刻他散發出來的怒氣是如此荒謬與小題大作。不一會兒，他自己就笑了起來，說道：「是啊，小老弟，一千五百法郎。您要知道，當初他們承諾我的薪水我是一毛錢也沒拿到，更重要的是，這期間她還向我借了一千五百法郎，是我這個年輕人的所有積蓄！您知道她是以什麼樣的理由向我借錢嗎？為了捐錢給慈善機構！讓我再把話說清楚一點。她想捐錢給那些她在救濟的窮人，但她的丈夫並不知道。於是我辛苦掙來的血汗錢就因為這個愚蠢的幌子而被榨得一乾二淨。是不是很好笑？亞森．羅蘋從一位淑女那裡偷了四百萬偽造債券，卻被對方詐騙了一千五百法郎！我費盡心思、時間與絞盡腦汁，最後得到的卻是這樣的結果！那是我人生中第一次被耍著玩，我坦承，當時的我真是敗得徹底啊。」

8 黑珍珠

故事發生在奧什大道九號。

亞森．羅蘋在半夜撬開這幢房子，一直爬到六樓，他假裝是來找阿萊爾醫生的，如此一來便可順利地騙過貪睡的門房。亞森．羅蘋一陣竊喜，他藉著手電筒的光在前廳脫掉外套，並在皮靴上套上了一雙厚氈軟底鞋，然後躡手躡腳地摸到了伯爵夫人的臥室門口，抱著試探的心態，轉了轉鎖把，門竟意外地開了。

根據事先準備好的文件指示，他只要摸著一把長椅爬過去，再順著一把扶手椅就會找到床邊的一張小桌子，接著找到放在信盒裡的黑珍珠。

亞森．羅蘋的動作是如此輕微，沒有發出一點聲音，即使此時有人還沒有睡著，也不會察覺有什麼異狀。他趴在地毯上一路摸過去，突然間倒抽一口氣。他碰到了一個怪怪的、無可名狀的東西。他嚇壞了，沒有料到此次行動會出現這樣的意外。

二十秒，三十秒過去，一身冷汗的亞森．羅蘋終於回過神來，他的手指是觸碰到了一個人的臉龐——冰冷的臉龐。

不管現實多麼恐怖，亞森．羅蘋總會控制住局面。他定了定神，迅速打開手電筒。一個女人血淋淋地橫在他面前，脖子、肩膀上到處是可怕的傷痕。

亞森．羅蘋站起身來，扭開電燈，終於看清了一切。這裡顯然經歷過一場激烈的搏鬥，屋內被弄得一團糟，那女人躺在雜亂的器具之間，臉色蒼白，咧著嘴，流出的血已經在地毯上凝固變黑，旁邊的時鐘指針則是指著十一點二十分。

「黑珍珠？」亞森．羅蘋低聲說了一句，奔向自己此次的目標。果然，信盒裡空無一物。亞森．羅蘋往扶手椅上一倒，陷入思考，越是這種時候，越需要冷靜沉著的頭腦。

時間一分一秒地過去，亞森．羅蘋的毅力和思辨力都在承受考驗。還好，在這些錯綜複雜的情節中，他很快地找到了頭緒。

亞森．羅蘋留下了床底的扣子，收起兇手落在地毯上的刀子，帶走留在鎖孔裡的鑰匙，擦去牆上的指印。然後把門鎖好，插上門閂，輕輕地退了出去。

奧什大道殺人案不久便被報導出來，伯爵夫人的男僕維克托．達內格爾被指控殺害了伯爵夫人，且偷走夫人的無價之寶——黑珍珠。

警察局長迪杜伊先生在維克托．達內格爾的閣樓裡找到了沾有血跡的衣服，並在死者床下發現一件衣服，上頭缺少了一個扣子。但難以解釋的是，達內格爾是如何走進上了兩道鎖的房間？幾番審訊下來，什麼收穫也沒得到，案子反倒更加撲朔迷離。

首先，死者的表妹和唯一繼承人供稱，伯爵夫人曾寫了一封信，告訴她如何收藏黑珍珠，但信在她收到的第二天便不見了，而且門房也表示淩晨三點左右，有人曾經進入公寓。

達內格爾的審判在兇案發生的幾星期後舉行，經過幾個小時枯燥乏味的辯論，法官最後宣判維克托．達內格爾無罪釋放。

出獄之後的達內格爾變得消瘦、虛弱、甚至有些失魂落魄，他化名為阿納托爾．迪富爾，四處打工度日。亞森．羅蘋是在鄰近的餐館找到正在用餐的達內格爾的，亞森．羅蘋的出現使達內格爾有些慌張，他驚訝且畏懼地看著這位不速之客。

「我們喝一杯，達內格爾？」

「什麼?不，我叫迪富爾，您認錯人了。」維克托結結巴巴地說。

「不，先生，這幾天以來我一直跟著您。」

「說吧，您想幹什麼?」

「好，」亞森．羅蘋說，「我是森克萊芙小姐——也就是黑珍珠的唯一繼承人——派來的，我來討回失物。」

「不，先生，我沒偷。」

「您有。」

「如果我偷了，不成了殺人兇手?」

「當然。」

達內格爾擠出一抹苦笑，說道：「陪審團已經判定我無罪了……」

「少廢話，小子，」亞森·羅蘋抓住他的衣領，「看來非得由我來敘述案發經過，做案前三星期，您從女廚那兒偷走了便門的鑰匙，跑到奧貝爾康普夫街二百四十號，找鎖匠烏塔重打了一把。」

「不、不，誰見過什麼鑰匙。」維克托慌了。

「您用一把有開血槽的三角刃殺死了伯爵夫人，」亞森·羅蘋不聽他的辯解，繼續說道，「上面有鏽斑，要不要我告訴您，您是怎麼把刀子搞到手的？」

亞森·羅蘋一把將維克托·達內格爾推倒在座位上。達內格爾慢慢轉過頭來，冷笑了一聲道：「那又怎麼樣，誰能證明這些東西屬於我？」

「鎖匠和賣刀的店員，他們會認出您的。」

亞森·羅蘋一針見血的話把維克托徹底地震懾住了。

「當然，還有一個問題，」亞森·羅蘋繼續說，「當天夜裡，您走到衣帽間時，大概是因為害怕的關係吧，您在牆上稍微靠了一下，留下一個沾有血跡的拇指印。您知道，這是可以檢測的，可是……」

達內格爾此時已嚇得一臉慘白，冷汗直流，亞森·羅蘋的敘述就像他親眼目睹過一般真實，他不得不低頭認罪。「我可以給您黑珍珠，不過，我要一筆錢。」

「不，我一毛錢也不會給您！」

「什麼？我什麼都得不到？」

「不，您得到了一條生路。如果這一切我不是對您說，而是去找警方，您就會被重新抓起來，有我的證據在，您根本別想脫罪！」

達內格爾為自己斟了兩杯酒，一口一杯地灌了下去，然後壓低聲音說：「好吧，我輸了，跟我去拿東西吧。」

很快地，亞森．羅蘋陪著達內格爾到菸鋪的轉角處，挖出失竊的黑珍珠。當然，亞森．羅蘋履行了諾言，替達內格爾買了一張前往美國的機票。這是亞森．羅蘋最感到驕傲的冒險活動之一，他在為自己下結論時說：「這就叫青天有眼。」

9 遲到的福爾摩斯[3]

亞森．羅蘋就是這麼一位天才級的人物，他的出現總能讓人們震驚和激動。尤其是那些有錢人，他們非常關注亞森．羅蘋的動向，亞森．羅蘋幾乎成了他們在餐桌上一定會談論的話題，有一次甚至還驚動了大偵探福爾摩斯。

事情是這樣的，銀行家喬治．德瓦納家裡一本名為《蒂貝爾梅斯尼爾編年史》的書不翼而飛了，書上記載著蒂貝爾梅斯尼爾城堡的俯瞰圖、建築平面圖以及地道走向圖。

人們自然會將這樣的事與亞森．羅蘋聯繫起來，除了他，還有誰能做到呢？為了保險起見，銀行家請

---

[3] 作者盧布朗起初於雜誌連載故事時，借用了英國作家柯南．道爾筆下的小說人物夏洛克．福爾摩斯（Sherlock Holmes），讓羅蘋與福爾摩斯數次對決，因此引發《福爾摩斯》書迷們的不滿。日後《亞森．羅蘋》的連載集結成冊發行時，故事中的Sherlock Holmes已巧妙地更名為Herlock Sholmès，以避免爭議。本書還原本意，仍將Herlock Sholmès翻譯成夏洛克．福爾摩斯。

來了大名鼎鼎的偵探福爾摩斯，並在之前的一個大型家庭宴會上向眾人宣布了這個消息。

「唉呀，」畫家韋爾蒙說，「這真是個不幸的消息，不過這種小事也不必勞駕神探吧？」

韋爾蒙是一個知名的畫家，德瓦納不久前才通過表兄與其結識，兩人一見如故，往來密切。韋爾蒙與傳說中的亞森·羅蘋相貌相似，因此，德瓦納常常和他開玩笑，問他什麼時候對自家來一次大洗劫。此時，見韋爾蒙對書失竊的事很有興趣，德瓦納也就滔滔不絕地說起來：「不過，還有件事更嚴重，國立圖書館裡收藏的《編年史》副本也被偷走了，這兩本書對地道的描繪細節上有點不同，不過我知道只要仔細對照兩本書，就能畫出地道的確切走向，而地道的其中一個出口就在大廳內。」

「在大廳內？」

「圖上指出地道的那一頭通向一個叫T·G的地方，大概是指紀堯姆塔樓吧。」德瓦納點上一根雪茄，繼續說道，「塔樓四面環水，只以一橋與城堡相通，因此地道必定在舊有的護城河下面，根據圖書館記載的比例，出口有可能在地板、天花板和這幾面牆之間，說實話，我不忍心拆掉它們。」

熱利教士開口道：「德瓦納先生，我想起了兩句話，亨利四世和路易十六國王在他們的典藉裡記錄了有關這個秘密的一些句子，不過都有些莫名其妙，我想這些句子之中或許藏著謎底。」

德瓦納接過教士的話說：「是的，在阿爾克戰役❹前夕，亨利四世在這座城堡裡吃過晚飯後，公爵將諾曼第最漂亮的女人透過地道送到國王身邊，並把家族的秘密洩露給國王。後來國王的近臣將此事寫進了《王家經國大略》，並附上幾名莫名其妙的話，『斧頭在空中盤旋，空氣在顫動，但是翅膀張開了，一

❹阿爾克戰役（Battle of Arques），國王亨利四世與天主教聯盟之間於一五八九年的戰役，是法國第八次宗教戰爭的其中一役。

直走向上帝。』」

「這是什麼意思？」

「還有，路易十六曾於一七八四年駕臨蒂貝爾梅斯尼爾。人們後來也在羅浮宮找到了國王親筆書寫的字樣：『蒂貝爾梅斯尼爾：2—6—12』。」

聽到這裡，韋爾蒙哈哈大笑地站了起來，他把手搭在德瓦納的肩上，說道：「您把那兩本書裡所缺少的，卻是最重要的資料都說出來了，我應該向您表達十二萬分的感謝。」

「您的意思是……？」

「斧頭開始盤旋，翅膀張開，二乘以六等於一十二，線索已經夠多了。」

「那您可要好好把握時間喔！」德瓦納笑了起來，他覺得韋爾蒙真是太風趣了。

「放心，我一秒鐘都不會耽誤的，我得趕在福爾摩斯到來之前，將您這裡偷個精光！」

「哈哈，」德瓦納開心地笑著，「需要我幫您嗎？我要去迪耶普接幾位朋友，順道載您一程。」

客人們陸續離去，一輛汽車載著德瓦納和韋爾蒙開上了前往迪耶普的公路。韋爾蒙在遊樂場門口下車，德瓦納則直接去了火車站。

半夜十二點，德瓦納將朋友安頓好，自行回房休息了，整個城堡陷入一片漆黑，只剩下輕微的響聲，那是傢俱乾裂以及掛鐘指針轉動的聲音，一切都很平靜。然而當指針指到三點時，城堡的護牆上突然有什麼東西喀噠地一響，接著一束細細的光穿過客廳，書架緩緩轉動，露出了一個寬大的拱形洞口。

不久，一個男人從洞口走出，接著是第二個、第三個，他們扛著一捆繩子和各種工具。

「好了，讓兄弟們都進來吧。」第一個進來的人吩咐道。

不一會兒，洞口裡陸續鑽出了八個年輕男子，個個體壯如牛。其中一個小聲地問道：「老闆，現在就開始搬嗎？」

「當然，」第一個進來的人很肯定地回答，「亞森・羅蘋說過的事就一定要做到。」

就這樣，城堡客廳裡的東西在四十分鐘內全部被清掃而空，包括六把扶手椅，六把路易十五式的坐椅，幾塊奧比松掛毯、多座燭臺，兩幅弗拉戈納爾的畫，一幅納蒂耶的作品以及一些雕像，全都被移到了停在外面的卡車上。

幹活的人走了，剩下亞森・羅蘋一人留在屋裡，他必須清除剛才搬東西時留下的痕跡。一切收拾妥當後，亞森・羅蘋走進了連接塔樓和城堡的長廊，這裡有一個玻璃櫃，裡頭收藏了很多的珍寶。

亞森・羅蘋三兩下便把這些價值不菲的東西裝進自己隨身帶著的袋子裡，但他突然間似乎聽到一陣輕微的響動。亞森・羅蘋停下手中正在做的事，側耳細聽，凝神思考。對了，他忘了一件事，長廊盡頭有一道內梯，通往一套房間，那裡原本是無人居住的，但今晚德瓦納家來了客人。

亞森・羅蘋關掉手電筒。果然，樓梯上方的門打開了，一絲光線照到長廊上。亞森・羅蘋閃身躲在窗簾後，雖然看不到什麼，但能感覺到有人走了下來。一股淡淡的香水味告訴亞森・羅蘋，來人是個女的。

「老天保佑，女人膽子小，她會害怕得馬上掉頭走。」亞森・羅蘋在心裡祈禱。

可是，那人似乎毫無畏懼，一步步地向窗簾靠近，而且非常突然地撩開了窗簾。

亞森・羅蘋與她四目相對，大吃一驚。他心慌意亂地喃喃自語：「是您……您是蕾莉小姐？」

沒錯，眼前的這位正是亞森・羅蘋在橫渡大西洋的客輪上遇到的那位蕾莉小姐，在那次難忘的旅程中，這個女孩曾經不顧一切地掩護過他。儘管他依然被關進了監獄，但亞森・羅蘋對她的感激卻從未減少半分。

也許兩個人都沒有想到，會在如此的場景下再次見面。蕾莉小姐激動得晃了一下，跌坐在椅子上。亞森・羅蘋站在那裡，極不自在，就像一個被人當場抓住的小偷一般。

匡噹一聲，一隻錶落到了地上，接著是又一隻，亞森・羅蘋剛才塞進背包裡的東西接二連三地落下。

神情尷尬的亞森．羅蘋狠下心，乾脆把所有的東西全掏了出來。這時，他似乎輕鬆了一些，向蕾莉小姐走近一步。蕾莉小姐往後一退，如同躲避瘟神一樣。接著她忽地站了起來，驚恐地衝進客廳。

亞森．羅蘋跟進去，見到蕾莉小姐正站在那裡發抖，傻傻地盯著空空如也的大廳。

「我……我……」亞森．羅蘋結結巴巴地說，「明天，下午三點，我會……會物歸原主，所有的東西都將全部送回……」

蕾莉小姐默不作聲。亞森．羅蘋感到一絲不安，但他不敢再多說什麼，悄悄地準備離開。

蕾莉小姐突然低聲叫道：「有人！聽，腳步聲。」

「什麼？我什麼也沒聽見。」亞森．羅蘋驚訝地盯著她，「我……」

「還在想什麼？快，快逃！」

「為什麼？我……」

「求求你，你快走！」說完，蕾莉徑自衝到長廊上，側耳傾聽。沒有人，也許剛才的聲音是來自外面吧？她等了一會兒，又聽了一下，總算放心地往回走。

亞森．羅蘋已經不見了。

德瓦納起床發現城堡被洗劫時，第一個想到的就是韋爾蒙，他暗想，說不定這個韋爾蒙就是亞森．羅蘋。但是，這個念頭在他腦海一閃就過了，不可能是韋爾蒙，他是表兄那個社交圈的人，是著名的畫家，怎麼會是亞森．羅蘋呢？

儘管失去了這麼多藝術珍寶，但家財萬貫的德瓦納並沒有因為這點損失而驚慌失措，他仍是高興地接待賓客，包括警局的人。另外，住在城堡裡的朋友也下了樓。賓客們各自作了一番介紹後，發現少了一位客人──畫家韋爾蒙。他的缺席再度引起德瓦納的懷疑，他想起昨日晚餐時的那個玩笑。

就在德瓦納疑惑之際，韋爾蒙笑著邁進了大廳，邊走邊說：「我來遲了，真是抱歉。」

「哪裡哪裡，您忙了一夜，遲到也無可厚非。您應該知道消息了吧？」德瓦納目不轉睛地盯著韋爾蒙，想從對方的臉上看出點什麼。

「什麼消息？」韋爾蒙一臉茫然。

「城堡被洗劫了。」

「什麼？」

「我來告訴您吧，不過等您先帶安德道恩小姐入席再說。」德瓦納轉身招呼站在身後的一位女士，卻突然發現她顯得異常慌張，「喔，蕾莉小姐，您曾與亞森・羅蘋同船旅行過。您是覺得這位韋爾蒙先生像亞森・羅蘋嗎？」

蕾莉小姐沒有回答。韋爾蒙走上前，微笑地鞠躬道：「您好，小姐。非常榮幸能和您一起入席。請吧。」

蕾莉小姐挽著韋爾蒙的手臂，一起走向餐桌，她的神情怪異，像有什麼心事。

整個宴席上，大家談論的不外乎是亞森・羅蘋，以及失竊的物品，當然，還有福爾摩斯。這次韋爾蒙並沒有參與討論，蕾莉小姐也一直在凝神思考。過了一段時間之後，她抬頭望向牆上的掛鐘，兩點四十分。蕾莉小姐突然緊張起來，她不時地看了看若無其事的韋爾蒙，她想著亞森・羅蘋昨晚的承諾：「下午三點，物歸原主。」

兩點五十分，兩點五十五分。她越發焦躁不安起來，現在城堡裡外都是人，檢察官和預審法官正在偵查。亞森・羅蘋有什麼本事將東西送還回來？這種奇蹟會發生嗎？

三點，掛鐘響了。韋爾蒙和蕾莉小姐的目光相遇，她臉一紅，轉過頭去。就在此時，兩輛馬車駛進了花園，在臺階前停住。有人從座位上跳下來，高聲詢問誰是德瓦納先生。德瓦納跑下臺階與趕車人寒暄幾句，拉開篷布後，他不禁一愣：裡面是他的那些傢俱、油畫和藝術品。

「這是怎麼回事？」

「是這樣的，先生，我從上級那裡接到命令，博韋爾上校讓我們四營二連前往阿爾克森林的阿勒十字路口，負責將放置在那裡的東西於下午三點送到蒂貝爾梅斯尼爾城堡，交給主人德瓦納先生。我們到了十字路口，所有東西都已經準備得好好的，擺在草地上，並有一些過路人在……在看守。」

在場的一個軍官對那紙命令進行鑒別，證實是有人假冒博韋爾上校的筆跡。在德瓦納的指揮下，僕人們開始從車上搬下了東西，來賓們也幫著為這些傢俱的擺放位置提供意見。一片忙亂之中，只有蕾莉小姐表情嚴肅地站在平臺上，突然，她看到韋爾蒙向她走過來，想躲開卻找不到合適的退路。

「我遵守了昨夜的諾言。」

亞森．羅蘋在蕾莉小姐耳邊低聲地說，可是她卻沒有做出任何的回應。這種蔑視使他感到非常窘困，想再說些什麼替自己辯解，但是想了想，又覺得何必這麼費心，於是他停住了。

兩人沉默了好一陣子，最後亞森．羅蘋忍不住喃喃說道：「往事遙遠。但我卻無法忘記，在『普羅旺斯號』上，您手中拿著一朵玫瑰，和今晚這朵差不多，我向您討要，但您沒聽見。您離開後，我就把它撿了起來，可能您已經忘了，但我卻一直保存著。」

蕾莉小姐依然沒有說話，亞森．羅蘋繼續說道：「過去的一切歷歷在目，忘記您昨晚看到的我吧。我只求您現在看我一眼……就一眼。」

蕾莉小姐抬頭看著亞森．羅蘋，然後一聲不吭地點了點他戴在食指上的紅寶石戒指——這是德瓦納先生的。亞森．羅蘋臉一紅，不知該如何解釋。蕾莉向前走去，亞森．羅蘋本想拉住她，卻沒有勇氣，只能眼睜睜地看著她走過。蕾莉很快進了大廳，不一會兒就不見了。

亞森．羅蘋木然地注視著蕾莉留在沙地上的淺淺足印，突然間發現蕾莉靠過的那張竹椅上，放著一朵玫瑰。是她無意間遺忘的，還是有心留下的呢？亞森·羅蘋不敢去想確切的答案，急忙拾起，視如珍寶般地收藏在衣袋裡。

「算了吧，」亞森·羅蘋尋思，「我在這裡已無事可幹，尤其是福爾摩斯一插手，事情就麻煩了。」

花園裡此時空無一人，亞森·羅蘋鑽進花園的矮林，爬過圍牆，踏上一條蜿蜒小道，他想抄近路去火車站。走著走著，有一個人迎面走來。這人手持一根沉甸甸的拐杖，肩上掛著背包，從衣著和外表來看，像個外國人。來者正是德瓦納等人期盼已久的福爾摩斯，亞森·羅蘋憑直覺認出了他。他們擦身而過，相互致意。但此時傳來了馬蹄聲，是一隊警察，兩人一起退進了茂密的草林，緊貼斜坡，以免被撞著。最後一個警察走過去後，福爾摩斯站直身子，拍掉泥土。他的背包被荊棘絆住了，亞森·羅蘋過去幫他解開。

「謝謝，先生。」

「我的榮幸，福爾摩斯先生。」

「啊？您認識我？」

「是的，我的朋友們正焦急地等著您呢。」

說完，亞森·羅蘋禮貌地告辭了，他向火車站走去，福爾摩斯則繼續往城堡前進。

終於等到大偵探出現了，不過，當所有人發現這位名聲響亮的人物與一般人的外表差不多時，不免有些失望。儘管如此，德瓦納還是充滿熱情地歡迎他的到來：「大師，您終於到了。我有派車專門去車站接您，您沒見到嗎？」

「怎麼，還有歡迎儀式？」大偵探出奇的冷漠。

德瓦納知趣地打住話題，簡單地敘述了昨夜的竊盜案以及今天的怪事，當然也提到了地道。福爾摩斯的臉上出現一絲惱怒，但想到還有地道的秘密尚待解決，福爾摩斯消氣說道：「好吧，我們盡快找找，同時盡可能別讓外人參加。」

這句話顯然是指在座的所有人，德瓦納只好將偵探帶入大廳詳談。「如果您昨晚沒有提到那些難解的句子的話，韋爾蒙先生是不會得手的。」偵探聽完後說道，「他一直在尋找這個秘密。」

「您的意思是說——啊，真是可惡！韋爾蒙居然真的就是亞森．羅蘋。」

福爾摩斯沒有再多說什麼，他在房裡來回踱步，思索，然後坐下來，蹺起雙腿，閉起雙眼。

德瓦納不敢打擾這位行事有些怪異的偵探，只好出去吩咐僕人招待客人。等他再次回來時，福爾摩斯正趴在走廊上，細細地查看，並發現這一路滴了許多蠟油，直到樓梯上面。

「您從中推論出什麼了嗎？」

「差不多吧，不過現在的重點是地道的秘密。這兒有個教堂是嗎？」

「對，離這兒約二、三百公尺處，有個教堂的廢墟，羅洛公爵就安葬在那裡。」

「請通知您的司機，到小教堂附近等我們。」

「我的司機還沒回來。您認為地道通到小教堂？是根據什麼跡象……」

「先生，」福爾摩斯打斷他的話，「請給我一架梯子和一把手電筒。」

德瓦納有些驚訝地說：「啊，梯子和手電筒？」

「是的，請快點。」

德瓦納顯得十分尷尬，按鈴叫來了僕人。

兩件東西送來以後，偵探像個指揮官一般地發出嚴厲且明確的命令：「把梯子靠到書架上，放在『蒂貝爾梅斯尼爾』這個詞的左邊。再往左，往右，停！我們先來看字母H，能往哪個方向轉動嗎？」

德瓦納抓住字母H，驚訝地叫道：「是的，能向右轉四分之一圈，天哪！」

「再把字母R推進去又抽出來。」

德瓦納推動字母R，裡面似有什麼東西啟動了。

「很好，」偵探說道，「現在把梯子移到右邊，字母L可以打開，就像打開小窗那樣。」

德瓦納鄭重地抓住字母L，它果然打開了，接著從第一個字母到最後一個字母的那部分書架開始轉動，露出了地道口。

「是的，這正驗證了那些句子。」

「什麼？」

「H指的是斧頭，R是空氣，L是翅膀，H是盤旋，R是顫動，L是張開，2—6—12，也就是這個詞的第二、六與第十二個字母。」

「啊，原來是這樣，我明白了。只是，如果亞森・羅蘋是從裡面鑽出來的，那他又是從哪裡鑽進去的呢？」

「喏，全部機關都在這兒，就像鐘的發條，可以從背面找到所有字母，他只須在這一邊操縱就行了。」福爾摩斯轉亮手電筒，「來吧，去找另一個出口。」

「走地道？您有把握找到？」

「是的。」福爾摩斯和德瓦納沿著濕漉漉的地道一路走到了盡頭，又爬上三段十二級的臺階，在他們的上方裝著與入口相同的機關，用同樣的方法旋轉後，一塊花崗石移開了，這就是羅洛公爵的墓碑，浮雕上有「蒂貝爾梅斯尼爾」幾個字。

「一直走向上帝，就是指教堂。」偵探興奮地朝小教堂走去。出乎意料的是，德瓦納的車正停在那裡。他們走到車前，司機向主人報告說：「韋爾蒙先生叫我來小教堂等先生和先生的朋友。」

「韋爾蒙，在哪兒？」

「在火車站附近。」

「對了，這是他讓我交給先生的朋友的。」司機把一個小包裹遞了過去。

福爾摩斯打開綑在外面的繩子，拆開兩層包裝紙，裡面是一隻錶。

「我的錶！」

「天哪，他拿走了您的錶？我的天啊！」

福爾摩斯佩服地笑了。「確實是個對手。」

在返回城堡的路上，偵探一直都沒說話，一臉嚴肅，兩眼直瞪著前方，沉默的模樣讓人捉摸不透。到了城堡，德瓦納小心翼翼地招待著這位朋友。

關於發生的一切，福爾摩斯始終沒有發表更多的言論，最後，只是簡單地以鏗鏘有力的口吻說道：

「是的，他是個對手，有朝一日，我會逮住他。世界太小了，總有機會再相逢。屆時，福爾摩斯和亞森・羅蘋一定會有一場精彩的演出。」

怪盜與偵探 1907

法國對抗英國，怪盜羅蘋碰上神探福爾摩斯！
一張跳蚤市場裡買回來的核桃木製書桌為什麼突然失竊？
近在咫尺的金髮女人為什麼能在警探的眼前轉瞬消失？
亞森·羅蘋為什麼要盜走一盞沒什麼價值的猶太油燈？
這一連串的案件，到底是一場貓抓鼠的遊戲，
還是一場鼠逗貓的角力賽？

Arsène Lupin
~ gentleman cambrioleur

1 百萬彩券五一四號

勒爾布瓦先生是凡爾賽中學的數學老師，他性格陰沉，又很容易生氣。冬天午後，天空灰濛濛的。勒爾布瓦在一個跳蚤市場上看見了一張核桃木製的小書桌，書桌有好幾個抽屜。他非常喜歡，於是打算買下來，作為女兒蘇珊娜的生日禮物。

勒爾布瓦先生的收入微薄，他和店主討價還價了半天，最後付了六十五法郎買下書桌。就在他留地址讓人送貨上門時，一個氣質優雅的青年走了過來，掃視了一下店裡的東西，突然發現勒爾布瓦先生買下的這張書桌。觀察良久後，青年摘下帽子，十分客氣地對勒爾布瓦說：「先生，請問您是特意來買這張書桌的嗎？」

「不是，我本來是想買其他東西的。」

「喔，也就是說，您並不是非要這張書桌不可，對吧？」

「可是我很喜歡它。我準備把它當作生日禮物送給我的女兒。」

「您能否選另一張同樣款式的桌子？或者，我出雙倍的價錢，我……」

「不賣。」勒爾布瓦冷冷地回答。

「三倍？」

勒爾布瓦先生固執地拒絕了青年人的提議：「這東西屬於我，我不賣給別人。」年輕人深深地看了勒爾布瓦一眼，不再說話，轉身走了，這一眼給勒爾布瓦留下了深刻的印象。

一個鐘頭之後，蘇珊娜收到了父親的禮物。她摟著勒爾布瓦的脖子連連吻他，她高興地好像他送了她一件王室珍寶似的。蘇珊娜把書桌的抽屜擦得乾乾淨淨，然後小心翼翼地把自己的紙張、信匣、書信、收集的明信片，還有幾件非常可愛的小紀念品放進去。

蘇珊娜是如此喜歡這張書桌。然而，誰也沒想到，就在第二天，書桌居然不翼而飛。

讓警察感到奇怪的是，屋裡所有的櫃子都完好無缺，沒有被翻找過的痕跡。蘇珊娜放在大理石桌面的小錢包被移到旁邊的桌子上，裡面的金幣分文不少。據目擊的鄰居說，當天上午，有一個看似搬運工的人把馬車停在花園門口，拿著營業牌，按了兩次門鈴。鄰居們並不知道勒爾布瓦家的管家不在，所以看著那人不慌不忙地搬走書桌，也沒有產生絲毫的懷疑。

現場的一切跡象顯示，竊賊唯一的目標就是那張書桌。但令人想不通的是，為這樣一件並不值錢的東西冒如此大的風險，值得嗎？

勒爾布瓦先生能提供的唯一線索，就是當天買書桌時發生的那個小插曲。「當時我拒絕了他的要求，那個年輕人的臉色立刻就變了。他是帶著威脅的神情離開的，令我印象深刻。」

然而，僅憑這點線索實在太少了，警方的調查自然毫無結果。兩個月過去了，勒爾布瓦慢慢淡忘了書桌的事。但一件意想不到的事情卻發生了，它使勒爾布瓦先生平靜的生活掀起了驚濤駭浪。

二月一日，下午五點半，勒爾布瓦先生剛剛回到家，正在翻閱當天的晚報。一則消息引起了他的注意，「新聞協會第三次抽獎。二十三組五一四號中獎，獎金一百萬法郎。」報紙從勒爾布瓦的指間滑落，天啊，太令人難以置信了！勒爾布瓦的心臟幾乎停止跳動——「二十三組五一四號」不是他的彩券號碼嗎？是他為了幫朋友的忙而買的。

激動萬分的勒爾布瓦掏出記事本，顫抖地翻開記有號碼的那一頁，那上面清楚地記著：「二十三組五一四號。」但是，彩券現在在哪兒呢？

勒爾布瓦衝進書房去找信匣，他記得自己把那張寶貴的彩券夾在了那些信封之間。可是勒爾布瓦一進門就站住了，他的身子晃了晃，心裡一陣發慌——**信匣不在桌子上**，買書桌的那天晚上，蘇珊娜把它放進了書桌的抽屜裡，而書桌在兩個月前被偷走了。「被偷走了！那張書桌被偷走了！」勒爾布瓦失神地低聲叨唸著，然後發出一聲嗥叫，跌在地板上，這巨大的變化快把他氣死了。

一個鐘頭後，氣極敗壞的勒爾布瓦先生向負責發放獎金的地產信貸銀行發去一份電報，他在電報中申明，自己是二十三組五一四號彩券的持有者，請銀行務必以一切合法手段阻止任何冒領行為。

與此同時，地產信貸銀行也收到了另一份電報，電文只有短短的一行字：

二十三組五一四號彩券在我手中。

亞森．羅蘋

這份電報所引起的轟動是空前的，在公眾看來，光是亞森．羅蘋這個名字就意味著即將有出人意料的事情發生，大家都等著看好戲。

地產信貸銀行馬上著手進行調查，很快就查明二十三組五一四號彩券是由中間商——里昂信貸銀行凡爾賽分行賣給了炮兵少校貝西。不幸的是，貝西少校已墜馬而死，他在死前不久把彩券轉給了一個朋友。勒爾布瓦和亞森．羅蘋都說自己就是貝西少校的朋友，在回答調查人的問話時，勒爾布瓦先生非常肯定地說：「貝西少校的這個朋友就是我，有二十個人可以證明，我和少校往來頻繁，經常見面。有一天，他因手頭沒有現金，找我幫忙，於是我花二十法郎買下了他的那張彩券。」

「這次交易有沒有證人呢？」

「沒有。」

「那您有什麼證據說那彩券是您的呢？」

「貝西少校給我寫過一封信，信裡提到了這件事。」

「那信呢？」

「和彩券別在一起，被人連同書桌一起偷走了。」

「……」

幾乎是同一時候，亞森．羅蘋在《法國迴聲報》上刊登了一份啟事，說他已經把貝西少校寫給自己的信交給了他的律師德蒂南先生。這真是一條爆炸性的新聞。亞森．羅蘋找了個律師！從來不遵守法律規則的亞森．羅蘋居然指定了一個法律界的人士作為自己的代言人。

於是，這幾天以來，德蒂南先生家總是擠滿了新聞媒體的記者。

德蒂南先生是個很有影響的激進派議員，為人正直，足智多謀，但因性格多疑，時常做出反常的舉動。在這件事發生之前，德蒂南先生與亞森．羅蘋素未謀面，他曾為此深感遺憾。因此當亞森．羅蘋找他幫忙時，德蒂南先生受寵若驚，決心努力地維護當事人的權利。

在眾多新聞媒體的面前，德蒂南先生出示了亞森．羅蘋交給他的那封信。少校在信中確實提及了轉讓彩券的事，但未提及受讓者的名字。

在眾人眼裡，兩個自稱為二十三組五一四號彩券的擁有者之間的這場公開爭鬥，是一件非常有趣的事情。這邊，亞森．羅蘋沉著冷靜，始終不動聲色；那邊，可憐的勒爾布瓦先生氣得發瘋，暴跳如雷。

第十二天，勒爾布瓦先生意外收到了一封亞森．羅蘋寫來的信，信封上寫著「機密」二字，而信的內容令他十分不安。

先生，我們這樣爭吵不休，只不過是提供了公眾一個看熱鬧的機會。難道您不認為現在已是該考慮解決辦法的時候嗎？我持有這張百萬彩券，但卻不能將其兌現，而您可以兌現，卻沒有彩券。最讓人遺憾的是，您不同意將您的**權利轉讓給我**，我也不願奉上**我的**彩券。怎麼辦？我看只有一個辦法——平分！形勢如此，您只能答應。我給您三天的時間考慮。如果您拒絕，我會採取適當措施以獲得獎額。屆時，您不僅將會為自己的固執感到後悔莫及，還會被扣去二萬五千法郎作為附加費用。

看完這封信，勒爾布瓦簡直氣瘋了，於是他犯了個天大的錯誤，竟然把這封信拿給其他的人看，還讓人抄下來。「不，他休想逼我妥協，我一毛錢都不會落到他手裡！我會讓法律來維護我的合法權益。」勒爾布瓦揮舞著信紙，對著一群記者高聲叫嚷，這無疑是在向亞森．羅蘋宣戰。

人們議論紛紛，都在猜測亞森．羅蘋接下來肯定會有行動。果然，當晚報紙的報導便是，蘇珊娜小姐被綁架了。

據勒爾布瓦家的管家說，蘇珊娜是九點四十分出門的。十點零五分的時候，勒爾布瓦先生卻沒有見到蘇珊娜。也就是說，綁架就發生在這短短的二十幾分鐘裡。

人們開始四處查找蘇珊娜的蹤跡，一個雜貨商說，他曾為一輛從巴黎來的汽車加過油，那輛車上，除了司機外，還有一位金髮女人。一小時後，汽車從凡爾賽開回來，由於交通阻塞，車開得很慢，雜貨商清楚地看到金髮女人的旁邊多了個女人，披著披肩、戴著面紗。毫無疑問，這就是蘇珊娜．勒爾布瓦小姐。

根據雜貨商的描述，警方找到了一家出租汽車行，車行經理也證實，本周五上午，一位金髮女人在這裡租了一輛車，為期一天，但在那之後，車行的人就再也沒有見過那個女人。

勒爾布瓦失去了愛女，悲慟萬分且悔恨不已，只好屈服。亞森．羅蘋贏了。

兩天後，又發生了一件讓人百思不得其解的事情。勒爾布瓦先生走進地產信貸銀行，向銀行總裁遞上了那張二十三組五一四號彩券。銀行總裁驚呼道：「啊！您拿到啦？他還您了？」

「不，彩券一直在我這兒。是我一時糊塗，不知道放哪兒了。」

「可是您不是聲稱……」

「那是一時糊塗，是個錯誤！」勒爾布瓦相當激動，面對銀行總裁、媒體記者，他不想多說什麼。

地產信貸銀行覺得事有蹊蹺，於是以還需要半個月的時間進行核查為由，讓勒爾布瓦回家等待。

儘管勒爾布瓦和銀行都沒有對外宣布這件事，但大眾卻從其他管道得知了一些消息。亞森．羅蘋如此大膽地把彩券交給勒爾布瓦，並非是他大發慈悲，而是蘇珊娜小姐在他手裡，這就是他的王牌，或者這一百萬正是勒爾布瓦要交給亞森．羅蘋的贖金。

警察在勒爾布瓦身邊日夜監視，卻沒有任何發現。顯然，亞森．羅蘋的網早已撒出並且收了網，而結局只可能有三種——逮捕亞森．羅蘋，讓亞森．羅蘋獲勝，或者放任這個案子在大家茶餘飯後的談笑之下無疾而終。

三月十四日，下午兩點，勒爾布瓦再次來到地產信貸銀行，他拿到了一千張一千法郎的鈔票。當他顫抖地清點鈔票時，有兩個人正坐在離銀行大門不遠的一輛汽車裡交談。其中一位身穿小職員的裝束，頭髮灰白，面容剛毅，他就是亞森．羅蘋的宿敵——探長加尼瑪爾。在與亞森．羅蘋的數次交鋒中，加尼瑪爾總是以失敗告終，這一次，他想透過勒爾布瓦事件找出亞森．羅蘋的致命傷，一雪前恥。

勒爾布瓦從銀行出來後直奔協和廣場地鐵站，加尼瑪爾緊緊地跟在後面。勒爾布瓦在王宮廣場下了地鐵，出站後就跳上了一輛馬車。馬車把勒爾布瓦拉載到交易所廣場，勒爾布瓦再次上了地鐵，然後，又在維利耶大街坐上了出租馬車。很顯然，他是在擺脫警察的跟蹤。幾番波折後，勒爾布瓦終於感覺身後不再有跟蹤的人，他來到克拉佩隆街二十五號，上了二樓，按門鈴。

一位先生出現在門口，勒爾布瓦問：「是德蒂南先生的事務所嗎？」

「是的。您大概是勒爾布瓦先生吧？我就是德蒂南，正在恭候您的大駕。」

勒爾布瓦走進房間，牆上的掛鐘正好指向三點，勒爾布瓦說：「約定的時間到了，他還沒來？」

「沒來。」

「他會來嗎？」勒爾布瓦坐下來，擦了擦額頭上的汗，他處在極度不安中。

「先生，您問的事情我也正想知道。我從沒像現在這樣著急過。半個月來，這幢房子一直受到嚴密監視……警察在懷疑我。」德蒂南的話語裡同樣有著掩飾不住的慌張。

「他們更是懷疑我！我也不能肯定跟蹤我的警察是否真的被甩掉了。」

勒爾布瓦一邊說一邊掏出鈔票，放到桌上，分成數量相同的兩疊。做完這件看似無聊的事後，勒爾布瓦不再說話了，只是時時豎起耳朵，想聽是否有人按門鈴。

隨著時間的流逝，勒爾布瓦和德蒂南都有些按耐不住了。勒爾布瓦的精神已經無法再支撐下去，他兩手按著錢，結結巴巴地說：「老天，讓他快點來吧！只要找回我的蘇珊娜，我寧願把所有的錢都給他！」

「一半就夠了，勒爾布瓦先生。」隨著話音，門突然被推開，一個衣著優雅的年輕人正站在門口。

勒爾布瓦馬上就認出對方是在跳蚤市場和他談話的那個人！他衝到這人面前，大吼道：「蘇珊娜呢？我的蘇珊娜呢？」

亞森．羅蘋關好門，從容不迫地摘下手套，從桌上的兩疊錢裡各抽出二十五張，遞給了德蒂南：「親愛的律師先生，這份是勒爾布瓦先生的酬金，這份是亞森．羅蘋的，對吧？」

「我的女兒呢？您把她怎麼樣了？」勒爾布瓦又喊了起來。

「我的天，您這人性子可真急。放心吧，您的女兒馬上就會回到您的身邊。」亞森．羅蘋十分冷靜，「您不相信我？是擔心我把五十萬放進口袋裡，卻不交回人質嗎？其實我不僅為人謹慎，而且還高尚正直。再說，如果你們害怕，打開窗戶呼救就行了，有十幾個警察守在街上呢！」

「什麼？」

亞森．羅蘋走到窗前，撩起窗簾說：「我認為勒爾布瓦先生是甩不掉加尼瑪爾的。瞧，我看見他們了，迪約齊、福朗方……我的老朋友都來了。」

亞森・羅蘋一臉泰然自若，德蒂南律師也就一點都不緊張，他離開放鈔票的桌子，微笑著說：「您用不著給我一毛錢，亞森・羅蘋先生，我很樂意為您效勞。」

「親愛的律師先生，您不願接受亞森・羅蘋的東西？唉——」亞森・羅蘋長長地歎了一口氣，順手把五萬鈔票遞還給勒爾布瓦，「都是因為我名聲不好。既然這樣，勒爾布瓦先生，這些錢就作為我們相識一場的紀念，請收下吧，也算是我給勒爾布瓦小姐的結婚賀禮。」

勒爾布瓦一把抓過鈔票，大聲嚷嚷道：「我女兒還沒結婚呢！什麼賀禮？這本來就是屬於我的！」

「沒結婚？喔，那是因為您不同意。其實她早就急著想嫁人了。」

「您怎麼知道？」

「年輕的女孩就愛編織美麗的夢，而且，常常不管老爸是否同意。我很幸運，在書桌的抽屜裡發現了可愛的蘇珊娜小姐的秘密。」

不等勒爾布瓦說話，德蒂南著急地問：「難道您沒有發現別的東西？我想，您當初恐怕不是衝著那張彩券而買的吧！能告訴我，為什麼您會看上那件傢俱？」

「歷史原因，親愛的律師先生。那天我想買下它，是因為這張用紫杉和桃花心木做的書桌，是在瑪麗亞・瓦萊夫斯基[1]那所秘密住所裡發現的。有一個抽屜上刻著『獻給法國皇帝拿破侖一世，忠誠的僕人芒西庸敬獻』。這行字上面，還有用刀尖刻的『送給你，瑪麗』幾個字。但是，拿破侖又讓人仿製了一

[1] 瑪麗亞・瓦萊夫斯基（Marie Walêwska），原為瓦萊夫斯基公爵夫人。波蘭貴族們為了讓祖國脫離被俄普奧三國瓜分的窘境，聯名請求她接受拿破崙熱烈的追求，成為拿破崙的情婦。

張給約瑟芬皇后。我後來才知道，我以前收藏的、瑪爾梅松宮裡的那張書桌，只是件不完美的複製品。」

「天哪，」勒爾布瓦發出一陣低吼，「如果您早點告訴我這些，我會立即把它讓給您！」

亞森．羅蘋笑了，說道：「那就讓彩券物歸原主吧，桌上的五十萬您全帶走。」

「這……」勒爾布瓦簡直不敢相信自己的耳朵，「既然這樣，您完全沒有必要綁架我的女兒。這會把她嚇壞的。」

「我想是您弄錯了，先生。您的女兒根本就沒被綁架。」

「您說什麼？」勒爾布瓦完全糊塗了。

「一切都是勒爾布瓦小姐自己要求的，她是個很聰明的女孩，而且心中還藏著一份愛情。她完全清楚，唯有這樣，她才能得到她想得到的東西，比如說出嫁，以及改變生性固執的父親。」

德蒂南對這個意外極感興趣，他提出了不同見解：「據我所知，勒爾布瓦小姐並不是那麼容易接近的人，您是怎麼……」

「喔！我當然難以接近她，我甚至沒有榮幸認識她，是我的一個女朋友從中斡旋。一切談妥後，蘇珊娜小姐就和她的新朋友出門旅行了。詳細情況還是等蘇珊娜小姐自己說給您聽吧。」

前廳傳來敲門聲，先是匆匆敲了三下，而後單獨敲了兩下。

「她們來了。麻煩您，律師先生，開個門好嗎？」亞森．羅蘋依然是滿臉的笑意。

門開了，兩個年輕女人走進來，其中一個身材高挑，膚色白皙，有一頭耀眼的金髮，氣質高雅，她走到了亞森．羅蘋身旁。而另一個則立刻撲到了勒爾布瓦懷裡，她正是蘇珊娜。

「對不起，蘇珊娜小姐，現在才讓您和您的父親團聚，再次請求您原諒。您可以跟您父親談談關於表兄的事了。」

蘇珊娜的臉上泛起一抹紅暈，有些不自在。

亞森．羅蘋走到窗邊，吃驚地說：「不妙，加尼瑪爾他們不見了。說不定人已經到了大門口，也許還進了房門，甚至上樓來了呢！」

聽聞此言，勒爾布瓦有些蠢蠢欲動，女兒已經回來了，如果警方抓住亞森．羅蘋，那另外的五十萬也將是自己的。想到這兒，他本能地向前走了一步。亞森．羅蘋猛地做了個手勢，把勒爾布瓦給震懾住了，然後冷漠又威嚴地說：「先生，別動，替您的女兒想想，放聰明點。」

門鈴又響了一聲。

亞森．羅蘋不慌不忙地拿起帽子，把上面的灰塵撣掉，漫不經心地說：「他們根本想不到我會在這兒。今天早上，他們才把這棟公寓從地下室到閣樓全搜了一遍。」

說著，亞森．羅蘋從口袋裡掏出一隻雙層金殼大懷錶：「現在是三點四十分，勒爾布瓦先生，您一定要在三點四十六分走出客廳，早一分鐘也不行，懂嗎？」

亞森．羅蘋優雅地挽住金髮女人，又恭恭敬敬地給蘇珊娜行了禮，然後打開客廳的門走出去，並隨手帶上了門。剩餘的三個人像被釘在地上，一動也不動。片刻之後，他們聽見亞森．羅蘋在前廳大聲說道：「您好，加尼瑪爾，別來無恙？請代我向夫人致意，改天我請她吃頓飯，再見了，朋友。」

門鈴聲突然猛烈起來，響個不停，還夾雜著撞門聲。

「三點四十五分。」勒爾布瓦先生自言自語道。幾秒鐘後，他堅決地走向前廳，亞森．羅蘋和金髮女人已經不見了。

勒爾布瓦一打開門，加尼瑪爾就衝了進來，大聲問道：「亞森．羅蘋呢？那個金髮女人在哪裡？」

「他們剛剛走。」

「走不掉的，整棟公寓都被包圍了，唯一的出口是大門，有六個人把守。便梯門上了兩道鎖，他們跑得掉嗎？」加尼瑪爾一邊說，一邊從窗戶探出身去，對樓下喊道，「沒人跑出來吧？」

「沒有！」

「他們一定還在這幢房子裡，給我仔細地搜！」

在加尼瑪爾的指揮下，一場地毯式的搜查開始了。可是，查過了每一個角落，卻一個影子也沒找著。加尼瑪爾不甘心，親自鎮守此地，搜索了三天，連老鼠洞也不放過，但仍然沒有任何進展。亞森·羅蘋和他的女朋友就這樣消失了，就像童話裡的妖精那樣憑空消失。

2 失蹤的藍鑽石

昂利·馬爾坦大街一百三十四號有一幢小公館，那是老將軍德奧特萊克男爵的住所。

三月二十七日晚上，男爵在一張舒適的搖椅上睡著了。奧居斯特修女用暖爐為他暖好床，並點亮夜裡照明的小燈。她因為有點急事要當晚趕回修道院，而公館的女廚又請了假，所以整個公館只會剩下男爵的隨侍安托瓦內特小姐和男僕夏爾。

「修女，您用不著擔心。我會睡在男爵隔壁，而且門會開著。」安托瓦內特小姐有一頭耀眼的金髮，雖然她是奧居斯特修女十二天前才雇用的，但她的品行非常好。

奧居斯特修女走了。男僕夏爾像平日一樣，仔細地關好了一樓的所有百葉窗，把每扇門上的防盜鏈掛好，又到廚房鎖上了通向花園的那道門。然後，他回到自己在四樓的小房間，躺下睡著了。

男爵的身體不太好，奧居斯特修女總是擔心他突然發病，因此，她臨走時一再囑咐夏爾，一聽到男爵按鈴，就馬上下樓找醫生。大約一個小時之後，電鈴驟然響起，夏爾從床上一躍而起，穿上衣服，跑下樓。他在男爵的房門口停住腳步，習慣性地敲了敲門，房裡無人回答，於是他推開門進去。

「為什麼把燈也關了？」房裡一片漆黑，看不清東西，夏爾嘟囔了一句，然後壓低嗓子喊道，「安托瓦內特小姐，您在嗎？男爵先生怎麼了？」

四周一片死寂。

夏爾向前走了兩步，碰到一張椅子，是翻倒的。接著，他的手又碰到了獨腳小圓桌、屏風之類的東西。夏爾有些慌張了，他惴惴不安地摸到牆上的開關，打開了電燈，眼前的一幕把他嚇壞了——房間裡，在桌子和衣櫃之間，竟然躺著主人德奧特萊克男爵的屍體。眼前是一片凌亂不堪的景象，椅子翻倒在地，一個水晶大燈被打得粉碎，掛鐘掉在火爐前的大理石地板上。離男爵屍體不遠的地方，有一把寒光閃閃的鋼刀，刀刃上血跡未乾。床墊的上方，一條沾滿血跡的手帕在飄盪。

「有人殺了他！有人殺了他！」夏爾連聲叫道，隨即他想起了安托瓦內特小姐，她不是睡在隔壁嗎？兇手會不會將她也殺了？一想到可能還有一樁殺人案，夏爾更加恐懼。然而，當夏爾推開隔壁的房門時，卻沒有看到什麼異狀。他認為安托瓦內特小姐不是被綁架了，就是案發前已經離開了這裡。

夏爾重新回到男爵的臥室，他看了書桌一眼——男爵每晚都會把鑰匙串和皮夾放在桌上。此刻，這些東西都在。夏爾拿起皮夾，打開一看，裡邊放著十三張一百法郎的鈔票。

他無法控制自己，本能地、下意識地、不加思索地抽出這些鈔票，塞進衣袋，然後跑下樓梯，抽出門閂，摘下防盜鏈，關上門，一溜煙跑進了花園。

夏爾原是個老實人，心地善良，他揣著那些錢剛關上柵門，呼吸到新鮮空氣，感受到絲絲涼意，就馬上清醒過來了。他停下來，覺得自己的行為有點卑劣，內心又再度充滿了恐懼。恰巧這時有一輛出租馬車駛了過來，夏爾叫住車夫：「朋友，快去警察局報案！這裡發生兇殺案了！快去！」

見車夫揚鞭催馬離開後，夏爾想回到屋裡去，可是不行，他把柵門關上了，沒有鑰匙是打不開的，而公館裡已經沒有一個活人能幫他開門。

夏爾只好耐心地等待，一個小時以後，警察終於趕來了。夏爾把案情告訴了警察，並把那十三張鈔票交給了他們。警察找來鎖匠，費了好大的勁撬開柵門和前廳的門。一行人衝上樓，打開房門，夏爾立即呆住了。所有的傢俱都回到了原位，男爵躺在床上，穿著將軍服，掛著榮譽勳章。臉色安詳，雙目緊閉。根本沒有薄鋼刀，也沒有血手帕，整幢房子乾淨整潔，似乎什麼都不曾發生過。

第二天早上七點，法醫來了。到了八點，警察局長也到了。接下來，檢察官和預審法官也陸續到來。警察、警探、記者、德奧特萊克男爵的姪子和其他家族成員蜂擁而至，這種場合當然也少不了加尼瑪爾探長。

在詢問案情並加以分析後，加尼瑪爾斷定，只有對房間很熟悉的人，才能在如此短的時間裡將整個現場恢復原狀。緊接著，加尼瑪爾在死者手裡發現一綹像金線一樣閃亮的頭髮，在得知男爵的隨侍安托瓦內特小姐留著一頭金髮後，警探的直覺使他聯想到與亞森．羅蘋一起消失的那個金髮女人。

不料這一推測引來眾人嘲笑：「天啊，亞森．羅蘋，又是亞森．羅蘋！他簡直無所不在，他犯案的動機何在呢？書桌沒被撬開，皮夾原封不動，甚至連金幣也還在桌上。」

「是啊！可是那顆價值連城的藍鑽石還在嗎？」加尼瑪爾喊道。

「什麼鑽石？」

「藍鑽石，法國王冠上的著名鑽石！德奧特萊克男爵特意把它買下來，紀念他曾經狂熱愛過的那名演員。全巴黎的報紙都報導過這件事。」

「是的，是有這樣一顆鑽石。」夏爾插話說，「鑽石鑲在戒指上，男爵先生把它戴在左手上，從不摘下來。」

「那就請大家看看吧，」加尼瑪爾走近屍體，「男爵的手上只有一枚金戒指。」

「可是……請您再看看男爵先生的左手。」夏爾提醒道。

加尼瑪爾掰開男爵握緊的手指，掌心裡放著那枚戒指，戒指中間正有一顆閃閃生輝的藍鑽石。

加尼瑪爾愣怔了，兇手居然沒有奪走鑽石，這使得案情越來越複雜。

然而安托瓦內特小姐一直下落不明，她的來去就如勒爾布瓦案中的那位金髮女人般讓人摸不著頭腦。如果她是殺害男爵的兇手，那她為什麼沒有取走價值連城的鑽石？她與亞森・羅蘋之間又有什麼樣的聯繫？一連串的疑點激起了社會大眾強烈的好奇心，也使這樁命案顯得更加撲朔迷離。

懸案未破，德奧特萊克男爵的繼承人卻因為這次謀殺而成為了最大的獲益者。按照相關的法律程序，男爵的所有財產都將交由他們來處理。於是，他們決定在德魯奧大廳拍賣男爵的傢俱、藝術品、各種擺設——包括那枚藍鑽石戒指。

這是一場難得一見的盛大集會，巴黎所有的有錢人都來了。他們對那顆名貴且具有傳奇色彩的藍鑽石傾心不已，互相競價，可以說到了瘋狂的地步。

一位流亡國王將價格喊到了十萬法郎，接著，一位義大利著名男高音出價十五萬，而法國喜劇院一個走紅的女演員則將價格喊到了十七萬五千！然而，當鑽石的價位被抬到二十萬時，這些人放棄了。抬到二十五萬時，競價者就只剩下了兩個人。他們是著名的金融家、金礦之王赫希曼和美國富婆克羅宗伯爵夫人，前者有五億多法郎任他運用，而後面這個女人則以收藏鑽石和寶石享譽天下。

「二十六萬！二十七萬！二十七萬五！二十八萬！」拍賣師高聲地喊，輪番看著兩位競價者，「夫人出價二十八萬，還有沒有人出價？」

「三十萬。」赫希曼低聲吐出三個字。

一陣沉默，克羅宗伯爵夫人微笑著，臉色卻有點發白，眼神有點慌亂，可是她還是開口說：「三十五萬。」

又是一片寂靜，人們的目光紛紛轉向金礦大王。奇怪的是，此時的赫希曼一言不發，臉色陰鬱，死死地盯著右手上的一張字條。

「三十五萬！」拍賣師高聲喊道：「三十五萬一次，三十五萬二次……沒有報價了嗎？一次，二次……」

赫希曼還是一聲不吭，他盯著紙條，出了神。槌子落下來了。赫希曼一震，大喊一聲：「四十萬！」可是，拍賣已經定價，為時已晚。

人們一片譁然，都為赫希曼感到遺憾，紛紛詢問他原因。赫希曼揚了揚手中的那張紙說：「我收到一封信，讓我分了心。」

加尼瑪爾探長早在角落站了好半天，聽到赫希曼先生的話，他迅速地走到一個侍者跟前，問道：「這信是您交給赫希曼先生的，對嗎？是誰讓您送來的？」

「一位女士，喏，門口那邊，戴著厚面紗的那個。」

加尼瑪爾朝門口跑去，但退場的人潮擋住了他，那個女人很快地消失在他的視線中。加尼瑪爾回到大廳，向赫希曼先生自我介紹，表明希望能看一下那封信。赫希曼把信遞給了加尼瑪爾，信是用鉛筆匆匆寫的，只有幾個字：「藍鑽石會帶來不幸，請回想德奧特萊克男爵。」

是的，藍鑽石的風波還沒有平息，就在德奧特萊克男爵遇害、德魯奧大廳拍賣會結束後的第六個月，克羅宗伯爵夫人花大把鈔票買到手的藍鑽石被人偷走了。

八月十日晚上，克羅宗夫婦在自己的寓所宴請賓客。所有的人都聚集在可以俯瞰索姆河灣的城堡客廳裡，欣賞伯爵夫人的琴藝。為了將彈奏技巧發揮得淋漓盡致，伯爵夫人把首飾放在了鋼琴邊的一件小傢俱上，其中就有那枚藍鑽石戒指。

一小時後，伯爵夫人的密友萊阿爾夫人和伯爵的兩個表親安代爾兄弟先後告辭離開，客廳裡只剩下奧地利領事布萊尚夫婦。

就在大家閒聊的時候，客廳的燈突然熄滅了。布萊尚先生點亮蠟燭後，四人便各自回房。伯爵夫人剛進房間，就想起首飾還在客廳裡，於是立即打發女僕去拿。女僕把首飾盒拿回來放在壁爐上，伯爵夫人沒有清點就睡了。

第二天一早，克羅宗伯爵夫人發現那枚藍鑽石戒指不見了。伯爵馬上向亞眠市中心的警察局報案，並告訴他們，家中的女僕不可能偷竊，最大的嫌疑犯是布萊尚先生。

於是，警察日夜守在城堡周圍，並暗中派人監視布萊尚，使他沒有機會送走或出售這枚戒指。

兩個星期以後，鑽石失竊案毫無進展，布萊尚夫婦即將離開。警察局長正式出面，下令搜查他們的行李。在布萊尚先生那個從不離身的小提包裡，警察搜出了一個肥皂粉瓶，瓶裡就裝著那枚藍鑽石的戒指。

布萊尚當場被逮捕，而布萊尚夫人則昏了過去。

在預審法官面前，布萊尚大喊冤枉，他聲稱這是栽贓陷害，一口咬定是克羅宗伯爵在搞鬼。伯爵對伯爵夫人一直不好，自己曾勸過伯爵夫人結束他們這段不幸的婚姻，所以導致伯爵懷恨在心。

對此，伯爵夫婦表示抗議，他們堅決不撤訴，並要求巴黎警察局派人來協助解決本案。

很快地，巴黎方面的專家到了，正是加尼瑪爾探長。

經過一番仔細的調查和盤問，加尼瑪爾認定竊賊是提前離開的萊阿爾夫人。這個女人並非如媒體報導的那樣是伯爵夫人的密友，她們之間不過是泛泛之交而已。更讓加尼瑪爾感到興奮的是，這個女人不僅有著一頭金髮，她無意間留在伯爵家的一瓶香水，與百萬彩券綁架案以及男爵被害現場所發現的香水瓶是同一牌子、同一味道。顯而易見，萊阿爾夫人——安托瓦內特小姐——金髮女人——亞森．羅蘋根本就是同一陣線。

有了這個重大發現，加尼瑪爾忽略鑽戒究竟是怎樣跑到布萊尚先生的肥皂粉瓶中這一重要事實，立即展開對萊阿爾夫人的調查，並吩咐手下請來勒爾布瓦先生和男爵的僕人。

皇天不負苦心人，加尼瑪爾果然很快就找到了那位萊阿爾夫人，她的確是金髮披肩，而且還是個鑽石商人！

在加尼瑪爾的精心安排下，一場揭開真相的演出拉開了帷幕。

然而，出乎加尼瑪爾的意料之外，面對眼前的萊阿爾夫人，勒爾布瓦先生和男爵的僕人竟異口同聲地表明自己**根本不認識她**。更讓加尼瑪爾的自尊受到強烈打擊的是，亞森．羅蘋竟然藉萊阿爾夫人轉交給他一封信，信中寫道：

金髮女人是一個混淆視聽的陷阱，一路上留下的香水瓶更是引您上鉤的誘餌。您覺得怎麼樣？我真想讓您知道這一連串案件的真實版本啊，若是謎底揭曉，我相信您一定是第一個撫掌大笑的人。真的，這實在太有意思了，簡直讓我樂壞了。

請接受我誠摯的祝福。

亞森．羅蘋

又一次敗在亞森．羅蘋的手裡，加尼瑪爾沮喪極了。

一連串毫無頭緒的案子，讓民眾對警方極為失望，人們議論紛紛。於是三樁案子的當事人決定聯名寫一封信，寄給遠在英國的傳奇人物——夏洛克．福爾摩斯。

3 拉開戰幕

亞森．羅蘋和他的朋友偶爾會在巴黎北站附近的一個小餐館裡吃晚飯。這天，他們又約好見面。亞森．羅蘋顯得比平時更高興，不但笑聲爽朗，話也格外多，唯一沒變的，是他那獨特的譏諷神情。

「您看了今天的《泰晤士報》了嗎？」他問朋友。

「沒看。」

「英國的夏洛克．福爾摩斯今天下午搭了船，大約在六點到達巴黎。」亞森．羅蘋看起來很興奮。

「真是見鬼，他來這兒幹什麼？」

「克羅宗伯爵夫婦、勒爾布瓦……是他們請他來這裡的。我想，現在他們一定都在北站，等著與加尼瑪爾會合，然後商議一些關於我的事情吧。」亞森．羅蘋不會主動告訴別人任何關於私生活的事，而這晚顯然是一個例外，「瞧，《泰晤士報》發表一篇加尼瑪爾的專訪。按照這位探長的話，我的女性友人，也就是那個金髮女人，暗殺了德奧特萊克男爵，還企圖竊取克羅宗伯爵夫人的那枚珍貴戒指，而這些罪行的幕後策劃人是我。」

「加尼瑪爾的想像力太豐富了。」

「不，加尼瑪爾有心機，有時甚至算得上有才華。」亞森．羅蘋反駁道，「比如，這次福爾摩斯的來訪他就安排得很巧妙。」

「巧妙？」

「是的。首先，他大張旗鼓地公布了福爾摩斯到巴黎的消息，這顯然是在警告我，讓我提高警惕，對他的英國競爭對手設點障礙。其次，他大費周章，不惜在報紙上公布整起案子他已經調查到什麼程度。這樣做的目的只有一個，表明福爾摩斯不過是因他發現的線索而坐享其成。這種做法真夠高明！」

「不管怎麼說，您現在有兩個對手了，而且其中一位可是不能輕忽的角色呢！」

「您是說福爾摩斯？」亞森．羅蘋用手輕輕敲著桌子，嚮往地說，「這難道不是一件榮幸的事嗎？亞森．羅蘋大戰夏洛克．福爾摩斯，法國大戰英國。總之，特拉法加[2]的仇可以報了！啊，這個不幸的人，他不知道我已經做好了迎戰的準備，接獲通知……」

亞森．羅蘋突然住口，猛地咳了起來，咳得渾身發抖，並用餐巾擋住了臉。

「要不要喝點水？」朋友問。

「不，不用。快，給我外套和帽子，我要走了。」亞森．羅蘋悶聲說道。

「為什麼？出了什麼事？」

「剛剛進來的那兩位先生，您看，就那個高個子。我離開的時候，您在我的左邊擋著，別讓他看見我。」

「您身後的那個？」

「對，我出去後再跟您解釋。」

「他是誰？」

「夏洛克．福爾摩斯。」

亞森．羅蘋竭力控制自己的情緒，彷彿對自己激動的情緒感到羞愧似的。他喝了杯水，馬上又恢復了常態，笑著說道：「很可笑是吧？其實我不該這麼激動，可是突然見到他——」

「您怕什麼？您已經易容喬妝了，誰能認出您？就算是我，每次見到您都覺得是遇上一個陌生人。」

---

[2] 特拉法加海戰（Bataille de Trafalgar），法國與英國於一八〇五年在西班牙特拉法加角爆發的戰役，英國獲得勝利。

「不，不一樣，他會認出我的。」亞森．羅蘋收起笑容，「雖然他只見過我一次，但我覺得他看透了我的一生。不但能看穿我的偽裝，還能洞悉我的本質。總之，唉……我……」

停頓片刻，亞森．羅蘋的嘴角浮起一絲狡黠的微笑。他猛地站起來，轉過身，對著身後的兩個英國人高興地鞠躬致意道：「這麼巧，福爾摩斯先生？遇到您真是太難得了，請允許我向您介紹一位朋友。」

高個兒的英國人愣了幾秒鐘，然後，直覺地想撲向亞森．羅蘋，但他似乎意識到了什麼，最後還是忍住。他微微地側身，冷冰冰地引介說：「您好，這位是華生先生，這位是——亞森．羅蘋先生。」

華生結結巴巴，很尷尬地問道：「他……他是亞森．羅蘋？您為什麼不逮捕他？」

「您沒注意到嗎？華生。這位紳士站在我和門之間，離門不過兩步之遠，我還來不及動一動小指頭，他就跑到外面去了。」

「喔？」亞森．羅蘋出人意料地轉到桌子這一邊，和福爾摩斯換了位置，然後坐下。他滿不在乎的神情隱含挑釁意味。

兩個人就這樣看著彼此。福爾摩斯的臉上始終是一副捉摸不透的神情，片刻之後，他喊道：「服務生。」

亞森．羅蘋仍是一臉微笑，動也不動。

侍者跑過來了。福爾摩斯吩咐道：「來點汽水、啤酒和威士忌。」

就這樣，四個人居然圍著一張桌子坐下，若無其事地談起話來。福爾摩斯直接切入主題，說道：「我在這裡停留的時間取決於您，亞森．羅蘋先生。」

「喔，如果是取決於我，那請您今晚就回去吧。」亞森．羅蘋笑道。

「不，我預估的時間是八到十天。」

「您這麼急著走嗎？」

「我的事情太多了，英中銀行失竊案、埃克萊爾斯頓夫人綁架案……。對了，亞森．羅蘋先生，您認為一個星期的時間夠嗎？」

「不論對我還是對您，一個星期都綽綽有餘。再冒昧地問一句，您認為自己這一次能占上風嗎？」

「不確定，但我想有八到十天的時間，我的勝算很大。」

「也就是說，可能第十一天就會逮捕我？」

「不。第十天，最後一天。」

「這太難了，」亞森．羅蘋搖頭笑了兩聲，極真誠地說，「您根本一點把握也沒有，不管是調查的基本依據，還是線索，一樣也沒有。」

夏洛克．福爾摩斯也笑了起來：「這裡的人都可以作證，十天，第十天。」

「如果我問問您對案子的看法，不算冒昧吧？」亞森．羅蘋帶著尊敬的口吻說。

福爾摩斯慢慢地裝滿菸斗，點火，說道：「我認為這案子沒有表面上看起來那麼複雜，我之所以說**這案子**，是因為我認為德奧特萊克男爵的死、戒指的失蹤，以及二十三組五一四彩券秘密，都可以視為『金髮女人之謎』一案的不同面向，現在，只要找出這三個事件之間的聯繫，便真相大白了。加尼瑪爾從罪犯逃遁的本事以及來去無蹤的能力看出這三件案子的關聯，但其實這三件案子的特徵都是您故意顯露出來的。還有，那枚出現在布萊尚先生肥皂粉瓶裡的鑽戒根本是假的，真的在您手裡。」

聽到這裡，亞森．羅蘋愣了一下，他盯著福爾摩斯，長長地歎了一口氣，說道：「您真厲害，先生！終於遇到對手了，我很開心。」

「您不怕嗎？」一旁的華生突然問了一句。

「有一點，我已經在考慮安排退路了。福爾摩斯先生，您剛才說的是十天嗎？」

「對。」

「好吧，那我得告辭了。」亞森．羅蘋像紳士一樣與福爾摩斯握手道別。

亞森．羅蘋離開後，福爾摩斯掏出錶來看了看，說道：「八點四十分了，我和伯爵夫婦約好九點在火車站見面。我們也走吧，華生。」

他們走出了門。「華生，別回頭。」福爾摩斯突然低聲吩咐道，「也許有人在跟著我們，我們得表現出不知情的樣子……說說您的看法，華生，亞森．羅蘋為什麼到這家餐館來？」

華生毫無不遲疑地回答：「來吃飯。」

「華生，您進步得很快，簡直叫人刮目相看。」

華生高興得臉都紅了。福爾摩斯接著說道：「是的，他是來吃飯的。另外，也很可能是來摸底的，想看看我是否如加尼瑪爾在專訪中宣布的那樣，要去會見克羅宗。如果真是這樣，我們來個將計就計，就去見克羅宗。為了爭取時間，必須搶在亞森．羅蘋前面。可是我又不能去。」

「您的意思是？」華生顯然不明白他的話。

「朋友，照我說的話去做。您走這條街，上一輛馬車，然後換一輛，再換一輛。之後再回來，拿著行李，盡快到愛麗舍大旅館去。」

「到愛麗舍大旅館？」

「是的，您訂個房間，只管睡覺，好好睡上一覺，等我的指示。」

華生沒有再多問，轉身走了。夏洛克．福爾摩斯則走進火車站，上了開往亞眠的快車，克羅宗伯爵夫婦已在車上等他了。他並沒有立即過去，只是向他們略微點了點頭，便點燃菸斗，站在車廂走廊上不急不忙地抽著，直到列車開動，他才坐到伯爵夫人的身邊。

「夫人，您把戒指帶來了嗎？」

「帶來了。」

「請拿給我看看。」

伯爵夫人遞上那枚失而復得的戒指，福爾摩斯仔細端詳著，嘴裡念念有詞：「果然不出我所料，這種把鑽石粉放在高溫下熔合，製成人工鑽石的新技術還真不錯。」

「您說什麼？我的鑽石可是真的。」伯爵夫人有些著急。

「喔，是的，您的鑽石是真的，但不是這一塊。亞森・羅蘋用這一塊來換走您的真鑽石，又把它塞進布萊尚先生的肥皂粉瓶裡。」

伯爵夫人大驚失色，克羅宗伯爵連忙拿過戒指，翻來覆去地查看。過了片刻，伯爵夫人十分沮喪地問道：「他把真鑽石偷走就算了，何必這樣多此一舉呢？還有，他究竟是怎樣把鑽戒偷走的呢？」

「這正是我此行的最大目的。」

「需要到克羅宗城堡進行調查嗎？」

「不，我在克雷伊下車，然後回巴黎。我和亞森・羅蘋約好了在那兒較量，當然，在哪個地方動手其實都差不多。不過最好讓亞森・羅蘋覺得我正在旅行。」

火車進站了，福爾摩斯把假鑽戒放進口袋，戴上帽子，向伯爵夫人鞠躬，說道：「夫人，您放心。夏洛克・福爾摩斯向您保證，一定會把真鑽戒還給您。」

五十分鐘後，福爾摩斯登上了另一列火車，於午夜前回到巴黎。他跑出車站，衝到大街上，召來一輛出租馬車。「車夫，克拉佩隆街。」

馬車載著福爾摩斯來到克拉佩隆街口，在確信無人跟蹤之後，福爾摩斯叫馬車停下。他仔細地查看了德蒂南先生住的公寓和相鄰的兩幢房子，在記事本上記下一些特徵和資料。接著，他讓車夫繼續往前走，帶他到昂利．馬爾坦大街去。

到達目的地，福爾摩斯沿著人行道一直走到一百三十四號，這裡正是德奧特萊克男爵的公館。公館的柵門上掛著一塊寫有「出租」二字的招牌，在一束慘澹的燈光下搖晃。兩條荒蕪的小徑，圍著小草坪，大窗戶裡空空蕩蕩。顯然，房子無人居住。

福爾摩斯觀察這座公館和兩邊比鄰的房子，並測量了每幢房子正面的長度，計算房前小花園的深淺。然後，決定進房子看看。當他從衣袋裡掏出手電筒和從不離身的萬能鑰匙時，意外地發現公館的一扇門已經微微打開，他大為驚異，迅速地躲進花園。剛走出三步，他就站住了，他看到三樓的一扇窗戶裡閃過一道亮光。緊接著，那亮光又在第二、第三扇窗戶裡閃過。福爾摩斯清楚地看到牆上映出一個人影，亮光移到二樓，在一間間屋內逗留許久。

福爾摩斯想也沒想就決定親自進去看看這個膽大包天的傢伙到底是誰，可是，當他穿過被煤氣燈的光線所籠罩的區域，走上臺階時，樓上的燈光突然滅了——也許那人也發現了他。

福爾摩斯小心翼翼地步上臺階，輕推大門。這道門原本就虛掩著，沒有發出什麼聲響。福爾摩斯在黑暗中摸著樓梯扶手，上了二樓。來到樓梯口，拐進一間房間，福爾摩斯走近窗邊。窗外夜色已暗，一個影子正沿著兩個花園隔牆旁的灌木叢向左邊疾奔。是那個傢伙！他應是從另一道樓梯下去的。

「想逃？沒那麼容易。」福爾摩斯一邊叫道，一邊衝下樓梯，跨過臺階，想切斷那人的退路。可是他在黑暗之中看不到人。過了好幾秒後，他才分辨出有團黑鴉鴉的東西蹲在灌木叢中一動也不動。

夏洛克．福爾摩斯沉靜了好幾分鐘，盯著窺伺他的對手。奇怪的是，對方也跟他一樣一動不動。福爾摩斯不是死等的人，他檢查了一下自己的左輪手槍，又將匕首拔出鞘，大膽且冷靜，不懼危險地向對手靠過去。只聽到喀嚓一聲，對方也將子彈上了膛。福爾摩斯決定先發制人，猛地撲向那團黑影。那人來不及閃避，已經被福爾摩斯壓在身下。

這是一場激烈的、生死交戰的搏鬥，活捉這個很有可能是亞森．羅蘋同夥的強烈意志鼓舞著福爾摩斯，他阻止了對方拔刀的動作，以全身重量壓制住他，五指像鐵鉗一樣緊緊掐住那倒楣傢伙的喉嚨，另一隻手摸出手電筒，將光束照向俘虜的臉。

「是您，」他大吃一驚，立即鬆了手，「怎麼會是您，華生？」

「夏洛克．福爾摩斯！」對方——華生也低聲叫道。

福爾摩斯突然冒出一股無名火，他抓住華生的肩膀用力搖晃，問道：「您在這裡幹什麼？難道我要您躲在矮樹叢監視我嗎？」

「監視您？」華生萬般委屈地說，「可是我不知道是您啊。」

「您在這裡幹什麼？我吩咐過的，這個時候您應該在床上。」

「我是上了床。」

「那應該睡著了才對。」

「我是睡著了。」

「那又為什麼會來這裡？」

「是您寫信叫我來的。」

「我的信？您瘋啦？」

華生從衣袋裡摸出一張紙，在手電筒的照射下，福爾摩斯吃驚地讀道：「華生，下床。趕快到昂利．馬爾坦大街。男爵的公館是空的，進去查看，畫一張準確的平面圖，再回來睡覺。夏洛克．福爾摩斯。」

「按您的吩咐，我正在測量房間，」華生說，「突然看見花園裡有個人影，我只有一個念頭……」

「就是抓住那個人，對嗎？這個念頭真是太好了！不過，來，」福爾摩斯把華生拉起來，「華生，下回再收到我的信，先看看是不是有人模仿我的筆跡。」

「這麼說，這封信不是您寫的？」華生恍然大悟。

「當然不是，我想所有的一切都是亞森．羅蘋的詭計。但他為什麼衝著您來，而不是我？這樣做的目的何在？走吧，我們一起回旅館。」他們走向柵門，剛才還虛掩著的門竟然被鎖上了。

福爾摩斯仔細觀察了鎖頭，無奈地垂下了雙臂，說道：「現在我明白了，他預見我會在克雷伊下車，當晚就展開調查，便在這裡設了個陷阱。另外，他還好意地把您叫來和我作伴。他想把我們困在這裡，大概還有警告我最好別多管閒事的意思吧。華生，想不到我們會成為亞森．羅蘋的俘虜。」

福爾摩斯沒有聽到華生的回答，反而是華生將手搭在福爾摩斯肩上驚呼道：「上面，您看，有燈！」

的確，二樓有一扇窗戶亮了。

愣了片刻，福爾摩斯和華生就順著剛才下來的樓梯火速衝上二樓，同時到達了亮燈的房間門口。房門開著，裡面空無一人，桌子上點著一根蠟燭，旁邊還有個籃子，露出兩隻雞腿，半個麵包和一瓶酒。

福爾摩斯哈哈大笑：「真是奇事，有人給我們送宵夜來了。華生，這多麼有趣啊，就像在童話裡。」

「您真的覺得有趣？」華生憂心忡忡地說。

福爾摩斯似乎並不太在意自己的處境，他說了很多苦中作樂的話，終於讓可憐的華生振作起來，吃了雞腿，還喝了葡萄酒。當蠟燭燃盡後，他們別無選擇地在冰冷的地板上睡了一夜。

華生是被凍醒的，睜開眼時，窗外已是黎明。一聲輕響引起他的注意，一轉頭，只見福爾摩斯彎腰跪在地上，用放大鏡仔細地檢查地板上的灰塵，同時在記事本上記著些什麼。

華生俯下身去，認出地上有一些幾乎被擦掉的白粉筆記號，記著一些數字。華生興趣一來，跟著福爾摩斯去了每間房間。他們在另外兩間房裡發現了同樣的粉筆記號，還注意到橡木護牆板上有兩個圈，一面牆上畫著一個箭頭，以及樓梯的其中四級臺階上寫著四個數字。

就這樣搜尋了大約一個鐘頭，華生問道：「這些數字很精確，對吧？」

「是的。雖然我不清楚誰會對它們感興趣，但是既然它們出現在這裡，總是隱藏著一點暗示吧？」福爾摩斯拍拍額頭。

「這個我知道，意思很清楚，它們代表地板條的數量。」

「啊！」福爾摩斯不覺大吃一驚。

「真的，還有那兩個圈，表示那兩塊牆板後面是空的，不信您自己去敲敲。至於那個箭頭嘛，是指示升降機器。」

福爾摩斯睜大了眼望著華生，說道：「真的？親愛的朋友，您是怎麼知道的？您的聰明使我自慚形穢。」

「呵，這還不簡單，」華生滿心歡喜地說，「這是昨晚我自己畫的，按您的……喔不，應該說按亞森・羅蘋的指示，因為那封信是他寫的。」

一瞬間，福爾摩斯的臉色變得異常難看，他恨不得掐死華生。但他終於還是忍住了，似笑非笑地說：「好極了，做的好，華生。我們該走了。」

「怎麼離開呢？」

「按正人君子的方法，走大門。」

「可是門打不開啊。」

「有人可以幫忙。」

「誰？」

「您去叫在大街上巡邏的警察。」

「可是這太丟臉了……如果人們知道我們——夏洛克・福爾摩斯和華生——被亞森・羅蘋關在屋裡，

會怎麼說呢？」福爾摩斯板著臉，冷冷地回答：「朋友，您不想回去嗎？所以，就算他們會笑得滿地打滾，我們也不能一直待在這裡。」

十一點鐘，福爾摩斯和華生被帶到最近的警察局，在接受了一番嚴格的盤問後，一輛汽車把他們送回愛麗舍大旅館。

華生到櫃台索取房間鑰匙，旅館職員翻看了一下登記本，吃驚地問道：「先生，您不是把房間退掉了嗎？」

「我？怎麼回事？」

「今天早上，您的朋友把這封退房信帶給我們。喏，您的名片還附在上面呢。」

華生接過一看，正是他的名片，信上也是他的筆跡。

「天哪，」他低聲地說，「又被亞森．羅蘋捉弄了。對了，我的行李呢？」

「您的朋友帶走了。」

「……」

六點鐘，《法國迴聲報》下午版刊登了一則新聞：

今天上午，十六區警察分局局長岱納先生解救了夏洛克．福爾摩斯和華生先生，他們兩人昨晚被亞森．羅蘋關在已故的德奧特萊克男爵的公館中，度過了美好的一夜。另外，他們的行李被人取走了，據悉，福爾摩斯先生已對亞森．羅蘋提出指控。

亞森．羅蘋此次只是給他們一點小小的教訓，請他們不要逼他採取更嚴厲的措施。

「可惡！」福爾摩斯把報紙揉成一團，「簡直就是惡作劇，這一切都是因為大眾太抬舉他了。這人天生有股頑劣之氣。」

「您還能沉住氣吧，福爾摩斯？」華生擔心地問。

「當然，」福爾摩斯大聲地回答，「走著瞧吧，最後的勝利是屬於我的。」

4 黑暗中的微光

儘管福爾摩斯是那種性格異常堅毅的人，在某些時候也需要安靜下來沉澱心情，以便重新投入戰鬥。福爾摩斯和華生住進了一家小旅館，整個下午，他除了抽菸、睡覺外，什麼事都沒做。

「今天我破例給自己放個假，華生，您去買幾件換洗衣服。」福爾摩斯說。

「沒問題，您是該好好休息一下了，一切都交給我吧。」

第二天，福爾摩斯開始行動了。他做了三件事情：首先是和德蒂南先生長談，並仔仔細細地檢查這位律師先生的套房；接著他發了封電報，請曾被綁架過的蘇珊娜．勒爾布瓦小姐前來，詢問了關於金髮女人的事；最後，他約見了奧居斯特修女，了解男爵被殺那晚的所有情況。

每次進行調查時，華生都是在外面等候福爾摩斯出來。在這期間，發生了一些小小的插曲：有半袋沙子從六樓掉下來，險些砸中他們；有個先生騎的馬走偏了，馬屁股擦過福爾摩斯的肩膀，差點使他受傷。

次日，福爾摩斯和華生坐在昂利．馬爾坦大街上的一張長凳上，專注地觀察對面的幾幢房子。偵查行動同樣地令人感到乏味，兩人幾乎沒講一句話。五點的時候，他們離開房子，來到克拉佩隆街上散步。這時，三個年輕工人挽著手，唱著歌朝他們走過來，到了跟前還不鬆手，繼續往前走。

福爾摩斯心情正煩躁，故意不讓開。結果雙方衝撞，福爾摩斯大叫道：「太好了！我正好一肚子火沒地方發洩，你們倒自己送上門來。」

說著，他衝著其中一個年輕人當胸一拳，又朝另一個的臉上狠狠一擊，第三個見勢不妙，拉著同伴趕緊走了。

福爾摩斯回過頭來，看見華生倚在牆上，臉色蒼白。「怎麼了？夥伴？」他快步走到華生身邊，華生的一條手臂垂了下來，不能動了。福爾摩斯只好焦急地扶著華生走進附近的一家藥房。還沒進屋，華生就痛昏了過去。

醫生的診斷結果是骨折，至少要五、六個星期才能痊愈。

「該死的亞森．羅蘋，」福爾摩斯為華生托著傷臂，他顯然氣壞了，「忍著點，老朋友。這個壞東西，我會找他算帳的，一定，我向你保證……」

話說到一半，他猛地鬆開華生的胳臂，拍一下頭，大叫道：「華生，我明白了！對，一定是這樣！」

福爾摩斯丟下華生，朝街上衝去。倒楣的華生只覺一陣巨痛，又暈了過去。

福爾摩斯一直跑到這條大街的二十五號門前，見門的右上方有一塊門牌，上面刻著：「建築師，戴斯唐祖。一八七五年。」

退後幾步，二十三號的門前也有相同的銘文。福爾摩斯撫額深思，昂利．馬爾坦大街的那幢房子前是否也刻著什麼？一輛馬車過來了，福爾摩斯吩咐車夫立即趕往昂利．馬爾坦大街一百三十四號。

果然，男爵公館的一塊牆石上也刻著：「建築師，戴斯唐祖。一八七四年。」

不僅如此，鄰近的幾座房子旁都刻著同樣的銘文。

福爾摩斯激動異常，他跑到郵局，打電話到克羅宗城堡。「是伯爵夫人嗎？請您趕快告訴我，克羅宗城堡是什麼時候建的？」

「城堡三十年前遭了火災，是後來重建的。」

「誰重建的？哪一年？」

「臺階上的石板上刻的建築師是盧西昂．戴斯唐祖，一八七七年建。」

「戴斯唐祖，盧西昂．戴斯唐祖，好熟悉的名字。」福爾摩斯嘴裡喃喃唸著，離開了郵局。

福爾摩斯回到診所時，華生已被人送進了病房。他躺在病床上，胳臂固定在夾板裡，還發著高燒。

「我找到線索了。亞森．羅蘋之所以選中這三幢房子做案，是因為它們由同一個建築師建造，結構幾乎一樣。有人利用這點，事先在房子裡設好了機關，作為行動時的脫身工具。毫無疑問，亞森．羅蘋就是設機關的人。但我還沒有弄清楚他是如何取得建築師的信任，獲得建築藍圖的。我已經查過了，這個叫戴斯唐祖的建築師生於一八四〇年，是羅馬大獎的得獎者，也是許多深受好評的建築物設計者。」

「太好了，可惜以我目前的情況，實在不能幫助你。不如找找加尼瑪爾吧。」

「不，我還有六天時間，在確定了亞森．羅蘋的藏身地後，我才會去找加尼瑪爾。在這之前，我只能單獨行動。對了，」福爾摩斯把手搭在華生的肩上，關切地說道，「老朋友，你可要多珍重。牽制亞森．羅蘋的手下，他們指望趁我來看您時找到我的蹤跡。這個重要的任務就交給你了，華生。」

翌日，坐落在馬勒塞爾布大道和蒙沙南街拐角上的豪宅門前，站著一個個頭矮小，頭髮灰白，模樣醜怪的男人。這個男人手持一封引薦信，被僕人帶進一間圓型的大房間，房間的四壁都擺滿了書。

「您就是斯蒂克曼先生？」戴斯唐祖問道。

「是的，先生。」

「我的秘書說他生病了，推薦您來繼續圖書編目的工作，尤其是德文圖書的部分。在我的指導下他已經開了頭，不知您是否習慣做這類工作？」

「會習慣的，先生。」斯蒂克曼帶著濃重的日爾曼口音回答，他低著頭，所以沒有人發現在他醜陋的外表下，有一雙與眾不同的眼睛，那目光銳利、靈活。是的，他就是喬裝易容的夏洛克．福爾摩斯。為了避開亞森．羅蘋的監視，他進入建築師的住所，他必須設法達成他的計劃，在接下來的時間裡，他有一連串複雜的事要做。

戴斯唐祖先生身體不好，早就退出了生意場，生活在他收集的各種建築學圖書之中，除了閱讀這些蒙著灰塵的古舊典籍外，他就沒有其他的愛好了。這個屋子裡還住著戴斯唐祖的女兒克洛蒂爾德，她是個三十來歲的女人，一頭棕髮，沉默寡言，表情冷淡，是個不管閒事的人。她不喜歡出門，總是把自己關在房裡。

這個德高望重的建築師會是亞森．羅蘋的同夥嗎？他不可能在三十年前就預見亞森．羅蘋要從他建造的房子裡潛逃，那時的亞森．羅蘋還在吃奶呢。福爾摩斯反反覆覆地推敲著，卻找不出絲毫眉目。

福爾摩斯很努力地工作，雖然沒有找到什麼確切的證據，但他直覺這個房子裡存在著一些並不簡單的事情。

第二天早晨，福爾摩斯見到了克洛蒂爾德小姐，可是這位小姐連看也沒看他一眼，只是和父親說了幾句話就走了。下午五點時，戴斯唐祖先生出門散步，福爾摩斯單獨留在書房繼續工作。不知不覺天色已暗，他正準備結束工作。這時，房間傳來一陣聲響，一個人影突然隱隱約約地出現。只見那人下了臺階，走到一個大的橡木櫃前，拉開櫃門，在一大堆文件裡翻找。

福爾摩斯躲在走廊欄杆垂掛的簾子後面，跪在地板上，想看清楚那人。門突然被打開了，戴斯唐祖小姐匆匆走了進來，一邊走，一邊對跟在後面的人說：「您確定不出去了嗎，父親？那請等一下，我來開燈，您站那兒別動，一秒鐘就好。」

同一時間，翻東西的那人關上櫃門，側身藏到一扇大窗子旁，拉上窗簾遮住自己。

戴斯唐祖小姐開了電燈，把父親請進來。父女二人並肩而坐，克洛蒂爾德小姐拿出一本書，讀了起來。過了一會兒後，她和父親交談，說的都是些雞毛蒜皮的小事。

福爾摩斯迷惑極了，按理說，克洛蒂爾德小姐應該看見了那個人，她怎麼會不出聲呢？

戴斯唐祖先生在女兒輕柔的聲音中睡著了，這時，窗簾撩開了，藏在後面的人摸索著走向門口，難道他要當著克洛蒂爾德的面前走出去？奇怪的是，克洛蒂爾德一動也不動，儘管這個人的一舉一動都在她的視線範圍內。那人走到門邊，伸手握住門把，不幸的是，他的外衣不慎碰到桌上的一件東西，把它摔到了地上。戴斯唐祖先生被驚醒了。

這個人轉過身，手拿著帽子，面帶微笑地站在那裡。

「馬克西姆．貝爾蒙！」戴斯唐祖先生高興地叫起來，「親愛的馬克西姆，什麼風把您給吹來了？」

福爾摩斯感覺到自己的心跳加快，眼前這位身穿禮服，繫著白色領帶的紳士，戴斯唐祖親切地擁抱著的馬克西姆，不是別人，正是亞森．羅蘋。對福爾摩斯來說，這可真是個美妙的時刻。他貪婪地吸著空氣，就像一隻獵狗在嗅著獵物留下的氣味。因為這次受監視的人不再是他，而是亞森．羅蘋，那個來無影去無蹤的亞森．羅蘋。對出色的偵探來說，跟蹤對手真是件無比愜意的事。

福爾摩斯沒有貿然出來揭露亞森．羅蘋，他在簾子後一直待到晚上七點，從屋裡這三人不算多的談話中獲取資訊。戴斯唐祖先生想拿一些文件給馬克西姆看，於是三人走到了小客廳裡，福爾摩斯趁機脫身。

來到外面，福爾摩斯除去自己的偽裝，站在廣場上，密切地注意戴斯唐祖公館的大門。

不出所料，亞森．羅蘋很快地就出來了，福爾摩斯緊緊地跟在他的後面。兩人一前一後來到一家匈牙利餐館門口。亞森．羅蘋進了餐館，福爾摩斯則坐到馬路對面的一張長椅上。不一會兒，三個穿著禮服的男士和兩位舉止優雅的女士走到亞森．羅蘋的桌邊，和他友好且熱絡地交談起來。

福爾摩斯從記事本上撕下一張紙，在上面寫了幾行字，然後裝進信封裡。他把信交給了一個十五、六歲的男孩，給了男孩五法郎，讓他把信送到夏特雷廣場的那家瑞士小酒館。

大約過了半個小時，一個目光銳利，精神抖擻的男人來到福爾摩斯身邊。「請問是福爾摩斯先生嗎？」他說道。

「是的，您是？喔，加尼瑪爾探長，失敬，失敬。」

「您太客氣了，接到您的字條，我馬上就趕過來。您說的都是真的嗎？亞森．羅蘋真的在這裡？」

「是的，就在餐廳裡。看到了嗎？靠右邊的那張桌子。」

「嗯，好像不是……不，就是他，老天」加尼瑪爾驚叫一聲，「他旁邊那幾位是他的同夥嗎？」

「不是，那兩位女士一個是克理芙唐，另一個是克麗瑟公爵夫人，對面那位先生是西班牙駐英國大使。所以我們不能莽撞行動。再說，這傢伙的手下正在大馬路上把風，餐廳裡也有幾個他的人，我們得想想辦法，千萬不能打草驚蛇。」

加尼瑪爾不以為然，他認為自己只要走進去抓住亞森．羅蘋的衣領，叫出他的名字，餐廳裡的大多數人都會協助自己將這個大盜緝拿歸案。福爾摩斯想了一下，覺得這種說法有幾分道理，於是同意了加尼瑪爾利用特殊場合冒這個險，但他仍然很謹慎地吩咐加尼瑪爾，盡可能地讓對手晚一點認出自己，爭取足夠的時間與亞森．羅蘋周旋。

加尼瑪爾雙手插在褲袋裡，裝出一副怡然自得的樣子往前走，穿過街面，踏上人行道，他突然改變方向，一步跨上了餐廳的臺階。

一聲尖厲的哨聲響了起來，倒楣的探長被發現了。

加尼瑪爾一頭撞到了餐廳領班的身上，領班很不客氣地把他擋在門口，使勁將他往外推。加尼瑪爾站立不穩，氣憤極了。這時，餐廳裡來了一位穿禮服的先生，他大聲喝斥領班，一把拉過加尼瑪爾。領班似乎不服氣，兩個人爭吵起來，並且不顧探長的連聲抗議，將其拉過來扯過去，最終推到了臺階下面。

餐廳門口立刻聚攏了一大群圍觀者，兩名警察聞聲趕來，想要開出一條路，可是群眾的力量遠遠大於兩名警察的力量。幾乎是一瞬間的事，人群中突然讓出一條路，所有的事都結束了，領班道歉說自己錯了，穿禮服的先生也不再幫著加尼瑪爾辯解。人群漸漸散去，脫身後的加尼瑪爾衝進餐廳，卻連亞森·羅蘋的影子也沒見到。

是的，亞森·羅蘋再次成功地甩掉了加尼瑪爾，此時的他正坐在開往巴士底的公共馬車上。然而，正所謂「螳螂捕蟬，黃雀在後」，亞森·羅蘋沒有料到的是，在馬車的頂層上，福爾摩斯正目不轉睛地正盯著他。

剛才一聽到哨子響，福爾摩斯就知道加尼瑪爾暴露身分了。因此，他無心再去管那個成事不足、敗事有餘的探長，而是密切注意亞森·羅蘋，跟著他上了馬車。

巴士底到了，亞森·羅蘋下了車，走在兩個保鏢前面，小聲地吩咐著什麼，福爾摩斯側耳傾聽，聽到異常清晰的「星形廣場」四個字。亞森·羅蘋攔下一輛計程車，絕塵而去。福爾摩斯認定星形廣場將是亞森·羅蘋行動的下一個地點，於是，他跟著兩個保鏢一路走到了星形廣場。

在一處狹窄的樓房前，那兩個傢伙停住了，福爾摩斯看了一下門牌，上面寫著：「夏爾格蘭街四十號」。

大約過了十分鐘，一輛計程車停在門口，車裡走出兩個人，一個是亞森·羅蘋，另一個卻是緊緊裹著大衣、蒙著面紗的女子。「毫無疑問，她一定是那個金髮女人。」福爾摩斯暗自推測。

隨後這一男一女進去屋內，不久後，福爾摩斯小心翼翼地繞到房子後方，爬上窗臺，從氣窗往屋裡看。屋裡有好幾個人，餐廳領班、穿禮服的先生都在這裡，亞森．羅蘋靠在壁爐邊，正興致勃勃地講著什麼。那個蒙面紗的女人坐在一把椅子上，背對著窗戶，看不清臉。

「這夥人一定是在開會，」福爾摩斯想，「他們感覺到危險了，在討論新的對策。正好，可以來個一網打盡。」

房間裡有人動了一下，福爾摩斯連忙跳下窗臺，躲到暗處。穿禮服的先生和那個領班走出了房子。之後二樓的燈亮了起來，有人把百葉窗關上，於是樓上和樓下都變得一片漆黑。

「亞森．羅蘋和金髮女人留在一樓，」福爾摩斯想，「二樓住著那兩個傢伙，一切都很清楚了。」

為了防止亞森．羅蘋溜走，福爾摩斯一直守到了半夜。凌晨四點時，街上走來兩個警察，福爾摩斯考慮了一下，走過去，把房子裡的情況向他們說明，請他們務必對這間房子進行監視。囑咐完畢，福爾摩斯前往加尼瑪爾家，讓加尼瑪爾和他一起去逮捕亞森．羅蘋。睡眼惺松的加尼瑪爾半信半疑，但還是跟在福爾摩斯身後，為了慎重起見，他帶了梅斯尼爾警察分局的六名警察。

天色已經大亮，福爾摩斯一行人走進門房的房間。門房嚇壞了，戰戰兢兢地表示一樓根本沒人住，只是二樓一位叫勒魯的先生為了接待外來的親友，準備了一些傢俱。

福爾摩斯不相信，堅持要進房間看一下。門房只好帶他們前往，結果讓福爾摩斯大吃一驚，一樓的兩個房間都是空的。「不可能，我親眼看到他們在這裡，你們——」福爾摩斯轉頭問留守的兩名警察，「你們有看見人出去嗎？」

「沒有，先生，我們一直盯著這裡，沒有人出去過。」

福爾摩斯心有不甘地向二樓走去，還是一無所獲。加尼瑪爾掩飾不住自己的幸災樂禍，大名鼎鼎的福爾摩斯不也敗在亞森．羅蘋的手中？

5 擄獲

福爾摩斯鐵青著臉，努力克制著自己即將爆發的情緒，他向加尼瑪爾點了一下頭，以示告別。

回到前廳，福爾摩斯拐了一個彎，朝一扇通向地下室的小門走去，並拾起了地上的一粒紅色石榴石。然後走出房子，在外面轉了一圈，看到了四十號門牌旁邊刻著一行銘文：「建築師盧西昂．戴斯唐祖，一八七七年。」

四十二號也有同樣的銘文。

福爾摩斯恍然大悟，這根本是兩處相通的房子，亞森．羅蘋正是從四十二號溜走的，他後悔自己行事欠妥，他應該留下來和那兩個警察一起守在這裡的。自責了幾分鐘後，福爾摩斯有了新的打算，他到附近的一家旅館找了一間房間休息片刻，便又恢復了精力，充滿自信。接著，他再次回到夏爾格蘭街四十號，在給了門房兩個銅板後，他知道住在二樓的勒莫兄弟是警探，還了解到這間房子屬於一個叫阿爾曼亞的先生。

福爾摩斯開始行動，他手持一根蠟燭，從撿到石榴石的地方進入地下室。在樓梯下面，他再次撿到一顆同樣的石頭。這進一步證實了他的推測，於是，他繼續往裡走，發現地下室是個小酒窖，地面留有一串腳印。

福爾摩斯正想細看時，地下室的那頭傳來輕微的響聲，他連忙退到門後，吹熄蠟燭。

幾秒鐘後，靠牆的一個鐵架子被輕輕轉動，後面的牆壁也跟著動了起來。緊接著，一束手電筒的光射了進來，一個男人走進了酒窖。他彎著腰，像在尋找什麼。福爾摩斯以迅雷不及掩耳之勢撲了上去，制服那個人，從他的衣袋裡搜出一串鑰匙和以一塊手帕包著的小盒，裡面裝有十二粒石榴石。

福爾摩斯試圖從他嘴裡問出點情報內幕，但那個人守口如瓶。無奈之下，福爾摩斯把他扔在酒窖裡，自己按照小盒上的地址，到太平街找珠寶商萊奧納爾。

「夫人要我把這些石榴石送來給您。她說這是從她在這裡買的一件首飾上頭掉下來的。」站在珠寶商面前，福爾摩斯決定賭一把。

「我知道了。」商人回答。

福爾摩斯賭贏了。

商人接著說：「這位夫人剛才打電話給我，說她等會見就要過來。」

福爾摩斯退到人行道上守著，按捺不住興奮的心情，說道：「金髮女人，神秘的金髮女人，我馬上就可以揭穿你的真面目了。」

五點左右，一位戴著厚面紗、模樣可疑的女人走進珠寶店。透過櫥窗玻璃，福爾摩斯看見她把一件鑲有石榴石的舊首飾放在櫃檯上，然後馬上出來，向克利希方向走去。

福爾摩斯跟著她在熟悉的街道上拐來拐去，直至夜幕降臨，這個女人才進入了一幢五層公寓。福爾摩斯巧妙地躲過門房女人的視線，尾隨她來到三樓，見她停下來，走進一間屋子。福爾摩斯再次冒著試一試的想法，掏出剛才搜出的那串鑰匙，躡手躡腳地，一把一把地試著，到第四把時，門鎖開了。

屋裡一片漆黑。幾間房子空蕩蕩地，似乎沒有人居住。房門都敞開著，只有一條走廊盡頭漫出一線燈光。福爾摩斯踮著腳走過去，透過客廳和臥室之間的大玻璃，看見那蒙著面紗的女人脫下外衣和帽子，放在臥室唯一的一張椅子上，穿上了一件天鵝絨的睡衣。她走向壁爐，按了一下外觀看似電鈴的按鈕，壁爐右半邊的護牆板沿著牆緩緩地滑開，插進旁邊那片厚實的護牆板之後。女人拿著油燈走了進去，消失在黑暗中。

這個機關很簡單，福爾摩斯如法炮製，閃進了護牆板，在黑暗中摸索前行。如他所料，這些房子都設有秘道，這就是亞森．羅蘋來去自如的秘密。鬼把戲一旦被拆穿，也就不再神秘。

福爾摩斯繼續前行，沒多久就有一些軟軟的東西碰到他的臉。他劃了根火柴，發現自己置身於一個小儲藏室中，到處都是用三角架掛著的衣袍。撥開衣服，福爾摩斯來到一個門洞前，透過磨損的舊簾子向裡窺探。金髮女人站在那兒，吹滅了油燈，打開了電燈。

福爾摩斯第一次在明亮的光線下見到她的模樣，心頭不禁一顫。他費了那麼大功夫終於找到的女人竟是克洛蒂爾德．戴斯唐祖！

「我真是個傻瓜，」福爾摩斯揪住自己的頭髮，「只因為亞森．羅蘋的女友是金髮，而克洛蒂爾德是棕髮，我竟然就沒有想到把她們對照一下。金髮女人殺了男爵，偷了鑽戒之後，怎麼可能還保留金髮呢？克洛蒂爾德．戴斯唐祖就是亞森．羅蘋的神秘女人，她就是金髮女人。」

福爾摩斯定了定神，仔細地打量起屋內的情況。

克洛蒂爾德坐在一把貴重的胡桃木軟墊長椅上，雙手捧著頭，一動不動。過了一會兒，福爾摩斯才發現她在哭泣，大顆的淚珠順著她蒼白的臉頰滾滾流下，她的臉上佈滿了憂愁和絕望，十分哀傷。

福爾摩斯還來不及細想緣由，克洛蒂爾德身後的門突然開了，亞森．羅蘋走了進來。他們相互注視良久，什麼話也沒說，靜寂的溫馨令克洛蒂爾德的眼淚更無法抑止。她伸出纖細而柔嫩的手，抽泣著說：「馬克西姆，只要一想到這雙手還屬於我，我就會為此傷心。它們沾著血……」

亞森．羅蘋叫了起來：「別說了，那是意外。過去的事就讓它過去吧。」說完，亞森．羅蘋熱切地親吻著克洛蒂爾德那雙修長、毫無血色的手，彷彿每一個吻都能為她抹去一絲可怕的回憶。

克洛蒂爾德的臉上露出了微笑，但那笑容裡卻藏著濃得化不開的憂傷。「馬克西姆，我愛你，沒有一個女人像我這樣愛你。為了讓你高興，我過去和現在都在為你做事，我不僅遵照你的命令，而且始終遵照你內心的意願。我的行為違背了我的良心和本性，但我還是做了，我是無意識之下做的，因為這對你有用，明天，甚至是永遠，我都準備再做對你有用的一切事情。」

亞森・羅蘋有些辛酸，他覺得不該讓克洛蒂爾德牽扯進自己的冒險生活，但他還是把近來發生的一些事毫無保留地說給她聽。他預感到自己的周圍正有一張網在慢慢收緊，福爾摩斯正一步一步地接近，他打算立刻搬到一個安全的地方去。

克洛蒂爾德有些著急，但最終還是默許了亞森・羅蘋的安排，她深深地擁抱他。然後，福爾摩斯聽見他們的聲音漸漸遠了。

稍稍等了一會兒，福爾摩斯便大膽地現身，往裡面闖去。沿著地下室的樓梯盤旋而下，福爾摩斯推開了一扇虛掩著的門，他驚奇地發現，這裡的傢俱佈置和式樣都是他所熟悉的。環顧四周後，他醒悟過來，這裡正是戴斯唐祖先生的書房。

一切都清楚了，這幢房子與旁邊的一幢房子之間有一條通道，亞森・羅蘋當然可以突然冒出來，又神不知鬼不覺地消失。

福爾摩斯登上環廊，躲在欄杆簾子後面，一直待到深夜，一個僕人進來關了燈。又過了一小時，福爾摩斯打開手電筒，走到書櫃前。如他所知，櫃子裡滿是建築師的舊設計圖、資料、預算書、帳本。在第二格，有一套按年代順序排列的筆記本。

他分別抽出最近幾年的幾本，又專門查了H部分，終於，他發現了阿爾曼亞這個名字，下面記錄的是為這位原顧主安裝暖氣設備的施工情況，邊上有標注：「見馬・貝宗卷。」馬・貝宗卷就是馬克西姆・貝爾蒙・宗卷，也就是亞森・羅蘋宗卷，福爾摩斯深信一定能從馬・貝宗卷中找到亞森・羅蘋目前的住址。

他整整翻了一個晚上，到第二天早晨才在一本簿子裡的第二部分發現了這個宗卷。宗卷共有十五頁。一頁重複記錄了當時阿爾曼亞先生公寓的施工情況，另一頁記錄了為克拉佩隆街二十五號的房主瓦蒂內爾先生施工的情況，再一頁是關於昂利．馬爾坦大街一百三十四號德奧特萊克男爵公館的施工情況，還有一頁是克羅宗城堡的，其餘是為巴黎另外十一處住宅施工的記錄。

福爾摩斯抄下這十一個屋主的姓名和住址，小心翼翼地把宗卷原樣放回，打開窗戶跳了出去，並在離開前小心地關好百葉窗。

回到旅館，福爾摩斯周詳地考慮了整個計劃，確定了行動的方案。八點，他寄了封限時信給加尼瑪爾，信中寫道：「無論如何，從今晚起到明天，即使是星期三的中午，都請留在家裡，並安排三十個人隨時待命。」

第二天一大早，福爾摩斯就在大馬路上攔了輛出租汽車，司機一副和善、憨厚的樣子，使他很滿意。汽車在離戴斯唐祖公館五十步遠的地方停了下來，福爾摩斯吩咐司機等他一個半小時。

跨進公館門檻時，福爾摩斯猶豫了一下。在亞森．羅蘋準備搬家的時候，來找克洛蒂爾德，是不是有些冒昧？是否先憑手裡的那張名單，找到對手的住所更適合一些？但是「先把金髮女人抓到手裡，便能控制局勢的想法」最後使他按了門鈴。

戴斯唐祖先生已經在書房裡開始工作了，福爾摩斯幫著他整理了一會兒，正尋思著找個藉口到克洛蒂爾德的房間，不料那年輕姑娘自己進來了。她向父親道早，就坐在小客廳裡寫起信來。

福爾摩斯等了一會兒，拿起一本書，對戴斯唐祖先生說：「這是克洛蒂爾德小姐吩咐我找的書，她要我找到後立即送過去給她。」

他走進小客廳，站在克洛蒂爾德前面，位置恰好擋住戴斯唐祖先生的視線。

「我是斯蒂克曼，戴斯唐祖先生的新秘書。小姐，我有些話想單獨跟您談談。」

「請坐，先生。我馬上就寫完了。」克洛蒂爾德抬起頭，看似不經意地瞧了福爾摩斯一眼，又低下頭在信上加了幾句話，簽了名，封好信，接著又拿起話筒，撥通了電話給女裁縫，請她立即把她急需的旅行風衣送來。然後才轉向福爾摩斯，說道：「先生，您請講吧。不過，不能當著我父親的面談嗎？」

「不能，小姐。」

「為什麼？」

「對您有好處，小姐。」

「有什麼事就直說吧。」她的眼裡毫無懼意。

「好吧。如果有些細節問題弄錯了，還請您原諒。」福爾摩斯仍舊站著，「五年前，您父親偶然遇到了一位馬克西姆．貝爾蒙先生，他自我介紹是個建築師或施工員，贏得了戴斯唐祖先生的信任和喜愛。接著，因為您父親身體不好，無法承擔太多的事務，就把幾個老顧客的建築修繕工程交給貝爾蒙先生打理。」

福爾摩斯稍稍停頓了一下，他發覺克洛蒂爾德小姐的臉色有些蒼白，但是某方面也更沉著了一點。

福爾摩斯繼續說道：「這位馬克西姆．貝爾蒙先生的真名叫亞森．羅蘋。」

克洛蒂爾德哈哈大笑，說道：「不可能！亞森．羅蘋？馬克西姆是亞森．羅蘋？」

「小姐，這話我是認真說的。您若不願意相信我，那我就只好再補上一句。亞森．羅蘋為了完成他的計劃，在這裡找了個女友，而且這個女友是個盲目的同謀，動了情的、忠心耿耿的同謀。」

克洛蒂爾德站起身來，她並不激動，至少是不怎麼激動，她說：「先生，我不知道您講這些是什麼意圖，請您別說了，出去吧。」

「說真的，我並不想賴在這裡，讓您不舒服。」福爾摩斯盯著她，如她一樣沉著，「我會離開這裡，但我相信，您會一聲不吭，乖乖地跟我一起走出這幢房子的。」

「我？」

「是的，您。」

克洛蒂爾德聳聳肩，又坐下來。福爾摩斯掏出懷錶說：「十點半了，過五分鐘我們動身。」

「您肯定我會跟您走嗎？」

「當然。如果您不走，那我就去找戴斯唐祖先生，告訴他……」

「什麼？」

「把馬克西姆．貝爾蒙偽造身份的經歷說給他聽，把女同謀的雙面人生活也告訴他。」

「您在胡說什麼，什麼女同謀？」

「就是人們稱為**金髮女人**的那個亞森．羅蘋的女同謀。」

「您可不能信口開河。」

「信口開河？不，我可以帶戴斯唐祖先生去夏爾格蘭街，讓他看看亞森．羅蘋利用指揮施工的方便，讓他的手下在四十號和四十二號之間建造的暗道。對了，這條暗道您前天晚上才走過呢。」

「然後呢？」

「然後，我再帶戴斯唐祖先生到德蒂南先生家去，從便梯下樓。您和亞森．羅蘋就是從這道梯子躲開了加尼瑪爾的追捕。我肯定那房子與鄰屋大概也有暗道相通。」

「還有呢？」

「還有？我們還可以到克羅宗城堡去，相信戴斯唐祖先生能輕易地發現在城堡修繕工程中，亞森．羅蘋做了哪些手腳，也會發現金髮女人夜裡怎樣利用暗道進入伯爵夫人的房間，從壁爐上的珠寶盒裡拿走藍鑽石，又在兩星期後潛入布萊尚領事的房間，把假的藍鑽石塞進肥皂粉瓶。說實話，這行為相當奇怪，也許是女人施加的報復，我不清楚，但這無關緊要。」

「甚至，」福爾摩斯的語氣更嚴肅了，「我還可以帶他去昂利．馬爾坦大街一百三十四號，弄清楚德奧特萊克男爵是怎麼。」

「別說了，求求您別說了！」克洛蒂爾德突然恐懼起來，結結巴巴地說，「這全是造謠。您敢說這是我……」

「小姐，您心裡很明白，德奧特萊克男爵在您手中喪命。您化名安托瓦內特·布萊兒，目的就是為了從他手裡盜走藍鑽石。雖然鑽石沒到手，但是您的確把男爵殺死了。」

克洛蒂爾德開始斷斷續續地抽泣起來，她哀求道：「先生，求求您別說了。既然您什麼都知道，那麼也應該清楚我不是有意殺害男爵的。」

「我並沒說您有意殺他，小姐。據我所知，德萊奧特克男爵經常發狂，只有奧居斯特修女能控制他。那天晚上，修女不在男爵家，他大概撲到了您身上，您出於自衛而刺了他一刀。您被這件事嚇壞了，沒敢從死者手上摘下那枚鑽戒，按鈴叫人後匆匆逃走了。過了一會兒，您帶來亞森·羅蘋的同夥——另一幢房子裡的僕人。你們把死者放在床上，整理好房間，可你們仍然不敢摘下鑽戒。這就是那天晚上的經過。因此，我重複一遍，您並不是有意殺男爵，但事實上他是死在您的手上。」

克洛蒂爾德用那雙纖細蒼白的手撫著前額，一動也不動地坐了很久，最後，她鬆開了手，露出因痛苦而有點扭曲的臉，說道：「您打算告訴我父親的就是這些？」

「是的，就這些。而且我會找勒爾布瓦小姐做證人，她認得出金髮女人，還有奧居斯特修女，她也認得出安托瓦內特·布萊兒。」

克洛蒂爾德努力克制住自己的情緒，思考片刻後，十分冷靜地說：「夏洛克·福爾摩斯先生，我決定了，我跟您走。」

福爾摩斯對於克洛蒂爾德能夠喊出自己的名字而感到一絲驚訝，說道：「您是個聰明人，小姐。我不會為難您的。我和亞森·羅蘋講好了要決鬥一場。我認為，一旦把您這樣一個重要的人質控制住，我就占了上風。因此，我會把您交給一個朋友照料。我的目的一達到，就放您自由。」

「還有嗎？」

「就這些。我不是貴國的警方成員，因此我覺得我沒有任何權利，也沒有必要做任何裁決。」

克洛蒂爾德淡淡地笑了，眼神中卻帶著一種不容置疑的堅定。「我可以跟您走，但是我永遠相信亞森·羅蘋無所不能，和他在一起就不會有什麼危險，他會保護我。」

對於這個陷在愛情裡的女人，福爾摩斯只能無奈地搖搖頭。

克洛蒂爾德小姐按鈴叫僕人拿來帽子和外衣，福爾摩斯對她說：「您是不是應該告訴戴斯唐祖先生一個理由，必要時請說明您將幾天不歸的原因。」

「用不著，我相信自己很快就會回來的。」

兩個人再次挑戰似地互望了一眼，譏諷和微笑都掛在臉上。

「您認為他救得了您？」福爾摩斯說。

「堅信不疑。」克洛蒂爾德的聲音有些顫抖。

她起身朝父親走過去，說道：「對不起，我想借用一下斯蒂克曼先生，我們去國立圖書館辦點事。」

「沒關係，你們去吧。回來吃午飯嗎？」戴斯唐祖關心地問。

「也許吧。不用等我們。」

隨後，克洛蒂爾德堅定地對福爾摩斯說：「先生，我們走吧。」

「您如果想逃跑，我會喊會叫，警察會逮捕您。那樣，您就得坐牢了，我就無法給您自由了。別忘了，金髮女人前科累累，是被通緝的要犯。」

「您盡可放心，我決不試圖逃跑。」

「我相信您。走吧。」

兩個人一同離開了公館。走到廣場上，汽車還停在那兒，不過已經調過頭來了，從外面可以看見司機的背影、鴨舌帽以及翻起來的毛領子。走近汽車，福爾摩斯聽見汽車的引擎聲。他打開車門，請克洛蒂爾德上車，自己坐在她的身邊。

福爾摩斯非常高興，心裡充滿了勝利的喜悅。

汽車猛地開動了，駛向城外的大馬路，過了奧什大街、大軍團大街——福爾摩斯凝神思索，想著行動方案和下一步的計劃，絲毫沒有注意汽車已經從訥伊橋出了巴黎城，但佩爾戈萊茲街不在城外啊！

「喂，先生，您走錯路了，是佩爾戈萊茲街。」福爾摩斯察覺後，大聲地斥責司機。

司機沒有回答，福爾摩斯又大聲重複了一遍：「朋友，我要去佩爾戈萊茲街！」

司機還是不出聲。福爾摩斯火冒三丈，但他很快地看到了克洛蒂爾德唇邊浮起一抹難以琢磨的微笑。

「您為什麼笑？」他低聲抱怨道，「這只是個無關痛癢的小意外……」突然間他彷彿想到了什麼，彎腰站了起來，仔細打量駕駛座上的男人——他的肩略顯單薄，動作輕鬆。福爾摩斯嚇出了一身冷汗，雙手顫抖，不得不接受這個可怕的事實：他是亞森．羅蘋！

「您好，福爾摩斯先生，這次兜風感覺不錯吧？」司機開口了，正是亞森．羅蘋。

福爾摩斯猛地掏出手槍，指著克洛蒂爾德小姐：「馬上停車！否則，她會沒命的！」

克洛蒂爾德開口道：「馬克西姆，開慢點。路滑，我害怕呢。」槍口擦過克洛蒂爾德的髮卷，但是她始終笑吟吟。

無奈之下，福爾摩斯把槍放回衣袋，雖然他快氣瘋了，但是眼下的情勢對他非常不利。他抓住車門把手，想跳車，儘管這麼做並不高明。

克洛蒂爾德小聲地對他說：「先生，小心！旁邊有車。」

聞言，福爾摩斯探出頭一看，後面果然跟著一輛龐大的車。車頭尖尖的，車上坐著四個拿著毛皮大衣的壯漢。

「好傢伙！」他想道，「我被困住了。」

福爾摩斯不再輕舉妄動，他環抱雙臂，如同厄運來臨時那些無可奈何的人一般擺出傲慢的姿態。汽車橫跨塞納河，又風馳電掣地駛過敘雷訥、呂埃以及夏都時，福爾摩斯強忍著怒火，沒有埋怨，只是尋思自己在哪個環節上出了錯？一大早在街上選的那個憨厚小夥子難道是亞森．羅蘋預先安排的同夥？不，不可能。亞森．羅蘋肯定得到了通知，但是只能在他威脅克洛蒂爾德之後，因為在那之前，他從未洩露他的計劃。從他們開始談話，克洛蒂爾德就沒有離開過他的視線，如果是她，她是什麼時候通知亞森．羅蘋的？

電話。福爾摩斯突然想起，在此之前，克洛蒂爾德曾打電話給女裁縫。在他要求與她談談時，她就察覺到危險，猜出了他的身份，便冷靜自然地，像做一件平常事一樣，以事先約定的暗語向亞森．羅蘋發出了求救信號。這樣一個普通的女子，一個墜入情網的女子，竟能壓下心中的恐懼，不露聲色地算計了老謀深算的夏洛克．福爾摩斯。有這樣聰明冷靜、因愛而死心踏地的助手，他還能把亞森．羅蘋怎麼樣？

在福爾摩斯懊惱之際，汽車離開塞納河，上了聖日爾曼坡地。在駛過這個小鎮五百公尺之後，汽車終於放慢速度。後面那輛車很快地趕上來了，兩輛車並排停住。

四周杳無一人。

「福爾摩斯先生，」亞森．羅蘋說，「委屈一下，我們換輛車吧，這輛車太慢了。」

「確實。」確信自己別無選擇後，福爾摩斯冷靜地說。

「然後請您穿上這件毛皮大衣吧，因為待會兒車會開得很快。還有，請收下這兩塊三明治，收下吧，誰知道您什麼時候才能再吃晚飯。」

那四個壯漢也下了車，其中一個人走了過來。亞森．羅蘋對他說：「你把這輛計程車開回廣場，還給那位司機，我和他說好的，要他在勒讓德街右邊第一家小酒館裡等著。我答應給他一千法郎，已經付了一半，你把尾款付給他。」

說完，亞森．羅蘋轉頭與克洛蒂爾德小姐講了幾句話，然後坐到駕駛座上。福爾摩斯坐在他旁邊，坐在後座的是亞森．羅蘋的一個手下。

亞森．羅蘋所說的車會開得很快並不誇張，不到一分鐘，汽車就彷彿在風中飛起來。曼特市、韋爾農市、蓋隆市，一個個城市在眼前消逝。兩個小時後，車停在塞納河邊的一個小碼頭，碼頭邊停泊著一艘線條簡單的遊艇，遊艇的煙囪正噴著一團團黑煙。

一個身穿藍制服、戴一頂鑲金邊帽的男人走了過來，行了個禮。

「很好，船長。」亞森．羅蘋向他打招呼後說，「收到電報了嗎？」

「收到了。」

「一切準備好了嗎？」

「準備好了。」

福爾摩斯走過舷梯，跟著亞森．羅蘋進了船長室。亞森．羅蘋隨手帶上門，只看了福爾摩斯一眼，就單刀直入，幾乎有點粗魯地對福爾摩斯說：「您弄明白了什麼？」

「一切。」

之前亞森．羅蘋一直對福爾摩斯裝出一種略帶譏諷的禮貌，但此時的態度一下轉變。此刻，他使用的是主宰專橫——慣於讓全世界的人都聽命於他，哪怕是夏洛克．福爾摩斯也不例外的——的口氣說道：「一切？說具體點。」

他們瞪著對方，現在他們是敵人，公開宣戰的敵人了。

「好吧，我來說您知道些什麼事情吧，」亞森．羅蘋的聲音有點緊張，「您知道我以馬克西姆．貝爾蒙的名義在施工中改建了戴斯唐祖先生承建的房子？」

「對。」

「在建造的十五所中，您找到了四所。」

「對。」

「而且您還有其他十一所的地址。」

「對。」

「您大概是前晚從戴斯唐祖先生家裡找到的。」

「對。」

「您推測這十一處房子中，有一處被我留下，供我和我的朋友需要時使用。因此，您把這查找任務交給加尼瑪爾。」

「妄加推測。」

「這是什麼意思？」

「我一直是單獨行動的，獨自查找。」

「那我就什麼也不必擔心了，因為您已經落在我手裡。」

亞森．羅蘋輕輕走近福爾摩斯，輕觸他的雙肩說道：「先生，聽我說，我沒時間跟您耍嘴皮子。遺憾的是，您無法打敗我。因此，我們把事情做個了結吧。」

「如何了結？」

「我要您保證，在這艘船進入貴國水域之前，您不企圖逃走。」

「我向您保證，我會設法逃走。」

「那他們一定會把您扔進離岸十海浬的冰冷海水中。」

「我是游泳好手。」

「我只要稍一示意，他們就會把鎖鏈套在您的脖子上。」

「鎖鏈會斷。」

「答得好。」亞森・羅蘋大聲笑道，「願上帝原諒我，我剛才開了個小玩笑。我很佩服您，讓我們來做個了結吧，您同意我為自己和朋友採取必要的安全措施嗎？」

「隨您便。」

「這就對了。」

亞森・羅蘋打開門，叫來船長和兩個水手。他們抓住福爾摩斯，將他全身搜了一遍後，把他扔在船長的床鋪上。

「行啦！」亞森・羅蘋吩咐道，「船長，留一個船員在這裡照料夏洛克・福爾摩斯。有時間的話您自己也盡可能陪陪他。告訴大家他是客人，不是囚犯，叫大家對他尊敬點。」

然後，他靠近福爾摩斯說：「說實在的，您特別頑固，現在的局勢又特別危險，我才不得不如此冒昧——對了，您的錶幾點了，船長？」

「兩點零五分。」

「兩點零五分？」亞森・羅蘋看看自己的錶，又對了對壁上的掛鐘，「就算是吧。到南安普敦要多久？」

「慢慢開的話，得九個鐘頭。」

「那麼您用十一個鐘頭吧。在那班郵船離開南安普敦之前，您都不能靠岸。郵船將於午夜離開那裡，早上八點抵達勒阿弗爾。您聽清楚了嗎？船長，我再說一遍，如果這位先生搭上那班郵船回到法國，對你我都是一種威脅。所以，您只許在午夜一點之後到達南安普敦！」

「我明白了。」

亞森．羅蘋拿起帽子，朝福爾摩斯行了個禮，說道：「別了，**神探先生，您輸了。**」

幾分鐘後，福爾摩斯聽見汽車漸漸遠去的聲音。機艙裡，蒸汽機發出隆隆聲響，船起錨了。夏洛克．福爾摩斯被綑在床上，沉沉睡去。

次日早晨，也就是兩大對手交戰前講好的第十天——最後一天，《法國迴聲報》發表了一則有趣的新聞：

> 昨天，亞森．羅蘋對英國偵探夏洛克．福爾摩斯下了逐客令。命令於中午送達，當天立即實施。淩晨一時，福爾摩斯在南安普敦下船。

6 亞森．羅蘋再度被捕

從早晨八點起，十二輛搬家馬車就把布洛涅森林大道與比若大道之間的克萊沃街塞得水洩不通的。他們是專為住在八號五樓的費利克斯．達韋先生搬家的。工人們十分賣力地幹活，十一點時就全部搬完了。令人感到奇怪的是，這十二輛馬車，沒有一輛寫有搬運公司的名稱和地址。

費利克斯．達韋先生是個氣質優雅的年輕人，時常穿著精緻時髦的衣服，手中總是拿著一根手杖。此時，他徐徐地橫穿大街，來到一條小路上，在一張長椅上坐下。離他不遠的地方，一個婦人正在看報，一個孩子蹲在地上玩沙。

「加尼瑪爾呢？」費利克斯頭也不回，向那個女人問道。

「今早九點就出門辦事了。」

「去哪裡了？」

「他說去警察總局。」

「一個人？」

「嗯。」

「昨天晚上收到電報了嗎？」

「沒有。」

「他家人還是和以前一樣信任您嗎？」

「是的。今天早上我幫了加尼瑪爾夫人些小忙，她就把她丈夫做的事都說給我聽了。」

「你做得很好，在沒有新的命令以前，你還是每天這個時候來這裡。」說完，費利克斯．達韋站起身來，向太子門附近的一家中國飯館走去。他在那裡簡單地吃了點東西後，又回到了克萊沃街。

「夫人，我只想上樓看一眼，待會兒就把鑰匙還給您。」他很客氣地對門房說。

來到房裡，費利克斯．達韋在書房裡檢查了一遍，抽掉沿著壁爐一側的一根煤氣管上的銅堵頭，拿起一個號角似的東西，對著管子吹起來。很快，管子裡傳回一聲輕輕的哨音。他把管子放在嘴邊，壓低聲音問道：「迪布勒伊，旁邊沒有人吧？」

「沒有。」

費利克斯．達韋把管子放回原位，然後推開壁爐上的一塊大理石裝飾，一個洞口隨之顯露，可以看見暗道的最下面幾階樓梯。費利克斯．達韋爬到六樓，六樓的壁爐上面也有一個一樣的洞口，他的手下迪布勒伊正在那兒等他。

「東西搬完了嗎？」

「搬好了。」

「一切都打理好了嗎？」

「是的，只留了三個人把風。」

「我們去看看。」兩個人一前一後，從同一條路走到了僕人住的閣樓房。那裡有三間房間，有一個人正從窗內向外張望。

「有新情況嗎？」

「沒有，老闆。」

「街上有什麼動靜？」

「沒有，很安靜。」

「再過十分鐘，我們就動身。如果有什麼不對勁，馬上向我報告。對了，迪布勒伊，你告訴搬運工別碰警鈴線了嗎？」

「說了，這些鈴沒有問題。」

交待完畢後，他們重新回到費利克斯的房間。

「迪布勒伊，我真想看看人們發現這些巧妙機關後的樣子。瞧，警鈴、電線網、傳聲筒、暗道、暗梯、滑動壁板，真是天才都想不到的機關。」

「是啊，可惜得離開這樣的房子，一切從頭開始。都怪這可惡的福爾摩斯！他沒回來吧？」

「回來？真是笑話！」費利克斯洋洋得意地說，「只有一班郵船從南安普敦過來，半夜才抵達。只有一班列車從勒阿弗爾回巴黎，也就是早上八點發車，十一點十一分到的那班。他坐不上那班船，也搭不上那班車。」

「那他還會回來嗎？」

「福爾摩斯從不半途而廢，他當然會回來。所以迪布勒伊你得趕快走，行李裝船會花很多時間，你必須到碼頭上照應。」

迪布勒伊走了以後，費利克斯又將房間檢查一遍，他拾起一個粉筆頭，在餐廳深色的壁紙上畫了個大框，寫上「二十世紀，怪盜亞森．羅蘋在此一住五年」幾個大字。這個小玩笑令他十分開心，然而一陣尖厲、急促、刺耳的鈴聲破壞了他此刻的好心情。——是警鈴！有情況！

街上隱約傳來嘈雜的人聲，費利克斯衝進書房，要跨過門檻時，聽到有人試著用鑰匙開門。

「見鬼了！」他低聲咒罵了一句。看來房子大概被包圍了，不能走便梯。幸好，還有壁爐。

他試圖推開壁爐大理石板的裝飾，但它卻紋風不動！費利克斯有點緊張，他深吸一口氣，使出全身的力氣去推，依舊沒有動靜。他開始對著大理石板又搥又踢，甚至破口大罵，但無濟於事。

「怎麼了，亞森．羅蘋先生？有什麼事不合您的意嗎？」一個聲音在他背後響起。

亞森．羅蘋像被電擊到一樣，跳了起來。

夏洛克．福爾摩斯！昨晚被他當成一件危險物品從巴黎送到英國去的夏洛克．福爾摩斯現在就站在他身後。

英國人以對手之前對他的那種飽含蔑視的口吻譏諷道：「亞森．羅蘋先生，您讓我在德奧特萊克男爵公館裡過的那一夜，以及我坐在車裡被劫持，被您綁在硬梆梆的小床上的那趟旅行，從此刻起，所有的一切我都不會再想起了，都過去了，因為我得到了極大的補償。」

亞森．羅蘋沉默不語，靜靜地看著福爾摩斯，彷彿要將他看穿一樣。隔了很長一段時間，他才問了一句：「這幢樓房？」

「被包圍了。」

「旁邊的兩幢樓房呢？」

「也一樣。」

「樓上那套房間呢？」

「迪布勒伊先生在六樓租的三套房間也被包圍了。」

「所以……」

「所以您被捕了，亞森．羅蘋先生，您現在只能束手就擒。」

亞森．羅蘋現在所感受到的，就是福爾摩斯當時坐車兜風的心情。相同的狂怒，相同的折服，相同地不得不承認失敗。

「先生，我們扯平了。」亞森．羅蘋走近福爾摩斯，痛快地說，「那您還在等什麼？」

「等什麼？」

「加尼瑪爾和他的手下為什麼不進來逮捕我？」

「我要他別進來，我和他的合作是有明確的條件的。再說，他以為費利克斯．達韋只是亞森．羅蘋的一個同夥。」

「那麼，您單槍匹馬進來的意思是？」

「我想先和您談談。」

「沒想到，在這種險峻的情況下，居然有人喜歡說話，更勝於動手。」亞森．羅蘋笑了起來，手舞足蹈地像個孩子。

福爾摩斯毫不理會，繼續說道：「我在法國逗留的目的並不是為了逮捕您，我之所以追蹤您，是因為除此之外沒有別的辦法可以達到我真正的目的。」

「真正的目的？」

「找到藍鑽石，我答應過克羅宗伯爵夫人會找到它，所以這枚鑽戒您必須給我。」

「很遺憾，不可能。」亞森．羅蘋笑道，「您真的認為我會把它還給您嗎？」

「您會的。」

「您是說自願還給您？」

「當然不是，我會買下它。」

亞森．羅蘋大笑了起來，說道：「您真不愧是精明的英國人，居然能像談生意一樣跟我說這件事。」

「這本來就是一筆生意。」

「但是，您能給我什麼？」

「克洛蒂爾德小姐的自由。」福爾摩斯掏出錶，「再過十分鐘就三點了，三點整時我就會叫加尼瑪爾進來。」

「我們還有十分鐘可以說話呢，福爾摩斯先生。請您用這段時間來滿足我的好奇心吧。請告訴我，您究竟是怎麼知道我的地址，弄清楚費利克斯．達韋這個名字的？」亞森．羅蘋無意識地推著壁爐的大理石裝飾，這一次，大理石板挪動了！世事真是反覆無常。儘管他竭力控制住自己幾欲呼出口的狂喜，但面部的表情還是有了一絲改變。

雖然亞森．羅蘋的那份興致讓福爾摩斯感到相當不悅，不過他一直是那種很願意把自己做過的事說出來的人。

「我是從金髮女人那裡得知一切的。」福爾摩斯說。

「克洛蒂爾德！這怎麼可能？」

「正是她。您應該記得昨天上午，她打了一通電話。後來我才明白那個**女裁縫**正是您。也許我的記憶力還是值得炫耀的，昨夜在船上，我努力回憶，想起她撥的電話號碼是……四七三。依照您**改造**過的建築名單，輕易就能在電話本上查到費利克斯．達韋先生的住址。然後，我就請加尼瑪爾先生幫忙。」

「佩服，佩服！真有本事。不過我不明白的是，您是怎麼趕上從勒阿弗爾發車的火車的？您是怎樣從船上逃走的？」

「我沒有逃跑，是他們在十二點前就送我上岸。」

「不可能！船長絕不會背叛我！」

「當然不是他，是他的錶背叛了您。」

「此話怎講？」

「我對他的錶動了手腳。我們聊天的時候靠得很近，我跟他講了一些有趣的故事……他什麼也沒察覺到。」

「漂亮！這一招真漂亮。我要好好記下來。那鐘呢？它可是掛在艙壁上的啊。」

「啊，看守我的水手在船長不在的時候，幫我撥了時鐘。」

「他？他怎麼會同意的？」

「我告訴他，我無論如何都要趕上到倫敦的頭班車，他就這樣相信了。他根本不知道此一行動的重要性。」

「您一定賄賂了他？」

「一件小禮物。而且那誠實的水手還打算把這禮物交給您。」

「什麼禮物？」

「藍鑽石。」

「開玩笑，什麼藍鑽石？」

「就是您偷天換日的那顆假鑽石。」

「天啊，真有意思！」亞森．羅蘋笑得眼淚都流出來了，他假裝漫不經心地退後了幾步。

「已經三點了？真可惜，剛才我們聊得很開心，」福爾摩斯把手伸進褲兜，走近亞森．羅蘋，「我還在等您的答案呢。」

說時遲，那時快，只見亞森．羅蘋一拳揮過來，重重地打在福爾摩斯的胃部，痛得大偵探臉色發白，踉蹌幾步。亞森．羅蘋趕緊一個箭步衝到壁爐邊，啟動機關。

讓人意想不到的事再次發生，加尼瑪爾從暗道衝了進來，揚了揚手裡的鋼手銬，以無比快樂的聲音宣佈：「亞森．羅蘋，您被捕了！」

就在這個時候，裝在書房兩扇房門之間，還沒有拆走的電話突然響了。亞森．羅蘋不顧一切地向電話衝去，卻被加尼瑪爾一把抱住，一群警察圍了上來。

福爾摩斯接起電話，把手帕蒙在話筒上，使他的聲音變得模糊難辨。同時，他抬眼看看亞森．羅蘋，兩人交換的目光證明他們的想法一致。

「是啊，是我。都結束了，我馬上來接你，你在哪裡？好，我這就來。」福爾摩斯掛上聽筒，「加尼瑪爾先生，我想向您要三個人。」

此時，桀驁不馴、愛嘲弄人的亞森．羅蘋急得一臉慘白，尖聲叫道：「福爾摩斯先生——」

福爾摩斯站住了，「羅蘋先生？」

「您也看得出來，是命運跟我過不去。剛才它不許我從壁爐裡逃走，現在又透過電話把……把她送給您，我想這或許是命中注定的。我把您要的東西還您，請您把壁爐角上的那根手杖拿過來，我認輸了。」

福爾摩斯拿起手杖，將球形把手旋開，裡面有一團油灰，油灰裡裹著一枚鑽戒。這才是真正的藍鑽石。他把它交給加尼瑪爾，然後吩咐道：「一個鐘頭後，我就該動身回國了。」

「可是金髮女人呢？」加尼瑪爾問。

「誰？我不認識這個人。」

「可是剛才您……」

福爾摩斯有些粗暴地打斷他的話：「要不要隨便您，反正我已經把亞森・羅蘋交到您的手上了。這顆藍鑽石也找回來了，您還有什麼好抱怨的？」

福爾摩斯戴上帽子，匆匆地走了，就像一位辦完事就走，從來不愛耽擱的男人。

「大師，旅途愉快，代我向華生先生致意。」亞森・羅蘋喊道，他看起來已恢復了鎮靜。

加尼瑪爾再一次地對房間進行搜索，結果當然是一無所獲。

亞森・羅蘋不禁嘲笑地說：「不會有結果的，老朋友。您希望找到些什麼呢？我的同夥名單，還是我和國王的往來證明？或者是某位上流社會的女士寫給我的情書？哈哈！這麼久了，我的探長，您還是不夠聰明。你們現在應該找的是這間房子的秘密，比如說那根通到樓下的煤氣管，可別小看它，這是個性能不錯的傳聲筒。不信您可以試試。另外，這堵牆後頭是空的，壁爐裡有道樓梯，還有，這個是複雜的電鈴網，來，加尼瑪爾，按一下。」

加尼瑪爾半信半疑地走過去，真的按了一下，但什麼聲音也沒聽到。他瞪了亞森・羅蘋一眼，亞森・羅蘋頓時大笑起來：「不要看我，我也什麼都沒聽到。不過，我要告訴您另一件事，您剛才按的這一下，已經幫我通知了我的熱汽球隊，他們會為我準備好飛艇。」

加尼瑪爾聽出了亞森・羅蘋的嘲諷之意和話外之音，他不耐煩地說：「夠了，這次您不可能跑得掉。走吧，我們也該上路了，去監獄吧。」

加尼瑪爾打了個手勢，兩個警察架起亞森・羅蘋，但他們隨即就像殺豬一般地大叫起來，原來亞森・羅蘋把兩根長針刺進了他們的手心。警察們氣瘋了，他們一擁而上，狠狠地揍了亞森・羅蘋一頓，如果不是加尼瑪爾上前阻止，可憐的亞森．羅蘋非被打死不可。加尼瑪爾吩咐大家抬起亞森．羅蘋，走到樓梯平臺上。

羅蘋開始不住地呻吟道：「我快死了，加尼瑪爾，搭電梯吧，他們這樣抬著我走，會弄斷我的骨頭的。」

加尼瑪爾想了一下，覺得這不失為一個趕時間的好辦法，於是他將電梯按上來，把亞森．羅蘋放到電梯裡的椅子上，命令部下在門口待命，自己則站在亞森．羅蘋的旁邊。

正當加尼瑪爾準備去拉電梯門的時候，門發出刺耳的聲音後隨即關上，接著便如斷線的汽球般飛了上去。加尼瑪爾被這突發的事故嚇傻了，他在黑暗中到處亂摸，耳邊響起了亞森．羅蘋嘲弄的笑聲。

「他媽的，我又上當了。」加尼瑪爾在心裡詛咒了一句。

電梯穿過六樓的天花板，從閣樓僕人住的房間裡冒了出來，早就守在那裡的三個人打開電梯，一瞬間將加尼瑪爾制服，然後把亞森．羅蘋背了出來。

「老朋友，我早就告訴您有飛艇來接我。我得謝謝您，不過，為了您好，下一次還是別再亂按電鈴了。再見。」

電梯門重新關上，這一次是載著加尼瑪爾往下而去。脫身後的加尼瑪爾與手下會合，急急忙忙地往閣樓撲去，希望能追上亞森．羅蘋。但是當他們穿過一道長廊，拐了幾個彎後，發覺這裡所有的房間都與另外一棟房子的房間相通，亞森．羅蘋早就跑得無影無蹤。

「唉，」加尼瑪爾長歎了一口氣，「我們失去了一個好機會，看來，亞森．羅蘋和他的同夥都住在這幾棟樓裡！」

四十分鐘後，福爾摩斯坐車匆匆趕到火車站，一下車，他和華生就急忙跑向開往加萊的快車。一個挑夫跟在後面為他們提著行李。他們登上一節空車廂後，挑夫幫他們把箱子放在行李架上。火車拉響汽笛了，福爾摩斯趕緊遞給挑夫五十分的硬幣：「朋友，謝謝您。」

「謝謝，福爾摩斯先生。」挑夫仰起了笑臉。

福爾摩斯被這熟悉的聲音驚了一下，他專注地看了看那個挑夫，天啊，竟然是亞森．羅蘋！是四十分鐘前，他離開時被加尼瑪爾帶著三十個人圍著的亞森．羅蘋！

福爾摩斯嚇得說不出話來。亞森．羅蘋環抱雙臂，故作氣憤地說：「你們把我當成什麼人了？我們有了這麼深的感情，你們竟以為我不會來送你們嗎？要是那樣，我就不叫做亞森．羅蘋了！」

說完，他就跳到月臺上。車廂門關上，火車開動了。

亞森．羅蘋用力揮著手帕，說道：「再見！我會寫信給你們的，你們也會寫給我的，對吧？我等著兩位的消息。別忘了給我寄張明信片來！再見了！後會有期。」

7 猶太油燈失竊案

一個星期以後，福爾摩斯在自己的住處收到了兩封來自法國的掛號信。一封是維克多．安布勒瓦爾男爵寄來的，他被偷走了一筆鉅額財產，因此向福爾摩斯尋求幫助，隨信附上的還有一張大面額的支票。另一封沒有署名，福爾摩斯拆開來，才看了一眼，便怒容滿面，他把信紙揉成一團，往地板猛力一砸。

華生拾起紙團，攤開來看。

親愛的大師：

如您所知，我對您十分敬佩，也非常關心您的名聲。因此，請相信我，別人拜託您的事，您不要不加思索地就攬下，否則，您會帶給自己很多麻煩，您的努力只會得到可悲的結果。我真的希望您免於遭受這份屈辱，所以才以你我曾有過的交情，求您舒舒服服地留在家裡烤火，不要出門受上次那種罪了。

謹向華生先生致意，並向您表達崇高的敬意。

您忠誠的亞森．羅蘋

「怪了，他好像知道安布勒瓦爾男爵寄信給我們？」華生一臉惶恐地說。

「他這是在向我挑釁！」福爾摩斯怒氣沖沖地說了一句，然後按鈴叫來僕人，要他準備行李。

「夏洛克，你準備出門？去巴黎？」華生問道，「你去那裡主要是為了接受亞森．羅蘋的戰帖，而不是幫助安布勒瓦爾男爵找回失竊的財富吧。我陪你去。」

「老朋友，」福爾摩斯止步叫道，「你不怕左臂也遭到如同右臂的待遇嗎？」

「有你在，我還怕什麼？」

「好，有勇氣！把握時間，華生，我們必須趕上到巴黎的第一班火車。」

「要不要我去發份電報？」

「不必。我不想讓亞森．羅蘋得知我到了巴黎。華生，這次可要秘密行動。」

當天下午，福爾摩斯和華生登上了渡輪，在法國的加萊港上岸，又坐上了加萊開往巴黎的快車。一路上風平浪靜，福爾摩斯好好地睡了一覺。

抵達巴黎車站後，福爾摩斯和華生一下車就遇到一個奇怪的女孩，她焦急又痛苦地詢問：「您是福爾摩斯先生嗎？請您千萬不要到米理約街去。」

福爾摩斯沒有對此多加理睬，而是和華生繼續往前走。突然幾個粗黑的大字赫然映入眼簾，一長串後背著廣告牌的人在街上遊蕩。他們背後的大幅廣告上，寫著這樣的文字——

夏洛克．福爾摩斯大戰亞森．羅蘋

英國冠軍抵達本埠，大偵探前來揭開米理約街的秘密，詳情請看《法國迴聲報》。

福爾摩斯壓下滿腔怒火，咬牙切齒地向米理約街十八號走去。

米理約街十八號是這條街上的豪華公館中最漂亮的一幢，作為百萬富翁以及藝術家的安布勒瓦爾男爵就和他的妻兒住在這裡。在這裡，福爾摩斯和華生受到了熱情的款待。男爵把事情向福爾摩斯說了一遍，他失竊的物品是一盞猶太小油燈，油燈本身沒有太大的價值，但是這個燈裡有一個暗盒，男爵把一件價值連城的古董首飾藏在裡面。

盜賊行竊的方式很簡單，對方是從蒙索公園的方向過來，以一把梯子翻過隔開住家花園與公園的柵欄，再從花園爬上陽臺，打開客廳窗戶，偷走了東西。事後，男爵的僕人們在柵欄兩側花圃鬆軟的土裡發現了梯子腳留下的窟窿，陽臺下面也有兩個同樣的窟窿，陽臺欄杆上有輕微的括損，顯然是梯子擱在那兒造成的。

聽完男爵的敘述，福爾摩斯起身查看，然後又走到室外，仔細地觀察平臺、欄杆、窗扇。其間，這個冷漠的英國人一句話也沒說。

過了幾分鐘福爾摩斯才說道：「男爵先生，您一開始敘述案情時，我就對這太過普通的行竊方式感到驚奇。一架梯子，劃破一塊玻璃，挑了一件東西拿走，然後離開。不，事情沒這麼容易，這太清楚、太明顯了。」

「這麼說？」

「竊取猶太油燈的行動是在亞森．羅蘋的指揮下進行的。」

「亞森．羅蘋！」男爵驚叫道。

「但是根據種種跡象看來，他本人並沒有參與偷竊，也沒有外人進來。因此，也許是一名僕人，順著我剛才在花園看見的一條溜槽，從閣樓爬下陽臺。」

「但有什麼證據……」

「亞森．羅蘋怎麼可能空手走出小客廳呢？」

「他當然不會空手出去，他拿走了那盞燈！」

「拿走那盞燈並不妨礙他拿走這個鑲滿鑽石的鼻煙盒或這條古老的乳石項鍊，這些都是隨手就可以帶走的。但這些東西原封未動，那是因為他本人沒有來過。」

「可是那些留下的痕跡呢？」

「不過是做幌子，為了轉移大家的注意力而已。」

「這是怎麼回事？」

「石欄杆上的擦痕是用砂紙磨出來的，您看，這是我收集到的砂紙屑。陽臺正面的兩個窟窿和柵欄附近的兩個窟窿形狀相似，這邊的兩個窟窿是平行的，那邊的一對不是。但是兩對窟窿的距離不同，在陽臺下面的是二十三公分，而在柵欄那兒的是二十八公分。」

「這麼說——」

「這四個窟窿是用一截削成梯子腳大小的木頭戳出來的。」福爾摩斯拿出一截木頭，「這是我在花園裡的月桂樹栽培箱下找到的。」

男爵佩服得五體投地，這個英國人跨進這道門檻才四十分鐘，就把迄今為止人們認為理所當然的證據都否定了，並根據一些更為可靠的事實，推理出案情的真相，完全不同的真相。

「這怎麼可能？」男爵夫人顯然還是不相信服侍她多年的僕人會背叛他們。

福爾摩斯把亞森．羅蘋寫給他的信遞給男爵夫人。

「亞森．羅蘋？」安布勒瓦爾夫人大驚失色，漂亮的臉蛋上是一片驚恐，「他是怎麼知道的？」

「有誰知道你們寫信給我的事？」

「沒告訴任何人。」男爵答道，「這是晚上吃飯時，我們突然想到的可行辦法。」

「當時，僕人在場嗎？」

「不在場，當時，只有我的兩個孩子在場。對了，還有家庭教師亞莉絲．德曼小姐。」

兩個鐘頭後，福爾摩斯就在用晚餐時見到了這兩個孩子，八歲的索菲和六歲的昂莉艾特。她們漂亮的眼睛一直盯著福爾摩斯。福爾摩斯剛想向他們詢問點什麼，一名僕人送來一封給他的電報：「謹致以由衷的敬佩之情，在如此短的時間內，您就取得了結果，的確令人驚訝。亞森．羅蘋。」

福爾摩斯一臉冰霜地將電報遞給男爵後說：「先生，您現在該相信您家裡有內賊了吧？」

這天晚上，華生像個已完成任務，除了睡覺之外再無其他事可做的人那樣安然入夢。但這樣的舒服並沒有維持太久，他很快地就被福爾摩斯搖醒了。「華生，我需要你的眼睛，清醒點了，瞧，柵欄另一邊的公園，你看見什麼了嗎？」

華生努力揉揉眼睛說：「有一個，不，兩個影子。」

「快！華生，別耽誤時間。」

他倆抓著扶手，摸索著走下樓，到了一間朝花園臺階開了扇門的房間，透過門上的玻璃，他們看見兩道人影。「奇怪。」福爾摩斯自言自語，「我好像聽到屋裡有動靜。」

柵欄那邊傳來一聲輕輕的口哨。接著，他們隱約見到一點燈光，似乎是來自屋內。

「好像是男爵夫婦在點燈。」福爾摩斯補充了一句，他們上面是安布勒瓦爾夫婦的臥室。

過了一會兒，公園那邊又響起一聲口哨，這一次稍微響了一些。

福爾摩斯轉動門上的鑰匙，輕輕推門，先把頭從門縫探了出來。離他們不遠處，貼牆架著一架梯子，上端正好搭在陽臺欄杆上。一個人影從陽臺欄杆上面滑下來，那人扛著梯子匆匆地朝柵欄跑去，他的同夥似乎在那兒等他。

福爾摩斯和華生衝了出去，他們在那傢伙把梯子架在柵欄上的時候追上了他。華生抓住了那個人，不讓他往上爬。但那傢伙轉過身來，當胸捅了他一刀。華生悶哼一聲，站立不穩，跌倒在地。

「見鬼！」福爾摩斯嘶吼道，「他要是死了，我一定殺了你！」

那人迅速翻過柵欄，與同謀會合後，逃進灌木叢不見了。福爾摩斯撲向梯子，卻又猶豫地轉向躺在草坪上的華生。

二十分鐘後，醫生趕來了。真是太驚險了，刀尖如果再刺進去四公分，華生的心臟就會被刺破了。

男爵清查了房間，發現那神秘的訪客這一次不像上次那樣手下留情，不但無恥地拿走了鑲滿鑽石的鼻煙盒和乳石項鍊。還把所有口袋裝得下的東西都席捲而去。

盜賊竟然在自己面前行竊，而自己卻未能阻止這件事，使得福爾摩斯的自尊心受到極大的傷害。他開始盡全力調查，然而，兩天過去了，還是沒有一丁點進展。

第三天下午，福爾摩斯踱進了兩個孩子的學習室，看見小昂莉艾特正在尋找剪刀。

「你那晚收到的紙片，我也會剪。上面有一些帶子我也做得出來。」她說。

福爾摩斯一邊觀察房間，一邊隨口應和道：「你也會做？真了不起！」

小傢伙見福爾摩斯稱讚她，便十分自豪地宣稱：「是啊！我把字剪下來，再貼上去。」

她的話引起了福爾摩斯的注意，福爾摩斯問：「是誰教你這麼做的？」

「德曼小姐。我看見她貼過好多次。她從報紙上把字剪下來，又貼在紙上。」

夏洛克覺得心微微一緊，他下意識地翻著堆在桌上的課本、壁櫥擱板上的一些書以及壁爐上的一大疊報紙。結果他發現了一本兒童畫冊，有一頁全是大寫字母，最後一行是數字。然而，有九個字母和三個數字被仔細地剪去了。福爾摩斯按原來的順序，把幾個字母記在自己的本子上，嘗試把這些毫無意義的字母拼成一個完整的意思。最後，他在紙上寫下：「REPOND ZCH 237」

第一個詞很清楚，是Répondez（答覆），但其中缺一個E，因為這個字母已經在前面第二個字母被用過了。至於第二個不完整的詞，肯定是與數字「237」組成的寄信人地址。畫冊上空缺的另一頁少了「星期六」這個日期，寄信人應該是請收信人在星期六這天回信到「CH 237」這個地址。但「CH」究竟代表什麼？

「你也覺得有趣，對嗎？」昂莉艾特很高興，她覺得福爾摩斯意識到了她的存在。

「是的，不過你還有別的紙嗎？已經剪好的字母之類的，讓我也可以往紙上貼？」

「紙？沒有……再說，德曼小姐會不高興的。」

「為什麼？」

「因為我告訴你這些事。德曼小姐說過，隨便對別人說自己喜愛的事情是不好的。」

「她說得對極了！」

小女孩聽到讚揚，更高興了，她從一個小口袋裡掏出幾塊舊布片、兩塊糖、幾粒鈕扣，最後還有張小紙片，遞給福爾摩斯後說：「喏，我還是給你吧。星期日做彌撒，德曼小姐捐錢時從皮包裡掉出來的。」

福爾摩斯接過那張紙，上面是一個計程車的車號，八二七九。

福爾摩斯馬上去見安布勒瓦爾男爵，直截了當地向他了解德曼小姐的情況。

「亞莉絲．德曼小姐？她是孩子們最喜歡的家庭教師。難道您認為……這不可能！」男爵顯然不能認同福爾摩斯的推測。

「她在您這裡工作多久了？」

「一年。但我沒見過比她更嫻靜、更值得信任的人了。」

「我想見見她，可以嗎？」

「可以，但是她這兩天不在這裡。」

「她去哪兒呢？」

「她一直在照料您的朋友，她有看護者的素質，溫柔、和氣。對了，華生先生似乎非常愉快。」

福爾摩斯上樓走到華生的房間，立刻看到一位像護士一樣穿著灰布長袍的女孩，她正俯身為床上的人餵水。聽到腳步聲，她轉過身來，對福爾摩斯露出溫和的微笑，福爾摩斯立即認出，她正是那個在車站阻止他們到這裡來的小姐。福爾摩斯什麼也沒說，默默地轉身下樓，發現安布勒瓦爾先生的車停在院子裡，便坐上車，讓司機送他去勒瓦盧瓦停車場，因為那張紙條上的車行地址就在那裡。

福爾摩斯很快就弄清楚情況。星期天早晨，也就是男爵家失竊的次日，駕駛八二七九號計程車的司機叫做迪普萊，據他說，他確實在蒙索公園附近載過一位身穿黑袍、戴厚面紗的少婦。

「她手裡拿一個盒子，是嗎？」福爾摩斯問道。

「是的，一隻相當長的盒子。」

「她要您開去哪兒？」

「岱納大街，聖費迪南廣場的轉角。她在那裡等了約十幾分鐘，然後再搭車回蒙索公園，她的神情有點慌張。」

「您還能認出岱納大街上的那幢房子嗎？」

「當然。您要去那裡看看嗎？」

「喔，暫時不去。先送我到警察總局吧。」

在警察總局裡，福爾摩斯找到了加尼瑪爾。探長很沮喪，並規勸福爾摩斯不要再和亞森．羅蘋纏鬥下去。但福爾摩斯這一次是如此堅決，表明自己一定要和亞森．羅蘋分出個勝負。

當天色開始暗下來的時候，福爾摩斯和加尼瑪爾來到了岱納大街的那幢房子前。門房走了過來，福爾摩斯塞給了他一張大鈔，然後向他詢問星期天上午是否有個穿黑袍的女人來過。

「穿黑袍的？是的，這半個月內幾乎天天來。」

「那從星期天以後呢？」

「星期天以後只來過一次，如果今天不算的話。」

「怎麼？她今天也來啦？」

「她在三樓待了足足十分鐘。她的車像往常一樣在聖費迪南廣場等，我是剛才在門口碰見她的。」

「三樓的房客是誰？」

「有兩個，一個是朗琪小姐，是做裁縫生意的；另一個是位自稱布萊森的先生，那是個怪人，身形總變化無常，有時高、有時矮、有時胖、有時瘦，連我也常常認不出他來。」

他的話令福爾摩斯激動不已，他覺得自己已經觸及問題的核心。

「看，」門房輕聲低呼了一聲，「就是那位小姐，跟著她出來的是布萊森先生。」

循著街燈的光線，福爾摩斯認出了亞森．羅蘋。加尼瑪爾本想去跟蹤那女子，但福爾摩斯不想讓他對案件有過多的了解，便找了個藉口把他留在身邊。兩個人利用行人和路邊的攤販作掩護，遠遠地跟蹤亞森．羅蘋。這次的跟蹤很輕鬆，因為亞森．羅蘋走得很快，始終沒有回頭。

就這樣走了二十多分鐘，亞森．羅蘋向左轉，順著塞納河走過去，接著他來到河邊，在那裡耽擱了幾秒鐘。福爾摩斯看不清他的動作。隨後亞森．羅蘋往回走，從福爾摩斯藏身的柵欄旁經過時，他隨身帶著的提包不見了。亞森．羅蘋走遠後，又有一個人從一幢房子的牆角冒了出來，尾隨著他。

跟蹤亞森．羅蘋的行動由於第三者的加入而變得複雜。亞森．羅蘋順著來路，穿過岱納門，又回到聖費迪南廣場的那幢房子。

福爾摩斯和加尼瑪爾商量了一下，尾隨亞森．羅蘋上樓。他們隔著薄薄的門板，全神貫注地傾聽裡面的動靜。突然，房裡傳來一聲槍聲，接著又是一聲。福爾摩斯猛地用肩把門撞開，衝進室內。只見一個男人躺在地上，臉貼著壁爐的大理石板，身體還在抽搐。槍從他的手上緩緩滑落，血從兩個大傷口不停地往外湧，一個在臉頰上，一個在太陽穴上。

「您認得出來嗎？是不是他？」加尼瑪爾急切地問。

「不可能是他，亞森．羅蘋不會自殺！」福爾摩斯冷笑道。

他們著手搜查屍體，但除了找到幾枚金幣、一些衣物和一份登有油燈失竊案的報紙外，他們一無所獲。這個人究竟是誰？與油燈案有什麼關係？剛才他外出時跟蹤他的又是誰？一連串的疑點陸續出現，不禁令人覺得疑雲重重。

福爾摩斯垂頭喪氣地回到旅館，徹夜未眠。第二天一早，旅館的侍者送來一封信，內容如下：

布萊森先生日前不幸逝世，謹擇於六月二十五日星期四舉行葬禮。亞森．羅蘋敬邀您前來共同追思悼念。

8 沉船

一連串始料未及的事，讓福爾摩斯惱火不已，他決定從亞莉絲小姐著手，查出關於亞森．羅蘋的線索。於是，他來到華生的房間。亞莉絲不在，華生一個人躺在床上，高燒未退。福爾摩斯有一種將同伴喚醒的欲望，因為此刻的他實在太需要幫助了。

「是您啊，」福爾摩斯身後響起了亞莉絲的聲音，「福爾摩斯先生，您能否不要打擾我的傷患，醫生要求他安靜休息。」

「喔，」福爾摩斯端詳了一下眼前這個女孩，壓低聲音說道，「布萊森昨晚自殺了。」

聽聞此言，亞莉絲毫無反應。福爾摩斯心裡稱奇，這女孩不像在假裝，可是這並不代表她與此事毫無牽連。「別裝了，小姐，您知道很多事，不是嗎？還是合作點，都告訴我吧。不要搖頭，您有剪貼字母的愛好，並透過這種方式與布萊森聯絡。對了，昨晚您到了岱納大街上一幢房子的三樓，不就是和布萊森見面嗎？」

「真是笑話。我聽不懂您在說什麼，昨晚我的確到那裡去了，但我是去看我的裁縫師朗琪小姐的，您不會是要告訴我，布萊森是她的另一個名字吧。」

「可是，那天您為什麼要在車站阻止我們到這裡來呢？」

「這個……」亞莉絲眨眨眼睛說，「為了懲罰您的無禮，我決定暫時什麼也不告訴您。我得離開一會兒，到藥房去為我的傷患抓藥。」

亞莉絲說完隨即走了出去，留下福爾摩斯一個人呆呆地站在房間裡。大偵探開始後悔，他什麼線索也沒得到，反而過早地暴露自己的意圖，這簡直不像是自己會做的事。他暗自思忖剛才亞莉絲說過的話後說：「抓藥？不，她不是去抓藥，而是去向亞森．羅蘋通風報信，我得跟上去。」

來到大街上，福爾摩斯很快就看到了亞莉絲，她走進了一間藥房，十幾分鐘後，她手拿幾個小藥瓶和一個白紙裹著的長瓶出來了。有一個人跟在她的後面，看起來像是在向她乞求什麼。亞莉絲停下來，給了那個人一些錢。福爾摩斯突然覺得自己應該改變跟蹤的目標，於是，他開始跟在那個人的後面。果然，那個人走到了岱納大街，在布萊森住過的那幢公寓前轉來轉去。

大約半個鐘頭後，那個人登上開往訥伊的電車，緊跟其後的福爾摩斯也上了車，不料竟然在車上碰到了加尼瑪爾。加尼瑪爾告訴他，自己也正在跟從這個人，這個人就是昨晚跟蹤布萊森的傢伙。除此之外，加尼瑪爾還找到一封今早寄給布萊森的信，寄件人顯然還不知道他的死訊。信上寫著：「他不同意和解。他什麼都要。頭一次拿到的東西和第二次得手的東西。不然，他就要動手。」

因為信上沒有署名，加尼瑪爾認為這封信對案件的調查沒什麼幫助，但福爾摩斯覺得有必要重視這上面寫的所有字句。

談話間，電車到達終點站了，那個人下了車，福爾摩斯和加尼瑪爾仍然跟在他後面，在路過一家咖啡館門口時，那傢伙猛地跳上一輛靠在一旁的腳踏車上，飛快地騎走了。

福爾摩斯要加尼瑪爾去找個幫手，自己則繼續跟下去。

加尼瑪爾走開後，福爾摩斯循著腳踏車的痕跡一路跟去，來到塞納河畔，發現這裡正是昨晚布萊森來過的地方。但是，腳踏車的痕跡在這裡斷掉了。福爾摩斯四處張望，看到河邊有一個人坐在小船上釣魚，他決定碰碰運氣，他上前問道：「請問，您有沒有看到一個騎腳踏車的人從這裡經過？」

釣魚人做了個手勢，意思是沒有看到。福爾摩斯不甘心，又追問了一句。那個釣魚人站了起來，從口袋裡掏出一本記事本，在一張紙上寫了幾個字，撕下來遞給福爾摩斯。福爾摩斯有些疑惑地接過來，才看了一眼，就呆住了，這上面寫的正是他在那本畫冊上發現的那些被剪去的字母。

周圍彷彿突然陷入死寂，福爾摩斯清楚地聽到自己噗通的心跳。「是他嗎？是的，一定是他，只有他才會如此泰然自若，只有他，才對畫冊的事瞭若指掌。對了，想必是亞莉絲把消息送達了。」

福爾摩斯將手放進口袋，握住了手槍。

釣魚人一動也不動，福爾摩斯有點沉不住氣了，他正想大喝一聲，卻聽到身後傳來腳步聲，轉頭一看，是加尼瑪爾帶著幫手來了。福爾摩斯改變了主意，他猛地向小船撲了過去。船槳滑進了水裡，小船隨波漂流，岸上傳來加尼瑪爾的驚呼。

「福爾摩斯先生，這麼大年紀了，還跟我玩這套！」亞森・羅蘋輕易地就掙脫出來。

福爾摩斯怒不可遏，他打算不顧一切地了結眼前這樁事情。可是當他把手伸進口袋時，才發覺那把槍早就被亞森・羅蘋偷走了。於是，他俯下身來，試圖將河裡的槳撈上來，把船滑到岸邊去，畢竟那裡有加尼瑪爾一群人可以幫忙。福爾摩斯這個想法幾乎是同一時間就被亞森・羅蘋猜到了，他搶先在河裡抓住一隻槳，奮力一滑，小船向河心駛去。

正在福爾摩斯苦惱之際，「嗖」的一聲，一顆子彈呼嘯而來，是加尼瑪爾開槍了。

「喂，加尼瑪爾，您違反職責了，不要亂開槍，這樣會傷到我們的大師的！也不知道您平時是怎麼訓練的，槍法實在太差了。」亞森・羅蘋一邊說著，一邊躲在福爾摩斯身後，接著拿出福爾摩斯的那把槍，瞄也不瞄地就向岸上開了一槍。加尼瑪爾的帽子被子彈穿了一個洞，他再也不敢輕舉妄動，只能眼睜睜看著小船載著亞森・羅蘋和福爾摩斯在河心盪來盪去。

此刻的福爾摩斯已經冷靜下來，他以欣賞的眼光來審視對手，心情也因而變得輕鬆。

「福爾摩斯先生，我仍然很尊敬您，所以我再次請求您，不要再插手這一系列的案子了。現在收手還來得及，要是再晚些，我就無能為力了。」

福爾摩斯堅持不放棄，反而反過來勸亞森・羅蘋，說他今天無論如何是跑不掉的，不如合作一點。

亞森．羅蘋笑了，說自己本來是到這河裡打撈布萊森扔掉的東西的，沒想到竟被福爾摩斯纏上。現在，他準備展開工作了。說著，就將小船弄破了一個洞，河水迅速漫進船艙。

「沒用的，亞森．羅蘋，這些花招對我來說沒用的。我跟您打賭，從現在起，三個小時內，我將向安布勒瓦爾夫婦說明竊盜案的所有真相，這是我對您剛才的提議的唯一答覆……」

福爾摩斯的話未說完，小船沉了下去，兩個人落到了河裡。福爾摩斯是個游泳好手，很快就游出了水面，警方派出的小艇此時也開過來。福爾摩斯緊緊抓住小艇上的人遞過來的繩子，爬上了船。亞森．羅蘋則扶著一塊船板在河裡向福爾摩斯猛招手。小艇上的警察開了槍，亞森．羅蘋晃了晃，跌落到水裡，沒了蹤影。

三個小時後，福爾摩斯回到男爵府上。在他的要求下，安布勒瓦爾夫婦和亞莉絲小姐都坐在客廳裡。福爾摩斯用不容反駁的語氣說：「經過幾天的調查，我還是要重複我最初的話，猶太油燈是被住在公館裡的人偷走的，包括乳石項鍊、鼻煙盒。總之，所有失竊的東西我都一一找回了，就在這提包裡。」

男爵夫婦呆住了，亞莉絲小姐更是臉色蒼白，福爾摩斯喜歡用這種戲劇化的手法來宣佈自己的勝利。

他拿來一張紙，在上面寫下一組字母：「CDEHNOPRZEO 237」

然後解釋道：「拼出répondez之後，還剩C和H兩個字母，加上E和O，就是Echo（迴聲），這是指《法國迴聲報》。再來看這些字母，」他攤開七份報紙，標出七行字：

1. 亞．羅，婦女祈求保護。540

2. 540，等候解釋。亞．羅

3. 亞．羅，受壓制。敵人。完了。

4. 540，寫地址。將作調查。
5. 亞·羅，米理約。
6. 540，公園，三點。紫羅蘭花。
7. 237，星期六，一言為定。星期日上午，公園。

「不難看出這是一位代號五四〇的婦女在尋求亞森·羅蘋的幫助，她在星期六動手製造假的偷竊案，並把燈交給布萊森，再去向亞森·羅蘋報告狀況。昨天，布萊森自殺前，一個同謀還寫了一封信給他，證明亞森·羅蘋在和他們談判，要求把偷盜的東西如數歸還。布萊森在驚惶失措之下將東西藏到了水裡。所以，這個女人就是——」

「是的。」亞莉絲小姐臉色蒼白，按捺不住了，但她那雙清澈純淨的眼裡卻沒有絲毫的恐慌，「一切都如您講的那樣，是我在星期六深夜，悄悄走進了小客廳，拿走了那盞燈。」

男爵跳了起來，喊道：「這不可能！我記得很清楚，小客廳的門閂是倒插好的，如果真如您所說，要進小客廳，一定要我或者我妻子幫您開門。我妻子……」

福爾摩斯突然把目光轉向男爵夫人，夫人的臉色也有些不尋常，手還在微微發抖。

「您說得對，我說錯了，其實我……我是用梯子爬進來的。」亞莉絲小姐拼命掩飾。

但男爵夫人低下了頭，事實擺在眼前，她不得不說出真相：「是我，亞莉絲小姐為了救我，出於忠誠，把所有的事攬在自己身上。」

「為什麼事救您？」

夫人的臉痛苦得扭曲變形，她用極低的聲音斷斷續續地講述一件讓人難以置信的風流韻事。她錯愛了布萊森，發現這個男人根本是個無賴。他以彼此的關係威脅她，勒索錢財。夫人沒有辦法，只好一錯再錯。然後她把這一切告訴亞莉絲，亞莉絲出於同情，寫信給亞森．羅蘋，請他把女主人從布萊森的魔爪下解救出來。

「你——」男爵指著妻子，痛苦得說不出話來。

當晚，在開往多佛的「倫敦城號」上，福爾摩斯和亞莉絲小姐沉默無語地站在甲板上，德曼小姐的眼底充滿了憂傷，她非常擔心地說：「真不知道夫人現在怎麼樣了，我沒有親人，沒有朋友，只有她。她的生活就這樣毀了。」

「不，不會的，她的錯並非罪不可原諒，安布勒瓦爾先生會慢慢淡忘這件事的，他會原諒她的。」

亞莉絲輕輕歎了一口氣，兩人沒有再說什麼。福爾摩斯掏出煙斗，裝上煙絲，卻發現沒有火柴了，他站起身向坐在幾步遠的一位先生借火。藉著火柴的微光，福爾摩斯認出他就是亞森．羅蘋。在經歷了這一連串的事情之後，兩人之間的惺惺相惜之感遠遠超過了仇視，他們握手言和了。

雖說福爾摩斯在與亞森．羅蘋的交鋒中沒有占到上風，但他憑著自己的才能，找回了鑽石和油燈，這又何嘗不是另一種形式的勝利。偵探與怪盜之間的較量，其實並沒有分出什麼勝負。

福爾摩斯對於亞森．羅蘋能在眾目睽睽下溜走的能力大為讚賞。而亞森．羅蘋則覺得在這一次猶太油燈失竊案中還有一件事情得說清楚，他笑著說：「在我們這場交鋒中，我成了援助別人的守護天使，而您卻成了破壞別人家庭，帶來眼淚和絕望的魔鬼，我覺得這十分好笑。」

福爾摩斯有些不解，亞森．羅蘋解釋道，這件事讓安布勒瓦爾夫婦失去了往日的信任和恩愛，也讓亞莉絲小姐背上了沉重的精神負擔。再加上加尼瑪爾不會輕易放手的，透過她，遲早會牽扯出安布勒瓦爾夫人，這樣傷害到的人就更多了。

福爾摩斯有些生氣，將亞森．羅蘋繩之以法的念頭又在他心裡竄升。他一把抓住亞森．羅蘋的手，而亞森．羅蘋卻抓住了亞莉絲小姐：「先生，她在猶太油燈案中扮演的角色可比我重要多了，把我們一起帶走吧。」

福爾摩斯愣了一下，鬆開了亞森．羅蘋的手腕。兩人一動不動，面對面對峙良久。

亞森．羅蘋轉向亞莉絲說：「不用緊張，小姐，我喜歡並且敬佩您這樣勇敢、高尚的人。聽我說，要是福爾摩斯沒有門路讓您走，您可以去拜訪斯特龍博盧女士，她的地址很容易找，您把這張名片給她，她會像接待姊妹一樣接待您。好了，福爾摩斯先生，我該走了，後會有期。」

亞莉絲十分感激地接過名片。亞森．羅蘋走了，福爾摩斯回到自己的位子上，久久無語。

空心岩柱 1909

神秘古堡暗夜槍響，
堡主受傷、秘書身亡，凶賊負傷潛逃，不知去向。
深奧難解的紙條，牽引出法國皇室的寶庫藏地；
少年偵探白德萊循線追查，空心岩柱有何秘密？
竟逼得怪盜羅蘋步步後退，不得不現身反擊！

Arsène Lupin

~gentleman cambrioleur

1 古堡的槍聲

清晨六點，在烏維爾市的拉里維耶爾警隊接到了雷斯弗爾伯爵家遭人洗劫的報警，經過被害人說明情況之後，警員察覺到事情的嚴重性，便派人專程向迪耶普檢察院遞送一份報告，然後開始進行現場調查。

十點，兩輛車駛上通往城堡的緩坡。豪華的座車裡坐著助理檢察官和預審法官，以及法院的書記官；另一輛普通轎車裡面坐著的則是《盧昂報》和巴黎一家大報的記者。

當古老的城堡終於出現，映入眼簾的是中央主樓頂上顯眼的尖塔和鐘樓，兩旁還有砌著石欄杆的臺階；通過花園圍牆後，站在由諾曼峭壁托起的高地之上，周圍的景色可說是盡收眼底，甚至還可以看到水藍色連成一線的大海。

這座城堡在雷斯弗爾伯爵名下已經有二十年了，他和女兒蘇珊娜以及外姪女蕾蒙．聖維朗住在這兒，秘書朗．達瓦爾則負責協助他管理鉅額的財產。他們在城堡的生活向來是平靜而且有規律。

預審法官一進門，就從卡維隆隊長的報告得知初步檢查的情況：除了一頂帽子和犯案的短刀外，沒有任何線索。花園各個出口都已派人把守，如果兇手尚未離開，那麼他現在想要逃走，就是絕不可能的事。

預審法官菲耶爾先生在一大群人的陪同下，穿過底層的祈禱室和餐廳；上了二樓，他立即發現一個奇怪的現象：客廳裡十分整潔，沒有任何可疑的跡象，左右兩面牆上掛著弗雷蒙出產的精緻人物掛毯，房間的牆壁上還有著四幅精美的油畫，這是魯本斯的名畫。

「如果作案動機是盜竊財物的話，歹徒的重點絕對不在客廳。」菲耶爾先生說。

「現在下定論還言之過早。」沉默寡言的助理檢察官只要一開口，總是與法官唱反調。

「親愛的先生，要知道，盜賊如果要偷這裡的東西，一定會先拿走這些舉世聞名的掛毯和油畫。」

「也許他們還來不及把這些東西拿走。」

「關於這一點，我們會弄清楚的。」

這時候，雷斯弗爾伯爵領著醫生走進客廳。伯爵雖然是個受害者，但似乎沒有遭到什麼傷害，他向兩位長官點頭致謝，然後就推開了小客廳的門。

小客廳內一片狼藉，兩把椅子翻倒在地，一張桌子散落在一旁，地上扔著一個旅行用座鐘、一個文件夾、一盒信箋、以及其他許多物件；室內到處散落著白紙，上面還染著斑斑血跡。醫生走向停在屋中一角的屍體，掀開覆蓋在屍體上面的白布單，那是秘書朗．達瓦爾。他穿著平日常穿的絲絨外衣和釘了鐵片的皮靴，仰臥在地，一隻手以一種不自然的姿勢壓在他的身體下面。醫生解開他的襯衣，發現他的胸部被刺了一個大洞。

「一刀斃命……」醫生說。

「有可能，」法官說，「是用客廳壁爐上的那把刀嗎？我看見它放在一頂皮帽旁。」

「對，那把短刀就是在這裡撿的，我姪女的槍也是從客廳取的，至於那頂司機帽，顯然是兇手留下的。」

菲耶爾先生仔細地檢查了室內一些細小的地方，然後向醫生和伯爵提了幾個問題，伯爵回覆道：「我是被朗．達瓦爾叫醒的，本來我也睡得不熟，一睜開眼睛，就看見他穿著這身衣服，手持蠟燭站在我床邊。他顯得很慌張，低聲對我說：『客廳裡有人！』我也確實聽見了響聲，於是我便起身，跟他一起小心翼翼地打開了小客廳的門。就在這個時候，通向大客廳的門突然被人撞開，一個人向我撲來，一拳把我打昏。法官先生，很抱歉，我知道的就只有這些了。」

「您還記得什麼其他的，請再回想一下。」

「還有……對了，當我醒來時，達瓦爾就躺在地上，已經沒氣了。」

「您曾懷疑會是誰幹的嗎？」

「我不知道。」

「您有任何敵人嗎？」

「我？沒有啊。」

「那麼達瓦爾先生呢？」

「達瓦爾？他當了我二十年的秘書，可以說是我的知己。周圍的人對他也很有好感，他是個不折不扣的大好人。」

「可是，畢竟是發生了我們不願意見到的兇殺案，總得有個動機吧。」

「動機？我想唯一的可能就是竊盜。」

「那麼您有丟了些什麼嗎？」

「什麼也沒有。」

「那這點該怎麼解釋？」

「我是不知道他們到底偷了什麼，但他們一定帶走了什麼。」

「他們帶走了什麼？」

「我還是去請我的女兒和姪女告訴你們吧。」

伯爵把兩位受驚嚇的女孩叫到客廳，蘇珊娜臉色蒼白，還在瑟瑟發抖，蕾蒙看來則是比蘇珊娜要堅強一些，棕色的眼睛閃著金色的光芒，相當漂亮。

蕾蒙說，她被一陣隱隱約約的聲響吵醒後，她輕輕地下床，穿上衣服，推開窗戶，外面漆黑一片，寂靜中突然響起的聲音使她驚恐不安。她側耳傾聽，感覺聲音是來自城堡西側的客廳。然後，表妹蘇珊娜也被聲音吵醒了，嚇得從隔壁房間飛奔出來，撲到蕾蒙的懷裡。兩個女孩一時不知道該怎麼辦才好，只是希望聲音趕快消失。

蘇珊娜小心翼翼地走近窗口，嚇得發出了一聲叫喊：「看！水池邊上有個人。」

果然，一個男子手上挾著一件相當大的東西從小教堂經過，穿過小門走出去了。她們從窗口探出頭去，發現有一架木梯靠在二樓，又有一個男子拿著什麼東西，跨過欄杆，順著木梯而下。

蘇珊娜嚇壞了，顫抖著走到了到床邊，按下電鈕，樓上立刻響起震耳的鈴聲。不一會兒，她們聽見打鬥聲、傢俱撞擊聲和人的呼叫聲，最後是一個垂死的人所發出的恐怖喊叫。兩個女孩跌跌撞撞地跑到樓下，當她們跑到客廳門口時，就被一個男人的手電筒照花了眼，他慢慢地端詳她們的臉，然後不慌不忙地抹去地毯上的痕跡。她們嚇傻了，完全做不出任何反應，只能看著他從容不迫地離開她們的視線範圍。

過了許久，她們才回過神來，然後衝進小客廳，藉著斜照進來的月光，她們看見地上躺著兩個人。這時，僕人手持蠟燭進來了，蕾蒙俯下身查看地上的兩個人，認出是伯爵和秘書。她起身回到客廳，從武器架上取下一支步槍，來到陽臺上尋找那夥人的蹤影。很快地，她便發現古修道院遺址那邊還有一個人影在晃動，於是她沉著地舉起槍射擊，將那人影擊倒在地。僕人們追了出去，蕾蒙也持槍跟了上去，大家分頭堵住了四周的出路，卻沒有捉到那個受傷的人，他們進行了地毯式的搜索，但是除了撿到一頂司機常戴的黃褐色皮帽以外，沒有任何收穫。

聽完蕾蒙小姐的敘述，菲耶爾從壁爐上拿起那頂皮帽，仔細地打量了一會兒，然後叫來警察隊長，讓他立即派人去帽店查查這頂帽子的買主。之後，菲耶爾先生再次組織了搜索小組，他將範圍定在城堡右邊的草地、正面與左面圍牆之間一個長約一百公尺左右的四邊形區域中，罪犯不可能帶著傷跑遠，可是他又是如何消失的呢？

在被踩過的草地上，他們很快發現了逃犯的腳印以及一些變乾發黑的血跡，可是繞到修道院盡頭的走廊後，就什麼痕跡都沒有了。沒有任何人為湮滅痕跡的跡象，教堂的門鎖著，沒有鑰匙他是進不去的。

接近中午的時候，有個警察回來報告說，那頂帽子是一位駕駛小轎車的司機今天早上才買走的。

「不可能，帽子是昨夜在花園裡撿到的。」

「可是帽商十分肯定是在今天早上賣出去的。」

這意外的結果，讓大家怔住了。預審法官凝神思考，突然眼睛一亮，跳起來說：「把今天早上給我們開車的司機叫來。」

出乎大家的意料的是，那名司機早已離去，他留下自己的外套和帽子，卻戴著一頂黃皮鴨舌帽走了。

助理檢察官的臉上露出一絲嘲笑，說道：「太有趣了，兩頂相同的鴨舌帽，這傢伙巧妙地拿走了我們唯一的證物。」

菲耶爾氣急了，居然有人在自己的眼皮底下做出這樣的事。他大聲吩咐警察隊長，讓他立刻派人去追那個可惡的司機。

「夠了，法官先生，讓我們先把精力集中在這裡，您看這張紙條。」助理檢察官從司機的外套口袋中掏出一張折成四疊的紙條，紙上用鉛筆寫著：「老闆若是死了，女孩別想活著。」

這個警告使大家有些驚慌，助理檢察官苦笑了一下說：「看來，這同樣也是在警告我們。」

預審法官這時冷靜下來，他微笑著勸慰伯爵及兩位小姐。

「不用擔心，我們會保證你們的安全的，至於你們兩位，」法官轉向兩位記者：「我希望在事情沒有得出結論之前，你們最好不要胡亂報導。」

他突然停止說話，以審視的眼光打量著這兩位隨行的年輕人，然後走向其中一位問道：「您是哪家報社的？」

「《盧昂報》，這是我的證件。」

菲耶爾接過記者證，仔細看了看，確認沒問題後，又把眼光轉向另一個記者，示意對方出示證件。這位聲稱在巴黎一家大報社工作的年輕人拿不出證件，他說自己只是個自由撰稿人。

「您叫什麼名字？」法官有些發怒了。

「伊齊多爾·白德萊。」

「幹什麼的？」

「詹森薩伊公立中學修辭班的學生。」

「胡說八道！我看您是在耍我，竟敢在我面前胡說八道！」

「坦白說，預審法官先生，我真訝異您竟不相信我說的話。喔，如果您認為我不像學生，大概是因為我這假鬍子的緣故吧。」說著，他扯下了臉上鬍鬚，露出一張百分之百的中學生臉龐。「如果您還不相信，喏，這兒有我父親寄來的信，上面寫得很清楚。」

菲耶爾先生總覺得這事不對勁，他粗暴地對年輕人說：「就算您真是個中學生好了，那您倒是說說看您到這兒來幹什麼？」

「是這樣的，我現在正在放假，昨晚剛結識這位《盧昂報》的朋友，沒想到今天早上就聽說這兒發生兇案，他特地邀我一起來看看。至於這副鬍子，則是我和同學們的主意，我們特別喜歡一些冒險的事情。」

伊齊多爾·白德萊的坦誠和天真讓菲耶爾先生的怒氣平息了許多，他的語氣開始緩和下來：「那麼，您對這件案子有什麼看法？」

「相當不錯，每當我看見一個個事實從初見端倪到水落石出，我便會感到前所未有的激動。」

「水落石出？這麼說，年輕人，您找到了什麼嗎？」

「喔，那倒是沒有。」白德萊爽朗地笑道：「只是有些事可以得出結論了。」

「呵，這倒是新鮮事，我很想聽聽您的分析。」

「法官先生，其實在這個客廳裡少了一套書和一尊真人大小的雕像，大家可能還沒有注意到吧？」

「喔，您該不會要告訴我，您還知道兇手是誰，而且知道他在哪裡吧？」

「對。」

「對不起，容我打斷一下，」蕾蒙小姐走了過來，她盯著白德萊說：「法官先生，可以麻煩您問問這位先生，為什麼他昨天要在我們通向小門的那條小徑上徘徊呢？」

這個戲劇性的轉變，使白德萊顯得有些尷尬和狼狽。

「我？小姐，您昨天看見我了？」

「是的，先生，昨天下午四點。」

「不，小姐，您弄錯了，我可以證明昨天這個時候我人在韋爾城。」

「是嗎？那麼，您可能必須找出能證明您不在場的人或事。所以，我現在就派一個人陪您過去。」受過一次騙的法官不想再上一次當。

白德萊沒有同意菲耶爾先生的建議，因此他被關進了一間房間裡，由一個警查看守。一切搜查又重新展開，可是一直到午夜，都沒有任何進展。

十一點十分的時候，城堡外突然響起了槍聲，菲耶爾立即帶人追了出去；黑暗中有個人影一閃而過，接著又是一聲槍響，槍聲把他們一直引到田莊盡頭。當他們跑到果園籬笆時，有一所房子突然起了大火，火勢順風竄向城堡正宅。等到火勢被控制住的時候，已經接近淩晨兩點，追逐罪犯的事也就此落空了。

等大家精疲力竭地返回城堡時，才發現負責監視白德萊的警察被人用繩索綑著，嘴吧還被堵住，眼睛也被人用布蒙上；而看守他的那個警察則被人麻醉，正彎腰睡在椅子上。

又是一番現場勘察，一切證據顯示，白德萊是在麻醉了警察之後，踩著看守警員的背爬到唯一可以逃走的出口，再從二公尺半高的窗戶跳下後逃跑的。

2 伊齊多爾·白德萊

由於案情接二連三地出現波折，巴黎特別派來了加尼瑪爾探長和佛朗警探前來破案。

這天，《大報》上刊登了一則消息說，著名外科醫生德拉特爾與妻子、女兒昨晚在法國劇院看戲時，被一位謊稱是警察分局長泰哲爾的先生給帶走，說是要去警察局長迪杜伊先生那裡。這位先生說話的樣子非常的神秘，他還告訴醫生必須悄悄行動，而且一再保證，演出結束之前一定把醫生送回來。然而，一直到今天早上九點，醫生才被一輛汽車送回診所。

醫生說，他經過四個鐘頭的旅行之後，被帶到一個身受重傷的傷患跟前，於是他便為那位生命垂危的傷患做了手術。德拉特爾醫生只說他被帶去的地方是間小旅館，而且衛生條件相當差，除此之外，醫生沒有多說什麼。這對加尼瑪爾他們來說，無疑是條寶貴的線索。很明顯的，受傷的竊賊失蹤，名醫被劫，這絕不是單純的巧合。

同一時間，警方調查到那位冒牌司機逃到聖尼科拉村時，曾拍過一份電報，電文如下：

巴黎，45局，A·L·N先生

傷勢嚴重，急需手術。從十四號國道速派名醫。

一切都很清楚了，那個被蕾蒙打傷的兇犯被同夥帶走，而夜裡的槍聲與縱火只不過是為了轉移目標、聲東擊西。如今他們找到了名醫，也就是說，德拉特爾醫生做手術的那個人就是兇犯。於是，加尼瑪爾開始搜查方圓幾千里以內的小旅館，依他的推測，這位傷勢嚴重的逃犯是跑不掉的。

結果偏偏不如人意，這位狡猾的犯人始終沒有消息。有人報告說，昨夜在城堡外又看見有人在徘徊，這回加尼瑪爾卯足了勁，準備親自查查這位不速之客。

午夜時分，加尼瑪爾帶人捉住了正在廢墟上潛行的黑影，他們把他結結實實地綁了起來，然後帶到屋內，請預審法官前來審問。

「伊齊多爾．白德萊先生。」菲耶爾見到他們抓來的嫌犯時，忍不住興奮地叫道，「真想不到！我們傑出的業餘偵探竟然在這兒。我們已經查清楚了，您的確是修辭班的學生，令尊目前人在外地，您在學校還是一位勤奮的好學生。」

法官對被五花大綁的白德萊先生給予這番稱讚，不禁使得加尼瑪爾感到有點窘迫，不過，他還來不及解釋，菲耶爾又繼續說道：「感謝您幫助我們偵查此案，您那晚在韋爾城的事已得到證實。」

「那麼，我現在自由了嗎？」

「當然，」菲耶爾稍稍停住，「不過，我是不能白白釋放一位踩著看守警員的背從二公尺多高的窗口逃走，而又在這裡被人抓到的人。」

白德萊思索了一陣子後問道：「好吧，您想知道些什麼？」

「比如說，您在獲得自由的這段時間裡又得到了什麼線索？」

加尼瑪爾聽了兩人的談話，感到有點不知所措，正想離開的時候，菲耶爾卻叫住了他：「別走，探長先生，我想這位伊齊多爾．白德萊先生的話很值得一聽。據他修辭班同學的說法，白德萊所說的沒有半句虛假，您不但必須相信，而且還必須相信這就是真相。他在他們班上可是有偵探的名聲，他周圍的人可是都把他視為您的對手。」

「是嗎？那現在可真是個大好機會。」加尼瑪爾語帶譏諷道。

「白德萊先生，現在您可以說出真相了吧。」

「很抱歉，法官先生，我不知道您所指的真相是什麼，我只是發現了一些想逃也逃不過您法眼的東西，比如說，被竊的東西。」

「什麼？」

「失竊的東西。」

「啊？您知道雷斯弗爾伯爵家丟了什麼東西嗎？」菲耶爾與加尼瑪爾都感到有些震驚。

「是這樣的，這是我仔細觀察過後所發現的第一件事情；兩位小姐說她們看見有人帶著東西跑了，但在另一方面，雷斯弗爾先生卻相當肯定地說家裡並沒有丟東西。既然如此，我們只能從這兩個互相矛盾的說辭得出一個結論，那就是竊賊用相似的東西頂替了被竊走的東西。」

「啊？這個……」

「是的，我們可以順著這條線索推下去，在這個客廳裡，只有兩件東西能引起竊賊的注意。一是掛毯，但是它不可能被仿製；二是四幅魯本斯的油畫，這四幅油畫是完全可能被複製的。」

「您說什麼？」

「我說現在牆上掛的名畫是假的。」

「不可能！」

「我可以再重複一遍，這絕對是事實。」

「您有什麼證據？」

「一年以前，伯爵先生同意讓一位自稱夏爾普納的年輕人來此臨摹魯本斯的油畫。他在這裡工作了將近五個月，顯然對這裡的一切都很熟悉。我敢肯定，如今牆上掛的正是他的大作。」

對這個結論，預審法官和探長感到相當意外，他們半信半疑，於是找來伯爵，想聽聽主人的證詞。伯爵最後終於坦承少年的推論並沒有錯，事實證明，如今留在城堡的四幅魯本斯畫作的確是贗品。

「你們應該知道，作為一個收藏者，他們絕對不願意讓人知道自己的收藏品不是或者不再是真品。」

「但這是……」

「我們必須與他們聯繫，要求贖回原畫，我想他們會同意的。」伊齊多爾·白德萊說道。

「怎麼聯繫？我們沒有任何線索。」

「這很簡單，我們只要在報上發個啟事，就寫『本人準備贖回油畫』就行了。」

伯爵點頭表示同意，少年又一次取得勝利。

「白德萊，您出色表現的令人感到佩服，不過照這樣下去，我和老加尼瑪爾可能就會無事可幹了。」

「法官，我剛剛說的不過是一個小小的發現而已。」

「您是說，還有其他我們不知道的事？」預審法官興致高昂地問。

「沒錯，我還知道另一個被誤解的事實，那就是，殺死秘書和被聖維朗小姐擊倒的其實是兩個人。」

「這又是怎麼回事？」

「事實上，大家忽略了一點，達瓦爾先生被擊中時穿戴整齊，甚至還穿著靴子。」

「沒錯，雷斯弗爾先生說他總是在夜間工作。」

「不，據我了解，僕人說他總是睡得很早，就算事實如伯爵所說，為什麼他還要把自己的床鋪弄亂，讓人以為他睡了呢？而且在他聽見動靜之後，為什麼還要花時間把衣服、鞋子從頭到腳穿好，而不隨便披件衣服？他為什麼不穿床邊的拖鞋，而套上笨重的靴子呢？」

「說說您的看法。」

「我得知畫家夏爾普納正是達瓦爾介紹給伯爵的，將這一切聯繫起來，我們可以得出這樣一個結論——達瓦爾和夏爾普納其實是一夥的。」

「關於這個結論，我想除了介紹畫家這一點外，還需要其他更確鑿的證據。」

「而不巧的事，我在達瓦爾先生的臥室裡發現了一張反面印有『巴黎，45局，A·L·N先生』地址的紙條，而那位冒牌司機在聖尼科拉拍電報時，用的就是這個地址，這證明達瓦爾是他們的同謀。」

菲耶爾先生沒有提出異議。

「好，就算這種同謀的推論成立。那麼，從這裡還能推出一些什麼呢？」

「首先，不是那位逃犯殺死達瓦爾的。」

「那是誰殺的？」

「預審法官先生，請您仔細地回憶一下，雷斯弗爾先生敘述案子時說：『那人向我撲來，對準我的太陽穴猛擊一拳，把我打昏了。』但是蘇珊娜小姐卻說雷斯弗爾先生醒來時，斷斷續續地說：『我沒有受傷。達瓦爾呢？他還活著吧？刀在哪裡？』我想大膽地反問各位，雷斯弗爾先生既然被擊昏了，又如何能夠知道達瓦爾被人用刀刺了呢？」

白德萊一番大膽的推論引起了眾人的議論，但是他並不期望有誰可以來解釋這些問題，於是他打斷了眾人的議論，接著說：「因此，只有一個可能就是，達瓦爾秘書把三個盜賊引進客廳，伯爵先生在被吵醒後起來開門時，達瓦爾持刀向他撲過去，企圖殺人滅口。而雷斯弗爾先生奪刀反擊，刺中了達瓦爾，自己也被另一個傢伙一拳擊倒而昏迷，直到兩位小姐把他喚醒。」

眾人的目光落在了伯爵的身上，雷斯弗爾沉默了一陣子，明確而肯定地回答：「的確如此。」

「那麼您為什麼要隱瞞呢？您該明白，您的沉默使我們在案子的偵查上面犯了相當大的錯誤！」

「對不起，我之所以這樣隱瞞自己的正當防衛，是因為我覺得對一位二十年來為我工作的朋友來說，死亡已是對他最大的懲罰了。」

「既然都到了現在這個地步，一切也都公諸於眾了，我想您也可以說出來了。」

「好的，這裡有兩封他寫給同夥的信，是我在他死後的幾分鐘裡，從他的皮夾裡找到的，上面提到一位叫韋爾迪埃夫人的女人。達瓦爾認識她兩年了，為了滿足她對金錢的需要，達瓦爾才會做出了傻事，這個女人現在住在迪耶普沙灘街十八號，你們去找她吧。」

「現在一切都清楚了，不過，我們必須儘快找到那個受傷的逃犯的藏身旅館。」

「旅館？」伊齊多爾．白德萊哈哈大笑了起來，「根本就沒有什麼旅館，那是為了迷惑警方而使的障眼法，這計策真是太巧妙了！」

「可是德拉特爾醫生說……」

「唉，這正是他們的計謀，醫生講的一切都是被逼的，他有妻子兒女，他愛他們，因此不得不撒謊。對於那晚的經歷，醫生只是隨隨便便遍地敷衍了幾句，這難道還不足以說明嗎？」

「您是說，他們又引開了我們的注意力嗎？」

「對，你們將重點放在搜查旅館的同時，就忽略了那唯一可能窩藏人犯的地點。」

「究竟是什麼鬼地方？」

「修道院廢墟。」

「可是，那裡就只有幾堵牆、幾根柱子。」

「不要忘了，他就是從那兒消失的，預審法官先生。」白德萊大聲地說，「你們應該去那裡尋找，只有在那裡，你們才能找到亞森．羅蘋！」

「亞森．羅蘋？」

「對，亞森．羅蘋。」

房間裡一片寂靜，這個家喻戶曉的名字令所有人屏住了呼吸。

加尼瑪爾沒有說話，伊齊多爾轉向他說：「您同意我的意見嗎？探長先生。」

「當然！我從沒有懷疑過，這樣的事情完全只有亞森．羅蘋才能做得出來。」

「您認為……您認為……」菲耶爾看著加尼瑪爾。

「對，正是他！」白德萊說，「顯而易見的，您還記得他們之間通訊所用的A・L・N嗎？這正是亞森・羅蘋（Arsène Lupin）的名字縮寫。」

「啊，您真厲害，什麼也逃不過您的眼睛，老加尼瑪爾還是棄械投降算了。」探長激動地握住了這位年輕人的手。

接下來，這位聰明少年又提出更多的想法。那位冒牌司機取走證物的同時，也摸清了老闆的藏身之處，並且情況十分危急，於是他寫下了「老闆若是死了，女孩別想活著」的恐嚇語句。在戒備森嚴的情況下，他們無法進來援救，於是就想出縱火開槍的辦法，趁機將醫生帶到了這裡。

「可是他怎麼生活呢？一個受重傷的人，在那黑暗的角落裡……」

「這我就不知道了，不過我敢保證他一定就躲在那裡。」白德萊伸出手指，對著廢墟方向劃了一個小圈說道。

「如果他死了，那麼，法官先生，我想您就得立即保護聖維朗小姐。」

菲耶爾不得不對白德萊刮目相看，他很樂意接受這麼一個不可思議的人物協助自己。可是白德萊的假期已經結束了，他向法官告辭，從迪耶普趕回巴黎。臨走前他給加尼瑪爾探長留下了一封信，告訴他這一年來，亞森・羅蘋化名為沃德萊住在巴黎馬爾伯夫街三十六號（在四十五局附近），但自從城堡竊案發生的前一天起，附近人們就再也沒見過他。另外，在冒牌司機取那頂帽子前，白德萊早已搶先檢查過了，上面印著帽商的名字，順著這條線索，他打聽到買帽子的人正是艾迪安・沃德萊。

第二天早上，加尼瑪爾來到馬爾伯夫街三十六號，意外得到了一封寫給沃德萊的信，信是一名叫哈林頓的美國人寫的，信中提到了那四幅魯本斯的名畫，並且約好在大飯店見面。於是加尼瑪爾順理成章地拿著拘捕令，將下榻在大飯店的哈林頓帶到了看守所，指控他犯有窩贓和同謀罪。

僅僅二十四個小時，靠一位十七歲的中學生的指點，整起案件的迷亂局面明朗了，人們知道亞森．羅蘋那極為周密的策劃破天荒地被揭穿了。這個消息一時震驚了全巴黎的市民，也在法國引起軒然大波，伊齊多爾．白德萊在一夜之間成了眾人口中的英雄。記者們千方百計地想要打聽任何關於他的消息，各大媒體幾乎每天都有報導白德萊的專題文章。

對於這樣的情況，菲耶爾和巴黎警方態度上一直有所保留。這除了因為嫉妒之外，還包括那位哈林頓先生的身份尚未查明，因此警方手邊也沒有確鑿的證據可以證明他是亞森．羅蘋的同夥。更糟的是，筆跡檢驗的結果顯示，那封信並不是出自哈林頓先生之手。另一方面，菲耶爾在城堡那邊毫無進展，許多問題都讓法官先生一籌莫展。於是，人們自然又把期待的眼光轉向白德萊，期盼他再次出現。

《大報》的一位編輯透過私人關係找到了白德萊，並且代表全巴黎市民詢問他下一步會有什麼行動；白德萊卻說自己現在正忙於迎接七月的畢業考試，因此所有的事情都只有等到聖誕節以後才能進行。白德萊對編輯透露，他準備在六月六日星期六搭乘第一班火車趕赴迪耶普，相信屆時一切真相都會呈現在人們面前。

六月六日到了，白德萊婉謝了尾隨而來的記者，獨自上了車。由於前些日子忙於準備功課，他有些疲倦，上車沒多久他就睡著了。醒來的時候，火車已經差不多要到盧昂了，包廂裡仍只有他一個人，但對面的椅背上卻有一張被灰色的大頭釘釘著的紙，上面寫著：「各人有各人的事情，做好您份內的事。否則，倒楣活該。」

「很好，」白德萊搓著雙手，「對方已經亂了陣腳，這些愚蠢的威脅，一看就知道不是亞森．羅蘋寫的。」

火車穿過一條隧道，抵達盧昂這座諾曼第古城，白德萊在月臺上轉了兩、三圈，卻意外地從《盧昂報》的號外頭版上得知了一個可怕的消息：昨夜有歹徒闖入昂布呂梅齊，劫持了聖維朗小姐，人們在距離城堡五百公尺外的地方，發現了一條染著血跡的披巾。

回到火車上，伊齊多爾．白德萊一直彎著腰，兩肘支在膝蓋上，手托著腮，苦苦思索著。一直到迪耶普，他的身體都沒有動一下。下火車後，他租了一輛車直奔昂布呂梅齊城堡。在那裡，預審法官證實報紙上所刊登的那條消息，還遞給他一張從發現披巾不遠處撿到的破爛紙條，上面寫滿了數字、標點和符號：

2.1.1..2..2.1.
.1..1...2.2. .2.43.2..2.
.45.. 2 .4...2..2.4..2
D $\overline{DF}$ ▭ 19F+44 ◺ 357 ◿
13 .53..2 ...25.2

3 兩具屍體

菲耶爾先生已有一天沒見到白德萊了，此時他顯得煩躁不安，最後，他終於想起了一個地方，於是便丟下手頭的事朝著廢墟跑去，在那裡，他找到了白德萊的蹤影，此時的白德萊正趴在鋪滿松針的地上苦苦思索。菲耶爾抓起白德萊的胳膊：「我要告訴您幾句話。首先，加尼瑪爾眼下有事留在巴黎，另外，雷斯弗爾伯爵已經給夏洛克．福爾摩斯發了電報。年輕人，在他們到達那天，您難道不想對他們說『十分抱歉，親愛的先生，我們不能再等下去了，事情已經辦完了』這句話嗎？」

菲耶爾先生此時實在無法承認自己的無能，只能使出這招激將法了。

「那麼，法官先生，您白天調查出了什麼結果？」

「昨夜十一點，蓋維榮隊長和留下來放哨的三名警察接到了一道假命令，要所有人立刻返回烏維爾駐地。案子就是在他們離開的一個半小時內發生的。」

「具體情況到底是怎樣？」

「非常簡單，我們推測是罪犯在田莊搬了架梯子，從二樓翻進來，潛入雷斯弗爾小姐的臥室，把她的嘴堵住並綑綁起來，然後打開了聖維朗小姐的房門，以同樣的手段將小姐劫走。雷斯弗爾小姐目睹了一切，嚇得昏了過去。」

「那麼，城堡裡那兩條看門狗呢？」

「被毒死了。」

「究竟是誰？能夠如此肆無忌憚地接近牠們？」

「他們帶著聖維朗小姐順利地經過廢墟，一直走到離城堡五百公尺處才停下來下殺人滅口。」

「既然他們打算殺死聖維朗小姐，為什麼不在房裡下手呢？」

「不知道，也許是小姐的反抗使他們臨時決定改變計劃。不管怎樣，我收集的證據是不可否認的。」

「那屍體呢？」

「還沒找到。我們沿著那條小道往前走，發現一個一百多公尺深的懸崖，下面是岩石、大海。再過一、兩天，也許潮水會把屍體沖上沙灘。」

「可是亞森．羅蘋呢？」

「很遺憾，我們目前沒有關於他是生是死的任何證據，整個秘密的癥結就在這裡。蕾蒙小姐一死，整起案子就更加複雜了，如果我們不把它解開，別人就會來解決。」

「他們什麼時候來？」

「也許是星期三，也許星期二就會來。」

白德萊計算了一下後說：「這樣吧，今天是星期六，我星期一晚上返校，如果您星期一上午十點能來這裡，我將盡力給您一個可靠的答案。」

「是嗎？那您現在準備去哪裡？」

「去找找別的東西，看看是否符合我的推理。」

白德萊與菲耶爾分手後，就騎上伯爵借給他的自行車走了。他首先想弄明白的是，四幅魯本斯油畫不可能不翼而飛，一定還藏在這附近的某處，他準備從運畫的汽車著手。將近午夜，白德萊在一百多英里外的拉麥耶萊鎮的河邊打聽到，四月二十三日沒有任何汽車過海，甚至也沒有馬車或雙輪貨車過海。

第二天，白德萊繼續在那裡查找線索，終於從旅店夥計口中得知，那天早上有一輛大車從這裡經過，車上的人只是把貨物卸到一艘船上，但車沒有渡海，細心的夥計還認出了馬車是盧韋托村的瓦蒂內爾師傅的，他是個戒心很重的老狐狸。

下午六點，白德萊在一家小酒館裡找到了瓦蒂內爾師傅，雖然他口口聲聲地說信不過外地人，但終究沒能抗拒一枚金幣和幾杯酒的誘惑。他告訴白德萊，車上的人交給他四幅大畫，這已是他第六次幫他們幹活了，不過在這之前是運些大石頭之類的作品，那些人彷彿拿寶物似的，搬運的時候非常小心。

意想不到的發現使白德萊心情大好，他愉快地往回走，晚上住在了瓦朗琪維爾鎮。第二天早上，他到鎮公所調查了一些情況，然後返回城堡。剛回城堡，雷斯弗爾伯爵就交給白德萊一封信，他拆開一看，信上這樣寫著：「第二次警告，閉緊嘴巴，不然……」

「喔，」白德萊微微一笑，「看來我得採取保護自己的措施了，不然……嘿嘿，這是他們說的。」

早上九點，白德萊準時趕到廢墟上，菲耶爾在那裡等他。

「喂，年輕人，您出去一趟發現了什麼？」

「當然，現在我可以……至少是這樣……」

「什麼？」

「我是說我至少知道了亞森．羅蘋藏在什麼地方。」

「我就知道您一出現準會有好消息。」被案子困擾的預審法官一直在期待白德萊的喜訊。

白德萊沒有接話，逕自向小教堂走去，菲耶爾連忙跟上去。在小教堂正門的雕像前，白德萊停住了，問道：「您想知道真相嗎？法官先生？」

「當然。」

白德萊突然拿一根手杖，一根嶄新結實的木棍，猛地向雕像擊去，霎那間，碎片落了一地。

「您瘋了！」菲耶爾先生勃然大怒。

「真好啊！」白德萊大聲地說，他更用力地敲碎聖母瑪麗亞的雕像，接著是剛出生的基督和他的降生地馬槽。

「夠了！您不能這樣，再敲我就開槍了！」雷斯弗爾伯爵也趕來了，正在往手槍裡上子彈。

白德萊哈哈大笑道：「好啊，開槍。朝這上面打吧，這個雙手托頭的雕像。」

聖．巴普蒂斯特的雕像又飛了出去。

「啊！」伯爵用槍瞄準白德萊，「不許您這樣褻瀆聖物！這都是些了不起的傑作！」

「傑作？對，這都是些傑出的贗品！」

「什麼？您說什麼？」菲耶爾奪下了伯爵的槍。

「您好好瞧瞧吧。」白德萊撿起一塊碎片，用手捏了一下，「都是石膏加紙做的，空心的，外面再塗了層仿古塗料。一切都是夏爾普納先生一年前的傑作。」

「不，不可能！」

「如何？預審法官先生，這項工程大不大？整座哥德式教堂都被他仿製並且盜走了，他可真是位天才啊！」

「您太激動了，白德萊先生。」

「對這樣一個超乎常人的天才，對這樣一個出類拔萃的構想，我再怎麼激動也不過分！可惜他已經死了。」白德萊惋惜地說。

「死了？您是說我姪女在那天晚上擊中的是他？」

「確實如此，他被聖維朗小姐擊中，最後爬向這個石頭避難所，不過這裡成了他的墳墓。」

「啊？什麼？」菲耶爾驚呼道，「可是我們搜遍了這裡……」

「不，我查到小教堂其實還有一個地下室，亞森．羅蘋在施工時發現了它。」

雷斯弗爾伯爵回頭叫來僕人，不一會兒，小教堂的鑰匙取來了，三人走進去便開始用鐵鍬挖掘祭壇，根據白德萊的判斷，地下室的入口就在那裡。隨著一陣石塊落下的聲音，祭壇下方只剩下一個空穴。白德萊擦亮一根火柴，往裡面打探道：「這裡有個大約三、四公尺深的樓梯，不過有的地方已經塌陷。」

「這樣看來，在那麼短的時間內，他們不可能把他的屍體搬走，他一定還在裡面。」

僕人搬來一架梯子，白德萊反覆試了幾次，最後將它在塌落的泥土石塊上放穩，然後順著梯子下去；預審法官手持一根蠟燭跟下去，伯爵則緊隨其後。地下室裡一片漆黑，三個人順著石壁摸到了下面，一股惡臭迎面撲來。

「白德萊……」菲耶爾用顫抖的手抓住白德萊的肩膀。

「怎麼？不要緊張，法官先生。」

「他在那裡嗎？」

「是的，在剛才掉下的石頭底下……我碰到他了……天哪！」

「什麼？」

白德萊趕緊抓過蠟燭，朝地面照去。

「啊！」三人驚恐地叫了起來，映入他們眼簾的是一具半裸著的乾瘦屍體，最可怕的是，頭部被剛剛落下的石頭砸得變了形，上面還爬滿了蛆蟲。

白德萊大步跨上梯子，回到地面，他再也無法忍受那股濃烈的腐臭味。

「恭喜您，白德萊，您又有了新的發現，這些發現證明您的推斷完全正確。伯爵已經動身去請法醫做例行檢驗了，我認為那人至少死了一個星期。」

不一會兒，伯爵回來了，並帶來兩封信。一封是通知他福爾摩斯和加尼瑪爾探長明天就來；另一封則是迪耶普警局發來的，信中說今天早上在礁石上發現一具女屍，屍體已經難以辨識，但右手臂上戴著一條金手鏈。

「您有什麼看法？」

「不，沒有。真是奇怪，這些事一件又一件地證實了我的假設。」

「我不太明白您的意思。」菲耶爾說。

「您會明白的，我現在得去走走，下午回來，至於返校的事，只有推到半夜了。」

在迪耶普，白德萊又進行了一番調查。當教堂的鐘敲響三聲時，他開始騎車返回城堡。這一趟奔走似乎又大有收穫，因此白德萊非常興奮，他邊唱歌邊以高速衝下城堡前的緩坡。意外便這麼發生了，道路中間橫著一條繩子，使他硬生生地被摔了出去。等他站起來時，發現左邊那棵繫著繩子的樹上綁了一張小紙片，上面寫著：「第三次，也是最後一次警告。」

回到城堡，白德萊在城堡右翼的底層找到了預審法官。法官見白德萊回來了，便示意書記官離開，並吃驚地問：「怎麼啦？一手的血！」

「沒什麼，只是被繩子絆了一跤，不過我是想提醒您，這條繩子二十分鐘前還被用來晾衣服，這是僕人告訴我的。看來一直有人在監視我，而且他們已經逐漸向我逼近了。」

「不會吧……」

「預審法官先生，我交給您的紙條您給別人看過嗎？」

「沒有，您覺得有什麼奇怪的地方嗎？」

「當然，儘管我現在還不能破解那些密碼，但是我現在……」白德萊突然住口，他走近菲耶爾，悄聲說道，「有人在偷聽。」

接著，白德萊一個箭步走到窗口，就見花壇果然有被人踩過的痕跡。他關上窗子，回身坐下，並把紙條攤在桌上，繼續對菲耶爾說：「看來敵人已經等不及了，我們得加緊步伐。您看，紙上除了標點，只有數字。在前三行和第五行中——我們先看這幾行，因為第四行似乎又是另外一碼事——注意到了嗎？沒有一個比五大的數字，因此我們可以認為，每個數字符號與字母分別代表一個母音字母，根據這樣的推論，我們可以得到以下結果。」

他在旁邊一張紙上寫下：

e.a.a..e.

A..a..a..e.e..e.o.e..e.

.ou..e.o..e..e.o..e

ai.ui..e..eu.e

「這樣看來他們是用數字代替了母音字母，而用點代替了子音字母，我們來試著破解。第二行分成兩部分，第二部分看來可以組成一個詞，這單詞就是demoiselles（小姐）。」

「這是指雷斯弗爾小姐和聖維朗小姐嗎？」

「肯定是。」

「那其他行呢？」

「最後一行也可以用同樣的方法破解。兩組複合母音ai和ui之間唯一可以換下圓點的子音是g，後兩個點換為i，便自然可以組成 aiguille（尖頂）這個詞。最後這個詞有三個母音，要填三個子音，起首兩個又都是子音字母，我推斷它應該可以組成 heuve（同流）、pueuve（證據）、pleure（哭）和creuse（空心的）四個單字。」

「如果再將不合文句意義的單字排除掉，就剩下『空心的尖頂』。只有這個答案是正確的，但這又代表什麼意思？」

「我現在還不能推斷出結論，不過我倒覺得這張花崗石花紋的羊皮紙、這四條折痕、背面還有火漆印……」

這時候，書記官突然跑進來，說檢察長到了，請預審法官前去會面。菲耶爾走了，書記官關上門，並且上了鎖。

「喂！您幹什麼，為什麼上鎖？」白德萊問道。

「我們這樣說話不是更方便嗎？」書記官布萊杜答道。

白德萊恍然大悟，這位預審法官的書記官是那夥人的同夥，是他一直監視著自己。想到這裡，白德萊奮力地想逃出去，但布萊杜擋住他的去路，兩個人扭打了起來。瘦弱的白德萊當然不是那人的對手，因此最後那張神秘的紙片被搶走，而白德萊也身受刀傷，不支倒地。

第二天一早，昂布呂梅齊城堡發生的一連串事件被刊登在各大報上，同時還出現了另一則令人震驚的消息——加尼瑪爾探長失蹤，神探福爾摩斯遭人劫持。

4 正面較量

受傷後的白德萊被伯爵送往迪耶普醫院治療，他在那裡得到妥善的照顧，身體也逐漸康復。自從這位神話般的人物受到襲擊以來，報紙上沒有一天不提到昂布呂梅齊城堡案，而且還開闢專欄，大肆地報導，人們更是急切地關注著事態的發展。

在白德萊康復後的某一天，他突然收到一封邀請函但是他顯得非常的神秘，沒有向任何人透露這件事。遭到襲擊以來的日子裡，他的臉色總是陰陰沉沉的，讓人們以為他是急著想要報仇。

晚上十點，白德萊獨自出現在一座小城堡的門前，他按了門鈴。

一個衣著樸素的金髮男子替他開門。透過屋內的光，白德萊仔細地打量這位陌生人，對方面容剛毅，全身上下散發出莊重樸實且令人敬佩的氣息。

「伊齊多爾．白德萊先生，請進。」男人禮貌地讓了讓。客廳裡的燈全部亮著，天氣非常悶熱，像是將要下雨，陽臺的窗子也全開著。

白德萊走進客廳，兩人對峙著，彷彿想要立刻看透對方一般。

「謝謝您，白德萊先生。除了要感謝您答應我在今晚會面後會把一切公諸於世之外，還要謝謝您今晚願意來這裡見我。」

「亞森．羅蘋先生，請您注意，您那封信的威脅並不是針對我，而是我的父親，所以我才不得不服從您的吩咐。」

「唉，這也是不得已的辦法，因為我知道您早已將自己的生死置之度外，不過您可沒能連令尊大人的生死也一起不顧，所以我才使出這麼一招。」

「總而言之，我已經來了。」

亞森．羅蘋示意白德萊坐下。「不管怎樣，首先我得對您致以歉意。」

「道歉？為什麼？」

「因為布萊杜的魯莽。」

「是啊，用刀刺人這可不是您一貫的做法。」

「我也沒有想到。這位布萊杜先生是新成員，不過他的確也沒想到您的調查會進展得這麼快，實在無計可施，才會出此下策。」

「我本來可以帶加尼瑪爾的幾位朋友一起來，不過既然您如此信任我，那麼以前的一切，我可以一筆勾銷。」

白德萊從容和彬彬有禮的態度，反而使亞森．羅蘋顯得有些不自在。他好像還在等待什麼，神情有點侷促。門鈴再度響起時，亞森．羅蘋急忙跑去開門。

然後他拿著一封電報回來。讀完電報，亞森．羅蘋重新變得自信且鎮定，他從容不迫地把電報放在桌上，說道：「好了，白德萊先生，我想我們得好好來談談！。」

「談什麼？」

「十多年了，我還沒遇過像您這樣有實力的對手。與加尼瑪爾及夏洛克．福爾摩斯較量，對我而言就像和小孩子玩遊戲一樣輕鬆，但在您面前，我不得不承認自己是輸家。您一再妨礙我、阻攔我，說真的，我受夠了。」

「那麼，您打算怎麼辦？」

「休戰，各自回營。」

「也就是說，我回學校，而任您隨心所欲地盜竊？我想問您，我什麼地方礙著您了？」

亞森．羅蘋猛地抓住白德萊的手說：「您掌握了我的秘密，當然，您有權窺探這一秘密，卻無權洩露它，您不能讓這個秘密見報。」

「可是，我已經交稿了。」

「我要您立刻去《大報》撕了那篇文章。」

「不。」

「那就去找總編輯，說您搞錯了。」

「不。」

「那麼請您另寫一篇文章，把案子按官方的說法寫，就按照大眾已經接受的那樣寫。」

「不。」

「混蛋！」亞森・羅蘋勃然大怒，他從桌上抓起一把鐵尺，毫不費力地折斷了，「小朋友，您難道不知道我——我說話算話。如果您不向大眾表明我已經死了，那麼您的父親就會像加尼瑪爾和夏洛克・福爾摩斯的下場那樣。」

白德萊微微一笑，神態充滿了自信和勇氣。「民眾希望知道亞森・羅蘋的一切，而我的父親也不會有事的。」

兩人陷入沉默，彼此對視，目光暗藏一決生死的意念。

「明天三點，除非我發出相反的命令，不然我的朋友會奉命將您父親帶走。」亞森・羅蘋低聲說。

「呵，可是你別忘了別人也自有計謀，你以為我會把父親留在他那間孤立無援的小屋裡嗎？」白德萊的臉上浮現譏諷的微笑，這倨傲不恭的**你**字，使對手和自己一瞬間處在平等的地位。白德萊雙手插在口袋裡，大膽而瀟灑地踱來踱去，像一個淘氣鬼在戲弄被鐵鏈困住的猛獸。

「我告訴你吧，亞森・羅蘋，我父親不在薩瓦，他在法國的另一頭，有二十位朋友奉命保護他，直到我們之間的戰爭結束。你想知道詳細情況嗎？他在舍爾堡的一位軍火庫職員家裡，軍火庫夜間關門，白天進去必須要通行證。」他在亞森・羅蘋面前止步，「怎麼樣，大師？」

亞森・羅蘋微微一笑，不慌不忙地遞過電報，說道：「讀吧，小朋友，電報的第一個字，也就是發報的地點。」

「舍爾堡……這是什麼意思！」

「讀下去。」

「包裹已劫。同伴們帶它出發，等待指令直至八點，一切順利。這……你怎麼……」

「還有什麼不清楚的？躲過二十個守衛、劫走您的父親並不是件難事。」亞森．羅蘋顯得有些得意。

白德萊十分緊張，臉色完全變了，眼睛也失去了剛才的光芒。他試圖盯住一個固定的地方，卻始終做不到。他的嘴唇在發抖，牙關緊咬，終於再也撐不住了，雙手捂著臉，抽泣道：「啊！爸爸……爸爸……」

這出乎意料的轉折正是亞森．羅蘋所需要的，但他也看到了一種極其純真感人的東西，他拿起帽子準備離去，但又有些遲疑。

「別哭了，小傢伙，當你不顧一切地投入這場戰鬥時，就應該要想到會有各種打擊，你應該已經有充分的心理準備。」他說話時的口氣沒有任何嘲諷，也沒有勝者的哀憐，「放棄與我為敵吧。我不是瞧不起你，也不是為了面子，而是我們實力太過懸殊，我知道你試圖窺破『空心尖頂』的秘密，可是還沒有做到。您想想，我一生都在朝一個目標而努力，為了使自己走到今天這樣的成就，我如苦役一般幹活。有些事是您想不到的。我請求您放棄，但若因此給您帶來痛苦，我也感到很抱歉。」

白德萊擦乾眼淚，不吭聲地盯著這位劫走父親的人，思考良久後說：「假如我修改了文章，對外公布你已經死亡，並保證永不改口，你能放了我父親嗎？」

「當然，只要明早《大報》上的文章符合我的要求，我的朋友們就會釋放你的父親。」

「好吧，」白德萊說，「我接受你的條件。」

第二天，《大報》的頭條便是白德萊的文章。

昂布呂梅齊慘案真相

我並不想在此細述我在查明整個案子時的思考和調查經過，那一切推理、歸納、分析都是平淡無奇的，我只是想闡明兩個想法以及由此引出的兩個問題。當然，某些疑點尚未得到證實，還有相當大的一部分是由假設而來，但這一切都建立在確鑿的證據之上，它們絕對足以令人信服。

讓我們從頭說起吧！

四月十六日，星期四，清晨四點，亞森．羅蘋在進行一次最大膽的竊盜活動時被當場發現。他被一顆子彈擊中並倒在了廢墟上，他竭力地想接近附近的一間教堂，因為那兒有個地下室，這是他偶然發現的。如果躲在那裡，也許就會有救。但是就在還剩幾公尺的時候，蕾蒙．聖維朗小姐追了上來。

他們之間到底發生了什麼事？腳下這個受傷的男子是她打中的，她會把他交出去嗎？如果達瓦爾是他殺的，也許她會如此。可是，他立即說出了真相，告訴她達瓦爾是她的舅舅雷斯弗爾伯爵在正當防衛時所殺。她信了這番說辭，因此在無人發現的情況下，她將他扶進了教堂，並用手帕替他包紮傷口。

當粗心的人們在六個小時後進入教堂搜查時，亞森．羅蘋已經恢復體力，並躲進地下室。從此以後，不論願不願意，蕾蒙小姐都已成為他的同謀，她向法官做了偽證，並且說出那位冒牌司機亞森．羅蘋的下落，還指出他必須緊急動手術。那頂鴨舌帽大概也是她換的，她還叫司機寫了一句威脅她的話，這樣人們怎麼可能還懷疑她呢？

正當我要說出我的初步推斷時，她又謊稱前一天在樹林裡見過我，使得大家的目光轉向我，不過這倒引起了我對她的注意。幾十天來，她一直為亞森．羅蘋提供藥物和食物，直到他康復。

亞森．羅蘋還活著，這就牽引出了第二個問題，它關係到後來的那件慘案。

傷好之後，亞森．羅蘋發現自己不知不覺地愛上了這位漂亮且大膽的女孩，她成了他這些日子裡快樂的泉源和寂寞中的美夢。他怕自己失去她的看護，便做出一個大膽的決定。六月六日，星期六，在同夥的幫助下，他劫走了蕾蒙小姐。

為了打消人們的疑問，亞森．羅蘋製造了兩起假謀殺案，讓人們以為他和蕾蒙小姐都死了。

讓我們仔細想想，為什麼那塊鬆動的石頭會擺在那個位置，剛好砸到死者的臉部？為什麼那具無法辨認的女屍手上所戴的手鏈，剛好與小姐的相似？一切都這麼巧嗎？

於是我想起另一件事，幾天前，我在《瞭望》上讀到一則消息，一對美國夫婦在昂韋爾默逗留時服毒自殺，屍體當夜就不翼而飛。我立刻趕到醫院求證，院方告訴我確有其事。

事實很清楚了，亞森．羅蘋盜走了兩具屍體，並加以偽裝，藉此掩蓋真相。

為了消除後患，他還綁架了加尼瑪爾，劫走了福爾摩斯，並授意書記官刺了我一刀，因為我們隨時可能會將一切聯想起來。

還有一點相當值得注意，為什麼他如此急迫地把我手中那張「空心尖頂」的密碼劫走？他為什麼不抹去那幾行印在我腦海裡的記憶？他是否擔心紙質本身或別的跡象會提供我什麼線索？

無論如何，這就是昂布呂梅齊案的真相。

亞森．羅蘋萬萬沒有想到，白德萊還是堅持說出了真相。

只是，文章發表的當晚，有消息報導說，白德萊的父親遭人劫持。

5 追蹤

這猛然的打擊使白德萊驚慌失措，他發表文章時是一時衝動，早已顧不上其他。但他的內心還是堅信父親不可能被劫走，因為他採取了充分的保護措施。舍爾堡的朋友寸步不離地保護著他的父親，對他進行嚴密的監視，別人無法接近。亞森．羅蘋只不過是為了拖延時間，而想出這個辦法恐嚇自己而已。

然而事實令白德萊痛苦不堪，他沒有心思再顧慮其他的，救出父親是他目前唯一要做的事。

於是白德萊決定動身前往舍爾堡查看情況。在火車站的月臺上，他買了一份晚報，讀到亞森．羅蘋對他所發表的文章的答覆。羅蘋承認自己與蕾蒙小姐的感情以及兩人目前住在一起的事實，他請求不要再將他最隱秘的感情生活公佈出來，他需要安寧，蕾蒙小姐也一樣。他也警告那些敵人停戰，否則後果將十分嚴重。同時他揭露了另一個內幕：雷斯弗爾伯爵一直想悄悄地出售四幅魯本斯油畫，並以四幅複製品偷天換日，而且要求交易方不可走漏風聲。甚至在交易方的勸說下，他還下定決心賣掉了小教堂。

白德萊像琢磨「空心尖頂」的密碼那樣，仔細琢磨這封信的措辭。畢竟亞森．羅蘋沒有必要承認一切，他寫這封信的動機究竟何在呢？

第二天凌晨，白德萊在舍爾堡下了火車，接待他的是軍火庫職員弗羅貝瓦爾和他的女友夏洛特。這位老實的職員唉聲歎氣地對白德萊講述事情發生的經過：白德萊的父親前天夜裡失蹤，但夜裡誰也走不出軍火庫，所以被劫持是不可能的事。

弗羅貝瓦爾遞給白德萊一張相片，是夾在他父親的書裡的。

白德萊接過來一看，立即怔住，那是自己的照片，當時他正站在昂布呂梅齊的廢墟上，不過他本人根本不知道有這麼一張照片，顯然是被人偷拍的，偷拍者也許就是那位書記官布萊杜。照片的背面有一行模仿白德萊的筆跡寫著「3－4，R．德瓦洛，海濱獅城」的一個地址。

白德萊沉默了半晌後說：「您以前見過這張照片嗎？」

「沒有，雖然您父親經常向我提起您。」

白德萊一直看著那張照片，想了想又問：「那麼，城裡十英里遠的地方，有沒有一家獅城旅館？」

「有。」

「靠近瓦洛蓋縣公路？」

「是的。」

「那麼，一切就很清楚了，那裡就是亞森．羅蘋的大本營，他們用這張照片換取我父親的信任，說我在獅城旅館等他。」

「可是，他們是怎麼進入軍火庫，又是怎麼與您父親接觸的？」

「大概是靠中間人吧。」

「就算這樣，他也不可能在夜間走出去啊。」

「他是白天出去的，這樣吧，麻煩您再去一趟港口，把前天下午值班的警衛找來。不過要快，如果您還想在這裡見到我的話。」

「您要走？」

「我得趕火車，我想知道的事已經全都了解得差不多了。」

弗羅貝瓦爾遲疑片刻後，準備去找那個值班警衛，他拉著女友說：「走吧，夏洛特。」

「等一下，」白德萊攔住了那女孩，「我還需要了解一些情況，讓她留下來。」

弗羅貝瓦爾走了。白德萊溫和地拉著女孩的手，她看了看他，顯得慌亂而緊張。突然，她把臉埋在臂彎裡哭了起來。白德萊隔了好一會兒才問：「這一切都是你幹的，對嗎？你幫他們欺騙我父親，還對弗羅貝瓦爾撒了謊，是嗎？」

女孩沒有回答。

「為什麼？他們給了你多少錢讓你買裙子？」白德萊說著，拉開她的手，看見一雙不安而可憐的淚眼，「好，我不問你這些，你只需要告訴我，他們是怎麼將我父親劫走的？」

「汽車。我聽見他們說：『不能再耽擱了，老闆明早八點就會去那邊找我們』……」

「那是哪兒？」

「我記得不清楚，好像叫夏托什麼的。」

「夏托布里央？還是夏托帝耶里？」

「不是，不是。」

「夏托普？」

「對！」

白德萊立即站起來衝向火車月臺，這一個鐘頭裡的調查讓他大有收穫，他迫不及待地想馬上趕去夏托普。直覺告訴他，女孩這次沒撒謊，她開始為自己的行為感到羞愧了。

在巴黎轉車時，為了防止被人跟蹤，白德萊刻意改了裝扮。將自己扮成了一個三十多歲的英國人，身穿褐色大方格套裝，下面套短褲，腳穿羊毛襪，頭戴旅行帽，臉上化了妝，還蓄了一圈紅棕色的絡腮鬍。

白德萊跨上租來的腳踏車，隨身攜帶一套繪圖用具，向奧斯特利茨車站騎去。

當晚，白德萊在伊蘇登過夜。第二天一早，他又騎車上路，七點抵達夏托普郵局，想在郵局打通電話到巴黎，可是電話一時接不通。於是他便和裡面職員閒聊起來，無意中得知，昨天這個時候，也有一個司機打扮的人在這裡打過一通往巴黎的電話。

線索越來越明確，白德萊決定立刻採取行動。一路調查下來，他得知有人租了當地的馬車，從停在城外森林邊的轎車上接了另一個人之後，兩輛車背道離去，馬車按時歸還，而那輛轎車則一直往巴黎的方向駛去。

父親很明顯就在附近。他們兜這麼大的圈子，就是想將父親送到指定地點。

白德萊立即去鄉間挨家挨戶地訪問，他覺得不久就會有結果。但是過了近半個月，他卻沒有任何收穫。就在白德萊準備動身離去時，一封寄自巴黎的信送到了他的手上。原來是父親寫的，他非常熟悉父親的筆跡。信上寫道：

親愛的兒子，這封信能到你手上嗎？真不敢相信。

被劫持的那一夜，我坐了一夜的車，早上又換了馬車。我的眼睛被蒙著，什麼也看不見。我被關在有三層樓的城堡裡，房間的每扇窗戶幾乎被紫藤堵死了。下午，我有幾個鐘頭的自由時間，可以在花園裡散步，但也是處於嚴密的監視之下。

我給你寫這封信，只是碰碰運氣。我把它綁在一塊石頭上，丟到牆外，也許會被哪位好心人撿去。

你的老父親十分愛你。想到這件事會讓你不安，我就十分內疚。

白德萊趕緊翻看郵戳，上面印著「屈齊翁，安德爾省」。安德爾省！幾個星期來，他不就是在這個省區竭力搜索嗎？他決定再次喬裝，前去查看情況。

屈齊翁是個小村子，白德萊沒費多大的力氣就找到了寄出信的夏萊老爹，他一個人住在山坡上的一棟破屋裡。白德萊走進小院就發現一隻已經僵死在地的狗，他感到有些不妙，匆匆向屋子跑去。屋門是開著的，床上躺著一位臉色蒼白的老人，他的手已經冷了，但心還在跳。

白德萊想讓他甦醒過來，不過沒有成功。他只好找來一名醫生，但結果仍舊令人失望。老人像睡著了似的，外表沒有一絲痛苦的跡象。這顯然是被人催眠或麻醉的結果。

白德萊想不出更好的法子，只能守著他。一直到半夜，夏萊老爹終於甦醒，但大腦似乎仍有點遲鈍，對於昏睡以前的事一無所知。他只說了自己星期五先在市場裡做生意，然後在餐廳吃飯，接下來的事就想不起來了。

再也沒有人知道了嗎？白德萊十分懊惱，他決定去夏萊老爹去過的市場碰碰運氣，也許那個地方能發現什麼新線索。

星期五，白德萊在市場裡沒有任何發現。他在鎮上吃過午飯，正準備動身，卻意外地碰上又來做生意的夏萊老爹。白德萊一路跟了上去，沒走多久，他就發現還有一個人也在跟蹤老人。那傢伙走在他與老人之間，三人前前後後地在這一帶的陡坡爬上爬下。奇怪的是，當老爹在克羅藏過橋時，那人卻停住了。他目送老人遠去後，便轉向一條通往田野的路。

白德萊猶豫片刻，最後決定改道跟蹤陌生人。陌生人走過臨近河水的一片幽暗樹林，踏上了一條小路。當白德萊也走出樹林時，驚訝地發現陌生人不見了。他四處張望，乍然見到一堵高聳的圍牆。應該就是這裡了！這圍牆裡囚禁著他的父親！白德萊鑽出樹林，悄悄地移動到一座與周圍樹梢一般高的山頂上，他看見了被高牆環繞的城堡屋頂，上面有一座又高又尖的塔樓，旁邊像花籃似的圍著幾座精緻的小鐘樓。

白德萊認為今天的調查應該至此為止，他需要思考，需要制定一個周密的計劃。於是他離開了山丘。他走到橋邊時，碰到一個提牛奶的農婦，他問道：「樹林後那座城堡叫什麼名字？」

「尖頂堡。」

「尖頂堡……啊！這裡是什麼地方，安德爾省嗎？」

「不，這裡是克勒茲省，安德爾省在河對面。」

白德萊感到一陣暈眩。尖頂堡！克勒茲省！原來Creuse是省名，不是空心的意思。是「克勒茲省的尖頂」，而不是「空心尖頂」，秘密就在這裡，這回一定錯不了！

白德萊沒再說話，他轉過身，像一個醉漢，跌跌撞撞地走了。

6 尖頂堡的秘密

回到旅館，白德萊決定立即單獨行動。因為通知警方太危險，容易打草驚蛇。

第二天，白德萊裝扮成畫家，去找這一帶最大的房屋仲介商，他表明自己想在附近找一個合適的住處，並有意無意地提到了尖頂堡。房屋仲介員向他提供了尖頂堡現任業主瓦爾梅拉的住址，白德萊輕易地就找到了這位瓦爾梅拉先生，並開門見山地說明自己的來意。

「可是我的房子已經租給一位叫昂弗萊迪的男爵，他正在那裡避暑。」

「他一個人住？」

「不，還有個古怪的老廚娘，她從不與別人談話。」

「他還很年輕吧？」

「對，眼睛很有神，頭髮是金色的，兩邊的鬍子尖尖的，像個牧師。」

「果然是他。」白德萊心裡暗忖道。

瓦爾梅拉先生還熱心地告訴白德萊，尖頂城堡是一座格局複雜的建築，裡面有八十間房間，三道樓梯和迷宮一樣的走廊。

白德萊覺得沒有必要繼續隱瞞，他向瓦爾梅拉表明自己的身份。瓦爾梅拉高興極了，關於亞森・羅蘋和白德萊的交鋒，他早就從報上知道了，而現在這兩個傳奇人物竟然集合到自己眼前。他搓著手，興奮地說：「太好了，尖頂堡要出名了。」

白德萊請求瓦爾梅拉晚上和他一起潛進城堡。

「好，我陪您去，冒險這種事我最有興趣了，一想到我能參與其中，就令人感到興奮極了！瞧這個，這是我們合作的開端。」

他說著便拿出一片佈滿鐵銹、樣式古老的大鑰匙，說道：「這把鑰匙是用來開啟靠林子邊的那道小門的……」

白德萊打斷他的話，說道：「顯然那個傢伙就是從這道小門進花園的。好了，夥伴，開始我們的冒險吧！」

兩天以後，一輛吉普賽人的大篷車出現在克羅藏，駕車人正是瓦爾梅拉，另外三個年輕人則是白德萊和他的兩位中學同學。他們逗留的三天裡，都在花園附近閒晃，等待一個有利的夜晚。

第四天晚上，他們動手了。白德萊讓兩個同學守在門外，以免被斷了後路。他和瓦爾梅拉從小門進了花園。當他們走到城堡中央的草坪邊時，周圍亮了一些，一縷月光照下來，他們看清了城堡以及由好幾座尖形鐘樓圍繞著的尖頂。

「別出聲。」瓦爾梅拉抓住白德萊的胳膊。

「什麼事？」

「那邊有狗，」瓦爾梅拉輕輕吹了一聲口哨，兩個白色的影子跳了起來，跑到主人腳邊伏下。「現在可以走了。」

「您肯定是這條路？」

「對，過了平臺，那裡的底層窗戶可以從外面打開。」

兩人從那裡翻進了城堡。

「這間房間在走廊盡頭，過去是一間門廳，裡面放著一些雕像，門廳盡頭有道樓梯，通向一間臥室，您的父親很可能被關在那裡。」

他們在漆黑的走廊上摸索前行，直到前方有了一點光線。瓦爾梅拉探頭張望，發現樓梯下被一盆棕櫚樹嫩枝遮住的獨腳小圓桌上，點著一根小蠟燭，蠟燭旁有個人站崗，他手持長槍。

時間一分一秒地過去了，他們躲在一株盆栽旁焦急地等待。光線慢慢地朝他們移過來，看樣子，不到十五分鐘就會照到他們身上。白德萊焦急萬分，準備起身逃走，這時他才發現身邊的瓦爾梅拉不見了！他定睛望去，只見一個黑影猛地躍起，撲向崗哨。蠟燭熄了，只聽見打鬥聲。白德萊正想俯下身去，有一個人站了起來，拉住了他的胳膊，低聲說道：「快走。」

是瓦爾梅拉的聲音。

他們上了兩樓，來到一條鋪著地毯的走廊入口。「往右轉，左邊第四間。」在瓦爾梅拉的指示下，他們很快就找到了囚禁白德萊父親的房間，並且順利救出伊齊內爾先生。伊齊內爾先生告訴兒子：「城堡裡關的不只我一個。」

「還有誰？」

「一個年輕的女子，我幾次遠遠望見她在花園裡。」

「您知道她的房間嗎？」

「就在這條走廊，右邊第三間。」

「那間藍房間，雙葉門，比較容易開。」瓦爾梅拉說。

確實，這道門很快就開了，伊齊內爾先生走了進去。不一會兒就帶著一個年輕女子出來，果然是聖維朗小姐。他們四個人下樓，繞過崗哨，走出城堡時，已是淩晨三點。

從父親和蕾蒙小姐的口中，白德萊得知亞森．羅蘋三、四天才會來一次，而且是晚上來，第二天清晨就走，城堡裡只有兩個看守和一個做飯的婦人。

白德萊匆匆地領著警察到尖頂堡，可惜晚了一步！城堡早已人去樓空，一切如常，要不是從蕾蒙小姐的房間找到了亞森．羅蘋的名片，和他寫給她的信，警察還真有點懷疑他們的說法。

當兩名俘虜重獲自由及頂尖城堡的秘密出乎意料地在報紙上公開時，引起一陣轟動，白德萊未能免俗地被公眾奉為英雄，而亞森．羅蘋自然就成了人們譏笑的對象。直到十月初，白德萊回到巴黎念書，他的生活又恢復了平靜。是啊，這場戰爭不是結束了嗎？

亞森．羅蘋或許也接受了這個事實，因為在一個晴朗的日子裡，一個撿破爛的老人在警察總局對面的大街上發現了昏迷的加尼瑪爾和福爾摩斯，他們的手腳被綑著。兩個人醒來後都是一副茫然的模樣，一星期後才徹底清醒，斷斷續續地想起自己似乎曾乘船環繞非洲一圈。

放掉人質，也就代表著亞森．羅蘋進一步承認了失敗。另外還有一件事，使得這次的失敗更加引人注目，那就是瓦爾梅拉與聖維朗小姐訂婚了。他們倆在這段日子裡交往甚密，產生了感情，亞森．羅蘋就這樣失去了所愛的女人。

大眾認為白德萊與亞森．羅蘋的對決可說是大獲全勝，許多擁護者提議為他舉行一場慶祝宴會。這次活動既熱烈又簡單，白德萊謙虛且激動地說了幾句感謝的話，就在演說快結束時，有人送來了一份報紙，指明要讓白德萊當眾誦讀。這篇報導的撰文者是一位叫馬西邦的先生，他在文中舉出一些驚人的事實，出人意料地推翻了白德萊關於尖頂堡的想法，把白德萊的努力貶得一錢不值。

文章透露了一個驚世的秘聞：

在路易十四統治的年代，有鐵面人之稱的王子親自印製了一百本關於「空心尖頂」秘密的小冊子，在他分發給各王公貴族時，不幸被逮住了。所有的書只有兩冊未被燒毀，一冊被統領拿走，後來遺失了；另一本則由路易十四傳給路易十五，最後被路易十六燒毀，只留下主要一頁的一份抄件，上面包含著「空心尖頂」的秘密。路易十六把抄件四折，用火漆封好，把它轉交給了王后。誰會料到，他們兩人相繼都上了斷頭臺，而這份危險的文件從此便安全地藏在了王后祈禱書的夾層裡。有關這個秘密，人們探尋了兩個多世紀，一直將答案鎖定在克勒茲省的皇家城堡上，從此人們以為找到了謎底而不再追根究底，白德萊先生也是如此自然而然地上了當。

但亞森．羅蘋卻憑藉自己的智慧和才幹，破解了密碼，成為法國歷代國王最後的繼承人，他掌握了這個的秘密。

眾目睽睽之下，白德萊終於明白其實輸的人是自己。羞愧難當的他扔下報紙，癱倒在椅子上，頹然地將臉埋在掌中，一動也不動。瓦爾梅拉輕輕地拉開他的雙手，才發現伊齊多爾．白德萊哭了。

7 尖頂條約

痛定思痛後，白德萊並沒有退縮，而是決定與亞森．羅蘋纏鬥到底。他不再哭泣，從頭開始思考，尋找突破點。慢慢地，他從撲朔迷離的細枝末節裡，得到一個像方程式一樣乾淨且簡練的問題。「尖頂」不是指克勒茲省的那座城堡，「小姐」也不是指雷斯弗爾家的兩位小姐，因為文件幾百年前就擬寫而成。

白德萊著手尋找那份抄本，最後在博物館裡發現了王后遺留的祈禱書，但夾層中的秘密已被人拿走，亞森．羅蘋在上面留下了自己的名字和畫押。「看來，他怕我從那份文件的紙質和印鑒看出端倪，所以派書記官搶走了它。那麼現在我只有找到另一本書，也就是統領帶走的那本，才能解開整個『空心尖頂』的秘密。」

於是，白德萊放出風聲，讓所有人都知道他要找有關尖頂的一本書。同時，他努力不懈地搜查資料，終於讓他查到統領是在去蓋隆的郊外時被人暗殺的，人們從他身上翻出貴重的首飾，想來應該是從皇家寶庫中竊取的。

白德萊在報上刊登了一則啟事，希望有人能提供那位統領及其後人的情況。結果出面指點的又是撰寫那篇文章的作者馬西邦先生，他答覆道：

統領名叫德拉貝里，當得知他被殺後，國王顯得非常著急，連聲說：「完了，全完了！」第二年，這位竊取珍寶的統領的兒女被放逐了。顯然，這其中大有隱情。換句話說，既然統領有個兒子，還有個女兒，那麼他就有可能將那本小冊子遺留給他們。

我已經和統領的女婿韋利納男爵聯繫，約好見面，看來事情應該會有較大的進展。如果您願意，可以和我一同前往。

一帆風順的調查過程使白德萊心生疑竇，，這會不會又是亞森．羅蘋的圈套？馬西邦是不是亞森．羅蘋手中的一件工具？不過，事已至此，他不妨再冒一次險。

年過六旬的韋利納男爵鰥居多年，他非常熱情地接待了白德萊和馬西邦，流露出一種孤獨太久的人渴望與人說話的渴望，這使得他倆很難開口說明來意。結果倒是男爵主動說：「我知道，你們是為了那本書而來。」

「對。」

「但那是我祖先們的事，而我活在這個時代，已經與過去一刀兩斷了。」

「還請您見諒，先生，但那本書……」

「找到了。我的女兒從昨天就開始找了，你們進門前的一兩個小時才找到。」

「在哪兒？」

「在哪兒？就在那張桌上……」

白德萊一個箭步衝上去，在鋪滿桌子的一堆廢紙上，找到了那本古老的小冊子。書的封面是以摩洛哥的紅色山羊皮製成，上面燙著《空心尖頂的秘密》幾個金字。

「就是它，從火裡搶出的那一冊！」馬西邦肯定地說。

白德萊異常地激動，也在中間一頁偏左的地方，找到了那五行神秘的數字和點，與他所見過的那一頁完全相同。前面還有一個小注釋：「所有重點皆由路易十三簡製成一張小表。茲轉錄如下。」

接下來是表格，再下來就是說明。白德萊斷斷續續地唸道：「首先看第四行，這一行包含了測定位置和指示方位雙層意義，不過這必須先弄清楚『空心尖頂』的真正方向，這可以從前三行得知，第一行的意思是我向國王報仇……」

「媽的！」白德萊吼道。

「怎麼了？」馬西邦問。

「下面兩頁被撕掉了，意思連不起來。這痕跡還相當新，是被人匆忙撕掉的！」

「這怎麼可能？」男爵也糊塗了。

「難道您一點兒也不知道嗎？」

「不知道，要不問問我女兒？書是她昨晚找出來的。」

韋利納男爵按了鈴。幾分鐘後，他的女兒走進了房間。

「夫人，這本書是您昨晚才找到的？」

「是，在一包未打開過的書裡。」

「您讀過嗎？」

「是的。」

「那麼，那缺的兩頁……」

「缺了兩頁？沒有啊，一頁都沒缺啊。」她驚訝地說道。

「現在它的確被撕掉了兩頁。」

「可是這本書昨晚一直放在我房裡。」

「您確定它沒被別人碰過？」

「嗯……我的小兒子拿這本書玩過。」

「小兒子？不管怎樣，您讀過這本書，您還記得上面說了些什麼嗎？」

「當然，它涉及到一個令我驚愕的秘密，上面說有個『空心尖頂』……」

她的話沒說完，一個僕人手裡拿著一封信走了進來，說道：「夫人，有一封信。」

「喔。」她打開一看，頓時臉色煞白，身子站立不穩。

信掉到地上。白德萊把信拾起來，也顧不得什麼禮貌，馬上讀了起來：「不許說，否則您的兒子將一睡不醒。」

「我兒子、我兒子……」韋利納女士語無倫次地喊著。

「亞森．羅蘋又出現了！」馬西邦道。

就在這時，門又開了，這一次進來的是保姆，她神色驚慌，結結巴巴地說小主人在扶手椅上睡著了，一動也不動。這可把韋利納女士嚇壞了，她衝出門，往陽臺跑去。

白德萊迅速從口袋裡掏出了槍，瞄準站在旁邊的馬西邦，高聲喊道：「快來啊，他就是亞森．羅蘋！」

一直注意著白德萊舉動的馬西邦反應極快，他以迅雷不及掩耳之勢奪下白德萊的槍，然後嘲弄地說：「你做了蠢事，如果你不說我是亞森．羅蘋，這裡的僕人就會幫你抓到我的，四個對一個，我沒有勝利的可能。可是，我的名字卻足以嚇得他們不敢動手，哈哈！好了，結束了。」

說著，他又轉身向韋利納女士深鞠一躬，說道：「對不起，夫人，情況很緊急，我不得不這樣做。放心，您的兒子最多一小時後就會醒來。不過，我需要您保持沉默。」

話一說完，他就優雅地和眾人告別，然後大搖大擺地出了門。

白德萊等了幾分鐘。那位牽掛兒子的母親稍稍平靜了些後，被僕人扶回臥室。看來，為了自己的兒子，她是不會開口了。白德萊只好放棄了這個請求，準備坐十一點五十分的火車回巴黎。他慢慢地踏上花園小徑，走向通往火車站的道路。

「喂，你覺得這一回合怎麼樣？」

一個人影從路邊的樹林裡閃出來，是亞森．羅蘋。

「想來你已經猜到了，是的，是我頂替了馬西邦，那兩頁書也是我撕的。你何必白費力氣呢？世界上多的是盜賊，你去追他們，放了我……」看著白德萊堅毅的表情，亞森．羅蘋只好放棄般地說道：「好吧，我想你是不會讓我安寧的。可是我要告訴你，從現在起，到你把手指探進『空心尖頂』為止，你至少還需要個十年的時間，日子還長著呢！而我只需要十天，我們之間差一大截。」

談話之間，一輛汽車開了過來。在亞森．羅蘋的要求下，白德萊上了車。一路上，亞森．羅蘋說了一大堆關於他是如何假冒馬西邦的話，然後就疲憊地睡去。而在經過剛才的激動和失望之後，白德萊也累了，慢慢地沉入夢鄉。

8 空心岩柱

白德萊醒來時，人已經到了巴黎，而亞森．羅蘋卻不見蹤影。

「你要十年，我只需要十天。」亞森．羅蘋的這句話一直迴盪在白德萊的腦海裡，但他始終認為，在探索『空心尖頂』的秘密上，兩人的機會是均等的。

亞森．羅蘋截自目前為止的勝利只能歸功於那本有密碼的小冊子，他的一切行動都依賴於這本小冊子，問題的癥結就在這上面。白德萊感到豁然開朗，他毫不猶豫地做出了下一步的決定。他拿著行李，在巴黎市中心的一家小旅館住下。他不再做那些毫無意義的調查，而是專心致力於破解密碼和小冊子。他認為，自己在十天內一定能將它琢磨出來。

但是，十天過去。十一天，十二天也過去了，他仍然沒有突破。到了第十三天，白德萊的腦子裡終於閃現一個清晰的念頭，雖然他尚未找到答案，但他已經得到了解決的辦法。而且，亞森．羅蘋肯定也是用的同樣的方法。這種方法其實非常簡單：小冊子上有關「空心尖頂」之秘的歷史事件必然存在或大或小的關係，找出這之間的關係，就能夠得到寶藏的消息。

白德萊依據這個思考邏輯深入研究，發現了許多令人振奮的線索：首位諾曼第公爵羅龍在《埃普特河畔聖克萊爾條約》[1]之後，成了「尖頂秘密」的主人；身兼諾曼第公爵和英格蘭國王的征服者威廉的軍旗桿頭有個穿孔，就如同針一般；英國軍隊在盧昂燒死了掌握這一秘密的聖女貞德……。

❶ 西元九一一年，因法國沿海受到北歐維京海盜的強勁侵擾，國王查理三世封維京人首領羅龍為諾曼第公爵，並賜西北部的領地（即現諾曼第地區），以交換其協助法國抵禦其他維京海盜的襲擊。

這些大大小小的事件都有一個主要特徵，他們無一例外，都發生在今天的諾曼第地區。這個假設正確無誤，盧昂、迪耶普、勒阿弗爾的道路確實都匯聚於此。這三個城市是三角形的三個頂點，它們的中心點便是科城地區。而且統領就是在蓋隆被殺的，也就是勒阿弗爾。但一年後，路易十四為轉移人們的視線，在法國中部建造了尖頂堡，這樣人們便不會聯繫到諾曼第。

十年以來，亞森．羅蘋都在這個區域活動，加奧爾男爵案、蒂貝爾梅斯尼爾案、格呂舍、蒙蒂尼和克拉斯維爾竊盜案等等，解決了拉封丹街的殺人犯後，亞森．羅蘋到哪裡去了？是到盧昂。夏洛克．福爾摩斯的遣返船是從哪裡出港？在勒阿弗爾附近。他似乎在與「空心尖頂」聯繫最緊密的地方建立了基地。

白德萊再度易容出發了，他要沿著塞納河一路去找答案。他的假設和預感告訴他，這兒定有一艘定期往返運送各地區財富和藝術品的商船，那批古老石雕也曾在其中。白德萊從一個村鎮到另一個村鎮，四處打聽詢問，想從每個事件中總結出它們內在的含義。

這天，他在古城翁夫勒的一家旅店裡吃早餐時，發現自己被一位氣色紅潤、身材魁梧的諾曼第牲口販子盯上了。白德萊付完賬要走時，被一群湧入的顧客堵住，只好再停留片刻。

「白德萊先生。」馬販子走近他說道。

「您是哪位？怎麼會認識我？」白德萊問道。

「這並不難，我見過您的相片，雖然您化了妝，但……怎麼說，太糟了！」

白德萊這才發現，眼前這個人也是化過妝的。「您是……」

「想不起來了？」

「是的，抱歉。」

「夏洛克，福爾摩斯。」

「啊！」白德萊立即意識到這場會面的重大意義，福爾摩斯的到來剛好證明了他的推斷是正確的。

「您來這裡是為了對付他，對嗎？我們有獲勝的可能嗎？」

「當然，年輕人，我們會贏的。」

「您掌握證據了？」

「別擔心，我們贏定了。您是根據密碼和小冊子，而我是從另一方面著手。」

「怎麼說？」

「您還記得亞森．羅蘋的奶媽吧？就是加尼瑪爾從一輛假囚車裡放出來的那個。我最近查到了她的住址，是在離二十五號國道不遠的一座農莊裡。透過她找到亞森．羅蘋並不難。」

「這可能需要花不少時間。」

「無論如何，我要和他鬥一鬥……一決生死。」他兇狠地吐出了這句話，聽得出他滿腔怨恨，亞森．羅蘋令他深受屈辱。

「您走吧，有人在注意我們。」福爾摩斯低聲說，「記住我的話，當我和亞森．羅蘋相逢的那天，將會是場悲劇！」

白德萊放心地離去，因為英國人的進展不可能比他快。

「塞納河沿岸、國道，範圍又縮小了，我沒有理由找不到。」白德萊極有耐心地往返於每一段路程，確定找不出什麼了，才離開一個地方，繼續前行。他似乎能感覺到亞森．羅蘋就在某處等著他。

一日，他經過了美麗的海濱小村莊，又登上高地，朝布呂納瓦爾懸谷、昂蒂費海岬和美麗的海灣灘走去，一路的優美風景使他忘卻了疲勞。在山坡上一條沒有木欄杆的小路盡頭，白德萊找到了一個小岩洞。岩洞的高度剛好可以讓人伸直腰，洞壁上亂刻著許多題詞，朝向陸地這邊，則被挖了許多個近似方形的孔眼，作為天窗。白德萊坐下來，不一會兒便睡著了。

穿過岩洞的涼風把他吹醒了，他睡眼惺忪地站了起來，茫然地朝四周望瞭望。他突然怔住了，雙手緊緊地握著，從髮根滲出幾滴汗水。

兩個巨大的字母，每個約一尺高，雕在花崗岩地上，雖然雕得很粗糙，卻清晰可辨，是D和F。

「不，不，這是幻覺……這怎麼可能！」白德萊吃驚地自言自語。

令人震驚的發現！密碼裡出現的字母正好就只有D和F！

白德萊匆匆跑出岩洞，走下小路，想找個人問問。一群羊正在起伏的山坡上吃草，牧羊人閒坐一旁。

「那個岩洞……那個岩洞……」白德萊的嘴唇發抖，差點說不出話來，一切太突然了，讓他似乎有些難以接受，「那個岩洞有沒有名字？」

「有啊，埃特雷塔人都管它叫『小姐』。」牧羊人說。

「什麼？」

「沒錯，意思是小姐的閨房。」牧羊人再次申明道。

白德萊差點向牧人撲去，對他來說，現在真相都繫於這牧羊人身上，他恨不得這牧羊人立刻把所知的一切一口氣說出來。

海風驟然吹來，抽打著白德萊，他完全明白了！小姐閨房、埃特雷塔……這才是密碼的真實含義！

白德萊一直等到太陽下山，夜幕緩緩降臨，才慢慢向岬角的峭壁爬去。這樣做，是為了防止被亞森．羅蘋及其同夥發現。在那裡，他窺見對面的大海中，聳立著一塊八十多公尺高的巨岩。它差不多與峭壁一樣高，是一座方尖碑似的石頭，巨大而堅實。那就是他要找的地方，空心岩柱！那個詞指的應該就是「空心岩柱」！

9 芝麻開門！

埃特雷塔岩柱是空心的！它是如何形成的？是自然現象，還是人類非凡的傑作這都不重要，重要的是，岩柱本身是空心的，這是一個無可爭辯的事實。

從峭壁上端伸出一道拱廊，像一根粗大的樹枝，直插海底，與暗礁結為一體，人們稱這座巨大的拱廊為「下游門」，從這裡再過去四、五十公尺，便是這巨大的、尖尖的空心石灰岩柱。

這是一個驚人的發現，繼亞森．羅蘋之後，白德萊掌握了這一個流傳兩個多世紀的謎底。

遠古時期，遊牧部落掌握了它，就掌握了避難所的大門；凱撒大帝掌握了它，就能奴役高盧人；諾曼第人掌握了它，便能在本國稱雄。

英國人掌握了它，就能統治法國，一旦失去了它，便大敗而歸！

法國之王掌握了它，便能把法國變為泱泱大國，繁榮昌盛！歷代國王積聚的寶藏，統統在這岩柱裡。

而亞森．羅蘋則是因為掌握了這個秘密而成為本領超群的人。

白德萊激動萬分，他靜靜地伏在那兒，觀察這絕妙的岩柱，琢磨該從哪裡進去。很晚了，白德萊才向埃特雷塔村走去，找了家最簡陋的旅館，關上房門繼續研究密碼。現在解開剩餘密碼的含義，對他而言簡直易如反掌。他聯結白天所觀察到的地形，填出密碼上的字：

Enaval dÉtretat——La chambre des Demoiselles——Sous le fort de Fréfossé——Aiguille creuse.

（埃特雷塔下游——小姐閨房——弗萊福塞堡壘下面——空心岩柱。）

弗萊福塞堡壘？白德萊回憶起在去岩洞的小路下面，有一座仿古要塞建造的小城堡，上面有三角塔和高高的哥德式的窗戶。一道柵門截斷了通向城堡的窄路，因此他當時沒有試圖進去，那可能就是弗萊福塞城堡。

進入內部又該怎麼走呢？根據密碼的第四行的指示：

D $\overline{DF}$ □ 19F+44 ▷ 357 ◺

白德萊很快地想到，陸地和岩柱之間必有一條暗道，它始於「小姐閨房」，從弗萊福塞城堡下經過，筆直往下到一百多公尺深的峭壁底下，通過一條海底隧道，一定會到達「空心岩柱」。

那麼，地道的入口在哪兒？

第二天，白德萊再次爬上了峭壁，在岩洞裡仔細搜索。他在兩個字母上敲打、翻轉，都毫無作用。但直覺告訴他，D和F下一定連結著什麼機關。他反覆地琢磨著，腦子裡忽然有了一個奇妙的念頭：這兩個字母不正是「小姐」和「弗萊福塞」的起首字母嗎？這兩個詞與岩柱連在一起，必定代表了必經之路上的某一個地點。

接下來，一個不規則的長方形，左下角標了一個記號，加上數字十九，這應該是對岩洞裡的人指示找到地道的方法。

長方形？白德萊仔細地打量了岩洞裡的各種標記，他忽然發現，岩石上開鑿的孔眼幾乎就是個長方形。同時他還發現，當兩腳踩到D和F上時，正好與那長方形的孔眼一般高——想來這就是密碼中兩個字母上方加一橫的原因。

白德萊站在那裡向外觀望。為了看到堡壘，他的身體向左側移了移，然後才明白長方形左下角加上標記的意義。孔眼的左邊角落有塊凸起的岩石，一端彎曲像隻爪子，好像是個瞄準點。於是他把眼睛貼在這個點上向外望去，視線便落在了對面山坡的一堵古磚牆上。

他掏出隨身攜帶的一團線和一個皮尺，把線栓在岩石上，量出十九英尺的長度，打了一個結，然後摸索著，查看那結停在那堵牆的哪個地方。結果，他不禁叫出聲，結剛好重疊在一塊十字彩雕的中心，而密碼上的十九之後剛好是個十字！

白德萊克制住激動的情緒，用顫抖的手指緊扣住十字，來回轉動彩雕，突然間，右邊的一塊牆壁移動了，露出了地道的入口。

白德萊急忙把它用力轉回來，將地道入口重新關上，他又驚又喜，但又怕被人發現。現在他必須盡快回去。他現在最重要的事是請求支援，他能獨立完成的工作已經結束。

加尼瑪爾應邀趕來了。他對白德萊的勇敢和才智大加讚賞了一番，然後告訴白德萊，這件事已成了國家級機密，必須嚴守。他們商量好在漲潮時，一起進入岩柱，同時也分派人員把守各海口，防止亞森・羅蘋逃脫。

第二天，計劃如期進行。他們藉著手電筒的燈光，摸進了拱形的地道。在上了四十五級臺階之後，他們被一道鐵門擋住，而且這道門上沒有任何的鑰匙孔或是門鎖。

「媽的，」加尼瑪爾罵道，「進不去了！」

「不，門沒有鎖，這裡肯定有機關。」白德萊肯定地說。

「可是我們不知道這個機關在哪裡。」

「會，我會知道的。密碼中的第四行有個數字四十四和一個三角形，三角形的左側還有一個點，它就是用來解決這個難題的。」

「我聽不懂。」

「門的四角都有一塊用大釘子釘著的三角形鐵片，您試著按左邊的那個三角，一定能打開門！」

加尼瑪爾試了試，沒有反應。

「怎麼會呢？」白德萊陷入沉思，然後突然說，「對了，密碼上面還有數字四十四，加尼瑪爾，這些階梯有四十五級，那麼您再退一級，我來按……」

沉重的門被轉開了，露出一間相當寬敞的地下室。

「這可能已經到石灰岩層了。」

「對，就在弗萊福塞堡壘下面。」

一路走過去，地下室裡的光線稍微亮了一些，不過看起來仍朦朦朧朧的。他們朝著露出光線的地方找去，很快就發現了一條裂縫，從那裡可以看見巍然屹立的岩柱以及波濤洶湧的大海。

「我們準備好的船隻呢？」白德萊問。

「從這裡看不見，『下游門』把埃特雷塔和伊波爾海岸擋住了。可是你看那裡，那一條緊貼水面的黑線，那就是我們的二十五號魚雷艇。」

在此之前，加尼瑪爾和愛麗舍宮的人就已經制定好一個周密的計劃，他們讓白德萊先帶一半的人前往，對亞森·羅蘋發動攻擊，而另一半的人則駕著二十條漁船，駐守在面海的那一邊。並且安排了一艘魚雷艇，碰上它，亞森·羅蘋就別想逃了。

岩石縫隙旁邊有一圈欄杆，那是樓梯的入口。加尼瑪爾和白德萊他們一起下了樓梯，一共走了三百五十八級，接著又進了一條寬廣一點的走道。另一道鐵門攔在面前，門上同樣有釘子。

「我們已經知道如何破解機關了，數字是三百五十七，三角形的右邊有一點，照辦就行了。」

門漸漸地打開，裡面是一條長長的隧道，岩壁的兩旁每隔一段路就有一盞燈，發出強烈的光。岩壁不斷地滲出水珠，滴到地板上。加尼瑪爾知道已經到了海底，他鼓起勇氣跟著白德萊走進了隧道。

「白德萊，您看，」他摘下一盞掛燈說，「燈是中世紀造的，但外面是白鐵的燈罩，這是現代的照明方式。」

他們繼續前進，一直走到一個寬敞的岩洞，對面出現了幾級向上的階梯。

「先生，那邊還有一道。」加尼瑪爾的手下說道。

順著他手指的方向，加尼瑪爾看到了左邊的樓梯口，與此同時，白德萊發現了右邊的樓梯。

「糟了，沒想到地形這麼複雜，我想我們得分開走，不然我們從這邊進去，他們就會從那邊逃出去了。」白德萊說。

「不、不……那樣會削弱我們的力量，我認為還是先派人去探探情況。」

「我去吧。」

「您？好吧，我們留在這裡。我想，無論有多少條進出的路，這個岩洞是必經之地，是唯一與峭壁相連的通道。去吧，白德萊，小心點……記住，若見到情況不對，就馬上回來。」

白德萊選擇了中間的那道樓梯，走到第三十級時，出現了一扇木門，但沒上鎖，他抓住門把一推，門便開了。

這是一間低矮但非常寬敞的大廳，裡面有好些以粗短的柱子支撐著的燈盞，地上亂七八糟地堆了許多器具。房間的左右側各有兩個朝下的樓梯口，大概就是通向底層岩洞的，而對面又有一道往上走的樓梯。於是白德萊好奇地繼續獨自走上去。

走了三十級後，進了一間小廳。再走三十級，進了一間更小的廳。岩柱內部就是這樣，一層疊一層。到了第四個廳，前面已經沒有燈了，幾道光束從縫隙中射出來，白德萊看見了腳下十公尺處的海洋。寂靜的環境讓他感到不安，他這才意識到自己已經走了很遠。

「再上一層，我就止步。」白德萊這樣告訴自己。

又走了三十級，白德萊進了一間裝飾華麗的房間，牆上掛著掛毯、地上鋪著地毯，對面擺著兩個豪華餐具櫃，裡面裝著銀餐具。大廳中間放著一張大餐桌，繡花桌布上面擺滿了大盤的水果、蛋糕、幾瓶香檳，以及一大捧鮮花。裡面沒人。白德萊走了進去，並在餐桌上發現幾張用餐者的名片。

亞森・羅蘋。

亞森・羅蘋夫人。

當他拿起第三張來看時，他大吃了一驚。那張卡片上居然寫著他的名字——白德萊。

10 岩柱裡的寶藏

白德萊離開了很久都沒有消息，加尼瑪爾不禁感到著急了，趕緊帶著人往上走。

而這頭的白德萊正看著自己的名字納悶時，一簾帷幕被拉開了。

「您好，親愛的白德萊！您來得稍遲了一點，午餐本來是定在十二點，但還好也只晚了幾分鐘。」

「怎麼是您？瓦爾梅拉！」

是的，此人正是瓦爾梅拉——尖頂堡現在的主人。他微笑著走了出來：「怎麼？您認不出我來了，還是說我變得太多讓您認不出來了？」

「您……難道您就是……」

「沒錯，事實就是這樣，亞森．羅蘋就在這兒。」

「可是……」

「沒有什麼事是做不到的，亞森．羅蘋只要願意，可以改變成任何樣貌。這只是小小的本領。」

在白德萊與亞森．羅蘋的交鋒上，發生過許多意想不到的事，驚險而刺激。亞森．羅蘋出其不意的計謀總讓白德萊這個年僅十七歲的孩子驚歎不已。在此之前，他猜測過多種可能的情況，然而這樣始料不及的結局仍令他驚愕，甚至恐懼。

站在他面前的這個人，這個他不得不承認的亞森．羅蘋，竟然就是瓦爾梅拉！這位曾幫助他去克羅藏營救父親的人，這位在黑暗中假裝打量同夥的人，這位被公眾認為是英雄的人，尖頂堡的主人，竟然就是他一直在交手的亞森．羅頻！

「這樣的話，那個小姐……」

「喔，沒錯。」瓦爾梅拉拉開帷幔，伸手牽出了一個女人。

「聖維朗小姐！」

「不，」亞森．羅蘋抗議道，「應該是亞森．羅蘋夫人！或者說是瓦爾梅拉夫人，我的妻子可是明媒正娶的，這還要多虧您，親愛的白德萊。」

此時此刻，白德萊真正強烈地意識到對手比他要高明許多，除了敬佩之外，他沒有任何屈辱或痛苦的感受。他大方地接受了亞森．羅蘋的邀請，與他共進午餐。

「抱歉，我的廚師休假了，我們只好吃冷菜了。」

亞森．羅蘋奇怪且神秘的表情令白德萊又緊張起來。

「對，真要感謝您。沒有您，我和蕾蒙不會像現在這樣，幸福地生活在一起。」他的手越過桌子，輕輕拉住了蕾蒙。她深情地望著他，眼裡充滿了愛意，看得出來，她深愛著亞森．羅蘋。

「我們是一見鍾情的，劫持並將她囚禁，只不過是個玩笑。因為我們都不希望這份愛情只是偶然的、短暫的，而亞森．羅蘋卻解決不了這個問題，於是我才會將自己的身分換成瓦爾梅拉，一個我從小就不斷扮演的角色，還稍微利用了一下您的頑固。」

「還利用了我的愚蠢。」

「話又說回來，誰沒被人利用過呢？在您的掩護與支援下，我得到了我心愛的人。」

亞森．羅蘋和蕾蒙的目光又一次聚在一起。

「我這小宅邸，您覺得怎麼樣？當我第一次踏進這個被遺棄的地方時，就完全被這神奇的地方迷住了，能成為它的主人，唯一的主人，我感到十分的驕傲！」

一陣具有節奏感的、均勻而沉悶的敲擊聲傳來，蕾蒙神情不安地打斷了丈夫的話。

「沒什麼，」亞森．羅蘋聽了一會兒，「那是海水聲。」

「不，」蕾蒙越加煩躁起來，「是別的聲音。」

亞森．羅蘋轉向僕人，問道：「白德萊先生上來後，你把門都關了好嗎？」

「是的，先生，都上鎖了。」

「別怕，蕾蒙，你先回去休息。」

亞森．羅蘋撩起帷幔，目送她走進去，然後回到座位上，繼續平靜地對白德萊說：「當我剛來這裡時，這裡幾乎都是空的，隧道快要崩塌，階梯風化，海水也浸入內部，我不得不大規模地修護。看來，一個世紀以來，人們都不知道它的存在。」

敲擊聲越來越近，越來越大，就快要接近他們了。

「加尼瑪爾不耐煩了。」白德萊心想。

「吵死了，我們上去聊好嗎？參觀一下這座岩柱，您肯定會感興趣的。」

白德萊表示同意，他站起身，透過一扇窗子望見了海洋上漂著的小船和停泊在不遠處的魚雷艇。亞森．羅蘋和白德萊登上一層樓，與下面幾層一樣，有一道門。亞森．羅蘋把它關上了。

「這是我的畫廊。」

白德萊四下一望，才發現這間大廳裡掛滿了各式名畫，拉斐爾的《阿格努代聖母像》、提香的《莎樂美》、波提切利的《聖母與天使》以及魯本斯的四幅油畫，全在這裡。

「這些作品都是真的，還是複製品？」白德萊訝異的問。

「複製品？我亞森．羅蘋會收藏複製品！笑話，掛在馬德里、佛羅倫斯、威尼斯、慕尼黑、阿姆斯特丹的才是複製品，這些可都是憑我唯妙唯肖的作品換來的。」

「可是，事情的真相總有一天會暴露。」

「那麼人們就知道為祖國收藏這些真品的人是我。我做的，就像拿破侖過去在義大利做的事。」

白德萊望著這些價值非凡的藝術品，陷入了沉默。

「來吧，再上一層，那兒有我的掛毯室。」

敲擊聲仍在岩柱內部迴響著。

掛毯沒被掛出來，只是一個個放著，上面夾著標籤。

「這裡的織品應有盡有，什麼錦緞、天鵝絨、軟綢……」他們再往上走，那些廳一個比一個更小了，有擺滿掛鐘和座鐘的，有專門藏書的，都是從大圖書館偷來的珍本、精裝本和孤本。再往上是花廳和古玩擺設廳。「最後一間是珍寶廳。」

這個廳與之前的廳堂不太一樣，天花板很高，形狀是尖的，大概就是岩柱的頂部。地上鋪著華美的地毯，靠窗的地方還有幾個玻璃櫥和一些油畫。站在這個廳裡，幾乎聽不見敲擊聲了。

「這些都是我收藏裡的精華，這裡面的東西與您之前所見的不一樣，它們都是聖物、精品、寶中之寶，我發誓我所擁有的一切都是無價之寶。您瞧，迦勒底的護身符、埃及的項鍊、凱爾特人的手鐲……這些雕像，希臘的維納斯、科林斯的阿波羅……還有這些從塔納格拉出土的古物，在這個櫥窗外，一切自稱是出於塔納格拉的古物都是假的。喏，這兒還有昂巴札克的聖骸盒，波斯帝王的王冠，這些可全是鬼斧神工的傑作。還有達文西的《蒙娜麗莎的微笑》，這可是原作喔！」

白德萊聽著亞森．羅蘋的介紹，睜大眼睛看著這一切令人難以置信的珍貴收藏。下面的敲擊聲又傳了上來，看來加尼瑪爾離他們越來越近了。

「那麼，寶藏呢？」

「啊！原來您感興趣的是這個。當然，這裡所有的藝術珍品遠比不上寶藏的價值，那麼現在我就滿足您的好奇心……看來，以後的人也會和您一樣吧！」

亞森．羅蘋掀開的地毯一角，腳使勁地跺了幾下，一塊圓形的拼花地板被揭開了，下面是個圓形的地窖。在稍遠一點的地方，他又以同樣的方法打開了四個地窖，不過全是空的。

「真讓人失望，對吧？在路易十一、亨利四世和黎胥留的那個年代，這五個地窖應該是滿滿的，這裡一直是歷代國王的保險庫，擁有足以支配所有事物和戰爭的財富。然而，您也知道，在路易十四那個年代，既建造凡爾賽宮，又連年的征戰，再想想放蕩揮霍的路易十五，他們貪婪地搜刮著這裡的一切，甚至包括縫隙裡的沙子，他們早已將這裡的寶藏給揮霍光了。」亞森．羅蘋說話的樣子帶著莫明的憤怒，神情也非常嚴肅。

「不過還有第六個地窖，那是個未曾動過的地窖，他們不敢動它，它是他們最後的老本，您看！」說著，他打開了第六個蓋子，從裡面提出一個鐵箱子，看得出來，裡面的東西相當沉重。亞森．羅蘋掏出一把齒槽複雜的鑰匙，打開了鐵箱。

房間裡頓時明亮了起來，一大堆璀璨的鑽石，光彩照人。帶著耀眼天藍色的藍鑽石、火紅的紅鑽石、碧綠的翡翠，金燦燦的黃玉、巨大的鑽石……。

「看吧，小白德萊，他們吞掉了所有的金幣、銀幣、以及法國、威尼斯、西班牙的古金幣，可是他們不敢動這個鑽石箱。這裡有各朝各代各國的首飾，更包括了每一位王后的嫁妝！蘇格蘭的瑪格麗特，薩瓦的夏洛特，英國的瑪麗，梅迪西的卡特琳娜和奧地利的女大公爵，埃萊奧諾爾、伊麗莎白、瑪麗、泰萊茲……您看這些珍寶。」他站起來，舉手發誓：「白德萊，您是我的見證人，您要向世人宣佈，皇家保險櫃裡的鑽石，我亞森．羅蘋一顆也沒拿。我以我的名譽發誓，我沒有這個權利拿，這是屬於全法國人的財產。」

撞門的聲音越來越大，聽得出加尼瑪爾已經撬開了倒數第二道門，也就是通向珍寶廳的那道門。

「讓保險櫃開著吧，也讓這些空地窖開著吧。真捨不得離開這些東西，這些心愛的東西帶給我許多快樂的時光，但現在我就要離開它們了，不得不放棄。」亞森．羅蘋的臉上顯露出疲憊且痛苦的神色，白德萊感到有些於心不忍了。

亞森．羅蘋走到面海的窗邊說：「更讓我難過的是，我必須放棄這偉大的奇蹟，這浩瀚的大海與藍天、這峭壁和拱門。我是它們的主人，它們對我來說就像凱旋門，我是這裡的國王，我在這岩柱頂上統治著世界，我抓住了整個世界，我是世界之王。」

樓下的門被撞開了，緊接著是一陣雜亂的腳步聲，加尼瑪爾正帶人在搜查。

「現在，一切都結束了，我毀了這座建築，今後這一切對我都不重要了。我已擁有那個女孩，她金色的頭髮，美麗且憂鬱的眼睛，還有她誠實的心靈，這才是最重要的。我要走了，即將要展開我那和平且幸福的未來。」樓下的人湧了上來，使勁地敲打最後一道門，亞森·羅蘋突然抓住白德萊的手，急促地說道：「白德萊，幾個星期以來，我有很多機會可以取您的性命，可是我沒有下手，您知道是為什麼嗎？您知道自己為什麼能進到這裡來嗎？『空心岩柱』代表的就是冒險，只要它屬於我，我就還是個冒險家，一旦岩柱被奪走，這段歷史也就結束了。現在我決定洗手不幹，去過正常人的生活……」

白德萊對亞森·羅蘋突如其來的舉動感到驚訝萬分，他交出「空心岩柱」是為了逃脫加尼瑪爾的追捕嗎？蕾蒙現在在哪兒？

「嘿，加尼瑪爾，你這個大笨蛋，你不能安靜點嗎？」亞森·羅蘋突然笑了起來，然後拿起一截紅粉筆在牆上寫道：「亞森·羅蘋將『空心岩柱』的所有珍寶贈給法國，唯一的條件是將這些珍寶陳放在羅浮宮，展廳命名為『亞森·羅蘋廳』。」

「現在，我沒什麼可遺憾的了。」

門已經被敲出了一個洞，一隻手伸進來摸門鎖。

「真是個天殺的傢伙，」亞森·羅蘋吼道，「可惡的加尼瑪爾！」

他衝向門鎖，取下了鑰匙。

「喂，老傢伙，這門結實得很，再給我一點時間吧！白德萊，您是個高尚的人，後會有期。」他一邊說著，一邊走向一幅三折畫，是《朝拜初生耶穌的三王圖》。他翻起右邊的一折，露出一道小門，他握住門把，正要轉開之時，突然一聲槍響，他猛的往後一跳。「該死的！」

「投降吧，亞森·羅蘋！」加尼瑪爾把槍伸出門板的窟窿，從門上的那個大窟窿還隱約能夠看見他發著光的眼睛。

「你看我會投降嗎？加尼瑪爾。」

「再動，我就一槍射死你！」

「算了吧，在這裡你射不到我。」亞森．羅蘋移開了位置，閃到了角落裡。加尼瑪爾只能透過窟窿朝前面開槍，卻打不著角落。不過，亞森．羅蘋的處境也不妙，那三折畫的小門剛好面對加尼瑪爾的槍口，而槍裡至少還有五發子彈！

門外的人一起用力，又一塊板子被敲了下來，這下子加尼瑪爾可以活動自如了。兩個敵手頂多相差三公尺，不過亞森．羅蘋前面有一個金黃的玻璃櫥。

「幫忙啊！別傻站在那邊！快開槍啊！」加尼瑪爾氣得咬牙切齒，忍不住朝白德萊吼道。

是的，白德萊沒有動，他只是在一旁觀望，雖然他比誰都要明白，只要他一動手，亞森．羅蘋就完了。只是在他的心中有一股說不出的力量阻止他這樣做。但加尼瑪爾的叫喊提醒了他。

「這是我的義務，我必須這樣做。」白德萊直盯著亞森．羅蘋，然後緩緩地舉起了槍。

就在白德萊準備扣動扳機的一瞬間，他突然被人摔在地上，接著又被一股不可抗拒的力量扶起來緊緊抓著。是亞森．羅蘋脅持了他，將他作為人質擋在身前。這一舉動令所有人都傻了眼。亞森．羅蘋迅速拖著白德萊後退，他一手把白德萊抓在胸前，一手打開小門，進去後又將它關上。就在這短短的幾秒鐘內，他們毫髮無傷的脫身了。

兩人走在一條筆直陡峭的階梯上，亞森．羅蘋對白德萊說：「來吧，小朋友，讓他們盡情地敲打那幅三折畫吧，我們得把握時間。跟我來。」

這樓梯是在岩殼表面開鑿出來的，繞著岩柱盤旋而下，像螺旋形的兒童滑梯。他們緊貼在一起，迅速地跑下階梯。從縫隙中，白德萊瞥見停在海面的漁船和魚雷艇。亞森．羅蘋還在不停說著：「我真想知道加尼瑪爾現在在幹什麼，會不會從別的樓梯衝下去堵住隧道口。不，他在那兒留了四個人，對了，我想他應該會打開窗戶，向魚雷艇上發信號，瞧！魚雷艇動了……」

他們已經接近海面，面前出現一個寬敞的岩洞，黑暗裡有兩束手電的光在來回移動。等到他們走近時，一個人影閃了出來。「快、快，急死我了！你幹什麼去了？怎麼還有一個人？」

這是一個女人的聲音，白德萊聽出她是雷蒙。

「別著急，這是我們的朋友白德萊，他是一個很高尚的人。現在快來不及了，我們得快走。夏羅萊！你在嗎？船準備好了嗎？」

「準備好了，老闆。」

「我們快點上船，好了，點火吧。」

「一艘快艇。」亞森．羅蘋說，「讓您受驚了，白德萊先生，您現在見到的是漲潮時灌進來的海水，所以這是一個隱蔽的安全港！」

白德萊開始猶豫了，一邊是正義、道德和社會名聲；一邊則是恥辱、卑鄙，甚至聲名狼藉。可是他無法反抗，這個人讓他無法拒絕，他對這個人有種說不出的信任感。於是，他順從地上了船。

他們上船後，便走下一道陡直的小梯，小梯上有一個翻板活門，人一過去，門就關上了。再上面則是一間狹小的艙室，裡面燈火通明。亞森．羅蘋取下一個傳聲器，吩咐道：「開船，夏羅萊。」

白德萊頓時覺得頭昏噁心，像搭乘下降的電梯那般難受。

「別擔心，我們現在是從高的洞下沉到低的洞，那裡有一半面海，退潮時可以出入，通道很窄，剛好可以讓這艘潛艇通過。」

「那附近採貝的漁民不就都知道這個秘密了嗎？」

「不，大家可以進出的小洞，它的拱頂在退潮時是完全封閉的，那裡有一塊色彩與岩石一樣的活動頂板，漲潮時被海水托起，退潮時又向平常一樣嚴密地合上，所以我們只能在漲潮時通過。這件事，凱撒、路易十四他們都絕對想不到，因為他們沒有潛艇，他們只有通往低洞的樓梯，但我拆了最後幾級梯子，自己設計了這塊活動頂板。」

船一出岩洞，便有與水色相同的白光從潛艇上方的兩個窗戶照進來，已經可以見到上面的海水了。很快地，他們的頭上閃過了一道陰影。

「敵人的艦隊包圍住岩柱，就要發動攻擊了。」

亞森·羅蘋拿起話筒，吩咐夏羅萊以最快的速度靠近海港。潛艇快速地行駛，海底已經換成了沙地。

「怎麼樣？白德萊，您覺得我親手製造的『核桃殼』如何？您還記得『紅桃七』一案和工程師拉孔布的結局嗎？我將他的設計圖交給了國家，以便建造一艘新的潛艇，而我自己則留下了一份能潛水的小汽艇設計圖。」亞森·羅蘋又一次命令道。「夏羅萊，送我們上去。」

小艇逐漸往上升，他們離海岸只有一海浬，不會被任何人發現。亞森·羅蘋不停地說笑話，他的熱情、快樂和自信令白德萊由衷地讚歎和敬佩。蕾蒙只是不聲不響地緊緊依偎著愛人，握著他的雙手，目光有些憂鬱，像是在擔心什麼。

到了迪耶普的對面，他們又一次潛入海底，以免被漁船發現。二十分鐘以後，小艇潛過了一個由岩石斷口形成的小潛水港。

「這是什麼地方？」

「亞森·羅蘋港。」

潛艇漸漸地升到海岸邊。「上岸吧，白德萊。蕾蒙，你跟我來。夏羅萊，你再回到岩柱看看發生了什麼事，黃昏的時候回來告訴我。」

「我們到這裡幹什麼？」白德萊有些不解地問。

「我已經買下了前面的納維耶特農莊，亞森·羅蘋從此金盆洗手，退隱山林，和奶媽、妻子一起在那裡過田園生活，紳士怪盜死了，紳士農夫會長久活下去！」

他們順著溝底的樓梯向上爬，半個小時後，來到了一塊高地。小路的拐角處走來一個海關關員。

「沒有什麼情況吧？」亞森・羅蘋問他。

「今早有個好像水手摸樣的人在村子裡閒晃。」

「水手？」

「不是本地人，是個英國人。」

「現在呢？」

「我吩咐我老婆眼睛睜大點，仔細盯著他的一舉一動。」

「會是誰呢？福爾摩斯？那可就麻煩了。」

亞森・羅蘋深吸了一口氣，農莊的房舍在望。這將是他的歸宿，他要在這裡過清靜的日子。

「啊，白德萊，您看，蕾蒙是多麼的美麗，她的一舉一動，每個表情都令我著迷。我可以忘記我是亞森・羅蘋嗎？她會將所有的憎恨從她記憶中抹去嗎？」亞森・羅蘋克制住自己的感情，帶著一股堅定的自信說，「她會的。我為她放棄了一切，犧牲了一切，從此只做一個普通人，做一個她喜歡的誠實好人！」

他們走進了暫時當作是農莊入口的一扇舊門，亞森・羅蘋壓低聲調，顯得有些焦躁不安。「我怎麼有種說不出的感覺，像一塊大石壓在我心頭……難道『空心岩柱』的事還沒結束？難道命運不同意我這樣的選擇？」

「看，那邊……」蕾蒙叫道。

一個女人慌慌張張地從農莊跑出來，氣喘吁吁地說道：「快……快，那個英國人，他在客廳裡。」

「他看見你了嗎？」

「沒有，不過他看見了您的奶媽，他說是來找瓦爾梅拉的，是您的朋友。」

「後來呢？」

「老夫人就告訴他您已經出門了。」

「他走了嗎？」

「沒有，請快救救您的奶媽，她在他手裡。」

一陣淒厲的尖叫突然從農莊裡傳了出來，亞森．羅蘋飛快地沿著斜坡衝下去。

「白德萊！您留在那裡，千萬別離開蕾蒙！」說著，他拐了個彎，一直跑到面向平原的一道柵欄前，蕾蒙掙脫白德萊的手，不顧一切地追上去。

天色漸暗，隱約可見從農莊到柵欄的荒涼小路上走來了三個男人。最高的走在前面，那是福爾摩斯，後面跟著的兩個人挾持著一位老婦人。

亞森．羅蘋從樹後跳了出來，攔住福爾摩斯。四周一片寂靜，近乎莊嚴肅穆，那股充滿壓迫感的氣氛令人感到惡戰即將來臨。兩個人對峙許久，眼裡充滿了仇恨。

亞森．羅蘋用命令的口吻吼道：「放了她！」

「不。」福爾摩斯堅決地回絕。

周遭又一次陷入沉默，死一般可怕的沉默。白德萊趕上來，他緊緊抓住急得發狂的蕾蒙，唯恐她控制不住自己內心的恐懼而做出傻事。

「我命令您立刻放了她！」

「不！」

「聽著，福爾摩斯——」亞森．羅蘋突然住口，面對這樣一位冷靜且傲慢的敵人，任何威脅都是沒有用的，他決定豁出去。他的手迅速伸進口袋。

不料，福爾摩斯早有防備，他搶先一步用槍抵住老婦人的太陽穴說：「別亂動！亞森．羅蘋，不然我就一槍打死她。」

亞森．羅蘋壓住怒火，挺胸說道：「我再說一次，福爾摩斯，請您放了這位老夫人！」

福爾摩斯的兩名手下也掏出槍，瞄準亞森．羅蘋。

「好了，玩笑開夠了。我們無權碰這位老夫人，雖然她是您的老同夥，您的奶媽，對嗎？」福爾摩斯轉頭看了一眼驚恐的蕾蒙，「還有您，小姐，別緊張。」

說時遲，那時快，亞森．羅蘋趁福爾摩斯分神，猛地開了槍。

「媽的！」福爾摩斯大叫了一聲，他的一隻手臂被擊中了，「媽的！快開槍！你們快開槍！」

亞森．羅蘋已經撲向那兩位動作遲緩的手下，不到兩秒，就將兩個人打倒在地。

「快綑住他們！」他對老婦人說道。

「好，現在，讓我來跟您好好地算賬！」他朝福爾摩斯走去。

福爾摩斯已經用左手拾起了槍。

一聲槍響，蕾蒙在兩個男人中間倒下了，她替亞森．羅蘋擋住了這一槍。

「蕾蒙！蕾蒙！」亞森．羅蘋撲向她，瘋狂地喊著。然而，她一點反應也沒有，永遠地闔上了那雙美麗且憂鬱的眼睛。

大家一時間全愣住了，福爾摩斯似乎也為自己的行為感到惶恐。

「該死的！」亞森．羅蘋大聲吼叫，聲音是那麼可怕，夾雜著痛苦和怨恨。他瘋了一般地用力捶打地面，他的臉變得那麼難看，那麼蒼老和憔悴。亞森．羅蘋撲向福爾摩斯，惡狠狠地掐住他的喉嚨，英國人喘了幾口粗氣，卻沒有掙扎。

「孩子！孩子！放開他！」老婦人哀求道。

亞森．羅蘋絕望地放開手，跪倒在蕾蒙身旁痛哭。

這是多麼令人心碎的結局，白德萊永遠不會忘記這悲慘的一幕。這位勇敢的英雄，為了博得心上人的愛，犧牲了一個冒險家所擁有的一切。

夜幕籠罩戰場，納維耶特的村民收工返家了。在荒草野地上，躺著三個被綑綁和堵住嘴的英國人。亞森・羅蘋望著那些平和的居民以及那曾經夢想在此度過幸福餘生的農莊，眼中流露出一種難以言喻的光芒。他用有力的雙臂抱起蕾蒙纖弱、不堪一擊的冰冷身體。

「走吧，奶媽。」他深深地歎了口氣。

「走吧，孩子。」

「再見，白德萊。」亞森・羅蘋說。

他們帶著一身疲憊，朝海邊走去。

「也許他真的注定要漂泊一輩子。」白德萊只能這樣想了。

八一三之謎 1910/1917

鑽石大王命案現場遺留下重要證物，
亞森・羅蘋的名片赫然在列，
與此案有關的重要人物又相繼遇害。
寫有神秘數字八一三的紙條透露什麼訊息？
連續殺人事件背後隱藏了什麼秘密？
亞森・羅蘋如何替自己洗脫罪名，找出真兇？

Arsène Lupin
~ gentleman cambrioleur

1 豪華大旅館

開普敦鑽石大王．魯道爾夫．克塞爾巴赫是個身材高大的中年人，他於一周前來到巴黎，住進了豪華大旅館的四一五房。這個套房有三間房間，兩間大的是客廳和主臥室，面朝林蔭大道；另一間小的是秘書夏普曼的臥室，窗戶緊臨儒代街而開。這間房隔壁，是為即將到來的克塞爾巴赫夫人預訂的五間房。

這天，剛走到客廳門口的克塞爾巴赫先生猛地站住了，他覺得自己的行李被人動過，而且這已經不是第一次了。幾天來，這種情況不斷發生，這令克塞爾巴赫先生非常不安。於是，他打電話到警察局，希望他們派人來調查。警察局的偵探古萊爾一口答應，這才使他懸著的一顆心稍稍落地。

對於主人的擔心，秘書夏普曼不以為然。四一五號房拐角的陽臺右邊是空的，左邊有一堵石墻隔開緊臨儒代街的那個陽臺，套房內通往為克塞爾巴赫夫人房間的門是上了門閂的，外人想要進來並不是一件容易的事。所以，在夏普曼看來，克塞爾巴赫先生的舉動無疑有些神經過敏。

克塞爾巴赫在房間裡走了兩步，然後把僕人愛德華叫進來，吩咐他注意門口，如果古萊爾先生來了，立即通報。接著，他開始著手檢查郵件，看了三、四封信，正準備指示夏普曼如何回覆。突然，他發現書桌上有一枚黑色的別針，於是對夏普曼說：「看，這難道不是有人進來過的最好證據嗎？」

「對不起，先生，這是我用來別領結的，昨晚不小心掉在這裡了。」夏普曼啞然失笑。

克塞爾巴赫先生有些懊惱地站起來，自言自語地說：「不，夏普曼你不知道，也許你認為我有些怪異，這都是因為我的生活有了新的變化。一個計畫，一個關係到偉大事業的計畫，不是錢，我不缺錢，我要的是權力，壓倒一切的權力。看著吧，如果成功，我就不會只在開普敦才受人尊敬了，我這個製鍋匠的兒子，將會和那些王室貴族齊肩並行……」

一陣電話鈴聲打斷了克塞爾巴赫的話，他拿起了話筒。「喂？上校？啊！是我，是我，怎麼樣，有消息了嗎？很好，那我等你過來。什麼？帶你的部下一起來？好，我會讓人守在門口。對，對，當然不會讓其他人進來，只是請你馬上過來。」

克塞爾巴赫掛上電話，讓夏普曼趕緊下樓通知愛德華，除了古萊爾探長和上校外，其他人一律不得進房間。夏普曼執行完命令，回到房間，發現克塞爾巴赫先生手拿一個摩洛哥山羊皮做的黑色小袋子，在那兒轉來轉去，不知如何處置它。片刻之後，克塞爾巴赫把皮袋子扔進了旅行袋，接著繼續處理信件。當他在那堆信裡看到克塞爾巴赫夫人的信，並得知她明天即可抵達巴黎時，克塞爾巴赫先生顯得很高興。

這時，愛德華走進來報告，說門外有兩位先生求見。克塞爾巴赫立即讓夏普曼去見這兩位先生，並希望能單獨和上校交談。

愛德華和夏普曼出去了，克塞爾巴赫走到窗口，望著窗外明媚的春色。十幾分鐘過去，屋外什麼動靜也沒有。他點燃一根煙，吸了幾口，暗自尋思：「夏普曼在幹什麼？怎麼這麼久？」

克塞爾巴赫一邊想，一邊轉過頭，卻發現身邊不知何時竟突然站了一名陌生男子。

「請問您是誰？」他倒退一步問道。

「我是上校。」那人衣冠楚楚，目光銳利，冷笑了一聲。

「不，不是。我稱為上校的人，是以這個名義寫信給我的人，我約見的人絕對不是您。」

「這有什麼關係，我就是上校，我向您保證。」

「這……」克塞爾巴赫猶豫地說，「那能請教您貴姓嗎？」

「這個問題棘手了一點，還是先叫我上校吧，這樣順口些。」

克塞爾巴赫的臉上露出明顯的不安，他衝著門口叫喊道：「夏普曼！愛德華！」

「是啊，夏普曼，愛德華！」那個人竟然也跟著喊起來，「你們這些人在幹什麼，聽不見主人在叫你們嗎？」

克塞爾巴赫更加驚慌了，他走到門邊，卻看到門外站著一個人，正舉槍對著他。克塞爾巴赫只好一邊結結巴巴地念叨著僕人的名字，一邊退回了房間。就在此時，他看到了被五花大綁的秘書和僕人。

雖然克塞爾巴赫是那種生性浮躁、易受影響的人，但他也不失為一個勇敢的男人。眼前的危險雖然令他有些驚慌，但卻沒有把他壓垮，反倒激起他的鬥志。他佯裝出不知所措的樣子，慢慢地退到壁爐邊，手指在後面摸索著，找到了電鈴的按鈕，使勁地按了下去。

「怎麼了，先生？」那位自稱為上校的男人盯著克塞爾巴赫問道。

克塞爾巴赫沒有答話，那個人卻突然笑了起來：「哈哈，您在按鈴，您想驚動整個旅館嗎？來不及啦！轉過頭看看吧，線路早就被剪斷了。」

克塞爾巴赫心有不甘，他猛地轉身抓起旅行袋，從裡面摸出一把槍，對準面前的人扣了扳機。

「先生，您的槍裡好像只有空氣耶。」

克塞爾巴赫沒有作聲，又扣動了兩下，仍然什麼事情也沒有發生。

「再來幾下吧，一般情況下，身中六彈才能讓我高興。怎麼？沒子彈啊？真可惜，看您握槍的姿勢，槍法一定很準的，哈哈。」那人就這樣一邊說著譏笑的話，一邊坐在一把椅子上，然後指著另一把扶手椅，對克塞爾巴赫說，「請坐，先生。放鬆點，我們聊聊，好嗎？」

克塞爾巴赫有些愕然，他搞不清楚眼前這個人的身份，但從這個剛才的語氣，他覺得要解決這事似乎並不難。想到這兒，克塞爾巴赫拿出皮夾，從中抽出一疊厚厚的鈔票問道：「說吧，您要多少？」

「什麼意思？」那人彷彿無法理解，過了好一會兒才大聲叫道，「馬爾科！」

門外拿槍的那個人走了進來。

「拿著，馬爾科，這位好心的先生好像知道你在談戀愛，這些錢是他送給你的。」

馬爾科接過錢，又出去了。陌生人繼續對克塞爾巴赫說道：「瞧，我很配合地完成了您的要求。現在，您該認真聽聽我來這裡的目的，並以同樣的合作態度來做下面這些事。簡單地說，我想要兩樣東西，一個黑色的摩洛哥山羊皮小袋子和一個烏木小匣子。在正常情況下這兩樣東西應該都在您的身上，交給我吧。」

「不，什麼也沒有了，我把它們燒了。」

「啊？」陌生人低吼了一聲，將克塞爾巴赫的手臂扭過來，惡狠狠地說，「我可不喜歡被嘲弄，先生。昨天您帶著一包東西，去了一趟里昂信貸銀行。在那裡，您租了九排十六號的保險櫃，再出來時，您帶的那包東西沒有了。我說的沒錯吧？」

「是的。」此時的克塞爾巴赫反而鎮靜下來了。

「換句話說，皮袋子和烏木匣子都在保險櫃裡。那麼，把鑰匙給我！」

「不，不行。」

陌生人大發雷霆，叫來門外的馬爾科，將克塞爾巴赫綁了起來，又從他的身上搜出了一把鍍鎳的小鑰匙，那上面清楚地刻著「九排十六號」幾個小字。

「告訴我密碼，克塞爾巴赫先生，機會只有一次。否則，我手下的槍可能會走火。」陌生人威脅道。

「朵諾瑞。」克塞爾巴赫無奈地低聲說。

「朵諾瑞……開鎖的暗號？克塞爾巴赫夫人的芳名好像就叫朵諾瑞啊！真有趣，馬爾科，你馬上去辦這件事，千萬不能出錯。我再說一次，先去找熱羅默，把鑰匙交給他，告訴他開鎖的暗號。然後你們一起去銀行，帶走保險櫃裡的所有東西。我繼續守在這裡，辦完之後，你要立刻打電話告訴我結果。如果鑰匙不對，或者暗號出錯，我們就需要和這位克塞爾巴赫先生再好好聊聊。」

「不會錯的，您可以再核對一下。」克塞爾巴赫表情怪異地說了一句。

「嗯，這似乎有點不對勁。您就那麼肯定我們搜不出什麼嗎？不……您想拖時間？還是您在等人？不會的，我們不會被干擾的……」他的話還沒說完，前廳的門鈴忽然響起來了。克塞爾巴赫的眼裡燃起希望的光采。陌生人愣了一下，立即吩咐馬爾科堵上克塞爾巴赫的嘴，自己輕輕地走進前廳，指著角落裡的人說：「來，馬爾科，幫我把這兩個傢伙弄到臥室去。」

一切收拾妥當，陌生人站到離門很近的地方，大聲叫道：「先生，您的僕人不在。不用、不用，您繼續忙，我幫您開門。」說著，他打開了門。

「請問這是克塞爾巴赫先生的房間嗎？」門外站的是一個身材魁梧的男子，兩眼炯炯有神，手裡捏著一頂禮帽。

「是的，請問您是？」

「我和克塞爾巴赫先生約好的，他今天早上打過電話給我，他應該在等我。」

「喔，是您！請稍等，我這就去通報。」陌生人慢慢地退回客廳，他低聲對馬爾科說，「糟了，是警察局的古萊爾。」

馬爾科抽出一把刀，陌生人急忙阻止他：「別做傻事！我有辦法，聽我說，現在你就是克塞爾巴赫，該你說話了，聽清楚了嗎？你就是克塞爾巴赫！」

馬爾科立刻明白了他的意圖，扯著嗓子說道：「對不起，請轉告古萊爾先生，我有些急事要處理。明天早上九點我再見他，九點整，我準時恭候。」

陌生人走回門口。古萊爾顯然已經聽到剛才那番話了，但基於禮貌，他仍然在那裡等。

「真抱歉，克塞爾巴赫先生正忙著處理一件急事，不能接待您。所以，他請您明早九點再來一趟，沒有什麼不方便吧？」

古萊爾沒有答話，他覺得有些意外，卻又說不出什麼地方出了問題。他緊緊地盯著為他傳話的這個人，如果對方有什麼明顯的可疑之處，他會毫不猶豫地一拳揍過去。但是，他沒有發現什麼，於是只好說：「好吧，既然這樣，我明天九點再來吧。」

古萊爾走了。馬爾科笑了起來，為主人的機智喝采，他居然輕易地騙過了古萊爾。

「好了，馬爾科，你該行動了。」

馬爾科匆匆走出房間。陌生人倒了一杯水，坐到克塞爾巴赫身邊，扯下堵在他嘴裡的布，然後掏出一張名片，自我介紹道：「亞森．羅蘋，怪盜。很高興認識您，先生。對不起，採取這樣的方式，並不是我願意的。亞森．羅蘋歷來討厭流血事件，除了偷一些不義之財，我是不會犯其他罪行的。不過，您的情況有點特殊，或者我會考慮改變一下。聽我說，先生，從您到巴黎的第一天起，您所有的舉動都在我的視線之中。您背著秘書委托一個叫巴爾巴勒的私家偵探，為您尋找一個叫皮埃爾．勒迪克的男人。為了不被人察覺，你們約定，由巴爾巴勒以上校的名義和您聯繫。碰巧，我的一個朋友和巴爾巴勒共事，所以知道您在做些什麼。對了，我還知道你們正在調查的那個皮埃爾的外貌，他身高大約一七五公分，金髮、蓄小鬍子，左手小指短一截，右臉有一塊很淺的疤痕。這人對您有什麼價值？他到底是誰？」

「不知道！」克塞爾巴赫態度堅決。

「唉，您這個樣子讓人家怎麼幫您？您對巴爾巴勒隱瞞了很多事，所以到現在也沒有多大進展。您時常翻閱那些放在皮袋裡的文件，對吧？皮袋在哪裡？」

「我說過，燒了。」

「燒了？那木匣子呢？您難道不是把它放進銀行的保險櫃了嗎？」

「沒錯，那裡面是我私人收藏的兩百顆精美鑽石。」

「啊哈，這可是一筆橫財……您笑什麼？喔，對您來說，這些精美的鑽石微不足道。您有秘密，這秘密比鑽石更值錢，所以……」亞森．羅蘋拿起一根雪茄，但沒有點燃，他陷入了沉思。

時間慢慢過去，亞森．羅蘋笑嘻嘻地望著克塞爾巴赫說：「您在想些什麼？希望我的人一無所獲嗎？不排除有這樣的可能，可是我辛苦的來這兒一次，您總不能讓我空手而回吧。所以，不是鑽石，就是皮套，您可以選擇。才過了半個小時，我還有機會……」

話還沒說完，房間裡的電話響了起來。亞森．羅蘋一把抓起話筒，裝成克塞爾巴赫的聲音，要求接線小姐把電話接進來。

「是的，是我，請接進來。喂，馬爾科？你拿到了嗎？好，就是那個烏木匣。什麼？沒有文件？全是鑽石？很美吧。讓我想想……你不要掛電話。」亞森．羅蘋轉過身，依然滿臉笑意地說：「先生，您需要那些鑽石，對嗎？準備點贖金吧。」

「您要多少？五十萬夠嗎？」

「這……好吧，成交！但是我們如何交易呢？我不收支票，這樣吧，明天下午您帶著五十萬現金，我呢，就帶著鑽石，我們在奧圖附近的樹林碰頭。我會把鑽石裝在一個袋子裡，至於那個匣子嘛，太顯眼了，扔掉算了。」

「不……您不能。五十萬是包括匣子。」

「哈哈！」亞森．羅蘋大笑起來，「您又上當了。這樣看來，鑽石並不重要，重要的是那個匣子。好吧，一定還給您。」

亞森．羅蘋再次拿起話筒說：「馬爾科，看看那個匣子，有沒有什麼特別的？不，那些都無關緊要，再看看上面，有一塊象牙嵌片？對，仔細看看那個……那個蓋子。」

亞森．羅蘋看了克塞爾巴赫一眼，聲調興奮地說：「是，馬爾科，我們成功了，克塞爾巴赫先生的神情告訴我，所有的秘密都在蓋子上。喂，檢查出什麼了嗎？鏡子？那裡應該沒理由安裝鏡子，砸爛它。」

電話裡立即傳出玻璃的碎裂聲，接著是「啊」的一聲。

「馬爾科，說話！」亞森．羅蘋吼了一句，「什麼？一封信？太棒了，先把信封的內容唸來聽聽。……收在黑皮袋中的信的副本？很好，拆開它！」

馬爾科在電話裡向亞森．羅蘋報告信的內容，亞森．羅蘋時不時地驚呼一聲，最後大聲吩咐道：「好了，我知道了，這前面說的都是皮埃爾的特徵。對了，是克塞爾巴赫的筆跡嗎？好，下面是什麼？大寫字母？A-P-O-O-N，這可有點傷腦筋。算了，馬爾科，別亂動那些東西，我這邊的事快結束了，我們二十分鐘後會合，就這樣。」

亞森．羅蘋掛上了電話，走到前廳關心了一下被綁在那裡的人，然後回到克塞爾巴赫身邊，笑著說：「配合一點，先生。您應該清楚自己目前處境，怎麼樣，選好了嗎？」

「選什麼？」

「說出答案！APOON是什麼意思？」

「不知道，如果我知道的話，就不會將它記在那裡。」

亞森．羅蘋的神色沉了下來，他一手搭在克塞爾巴赫的肩上，冷冰冰地說道：「一句話，說，還是不說？」

「不知道。」

亞森．羅蘋從克塞爾巴赫的褲子口袋裡掏出一塊懷錶，放在他的膝上，然後解開了克塞爾巴赫的鈕扣，將一把刀抵在克塞爾巴赫的心口處，說道：「最後問您一句，說，還是不說？」

「不！」

「好吧，克塞爾巴赫先生，再八分鐘就三點了，如果八分鐘後您還是不說，那您就死定了。」

2 警察局長的調查

古萊爾探長按照約定，準時來到大旅館。他沒有乘電梯，而是逕自從樓梯上來，順著走廊來到四一五號房門口。他按了很久的門鈴，屋裡卻一點反應也沒有，他只好來到樓層服務台詢問。領班告訴他，克塞爾巴赫先生昨晚根本沒住在這裡。據一位昨天下午拜訪過克塞爾巴赫先生的人說，克塞爾巴赫先生今晚會住在凡爾賽物資儲備庫。

聽完領班的一席話，古萊爾隱隱覺得有些不安，他彎下腰來，把耳朵貼在鑰匙孔上，認真聆聽。裡面似乎有一些微弱的呻吟聲，他馬上就覺得情況不對，示意領班找來開鎖匠。

房間打開了，他們首先發現的是被綁在前廳的秘書和僕人。古萊爾急急走進客廳，克塞爾巴赫先生被綁在椅背上，頭垂在胸前。古萊爾摸了摸他的手，然後說：「他死了，手是冰的。」

旅館櫃檯和經理室的人得到消息後馬上趕到房間，古萊爾吩咐他們打電話到警察分局，自己則打了個電話給上司——警察局長勒諾爾曼。

克塞爾巴赫的屍體被搬到沙發上。古萊爾脫去死者的衣服，發現在他的胸口上有一道刀劃過的小縫，流著血，襯衣上別著一張名片，上面寫著：「亞森．羅蘋。」

「亞森．羅蘋！」古萊爾大驚失色，盜賊之王不是死了嗎？怎麼會出現在這裡？怎麼辦？古萊爾反覆將那張名片翻來翻去，心神不寧。「算了，最好什麼也別動。局長不是就要來了嗎？無所不能的局長。」

自從勒諾爾曼取代迪杜伊擔任警察局長以來，古萊爾的惰性就越來越嚴重，簡直到了局長不推他就不前進的地步。

「想什麼呢，古萊爾？」

「局長！您來了」

是的，就在古萊爾發愣的時候，勒諾爾曼先生走進來了。他的雙眼炯炯有神，光是看臉還不算個老男人，但是如果注意到他佝僂的背與老態龍鍾的外表，則會覺得他就像個老頭子。他在殖民地度過了大半生，將近五十五歲時，因為破了比斯克拉的案子，而成為警界的大名人，被任命為巴黎警察總局局長，之後又偵破了四、五件轟動的大案子，更是使他名聲遠播。古萊爾把局長視為偶像，他認為再難的案子只要交到局長手裡，都一定沒有問題，沒有什麼案子是他破不了的。

穿著招牌橄欖綠禮服的勒諾爾曼先生很認真地聽取了古萊爾的彙報，他叫了起來：「亞森．羅蘋！」這可是個好消息，他終於可以和一個勢均力敵的對手較量了，這使他興奮不已。勒諾爾曼開始檢查房間，他先查看了陽臺，接著又看了左邊克塞爾巴赫先生的臥室，檢查了門窗插梢。

「局長，我進來的時候，這兩間房間的窗戶都是關著的。」古萊爾肯定地說。

等他們再次回到房間客廳時，法醫和預審法官福爾默里先生也來了。

在幾年前的王冠失竊案裡，福爾默里法官曾被亞森．羅蘋耍弄過，因此他滿懷怨恨，渴望幹出一件引人注目的大事，報這一箭之仇。也正是因為這樣，在此刻的案發現場，福爾默里一直喋喋不休，想顯示自己的才能，警察局長毫不掩飾對他的鄙視，這使他很不高興。

夏普曼已經回過神來，他把事情一五一十地說了出來，福爾默里立即自作聰明地下結論說：「這件案子十分簡單，亞森．羅蘋是竊賊。」

「那他為什麼要殺人？」勒諾爾曼先生扔過來一句，「亞森．羅蘋從不殺人，他何必對一個無力還手的人痛下毒手？」

檢察官遇到了難題，面對這古怪的合作者，他只好一聲不吭，可最後還是忍不住說：「各有各的見解，我倒想聽聽您是怎麼看這件案子的。」

「我沒有看法。」警察局長的權威感讓周圍的人都不敢說話了。

長久的沉默之後，勒諾爾曼先生開始動作。為了查看所有的房間，他請旅館經理拿來房間平面圖，發現克塞爾巴赫先生的臥室雖然只有一個出口，但是秘書的臥室卻與另一間房相通。他要求看看這裡所有的房間。

侍者把勒諾爾曼帶到克塞爾巴赫夫人預訂的五間房，這些房間都沒有住人，而且每間房的門都從兩面閂死了，除了負責清掃的侍者，沒人能進去。勒諾爾曼立即吩咐把當天負責清掃的侍者找來。

侍者名叫居斯塔夫・博多，他說自己做完工作後，就把所有的窗戶都關得死死的，同時還承認了自己在四二〇號房拾到一個菸盒，是棕色的，上面有姓名縮寫，分別為字母L和M，分三層放菸絲、菸紙和火柴。

這引起了秘書夏普曼的注意，他請求勒諾爾曼局長，讓居斯塔夫把那個菸盒拿過來看個仔細。局長正好也有此意，就吩咐侍者回家去取菸盒。

過了好一陣子，居斯塔夫都沒有回來，勒諾爾曼請旅館經理去催一下。幾分鐘以後，經理神色慌張地來報告，居斯塔夫在家被殺。驚人的消息使得勒諾爾曼先生馬上下令封鎖飯店出口，火速趕去另一個兇殺現場。出門時，他在地上發現了一張標籤，上面標著一組數字——「八一三」。他沒有聲張，只是把這張紙放進了皮夾裡。

居斯塔夫的傷與克塞爾巴赫先生的傷完全一樣。從死者的姿勢可以看出，他是在尋找菸盒時被殺的，也就是說，那個菸盒肯定不在這個房間了。

「真可惜，一個重要的物證沒有了。」福爾默里輕聲說了一句，他再也不敢發表過於具體的見解了。

「我們知道那上面有姓名縮寫的字母，一個L和一個M。另外，夏普曼先生好像知道什麼……」勒諾爾曼說著，突然想起了什麼似的，「對了，夏普曼！他在哪兒？」

「他留下來看顧克塞爾巴赫先生的遺體了。」

勒諾爾曼先生非常不安，他衝了出去，朝著大旅館的方向急走。

「沒人出去吧？」勒諾爾曼問留守在大門口的古萊爾。

「當然。」

勒諾爾曼來到旅館大廳，盤問每一個侍者，但並沒有什麼新的情況發生。這時，一個女僕從六樓下來，她說剛剛看到兩位先生下樓，其中一個有點像夏普曼，可守在出口的人堅持沒有人出去過。

勒諾爾曼下令封鎖旅館，準備佈置任務。

在巴黎豪華大旅館發生這樣的慘案，的確令人心驚膽戰，看熱鬧的人聚在大廳中央，惶惶不安。幸好警察局長給了他們安全感，有他與兇殘、神秘的兇手搏鬥，大家放心了許多。

勒諾爾曼領著警察局和警察分局的人對整個旅館進行了地毯式的搜索，但沒有什麼發現。這時，底下有人來報，說克塞爾巴赫夫人來了。勒諾爾曼回到克塞爾巴赫的房間，看到一個痛苦欲絕的高個子女人。這個女人相當漂亮，丈夫的死讓她受到很大的打擊，她抽泣著要求看看丈夫的遺體。

勒諾爾曼帶著克塞爾巴赫夫人來到樓下大廳裡，迎面碰到古萊爾。探長很興奮地報告，說在三樓便梯平臺上發現一頂帽子，現在正準備對二樓進行搜索。勒諾爾曼預感兇手有可能劫持了夏普曼，因此，他決定親自帶領這一次行動。他來到二樓，剛好看到一隊警察往拐角走去，他正想轉身去看其他地方，突然聽見那邊的警察發出一陣驚呼。勒諾爾曼趕了過去。

在二樓走廊拐角處，一個人撲倒在地。勒諾爾曼俯下身，抬起那個人的頭一看。

「是夏普曼，」勒諾爾曼嘀咕了一句，「他死了！」

是的，又一具屍體，致命處也有同樣的傷口。

勒諾爾曼請聞訊而來的警察分局長將死者搬到一間空房間去，然後叫旅館經理打開走廊上所有房間的門。走廊的左邊是一間套房，無人居住；右邊的四間房間裡則分別住著一位勒韋達的先生，一位義大利男爵，一個英國老姑娘和一位名叫帕爾比里的英國少校。勒諾爾曼和手下把房間搜了一遍，又對二樓的每位旅客進行盤查，沒有發現任何可疑跡象。在場的人都有些丈二金剛摸不著頭腦，卻又不敢多說，怕惹來勒諾爾曼的訓斥。

古萊爾氣喘吁吁地跑來報告，說在旅館櫃台發現了一包東西，裡面有一條沾滿血跡的毛巾，毛巾裡有一把鋼刀，上面沾滿了血。另外，還發現了幾封寫給克塞爾巴赫先生的信和一個包裹，其中有一個烏木匣子，匣子上附有亞森·羅蘋的名片。

勒諾爾曼接過木匣，在匣子底部找到一張紙條，和剛才在五樓發現菸盒的房間裡撿到的那張一樣，也印著一組數字——「八一三」。

在博沃廣場[1]寬敞的部長辦公室裡，警察局長勒諾爾曼見到三位大人物，分別是現任內閣總理兼內政部長瓦朗格萊，檢察長泰斯塔以及警政署長德洛姆，他們都是為了克塞爾巴赫案而來的。

亞森·羅蘋復活了！四年前他從福爾摩斯眼前消失後，大家都以為他死了。而現在，他忽然又出現，還殺了人！受了驚嚇的民眾把怒氣全發洩到警方身上，政府慌了手腳，於是內閣總理立刻召人商議，並特地請來了勒諾爾曼。警政署長對勒諾爾曼似乎有些不滿，他指桑罵槐地將部下諷刺了一番。勒諾爾曼聽完他的話，站起身，從口袋裡拿出一張紙放到桌上。

「是的，總理先生，正如德洛姆先生所言，我自認自己無能，所以我要辭職。」

「不，這不可以！」瓦朗格萊先生對勒諾爾曼表示出充分的信任，他要求勒諾爾曼儘快將亞森·羅蘋

❶ 法國內政部所在地，內政部的對面即為愛麗舍宮。

逮捕歸案，並押上斷頭臺。

「總理先生，我的看法與您的不同，亞森·羅蘋絕對不是這一連串連續殺人案的兇手。」勒諾爾曼爭辯道。

「理由呢？我們需要的是理由。」德洛姆陰陽怪氣地說。

「很簡單，首先，我們都很清楚，亞森·羅蘋是從來不殺人的；其次，從現場狀況來看，亞森·羅蘋根本沒必要殺人。如果他是入室行竊，那他已經達到目的，一個被堵住嘴、綑住手的人對他沒有任何威脅。還有，在第二個兇殺現場，我們找到一套衣服，這套衣服肯定是兇手留下的，但它並不是亞森·羅蘋的，它的尺碼和亞森·羅蘋的身形相距甚遠。」

「這麼說，您見過亞森·羅蘋？」總理問。

「沒有，但我的手下古萊爾見過他，據他的描述，亞森·羅蘋與旅館僕人所說的那個帶走夏普曼的人不是同一人。」

「我很想聽聽您的看法。」總理饒富興味地說。

「我嗎？談不上是看法，我只想就事實向大家說說我的推測。四月十六日，也就是案發當天，一個陌生人——亞森·羅蘋——不知用什麼方法進入了克塞爾巴赫先生的房間，大約下午兩點……」

「您在說什麼笑話！」警政署長德洛姆大笑一聲，打斷了勒諾爾曼的話，「我這裡的資料顯示，那天下午三點，克塞爾巴赫先生正在里昂信貸銀行存放保險櫃的地下室裡，銀行的登記本上有他的簽名。」

「大約下午兩點，」勒諾爾曼很有耐性地等上司說完，然後若無其事地繼續說，「羅蘋在一個叫馬爾科的同夥的協助下，將克塞爾巴赫先生的財物洗劫一空，逼他交出了保險櫃的密碼，並把所有的人綁在房間裡。接著，馬爾科出門找另外一個同夥，一個與克塞爾巴赫先生長得有幾分相似的傢伙，他們一起到了里昂信貸銀行，成功取得他們想要的東西。守在屋裡的羅蘋很快就得到消息。他達到了目的，於是就離開了。」

「就這樣嗎？」總理的語氣裡滿是懷疑。

「是的，不過這可能只是這件案子的部份真相而已。羅蘋想要的不是一點小錢，他肯定掌握了克塞爾巴赫先生的什麼重大秘密，這秘密不是在那個山羊皮的套子裡，就是在那個存放於銀行的珠寶箱裡。」

「照您的分析，入室盜竊應算在亞森．羅蘋頭上，而兇手卻另有其人？」

「是的，這個兇手原本也是到房間裡找東西的，只是情急之下殺了克塞爾巴赫。接著，他發現自己遺失的菸盒被侍者撿到了，於是動手殺了第二個人。」

「那夏普曼的死和那個兇手有關嗎？」

「有，夏普曼本來想尾隨侍者去看看那個菸盒，不料在走道上與兇手不期而遇。兇手將他打昏，拖到另一間房間殺死了。」

「除了推測外，您能拿出一些證據嗎？」

「到目前為止，我還沒有確切的證據，但從那兩張藍色的、寫有『八一三』字樣的紙條上，也許可以找到一些線索。我想，」勒諾爾曼意味深長地看了德洛姆一眼，「如果在座的各位能完全信任我，我會抓到兇手的。」

瓦朗格萊連連點頭，他當然希望勒諾爾曼繼續查下去。「我一直很信任您，勒諾爾曼。好好幹，不僅要抓到兇手，還要把亞森．羅蘋和他的同夥，以及那個冒充克塞爾巴赫到銀行開保險櫃的人全都抓回來。」

「好的，總理先生，但請給我八天時間。」

「八天！親愛的勒諾爾曼，這是以小時來計算的大案，我只能給您十分鐘。」總理半開玩笑地說。

不料，勒諾爾曼一本正經地掏出自己的懷錶說道：「也罷，雖然趕了點，但還是來得及。或許，我只需要六分鐘。」

「喔！這時候開這種玩笑不太合適吧。」

勒諾爾曼請求檢察長簽發一張拘捕令，並召來兩個助手。接著，他對總理說，執行這次的行動有可能會破壞自己原來擬定的辦案計畫。

「勒諾爾曼先生，」德洛姆以一副不置可否、等著看好戲的腔調說，「已經過五分鐘了。」

「放心，我會給你們一個滿意的答案的！看著吧，第一個進辦公室的人將是我們要緝捕的對象，總理先生，請按鈴，好嗎？」勒諾爾曼沒有辯解，大聲說道。

瓦朗格萊半信半疑地按了鈴，接待員便站到了門口。勒諾爾曼走近接待員，厲聲喝道：「奧居斯特．瑪克西曼．菲利普．代勒龍，總理府接待室主任，我代表警察局逮捕你。」

眾人一愣，總理更是大為不解地說：「勒諾爾曼，您的玩笑未免開太大了吧。要知道，代勒龍可是我最得力的助手啊。」

「是嗎？那我想問問代勒龍先生，你這個禮拜二做了些什麼？」

「我……」代勒龍那張誠實忠厚的臉露出了驚愕的表情，「我沒幹什麼……喔，對了，有一位外地朋友來訪，我們到樹林裡走走。」

「你在撒謊！是的，你的確有出去散步，但不是去樹林，而是里昂信貸銀行的地下室。你那位朋友是叫馬爾科吧？」

「什麼馬……馬爾科，我不……不認識。」代勒龍的聲音有些發顫。

「我絕不是憑空捏造，這是從你辦公桌下的紙簍裡找到的。」勒諾爾曼展開一張寫有「總理辦公室」字樣的紙，那上面寫滿了克塞爾巴赫的名字。

「這是你為模仿克塞爾巴赫先生的筆跡而做的練習，能不能算證據呢？就是你冒充克塞爾巴赫先生去銀行……」勒諾爾曼的話未說完，代勒龍突然掄起拳頭將他打倒在地，然後一個箭步跳到打開的窗戶前，躍出窗外，跑到了院子裡。

「天啊！」總理一聲驚呼。

「不用擔心，」勒諾爾曼揉著自己臉說道，「古萊爾，上！」

很快地，代勒龍——又名熱默羅的總理辦公室接待室主任——就被古萊爾揪著領口帶了回來。

「幹得好，古萊爾！現在，把這傢伙押到看守所去。」

瓦朗格萊很開心，一想到自己身邊竟有一個亞森．羅蘋的同夥，他就覺得有趣極了，這真是一個大大的笑話。「您會逮著他的，勒諾爾曼。您和亞森．羅蘋之間的鬥智，我賭您一定會贏。」

翌日早上，報紙上刊登了亞森．羅蘋致警察局長的一封公開信。亞森．羅蘋在感激警察局長還他清白的同時，宣稱將於五月三十一日，也就是星期三，讓熱羅默恢復自由，官復原職。

3 塞爾尼納王子

在奧斯曼大馬路和庫爾塞勒街拐角的一幢房子裡，住著塞爾尼納王子。他是在巴黎的俄羅斯僑民中最引人注目的人物。此刻，他正在忙著接待幾位客人。一個小市民模樣、名叫瓦爾尼埃的男子向他報告了克塞爾巴赫夫人的行蹤，並稱那位名叫樂納維耶芙．埃爾納蒙的小姐已和她相識。樂納維耶芙小姐開辦了一所補習學校，正在請求克塞爾巴赫夫人的資助。

「殿下，這幾天以來，她們倆一直待在一起，大概在五點到六點之間會出門。」

「這麼說，一切已安排就緒？」

「沒問題了，殿下。」

將瓦爾尼埃打發走後，接著進來的是兩個年輕人，杜德維爾兄弟。他們報告了在豪華大旅館調查的情況，說那個英國女人和那個叫帕爾比里的少校都不見了。塞爾尼納立即意識到這個帕爾比里少校肯定與大旅館發生的命案有極大關係，他要杜德維爾兄弟馬上通知勒諾爾曼或者古萊爾，接著又囑咐他們既要當好警探，也要為他好好效力。

兩兄弟退下了，候客室還剩下兩位客人。塞爾尼納將其中一位領了進來，邊走邊問：「醫生，皮埃爾．勒迪克怎麼樣了？」

「死了。」

「死了……皮埃爾．勒迪克死了，一句有用的話也沒說，我還什麼都還不清楚，難道我必須捲進這件案子裡嗎？啊！我還是照樣得做我的事，不能因為他死了，就放棄不管了。剛好相反！您去吧，醫生，今晚我會打電話給您。」

「菲利普，我們來好好談談。」塞爾尼納王子對最後一位客人說。

「殿下，您叫我監視的那個年輕人，熱……」

「熱拉爾．博普萊，他現在的情況怎麼樣？」

「他要自殺，就在今晚！但我照您的吩咐，已經與他接觸，勸他來見您，他可能就快到了。」

就在這時，一個僕人敲門進來，送上一張名片。王子看了看說：「把熱拉爾．博普萊先生帶進來，菲利普，你先避一下。」

幾分鐘以後，一個高挑的年輕人走了進來，他的神情侷促，穿得像個乞丐，一副想要錢但又不敢的模樣。

塞爾尼納與這個人談話的時間很短。

「是這樣的，先生。有人告訴我，您非常有錢，也非常樂於助人。所以我想，您能不能……」

塞爾尼納拍拍他的肩膀，冷冷地說：「詩人是不吃飯的，先生，他們靠夢想生活。您也應該像個真正的詩人那樣生活，這樣總比要錢強。」

年輕人受了侮辱，一聲不吭地往門口走去。

「菲利普，」塞爾尼納等年輕人一走，就吩咐手下，「今晚十一點左右我會到旅館，你繼續盯緊他。」

下午五點五十分，塞爾尼納坐車到了新城莊園，克塞爾巴赫夫人的住處。莊園裡風光秀美，景色怡人，有四幢獨立的小房子，旁邊是一所養老院。王子一進門就看見兩個女人站在池塘的小橋上，然後又來到草坪上散步。王子沒打算去打擾她們，只是站在一邊靜靜地看著。

夕陽西下時，三個男人從一片小樹林裡走出，企圖搶她們的錢包。

「現在衝過去還來得及。」王子馬上把想法付諸行動，短短十秒，他就衝到水塘邊。三個男人一見他就趕緊逃跑了。兩位女士中個子稍矮的那個倒在地上，暈了過去。

「她沒受傷吧？」王子問，「那幫混蛋有沒有……」

「沒有……她只是嚇壞了，她是克塞爾巴赫夫人，您知道嗎？」

王子微微一笑，從口袋裡拿出一瓶嗅鹽和一盒藥片，遞了過去。年輕女孩照料著她的朋友。這個女孩長著一頭金髮，相貌平平，但神情和悅，即使她不笑，臉上也帶著一絲笑意。

「樂納維耶芙，這就是樂納維耶芙……」塞爾尼納在心裡反複唸著這個名字。

這時，克塞爾巴赫夫人醒過來了，王子做了自我介紹，夫人低聲表示感謝，她希望王子不要深究此事，以減少麻煩。

夜幕降臨，王子送克塞爾巴赫夫人回家後，堅持陪樂納維耶芙回家。他們在路上碰到了埃爾納蒙夫人——樂納維耶芙的祖母，她正在為樂納維耶芙擔心。回到家後，樂納維耶芙去看她的學生，留下王子和埃爾納蒙太太在客廳。

「夫人，您好嗎？」塞爾尼納王子走近埃爾納蒙夫人，捧住她的頭，在面頰上親了一下。埃爾納蒙夫人愣住了，目瞪口呆。

「啊，是你！這是真的嗎？天啊……」

「我的好維克圖瓦！」

「別這樣叫我，」埃爾納蒙太太說，「維克圖瓦死了……你的老奶媽已經不在了。我現在完全屬於樂納維耶芙。啊！你曾向我保證做個正派人，為什麼近來卻……」

「四年了，我厭倦了。」

「這麼說，你捲入了克塞爾巴赫案？」

「當然！否則，剛才我怎麼會演出一場英雄救美的好戲。這樣，我就可以接近那個寡婦，達到我的目的，還可以和樂納維耶芙……」

埃爾納蒙太太生氣地說：「你想打什麼歪主意？自從你把這小姑娘交給我，說她父母已經死了，她就已經在我心上占去了你的位置，我不知道會為這孩子幹出些什麼事來。」說著，她哭了起來。

「好了，別哭。我沒時間可以浪費，我要跟樂納維耶芙談談，對她說一個秘密……」

「啊！奶奶，你還在為那件事擔心嗎？」樂納維耶芙重新回到屋裡，身影十分可愛。

「不，我和這位先生正在談你的童年，他說他曾去過你童年生活過的那個小村莊。」

老人的話令樂納維耶芙回憶起了童年，她告訴王子，母親在她很小的時候就死了，是一個男人把她送到了埃爾納蒙奶奶身邊，所以她才可以過上幸福的日子。

她的話使塞爾尼納感到驚訝，他問道：「那以後，您一直沒見過……沒見過那個男人？」

「從來沒有，您認識他？」

「喔，不……不，」塞爾尼納站起身，猶豫不決，埃爾納蒙太太正等著他說出秘密。「我想起一件往事……不，我記錯了。」

樂納維耶芙顯得有些失望，但她沒有說什麼，因為她還得去看看那些得睡覺的孩子們。聽到她的腳步聲遠去，王子站在那裡沒動，他的臉因為激動而變得蒼白。

「你怎麼不說？」埃爾納蒙太太問。

「以後再說吧。」塞爾尼納說，他又恢復了自己的本來面目，「你很清楚，我首先要得到她的完全信任……等我能為她提供童話般的生活時，再來告訴她吧。」

老太太搖了搖頭：「你恐怕真的弄錯了。樂納維耶芙不需要你說的這種生活，她對生活的要求不高。」

「需不需要，我們以後會看出來的，現在……你就讓我這樣做吧。就這樣，再見。」

從樂納維耶芙家出來後，塞爾尼納顯得很高興。「她很可愛，那麼溫柔，眼睛就像她母親一樣。我會盡我的力量讓她幸福的，從今晚起。她馬上會有一個偉大的未婚夫，接下去……一切都會很美好的！」

當天晚上大約十點半，塞爾尼納王子帶著一個大袋子來到一間下等旅館，這是那個上午來找過他的詩人的住處，和塞爾尼納一起來的還有一位醫生。

王子的手下菲利普領著他上了四樓，熱拉爾．博普萊就在這層樓的其中一間房內，但王子並沒有直接進去，而是來到了另外一間房裡。從這個房間掛著破布幔的玻璃門向外望去，剛好可以將熱拉爾屋內的一切看個清清楚楚。此時的熱拉爾正伏在桌上，借著微弱的燭光寫著什麼。天花板的一隻鉤子上，吊了一根繩子，繩子下方，就是這可憐人的腦袋。

鐘敲響十二下，熱拉爾站起來，打量著他居住的陋室。什麼都沒有了，一切都賣光了，他舉目無親，生活還有什麼值得留戀的呢？只是一瞬間，他就把頭伸進繩套。

二十秒過去了，塞爾尼納從那間屋裡走了過來。他不慌不忙，先拿起桌上的一張紙。那是一封遺書，內容是這樣的：

我活膩了！百病纏身，阮囊羞澀，前途無望。生活中沒有什麼可以吸引我的了，我只好去見上帝。我的死，與別人沒有任何關係。

熱拉爾·博普萊寫於四月三十日

塞爾尼納把紙放在桌上，然後放下了年輕人。接著打開房門，讓人把袋子抬進來，裡面裝著的是皮埃爾·勒迪克的屍體。

兩分鐘以後，皮埃爾·勒迪克的屍身就吊在繩子上，擺盪起來。

「很好，醫生，你明早再來一趟，告訴旅館裡的人，熱拉爾·博普萊自殺了。一定要安排好，別讓他們發現死者斷了一截指頭，還有臉上的傷痕……」

「這容易。」

「熱拉爾·博普萊沒事吧？」

「沒有多大的危險，再過幾分鐘他會恢復知覺的。」

幾分鐘過後，熱拉爾動了一下，他覺得喉部很痛，猛地一下坐起來，吃驚地看著塞爾尼納，就像看著一個鬼魂。接著，他見到繩子上吊著的屍體，於是又嚇得昏了過去。當他再次醒來，已置身於另一間房間了。他以為剛才是做了個夢，王子告訴他，那一切全是事實。

「聽我說，聽清楚我的話，熱拉爾．博普萊已經死了，消失了！現在，有兩條路擺在你面前，你是願意做個腰纏萬貫、有權有勢的人，還是繼續你原來的那種生活？」

「我不明白。」

「很簡單，命運讓你碰上了我。你身上有許多優點，我將重新塑造你的生命，然後為我所用。你有權按照自己的意願隨意塑造自己，你想要什麼就會擁有什麼。」

「您究竟是誰？」熱拉爾帶著幾分茫然問道。

「對你來說，這不重要。我就是主宰，想到什麼就能做到什麼，我是世上最強大的人。你接受嗎？」

「那……我該做些什麼呢？」年輕人被說服了。

「目前，你什麼也不必做，你只是我手裡的一顆棋子，你只是剛才那個死人的替代品。」

在塞爾尼納王子的威逼利誘之下，熱拉爾接受這個任務，換來新的生命。但為了變成皮埃爾．勒迪克，他還得受些苦。他被迫切下了左手小指，塞爾尼納趁他昏迷之際，將他交給了在樓下等的醫生。

「在他臉上割一刀，和皮埃爾．勒迪克一樣。」

這一天，塞爾尼納的計畫完全成功，除了成為朵諾瑞．克塞爾巴赫和樂納維耶芙的朋友之外，還創造出一個聽他指揮的新皮埃爾．勒迪克，而這個人在不久的將來，會成為他為樂納維耶芙安排的新郎。

4 勒諾爾曼遇險

五月三十一日到了，各家報紙都關注著亞森．羅蘋今天的救人行動，但讓所有人驚訝的是，五月三十一日安然過去，羅蘋預告的行動並未發生。

第二天，各家報紙卻以號外報導一個驚人的消息：熱羅默在高等法院消失了。民眾對這一則消息抱持懷疑態度，直到《晚間快報》發表了一則亞森．羅蘋的短信，才確認了這起事件的真實性。羅蘋在信中向大眾致歉，表示因為昨天是星期五，他才不願出面營救。

此時，勒諾爾曼先生被召至內務部，內閣總理告訴他，羅蘋使了一個很平常的計策，預審室當天來了許多被偽造的通知騙來的人，羅蘋趁著混亂將犯人救走了。勒諾爾曼受到內閣總理的責備，總理怪他不在現場，才讓亞森．羅蘋的計畫得逞。

勒諾爾曼平靜地說：「我正在做準備，而且已經了解了許多事情。我手中已握有三張王牌。首先，我已經知道亞森．羅蘋現在的住址；其次，我還找到了皮埃爾．勒迪克，他可是個了不起的人物，也是克塞爾巴赫案的中心人物；第三，我還找到一封寫給克塞爾巴赫先生的信，信上說有一個名叫史坦韋格的人將於六月一日到巴黎找克塞爾巴赫先生，而他認識皮埃爾．勒迪克。」

「請您原諒我，我差點想要辭掉您了。」內閣總理瓦朗格萊對此感到十分滿意。

「今天您已清楚我的計畫了，我希望不要再受到干擾，以便我伺機行事。我會抓到兇手和亞森．羅蘋，把他們交給您的。」

「我相信您。」

在地處聖克盧高地的一幢小別墅裡，勒諾爾曼先生正帶著古萊爾在密切監視，因為有消息說皮埃爾．勒迪克將會在這裡與他的手下會合。

「有塞爾尼納王子的消息嗎？」

「沒有，局長。」

「皮埃爾．勒迪克呢？」

「他整天都待在屋子裡，只有一個人能讓他打起精神，那是一個叫樂納維耶芙．埃爾納蒙的姑娘，他們倆有點……」

勒諾爾曼先生從手下那裡了解了他所需要知道的情況，便到他們替自己安排的房間睡覺了。幾個鐘頭後，古萊爾叫醒了局長，告訴他有人打開了柵門。

「杜德維爾兄弟呢？」

「我派他們到屋後去了，到時候他們會切斷那人的後路。」古萊爾把局長領到一間黑暗的房間裡。「我們是在皮埃爾．勒迪克的浴室裡，從這兒，您可以看見從床到窗戶的那一部分，他不會醒的，他每晚都會服安眠藥。」

這時，頭頂傳來一聲輕微的爆裂聲。

「他上了花棚。」古萊爾輕聲說。

勒諾爾曼先生命令古萊爾通知杜德維爾兄弟在墻腳等候，自己則緊貼著那條縫，注意著那邊的動靜。很快地，他看見一個黑影竄上陽臺，躡手躡腳地沿著床沿慢慢移動。一道光亮閃現……黑影打開了一把手電筒，藏在暗處觀察皮埃爾．勒迪克。儘管有光，勒諾爾曼仍然看不清黑影的臉，他只看到光影裡有什麼東西在閃，仔細端詳後，才發現那是一把尖尖窄窄的小刀，很像在夏普曼被殺的現場撿到的那把刀。

就在勒諾爾曼不留神的一剎那，黑影突然蹲下身，然後，舉起了那把尖刀。勒諾爾曼出於一種本能，朝睡在床上的人伸出手去，不料卻碰到了那個黑影。那人驚叫一聲，兩手在空中亂舞，抵擋著這突如其來的襲擊。勒諾爾曼猛地撲了過去，緊緊地抱住了他。對方掙扎了幾下，終於還是屈服了。

「你是誰？老實招來……」話還沒說完，勒諾爾曼覺得手臂裡的敵人似乎在往下滑，與此同時，他感到一個尖尖的、冰涼的東西抵著他的喉嚨，他想起了大旅館那三具屍體上的傷口。勒諾爾曼不自覺地鬆開了手，往後一跳，雖然他馬上又衝了過去，但那傢伙已經跑了。院子裡傳來柵欄破裂的聲音。

「當心，古萊爾！」勒諾爾曼跳下窗臺，卻發現古萊爾已被擊昏在地，柵門邊，杜德維爾兄弟也被打倒在地，一身是血。

「他們有兩個人，我們來不及自衛。其中有一個的背影有點像曾在大旅館住過的房客，那個後來失蹤的帕爾比里少校。」古萊爾醒過來後說道。

「少校？兩個人？」勒諾爾曼思索片刻後說，「看來，大旅館的兇殺案就是這兩人做的。」

第二天下午，勒諾爾曼獲知那個給克塞爾巴赫寫信、名叫史坦韋格的人被抓住了。他正想過去看看，不料卻接到一個壞消息。讓·杜德維爾打電話來，說找到了帕爾比里少校的蹤影。少校假扮成西班牙人，到加爾舍補習學校拐走了樂納維耶芙小姐。

勒諾爾曼大吃一驚，放下話筒，衝下樓，鑽進了汽車。古萊爾和三個警探跟在他後面。趕到事發現場時，讓·杜德維爾正在那裡等著他們，一見面，他就大聲叫道：「他跑掉了，從街的那頭跑的，大約有十分鐘了吧。」

「他一個人跑的嗎？」勒諾爾曼問。

「不，帶著那姑娘。」

勒諾爾曼氣壞了，他責備讓·杜德維爾辦事不力，然後自己親自開車追過去。一直追到池塘外的岔路口，他看到了兇手所駕的馬車。車上跳下來一個女人，踏腳板上馬上又出現一個男人，跳下車的女人伸出雙臂，開了兩槍，但沒有擊中車上的人。踏腳板上的男人正想還擊，發現了趕上來的汽車，於是猛一抽鞭，策馬飛奔了起來。一會兒就不見了。

勒諾爾曼沒有放棄，繼續追趕。經過一段崎嶇陡峭的道路追逐，汽車終於追上了馬車，但遺憾的是，馬車裡早已空無一人。他們在樹林裡找到了樂納維耶芙小姐，勒諾爾曼自我介紹後，提議送她回家，他想從她那兒了解一些關於這次事件的詳情。

樂納維耶芙聽了勒諾爾曼的敘述後表示，那個來找她的人不是英國人，更不叫帕爾比里，他是個西班牙人，叫胡安，是來這裡考察法國學校的教育。半個月前，他打算贊助加爾舍補習學校，條件是允許他對這裡的學生做實地觀察。就這樣，樂納維耶芙讓他留了下來，不料卻發生了今天這樣的事。

勒諾爾曼問道：「您對他毫無了解嗎？手上有沒有他的筆跡或其他什麼東西？」

樂納維耶芙臉紅了，她明顯感覺到，這位警察局長對她輕信於人的做法很是不滿。於是，她喃喃地說：「沒有，什麼也沒有……對了，兩天前他用我的打字機打過一封信，我不小心看到了地址，是寫給《日報》的，這對你們有用嗎？」

「當然，有可能是啟事之類的東西。」勒諾爾曼說。

「我這裡有今天的《日報》，局長。」古萊爾遞上報紙。

勒諾爾曼展開報紙，在第八版上看到了一則啟事，是尋找史坦韋格的。看來，案件的中心移到了這個老頭身上。勒諾爾曼很興奮，因為史坦韋格此時正被扣押在自己手裡，如今想要弄清案情，簡直是易如反掌的事。

回到警察總局已經是晚上六點了。勒諾爾曼正要傳訊史坦韋格時，克塞爾巴赫夫人突然來訪，她說史坦韋格是她丈夫的朋友，希望能讓她見見這個人。

史坦韋格被帶進來了，當他看見克塞爾巴赫夫人時顯得非常吃驚。勒諾爾曼直截了當地問史坦韋格是否知道皮埃爾·勒迪克這個人，史坦韋格嘟噥了幾句，似乎知道些什麼。可是，當他獲悉克塞爾巴赫先生已經死了時，整個態度都變了，拒絕說出一切。勒諾爾曼把現場找到的那個印有L和M兩個字母的菸盒交給他，史坦韋格猶豫片刻後，答應第二天再來回答勒諾爾曼局長的問題，勒諾爾曼只好讓助手迪約奇把他帶出去。

回過頭來，勒諾爾曼向克塞爾巴赫夫人表示歉意，並詢問她丈夫是什麼時候與史坦韋格來往的。克塞爾巴赫夫人顯得很疲倦，回答得有些含糊，勒諾爾曼也就不好再問下去。他打開門正想送夫人出去，突然聽到走廊傳來呼叫，接著，樓梯上的一些人跑了過來。

「不好了，局長！」

「出了什麼事？」

「迪約奇在樓梯間被人打暈！」

勒諾爾曼急忙衝下樓梯。古萊爾已經在那裡了，眾人正七手八腳地把迪約奇弄醒。迪約奇說自己和史坦韋格剛走到樓梯平臺上，就被一個皮膚黝黑、假裝借火的壯漢打暈了，那人拖走了史坦韋格。

勒諾爾曼咬牙切齒地說：「又是他，里貝拉，又名帕爾比里。古萊爾，還愣著幹什麼，快追，從這裡沿著太子妃廣場追下去。」

古萊爾沒多久就氣喘吁吁地回來了，他沒有追到行兇的人，但有看到他們。是兩個人，其中有一個棕紅色頭髮的女人。

聽到這句話，勒諾爾曼像突然想起什麼似的，大步衝下樓，對著克塞爾巴赫夫人乘坐的馬車大聲叫道：「對不起，夫人，有點事需要您的幫助，請允許我送您回家。」

克塞爾巴赫夫人下了馬車，鑽進了古萊爾攔下的一輛計程車裡。在車上，勒諾爾曼問克塞爾巴赫夫人有關史坦韋格的消息是不是樂納維耶芙告訴她的，當時是否還有另外的人在場。夫人回想了一下，樂納維耶芙來見她時，只有兩個僕人在，其中一個叫熱爾特呂德的，正巧有一頭棕紅髮。

但是他們回到克塞爾巴赫夫人的府上一問，所有人都說熱爾特呂德一直沒有出去過。勒諾爾曼懷疑附近有什麼秘密通道，因為他很細心地發現了熱爾特呂德鬢角流下了一滴汗。於是，他們立即著手調查。

皇天不負苦心人。他們在另一幢無人居住的房子裡發現一條暗道，它位於一間堆滿雜物的廚房，暗道入口就在一扇舊百葉窗後面。

暗道很長。勒諾爾曼和古萊爾通過一道門後，地勢開始緩緩下降，接著又有一道緊閉的門，可能是暗道另一端的出入口。當勒諾爾曼打算返回地面去尋找這個洞口時，才發現他們回不去了，因為進來的那一道門已被鎖死。

這是一個設好的陷阱，他們被困在裡面了。

一陣徒勞無功的努力後，兩人沉沉睡去。不知道過了多久，勒諾爾曼醒了，準確地說是被餓醒了。看來，他們應該在這裡待了一天。古萊爾也醒了，他覺得自己的腳有些冰涼，低頭一看，嚇了一跳。腳下正有水流漸漸浸入，而且流速越來越快，水位線越來越高。勒諾爾曼覺得有一股涼意襲遍全身，他立即明白，這不是正常的地下水滲入，而是那傢伙蓄謀已久的詭計。他們穿越已經淹過膝蓋的水，來到第二道門，仔細檢察，希望能找到出口，然而卻徒勞無功。

勒諾爾曼從門上拔下一個大插梢，想趁水淹上來之前，在洞壁上開個孔。他使勁地往牆上鑽，如他所料，洞壁後是軟土。「動手吧，古萊爾！」他叫道，「只要挖一條幾公尺長的通道，接通門那邊的地道，我們就可以出去了。」

古萊爾使勁地挖，兩個鐘頭之後，工程大概完成了四分之三，水深也快齊胸。照這樣的速度，再過一個鐘頭，水就會淹到他們挖的洞口。挖洞的工作越來越困難，氧氣供應也越來越少，但勒諾爾曼並沒有洩氣。就在水淹到胸部的那一刻，通道挖通了。

得救了！

他們迅速穿過通道，爬上對面的階梯。勒諾爾曼推開了頂上的活門，卻突然有塊面紗迎面朝他罩下來，接著，一個布袋套住了他，將他用繩子綁了起來。

「後面那個也一樣！」有個聲音隱隱約約地響起。

看來，古萊爾也被抓住了。

「別讓他們發出聲音，他們要是叫喊，就馬上殺了。如果出了什麼事情，就打電話到巴黎給我。我的馬車呢？快過來！」

勒諾爾曼聽到馬車的聲音，然後他們就被人推上了車板。馬車跑了起來。

大約半個鐘頭後，一個聲音吩咐道：「好了，到了！把他們弄下去……塞納河裡沒船吧？綁塊石頭扔下去？勒諾爾曼先生，去見上帝吧。記住，我叫帕爾比里，又名里貝拉，不過，您要是還能見到我，叫一聲阿爾唐．漢姆會更響亮，為我祈禱吧！旅途愉快，勒諾爾曼先生。」

勒諾爾曼感覺到自己被抬了起來，接著是一種虛空感，再接著，他就什麼也感覺不到了。

5 阿爾唐・漢姆男爵

加爾舍補習學校的花園裡，一群小姑娘們正在遊戲嘻鬧。埃爾納蒙太太在房裡整理書本。塞爾尼納王子出現在門口，問：「樂納維耶芙呢？」

「她去克塞爾巴赫夫人家了，一個鐘頭後才會回來。」

「那好，我出門的這十天裡，她和皮埃爾・勒迪克見了幾次面？」

「三次，但我對那個人一點都不滿意，樂納維耶芙應該找個與她地位相當的年輕人……」

「別管我的事，維克圖瓦，我下的是一盤棋，顧不了其中的棋子會怎麼想。」

這時，杜德維爾兄弟來了，他們向王子報告一些新的進展，包括史坦韋格老頭的事和警察局長失蹤。

「在警察總局裡，沒人對你們產生懷疑吧？」

「沒有，不僅如此，他們對我們十分信任，尤其是副局長韋伯先生，整個警局裡，他只相信我們。」

「好。」王子說，「還沒有完全輸掉，我們會把勒諾爾曼幹的工作繼續做下去，只要找到史坦韋格老頭就行了。」

「但他被里貝拉關在哪裡了呢？」

「首先查查里貝拉住哪裡！」

塞爾尼納安排好杜德維爾兄弟的工作後，趕到克塞爾巴赫夫人的住所。一進門，他就看見花園裡有幾個人，長椅上除了坐著樂納維耶芙、皮埃爾・勒迪克，還有一位身材魁梧、戴著單片眼鏡的先生。塞爾尼納剛想走過去，又見小樓裡走出幾個人，竟然是檢察官福爾默里、警察局副局長韋伯，還有一個書記官和兩個警探。

樂納維耶芙起身走進小樓，那個帶著單片眼鏡的男子不知和法官他們說了句什麼，然後跟著他們離開了。長椅上只剩下了皮埃爾．勒迪克一個人。王子走了過去，逼問皮埃爾那個戴單片眼鏡的人是誰。

「阿爾唐．漢姆男爵，是克塞爾巴赫先生的朋友，六天前才從奧地利趕來。」皮埃爾．勒迪克說。

他們走進小樓，見到樂納維耶芙，她帶王子到朵諾瑞．克塞爾巴赫的臥室。王子看到這位夫人時，覺得她比上次更蒼白了，她睡在沙發上，像個治愈無望且已經不再努力的病人。見到王子，克塞爾巴赫夫人勉強撐起身坐著，她和塞爾尼納談起那位阿爾唐．漢姆男爵，語氣相當友善。

塞爾尼納告辭離開時，樂納維耶芙拉住了他。「我有要緊的事跟您說，那個阿爾唐．漢姆男爵，我認出他了，他就是想劫持我的人，您應該知道。」

「知道他的真名嗎？」

「里貝拉。」

「您肯定嗎？」

「我一眼就認出他了。」

「不用擔心，一切包在我身上。」塞爾尼納說完這些話後，出了園子，卻意外地見到阿爾唐．漢姆男爵站在面前。

「我一直在等你，亞森．羅蘋。」

塞爾尼納一震，他本來是想揭穿對手的真面目的，誰知這對手竟搶先大膽地向他挑戰。兩人懷著敵意，互相打量。

「沒錯，我就是亞森．羅蘋，怎麼樣？」

「不怎麼樣，我只是覺得我們早就有必要見見面了。」

「我想聽聽理由。」

「我會告訴你一些很有趣的事。」

「是嗎？什麼時候？什麼地方？」

「明天吧，我們在飯店共進午餐。」

「怎麼不去你家？」

「我怕你找不到。」

「是嗎？」羅蘋說著，一把抓住阿爾唐．漢姆口袋裡露出來的一份報紙，報紙上的投遞封條尚未撕開，「杜邦別墅區二十九號，貴府的地址，很容易找啊！」

杜邦別墅區二十九號，亞森．羅蘋翌日準時到達男爵家。儘管他經驗豐富、無所畏懼，但面對阿爾唐．漢姆這樣的對手，還是有一種孤身闖虎穴的感覺。

男爵在客廳接見了亞森．羅蘋，他用隨和的口氣要求亞森．羅蘋與他合作，亞森．羅蘋自然一口拒絕。阿爾唐．漢姆做了一個不耐煩的手勢，說道：「聽我說，亞森．羅蘋，我可以這樣稱呼你嗎？」

「那我又該怎樣稱呼你呢？阿爾唐．漢姆？里貝拉？還是帕爾比里？」

一陣唇槍舌戰之後，阿爾唐．漢姆表明是想透過史坦韋格弄清皮埃爾的真實身份，他想與亞森．羅蘋合作，以獲知克塞爾巴赫的大計畫。

「不！」亞森．羅蘋說，「亞森．羅蘋向來獨步天下，不需要與什麼人合作。」

阿爾唐．漢姆勃然大怒，警告亞森．羅蘋不要太張狂，即使他可以不計較，但他的同夥是不會善罷甘休的。亞森．羅蘋輕蔑地說這不僅嚇不倒他，而且也不會防礙他下一步要做的事。

儘管兩人的語氣針鋒相對，但在飯桌上，他們卻又有說有笑的，競相說出妙語，一個比一個客氣有禮。男爵家的狗蹲在一旁，亞森．羅蘋不時地將餐桌上的食物扔給牠。就在男爵對自己的點心讚不絕口時，吃了點心的狗卻被毒死了。

「哈哈，想毒死我嗎？要是我三點時沒回去，警方在天黑之前就會逮捕你。」亞森．羅蘋笑了一下。「監獄困不住我，」阿爾唐．漢姆也笑起來了，「如果我願意，我要送你去的地方是任何人也無法逃脫的。只要吃下這些糕點就可以了。」

「你肯定嗎？不過，你還不是當大師的料，朋友。你忽略了站在你面前的是亞森．羅蘋，他可是任何人都傷害不了的。」

亞森．羅蘋在男爵和他手下驚恐的目光之下，不急不徐地吃完了面前的一塊點心。

在首次會面後的一周內，塞爾尼納和阿爾唐．漢姆就像老朋友一樣天天見面，顯得十分友好、相互信任。其實，他們彼此都在監視對方。作為不共戴天的對頭，他們都懷著堅定的意志，都在等待合適的時機戰勝對方。一旦時機成熟，兩人就會拼上性命、孤注一擲。

這一天，在康蓬街俱樂部的花園裡，人們都用餐去了，只剩下塞爾尼納和阿爾唐．漢姆兩人。他們在草坪上散步，草坪那頭有一道圍墻，墻上開了道小門。兩個人有一句沒一句地閒聊著，突然，塞爾尼納發覺阿爾唐．漢姆說話的聲音有些發抖，手也放進了上衣口袋裡，似乎握著什麼東西！他要動手了？

塞爾尼納提高警惕，沉默片刻後，他叫道：「喂，想動手嗎？是啊，多好的機會，那道小門沒關，你可以從那兒溜走。你早安排好了吧？真是膽小鬼！」

塞爾尼納話還沒說完，小門旁竄出一個人，從後面抱住了他的頭，手舉一把尖刀，直接向他的喉嚨處刺來。阿爾唐．漢姆也撲了上來，三個人抱成一團，搏鬥持續了二、三十秒，阿爾唐．漢姆在體力上似乎略遜一籌，他發出一聲慘叫，收了手。那個突然竄出來的人也立刻抽身，塞爾尼納從地上跳了起來，可惜那黑影已經跑遠了。

「我覺得很奇怪，為什麼連你都不熟悉這傢伙的手法？受傷了，是嗎？還是我來教教你吧，瞧，」塞爾尼納譏諷地說，並從脖子上扯出一個小小的鋼製護頸，「這玩意兒很管用，因為那傢伙向來就只知道刺人喉嚨。起來，尊敬的男爵先生。」

塞爾尼納走到男爵跟前，伸出手邀請男爵共進晚餐。回到俱樂部，塞爾尼納一心想爭回主導權，找到史坦韋格老頭。於是，他吩咐藏匿在附近的手下到阿爾唐．漢姆家搜查，而自己則在這裡絆住男爵。

在牌桌上輸給阿爾唐．漢姆三百金路易❷之後，塞爾尼納藉故離開了俱樂部。在杜邦別墅區二十九號，他的手下們告訴他，他們並沒找著史坦韋格。塞爾尼納將手下打發走，自己則繼續藏在阿爾唐．漢姆的臥室裡。塞爾尼納心想，男爵回到家後一定就已經知道自己今天在俱樂部裡的所作所為是為了絆住他，那男爵也一定會去查看關押史坦韋格的地方。然而，阿爾唐．漢姆回來後什麼也沒做，稍作休息就上了床，哪兒都沒去。正當塞爾尼納大感失望，正要離去時，卻意外地聽到從男爵床上傳來的聲響：「喂，史坦韋格，想得怎樣了？」

毫無疑問，是阿爾唐．漢姆在說話，而且是在跟史坦韋格說話。可是史坦韋格不在房裡啊，這是怎麼一回事？

聽阿爾唐．漢姆繼續不停地說著，塞爾尼納拿不定主意了，他猶豫不決，不知道自己該不該撲過去，扼住男爵的咽喉，逼他說出實情？在摸清楚狀況前，塞爾尼納沒有輕舉妄動，他留了下來。

第二天，男爵十點就出了門。塞爾尼納一直等到僕人們開飯了，才從藏身的壁櫃出來。他認真地檢查床和床內側的牆壁，卻沒有任何發現，所以他決定再繼續留下。

晚上，阿爾唐．漢姆爬上床，關了燈，又和昨天一樣，開始說：「喂，怎麼樣，朋友，還是不說嗎？

❷在法國的波旁復辟時期與七月王朝時期，二十法朗的硬幣被稱為金路易。

別罵人。我給你十天的口糧，如果你不說，十天後就會餓死。」

塞爾尼納聽得一愣一愣，他沒有弄錯，男爵確實是在和史坦韋格老頭說話。但史坦韋格究竟被他關在哪裡呢？

接下來的一天裡，塞爾尼納還是無法查到其他的情況，只好悄悄地離開了杜邦別墅區。

6 亞森．羅蘋被捕

星期三上午將近十一點，內閣總理收到一封署名為「塞爾尼納王子」的限時信。信中說，勒諾爾曼被關在加爾舍的格利西納別墅地下室內，有人會在下午兩點對警察局長採取不利的行動。另外還說，自己將會在克塞爾巴赫夫人的家中等候，以協助警方。

內閣總理召喚警察局副局長韋伯和警政署長前來商議時，韋伯先生表示其實自己也收到了一封署名為「L．M」的信。信中揭發保羅．塞爾尼納就是亞森．羅蘋，最佳證據就是保羅．塞爾尼納（Paul Sernine）是亞森．羅蘋（Arsène Lupin）幾個字母重新排列而成，且一字不差。

兩封信互相告發，讓總理先生不知道怎樣處理才好。到底相信誰？

「總理先生，我想帶兩百名警員，分別去對付他們。」韋伯先生說。

「好吧，就這樣決定。」

十二點十五分，塞爾尼納王子在一家餐館約見了他的兩個得力助手，杜德維爾兄弟。

「這麼說，你們也要參加行動？太好了，我也會參加的。」

「什麼？老闆，你真的認為勒諾爾曼沒死？」

「這是當然，我已經公開表示要幫助勒諾爾曼先生，難道不應該由我來把這話兌現？」

吃完飯，塞爾尼納帶著這兩個人到了新城莊園，在通往加爾舍補習學校的小路上，他吩咐杜德維爾兩兄弟以警探的身份到格利西納別墅去，並進到地道下去看看情況，看自己留在地道的東西還在不在──因為他曾放了一包東西在地道的門邊。

十分鐘後，杜德維爾兄弟回來了，說地道裡的兩道門都開著，東西也在。

一切順利，塞爾尼納讓杜德維爾兄弟回警局，自己則來到埃爾納蒙夫人家。一進門，埃爾納蒙太太便說樂納維耶芙收到他的信後就趕去巴黎了。塞爾尼納嚇了一跳，他並沒有寫過這樣的一封信，信是假造的！失望和憤怒的情緒蒙蔽了他的理智。他趕到克塞爾巴赫夫人家，沒有找到人。於是，他又衝去阿爾唐．漢姆的住處，想在警察來之前看住他，從他嘴裡問出樂納維耶芙的下落。

一見到阿爾唐．漢姆，塞爾尼納二話不說，把男爵打翻在地。「樂納維耶芙在哪兒？你把她弄到哪兒去了？你如果不告訴我，我就……」

阿爾唐．漢姆毫無反抗之力，他說：「放心，她很好。」

「啊！真的是你……」

「當然。不過，你得承認，是因為你在這方面過於粗心，我才能得手。」

「少囉嗦，你把她藏哪兒了？」塞爾尼納因憤怒而扭曲的臉震住了阿爾唐．漢姆男爵，他用威脅的口氣說道，「聽著，你提議的合夥，我本來是不同意的，但現在我同意……」

「太晚了。」

「慢著。我不只同意，還答應不再插手這事……好處都讓你一人獨享，只要你放了樂納維耶芙。」

阿爾唐·漢姆男爵笑道：「看你低聲下氣地求我，還真是有意思。現在的我有絕對優勢——必要時，我可以殺人。」

「蠢貨！」塞爾尼納輕蔑地罵了一句，然後掏出懷錶說，「男爵，兩點了，你的時間不多了。韋伯先生會帶著一群壯如小牛的青年衝進你家，抓住你，那條地道也有人守著。你完了，斷頭臺在等著你。說吧，我可以救你，守那地道的是我的人。」

阿爾唐·漢姆聽了之後，一臉蒼白，結結巴巴地說道：「你幹了這種事？就為了那個小姑娘？我……我不會說的。」

「好吧，那我們就等著看吧。」

柵門口傳來了一些聲響，很快地，柵門被衝開了。

「說吧，現在還來得及，說完你就可以走了。」

「你呢？」

「我留下，我有什麼好怕的？」

男爵將窗簾拉開一條縫，塞爾尼納也湊了上去看。他嚇了一跳，說道：「啊！莫非你也做了同樣的事？很好，看樣子，韋伯似乎帶了一、二百人來。」

男爵笑了起來，說道：「是啊，不過我可沒這面子，抓我只要六個人就夠了，這顯然是衝著你——亞森·羅蘋而來的。」

「你跟警方說了？」

「對，我說塞爾尼納王子就是亞森·羅蘋。」

塞爾尼納眼見計畫受阻，不得不趕緊動腦擬訂新的方法。外面的人開始撞擊前門，此時，阿爾唐·漢姆突然把腿一伸，勾倒塞爾尼納，自己趁機逃往地下室。塞爾尼納趕忙爬起來，拔腿直追。

到了地下室裡，兩人打鬥起來，抱成一團，壓在地道入口的門板上。正在難分高下之時，那板子似乎動了動。男爵使出渾身的勁，想掙開塞爾尼納的糾纏，好讓門板能被頂開。

「難道門板下的是他的人？會是那個殺手嗎？」塞爾尼納想到那神秘殺手，心裡產生一絲恐懼，「他要是進來，我就完了。」

想到這兒，他大喝一聲，使出令人難以置信的力量，一把抓住男爵，扼住他的咽喉，隨即掏出繩子，三兩下地把男爵綁了起來。

男爵喘過氣來，說道：「你如果把我交出去，樂納維耶芙就活不成了。」

塞爾尼納一震，低聲對他說：「即使現在放了你，你也什麼都不會說的，對嗎？今晚，你會在看守所過夜，而我有辦法溜進去。只要你告訴我樂納維耶芙在哪裡，我就救你出去，不然，你的腦袋就保不住了。」

地道上頭已經響起紛亂的腳步聲，塞爾尼納把剛才的話又重覆了一遍，就下了地道。他朝第一道門走去，打著手電筒尋找那包裹，可是包裹不見了。他想穿過地道，到另一幢樓，那邊的門卻關上了。很顯然，有一個神秘的傢伙打亂了他的計畫，破壞了一切。

他輸了，韋伯很快就會發現他。

就在塞爾尼納苦思對策時，從門板那邊傳來一聲悲慘的叫聲。他快步往回走，半路上，他似乎看到一道黑影。塞爾尼納衝進地下室，但已經太遲了，阿爾唐·漢姆的喉頭鮮血淋淋，氣若游絲。

「我會救你一命，只要你告訴我樂納維耶芙在哪兒？」

男爵吐出幾個含含糊糊的詞。塞爾尼納驚慌失措，只有這傢伙的一句話，自己才能夠救出樂納維耶芙，不然，她就會活活餓死。

「快說，回答我！」

「里……里沃利……」與此同時，地下室的門被撞開了。「二十……二十七……」男爵話還沒說完，十幾把槍已經指向了他們。

「亞森．羅蘋，你要是敢動一下，我——」韋伯先生舉槍對著塞爾尼納，喝道，「我就斃了你。」快樂和擔心令這位副局長先生的聲音有些發抖。韋伯先生讓手下打開一扇百葉窗，日光照了進來，這時他才發現阿爾唐．漢姆受了傷，已經奄奄一息。但從阿爾唐．漢姆那張著的嘴可以看出，他似乎還想說什麼。

韋伯先生指著塞爾尼納問道：「他是亞森．羅蘋，對嗎？」

「對……羅蘋……」

「勒諾爾曼先生在哪裡？」

阿爾唐．漢姆把目光投向角落裡的一個壁櫃上。

韋伯先生打開壁櫃，裡面放著一個包裹。他打開一看，認出了裡面裝著的東西，那正是勒諾爾曼先生的那套橄欖綠禮服。韋伯先生不覺渾身一顫：「啊，混蛋！他們殺了他！」

「沒有。」

「可是這套禮服……我不明白……」

阿爾唐．漢姆轉眼望向塞爾尼納。韋伯先生明白了，說道：「喔！亞森．羅蘋偷了勒諾爾曼的衣服，打算逃走，這正是他的慣用手法。」

不過，看到垂死者的目光，韋伯先生覺得他還有話要說，秘密還沒有完全揭開。

「塞爾尼納……勒諾爾曼……」男爵含混不清地說，他已精疲力竭。

他斷斷續續的話讓大家如墜五里雲霧。韋伯先生做了一個荒謬的推斷，他附在垂死者的耳朵旁大聲說道：「亞森．羅蘋和勒諾爾曼其實是同一個人，對嗎？」

他忐忑不安地等著答案，但阿爾唐．漢姆沒來得及回答便死了。韋伯先生翻看那包東西，裡面除了橄欖綠禮服，還有假髮、眼鏡，一切用來扮成勒諾爾曼先生的東西。韋伯走近塞爾尼納，打量了他好一陣，才說：「好吧，你回答我：你是不是勒諾爾曼先生？」

「是。」塞爾尼納回答道。

人群裡響起了一片驚呼。身為塞爾尼納的忠實助手，並隨著韋伯一起行動的讓．杜德維爾更是驚愕地看著老闆。

「我承認，這相當有趣，」塞爾尼納說，「上帝讓我們一起工作。你們的勒諾爾曼先生和可憐的古萊爾都死掉了，不，勒諾爾曼還活著。可憐的阿爾唐．漢姆，他忘了搜走我的刀子，我在水中劃破屍袋，死裡逃生。」

韋伯不發一語，半晌，才絕望地揮揮手，示意下屬為亞森．羅蘋戴上手銬。杜德維爾被迫拿著手銬走近亞森．羅蘋，羅蘋的嘴唇輕輕動了一下，吐出幾個字：「樂納維耶芙，里沃利街二十七號。」

韋伯一想到怪盜亞森．羅蘋被自己抓獲，就忍不住露出洋洋得意的神情。

「走！」他命令道，「回局裡。」

車開到警察局後，韋伯先生想起亞森．羅蘋曾經幾次成功越獄，所以只在那兒停了一下，就立即押他去了看守所，從那兒又轉到桑塔監獄。犯人一到，就迅速辦好入獄手續。

晚上七點，羅蘋跨進第二監十四號牢房。

「您這套房不錯，電燈、暖氣，應有盡有。典獄長先生，我很樂意訂下這間房間。」

他和衣倒在床上，五分鐘後就睡著了。

7 第一次審訊

全世界歡聲雷動，亞森・羅蘋被捕的消息在輿論界造成了極大的轟動。警方盼了這麼久的行動，如今終於成功，而且完成得十分漂亮，理應受到贊揚。所以警政署長獲得了三級十字勛章，韋伯先生也獲得了四級十字勛章。可是，在這一片歌頌之中，仍有一個無法抑制的笑聲壓倒了一切。

「我！亞森・羅蘋，竟當了四年的警察局長，是四年來受到上面信任、下屬敬仰的局長大人！」

四年來，民眾生活平靜，資產受到保護。這項工作交到了亞森・羅蘋的手上是多麼有效率！社會秩序從沒有這樣好，犯罪從沒有這樣迅速確實地得到遏止。眾多傲人的成績，完全可與最傑出的警探、最偉大的勝利相媲美。

大家並不在乎他是不是俄國王子，反正亞森・羅蘋本來就善於這類喬裝打扮。但他當上了警察局長？這是多麼有趣的事情啊！勒諾爾曼先生就是亞森・羅蘋！

直到今天，大家才明白他那些表面上看來不可思議的花招是怎麼玩的，大家才恍然大悟，為什麼他的同夥可以在預定的日子，在光天化日、眾目睽睽之下在司法大樓演出一場劫走犯人的活鬧劇。這一切，只需一個極為簡單的方法——當上警察局長就行了。

多麼有趣的鬧劇。在我們這個時代，這是多麼撼動人心的鬧劇！儘管身陷囹圄，亞森・羅蘋仍然是大贏家，他比任何時候都更令民眾傾倒，無論他是否是囚犯，都是民眾心目中永遠的偶像。

被捕的第二天。亞森・羅蘋心裡非常清楚，當他在「豪華大旅館」——桑塔監獄——一覺醒來時，他以塞爾尼納和勒諾爾曼這兩個名字，以王子和警察局長這兩個身份所遭到的逮捕必將引起的極大反應。

「對一個孤獨的男人來說，最好的安慰就是當代人的稱讚。」他想道，「不過，在這裡療養一段時間也不錯。」

他環顧四周，覺得這間牢房環境優美，從高處的窗戶看出去，可見綠色的樹葉，當然還有藍天。一番冥思苦想後，亞森．羅蘋故意招惹獄警，要提高待遇，然後突然抓住他，說道：「您要是肯替我寄封信，就可以得到一百法朗。」

他抽出一張一百法朗的鈔票，遞給獄警，這是他躲開搜身藏下來的。獄警接過了鈔票。亞森．羅蘋馬上寫了一封信，信封上寫著：「巴黎郵局待領。S．B先生，四十二。」獄警拿了信，走了。

「這下寄出一封信了。」亞森．羅蘋尋思，「它會安全抵達的，最慢一個鐘頭後就會收到回覆，我正好利用這段時間來審視一下自己的處境。看來局勢不太好，一邊占盡上風，另一邊卻毫無優勢。與我作對的是一個勢均力敵的高手，甚至更強。因為他有兩張王牌：皮埃爾．勒迪克和史坦韋格老頭，我卻備受拘束，手中沒有武器。」

正當羅蘋思考之際，牢門開了，他很自然地說：「請進，典獄長先生。」

「看來，您似乎在等我？」

「典獄長先生，是我寫了一封信請您來的，您不記得了嗎？信封上寫的可是您的姓名縮寫S．B，還有您的年齡，四十二歲。」

典獄長名叫斯諾尼斯拉．博萊利，四十二歲，是個性情溫和的人，他要求對亞森．羅蘋做一次徹底的檢查。不一會兒，羅蘋被帶回牢房。

「典獄長，檢查得很好，我很滿意，並向他們表示了感謝。」

羅蘋一邊說一邊拿出一張一百法朗的鈔票，遞給博萊利先生。博萊利驚訝得張大了嘴，說道：「啊！

這……錢是從哪裡來的？」

「您就別挖空心思了，這是沒用的。我這樣的人，無論在何種困難的情況，身上也不會彈盡糧絕的。」

典獄長鎮定下來後說：「我願意相信您會遵守獄規，不致於逼我採取更加嚴厲的措施。」

「我正是為了不讓您為難，才預先向您表明這些措施對我毫無作用。既不能阻止我隨意行動，也不能阻止我準備越獄。」

「您想越獄！」

亞森．羅蘋開心地說：「典獄長先生，請您想一想，我進監獄的唯一原因，就是從這裡出去。」

博萊利心裡被這個獨特的囚犯搞得一團亂，對亞森．羅蘋已經在準備的事極度不安，但略一思索後，他還是離開了十四號牢房。

現在，讓我們來看看桑塔監獄的大概面貌。

它呈輻射形狀修建，中心是一間玻璃監視室。讓參訪監獄的人覺得驚奇的是，他們經常可見一些囚犯無人跟著，在監獄裡走動。但其實囚犯們只是從一個地方移動到另一地方，從一個獄警的視線裡移動到另一個獄警的視線裡。遇到提審犯人的情況，巴黎警衛隊的士兵通常會在外面接收囚犯，然後把他塞入俗稱「菜籃」的囚車上的一個籠子裡。

但對於亞森．羅蘋，就不能這樣做了。

韋伯先生親自帶了十二個全副武裝的警察來提審。他們提押了犯人，帶到一輛租來的馬車上，前後左右，都有巴黎警衛隊的士兵跟著。

亞森．羅蘋很滿意，因為警方對他的待遇很高。他拍了拍韋伯的肩膀，說道：「韋伯，我打算辭職，並推薦您來做我的接班人。」

「我差不多已經接了。」韋伯說道。對這個對手，他心裡有一種奇怪且複雜的感情。

十幾分鐘後，一行人來到司法大樓。看到杜德維爾兄弟等人在此等候，韋伯先生十分高興，他上了樓梯，杜德維爾兩兄弟一左一右押著亞森．羅蘋跟在後面。

「樂納維耶芙呢？」亞森．羅蘋低聲問道。

「救出來了。」

「克塞爾巴赫夫人呢？」

「住在布里斯托爾旅館。」

「那……史坦韋格？」

「什麼也不知道。」

「好，照這個方法寫信給我。」亞森．羅蘋把一個紙團塞進其中一個人手中。

韋伯帶著亞森．羅蘋走進福爾默里先生的辦公室。

這位預審法官說道：「亞森．羅蘋先生，您此刻應該老實交待自己所犯下的三百四十四起盜竊、詐騙……」

「怎麼？才這麼一點點？」亞森．羅蘋叫道，「真不好意思，我就只做了這麼點事。」

「您還應該交待殺害阿爾唐．漢姆的罪行。」

「這件倒是新的，這是您的想法吧？」亞森．羅蘋反駁這項指控，他指出將阿爾唐．漢姆致於死地的兇器沒有找到，自己不可能是兇手。他認為兇手和前幾起謀殺案中行兇的那個是同一個人。

「那他人呢？」

「發生慘案的房間裡有一道門板，他從那裡逃走了。」

「那您為什麼不逃呢？」福爾默里撇了撇嘴，神情譏諷。

「我試過，但半路有道門打不開，我原本準備了一包衣服，可是後來被你們搜出來了。」

「為什麼準備這包衣服？扮成勒諾爾曼先生再次出現，是這樣想的嗎？」

「正是這樣。」

「不對。」福爾默里先生狡黠地笑著，彷彿什麼都知道，「勒諾爾曼先生的故事……可笑！這一套騙騙愚昧的人是可以，在我面前卻是行不通的。不可能！的確，有很多事您都可以做到，就是這一件不能。您為什麼要編出這套謊言？」

亞森．羅蘋驚愕地看了一眼福爾默里，儘管他很了解眼前這位先生，還是沒想到他的自負和糊塗已經到了如此程度。他朝韋伯先生轉過頭去，韋伯先生正在那兒發呆。

「親愛的韋伯，我覺得您升遷的希望完全落空了，我相信福爾默里先生會想辦法弄出一個真正的勒諾爾曼先生。」

「是的，亞森．羅蘋先生，我們會找著他的。」預審法官自豪地說，「而且，我相信他和您交手的場面一定精彩。」

亞森．羅蘋似笑非笑地搖搖頭。

福爾默里顯然對現在的場面有些惱火，他不停地在桌上敲打著，說道：「我得承認，跟您打交道真的很有趣。您真的是勒諾爾曼？照此說法，克塞爾巴赫先生遇害後，我是在與您一起調查，對吧？」

「調查王冠失竊案時，您也是和我在一起。」亞森．羅蘋笑道。

聽到對手提起自己那段尷尬的往事，福爾默里先生滿心的歡喜頓時煙消雲散，他說：「看來，您還抱著謬論不放？」

「唉，預審法官先生，這對我無關緊要。隨您怎麼說，可是我敢跟您打賭，等預審一結束，我就會遠走高飛了。由於你們迫使我一時在牢房裡無事可做，我也只好委托你們兩人繼續我的工作。」

福爾默里仍然是嘲弄的口氣，問道：「什麼工作？」

「你們要替我去找那個史坦韋格老頭，繼續調查克塞爾巴赫先生的計畫。」

「您知道在哪裡能找到史坦韋格？」

「杜邦別墅區二十九號。」

福爾默里看了韋伯一眼，副局長先生聳聳肩說道：「您的意思是，史坦韋格在阿爾唐．漢姆家裡？」

「對。」

「您的這些蠢話真的可以相信嗎？裡面沒人，我告訴您，我的部下守著那幢樓房，一直沒離開過。」

亞森．羅蘋有些不耐煩地說：「副局長先生，我給您搜索令，您親自去搜查，然後馬上向我報告。您要是耽擱了，史坦韋格老頭就會餓死，我的計畫就全完了。」

「嗯，是十分嚴重。」福爾默里思索片刻後說道，「可惜，這一切只是個大騙局，我早就識破您的把戲了。」

「蠢貨！」亞森．羅蘋罵了一句。

福爾默里先生站起來。「審訊完了，您也明白，這純粹是浪費時間。您的律師呢？」

「非要不可嗎？」

「非要不可。」

「那我選甘貝爾先生，律師會會長。」

8 營救史坦韋格

亞森．羅蘋的第一場審訊結束了，又是杜德維爾兄弟把他押下樓。走在樓梯上時，亞森．羅蘋小聲吩咐道：「看守樂納維耶芙的房子，固定四個人，克塞爾巴赫夫人那邊也一樣。你們跟著韋伯去搜查杜邦別墅吧。」

「老闆，你什麼時候出來？」

「不急，我要休息休息。」

回到牢房，亞森．羅蘋寫了封長信，他向杜德維爾兄弟詳細地指示作戰計畫。又另外寫了兩封信給樂納維耶芙和克塞爾巴赫夫人，信中期待她們不要忘記他，始終把他當朋友看待。

牢房的桌上擺著幾個信封，亞森．羅蘋拿了一個，又拿一個，正要寫第三個時，忽然發現了一張白色紙條，不禁大吃一驚。他拿起紙條，認真讀道：

> 您與阿爾唐．漢姆的交手，並未獲勝。不要再插手這件事。這樣，我就不會反對您越獄。
>
> L．M

「又是他！」他心想，「把手伸到這裡面來了。」

正是這點讓羅蘋覺得恐懼，這個對手的實力強大得令他有些不知所措。「不管怎麼說，這一回我可碰著對手了。來了個遠勝於我的人，終究是件好事。能從監牢這種地方戰勝他，找回史坦韋格，這才是亞森．羅蘋！」

羅蘋躺在床上，從下午睡到第二天早上。將近十一點，甘貝爾律師來見他。中午，第二次審訊開始了，羅蘋趁機把三封信交給了杜德維爾兄弟。

福爾默里先生再次進行審訊，他說：「對於您是否是一九××年從桑塔監獄首次越獄的亞森．羅蘋，我們並不能肯定。」

「那當然，因為我也不清楚。不過，『首次』這個詞用得很準確。」

「從人體檢測處保留的資料來看，上面記錄的亞森．羅蘋人體特徵，與您現在的狀況完全不符。因此我要求您如實告知您的真實身份。」

「這正是我想問您的事，我用了這麼多假名，現在連我自己也不認識自己了。」

「您拒絕回答？」

「對。我只關心我昨天交給您的任務，我等著調查結果。」

「我根本不相信您昨天的話，我不會去調查的。」

「但您和韋伯還是去了，我從報上……」

「啊！您還讀報！」預審法官看上去相當氣惱。

這時，有個接待員進來對著檢察官耳語了幾句。福爾默里連忙迎了出去，問道：「韋伯先生，找到那個人了嗎？」

警察局副局長回答道：「沒有什麼新發現。」

兩人都非常失望，顯然已經受了亞森．羅蘋的影響，也深信有這麼回事。

亞森．羅蘋告訴他們，史坦韋格前天上午還在那房子裡。

「下午五點，我的人就包圍了那棟房子。」韋伯先生說。

「也許應該假設，人是下午被帶走的。」福爾默里先生下結論。

「不可能。」羅蘋堅定地說。

「您這樣認為？」預審法官開始不自主地對亞森．羅蘋的洞察力表現出敬意。

「這真是荒唐！」韋伯先生叫起來，「我把每個房間都搜遍了！」

「法官先生，」亞森．羅蘋提了個建議，「我在想，你們可否把我帶去？三點時，我一定找出史坦韋格。」

羅蘋的提議顯得有點太過份了，兩個司法官員頻頻考慮要不要試上一試。就在此時，福爾默里收到一封匿名信，信中揭發亞森．羅蘋想利用去別墅的機會逃走，署名又是「L．M」。福爾默里的臉一下刷白，他暗想，差點又被這個強盜耍了。於是，他宣布審訊結束，馬上將犯人押回去。

一旁的亞森．羅蘋有種預感，他敢肯定那封信就是那個幕後黑手寫的。但他並沒有絕望，臨走時，他裝得像個先知一樣，告訴福爾默里先生，明天上午十點他們一定會去杜邦別墅區二十九號。

第二天，亞森．羅蘋被叫醒，韋伯先生和他的部下把他帶到了馬車上。

「車夫，杜邦別墅區二十九號。」不等韋伯開口，亞森．羅蘋就大聲吩咐道。

「啊！您怎麼知道我們要去哪兒？」韋伯先生問。

「昨天我不是和法官大人約好了嗎？」

馬車很快地駛進杜邦別墅所處那條街道，這條街已經被封鎖了。亞森．羅蘋戴著手銬，被人帶進福爾默里所在的房間。接著所有的警員都退下了，只有韋伯留在房間裡。

「對不起，法官大人，我想，我也許來晚了，但請相信，下一次我……」

「沒有下一次了，先生，我太太……她……她……」福爾默里一臉蒼白，渾身顫抖，哽咽著，說不下去了。

原來，福爾默里夫人被人綁架了！福爾默里先生今天早上收到一封信，信中說只要找到史坦韋格，就會放了她，署名是「亞森．羅蘋」。

「喔，真是個不幸的消息！在我印象裡，福爾默里夫人可是個大美人啊，嘖嘖，真可惜。對了，大人，您真的相信那封信是我寫的嗎？」

「我……但……」

「不確定嗎？那就讓我來告訴您吧，那封信的確是我寫的。」

「也就是說，您想逼我來負責尋找史坦韋格的行動？」

「我要求您這樣做。」

「要是我不幹呢？」福爾默里先叫嚷道，顯得很反感。

亞森．羅蘋壓低聲音說：「那會引來嚴重的後果。福爾默里夫人很漂亮……」

福爾默里妥協了，韋伯也對這個雖是階下囚卻又總占上風的敵人讓步了，被迫解除他的手銬。但韋伯同時又命令同來的幾個部下持械監視亞森．羅蘋。

亞森．羅蘋大聲表示：「我以我的名譽發誓，我來這裡只是為了拯救一個垂死的人，絕不會企圖逃走。」

「亞森．羅蘋的名譽……」一名警員嘀咕了一句，但話還沒說完，他的腿就被羅蘋狠狠地踢了一腳。所有警察都忿怒至極，準備撲向羅蘋。

「住手！」韋伯先生出面喝止，「亞森．羅蘋，我只能給您一個鐘頭。」

亞森．羅蘋不滿地說：「我做事可不希望附帶條件。」

「您就依了他，現在是非常時刻。」福爾默里焦急地說。

「唉！隨您的便吧，強盜！」韋伯罵了一句，並示意幾個警察退後幾步。

亞森．羅蘋終於可以單獨地、自由地做事了。他坐在那張很舒適的扶手椅上，點燃一根煙，叼在嘴上。過了一會兒，他發號施令：「韋伯，讓人把床搬開。」

床被搬開了。

「拉開凹室的簾幔。」

一切都照他說的做。在場的人都帶著嘲弄和惶恐的心情，等著看會發生什麼神奇的事情。

「現在怎麼辦？」韋伯問道。

「派一個人去守著電鈴，就在廚房那邊。現在，按電鈴鈕，用力。」

過了一分鐘，剛才派去的人被叫了回來。

「喂，聽見鈴響了沒有？」

「沒有，沒有任何動靜。」

「很好，我果然沒猜錯。」亞森．羅蘋充滿自信地指導警察局副局長將假的電鈴取下來，然而一個漏斗狀的管子便露了出來。

「快，對準它大叫，大叫史坦韋格！怎麼樣？」

「沒有回答。」

「您確定……」亞森．羅蘋有些焦急地說，「那就糟了，他可能死了。」

為了盡最後的努力，亞森．羅蘋親自動手。警察都圍在他身邊，不過他們並不是想幫他，只是想看他怎麼做。羅蘋進了另一間房間，不出所料，他發現了一截鉛管，像水管一般從一個角落伸向天花板。

「啊！」亞森．羅蘋說，「向上走。」

發現線索了，現在只要順著找下去就行了。他們上了四樓，最後來到閣樓，看到一間房間的天花板開了一道縫，管子剛好從中間穿過，進入一間十分低矮的屋頂閣樓，閣樓上方有一個出口。再往上，就是屋頂了。亞森．羅蘋指揮人搬來一架梯子，爬上了屋頂，屋頂上鋪著鐵皮。

「您不覺得走錯了路嗎？」福爾默里先生叫道。

亞森．羅蘋聳聳肩說：「不，這表明鐵皮和屋頂閣樓上部還有個隔間，那裡有我們要找的人。」

「不可能！」

「那就讓我們來看看吧，叫人掀開鐵皮。」

三個警察上來執行命令。然後，他們發出一聲驚歎：「啊！真的有人。」

亞森．羅蘋說對了，在屋頂的橫梁下，有一個隔間，最高處有一公尺。一個警察下去時，踩斷了木條，跌到屋頂閣樓。

「嘿，朋友，小心點。」羅蘋叫了一聲。

從這裡再過去一點，是一隻煙囪。亞森．羅蘋走在最前面，不一會兒就看見了一個人，或者說是一具屍體躺在屋頂下，被幾條鐵鏈拴在煙囪的鐵環上。亞森．羅蘋滑了下去，踩了踩地板，很結實。他很小心地來到屍體旁，韋伯和福爾默里也下來了。

檢查了一陣，羅蘋喊道：「還有氣！快，馬上餵他牛奶加點礦泉水。一定得快！我保證能救活他。」

過了二十分鐘，史坦韋格老頭睜開了眼。

亞森．羅蘋跪在他身邊，低聲說：「別說話，史坦韋格，不要把皮埃爾．勒迪克的秘密告訴任何人。我是亞森．羅蘋，我向您買這個秘密，價錢由您定。」

說完，他轉頭對福爾默里示意道：「收隊吧，大人。」

「什麼？可是、可是我太太呢？」

「瞧我，居然忘了這件事！放心，她已經回家了，正等著您呢，法官大人。」

9 克塞爾巴赫的秘密

亞森．羅蘋又回到了桑塔監獄，過起了那單調且枯燥的生活。

他每天早上花十五分鐘做體操，活動活動筋骨。然後，坐在桌前，從編了號的盒子裡取出幾張白張，一張一張地疊起信封來。

他的手機械式地動著，腦子卻不停地想著其他的事。這時，傳來拉開門閂、開鎖的聲音。

「啊！偉大的獄警先生，是要梳洗理髮，然後把我拉出砍頭了吧？」

「不是。」獄警說。

「那麼是預審？去司法大樓？」

「有人來見你。」獄警說。

在去會客室的途中，亞森．羅蘋想著：「媽的，倘若真如我所料，那我就真是個了不起的人！才四天功夫，而且是在牢裡，就把事情辦成了，真是大師。」

一般來說，前來探監的人都要帶上許可證；在一定情況下，獄警更必須在場。而羅蘋的這一次探訪，是由獄警長親自守候。會客室裡光線昏暗，亞森．羅蘋許久才認出來人，他驚呼了一聲：「是您呀，斯特里帕尼先生。」

「是啊，親愛的王子，是我。」

「不，請叫我亞森．羅蘋，這更合時宜。」

兩個人交談時，獄警長側著頭，認真傾聽，努力理解這兩個人談話裡的含義。不過，他只有幸聽了一會兒，因為就在他沉思時，他的腮幫子重重地挨了一拳，然後倒在亞森．羅蘋懷裡。

「幹得好，乾淨俐落！亞森．羅蘋。」來人由衷地說。

「喂，史坦韋格，您有麻醉劑嗎？」

探視者正是史坦韋格，他從口袋裡掏出一截銅管，上頭有一個小瓶。亞森．羅蘋取下小瓶，往一塊手帕上灑了幾滴，然後把手帕放在獄警的鼻子上。

「好了，他一時半刻是不會醒來的。但我就慘了，一定會因此坐上十天半個月的黑牢。」

「亞森．羅蘋先生，您讓我來，不是為了打倒這個人吧？究竟有什麼事？」史坦韋格問道。

「您不用擔心。您前天以斯特里帕尼的名義遞交的會客許可證申請單，是我朋友幫忙偽造的，與您無關。您也無須插手剩下的事。」

「萬一有人中途闖進來呢？」

「老朋友，一切我都想到了。您別擔心，我們聊聊吧。雖然您一再問我，但我想，您一定知道您來這兒是為了什麼事，對嗎？」

「對，您的朋友都跟我說清楚了。」

「您同意了？」

「您是我的救命恩人，想怎麼吩咐我就怎麼吩咐。」

「不，在您說出秘密以前，想一想我目前的處境，我現在只是一個無能為力的囚犯。」

史坦韋格笑道：「別開玩笑了。在我心目中，您比克塞爾巴赫強過百倍，儘管他身家上億。我被關在那個窟窿裡就要斷氣的時候，縱然有億萬錢財也不可能救得了我，當時我需要的是別的東西，而您正好擁有那一切。」

「既是這樣，那我們就談談吧，那兇手是誰？」

「我不能告訴您，我可以把一切都告訴您，就這點除外。」

「可是……」

「以後吧，因為我還沒有證據。等您出來，我們再來尋找證據。再說，現在告訴您也沒用。」

「好吧。」亞森．羅蘋說道，「不管怎麼說，這都不是最急迫的事，我也知道您怕他。那麼，現在回答我，皮埃爾．勒迪克叫什麼名字？」

「赫爾曼四世，德意朋．費爾登茲大公爵、柏恩長斯泰爾親王、菲斯廷根伯爵、維埃斯巴登和其他地方的領主。」

亞森．羅蘋得知自己保護的人不是普通人，很是高興。

史坦韋格老頭繼續講述費爾登茲家族的歷史：「赫爾曼三世被趕出領地後，臨死前將赫爾曼三世托付給了好朋友——普魯士首相俾斯麥，而赫爾曼四世是赫爾曼三世秘密結婚後留下的後代。這個秘密是最後一任大公爵的私人秘書告訴我的，他還將跟這個家族相關的秘密也告訴了我，是關於克塞爾……」

正當史坦韋格要說出這個驚人的秘密時，牢門傳來鑰匙開鎖的聲音。

「別說話。」亞森．羅蘋低聲吩咐。

門開了，進來的是個獄警，但他馬上就被躲在門後的亞森．羅蘋打倒在地。羅蘋警告獄警別發出聲音，否則就殺了他。獄警很快就投降了，於是亞森．羅蘋和史坦韋格趕緊把兩邊的門鎖用鑰匙堵上，又快速地交談起來。

「俾斯麥去世的當晚，」史坦韋格接著說，「大公爵赫爾曼三世就帶上他的私人秘書離開了柏林。他們去了許多城市，但都沒停留，往往是跳上一輛出租馬車，讓車夫帶著他們的兩個箱子走，而他們則是乘上馬車或者登上郵輪離去。」

「總之，他們試圖擺脫跟蹤者。」亞森．羅蘋總結道。

「是的，有一天晚上，他們來到費爾登茲。在古老的德意朋城堡附近的森林裡隱藏了一整天。夜幕再次降臨，他們走近圍墻，大公爵獨自進了城堡。大約一個小時之後，他出來了。過了一個星期，他再次重複這樣的行為，之後回到自己位於德勒斯頓的家，結束此次行動。」

「我想知道這次行動的目的，史坦韋格，快點說，時間緊迫，我急於知道整件事情。」

「關於目的，大公爵沒有透露半點口風。半個月以後，一名皇家禁衛軍官來到大公爵家，他的私人秘書數次聽到他們在激烈爭吵。接下來發生的事完美地詮釋了他們之間的爭執：赫爾曼大公爵家被從上到下搜了一遍。」

「他們在搜查什麼？宰相的回憶錄？」

「比這還重要！他們搜出一批秘密文件。大公爵這邊有人不慎走漏了風聲，他們便知道有這麼一些文件，而且確切知道它們是交由大公爵保管。」

亞森．羅蘋非常激動地低聲問道：「一批秘密文件……十分重要？」

「非常重要。要是披露出去，將引來不可預料的後果，從內政或外交的角度看都是如此。」

「啊！」亞森．羅蘋激動地連聲說，「啊！這可能嗎？您有什麼證據？」

「什麼證據？除了大公爵的見證，我還有一份大公爵親筆簽名的文件，內容是——」

「是……什麼……」

「俾斯麥交給他的那批文件的目錄。」

「簡單地說，是些什麼文件？」

「沒辦法簡單地說，文件很長。我只能舉出兩份秘密文件的主旨給您：其一是《克隆普蘭茲致俾斯麥的書信原件》，信上的日期表明這些信是在腓特列三世❸統治的三個月裡寫的；還有《腓特列三世與維多利亞皇后致英國維多利亞女王的書信副本》……」

「有這些文件？」亞森・羅蘋激動得不知道說什麼好。

「您聽聽大公爵的批註：『與英國和法國締約的文件。』還有一些模糊不清的句子：『亞爾薩斯－洛林❹……殖民地……海軍限制。』」

「啊，這有可能嗎？」亞森・羅蘋嘟囔道，「您說它模糊不清？正好相反。」

門口傳來了敲門聲。

「別進來，」亞森・羅蘋說，「我還有要緊的事要做。」

外面的人又敲了敲史坦韋格那邊的門，亞森・羅蘋大叫道：「耐心等等，再五分鐘就好了。」

羅蘋急忙轉過頭，要求史坦韋格在緊迫的時間內，把他所知道的全告訴自己。羅蘋說：「那麼，大公爵帶僕人去費爾登茲堡，很明顯地就是藏匿那些文件。可是，大公爵後來也可能把它們帶走了。」

「不可能，他至死再也沒離開過家。」

「大公爵的敵人呢？」

「他們確實去過，可沒找著。他們派了五十位士兵日夜駐守在那裡，那都是皇家禁衛軍的人。」

走廊裡又有人來敲門，並呼喚獄警長的名字。

「他睡著了，典獄長先生。」亞森・羅蘋說，他聽出來人是博萊利，「我們正在討論歐洲的命運。」

---

❸ 腓特列三世（Friedrich III）是德意志皇帝與普魯士國王，在位期間為一八八八年三月九日至六月十五日，故被稱為「百日皇帝」；其政治思想與首相俾斯麥相左。

❹ 亞爾薩斯－洛林（Alsace-Lorraine）原屬於神聖羅馬帝國，一九四八年起逐漸成為法國領土。一八七一年的普法戰爭之後，法國將之割讓給德國。歷史上，兩國為此地起過不少紛爭

亞森．羅蘋又問史坦韋格：「您進不了城堡？」

「沒進去過，但我確信文件都在那兒。」

亞森．羅蘋陷入沉思，他彷彿看到了藏文件的地方。想到德國皇帝的禁衛軍看守的那些舊紙，他就按捺不住心中湧起的陣陣波濤，就算是有取之不盡的寶藏出現在眼前，也不能讓他如此激動。他要著手的事，是有關歐洲的命運。他不經意地闖進這神秘的領域，再次證明了他的眼光和直覺是多麼的不平凡！突然，他問史坦韋格：「大公爵是怎麼死的？」

「肺炎，是肺炎奪去了他的性命，幾天就死了。」

這時，門口傳來撬鎖的聲音，這逼得亞森．羅蘋加緊追問：「他在死前說了什麼嗎？」

「沒有，他沒有說話，不過他在一張紙上畫了一些符號。」

「那麼，這些符號呢？」亞森．羅蘋迫不及待地問。

「先是三個數字字，寫得很清楚：一個8，一個1，還有一個3。」

「八一三……明白了，還有呢？」

「還有些字母，只有連在一起的三個字母和緊接在後的兩個字母可以辨認。」

「是APOON，對嗎？」

「您知道？」

門鎖因為被猛烈的撞擊而晃動了起來，亞森．羅蘋扣住門鎖，不讓它掉下來，他靠著門，繼續問史坦韋格大公爵家人的情況。史坦韋格告訴羅蘋，大公爵的兒子——皮埃爾．勒迪克——將那張寫了字母和數字「八一三」的紙給了他，而這張紙和那份目錄都在他手裡，藏在一個安全的地方。

「太好了，別忘了您有生命危險，人家在追蹤您。」亞森．羅蘋提醒了一句。

「我知道，只要走錯一步，我就完了。」

眼看門就要被撞開了，亞森．羅蘋再次要史坦韋格放心，表示自己會幫助他的。三個月後，他們再一起去費爾登茲堡。說完這些，羅蘋讓開了門，博萊利典獄長帶著三名手下衝了進來。

看到兩名獄警倒在地下，典獄長十分憤怒。

「死了嗎？」他吼道。

「沒有，」亞森．羅蘋笑道，「看，這個動了。說話啊，先生。」

博萊利先生吩咐他的手下把亞森．羅蘋押回牢房。至於博萊利先生是如何處置史坦韋格老頭的，亞森．羅蘋就不知道了。這不重要，重要的是，他掌握了克塞爾巴赫先生的秘密。

令亞森．羅蘋感到意外的是，典獄長沒有關他禁閉。幾個鐘頭以後，博萊利先生親自來找他。

「我知道，典獄長先生，您剛從警察總局回來。在那裡，您向上司報告了這個事件，並出示了斯特里帕尼的探監許可證。因為您當初在檢查許可證時，曾向警察總局打了電話，但總局的人回答，這許可證完全有效。」

「啊，您怎麼知道！」

「還有呢，那個在警察總局回答您的是我的一個手下。您給經辦人看了許可證，發現那是偽造的，於是，他們開始查那個偽造證件的人。不過……放心，是查不出來的。」

博萊利張了張嘴，想要說些什麼，亞森．羅蘋卻不給他機會，繼續說：「你們審問了我的朋友斯特里帕尼，他痛快地說出自己的真名是史坦韋格，但這可能嗎？囚犯亞森．羅蘋把外人引進監獄，還與他長談一小時，這是多大的醜聞！警察總局派了您當和平大使，來見囚犯亞森．羅蘋，希望他保持沉默，對嗎？」

博萊利略感尷尬地說：「那麼您接受我們的條件嗎？」

亞森．羅蘋哈哈大笑，表示接受。不過，他給自己留下了餘地，只說不會就這件事與新聞媒體聯繫。

但是他會透過杜德維爾兄弟，進行一場新聞戰，這是他的拿手好戲。

在牢裡的每一天，羅蘋都強迫自己去黏貼信封，每天領到的那盒材料都是同樣的編碼，於是，接下來只要收買負責送材料來且拿走成品的職員即可。這很容易就辦到了。

羅蘋安心地等待他和朋友們約定的信號。

在這期間，他每天中午都要接待福爾默里，接受嚴格的審問。他的律師甘貝爾也在場。羅蘋利用審問，再次耍弄了福爾默里，引導他往錯誤的方向調查。

不過忙正事的時候要到了。

第五天，亞森．羅蘋在分配的材料盒裡看到了約定的信號。第二張白紙上，有一個指甲印。他從角落裡摸出一個小瓶，往食指尖上倒了點藥水，塗抹盒裡的第三張紙。過了一會兒，字跡顯現出來了，上面寫著：「一切順利，史坦韋格沒事。」

亞森．羅蘋就利用這樣的方式建立與外界聯繫。現在，就可以執行他的妙計，重獲自由了。

10 德國皇帝

三天後，《大報》上刊登了有關俾斯麥回憶錄的報導。很快地在全世界引發強烈迴響，媒體——特別是德國媒體——不遺餘力地對此事進行評論。

第二篇文章也迅速地在《大報》上刊載，這是亞森．羅蘋寫的一封信。信中說那些書信確實存在，而且它們保存在一個很隱密的地方，亞森．羅蘋即將派人去調查，將消息告知天下。這麼一來，又是亞森．羅蘋在引導事態的發展了，而他正在監牢裡導演著這一切！民眾感到有趣極了。

又過了三天，《大報》再次登出一篇文章，還是亞森．羅蘋寫的。他告訴大家，俾斯麥的書信被交給了一個人，就是俾斯麥的密友——德意朋．費爾登茲大公國的大公爵。而他亞森．羅蘋會在二十四小時後告訴大眾書信藏於何處。果然，文章在約定的時間發表了，內容如下：

那批著名的書信藏在費爾登茲古堡，那裡曾是德意朋大公國的首都。有一部份毀於十九世紀。這些書信到底藏於什麼確切地點？究竟寫了什麼內容？我將於四天後公布答案。

亞森．羅蘋

到了預告的日子，民眾競相購買《大報》。可是他們失望了。亞森．羅蘋答應公布的答案並沒有刊登出來。第二天、第三天亦是如此。亞森．羅蘋怎麼了？

直到警察總局裡有人透露消息，大家才知道發生了什麼事情。典獄長得到密報，說亞森．羅蘋透過黏貼信封的獄中勞動與同夥聯繫。儘管什麼也沒搜出來，但為了以防萬一，典獄長還是停止了囚犯這項令人無法容忍的行為。

亞森．羅蘋沒事做了，不得不專注於其他的事了，他準備為自己辯護。

第二天，甘貝爾先生高高興興地和亞森．羅蘋在律師會見室見面了。在這之前，亞森．羅蘋一直不肯與他交談，現在有了機會，甘貝爾先生馬上把一連串精心準備的問題提了出來。

亞森．羅蘋極為友善地回答，甚至把許多雞毛蒜皮的細節也說了出來。他趁對方低頭記錄時，自然地、不讓對方察覺地把手肘撐在桌上，放下胳臂，把手伸進甘貝爾先生放在桌上的帽子下，用手指勾進夾層，捏住一張長條紙。律師的帽子很大，放張紙進去是很容易的事。

紙上是杜德維爾兄弟給他的訊息：「我進了甘貝爾先生家當僕人，您可以放心且大膽地利用帽子給我指示。是那殺人兇手L·M向典獄長告發了用信封傳遞資訊的辦法，好在您早有準備。」

下面接著詳細報告亞森·羅蘋披露那秘密以後發生的事情，以及民眾的議論。

亞森·羅蘋從口袋裡取出一張同樣的紙條，悄悄塞回帽子裡。就這樣，亞森·羅蘋又恢復了與外界的聯繫。他繼續透過《大報》告知大家那些書信的相關情況。之後，他在報上刊登自己將派人進入城堡查清事實，並會在八月二十二日準時發表結果。

一直以來，羅蘋都認為自己利用甘貝爾先生的帽子傳遞訊息的事無人能察覺，沒想到……這一天，典獄長收到一封電報，提醒他，甘貝爾先生可能不自覺地充當了亞森·羅蘋的郵差，署名又是「L·M」。典獄長把這件事告訴了甘貝爾先生，大律師遂決定下一次見羅蘋時，帶秘書同去。

亞森·羅蘋的種種努力，包括他的妙計，都被強大的對手——那可惡的天才——所識破，他與外界的聯繫再次被切斷。

八月十三日，羅蘋無精打采地坐在兩位律師對面，卻突然被甘貝爾先生用來包裹文件的一張報紙吸引住了。報上有一個大字標題「八一三」，下面還有一行副標「一起新的謀殺案，整個德國的不安。」

「秘密被發現了嗎？」亞森·羅蘋因為緊張，臉變得煞白，他開始仔細閱讀那篇文章。文章裡寫道，史坦韋格老頭被殺了。而英國著名的偵探夏洛克·福爾摩斯到了費爾登茲堡，他向民眾保證一定能查出秘密。

這件真正地涉及世界大事的案子，促使兩個著名人物公開交手。亞森·羅蘋感到空前的孤獨，自己空有一雙手和一個頭腦，就是幹不了事。他被困在這裡，無可奈何，無法參加鬥爭，他的角色已經謝幕。此時的亞森．羅蘋可以說正在經歷他一生中最痛苦的時期。史坦韋格死了不要緊，但現在夏洛克．福爾摩斯已經抵達事件中心，如果福爾摩斯找到那些書信，就將摧毀他耐心等待的結果。還有那個神秘的傢伙，一直埋伏在監獄周圍，隨時準備致他於死地。

八月十七日，十八日，十九日……還有兩天。這兩天對羅蘋而言，簡直相當於兩個世紀！八月二十日。他想行動，可是無能為力。回想著自己以前數次的死裡逃生，他又燃起了一線希望。事情能如他預見的那樣發展嗎？如果福爾摩斯沒找到信件藏匿的地方。

最後一天。

亞森．羅蘋一整夜惡夢不斷，睡到很晚才醒來。這一天，他沒見過半個人。時間在一分一秒地消逝，到了十點，仍然毫無動靜。亞森．羅蘋的神經像弓弦一樣緊繃。他努力地捕捉任何可能是來自外界的聲響，他多想拖住時間的腳步，讓命運更游刃有餘。他捶著自己的頭，已經開始胡言亂語。

門鎖發出「啪噠」一聲。正在思緒混亂之際，亞森．羅蘋沒有聽到走廊裡的腳步聲，因此只覺得一道光亮突然射入，然後就有三個人出現在眼前。

「我打開電燈，好嗎？」亞森．羅蘋聽出是典獄長聲音。

「不必了。」三個人之中最高大的那位答道，帶著點外國口音。

博萊利先生被請出了牢房，只留下兩個來訪者。亞森．羅蘋努力在黑暗中辨認他們的面貌，卻看不清楚。

「您就是亞森．羅蘋？」其中的一個人問道。

「對。我就是，現在是桑塔監獄第二監十四號牢房的囚犯。」

「在《大報》發表一系列荒誕的文章，提到那些書信的人，就是您吧？」來人又說。

亞森．羅蘋打斷他的話：「對不起，先生。在交談之前，如果您能表明自己的身份，我將十分感激。」

「完全沒有必要。」

「完全有必要。」亞森．羅蘋反駁說，「這是禮貌，先生，我不知道您姓啥名誰，這不太公平。」

兩人互不相讓地較起勁來，眼看事情就要弄僵了。這時，一直沒說話的那個外國人用手拍了拍同伴的肩膀，用德語說道：「讓我來試試。」

「可是……」

「別說了，出去吧。」

「讓我把您一人留下？」

「對。出去，關上門。」那人轉過身來問羅蘋，「我必須告訴您我是誰嗎？」

「不必，」亞森．羅蘋回答，「我知道您就是我在等的人。」

「我？」

「是的，陛下。」

「住嘴，」那人似乎嚇了一跳，立即壓低聲音說，「別說出來。」

兩人都默不作聲。帶有濃重外國口音的那個人在房裡踱來踱去，帶著讓人俯首聽命的氣勢。亞森．羅蘋正襟危坐，等著對方問話，但他同時為自己神奇的處境欣喜若狂，他這個囚犯，竟和現代世界的半個主宰，凱撒和查理大帝的繼承人面對面地待在同一間囚室。

那人終於停下腳步，直截了當地問道：「明天就是八月二十二日，那些信將於明天發表，對嗎？」

「也許今夜就會發表。兩個鐘頭後，我的朋友會把那些信以及信的目錄交給《大報》。」

「您還沒交出那份目錄吧？交給我吧。」

「當然，都交給您，包括那些信。」

兩人言談舉止爽快，聲音和姿態都充滿著魅力。對方的態度雖有些高傲，但語言十分平和，沒有半點專橫的口吻。

「您讀過那些信嗎？」外國人問道。

「沒有。」

「那麼……」

「我只掌握了目錄和大公爵的批註，還有，我知道大公爵藏匿所有文件的地方。」

「那您為什麼不拿走呢？」

「我進牢房後才知道這個秘密。現在，我的朋友正在路上。」

「可是，我派人在城堡裡搜查了四天。」

「夏洛克．福爾摩斯沒有找對地方。」

「您怎麼知道是夏洛克．福爾摩斯？這就怪了……」外國人低聲說，「您的假設不會錯？」

「那不是假設，是事實。」

那個人稍稍停頓了一下，說道：「要多少？」

他等著亞森．羅蘋報出金額，但又似乎等不及了，自己先提出，「五萬？十萬？」

亞森．羅蘋微微一笑，低聲說道：「對陛下來說，那些信是無價之寶，難道就不可能有某位君主，比如說英國國王吧，出價百萬？很有可能。難道它們……不值三百萬嗎？」

「我認為值。」

「可是，我不要錢，我要的東西遠比幾百萬的鈔票更有價值。」

「什麼東西？」

「自由。」

外國人嚇了一跳，說：「這關係到您的國家、司法當局，我不可能辦成這件事。」

「您可以辦到，只要您提出要求。」

「向誰提？」

「瓦朗格萊，內閣總理。他可以打開我們面前的這扇門。」

「但瓦朗格萊先生不會同意的。」

「他會同意的，因為是您提出的。」

「這可不是命令。」

「您和法國政府的關係會促成此事的。您在提出要求時，也會提出一項交換條件。」

「我？提出一項交換條件？」

「我覺得，總是有什麼達成共識的方法的，比方說兩個國家因為一個殖民地的事務而起紛爭，難道某個國家的元首不能秉持和平的精神處理嗎？」

「把摩洛哥留給法國。」那人哈哈大笑，他覺得亞森．羅蘋暗示的事情真是一件滑稽至極的事，「為什麼不向我要求亞爾薩斯－洛林？」

「我想過，陛下。」亞森．羅蘋說。

那人樂不可支地說：「令人敬佩！但是您為什麼不向我要？」

「這一次……，是的，這一次不要。現在，只要為摩洛哥爭取和平就夠了。」

「用摩洛哥來換您的自由？」那人問道，「但我到現在還不敢肯定，那些東西……它們也許不值得我……」

「我可以先向您透露書信中的部份內容。」

那人有些不安地說：「說吧，別賣關子。」

在一陣靜寂之後，亞森．羅蘋開口說：「二十年前，德、英、法三國共同起草了一個條約草案。」

「胡說！不可能。」

「那些文件藏在費爾登茲堡，全世界只有我一人知道藏的地點。」

那人又開始在屋裡踱來踱去，以掩飾內心的不安。

「文件是由您父親親筆寫成的。」亞森．羅蘋繼續說，「三個國家簽訂了偉大的聯盟條約，但就在實施前，您父親的逝世中止了將要實現的和平。倘若德國臣民得知這個一八七〇年戰爭的英雄，深受臣民敬愛的偉大君主竟同意法國收回亞爾薩斯－洛林，您認為國內會發生什麼樣的騷動呢？」

那人──德國皇帝──沉默了，作為一國之君，他不得不好好衡量這個問題。

亞森．羅蘋忐忑不安地等著結局，不管怎麼說，他卑微的身份在這個時刻對幾個帝國的命運、對世界的和平有著舉足輕重的作用。

「還有別的條件嗎？」皇帝突然問道。

「還有一個微不足道的條件，我找到德意朋．費爾登茲大公爵的兒子了，請您把他的領地還給他，並讓他娶一位姑娘。」

「還有呢？」

「沒有了。對了，還得請陛下屈尊替我當一回郵差，帶封信給《大報》的社長，請他收到文章後，立即銷毀。」亞森．羅蘋遞過信，心怦怦地直跳。只要皇帝收下他的信，就表示同意了。

皇帝猶豫了一下，毅然決然地接過信，然後一聲不吭地出去了。牢房的門一關上，亞森．羅蘋就倒在椅子上，他自豪地、高興地歡呼一聲。

11 費爾登茲堡

第二天下午，羅蘋被帶到預審法官面前，之後，副局長韋伯懷著矛盾的心情宣布：「您可以走了，這世道真是太不公平。」

迎來自由的羅蘋欣喜若狂，出了監獄之後，他來到格利西納別墅的地下室。就在此時，突然有一隻手搭在他的肩上！

「您是自由了，不過是我們五個人陪您一起自由地走。」說話的正是那個陪同皇帝來找羅蘋的人。在五個彪形大漢的面前，羅蘋只得乖乖跟他們走。他們上了一輛大馬力的車，晝夜不停地行駛。亞森．羅蘋對旅伴說：「我有幸與瓦爾德馬爾伯爵——皇帝的親信、負責搜查赫爾曼三世在德勒斯頓住所的禁衛軍首領——說話吧？」

那個德國佬沒有吭聲。

「伯爵先生不跟我說話，是怕我有什麼企圖嗎？其實我是在為您著想啊，看，後面有輛車追來了。」汽車駛上一道小坡，伯爵探出身子往後觀望。「媽的！」他罵道。

「哎呀！那輛車好像越來越近了，您在擔心什麼呢？」

後面那輛車與羅蘋他們的車只差兩、三百公尺遠了。德國佬指著亞森．羅蘋，對另外幾個人下了道命令：「把他綑起來！如果反抗，就……」

說完，他抽出手槍，吩咐駕駛放慢車速，看來他已經做好了戰鬥的準備。但讓伯爵大吃一驚的是，後面那輛車卻加快速度，超了過去。從車後敞開的部分，可以清楚地看到一個黑衣人站在那裡。

只聽「砰砰」兩聲槍響，從車門探出頭去的伯爵滑落進車廂。兩個手下顧不上伯爵了，他們抓緊時間將亞森．羅蘋綁得結結實實。

「笨蛋！」亞森．羅蘋氣得發抖，「你們應該先追上那輛車，卻浪費時間來綁我！那個黑衣人就是數起兇案的兇手啊！傻瓜！」

不管羅蘋怎麼說，那兩人都不再理他，還把他的嘴也堵了起來，然後才忙著去查看伯爵的傷勢。伯爵的傷勢不重，但顯然是受了驚嚇，嘴裡一直在胡言亂語。那幾個手下得不到指示，為安全起見，他們只好將車停靠在樹林邊等待。到了傍晚，從特萊夫派來尋找他們的一隊騎兵趕到了。

第二天早上，一個官員領著亞森．羅蘋，穿過一個站滿士兵的院子，來到山腳下的一棟房子裡。前日去見羅蘋的那人正在一間大房子裡閱讀報紙和報告。

「文件呢？」他問亞森．羅蘋，用的完全是對下級發號施令的口氣。

「在費爾登茲堡。」亞森．羅蘋從容地答道。

「我們現在就在城堡裡。」

「陛下！這可不像您認為的這麼簡單，找到藏物之處需要一些時間。」

「要多少天？」

「不，以小時算，只要二十四小時。」

對方略顯不快地答道：「好吧，動作儘量快些。」

「沒問題。但陛下，這裡有個關於信任的問題，您本應該先給我自由，但現在我們卻為此耽誤了一天，損失太大了。您應該信任我的。」

皇帝吃驚地打量著這個強盜，眼前這人居然還在為他可能言而無信而生氣。皇帝叫來侍從官，命令他陪著亞森．羅蘋尋找，並給羅蘋充分的自由，直到隔天中午十二點為止。

亞森．羅蘋非常滿意，他和皇帝派來的侍從官開始在燒焦的橫梁上行走，然而，他其實不知從何下手，這是他一直在思考的問題。浪費了幾個鐘頭，到了下午四點，羅蘋又仔細地檢查每一塊石頭，查看每件器物，卻依然毫無結果。他從伯爵口中得知，最後一任大公爵的僕人最小的女兒還在。於是，他決定先去見見這個叫伊齊爾達的女孩。

亞森．羅蘋順利地見到了伊齊達爾。雖然她算得上是一個小美人，有一頭金髮、一雙海藍色的眼睛，但她太瘦弱了，眼神空洞茫然，像是總處在遐想之中。羅蘋向她提了幾個問題，但伊齊爾達要不就是不回答，要不就是語無倫次，不知道在說些什麼。沒辦法，羅蘋要來了一張紙，用一支鉛筆在紙上寫下「八一三」幾個字。

他把那張紙遞到伊齊達爾眼前，女孩看了看，又漫不經心地四下張望。

「沒用的。」伯爵陰陽怪氣地說。

亞森．羅蘋沒有放棄，他又寫下了「APOON」幾個字母，並且又寫了幾個間隔不同的字母，伊齊達爾漠然地盯著那張紙，理智仍然沒有被喚醒。但突然之間，她好像來了靈感，猛地抓過筆，在字母之間加了兩個L。

紙上出現「Apollon」（阿波羅）一詞，緊接著，她像著了魔似的，飛快地寫下另一個詞，「Diana」（黛安娜）。

「還有一個詞！還有一個！」亞森．羅蘋渾身顫抖，大聲叫了起來。

伊齊達爾用力捏著筆，畫了個大大的J字，然後鬆開了手，又回到那漠然的模樣。理智的光輝瞬息即逝，她的眼神再也亮不起來了。

亞森．羅蘋失望地準備離開，但伊齊達爾追上來，向他伸出了手。

「什麼？」亞森．羅蘋詫異地看著伊齊爾達從口袋裡掏出兩塊金幣，歡快地敲著。這是兩塊嶄新的法國金幣。亞森．羅蘋感到一陣寒意，這是誰給她的？難道……難道有誰先來過？那他就必須抓緊時間。

他快步走向宮殿，那是城堡中心。底層由寬敞的接待大廳組成，二樓北面是十二間同樣的房間，房門朝一條長走廊敞開。三樓也一樣，二十四間房間，空空蕩蕩。

夜幕降臨，羅蘋仍然不知疲倦地搜索著，但始終沒有收穫。其他人都去休息了，留下苦苦思索的羅蘋，霎時間，他像悟到什麼似的，跑到二樓的一間房間內。他這樣做是有他的理由的，只不過這理由只有他一個人知道而已。

一走進房內，羅蘋嚇了一跳，原來皇帝正坐在一張扶手椅上歇息，伯爵則站在一邊侍候著。不過他依然仔細地檢查，全然不顧外界影響。「對不起，陛下，請您挪過去一點。」

「有這個必要嗎？這房間與別的房間毫無差別。」皇帝說道。

亞森．羅蘋望著皇帝，不明白他為什麼用這種態度對待自己。

「我相信，您是在嘲弄我。」皇帝笑道。

亞森．羅蘋想了想說道：「既然陛下需要一些證明，才能信任我，那我就證明給您看。這條走廊上有十二間房，每間都有一個名字，字首就刻在門上，但因為年代久遠，都磨蝕得差不多了，我費了不少勁兒才辨認出來。其中有一個字母D，就是「黛安娜」的字首，還有一個是A，顯然代表「阿波羅」。這兩個名字都是古代神話中神的名字，別的字母是否也這樣？我發現J代表「邱比特」，調查的結果證實了這一點。而『APOON』那幾個字母被伊齊達爾補全後，指的就是阿波羅廳。」

「您的意思是……」

「這間就是阿波羅廳，信件就藏在這裡，幾分鐘之內即可找到。」

「或許幾分鐘，或許幾年……甚至根本找不到！」皇帝似乎很開心，一旁伯爵也是一副快樂的模樣。

看亞森．羅蘋一頭霧水的樣子，皇帝補充道：「您所做的，兩個星期前，您的朋友夏洛克．福爾摩斯已經做過了。」

羅蘋一臉蒼白，結結巴巴地問：「福爾摩斯？也到了……這間廳裡？」

「是啊，在這裡找了四天，卻一無所獲。見到您來這裡，我就知道信件不在，而您也沒辦法找到。」

羅蘋的自尊心受到極大傷害，他控制住情緒，告訴皇帝：「我跟福爾摩斯不一樣，我走到這一步只用了幾個鐘頭，況且還有人阻撓我。」

「誰？」

「那個殺死阿爾唐．漢姆的惡魔。」

「他來了？您這樣認為？」皇帝叫起來。

「是的。」亞森．羅蘋靈機一動，在沒有任何可靠證據的情況下，大膽地指責那個被人痛恨的殺人兇手，獲得大家的同情，進而贏得時間，重新開始尋找信件。不過，有一點他很清楚，他走到哪裡，那個兇手就跟到了哪裡。

亞森．羅蘋再次帶著一群人去找伊齊達爾，但她不在房裡。在一個小門外，亞森．羅蘋發現了通往閣樓的密道，接著，在閣樓間，他們發現了被打昏的伊齊達爾。看來，兇手剛才已經來過了，但他是從哪裡逃走的？羅蘋注意到閣樓間外有一條連通這座房子所有閣樓間的走廊。他叫伯爵立即派人追上去，而他自己卻有些猶豫，他要不要也去追捕兇手？

這時，伊齊達爾醒過來了，她站起身，手裡的幾十枚金幣一下子都滾落地板，全是法郎。羅蘋緊盯著那些錢，突然間注意到地板上有一本書，正當他要去撿時，那女孩猛地撲了過去，搶先抓住了那本書，將它緊緊護在胸口。

「看來，」亞森．羅蘋道，「這些金幣是拿來換這本書的，但小姑娘死活不肯放手，才被打昏的。這本書有什麼重要意義嗎？」

瓦爾德馬爾伯爵命令三名手下從伊齊達爾懷裡搶過那本書，這是孟德斯鳩的一部作品，書皮老舊。

羅蘋打開書一看，只見每頁的正面都貼著一張寫滿了字的羊皮紙。他從頭讀道：「德意朋．費爾登茲親王殿下的法籍僕役吉爾．德．瑪爾萊奇的日記，始於西元一七九四年。」

「怎麼？真有這回事？」伯爵問道。

「這件事讓您感到吃驚？」

「不，伊齊爾達的祖父，兩年前死去的老頭就姓瑪爾萊奇。」

「您的意思是，這本日記就是伊齊達爾的祖上流傳下來的？」

「應該是吧。」

亞森．羅蘋開始翻看日記，上面記載：

一七九六年九月十五日，殿下被逐下臺。

一七九六年九月二十日，殿下騎馬出行，騎的是丘比特。

「儘是些沒用的東西。」羅蘋說，隨手繼續翻看，讀道，「一八〇九年，星期二，拿破侖宿在費爾登茲，我為殿下鋪床，第二天，他用完了一瓶香水。」

「拿破侖曾在費爾登茲住過？」

「是的，大公爵一家一直引以為豪。」伯爵說。

羅蘋繼續看下去，正當他讀到日記中提起藏東西的地點時，伊齊達爾衝了過來，把書搶走，跑了出去。當他們在一間房子裡找著她時，那本日記已經化為灰燼。伊齊爾達以維護家族財產的本能，將那本日記燒掉了。她寧願將日記扔進火裡，也不願被人拿走。

好不容易找到的線索沒了，伯爵露出一絲幸災樂禍的神情。

晚餐時，皇帝想要了解當前的情況。於是，羅蘋喝了兩口咖啡後，開始跟皇帝聊了起來，但話講到一半，他就突然從椅子上滑落地，抽搐幾下，一動也不動了。醫生來了。羅蘋的狀況仍然沒有改善，他面無血色，皮膚蠟黃。對晚餐和咖啡做了鑑定之後，醫生認為病人是食用麻醉藥而陷入昏睡。

皇帝憤怒異常，他確信有人潛進了城堡。伯爵奉命搜查，但毫無結果。

到了第二天早上十點，亞森．羅蘋稍微清醒了些。他叫人把他抬到二樓的最後一間房，就是智慧之神密涅瓦廳。皇帝已經對這一切厭煩了，他覺得亞森．羅蘋這段時間以來的作為只是在戲弄他而已。羅蘋努力從椅子上站起來，但走了幾步，便又倒下了。他看起來極為痛苦，似乎正在與死神搏鬥。

「瞧，他在裝出難受的樣子。」皇帝心想，「演得真像，多出色的演員啊。」

亞森．羅蘋蜷縮在椅子裡，不停地唸道：「八一三……八一三。」

時針已指向十二點，皇帝準備將這個騙子送回他原來的地方。伯爵抓住了亞森．羅蘋的肩膀。

「瓦爾德馬爾，您拉一下那座舊鐘的鐘擺。」大家被這個聲音嚇了一跳，原來是亞森．羅蘋在平靜地說話。

在皇帝的命令下，瓦爾德馬爾拿下掛在牆面的舊鐘，並將鐘上了發條。鐘擺開始擺動。

亞森．羅蘋走到鐘前，親自調動鐘面。十二下沉厚的鐘聲響起。羅蘋回到椅子上，又吩咐瓦爾德馬爾將指針撥到十一點五十八分，並且要順撥。當鐘敲響了十一下，羅蘋鄭重地說道：「現在，按住鐘面上代表八點鐘、一點鐘、三點鐘的三個小圓點，好了，鬆手吧。」

等了好一會兒，分針慢慢地移動，擦過十二點。鐘聲再次響起。眾人緊盯著墻上的舊鐘，亞森．羅蘋也相當緊張。空氣彷彿凝住了一般。十二響之後，有機關轉動的聲音傳來，鐘面上方的青銅羊頭裝飾突然倒下，露出一個小洞。

小洞裡有一個銀盒，雕刻了精美的花紋。亞森．羅蘋取出銀盒，交給皇帝，說道：「請陛下親自打開，您尋找的書信都在裡面。」

皇帝掀開盒蓋後，不禁愣住了。銀盒裡空空如也！

站在他對面的亞森．羅蘋面色慘白，狠狠地搶過銀盒，使勁一壓。但是盒子都壓扁了，還是沒有發現夾層。

「誰幹的？」皇帝問道。

「還是那個魔鬼，陛下。始終和我走同一條路、追求同一個目標的人，就是殺害克塞爾巴赫先生的兇手。」

「什麼時候幹的？」

「昨夜。如果我能自由地走出監獄大門，就會比他早到，可以先拿金幣給伊齊爾達、先讀到瑪爾萊奇的日記！」

皇帝有些不耐煩了，他已經在想該如何把這個自以為是的囚犯送回去，他說：「您根本連見也沒見過那傢伙，憑什麼……」

「我會找出他的，陛下。只有我才是他的對手，他攻擊的目標只有我一個人。雖然到目前為止命運之神似乎更眷顧他，但最後我一定會戰勝他的。」

見羅蘋的神情如此自信，皇帝也不由地生出幾分敬佩之意，但他仍在考慮可不可以用這個人。想了一想，他問道：「您又如何向我們證明，那些信件是昨夜被偷的？」

「陛下，竊賊在小洞內用粉筆留下了日期：『八月二十四日，夜。』」

皇帝驚訝地說：「我怎麼沒看到？還有，牆上那兩個N字……我不懂了，這間房不是密涅瓦廳嗎？」

「這是法國皇帝拿破崙（Napoléon）的房間。」亞森．羅蘋說，「我是從那老僕人的日記中得到啟發的。」

「那八一三呢？」

「這就需要費點力氣了，我把三個數相加，得到十二，就是這間房的排列數。看到掛鐘，我就明白了，十二這個數字也指十二點鐘。可為什麼選『八一三』這三個數字呢？然後我發現鐘響時，這三個圓點是活動的。於是，瓦爾德馬爾一按那三個點，機關就轉動了。」

皇帝認真地聽著，暗自吃驚。他發現眼前此人相當聰明、機靈，因此舉動常出人意料。

走廊突然傳來一片叫喊。瓦爾德馬爾跑了出去，然後迅速地回來報告說：「是那瘋姑娘，衛兵正在阻止她闖入。」

「讓她進來吧。」亞森・羅蘋要求道。

見皇帝表示同意，瓦爾德馬爾便把伊齊爾達領了進來。只見她一張蒼白的臉上沾滿了泥污，面部肌肉抽搐著，顯得極為痛苦。大家都吃了一驚，皇帝趕緊叫來御醫。亞森・羅蘋馬上問女孩發生了什麼事，並在墻上寫了L和M兩個字母。伊齊達爾凝神看著，點了點頭。

「然後呢？」亞森・羅蘋問，「來，你接著寫。」

可是她一聲慘叫後就倒在地上，不久，身子就不動了。御醫判定她是中毒而死。所有的線索都斷了，一切得從頭再來過。

亞森・羅蘋為了報答德國皇帝給了自己重獲自由的機會，向皇帝許諾一個月後，必將書信交還給他。

12 奇怪的克塞爾巴赫夫人

地點轉回巴黎。

朵諾瑞．克塞爾巴赫在她位於維溫街的房子裡，接見了一位自稱昂德萊．博尼的年輕人。

就在她倍感疑惑地看著眼前的陌生人時，年輕人說：「您認不出我了嗎？您不是要和我談談嗎？」

「啊，是您？塞爾尼納王子，對嗎？」朵諾瑞激動地答道。

塞爾尼納——亞森．羅蘋同情地看著她。對她，他有著一種越來越強烈的感情，這是一種熱切的需要：他要全心全意地保護她、照顧她，並且不求得到她的報答。

克塞爾巴赫夫人告訴他，有人在威脅她的安全。於是，亞森．羅蘋答應派兩個人來守著，接著，他壓抑住自己的感情，離開了。在外面，亞森．羅蘋遇上了樂納維耶芙，以及皮埃爾．勒迪克的替身，他們對羅蘋的再次出現都表現出不同程度的驚訝。

在一家酒店裡，亞森．羅蘋再次見到他忠實的部下杜德維爾兄弟。在他授意下，杜德維爾寫了一封信寄給了《大報》，以再次向世人表示亞森．羅蘋依然活著。

晚上八點，亞森．羅蘋和杜德維爾走進了名噪一時的凱亞爾餐館。餐館裡，亞森．羅蘋抓住了一個曾為阿爾唐．漢姆做事的傢伙。從他嘴裡得知，他的七個同夥打算劫持克塞爾巴赫夫人，同時，他還說出了兩個驚人的消息：阿爾唐．漢姆真名叫拉烏爾．德．瑪爾萊奇，他有一個兇殘的同夥，但誰也沒見過這個人。此人指揮著一切，卻隱藏在黑暗中。儘管在一起做事，但一提到此人，周圍的人都會害怕得渾身發抖。

亞森．羅蘋對阿爾唐．漢姆的真實身份產生懷疑，他相信在費爾登茲被毒死的瘋女孩伊齊達與阿爾唐·漢姆肯定有關係。為了證明這一點，他派杜德維爾去費爾登茲市政廳調查。

接著，羅蘋對阿爾唐·漢姆的七個手下進行了詳細調查，已經掌握了他們的行蹤。星期六下午，杜德維爾趕回巴黎向亞森·羅蘋報告了調查結果。不出羅蘋所料，阿爾唐·漢姆正是伊齊達爾的哥哥，他還有一個弟弟，名叫路易·德·瑪爾萊奇，巧的是，縮寫字母正是L·M。難道他是怕兄妹暴露他的身分而殺了他們？亞森·羅蘋感覺到自己越來越接近這個神秘的人物了。

就在他們談話的餐館裡，亞森·羅蘋突然見到一個古怪的人，那人面部削瘦，毫無表情。他向一個服務生打聽，得知此人名叫萊翁·瑪西埃。

「姓名的縮寫字母又是L·M，他會是路易·德·瑪爾萊奇嗎？」亞森·羅蘋想著，專注地打量這個人，他愈發堅信自己的判斷。與看不見的敵人搏鬥的場面過去了，敵人就在眼前，終於可以公平較量了。從今以後，他要做的就是監視瑪爾萊奇的生活，掌握敵人的一舉一動。

一連查訪跟蹤了八天。亞森·羅蘋失望了，除了發現這個萊翁·瑪西埃是那幫阿爾唐·漢姆團夥的領袖以外，其他所得甚少。有幾次，他居然還把人跟丟了，白白浪費時間。

這天晚上，亞森·羅蘋和前幾天一樣監視萊翁·瑪西埃時，杜德維爾送來了一封克塞爾巴赫夫人的信。信中說，今晚將有人對她不利，請求援救。在和手下商量好後，亞森·羅蘋去了阿爾唐·漢姆團夥的聚集地，在那裡，他偷聽到了他們綁架克塞爾巴赫夫人的計畫。於是，他趕緊趕到克塞爾巴赫夫人的住處。

亞森·羅蘋來到房子外面，約定好的杜德維爾等人卻還沒到，可是已經不能再耽擱了，他選擇獨自衝進克塞爾巴赫夫人的房間。走進房間，環顧四周，羅蘋才發現整個屋子裡，只有他和克塞爾巴赫夫人在，他可能進了敵人設計的陷阱。羅蘋的人被調開了，僕人們也都消失或叛逃了，而敵人卻人多勢眾。但是，他不能放過這個機會，這是一個將敵人一網打盡的機會。

大門外傳來一些聲響，羅蘋安置好克塞爾巴赫夫人，準備迎接這場決鬥。

「嗨，小子們，著急了嗎？別把門弄壞了。奉勸你們進來之前先考慮考慮，知道屋裡的人是誰嗎？是我亞森．羅蘋，不怕死的儘管進來！」

房門仍被猛烈地撞擊。

「好吧，就讓我們來鬥一場吧，準備好了嗎？誰先進來？」羅蘋說著，迅速扭動鑰匙，打開房門。

歹徒們衝了進來，只見亞森．羅蘋在房間中央，手裡夾著一疊鈔票，正在那兒一張一張地數著，嘴裡念念有詞：「殺掉亞森．羅蘋，一人三千法郎，是這樣的嗎？他是這樣跟你們承諾的吧？那好，跟我合作，他給你們多少，我加倍！」

羅蘋一邊說一邊把錢放在暴徒們伸手可及的桌上。他們猶豫了，不敢向他撲過來。

「別聽他的，他在耍花招。」其中一個大聲嚷道，並舉起手裡的槍，但他的同夥攔住了他。

「我不會反對你們劫持克塞爾巴赫夫人，附帶搶劫她的首飾的。進來吧，別害怕。」

他們既困惑又小心翼翼地進了房間，一共七個人，他們拿走了鈔票。

「你們收了錢，那麼，我們是合夥人囉，讓我們一起來吧。」

帶頭的那一個說：「這事不需要你幫忙。」

「但是你們不知道首飾在哪裡啊，這只有我知道。不過得分我一份，那些東西值一百多萬。」

幾個歹徒聽了心頭一震，馬上有了興趣。

在亞森．羅蘋的指引下，七個歹徒開始搬走密室門口的東西。就在他們起勁地搬時，亞森．羅蘋站到他們身後，掏出兩把手槍，扣動扳機。槍聲連續作響。七個糊塗的歹徒中有四個相繼倒地，剩下的三個嚇傻了，連忙舉手投降。羅蘋沒有取他們的性命，只是把他們打昏在地。

處理好一切後，亞森．羅蘋正要通知克塞爾巴赫夫人危險已過，卻發現她失去蹤影！一架可拆卸的鋼梯靠在窗臺邊。

「他劫走了朵諾瑞，該死的萊翁．瑪西埃！」

亞森．羅蘋強作鎮定，現在要做的是，先將那幫匪徒送到警察局，交給韋伯。車子把他和七個匪徒送到警察局，但韋伯不在。於是羅蘋給副局長留了張紙條，說明情況，並告訴韋伯這幫人的首領逃走了，他現在要一個人去追這個最後的兇手——萊翁．瑪西埃。

萊翁．瑪西埃會放了朵諾瑞．克塞爾巴赫嗎？儘管羅蘋沉著冷靜，但卻仍然感到忐忑不安。路易．德．瑪爾萊奇會把朵諾瑞帶到哪裡呢？他的住所，還是那個他與同夥集會的舊貨倉庫？羅蘋認真思考了一下，還是決定先去舊貨倉庫。

這個倉庫是匪徒們最後一次集會的地方，羅蘋拿著一把手電筒，小心地走了進去，在靠左邊的那張長沙發上，他看見一團黑色的影子。走近一看，正是被綑住手腳、堵住嘴的朵諾瑞。羅蘋連忙為朵諾瑞鬆綁。朵諾瑞斷斷續續地說：「是您……真是您！那夥人，他們沒傷到您吧？」

「沒有，我沒事。誰帶走您的，萊翁．瑪西埃嗎？」

「是的，就是他。那兒，」朵諾瑞指著倉庫的另一個出口說，「他從那裡走的，我看見了。抓住他，把他交給警方……拜托您了！」

「可是您……我先送您回去。」

「不，先抓他！我希望您能除掉他，否則我會……會活不下去的。」朵諾瑞說著，輕聲抽泣了起來。

羅蘋的心莫名地抽痛了一下，他點頭答應道：「好，我去，您先待在這裡，別擔心，等我回來。」

就在羅蘋準備離去的時候，朵諾瑞拉住了他的手，她的眼裡閃著無限的柔情。這眼神，讓羅蘋投入戰鬥的決心更加堅定了。

沿著朵諾瑞指的方向，亞森．羅蘋順利地抵達路易．德．瑪爾萊奇的住處後方，他甚至沒考慮到瑪爾萊奇是否在家，他只想到他們之間的生死決鬥即將結束，而亞森．羅蘋將取得最終勝利。

羅蘋輕易地進入這幢房子，隨後又順利地來到一間房間之內，見到了瑪爾萊奇。令他大吃一驚的是，這個他認為最兇惡的敵人竟然毫無反抗地束手就擒。幾分鐘後，他要找的書信也找到了。這突如其來的勝利讓羅蘋十分得意。他單槍匹馬地逮住了阿爾唐．漢姆的七個同夥，他又把那罪惡滔天的魔頭——路易．德．瑪爾萊奇——交給了警方。這能不讓人興奮嗎？

三天後，亞森．羅蘋將克塞爾巴赫夫人和樂納維耶芙安頓在布魯根城堡，希望她們從此過上安定的生活。接著，他到費爾登茲，將那疊書信交給瓦爾德馬爾伯爵，請伯爵轉交皇帝陛下。當晚，他驅車回到巴黎，積極地促使司法當局早日提審瑪爾萊奇和七個匪徒。

這件案子已成為最轟動的案件之一，而亞森．羅蘋在此案的調查和預審中起了巨大作用，甚至可以說，一切都是在他的引導下進行的。他仇恨路易．德．瑪爾萊奇這個嗜血成性的匪徒，因而辦案中帶著一股活力，甚至有一種暴力，和他以往完全不同。但這個奇怪的犯人除了不承認自己是路易．德．瑪爾萊奇之外，其餘事情都沒有辯駁。亞森．羅蘋掌握了他寫給手下的所有命令紙條，如何殺害克塞爾巴赫先生、綁架勒諾爾曼和古萊爾等等。

接下來的法庭辯護，因為亞森．羅蘋將案件的經過詳細清楚地描述了出來，再加上克塞爾巴赫夫人催人淚下的控訴，所以犯人萊翁．瑪西埃被判處死刑。

法官問萊翁．瑪西埃：「您還有什麼想說的嗎？」

這個人除了沉默還是沉默。

然而，在亞森．羅蘋看來，還有一個問題一直沒有弄清楚：瑪爾萊奇為什麼要犯下這些罪行？他的目的何在？這個問題並沒有困擾羅蘋太久，因為答案很快就出來了，那天正是羅蘋受到嚴重傷害的日子。

在此之前，羅蘋正準備脫胎換骨，重新做人。他想讓克塞爾巴赫夫人知道他已經展開正人君子的生活。他眼前老是浮現出朵諾瑞的模樣，對此，他自己也弄不清楚是怎麼一回事。

那封由瓦爾德馬爾伯爵轉交的信顯然起了作用，德國同意恢復古老的費爾登茲王朝。緊接著，瓦爾德馬爾帶著三個從貴族和文武官員裡遴選出來的代表，赴布魯根城堡，嚴格審查、確認了大公爵赫爾曼四世的身份，並和大公爵殿下商定了他下月初榮歸故國的相關事項。

看來，所有的事情都辦妥了，現在輪到羅蘋出場宣布樂納維耶芙和皮埃爾的婚事，掌握費爾登茲大公國的實際權力了。太棒了！於是，羅蘋興高采烈地開車前往布魯根城堡。

順著城堡，羅蘋悄悄進了餐廳。他可以透過一塊玻璃看到半個客廳。他原本是想給朵諾瑞一份驚喜，卻看見朵諾瑞躺在一張長椅上，而皮埃爾．勒迪克正跪在她的面前，痴迷地望著她。亞森．羅蘋頓時心如刀割，他覺得自己已經失去了理智。接下來的事自然而然地發生了，羅蘋衝進客廳，把皮埃爾．勒迪克打倒在地。

「好個大公爵？」他瘋狂地叫道，「真是個笑話，笑死人的笑話！他叫博普萊，是一個乞丐，是我撿來的，是我讓他當大公爵的！他只是一個不折不扣的膽小鬼！竟敢窺視貴婦人，竟敢反抗主人！」

羅蘋把嚇傻了的皮埃爾．勒迪克從敞開的窗子扔了出去，回過身時，卻發現朵諾瑞緊瞪著自己，眼裡充滿仇恨。很明顯，她覺得受到了侮辱。

她喃喃問道：「您幹了什麼？您說的是真的？」

亞森．羅蘋走近朵諾瑞，聲音低沉，帶著一種不知從哪裡來的狂熱說：「我左邊是亞爾薩斯－洛林省……右邊是南德意志那些遭受普魯士踐踏、準備爭取自由的土地，只要我施展一點才華，就可以搞亂全世界，激發起這些人的仇恨。才華，我不缺！我會成為主宰、世界的統治者！但我將留在暗處，一邊種花種草，一邊改變歐洲版圖！多麼了不起的生活！」

克塞爾巴赫夫人被眼前這人的力量折服了，她一直注視著亞森．羅蘋，眼中的憤怒也逐漸被敬慕代替。羅蘋第一次感到自己在她眼裡不再是個……強盜、竊賊，而是一個具備戀愛條件的人。於是，他不再說話，只用眼神默默地對她傾訴滿腔的愛慕之情。

很長一段時間裡，兩人都沒有說話。最後，還是朵諾瑞打破僵局，她站起身說道：「您走吧，我和皮埃爾．勒迪克什麼事也沒有，他會娶樂納維耶芙的，您還是……」

羅蘋期待著朵諾瑞能說點什麼具體的話，但又一點也不敢強求，只能默默地退了出去。在離去的路上，他的腳踢到了什麼東西，低頭一看，原來是一面烏木小鏡子。他拾起那面鏡子，上面是由兩個字母交錯而成的圖案，那字母一個是L，另一個是M。

「路易．德．瑪爾萊奇。」羅蘋的聲音有些發抖，他朝朵諾瑞轉過身去，「這鏡子是從哪兒來的？誰的？告訴我，這很重要？」

不等朵諾瑞作答，樂納維耶芙走進了客廳，她一進來就嚷道：「喲！您的鏡子，朵諾瑞……這麼說，您找到它了？我們找了很久啊，終於找到了。我出去告訴大家不要再找了。」

說完，她又跑出去了。亞森．羅蘋完全被弄糊塗了，他的腦海裡閃過一個念頭，故作隨意地問：「您認識路易．德．瑪爾萊奇？」

「對。」朵諾瑞觀察著他的臉色說。

羅蘋極為不安地走過去，問道：「您認識他？他是誰？您為什麼不早說？」

「不行。」朵諾瑞突然用一種堅定的聲音答道，「聽我說，不要再問了。這是個秘密，我永遠都不會讓任何人知道的。」

亞森・羅蘋想起了史坦韋格的緘默，她和他一樣，是不會說的。無奈之下，他只好退了出去。

「出了什麼事？這幾個月以來，我不停地努力戰鬥，卻忘了關心他們，只將他們視為魁儡而不是活生生的人。如今碰到了阻礙……朵諾瑞認識瑪爾萊奇，但她為什麼不告訴我真相？他們有什麼關係？」一直到晚上，羅蘋仍然悶悶不樂，他足足在花園裡散步兩個小時，最後假設道：「一定是瑪爾萊奇越獄了，他恐嚇克塞爾巴赫夫人，從她口中得知鏡子的事……那他今晚會來這裡嗎？」

亞森・羅蘋帶著這個疑問上床睡覺。整個晚上，他不停地做夢，全是一些不安的、讓人驚恐的夢。透過閉闔的眼皮和濃重的陰影，他似乎看見一個人影竄進了他的房間。他努力睜開眼看……至少他以為自己是在看。

亞森・羅蘋覺得自己渾身發冷，**那人在房裡**，這是真的嗎？那惡魔在亞森・羅蘋的房間裡。

「我這是在做夢……」他笑著說，想打起精神，揮手驅走幽靈，但是怎麼樣都做不到。他突然記起晚飯後的那杯咖啡，那股藥水味，和上次在費爾登茲喝的完全一樣……他完了。渾身沒有一絲力氣的羅蘋已經感覺到那個兇手扼住了他的咽喉，舉起了那把殺害過許多人的兇器。

幾個鐘頭以後，亞森・羅蘋醒了，疲乏無力。他努力思索，忽然想起了夜裡的事情。

「我真蠢！」他說道，「只是個幻覺，不然我已經死了。我是在做夢，就這麼回事。」

他穿上衣服，但腦子裡仍然在回想，眼睛也在四處尋找。但什麼也沒發現。他查問了手下，手下說剩下的咖啡已經倒掉了。

亞森・羅蘋是個不能忍受疑惑的人，他想將朵諾瑞的來歷弄個明明白白。可在此之前，他需要先弄清幾個問題，並見見杜德維爾，因為這小子從費爾登茲送來了一些奇怪的情報。羅蘋和杜德維爾帶來的一個人談了很久，那人是市政廳的職員。大約十點時，他回到了布魯根城堡，再一次去見克塞爾巴赫夫人。

進了克塞爾巴赫夫人所在的客廳，羅蘋正要說話，卻聞到一股菸草味，這氣味怎麼會在女人的會客室出現？是誰來過？

「有什麼事嗎？」朵諾瑞問。

羅蘋盡力壓住可能有其他人在場所造成的恐懼和侷促，用只有朵諾瑞能夠聽見的聲音說道：「我得知了一件事，但它令我十分困惑，需要您的幫助。費爾登茲的戶籍薄上登有瑪爾萊奇家族在德國最後三個傳人的名字。」

「這事您跟我講過。」她說道。

「那您一定還記得，第一位是拉烏爾．德．瑪爾萊奇，就是那個化名阿爾唐．漢姆的混蛋；接下來是路易．德．瑪爾萊奇，那個幾天後就要掉腦袋的殺人犯；最後就是瘋姑娘伊齊爾達。」

「對，我很清楚。」

「可是，」亞森．羅蘋往前傾了傾身子，說道，「經過我剛才的調查，第二個人名『路易』的那個地方，有被塗改過的痕跡。好在，過去的字跡沒有完全消失，我運用了一些方法，使原本的字母正確無誤地再現，那個名字是……」

「啊！別再說了。」朵諾瑞突然垮了下去，彎著腰，哭了起來。

看著這個可憐的女人，羅蘋狠下心，強迫自己問下去：「為什麼改名？」

「是我丈夫，」朵諾瑞嘟囔道，「我們結婚之前，他花錢辦成了這件事。我是瘋姑娘伊齊爾達的姊姊，強盜阿爾唐．漢姆的妹妹。我丈夫不希望我留在這樣的家庭裡，他便改了我原來的名字，換成『朵諾瑞．阿蒙蒂』。」

亞森．羅蘋若有所思地說：「既然路易．德．瑪爾萊奇並不存在，那兇手又是誰？」

朵諾瑞一口咬定兇手就是關押在看守所的那個人，同時，她再次痛苦地抽搐起來。在亞森．羅蘋的安撫下，才漸漸安靜了。羅蘋再一次想起那黑衣人的模樣，那個路易・德・瑪爾萊奇雖說身處監牢，被人日夜看守……這算什麼？世上確實有一些人根本沒把監獄當成一回事。真是他嗎？他可能只是個瑪爾萊奇拋出來的小卒子，而真兇仍威脅著朵諾瑞和亞森・羅蘋自己。

朵諾瑞請求羅蘋讓她一個人待一會兒，亞森・羅蘋遲疑了一下，站了起來。但他並沒有離去，而是在城堡外躲著，等待著。要是敵人在屋裡，說不定這時會出來呢。許久之後，他果然看見一個黑影從他在城堡外住的小木屋裡竄了出來。

13 真相背後的死亡

第二天一早，羅蘋便派人去了趟巴黎。直到中午，他的手下回來，事情也辦好了。杜德維爾通知他，那個殺人犯瑪爾萊奇還在監獄裡。於是，亞森・羅蘋趕去了城堡，並在他巧妙的安排下，在路上與皮埃爾・勒迪克相遇。他故作關心地詢問皮埃爾・勒迪克城堡裡的情況，兩人分手時，羅蘋**不小心**地掉了一樣東西。

皮埃爾・勒迪克愣了一會兒，還是撿起了羅蘋掉在草地上的那封電報。電文如下：「一切真相，無法用書信表述。今晚乘火車前往。明早八點布魯根火車站見。」

並未遠去的亞森・羅蘋在一叢灌木後監視著皮埃爾・勒迪克的舉動，見他拾起電報，便尋思道：「好極了，這個傻瓜會把電報拿給朵諾瑞看，把我的擔心告訴她，而『另一個人』也很快就會知道，今晚，他就會對我採取行動。」

羅蘋回到小木屋，在晚飯前好好地睡了一覺。醒來後，他飽飽地吃了一頓，為今晚的激戰做好了充分的準備。隨後，他吩咐手下把車開到公路上等著自己。

十一點半，羅蘋上了樓，將窗戶微微敞開，把手槍塞在枕頭下面，然後，不急不徐地和衣上床睡覺。房間一暗，恐懼感立即向他襲來。

「媽的！」他叫道，跳下床，把槍扔到走廊裡，因為他開始懷疑武器，只相信自己的雙手了。

他再次爬上床，又開始了漫長的、恐懼的等待。掛鐘敲響了午夜十二點、一點……時間一分一秒地過去，這一分一秒走得那麼慢，躺在床上的羅蘋已經濕透了全身。鐘敲響了兩點。近處某個地方，傳來一聲輕微的響動，像一種葉子抖索的聲音。

敵人果然中計了！這一來，羅蘋心裡反而感到踏實，較量的時刻終於來了！

窗下又傳來一聲響動，但輕得只有亞森・羅蘋那雙受過訓練的耳朵才能聽見。又過了一下，羅蘋知道敵人已經進了房間，雖然他什麼聲音也沒聽見，但可以感覺得到敵人像個幽靈般向自己的床邊摸來。敵人的動作極輕，甚至連房內的空氣也沒攪動。

不過，亞森・羅蘋憑自己的直覺，憑自己超人的感知能力，看到敵人的每一個動作，察覺敵人的每個想法。敵人在觸摸床單了，似乎是在觀察應該從哪個部位下手。羅蘋甚至聽見了敵人的心跳。是啊！他聽到了，敵人的心跳像鼓聲一樣。敵人舉起手來。

一秒，兩秒。一聲怒吼，那人的手臂像彈簧一樣朝羅蘋砸了下來。

接著是一聲呻吟。亞森・羅蘋猛地抓住了這條手臂，他銳不可擋地跳下床來，扼住敵人的咽喉，將他打倒在地。幾乎沒有什麼搏鬥，亞森・羅蘋的雙手像鋼釘一樣將對手釘在地上，世上任何人都不可能掙脫這兩隻手的箝制。但羅蘋沒有絲毫得意的興奮，他只有一個急迫的心願，就是看看這傢伙到底是誰。

敵人的力氣看來已經耗盡，於是羅蘋鬆開一隻手，掏出了手電筒。只要打開開關，只要片刻，就能夠知道對手是誰了。他毅然決然地打開電筒，魔鬼的真面目顯露出來了。

是朵諾瑞．克塞爾巴赫！

亞森．羅蘋感到全身一陣痲木，但他制住對方的手並沒有鬆動，只是掐著敵人咽喉的手指似乎僵硬了。儘管他現在知道了真相，內心裡卻拒絕承認那是朵諾瑞。在他的心目中，眼前的人仍是那個黑衣人，那個路易．德．瑪爾萊奇。

真相衝擊羅蘋的思緒，他馬上想到了她這樣做的理由——瘋狂。

她是瘋子，就像伊齊爾達和阿爾唐．漢姆一樣，出身於一個瘋子家庭。表面正常，事實上卻精神錯亂，為殺人而殺人。殺人滿足了她突然生出的、不可抗拒的欲望。面對某個突然變為對手的人，她也能殘忍地把刀揮了下去。她是個與眾不同的瘋子，盲目卻又那麼清醒，荒謬卻又是那樣聰明！

亞森．羅蘋用他非同尋常的敏銳判斷力，迅速看清了一連串血淋淋的事情，猜出了朵諾瑞的秘密。

她迷上了丈夫的計畫，想當王后，回到費爾登茲公國，她的雙親就是被人不光彩地從那裡驅逐出來的。她來到豪華大旅館，進了哥哥阿爾唐．漢姆的房間，而當時所有的人都以為她還在蒙特卡羅。她穿著黑衣在黑暗中窺伺著她的丈夫。那一夜，她利用了羅蘋將克塞爾巴赫綁起來的機會，殺死了丈夫。早上，警方進駐旅館，侍者居斯塔夫發現了她，正要告發時，被她所殺。緊接著，是夏普曼。

她串通了家裡的兩個女僕，以便自己能按需求偽裝行動。這一切，她做的乾淨俐落，毫無惻隱之心。為了達到目的，她犯下一連串的兇殺罪。是她揭穿了他王子的假面目，是她打亂了他的計畫，是她耗資幾百萬財產，以贏得勝利。

「啊！可恥，可恨！」亞森．羅蘋嘀咕道，因為憎惡和仇恨而跳起來。但緊接著，他又驚恐地往後一跳，目光慌亂。他怎麼覺得雙手冰涼？他怕得發抖，難道，在這短短的幾分鐘裡，他痙攣的手指……

他強迫自己去看俘虜，朵諾瑞一動也不動。

他一下子跪倒在地，絕望地喊道：「朵諾瑞……朵諾瑞……」

她死了。

羅蘋陷在一種毫無知覺的狀態之中。他根本沒有想要殺人。是命運，是上帝安排好的命運使他完成這個正義之舉。然而，想到這女人清醒時所遭受的折磨，羅蘋的心裡便湧出一股難以言喻的同情。

他想起前天晚上，其實那不是什麼夢，她站在他的床邊，卻沒有下手，她服從了超乎殘忍之上的感情。但這一次，他卻把她殺了。

天色已經亮了，他還坐在她的旁邊，陷入對往事的回憶中。朵諾瑞躺在那兒，那雙美麗的眼睛儘管已是一片茫然，卻仍保留了生前那充滿魅力的、憂鬱的溫柔。難道這是惡魔的眼睛？亞森．羅蘋還是無法把他思想深處截然不同的兩個形象合為一個人。

羅蘋闔上了她的眼睛，壯著膽子去碰她。在她的內袋裡，他發現了一個皮夾，皮夾裡有一封信，是史坦韋格寫的。在信中，史坦韋格把所有的秘密都說出來了，L．M就是朵諾瑞．德．瑪爾萊奇，克塞爾巴赫在送給她的所有禮物上都刻上了這兩個字母，當然包括那個菸盒。

羅蘋恍然大悟，史坦韋格也是朵諾瑞殺的，他知道的事太多了，所以必須死。

除了信以外，皮夾裡還有一些紙片，大概是朵諾瑞與同夥秘密接頭時傳遞的。羅蘋覺得這些東西沒有多大的價值，只隨意地翻了翻。突然，一張照片吸引了他的注意力。仔細一看，他立即像踩在彈簧上一樣衝出了房間。

直到此時，他才想起明天是萊翁．瑪西埃行刑的日子。既然朵諾瑞是黑衣人、是殺人兇手，那麼萊翁．瑪西埃就只是一個代罪羔羊。想到這裡，羅蘋一陣揪心。他衝出小木屋，急迫地找到皮埃爾．勒迪克，要他遣走城堡裡所有的人，關好城堡。做好安排後，羅蘋跳上了汽車，趕去巴黎。

這真是一次和死亡賽跑的旅行。

亞森・羅蘋認為司機開得不夠快，便蠻橫地搶過了方向盤。他把車開到時速一百公里，而且無論是在公路上或是街道上，都一直保持著這個速度。一路上，羅蘋都在想，自己有責任為一個無辜者洗脫罪責，如果他不能及時趕到，加以援救，萊翁・瑪西埃就必死無疑。他已經知道了真相，清楚了瘋女人所有的罪惡意圖。

為了克服亞森・羅蘋這個障礙，她特地把萊翁・瑪西埃牽扯進事件之中。她注意到自己的身材及步態與萊翁・瑪西埃極相似。因此，預見到將來可能發生的事，她在戶籍薄上動了手腳，路易・德・瑪爾萊奇的縮寫L・M正好與萊翁・瑪西埃的縮寫一樣。她把自己和同夥見面的地點定在與萊翁・瑪西埃緊鄰的那條街上，她巧妙地把七個同夥的消息透露給羅蘋，並趁羅蘋與他們糾纏時，自己溜出來，一步一步地把羅蘋引到萊翁・瑪西埃的身邊。

「她把我引到萊翁・瑪西埃的寓所，讓我輕鬆地抓到這隻代罪羔羊，還促使此人被判死刑。而她呢？避開了所有的嫌疑，又得到皮埃爾・勒迪克的愛慕，就快成為那個大公國的女王。那個無辜的男人，絕不能讓他死！」亞森・羅蘋這樣想著，車開得更快了。

「小心！會翻車的，路滑。」司機勸道。

「管不了那麼多了。」

「天啊，有軌道電車，我們會撞上去的，快放慢速度啊！」

「不行！過得去的。」

「如果過不去，那我們就完了⋯⋯」

已經沒有**如果**了，只聽一聲撞擊、幾聲驚叫，汽車掛在電車上，接著又被甩了出來，撞到一排柵欄，最後落到一段路坡的拐角上，撞得稀巴爛。

亞森．羅蘋趴在草坪，但很快就站了起來，他踉踉蹌蹌地回到公路，截住一輛計程車，跳了進去，說道：「快，博沃廣場，內政部。」

汽車駛近城口，亞森．羅蘋說：「司機，要是能不停車，我再多給你二十法郎。」

汽車開過去了。

「喂！不要放慢速度！」亞森．羅蘋大叫道，「快點！再快點！你怕碰上那些女人？壓過去吧，我出錢。」

幾分鐘後，他們到了博沃廣場，內政部辦公室。亞森．羅蘋跑過院子，衝上五層樓梯。他的名字起了作用，很快地，內閣總理瓦朗格萊就在辦公室接見了他。

聽完了亞森．羅蘋的敘述，瓦朗格萊似乎沒能立即明白過來。稍過片刻，他拿了一份報紙，遞給亞森．羅蘋，手指著上面的一篇文章。亞森．羅蘋只唸了一句：「處決惡魔。今晨，路易．德．瑪爾萊奇接受了最後的痛苦……」

羅蘋只覺得一陣暈眩，絕望地倒在扶椅上。他不知道自己是怎麼從內政部出來的，只記得總理那低沉的聲音：「不能說出去，這會引起極為嚴重的後果。有必要這麼做嗎？大眾憎惡的是『瑪爾萊奇』這個名字。回去吧，把屍體毀掉，整個房子都不要留下任何痕跡。您能做到，我相信。」

亞森．羅蘋在火車站等了幾個鐘頭。他毫無知覺地吃了飯，拿起車票，進了車廂。

他在發燒，一直做著惡夢。他始終不清楚瑪西埃為什麼不為自己辯護，不過，他發誓有朝一日定要弄清楚瑪西埃究竟在朵諾瑞的生活中扮演什麼角色。但這又有什麼用呢？現在只有一個事實擺在面前——瑪西埃也是個瘋子，無可救藥的瘋子。

羅蘋的頭腦裡現在是一片茫然，他胡言亂語，含含糊糊地唸著一些人的名字。一直到了布魯根火車站，下車呼吸了早晨的新鮮空氣後，他才漸漸清醒過來。

雖說他被這起錯殺無辜的冤案所傷害、折磨——因為他知道，無論如何，是自己製造了這起冤案——但他還是精神抖擻地朝前走。兩軍交戰，總會發生事故。對於他並沒有什麼損失，相反地，他為樂納維耶芙爭來了一個丈夫，皮埃爾·勒迪克。儘管是個替身，但並不會妨礙他得到一個大公國，成為這個大公國的主宰。

羅蘋情緒穩定下來後，一下子充滿了信心，腦子又重新振奮起來。

到了布魯根村子，他向人打聽，得知皮埃爾·勒迪克昨天在餐館裡吃了午飯，就回城堡去了。亞森·羅蘋極為納悶，他記得自己走之前曾吩咐過皮埃爾把僕人打發走、關上城堡，不准再回來。離城堡越來越近了，羅蘋馬上發現，皮埃爾違背了他的命令：城堡的柵門大開著。

羅蘋走進城堡，但找遍整個城堡，也不見皮埃爾·勒迪克的影子。突然，他想到了自己那間小木屋。皮埃爾·勒迪克也許正替心上人擔心，而被直覺所引導，到那邊去尋找愛人。這可糟了，朵諾瑞的屍體還在屋內！亞森·羅蘋感到不安，立即往小木屋趕去。

木屋裡沒有動靜，羅蘋走進門，來到臥室。才剛到門口，他就怔怔地站住了。在朵諾瑞的屍體上方，吊著皮埃爾·勒迪克的屍體——他自殺了。

亞森·羅蘋不動聲色，不願做出任何絕望的動作。在命運給了他這樣殘酷的打擊之後，他認為自己必須保持絕對的自制力。否則，他會崩潰的。他試圖說一些話、做一些動作來發洩心中無法壓抑的怒火，他覺得頭顱都快炸裂了。

「白癡！」他朝皮埃爾·勒迪克的屍體揮著拳頭，「大傻瓜！你就不能再忍受一下嗎？不用十年，我們就可以收回亞爾薩斯－洛林省。」

他拼命地跺地，高高地抬著膝蓋，嘴裡念念有詞，就像舞臺上那些裝瘋賣傻的演員。接著，他突然彎下身去，發出一聲冷笑，碰到了死者的臉龐後，只見他的身子閃了幾下，就倒在地上，不省人事了。

一個鐘頭後，羅蘋醒了過來，一切都過去了。他又恢復了理智，神經也鬆弛下來。他開始認真地、默默地考慮自己的處境。他覺得自己有必要做出一些重大決定，在這一連串事件中，他本以為自己勝券在握，可是才幾天功夫，那些始料未及的災難就接踵而至，已經把他的生活攪得一團亂了。接下來該怎麼辦？重整旗鼓、另起爐灶？不，他已失去了這份勇氣，他該怎麼辦？

整個上午，羅蘋都在小木屋的花園裡走來走去，心情抑鬱，步履沉重。現在，他把自己的處境看得清清楚楚後，竟漸漸生出死的念頭，並且將它付諸實現的想法越來越強烈地。

教堂的掛鐘敲響了中午十二點。

「行動吧。」羅蘋沮喪地自言自語，然後十分沉重地回到小木屋，走進自己的臥室，站在一張凳子上，打算割掉吊著皮埃爾．勒迪克的繩子。

在自己上吊前，羅蘋在皮埃爾．勒迪克的口袋裡搜了一陣，什麼也沒找著。不過，他想起朵諾瑞口袋裡還有些東西，於是重新踱到朵諾瑞的屍體旁。果然，從朵諾瑞的內袋裡又摸到一個皮夾。打開一看，羅蘋不覺大吃一驚。皮夾裡有一紮信，外觀十分眼熟。那多變的的筆跡讓他感到驚訝。

「皇帝的信！」羅蘋尋思道，「寫給老宰相的信！我不是親手從萊翁．瑪西埃家裡搜出來了嗎？這又是怎麼回事？我被騙了，那女人故意給我一些假信，這些才是真的。」

除了信以外，皮夾裡還有一張硬紙片。羅蘋抽出來一看，是一張相片，居然是他的相片。亞森．羅蘋突然想起上次在朵諾瑞那裡搜到的另一張相片，那是萊翁．瑪西埃的。難道是，她將最喜愛的兩人的相片收藏著。

「她也愛上我了。」羅蘋輕歎一聲，想不到朵諾瑞竟然對這個單槍匹馬打敗她派來的七個匪徒的男人生出敬慕，進而演變成愛意。那一刻她不想再要皮埃爾．勒迪克了，她把自己的夢與亞森．羅蘋的夢合為一體。要不是接下來發生的事，這個計畫就會順利進行下去。

亞森．羅蘋低沉地重覆道：「她愛我，像別的女人……被我深深傷害過的女人一樣愛我……她們都死了……這一個也被我掐死了……活著還有什麼意思？還不如去陰間與她們相會。」

羅蘋把地上的兩具屍體擺在一起，拿一塊布蓋上，然後在一張桌子邊坐下，鋪開紙，寫下自己的遺書。接著，他封好了遺書，把它塞進一隻瓶子，扔到窗外的花壇中。又找來一些舊報紙，堆在房間的地板上，在上面澆上煤油。然後點上一根蠟燭，扔在報紙上。

火苗竄起，火焰迅速蔓延，熊熊燃燒，發出「劈啪」的聲響，小木屋很快地就整個燃起來。

「上路吧，」亞森．羅蘋說，「等村裡的人趕來，這裡已經成為一堆灰燼，只有兩具焦屍和一個裝著遺書的瓶子留在這兒。他們會以為我已長眠於此。善良的人們，把我埋葬吧。」

羅蘋走到圍牆邊，輕巧地翻過去，回頭望去，只見火焰騰空而起，在天上像旋風一樣翻騰。

14 尾聲

羅蘋是走回巴黎的，他心情沉重，步履蹣跚，似乎已經被命運壓得直不起腰了。

沿途的村民見這個陌生人拿大額紙鈔來付一個半法郎的飯錢，都覺得非常驚異。

有一晚，在森林深處，三個強盜向羅蘋進攻，搶走了他身上所有的錢，把他打了個半死不活，扔在地上。羅蘋還在一家旅舍住了八天。他不知道該去哪兒、該幹什麼，他已經活膩了。他不願再在這個世界上活下去。

在加爾舍別墅裡，埃爾納蒙夫人突然看見一個衣著邋遢的人走進屋來。她睜大了眼睛，驚慌失措地看著這人，過了好久才說：「是你！」

亞森．羅蘋回來了。

「真的是你？」埃爾納蒙夫人說，「可是報上都說你……」

羅蘋淒然一笑，說道：「是啊，我死了。你很希望我死吧，這樣我就不會再來這裡糾纏你們了，是嗎？」

「你的樣子變了。」埃爾納蒙夫人的眸子裡閃動著憐憫。

「是嗎？樂納維耶芙呢？她在哪兒？」

一聽到亞森．羅蘋問起樂納維耶芙，老太太的口氣便變得相當強硬：「這一回，我可不會再讓她走了。她回來的時候是精疲力竭、憂心忡忡。休息了幾天，好不容易才把精神養好。你把她留下吧，我求求你。」

亞森．羅蘋強烈要求和樂納維耶芙談一談，他推開了擋著路的埃爾納蒙夫人，可是她仍站穩在羅蘋面前，伸開兩臂說：「你不如踩在我身體上過去。她只有在這裡才會幸福，到哪兒都不行。你想讓她高貴，但是你卻讓她感到不幸。那個皮埃爾．勒迪克是什麼東西？讓樂納維耶芙當公爵夫人？她沒這福氣。其實你這麼安排，只是為你自己著想。你什麼時候問過她，她是不是愛他？你要的只是權力、財富，卻不怕傷害樂納維耶芙，害得她下半輩子生活在痛苦中。不行，我不答應。她所需要的只是平常人的生活，這種生活，是你無法給她的。」

羅蘋似乎深受感動，但他仍可憐巴巴地說：「讓我永遠見不到她，這可不行。」

「但是她以為你死了。」

「這正是我最不希望發生的事！我希望她知道真相，我不能讓她把我當作死人。」

他的聲音如此溫和、如此傷感，老太太的心也軟了。於是，她問他想說些什麼。

亞森．羅蘋鄭重地告訴她，他只想告訴樂納維耶芙，他這麼做，全是因為當初對她母親的承諾，也只是為了和她在一起生活。

「現在，我需要樂納維耶芙來幫我。」

「幫你什麼？」埃爾納蒙夫人緊張地問。

「幫我活下去，」羅蘋老實地回答，「我已到了絕望的地步。有三個人剛剛死了，是我親手殺的。這記憶太過悲慘，我需要幫助。我有權向樂納維耶芙求助，她有義務幫助我……」

埃爾納蒙夫人看著他，心中生出一片愛憐。她想問他，他以後會怎麼辦？不等她發問，亞森．羅蘋只輕輕地搖了搖頭，喃喃地說他將帶她們去旅行，忘掉這一切，然後重新開始。

「你真希望樂納維耶芙與亞森．羅蘋一起生活？」

羅蘋遲疑片刻，然後語氣堅定地回答道：「我希望如此。為了讓她幸福，我會讓和她自己喜歡的人一起生活。」

埃爾納蒙夫人打開了窗戶說：「那麼，就叫她進來吧。」

窗外，樂納維耶芙坐在花園的一張長凳上，身邊圍著幾個小女孩。花園草地上，還有一些小孩在玩耍。羅蘋望向樂納維耶芙，看見那雙眼睛裡又重新充滿了笑意。她手裡拿著一朵花，正一片一片地摘下花瓣，一邊向那幾個好奇的小女孩解釋著什麼。這一切多麼溫馨。她願意扔下她悉心養育的孩子嗎？扔下她喜歡並且需要的這種工作嗎？

亞森．羅蘋久久地看著她，既激動，又極為不安。種種從未體驗過的情感在他心頭交織，他真想把她摟在懷裡親吻，告訴她自己對她的欣賞與喜愛。他又想起她的母親，那個死在阿斯普蒙小村莊，死於憂傷的女人。他倒在一把扶手椅上，結結巴巴地說：「我不能、我沒有權利，就讓她以為我死了吧……這樣更好。」

羅蘋極為沮喪，心裡亂極了，肩膀一聳一聳地哭了起來。原來充滿心中的那一股暖暖的氣息，以極快的速度降溫，就像那些遲開的花朵，綻放的當天就謝了。

埃爾納蒙夫人跪下來，聲音顫抖地問：「她是你女兒，對嗎？」

「對，是我女兒。」

「啊，可憐的孩子。」兩行老淚從埃爾納蒙夫人的眼眶中流了出來。

「上馬。」皇帝命令道，「或者說，上驢吧，瓦爾德馬爾。」

卡普里島的中心廣場上，人群集聚，一隊義大利士兵正在維持秩序。人群中央，是當地所有的驢子，為了供皇帝一行人參觀這座島嶼而專門徵調來的。

這支隊伍行沿著一條坎坷的小路行進，約莫走了四十五分鐘，他們來到那塊神奇的峭壁，蒂貝爾仙斷崖。那峭壁有三百公尺高，以前的暴君就是在這裡將犯了過錯的罪人推下海。皇帝下了驢子，走到峭壁邊緣，朝下面的深淵掃了一眼。站在卡普里島索朗特岬角眺望的景色壯麗，湛藍色的海水勾勒出海灣美妙的弧線。

「陛下，」瓦爾德馬爾說，「山頂是隱修士的教堂，那裡的景色比這裡美多了。」

於是，皇帝一行人準備爬上山頂，一覽秀色。就在這時，一個隱修士沿著陡峭的小路，親自下來迎接王駕。這是個彎腰駝背的老人，走起路來搖擺不定。他帶來一本留言簿。通常，參觀者都會在上面留下自己的感想。隱修士把留言簿攤在一張凳子上。

「我該寫些什麼呢？」皇帝問道。

「陛下，寫您的名字，還有親臨此地的日期，您想寫什麼就寫什麼。」

皇帝接過隱修士遞過來的筆，低下頭來。

「當心，陛下！」隨著一陣恐怖的驚呼，山崩地裂的巨響從傳來。皇帝回頭一看，一塊巨石朝他滾來。在這千鈞一髮之際，隱修士將他攔腰抱住，撲到十來公尺外。巨石撞在石凳，把石凳撞得粉碎。十幾秒鐘之前，皇帝還在那兒。

如果沒有隱修士的救助，皇帝就喪命了。侍從們圍住皇帝，深怕還有什麼事發生。驚魂稍定的皇帝走到隱修士身邊說：「謝謝，請問先生叫什麼名字？」

隱修士披著有風帽的斗篷，他把斗篷弄開了一點，用只有皇帝才能聽清楚的聲音，小聲地說：「我的名字叫『一個有幸和您握手的人』，陛下。」

皇帝一震，退了一步，隨即又鎮定下來。他命令侍從們暫時離開，他想單獨和隱修士待一會兒。等到周圍沒別人時，皇帝問道：「是您？您為什麼來這兒？」

沒錯，駝背隱修士正是亞森．羅蘋裝扮的。他告訴皇帝，他請瓦爾德馬爾轉交的書信是假的，說著，他又拿出了一紮書信。

皇帝的臉上顯現怒容，對這個消息感到不可思議。為了解除皇帝的懷疑，亞森．羅蘋把克塞爾巴赫夫人的事告訴了他，並說上次的書信便是她派人抄錄的。皇帝接過羅蘋遞過的書信，又抬頭看著羅蘋的眼睛，也不檢查，就把信裝進口袋。

很顯然，羅蘋再一次令他覺得困惑。這個強盜，掌握了可以致他於死地的武器，卻無條件地拱手交出來？羅蘋如果留下這些信，隨心所欲地利用它們，那原本是輕而易舉的事，但他答應了，就恪守了諾言。

想到這人所完成的種種驚人之舉，皇帝似乎有些釋然了。

「報上不是說您死了？」皇帝問道。

「是的，陛下，我確實死了。我國的司法當局因為我的消失而萬分高興，他們讓人掩埋了我燒得面目全非的屍體。」

皇帝考慮再三，要求亞森．羅蘋離開法國，為他效力。

令人驚訝的是，亞森．羅蘋一口回絕了，他以身為法國人的驕傲拒絕為德國皇帝效力的機會。他說：「身為人，我是死了。但身為法國人，我還依然活在世上。」

面對這麼個怪人，皇帝無話可說，他看了這位平等地站在他面前的人最後一眼，微微頷首，走了。

「哈，陛下，我讓您驚訝，讓您無言以對了吧。」亞森．羅蘋目送皇帝遠去，輕輕自語。接著，他又達觀地想，「當然，這個報償太少，也許我更傾向收回亞爾薩斯－洛林，不過……」

他停下來了，罵道：「該死的亞森．羅蘋！這麼說，你到生命的最後幾秒鐘，都還是不肯丟掉這副可憎可恨的玩世不恭囉！總要做點正經事、積點陰德，現在正是當正人君子的好時機，要不然將來再沒有機會了！」

他爬上通往小教堂的小徑，在巨石掉落的地方停下來，冷冷地笑道：「幹得漂亮，陛下那些侍從肯定什麼情況都沒發現。他們又怎麼猜得出石頭是我故意撬鬆的呢？又怎麼能想得到，是我在最後一秒撬了最後一下，讓石頭沿著我們的路線……朝我決心要救助的皇帝滾去呢？」

他歎道：「亞森．羅蘋！你未免太費心機了。處心機慮安排這一切，只不過是要讓皇帝跟你握手，這一回他可是欠了你一大筆人情債。維克．雨果說得好，『皇帝的手也只有五根指頭。』」

他走進小教堂，拿出專用鑰匙，打開一間堆雜物的小房間。在一堆稻草上躺著一個人，手和腳都被綁著，嘴裡塞著布。

「啊，隱修士，」亞森．羅蘋說道，「沒有委屈您太久，對吧？最多二十四小時。但我替您幹了件大好事！您想想，您剛才有幸把德國皇帝從死亡的邊緣救了回來，對，朋友，就是您成了德國皇帝的救命恩人。這可是機運啊，人家會為您蓋一座大教堂，甚至會為您塑一座金像。喏，隱修士，拿回您的衣服，做回您自己吧！」

隱修士此時已餓得要命，頭暈眼花，搖搖晃晃地站起來。

亞森．羅蘋匆匆換上自己的衣服，說道：「永別了，可敬的老先生，原諒我給您帶來的麻煩，為我祈禱吧，我會需要它。天國為我敞開了大門，永別了。」

羅蘋在小教堂門口停了幾秒鐘，這是個莊嚴的時刻，面對這無法抗拒的可怕結局，人們無論如何都會有一些猶疑的。不過只要是羅蘋下定決心的事，就不可能變更。他不再猶豫，衝出門去，跑下山道，跑過了蒂貝爾仙斷崖的平臺，跨過欄杆。

「亞森．羅蘋，給你三分鐘，讓你做最後的輝煌表演。不要以為沒有觀眾，有你，你不是在這兒喝彩嗎？你就不能把最後一齣戲演給你自己看嗎？當然，這精彩的節目的確值得一看……亞森．羅蘋，本世紀最偉大的英雄喜劇，布幕已經拉起，最後一場──死亡──就要開演。角色由亞森．羅蘋本人扮演。先生女士們，摸摸我的心，心跳一分鐘七十下，嘴角還掛著一絲微笑，妙啊！亞森．羅蘋！瀟灑地跳下去吧！準備好了嗎？老夥計，這是最後一次冒險。不後悔嗎？上帝啊，為什麼？我的一生真是一首英雄頌歌。啊！朵諾瑞，你這個可惡的魔鬼，還不來！還有你，瑪爾萊奇，你為什麼不說話？而你，皮埃爾．勒迪克！我來了，被我害死的三個人，我來跟你們相會了。啊！樂納維耶芙，我親愛的樂納維耶芙！一切都過去了，我來了！」

他看了看腳下的深淵，又抬頭對天空叫道：「永別了，不朽的大自然，美麗的大自然！永別了，我所深愛的美好事物！永別了，壯美的大千世界！永別了，人生！」

他向大地，向天空，向太陽連連拋出飛吻。然後，縱身跳下絕壁。

西迪貝勒阿巴斯❺。外籍兵團軍營。在報告廳旁邊一間低矮的小房間裡，一個副官正坐在那兒看報、抽菸。一扇向院子開著的窗戶外，有兩個大個子士兵在嘰嘰喳喳地說著蹩腳的法語，其間夾雜了一些德語。

門開了，一個人闖了進來，是個穿著講究的男人，中等個子，身體單薄。

副官站起身，生氣地喝道：「傳令兵都幹什麼去了！哎，是您，先生，您到這兒來幹嘛？」

「我想要當兵。」來人語氣堅定，不容置疑。

兩個士兵對此竊竊私語，那人瞪了他們一眼。

「簡單地說，您是想加入外籍兵團？」副官問道。

「是的，想加入，但必須有一個條件。」

「喲，還有條件！聽聽您還想提什麼條件？」

「就是不要在這裡傻等著，聽說有一個連將要到摩洛哥去，我要加入那個連。」那人肯定地說。

一個士兵嘲笑道：「摩洛哥就要天下大亂了，您卻想參加？」

「少廢話！」那人吼道，「我不喜歡有人嘲笑我。」

他的聲音冷峻，讓人從打心底生出畏懼。但說話的士兵是個彪形大漢，並沒有將那人放在眼裡，繼續粗魯地說：「哼，傻子，跟我說話得客氣一點，不然……」

「不然怎麼樣？」

「就得見識見識我是誰……」

❺ 西迪貝勒阿巴斯（Sidi-bel-Abbès）位於阿爾及利亞北部，法國外籍兵團於一九三一年至一九六一年間在此設立總部。

那人不等士兵把話說完，就走到他身邊，一把抓住他的腰，把他推到窗邊，丟到院子裡。然後瞪了另一個士兵一眼，另一個士兵嚇得連忙跑開。那人再次走到副官身邊說：「中尉，請您立即通知連長，西班牙貴族唐路易・佩雷納，有顆熱愛法國的心，希望加入外籍兵團。」

副官驚愕地打量著這位讓人感到不可思議的大人物，然後不甘不願地出去了。

那人——亞森・羅蘋——拿出一根菸，點燃，坐在副官的椅子裡，大聲說道：「既然大海不肯收我，或者更確切地說，既然在最後一刻，我不願待在海裡爛掉，我們就來看看摩洛哥人的子彈是否能滿足我的心願。再說，亞森・羅蘋為了法國與敵人衝鋒、喋血沙場，這樣會更加光榮！」

水晶瓶塞 1912

水晶瓶塞有何魔力？
眾人何故為它明爭暗鬥，賠上性命亦在所不惜？
手下為奪取水晶瓶塞不慎入獄，將赴刑場，
亞森．羅蘋是否能解開一連串的謎團，
順利挽救手下的性命？

Arsène Lupin
~ gentleman cambrioleur

1 怪事橫生

兩隻小船被拴在離花園不遠的防波堤上，在夜色中搖盪。穿過濃濃的霧氣，湖邊房舍裡的橘黃色燈光朦朧可見。雖然已是初秋，湖對岸的昂吉安賭場仍是流光溢彩，夜空中的幾顆白亮星星穿透雲層與之相映。一陣輕風拂過寂寞的湖面。

亞森．羅蘋從一座小巧精緻的亭子裡走出來，他熄了菸頭，朝防波堤的最前端俯下身。

「格洛亞爾、勒巴魯，你們在嗎？」

兩個腦袋分別從各自的小船探出，他們其中一人應道：「在這裡，老闆。」

「快點準備，吉爾貝和沃奇萊的車來了。」亞森．羅蘋說著，穿過了花園，繞著一座正在修建的小樓工地走了一圈。

茫茫的夜色裡，長長短短的梯架依稀可辨。他慢慢將臨湖大街的那道門打開。看來他說得不錯，一束雪亮的燈光由街道的轉角處投射過來。緊接著，一輛寬大的敞篷車就在他身邊停下，兩個身穿大衣、頭戴鴨舌帽的人跳下車。其中一人是個精神抖擻的年輕人，他有一張討人喜歡的面孔，年紀不過二十來歲，他就是吉爾貝；另一人的個子不高，面色蒼白，灰白的頭髮，看起來病懨懨的，不用說，他就是沃奇萊了。

「你們看到議員走了嗎？」亞森．羅蘋問道。

「沒錯，他上了七點四十分往巴黎的火車。」吉爾貝答道。

「這麼說，我們能夠為所欲為囉？」

「當然。瑪麗．德雷莎的別墅全是我們的了。」

羅蘋見司機仍坐在駕駛座上，便說：「你最好把車開走，停在這裡太招搖。如果計畫沒失敗的話，待會兒有的是東西讓你載。九點半把車開回來。」

「怎麼會扯到**失敗**？」吉爾貝不解地問。

羅蘋不再說什麼，他領著他們來到房子後面，然後分別上了那兩艘小船。此刻，羅蘋注意到沃奇萊好像有心事的樣子，獨自待在一邊。羅蘋靠近吉爾貝，小聲問道：「吉爾貝，告訴我，今天的行動是你出的主意，還是沃奇萊？」

「這……我也不知道該怎麼說。總之我們商量了很久。」

「我看他有點鬼鬼祟祟的，這傢伙不知幹過多少壞事呢。」羅蘋說出了自己內心的擔憂，猶豫了一會兒後又問，「多布雷克議員今天晚上確定不會回來吧？」

「不一定，他去了巴黎劇院，家裡只有僕人勒奧納爾，是他的心腹。在他回來之前搬走我們需要的東西應該沒問題。」

羅蘋不再說話。他們把船靠在一個隱蔽的碼頭。羅蘋吩咐格洛亞爾守船，勒巴魯到岸邊把風。他自己則與吉爾貝、沃奇萊開始小心地接近那幢別墅。別墅裡有閃動的燈光，看得出那是一盞煤氣燈。他們跑過去，躍上臺階來到大門邊。吉爾貝靈巧地開了鎖，三個人悄無聲息地走了進去。

「那些傢俱放在哪兒？」羅蘋已經站在了大廳裡。

「在二樓，從右邊的樓梯口上去。」是吉爾貝的聲音。

樓梯被簾子遮住。羅蘋走過去正要掀那簾子，不遠處的一扇門開了。一個人臉色蒼白地探出頭來，看樣子甚是驚恐，那是僕人勒奧納爾。

「救命啊！快抓賊！」那傢伙突然驚叫起來，然後慌亂地跑進房間。

「再鬼吼鬼叫就宰了你！」沃奇萊罵道。

羅蘋不待沃奇萊出手，就趕緊追過去。穿過餐廳，前面是廚房。勒奧納爾正準備打開廚房的窗戶逃走，發覺有人進來，他迅速地轉過身，猛然舉起一隻手。羅蘋見狀，隨即臥倒在地。

「砰！砰！砰！」狹窄的廚房裡響起三聲槍響，子彈射到了門外。羅蘋伏在地上，敏捷地靠近勒奧納爾，猛力用手擊中他的膝蓋，以迅雷不及掩耳之勢奪下了勒奧納爾的槍，並緊緊掐住他的脖子。

隨後趕到的吉爾貝和沃奇萊把他綁了起來。羅蘋用手電筒照著勒奧納爾的臉，說道：「這傢伙竟差點就把我幹掉。做多布雷克的僕人，你也不可能有多高尚。走，我們動作快點！」

二樓的傢俱和裝飾果然很有品味。那裡擺放了幾把奧比松扶手椅，旁邊有兩盞古帝愛爾的壁燈，弗拉戈納爾的畫等等。羅蘋對藝術品一直有特別的偏好，甚至可以稱得上是有收藏癖。他情不自禁地站在畫前欣賞，而吉爾貝和沃奇萊則迅速地搬起那些東西。半個小時後，船已被裝滿。格洛亞爾和勒巴魯先把船開走，到對岸後再把東西裝上車。

羅蘋滿意地下樓，但他似乎在前廳裡聽到廚房裡有說話的聲音，太奇怪了。他警覺地跑進廚房，那裡卻只有勒奧納爾一個人，他的雙手被反綁在一起，趴伏在地上。「一定是這傢伙在抱怨的叨唸聲。」羅蘋心想。

當他再次回到樓上，意外地發現吉爾貝和沃奇萊正在屋子裡仔細尋找著什麼東西。

「快點，已經花很多時間了。」羅蘋雖然這樣說，可是當他看到壁櫥裡還有不少好玩意兒時，忍不住又從中挑了一些。「好了，該上船了。」

羅蘋邊說邊拿了東西朝外走去，吉爾貝和沃奇萊兩人只好跟著他出來。走到湖邊，當羅蘋正要上船時，吉爾貝突然慌張地拉住他說：「老闆，還有點事，五分鐘就好。」

吉爾貝說著，就和沃奇萊跑回去。羅蘋疑惑地站在船邊等著，十分鐘不知不覺地過去了。羅蘋隱約感到吉爾貝和沃奇萊似乎是在互相監視，兩人不知背著他在搞什麼花樣。羅蘋朝別墅走去，他似乎聽到遠處傳來了雜亂的腳步聲。

「可能是過路的行人。」羅蘋心想，他們的行動應該不會有人發覺。

走到房子前時，他聽到一聲槍響，緊接著屋裡傳來了呻吟聲。羅蘋迅速跑進屋內，他看見吉爾貝和沃奇萊兩人扭打成一團。吉爾貝從沃奇萊手上搶過一件小東西，而沃奇萊肩上中了一槍。

「是你把他打傷的？」羅蘋氣憤地問。

「不，不是我，是勒奧納爾打傷了他。」

羅蘋跑進廚房，只見僕人已經死了，他的喉嚨上插著一把匕首。羅蘋氣得渾身發抖，他厭惡血腥。無論做什麼，他都習慣用周密的計畫和策略代替魯莽的行為。另一方面，不留血腥也給他帶來了好處，警方無法對他提出殺人告訴。羅蘋一把抓住吉爾貝：「混蛋！你們為什麼要殺人？」

羅蘋搖著吉爾貝問道：「沃奇萊為什麼要殺他？」

「沃奇萊想從他身上搜壁櫥的鑰匙，才發現那傢伙雙手已經掙脫繩索，情急之下就捅了他一刀。勒奧納爾臨死前朝他開了一槍，打在他肩上。」

「鑰匙呢？」

「沃奇萊拿去了。」

「找到你們要的東西了嗎？」

「嗯。」

「是什麼？快說！」面對這樣一個混亂的局面，羅蘋相當憤怒。

吉爾貝默不吭聲。羅蘋知道現在問也問不出什麼來，他們在這裡花費的時間已經遠遠超出計畫了，現在最要緊的是趕快撤離。羅蘋強壓著怒氣，暫時放棄追問。

「先把沃奇萊弄上船去。」羅蘋說道。

他們正準備去攙扶沃奇萊，卻聽見廚房裡有人說話，和先前羅蘋聽到的聲音一模一樣。那聲音很怪、低沉，而且斷斷續續的。羅蘋再次仔細地查看了廚房，裡面確實一個人也沒有。這是什麼聲音呢？它一會兒高，一會兒低，一會兒大，一會兒小，有時急促，有時顫抖……羅蘋聽得不覺地提高警惕。

「把燈弄亮一點。」

羅蘋還真不相信有什麼怪事，他俯下身，仔細傾聽聲音來自何處。奇怪的是，那聲音竟是從死人身上傳出的。羅蘋沉思了一會兒，接著哈哈大笑起來。他彎下腰，把屍體拖到一邊，下面便露出一個話筒來。聲音正是從話筒中傳出，話筒接著電話機，原來如此。問題雖然弄清楚了，可是羅蘋馬上意識到一個新問題。勒奧納爾趁他們不注意的時候報了警。羅蘋想起他走進房子時聽到的腳步聲，當時還以為是過路的行人，現在看來顯然是警察，按時間計算，他們快進來了。

話筒裡還繼續傳出呼叫聲。「快走！」他大喊道，但隨即就聽到外頭的撞門聲，於是又簡單地命令道，「把門閂死。」

幸好這幢別墅的門還算堅固，警察已經在外面撞了近一分鐘了。羅蘋的腦子飛快地運轉，逃已經不可能，現在只有——羅蘋急切地說：「唯一的辦法就是先讓我一個人走，我會救你們的。」

吉爾貝大概猜到他的想法，氣憤地說：「老闆，這……」

沃奇萊心想反正逃不了，冷靜地說：「白癡！聽老闆的，只要他能逃跑，我們還怕沒救嗎？」

這時外面的敲門聲愈來愈響，羅蘋迅速走到屍體跟前，抹了一把鮮血，胡亂塗在自己臉上。

「情況緊急，這是沒有辦法的辦法……」羅蘋突然想到沃奇萊和吉爾貝在櫥櫃裡找的東西，直覺告訴他應該把這個東西帶走，「快把那東西給我，來不及了！」

「不行……」吉爾貝掙扎地說。

門已經被撞開，兩個警察闖了進來。羅蘋一把從吉爾貝懷裡搶過那東西，並順勢將他壓在地上，朝那兩名警察喊道：「快來幫我！」

警察跑過來，他們將吉爾貝五花大綁。羅蘋把槍收起來，說道：「這兩個傢伙真難對付，我打傷了其中一個。」

這時警察局長已經衝進來了，他問道：「看到僕人沒有？」

「不知道，我一聽到呼救的聲音，就從那一面的窗口爬進來，這兩個傢伙正要逃走，我打傷了一個，你們進來的時候，我正在和這一個搏鬥。」羅蘋滿身是血，看起來的確像是剛混戰了一場。

「去找那個僕人，搜索這幢房子，看看還有沒有可疑情況。」局長吩咐完畢，便開始查問兩名兇手。沃奇萊交代了自己的姓名，吉爾貝則默不吭聲。沒有辦法，局長覺得該問一問剛才那個勇敢的陌生人，也許他知道情況。局長吩咐一名警察去把他找來。

這名警員前去尋找羅蘋。有人說看到他站在別墅門口抽菸，還有人證實他和幾個憲兵一起閒聊，還說他留下口信表明如果需要，他會立刻回來。

警察開始喊他，然而卻無人應答。

有個機靈的憲兵發現他正登上了一艘小船，奮力地划槳。

警察局長得知情況後，瞪了吉爾貝一眼，他知道自己上當了。

警察趕到湖岸時，船已經划離了一百多公尺，藉著淡淡的月光，仍可見那傢伙在船頭向他們揮帽。局長下令馬上划船追趕。警察的船漸漸向那條逃跑的小船靠近，此刻，警察隱約可見那人蹲在船頭。

「投降吧，你們已經無路可逃了！」局長喊道。

那船似乎不動了。警察還在喊話，但小船上的人蹲在那裡，一點反應都沒有。警察不敢貿然行動，只能慢慢接近小船，就在快靠近那船的時候，幾名警察猛撲了過去。

上當了，船上一個人也沒有。他們看見的那個人影原來是一堆垃圾，上面蓋著那人的衣服。局長對此也不放過，他仔細搜索了那些破爛東西，果然不負所望，他找到了一張名片，那上面寫的是：「亞森．羅蘋。」

這是羅蘋混亂之中留下的。後來你就會知道，這張名片把沃奇萊和吉爾貝害慘了。

就在警察圍著那艘空船忙得團團轉的時候，羅蘋已經悠閒地游上另一處的岸邊，他找到格洛亞爾和勒巴魯，簡單地向他們說了一下情況，然後將汽車開向訥伊，那裡有他的倉庫。羅蘋將別墅的傢俱運進倉庫後，立刻回到了巴黎馬地墉大街的家中。

這幢房子比較隱密，除了他，只有吉爾貝知道這個地方。羅蘋簡單地梳洗了一下，今晚可真有點兒累了，光是在冰涼的湖水裡泡上十幾分鐘就夠受的了。他躺在床上，在極度的疲憊中，突然想起他從吉爾貝手裡拿到的那個東西。

這究竟是什麼東西呢？讓沃奇萊和吉爾貝如此拼命地爭奪。要不是他倆爭著搶奪這個東西，也不致於落到今晚的下場。羅蘋從褲袋裡掏出它，那是一個瓶塞，一個很常見的水晶瓶塞，從外表來看並沒有什麼特別之處。

他非常疑惑，為什麼沃奇萊和吉爾貝要殺死那個僕人，冒著上斷頭臺的危險去搶這東西呢？他躺在床上，百思不得其解，接著便迷迷糊糊地睡著了。

睡夢裡，他隱隱約約看見吉爾貝和沃奇萊跪在牢房裡，求他救命，還看到了他們臨刑的場面。那陰森的恐怖氣氛令人窒息，他不由得悲從中來，接著便驚醒了。

「真不是個好兆頭。」羅蘋心想。他依然搞不清楚那個瓶塞裡有什麼樣的秘密，瓶塞只有那麼大，其中到底有什麼文章呢？

「我就不信我推敲不出來。」羅蘋倔強地想。

他打算再仔細瞧瞧那東西，臨睡前他把它擺在靠窗的桌子上。隔天當他起床走到桌前時不由得驚叫起來，桌上已經空無一物！他在桌子上下四處亂找，哪裡有它的蹤影？羅蘋小時候聽過童話故事，但是他不相信童話也有成真的時候。那瓶塞憑空消失了，難道這真是童話故事？

此時的羅蘋正為幾件事感到困惑：一是這個瓶塞到底藏有什麼秘密，使得吉爾貝和沃奇萊為它爭得你死我活？第二是什麼人偷走了他放在桌子上的瓶塞。最令人感到奇怪的是，在他臨睡之前，門是栓好的，瓶塞不見之後，門依然栓得好好的。羅蘋並不是睡覺時沒有警覺的人，可是他的確一點兒響聲都沒聽到。

羅蘋實在想不通，他暫時不打算再浪費心思。按羅蘋的經驗，這種事情，只有順著事件的發展慢慢理出頭緒。看來目前唯一的線索只有從瓶塞的主人——議員多布雷克身上著手了。

第二天，一個邋遢的老頭在多布雷克過冬的住宅——巴黎拉馬丁街心公園旁邊閒逛。他時而坐在街心公園的椅子上，時而拄著手杖若無其事地走動。

這個老頭當然就是亞森．羅蘋。他發現了一個自己沒有預料到的問題：多布雷克的私人住宅周圍有警察在嚴密監視。監視者有兩個人，多布雷克出門，他們就緊隨其後；晚上議員回家，他們也寸步不離，直到宅邸裡的燈全部關掉，他們才離開。

有一天黃昏，監視者又多了四個人。羅蘋認出其中一個正是赫赫有名的普拉斯維爾，他是警察總局的秘書長。羅蘋不由得想起一件事來：兩年以前，不知什麼原因，普拉斯維爾和多布雷克曾打過一架，那時普拉斯維爾要求進行決鬥，但是多布雷克沒有迎接挑戰。不久，普拉斯維爾便當上了秘書長。

宅邸的一扇小門開了，多布雷克走出來，上了一輛電車。羅蘋看到兩個便衣警察也跟著上了電車。過了一會兒，普拉斯維爾出現在宅邸前，他按了門鈴。看門女人和普拉斯維爾交談了一會兒後，普拉斯維爾便領著一幫人進去了。

羅蘋心想，這可是一次非法搜查，他忽然心血來潮，自語道：「我何不也趁此機會進去看一看？」

於是，他裝成一副遲到了的樣子，走到小門前，低聲問那女人：「他們已經先來了？」

「來了。」女人答道。

此刻，普拉斯維爾等人正在多布雷克的書房裡四處搜查。羅蘋看見普拉斯維爾正從幾個酒瓶上取下瓶塞，仔細查看。

「他們也在找瓶塞？」羅蘋感到事有蹊蹺。

普拉斯維爾放下酒瓶，接著檢查別的東西。他邊檢查邊問道：「你們一共來過幾次了？」

「來過六次。徹底搜查過，什麼也沒發現。」有人答道。

停了一下，普拉斯維爾又問：「目前他家裡沒有僕人？」

「沒有，他正在找……看門的那女人是我們的人。」

搜查進行了兩個小時。九點多的時候，剛才跟蹤多布雷克的兩個便衣闖了進來，急切地說道：「他回來了，快點！」

普拉斯維爾最後又掃了房間一眼，確認所有搜過的東西都已經歸回原位後，那些人才匆匆地離去了。

現在，只剩下羅蘋在房子裡，已經不可能出去，但不出去實在很危險，只好見機行事了。他決定躲在餐廳裡，因為已過了用餐的時間，多布雷克應該不會到餐廳來。

很快地，多布雷克進來了，他走到書房裡面。羅蘋能透過窗幔看到布雷克的長相，他個子不高，蓄著一臉絡腮鬍，臉上滿是肉疙瘩，相貌很難看。他不大合群，而且性情粗野，在議院裡面，有人把他叫做「野人」。

議員坐在桌前，掏出一隻菸斗，又從菸絲罐中拿出一包馬里蘭菸絲。他抽完菸後，就開始寫信。寫了一陣，他停下來盯著書桌陷入沉思。突然，他抓起一個郵票盒子仔細看，接著又拿起幾件普拉斯維爾他們搜查過的東西，仔細觀察……然後，他按下了電鈴。

一會兒，看門女人走進來。

「他們來過嗎，克蕾夢斯？」

看門女人支支吾吾的，似乎有難言之隱。

「是我讓你放他們進來的，你又何必吞吞吐吐的？」

「呃……這……」

「你想兩邊都撈點好處，對吧？」說完，他從口袋裡掏出一張五十法郎的鈔票，遞給克蕾夢斯，然後問道：「他們來過了？」

「是的，先生。」

「還是那些人嗎？」

「嗯，還是那五個，不過多了一個頭兒。」

「喔？是高個子，棕頭髮嗎？」

「對、對。」

多布雷克停了一下，問道：「還有沒有人進來？」

「後來又進來一個……最後，外面兩個監視的人也進來了。」

「他們都進了我書房？我回來時才剛走？」

「正是這樣，先生。」

「好，我知道了。」

看門女人走了，多布雷克繼續寫信。過了一會兒，他又停下來，在一個小本子上寫著什麼。他把小本子拿起來，直立在書桌前。

羅蘋趁機看到了他寫在本子上的東西，原來是一道數學題：「9－8＝1」。

多布雷克專心地把這道題目唸了一遍。

「毫無疑問。」他大聲說。他又伏在桌子上快速地寫完一封短信，信封上的收信人是「警察總局普拉斯維爾先生」。

他又按了一下鈴，看門女人進來了。

「克蕾夢斯，你小時候有上過學嗎？」

「當然上過，先生。」

「我想你可能沒學過數學。」

「這，先生……什麼意思？」

「你的減法很差勁。」

「……」

「你不知道九減八等於一，這一點非常重要。一個人要是不懂這樣的道理，那根本就活不下去。」他站了起來，背著雙手在房間裡踱步，最後他在餐廳門前停下來，向著餐廳說，「當然，這個問題也可以這樣說，九個人走了八個，還剩下幾個呢？這個人現在就在這裡。這位先生將會證明我的計算正確，您說是吧？」

羅蘋就站在餐廳門的簾子後面，他氣極了，說實話，他還從來沒受過這樣的嘲弄。

多布雷克又開口說：「先生，小心在裡面悶壞了。再說，我還有個怪癖，愛戳門簾玩……您知道大老鼠波隆尼爾[1]是怎麼死的嗎？喂，波隆尼爾先生，請出來吧！」

一向是羅蘋嘲弄別人，沒想到這下輪到別人嘲弄自己。他覺得肺已經鼓了起來，差一點就要炸了。

---

[1] 波隆尼爾（Polonius）是英國文豪莎士比亞的劇作《哈姆雷特》裡的角色。劇中，他因為躲在掛毯後偷聽哈姆雷特王子與王后的談話，而被一劍刺死。

「波隆尼爾先生，不要不好意思，您就是前幾天那位在街上散步的老頭子吧？看來您也是警察囉？我請您把這封短信交給您的頂頭上司，您告訴他，他願意什麼時候來都可以，我這裡就跟他的家一樣，波隆尼爾先生，如果不介意的話，就請克蕾夢斯送您出去，再見，我的朋友。」

羅蘋氣壞了，但是毫無辦法，只能順從地離開。

「這個混蛋！總有一天你會栽在我手上的。」羅蘋走出門時憤憤地罵道。

在羅蘋看來，多布雷克這傢伙冷靜、理智，而且詭計多端，所以羅蘋感到異常氣憤。羅蘋似乎無意間闖入普拉斯維爾和多布雷克爭鬥的漩渦之中，好在多布雷克把他當成了警察，並沒有認出他來，這是他唯一感到慶幸的地方。他打開多布雷克給普拉斯維爾的信，上面是這樣寫的：

摸到它，並不等於你就能得到。它在那裡……小心，別讓我當眾抓到你。

多布雷克

看完這封帶著譏諷語氣的信，羅蘋想：「已經摸到？到底是什麼樣的安全藏物處呢？我得親自看看才行……看來應該查查這傢伙的老底。」

第二天，羅蘋打聽到一些消息：亞萊科希．多布雷克擔任羅訥河口省的無黨派議員已有兩年時間，他是靠鉅額費用疏通人脈，才贏得競選的。他原本一貧如洗，但是現在已經有了自己的別墅和私人宅邸；他在政治上毫無建樹，但奇怪的是，很多達官顯要對他都有求必應。

這只是很普通的個人資料，羅蘋心想：「我更需要的是他私生活的資料，要怎麼才能弄到手呢？」

羅蘋回到他在夏多布里昂的住處，那裡有一個可靠的僕人阿西依。他剛剛回家，阿西依就告訴他有一個女工等了他很久，現在還在客廳裡。女工說是要找米歇爾．伯蒙先生——羅蘋的化名，她是為昂吉延事件而來。

羅蘋甚感詫異，他從來不認識這樣的一個人。他疑惑地走入客廳，卻發現客廳裡一個人也沒有，跟在後面的阿西依也驚訝地喊道：「二十分鐘以前她還坐在那兒，現在怎麼不見了？」

羅蘋問：「這二十分鐘你去哪兒了？」

「沒有啊，我就在前廳，她要是出去我一定會看見的！」

羅蘋走到窗戶前，那扇窗還微微開著，女人顯然是從窗戶跳出去的。羅蘋又查看了客廳，所有東西都完好無損。這個女人真奇怪，不明不白地來，然後又這樣不明不白地消失了？羅蘋不想再為這件小事浪費時間，他知道這種事是很難弄清楚的。既然她已經離開，再怎麼想也是白費腦筋。

「今天有我的信嗎？」

「有一封，我放在你臥室的書桌上了。」

羅蘋走進臥室，可是卻並沒有找到信。他心裡一驚，信不見了！今天怎麼老發生怪事？他到處都找遍了，就是沒有那封信。

「喂，阿西依，桌子上沒有信。」

「啊，什麼？沒有那封信？我就放在桌角上啊。」阿西依跑進臥室，一臉惶恐。

「可惡！一定是那個女人拿走了。」阿西依憤憤地說。

羅蘋並不這麼認為，他淡淡地說：「不太可能，雖然臥室和客廳是相通的，但這扇門是鎖死的，她要進來一定得通過客廳。」

「這……」

「那信封長什麼樣？」

「是很普通的信封，字寫得很潦草，寫的是德．伯蒙．米歇爾先生親啟。」

「你確定嗎？」

「嗯，是這樣寫的。」

「哎呀，是吉爾貝寫來的！」

把羅蘋的假名反著寫，這是羅蘋和吉爾貝約定的暗號，不知道可憐的吉爾貝在信裡寫了什麼，羅蘋已經無從得知。吉爾貝在牢裡不知想了多少辦法，才把這封信寄出來，但是還沒到羅蘋的手裡，就已經被人偷走了。

羅蘋檢查了他房間裡的其他東西，全都完好無缺，看來這女人是專為這封信來的。但是她怎麼知道吉爾貝會寫信給羅蘋？她又是如何偷走這封信的？羅蘋暫時還搞不清楚。那女人是從窗子進來的？這不可能，窗子門得好好的。從客廳和臥室之間的門進來？也不可能，那扇門不僅鎖死了，裡面還上了插銷。看來，只有穿牆進來了？難道真有這樣的怪事？

羅蘋不相信神話，牆壁上一點印痕也沒有，唯一的可能只會在門上。他開始盯著門沉思。這一看，他才發現了一個秘密，門的下方，有一小塊木板和周圍的不一樣。他再仔細看看，這塊木板已經鬆動了，上下各有一顆小釘子把它卡住，就像鏡框後面的木板一樣，隨時可以取下。

阿西依盯著羅蘋取下的那塊木板，驚叫道：「原來如此！」

羅蘋平靜地說道：「即使這塊木板能夠取下來，一個人能鑽過去嗎？」

「也許……」阿西依一時語塞，「……她是從這伸手進去，打開後面的門閂……」

「你試試看行不行？」

阿西依將手伸進去，卻搆不著門閂，門閂還在上面很高的位置。

羅蘋想了一會兒，忽然說：「我出去一下。」

頓然醒悟的羅蘋急急忙忙趕往馬地墉大街的住宅，他不是在那裡遺失了那個瓶塞嗎？他跑過客廳，來到客廳和臥室之間的那扇門前。果然不出他所料，那扇門的下方也被人動了手腳。同樣的，那扇門的木板可以取下來，也是用小釘子扣在上面，但是，它的大小依然無法讓人伸手進去搆著門閂。

「怪事怎麼這麼多？」羅蘋感到十分懊惱，他還從來沒碰到過這樣的事，連對手是誰他都不知道，更別提弄清楚他們的目的了。這個對手神秘難測，手段是如此的高明，使他防不勝防。同時，另外有件事也讓他心裡愈來愈焦躁，司法當局再過不久就要審判吉爾貝和沃奇萊。假如他不儘快想出辦法的話，他們八成要上斷頭臺，屆時他將永遠無法原諒自己。

2 初釋疑惑

多布雷克一直打算聘雇的女廚現在找到了，克蕾夢斯介紹這個上了年紀的婦女來的時候，出示了她的工作證明，在這之前她曾在索勒瓦伯爵家幹過活。多布雷克曾致電伯爵宅邸，伯爵的管家對她讚譽有加，說她是一個可靠的人。

這女人一到議員家就忙個不停，除了做飯，她還細心地洗地板、擦窗戶，把一切收拾得井井有條。

議員晚上有事出去，只剩下女廚和看門的克蕾夢斯在家。午夜時分，克蕾夢斯已經睡了，那女廚走進花園，悄悄打開了柵門。一個黑影竄了進來，女廚迅速上樓，黑影跟著她進了臥室。

「維克圖瓦，怎麼樣？」這是羅蘋的聲音。

「哎呀，你把我分派到這種地方，害我整天提心吊膽的。」

「你知道嗎，每當我需要一個品行端正的人時，就會想到你。你難道不覺得這是一種榮幸嗎？你放心，多布雷克不會起疑的，他已經向索勒瓦伯爵家詢問過了，管家對你讚不絕口。你要知道，伯爵的管家可是我想盡辦法安插進去的。」

「但是我在這裡要做什麼呢？」

「不用著急，我們慢慢找那寶物，一個水晶瓶塞。」

「要是找不到呢？」

「找不到就麻煩了，你沒看今天的報紙？吉爾貝被指控殺了那個僕人，那把匕首恰好是吉爾貝的，他們兩個很可能都會沒命。」

從這天起，羅蘋便住在維克圖瓦的房間裡。議員不在的時候他就出來，與維克圖瓦一起尋找水晶瓶塞。他們不放過房間的每個角落，但是幾天下來，依然一無所獲。

多布雷克的生活看起來很有規律，他每天下午到議會去，晚上參加聯誼會。便衣警察時刻守在房子外面，監視著他。

「難道這個人的私生活真的這麼無懈可擊？」羅蘋心中暗想，不過這幾天他確實沒有發現議員有什麼可疑之處。只要耐心等待，羅蘋相信，終有一天多布雷克的陰暗面會暴露出來。

一天下午，維克圖瓦一臉驚恐地從菜市場回來，羅蘋急忙抓住她問：「出了什麼事？」

維克圖瓦顯然被嚇壞了，結結巴巴地說：「在菜市場……有一個人給我一封信……他說：『交給你老闆。』『我老闆？』我問。那個人說：『就是住在你房間裡的那位。』」

羅蘋聽了大吃一驚，顯然早已有人發現了他的行動。他一直躲在多布雷克的別墅裡沒有出去過，就連多布雷克都沒發現，會是誰呢？他趕忙拿過那封信，信封上什麼也沒寫，打開一看，裡面還有一個信封，上面寫著：「維克圖瓦轉亞森・羅蘋收。」

「果然是個厲害的傢伙。」羅蘋小聲道。從信封上看得出，這人對羅蘋和維克圖瓦的所做所為已全然知曉。他拆開信封，信紙上只有兩句話：「停止這一切吧，它無用而且危險。」

這兩句話並無惡意，卻像兩記耳光打在羅蘋臉上。寫信的人已經對他的行動瞭若指掌，而羅蘋就像一個站在舞臺上的傻瓜一樣。羅蘋一句話也說不出來，碰到這樣的事還有什麼好說的呢？是不是多布雷克玩的把戲？不可能，從語氣上看來絕不可能。難道除了羅蘋和警察之外，還有人注意著多布雷克，會是誰？

這天晚上羅蘋翻來覆去睡不著，接連發生的種種怪事確實叫他捉摸不透。不知不覺已經到了半夜，他忽然聽到院子裡有動靜。他迅速起床，原來是多布雷克打開了那扇花園的柵門，外面有一個穿著大衣、頭縮在領子裡的人，跟著多布雷克進來了。

兩人進了多布雷克的書房，書房就在維克圖瓦臥室的下面。羅蘋把一個繩梯悄悄掛在二樓的陽臺上，然後順著繩梯吊下去。透過半圓形的氣窗，雖然無法聽見他們的談話，但羅蘋能看到書房裡的情形。

來客是位容貌秀麗的女子，雖然她衣著樸素，黑髮裡夾雜了幾縷灰髮，但仍顯得優雅高貴。她身材苗條，輪廓分明的臉上流露出長時間經受痛苦折磨的憂鬱和疲憊。羅蘋覺得似曾相識，卻無法想起她是誰。

她倚桌而立，漠然地看著滔滔不絕的多布雷克。雖然議員背對著羅蘋，但他那貪婪且充滿獸欲的眼神卻透過鏡子折射出來。突然，多布雷克用力抱住了她，羅蘋看見了她憂愁的臉上淌下憤怒與驚恐的淚水。經過一陣短暫的拉扯，她終於將多布雷克推開，兩人相互怒視著對方，低聲咒罵。羅蘋看見議員的臉部肌肉在抽搐，看上去異常兇狠。接著，兩人又平靜了下來。多布雷克用嘲弄的口吻說著什麼，似乎是在談條件。

趁多布雷克轉過身去，那位漂亮的夫人很迅速地抓起桌上的酒瓶塞子，又迅速地放了回去。天啊！她也在找水晶瓶塞。羅蘋吃驚地想。

接著，她的表情產生細微的變化，她變得兇狠且可怕。羅蘋看到了她的手正伸進一堆書裡，只見一道寒光閃過，她已將匕首舉到了多布雷克的後頸。她正毫無懼色地尋找下手的位置，卻讓早已察覺的多布雷克抓個正著。

她扔下匕首，抽泣起來，而多布雷克則平靜地繼續說著什麼，彷彿剛才發生的一切都再平常不過了。接著，羅蘋聽到這位夫人跺著腳怒吼道：「絕不！絕不！」她穿上多布雷克遞過來的大衣，從書房裡出來。羅蘋警惕地退回了房間。神秘女人依然從柵欄的門出去，多布雷克關上了門。

這女人和多布雷克是什麼關係？她為什麼半夜來到多布雷克家？他們好像在進行著什麼交易，是不是該和那女人取得聯繫呢？羅蘋沒有仔細考慮，他想等一段時間再做打算。現在他另派了兩個人白天監視議員，他則繼續在夜間活動。

一夜，淩晨四點多的時候，羅蘋又聽到了輕微的聲響。他依然從繩梯上向多布雷克的書房裡張望。這次的神秘來客是一個男人，他跪在多布雷克的腳下，表情絕望，肩膀正不停地顫抖著。

那人時而哀求，時而眼中閃著仇恨的怒火。突然，他抱住多布雷克，勒住他的脖子，但是多布雷克把他推開，接著狠狠地打了他兩個耳光。那人呆立在那裡，雙腿顫抖。羅蘋不明白，為什麼來人都是既帶著仇恨，卻又不敢和多布雷克動手。最後，那人從衣袋裡掏出一疊鈔票，多布雷克接過去數了起來。羅蘋清楚地看到，那是三萬法郎。那人在多布雷克把錢數完後就拿著帽子，神情沮喪地走了。他也是從柵欄門出去的。

第二天，維克圖瓦在去市場的途中打聽到了羅蘋需要的消息，昨晚到多布雷克這裡來的是獨立左翼聯盟的主席，朗日魯議員。羅蘋發現，多布雷克本身並沒有什麼財產，他的錢都是靠這些人提供的。他手上究竟握著這些人的什麼把柄，能使他們全都乖乖順從？

接下來的兩天夜裡又來了兩個人，他們要不是給他一大筆錢，就是送很貴重的東西。羅蘋得知其中一位夜訪者是參議員德少蒙，曾經擔任國防部長；另一個是阿爾布菲克斯侯爵，以前是拿破崙親王的辦公室主任。

就這樣，羅蘋在多布雷克的住處監視了相當長一段時間。他想，自己到底要做什麼啊？他的目的是為了解救沃奇萊和吉爾貝，而在這裡監視多布雷克有什麼用呢？日子一天一天地過去，審判的日期日漸逼近。他決定放棄對多布雷克家的監視，因為那些夜間訪客的表現都是大同小異，只需派人打聽就行了。就在羅蘋準備離開的時候，維克圖瓦提供了一條新的線索：多布雷克今晚要在劇院和一位夫人約會。

本來這並沒什麼好奇怪的，但在打電話時，維克圖瓦卻聽到多布雷克說：「和六個星期前那次一樣，我在樓下訂了一個包廂。」接著他又笑著說了一句，「我可不希望又有人來偷我的東西。」

對，正是六個星期前的那天晚上，羅蘋和沃奇萊、吉爾貝在多布雷克家行竊。這麼說，那次和多布雷克約會的也是這個女人了。羅蘋決定要去看一看，也許這個女人能為他提供一點線索。當天下午，他在維克圖瓦的幫助下離開多布雷克家，回到自己在夏多布里昂的住所。

經過短暫的停留，羅蘋準備去劇院。他喬裝成俄國人的模樣，一頭金髮，並留著短短的鬢角，看起來很像一個俄國王子。一切都已裝扮妥當，這時，阿西依送來一封電報，上面寫著：「夏多布里昂街，米歇爾．伯蒙先生收。」

羅蘋打開一看，頓時目瞪口呆，電報全文如下：「若來劇院，有誤大事。」

羅蘋把桌子上的花瓶砸得粉碎，喊道：「真是活見鬼了！」

「他叫我別去，我就偏要去看看。」羅蘋氣得毛髮倒豎，「走，跟蹤多布雷克！」

他們先把汽車開到多布雷克議員的別墅附近，等了好一會兒，天色已近黃昏，別墅裡才急馳出一輛摩托車，風馳電掣般遠去了，那騎車的人正是多布雷克。追不上多布雷克，在沒有辦法的情況下，羅蘋只好把車開到巴黎，然後一家劇院接著一家劇院地找。輕歌劇院、復興劇院、體育館劇院，裡面通通沒有。直到十點多的時候，他們來到沃德維爾劇院，羅蘋才終於看到多布雷克和一個女人正坐在一樓的包廂裡。包廂的門半掩著，不能完全看見裡面。隔壁的一間包廂恰好空著，羅蘋趕緊把它租了下來。臺上演員的聲音很大，羅蘋只看到多布雷克和那個女人在交談，卻聽不清楚內容。十分鐘以後，有一個驗票員來敲多布雷克包廂的門。

「多布雷克議員在嗎？」

「在，你怎麼知道我是多布雷克？」多布雷克顯得很警覺。

「有電話找您，說您在這兒。」

「是誰找我？」

「阿爾布菲克斯侯爵。」

「喔？我馬上來。」

多布雷克起身離開了，一個俄國王子迅速進入包廂，坐到那女人身邊。那女人雖然戴著面紗，羅蘋仍能看出她有幾分慌亂，她叫道：「是您，亞森・羅蘋！」

羅蘋一向對自己的喬裝技術頗為得意，沒想到這女人一眼就認出自己——一個假的俄國王子。羅蘋結結巴巴地說：「您……您已經知道？」

雙方沉默地對視著，似乎都在觀察著對方。羅蘋猛然想起時間已不多，便一把揭起那女人頭上的面紗，她正是那晚羅蘋在多布雷克家看到的神秘女人，那個時而充滿仇恨、時而露出無可奈何表情的女人。這下她顯得有些驚慌地說：「您見過我？」

「見過，但我要知道您是誰。剛才是我的同夥打電話給多布雷克的。」

「那麼，他馬上就會回來了？」

「沒錯，現在先訂一個時間，我們要再見一面，時間、地點，我要把您從他手上救出來。」

「為什麼？這……」

「快說時間，明天……地點？」

女人顯然被這突如其來的事件搞得不知所措，她準備開口，但又猶豫不決。

「快點，那傢伙快要回來了，快說啊。」

「那就……明天下午三點，在……」

就在這時，門一下子被撞開了，多布雷克站在門口。他嘴角上掛著冷笑，說道：「哈，還打電話。這種伎倆過時了吧，我走到一半就回來了。」

多布雷克把羅蘋推到一邊，坐在那女人身邊說：「嗨，王子，您究竟是什麼人，警察總局的雇員？」

兩人都目不轉睛地瞪著對方。羅蘋在打主意，下一步該怎麼辦？

「走，到外面去，外面方便一些。」羅蘋說。

「王子，就在這裡吧，等會兒就是中場休息時間啦。」

議員突然一把揪住羅蘋，羅蘋彎著腰，似乎並不準備反抗，多布雷克放鬆了警戒，羅蘋趁他不留神，一掌打在他的臂彎處。多布雷克雙手一鬆，兩人隨即扭打起來，像摔跤一樣。那女人站在角落裡驚恐地看著他們，這時，只要她幫誰，誰就贏定了。在羅蘋和多布雷克的中間有一把椅子倒在地上，羅蘋馬上抓住了這個機會，他要看看這個女人到底會幫誰。

「把椅子拿開！」羅蘋叫道。

那女人猶豫了一下，跟著把椅子拖到一邊。羅蘋猛地用腳尖踢在多布雷克的膝蓋上，他痛得不得了，手也鬆開了。羅蘋趁此機會勒住了多布雷克的脖子，把他壓在地上。羅蘋使出所有的力氣，繼續勒緊對方的脖子，沒多久，多布雷克的身子逐漸癱軟下來。接著，羅蘋猛地一拳打在他的下巴上，多布雷克立即昏了過去。羅蘋打算帶那女人走，他有很多事要問她。

但等他起身，卻發現那個女人已經不見了。羅蘋迅速趕出劇院，看到她正穿過人行道，準備上一輛汽車。羅蘋趕緊跟過去，接近那輛車。突然，車裡鑽出來一個人，羅蘋完全沒有注意，只覺得臉上狠狠地挨了一拳，被打得眼冒金星。不過他還是看清了對方，打他的是勒巴魯——上次和他一起在多布雷克別墅行竊，這兩人負責划船。

正當羅蘋被格洛亞爾打倒的時候，汽車迅速開走了。等他回過神時，汽車已經無影無蹤。羅蘋無精打采地獨自回去，自己的手下叛變了，他感到既疲倦又沮喪，躺在床上，順手拿起一張報紙，漫不經心地瀏覽。一條新聞突然揪住了他的心：

最新消息，瑪麗．泰來思別墅案的嫌犯之一已被查明身分。名叫沃奇萊的是一個累犯，多次改名換姓進行犯罪活動。法庭將依法對其嚴懲。

另一名嫌犯吉爾貝在不久後也將被查證身分，法庭表示將儘快對此案進行審判。

時間非常緊迫了，羅蘋站起來在房間裡來回走動。他看到桌子上有一封信，當他看到信封上的字樣時跳了起來，「德．伯蒙．米歇爾先生親啟」。吉爾貝的信！羅蘋迅速把它打開，裡面只有幾個字：「老闆，救我！我怕……我怕……」

這天晚上，羅蘋毫無睡意。恐怖、悲慘的噩夢又折磨了他一夜。

從第一次見到吉爾貝時，羅蘋就喜歡他。他是個樂觀的年輕人，剛滿二十歲，單純、可愛，雖然也屬於那種比較調皮的孩子，可是他的心地並不壞。他沒有告訴羅蘋他的身世和以前的所作所為，羅蘋也沒有追問。

司法當局擔心羅蘋會設法救出這兩個人，所以儘管尚未弄清吉爾貝的身分，還是決定提前審判。羅蘋現在很焦急，很多事情他始終弄不清楚，但離審判的時間卻愈來愈近了。該從哪裡著手呢？還要不要盯著多布雷克，搞清楚水晶瓶塞的秘密？

維克圖瓦仍然在多布雷克家，羅蘋想從她那裡得到一些新的情況，他已經好久沒和維克圖瓦聯繫了。第二天，他喬裝改扮成一個老頭子，去和維克圖瓦碰面。

在超級市場，羅蘋看到了維克圖瓦，她一臉急切的表情。

「有什麼情況？」

「這個。」

羅蘋看著她遞過來的東西，是個水晶瓶塞！羅蘋拿過來，仔細看了看，正是上次吉爾貝給他的那一個。他馬上把它放在衣袋裡，然後若無其事地在超級市場裡轉了一圈。

「到朗松中學後面去。」他在維克圖瓦身邊輕聲說道。

羅蘋出了超級市場，轉到一條偏僻的小街上，前面就是朗松中學。很快地，維克圖瓦也來了。

「沒人跟蹤吧？」維克圖瓦小心地問。

「沒有。你在哪兒找到它的？」

「在床頭櫃裡。」

「以前我們曾找過那裡，不是沒有嗎？」

「可能是昨晚放進去的。」

「喔。那他還會拿走的，要是被他發覺了，你就無法繼續在那兒待下去了，還是把它放回去吧。」

「啊，但願他還沒發現。」

羅蘋手伸進口袋裡掏那個東西，但是他怎麼也掏不出來，水晶瓶塞不翼而飛了！

維克圖瓦伸著手說：「快把它給我。」

「……不見了。」

「啊？不見了！剛才我明明看見你放進衣袋裡。」

「不過它確實不見了。」

維克圖瓦愣在那兒。

羅蘋突然哈哈大笑地說：「維克圖瓦，你不要害怕。它既然會飛，就會飛回去的。」

維克圖瓦一句話也說不出來。

「不要擔心，維克圖瓦，一定是有人在嚴密監視我們，他看到了那個瓶塞，把它拿走了。如果他想害我們，我們逃也逃不掉，我想他沒有敵意。」羅蘋平淡地說。

「另外，今晚我還要再去議員家一趟，晚上見。」

晚上，當羅蘋出現時，維克圖瓦告訴他，瓶塞果然放回了床頭櫃的抽屜裡面。羅蘋猜對了，可是他始終不明白，那個瓶塞究竟有什麼秘密？那是一個極其普通的瓶塞，外表看不出有任何特異之處。為什麼這麼多人都在找它，繞著它打轉呢？

羅蘋又在議員家留了下來，他感到自己離秘密的揭曉之日愈來愈近。一天淩晨，又有一個叫做萊巴石的議員來到多布雷克家，他也絕望地伏在多布雷克腳下，最後給了多布雷克兩萬法郎，然後黯然離去。

兩天以後的晚上，天色出奇的黑。半夜，羅蘋又聽到了下面有響動，他躡手躡腳地出去看個究竟。光線非常暗，他只隱約地察覺到有兩個人上了樓梯，來到多布雷克臥室的門口。接下來所發生的事根本完全看不見，羅蘋只聽到一陣窸窸窣窣的聲音。過了一會兒，有人開口說：「好了嗎？」

「好了，明天再來……既然……」

一會兒，羅蘋聽到那兩個人下樓去了。羅蘋心想，多布雷克的房門在夜裡都是緊閉著，而且裡面上了插銷，這兩人來了一會兒就走了，到底是來做什麼的？「好了嗎？」是什麼意思？羅蘋在心裡納悶著。

第二天的下午，多布雷克出去了，羅蘋想趁此機會到多布雷克的臥室去看看，或許能發現點什麼線索。羅蘋發現多布雷克的門被做了手腳——和他家的一樣——這使他既吃驚，又似乎解開了心裡的一些疑團。

這扇門的下方被鋸開了一小洞，用幾顆不易察覺的小釘子固定在上面。原來這些人事先就在門上做好了手腳，以便自由出入。雖然他還沒明白他們到底是怎樣從這些小洞進去的，不過心裡大致有了眉目。

這天黃昏，多布雷克很早就回來了，他說自己很疲倦，接著就把花園通往前廳的門關上，回房睡了。羅蘋心想，這下有戲看了，昨晚那兩人不是說明天再來嗎？他倒要看看那些人是否會如期前來。

晚上，天色依然很暗。那兩個人果然又來了，比昨天晚上要早。那兩人走到前廳推門，但是沒有推開，後來就一點聲音也沒有了。羅蘋以為他們已經走了，但是過了一會兒，他察覺到有人已經上了樓梯。

接下來，又是悄無聲息。過了好一陣子，大廳傳出掛鐘敲響兩點的鐘聲，這聲音不像是隔著門傳過來的，羅蘋一驚，強烈的好奇心驅使他放棄顧慮，奔下二樓。

二樓的門依然關著，但是門下的小洞已經打開了。羅蘋躲在樓梯拐角的走道邊，他能夠清楚地聽到多布雷克在屋裡斷斷續續的鼾聲。接著，屋裡傳出翻衣服的聲音，聲音很輕，顯然是有人在找東西。

不知過了多久，羅蘋隱約感覺到有人下樓了。那人抓著樓梯扶手小心翼翼地往下走，羅蘋想趁他不注意時抓住他，但是心一急，卻不慎弄出了一些聲響，那人警覺地停下來，接著迅速地跑出去。羅蘋顧不得危險，也跟著追上去，終於在院子裡把那人抓住。那人怪叫了一聲。這時從外面傳來他同夥的應答聲。

直到羅蘋抓住那個人，他才發覺事情有些蹊蹺，那是一個很小的身軀，渾身顫抖著。這時門外響起了雜沓的腳步聲，羅蘋怕將多布雷克驚醒，急忙將那個人抱在懷中，直奔四樓維克圖瓦的房間。藉著房間裡的燈光他才看清楚，那只不過是個六、七歲的孩子。他顯然嚇壞了，臉色蒼白，兩眼露出驚恐的神色。

「維克圖瓦，快走吧！」羅蘋將那孩子背上，跑下樓去。

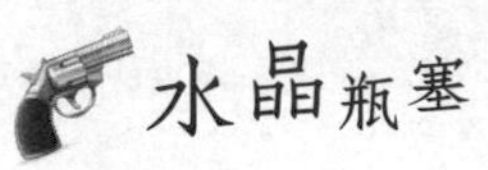

柵門外的吵鬧聲愈來愈大。「多布雷克怎麼還沒被吵醒？」羅蘋奇怪道。

看門女人走出來，站在臺階上大聲說：「吵什麼吵，他就要出來了！」

「原來她也是一夥的。」羅蘋暗想，他衝上去，勒住看門女人的脖子說：「孩子在我這兒，到夏多布里昂街我的住處領回。」

羅蘋抱著孩子從之前準備好的一處缺口跑出去。他立刻招了計程車，直抵夏多布里昂街的家門口。僕人阿西依睡得正香甜，羅蘋打開門進去。那孩子長得很可愛，倔強地閉著小嘴，顯然是很害怕，但又想極力掩飾。羅蘋愈看愈覺得他很像那天劇院裡的女人，各種線索在他腦海裡串起來……事情就要水落石出了。「鈴——」門鈴響了起來，接著又是兩聲鈴響。

「你媽媽來找你了。」羅蘋對那孩子說，接著他打開了門。

「兒子，我的兒子在哪裡？」一個女人瘋了似的跑進來。

「在我的臥室裡。」

她似乎對屋內的環境相當熟悉，直接就朝臥室的方向跑去。羅蘋心裡想：「果然不出我所料，那個神秘女人就是她。」

女人抱起了那孩子，眼中滿是母愛，她輕輕說道：「你沒事吧？我的小雅克，你一定是嚇壞了，你沒受傷吧？」

透過打開的玻璃窗，羅蘋看到街上站著兩個人，他們正是格洛亞爾和勒巴魯。兩人現在已經成了這個女人的同夥了，但羅蘋並不想去管他們。女人摟著孩子，小孩很快地睡著了。羅蘋這時才仔細看那女人，她很美，雖然歲月增添了她臉上的風霜，但是她那優雅的風韻猶存。她眼中透著慈愛的光芒，還有那時濃時淡的憂傷。

「您這樣單槍匹馬是不行的，您需要幫助。上次在劇院裡，其實我們都快達成協議了，現在剛好可以繼續。」羅蘋像對老朋友說話一樣。

女人看著他，好像並沒有完全打消敵意。過了一會兒，她才緩緩地說：「您知道些什麼？您為什麼老是愛淌這池渾水？我們每次行動都碰到您，您到底有什麼目的？」

羅蘋被這一連串的問題問倒了，是啊，他究竟為了什麼？真的只是為了救吉爾貝嗎？他為什麼一直在這個圈子裡打轉？監視多布雷克和救吉爾貝有什麼關係呢？羅蘋自己也說不上來。他沒有回答，只是說：「我想知道您的身分，您為什麼這樣做？」

女人想了想，然後望著他說：「現在還不能告訴您，您兩次得到那個水晶瓶塞，而我兩次把它從您手上拿走。您了解那個瓶塞的價值嗎？您的目的，也不過是想獲得它的好處。」

羅蘋聽得一頭霧水，他最想知道的就是那個瓶塞的秘密，可是他一無所知。他之所以多次設法拿到水晶瓶塞，完全是為了救吉爾貝。羅蘋覺得很冤枉，打算把他的真實意圖告訴她，因為他感覺得到這個女人眼中的敵意已慢慢消失。

「我想我們應該坦誠以對，我的目的很簡單，我只是想把吉爾貝和沃奇萊救出來。」

「什麼？這是真的嗎？」她急切地追問，顯然感到很意外。

「您不了解我……」

「當然了解，我知道您是誰。可是……」

「我想儘快把我的兩個同伴救出來，否則在前面等著他們的將是極其嚴厲的制裁。」

她很激動地說：「極其嚴厲的制裁？您是說吉爾貝將會……」

「是的。如果我不能及時想出辦法的話，他們將難逃厄運。」

「您怎麼知道？」

「是吉爾貝透露給我的。他唯一相信的就是我，認為只有我可以救他。這是他的信。」羅蘋拿出那封短信。

她一把抓過那封信，上面寫道：「老闆，救我！我怕……我怕……」

她像突然受到重擊一般，倒在地上，暈了過去。

3 危機再現

女人躺在床上，呼吸漸漸平順下來。羅蘋注意到她胸前掛的小相片，上面是一個男人和一個十多歲孩子的合影，相片中的孩子不禁吸引了羅蘋的目光，那孩子似乎很面熟。喔，想起來了，相片裡的孩子和吉爾貝是那麼地相像。

女人慢慢醒過來，她嘴裡喃喃噢道：「雅克……小雅克……」

「他睡得好好的。」羅蘋告訴她。

見女人甦醒後，精神似乎好了很多，羅蘋問道：「這張照片上的孩子就是吉爾貝，您的兒子？」

「嗯，我的大兒子。」

羅蘋覺得謎團解開了一些。他又問：「這個男人是？」

「我丈夫，他已經死了三年了。」女人坐起來，恢復了羅蘋初次看到她時的那種表情，飽經風霜，卻透出一種堅強的美。

「您丈夫的名字是？」

「梅爾吉。」

「呃，就是維克托里安．梅爾吉議員？」

「正是。」

羅蘋心頭一震，他想起三年前梅爾吉議員開槍自殺的事件曾引起社會各界極大的轟動，不過後來就沒有下文了。梅爾吉議員沒留下什麼遺言，自殺的原因幾乎沒人清楚。

「您知道他自殺的原因嗎？」羅蘋試探地問。

這沉重的話題令女人很悲傷，她開始講述那鮮為人知的故事。

她叫柯拉麗思．梅爾吉，是去世議員的妻子。她二十幾歲的時候，在社交場合上認識了三個人，這三個人的名字是路易．普拉斯維爾、亞萊科希．多布雷克和維克托里安．梅爾吉。普拉斯維爾愛上了歌劇院裡的一個女孩，而多布雷克和梅爾吉都對柯拉麗思產生了愛慕之情。柯拉麗思喜歡梅爾吉，但是她沒有立即表示出來，這使得多布雷克一直對柯拉麗思抱著幻想。多布雷克本來就是個好勝心極強且不擇手段的人，當他發覺自己一直追求的人原來已心有所屬，便感到非常憤怒。

那一天在客廳裡，梅爾吉和柯拉麗思在一起。多布雷克氣急敗壞地闖進來，他的嘴裡不斷冒出充滿憤怒和威脅的話：「你們給我記著，我一定要報復，不管多久，十年、二十年！你們會求我的，你們將會跪下來求我！」

幾個星期以後，梅爾吉和柯拉麗思結婚了。普拉斯維爾不顧多布雷克的阻攔，做了他們的證婚人。就在這天晚上，普拉斯維爾回到家後，看到的卻是一幕悲劇：他深愛的妻子——歌劇院的那個女孩——已經被人勒死了。

在事發前，很多人都看見多布雷克跟蹤了這女孩好幾天，但要證實女孩的死是多布雷克所為，卻又缺乏證據。現場沒有留下任何痕跡，也沒有人看見有誰進過普拉斯維爾的家。普拉斯維爾和梅爾吉推測，事實的真相可能是多布雷克對那女孩無禮，卻遭到她的堅決反抗，多布雷克惱羞成怒，一時失去理智，就掐住了她的脖子。

但這只是推測，沒人能提出有力的證據。最後連司法機關也無法對此事做出判決，只有不了了之。之後的好幾年裡，人們都沒有見過多布雷克，他的行蹤成謎。有消息說他去了美洲，並且有人在那裡看到他。梅爾吉和柯拉麗思放下了心，想到仇人已經遠走他鄉，應該沒事了。他們添了一個小生命，昂圖瓦那，這是個可愛的孩子，他就是現在的吉爾貝。

孩子從小就很頑皮，到了上學的年齡，梅爾吉將他送到巴黎附近的一所學校讀書，那裡離家較遠，可以讓他養成獨立生活的習慣。但是後來學校經常反應他不守紀律，課堂上也常常看不到他的蹤影。原來，他常翹課去舞廳、賭馬場、還有上咖啡館等地方玩樂。

家人都不明白，他哪有錢到外面去玩呢？後來才知道，他的錢全從一個人那兒來，這個人就是多布雷克。從美洲回來的多布雷克供應他金錢，叫他逃學、教他偷竊，幹下種種胡作非為的勾當。不知情的梅爾吉認為昂圖瓦那是一個不受教的孩子，一氣之下，便把他趕出家門。然而，第二天他們就收到一封信，那封信是多布雷克寫的，他洋洋自得地說出他是如何引誘吉爾貝做壞事的，信的結尾他還無恥地寫道：「這孩子會引人注目的——不久後，他就會進感化院，然後是刑事法庭，最後嘛，上斷頭臺……等著看吧，一定會的。」

羅蘋聽到這裡忍不住問：「昂吉延別墅的案件也是多布雷克唆使他做的嗎？」

「這倒不是，只是巧合。當時我剛剛生下小雅克，每天聽到吉爾貝幹下詐騙、盜竊的勾當……我們心急如焚。有一段時間裡我們別無他法，只好對外宣佈他去了國外，藉以打消外界的流言蜚語。後來，發生了那場政治風波，我丈夫被多布雷克逼死，情況就更加每況愈下了。」

「政治風波？什麼政治風波？」

「您一定知道，就是那張二十七人名單，梅爾吉的名字也在上面。」

「啊？原來如此！」羅蘋已經明白了那些他無法解釋的疑惑。

柯拉麗思繼續說著，當時維克托里安．梅爾吉擔任法國兩海運河方案的審查人員。他受一個政界朋友的請求，對這項方案投下贊成票，得到一萬五千法郎的報酬。但不久後，該公司的出納和總裁竟一起潛逃，不知去向。這件事引起軒然大波，在輿論的強烈譴責下，種種醜聞全部曝光了。

據說，接受賄款的人都被記錄在一張名單上，一共二十七人，這就是著名的「二十七人名單」。誰要是掌握了它，就等於是掌握了政界的命脈，誰要是將它公佈出來，也將會斷送許多人的前途。前司法部長若爾米諾——運河公司總裁的表兄弟——當時正患有嚴重的肺結核，事件爆發後沒多久，他就去世了。他在死前寫了一封信給警察局長，表示在他的保險櫃裡有那份名單。警察總局接到他的信後，立即包圍了他的宅邸，在確信沒有人劫走那封信的情況下，他們進入了若爾米諾的辦公室，卻發現保險櫃裡早已空無一物。

無庸置疑的，這是多布雷克的傑作，那時他擔任若爾米諾的秘書，他趁若爾米諾病重時，弄到了名單。他把名單藏在極為隱密的地方，一旦警方逮捕他，名單就將在社會上被披露。這結果是政府和許多政界要員都不樂見的。

多布雷克自從掌握了這張王牌後，就開始敲詐、勒索大量的錢財。二十七人中，有的看到他的恐嚇信就自殺了，有的則乖乖地聽從多布雷克的指使。這就是羅蘋在多布雷克家看到那些來客既懷著仇恨又不得不向多布雷克屈服的原因。多布雷克還利用他手裡的王牌到處施壓，許多官員怕他抖出他們的祕密，只好聽從他的指使，甚至還讓他當上了顧問和議員。

在這種情況下，警方一籌莫展。他們有什麼辦法呢？即使逮捕他，也會因缺乏證據而招來輿論的責難，屆時多布雷克反而會趁機把事情鬧大。最後警方只好任命普拉斯維爾為警察總局的秘書長，原因不外是他和多布雷克形同水火。警方想用他來與多布雷克抗衡。

柯拉麗思一心想要為丈夫報仇，於是便開始接近早已愛慕她多年的多布雷克。她從多布雷克口中得知，那張名單是公司的出納所寫，上面不僅有受賄人的名字，還有賄賂的金額，包括公司總裁用血簽的名字。她要弄到那份名單，讓多布雷克徹底失去護身符。

最近，多布雷克以營救吉爾貝出獄為幌子，常常藉故接近柯拉麗思，並提出要和柯拉麗思單獨面談，柯拉麗思為了兒子，便答應與多布雷克會面。這樣的會面已經不下數十次，羅蘋在劇院看到的只是其中的一回。柯拉麗思知道多布雷克野心不死，對她依然垂涎，所以她巧妙地與之周旋，始終沒讓多布雷克佔到便宜。

其實打垮多布雷克很簡單，只要從他手中奪走那份名單就行了。沒有那張名單，多布雷克就失去了所有的籌碼，他會一蹶不振。但是多布雷克將那張名單藏得很隱密，柯拉麗思一直在尋找，但就是一無所獲。後來警方和羅蘋也介入此事，但他們找過的地方柯拉麗思早就翻過不下數百回了，事情並沒有絲毫的進展。

有一次，柯拉麗思前往多布雷克的別墅，意外地從他書房的紙簍裡發現一封被揉作一團的信，信的開頭是：「請從裡面掏空這塊水晶，但要使它的外表與一般無異。」

柯拉麗思對此沒有留意，又將這張紙片丟入紙簍裡。這時，多布雷克從院子外跑進來，在紙簍裡亂翻，柯拉麗思一看，他找的正是那封信，顯然這封信對多布雷克非常重要，於是她的搜索工作便朝這個方向進行。

有一天，柯拉麗思意外地在壁爐的餘灰中看到一張燒毀的發票，那是司土布里奇玻璃商約翰．霍華德店內的發票。柯拉麗思想起上次看到的那封信，於是她便去司土布里奇找到那家商店，買通工作坊的工人，知道他們確實承接過一項業務，做過那樣的一個瓶塞。

普拉斯維爾身為警局的秘書長，專門負責這件事。普拉斯維爾並不是什麼正義之士，但因為他與多布雷克有私怨，共同的仇恨使柯拉麗思和普拉斯維爾站在同一條陣線上。不過柯拉麗思並沒有把自己的私事告訴普拉斯維爾，例如吉爾貝是她的兒子。

現在，羅蘋已經搞清楚整件事的來龍去脈了。

柯拉麗思講述這些事的時候表情平靜，顯然經過世事的滄桑，她已經變得老練了起來。但一想到自己的兒子，她頓時神情黯然道：「當初我們不知道事情的真相，就將吉爾貝趕出家門，後來才發現這完全是多布雷克的詭計，我很懊悔。後來我和吉爾貝悄悄地在外面碰面，我覺得他自從跟著您，有些方面似乎已經改變了，雖然他還有一些不良習慣，但是正直誠實的本性又重新被喚醒。」

「我告訴了他所有的事情真相，他極為憤怒，發誓要報仇。他打算去找那個水晶瓶塞，後來，在你們計畫去多布雷克的別墅行竊時，我便約多布雷克去劇院。卻沒料到沃奇萊壞了大事，殺死僕人。害得吉爾貝被關進監獄，而且還被指控為殺人兇手。」柯拉麗思的臉色變得極為哀傷，聲音顫抖，「我兒子進了監牢，我將永遠不會原諒自己。為了救他，我已經想了很多辦法，但是……」

她抽泣起來。羅蘋安慰道：「柯拉麗思，現在不是悲傷的時候，我們一定能夠想辦法救他出來的。請您告訴我，您是怎麼知道當晚發生的事？」

「是格洛亞爾和勒巴魯告訴我的。沃奇萊叫他們那晚划船去，打算弄到那張名單以後把您出賣給警方，您被警察抓去以後，他就可以將您的全部手下收歸己有。這就是沃奇萊的真正目的。」

「這個陰險的傢伙！」羅蘋氣得咬牙切齒。

「沃奇萊早已做了準備，他認識一個雜技團的侏儒，找機會在您和多布雷克家的門上做了手腳，這樣他就可以讓那個小矮人自由進出，得到他需要的情報；後來沃奇萊被抓，矮人也不知去向。我就叫小雅克充當矮人的角色，從您那裡得到那個瓶塞。」

「原來如此。」

「可是那個瓶塞裡什麼也沒有，這只是多布雷克拿給玻璃商的樣品。之後我就毫無頭緒，有時候跟著格洛亞爾和勒巴魯亂跑，有時候則跟著警察總局的人團團轉。再後來，您的加入又使這件事更複雜了。」

「這麼說我收到的幾封信都是您寫的？」

「是的。後來我想還是應該找您，便扮成一個女工上門拜訪，那天碰巧看到吉爾貝給您的信，我從筆跡上認出是他寫的，於是便將它帶走了。」

「信上怎麼說？」

「全是對您的責備，說您忘了他，沒有辦法救他。我看了很失望，就再也沒來找您。」

「哎呀，我們浪費了不少時間和機會，要是我們早點知道彼此的意圖就好了。昨天晚上我們在多布雷克屋子裡吵鬧，他一定會更加警覺，以後的事更難辦了。」

「不會的。多布雷克不會發覺，我叫看門女人在他的酒裡放了安眠藥。」

「那您現在有沒有想出救吉爾貝的方法呢？」

她突然低下頭，眼中流出痛苦的淚水，說道：「只有一個辦法……」

「就是去求多布雷克，他的唯一條件就是佔有您……您答應了？」

柯拉麗思坐在那兒，一句話也不說。

「不要著急，我會有辦法的。還有兩、三個月，請相信我，我們一定會成功。」羅蘋輕輕地說，頓了一下，又說，「我有一個請求，希望您不要再和多布雷克見面，您得退出這場爭端，我必須毫無阻礙。」

柯拉麗思答應了。

第二天，她搬到鄉下一個朋友家去住。但是她依然很緊張，時常做惡夢，整個人變得恍恍惚惚，這一切對她的打擊太大了。

現在該怎麼對多布雷克下手呢？羅蘋打算劫持多布雷克，但是這並不容易，一連好幾天他都無法下手。報紙上不時有警方將如何重懲羅蘋的兩個同夥——吉爾貝和沃奇萊——的消息，羅蘋為此心急如焚。

這時他接到一通電話。

梅爾吉夫人飲藥自殺了！

羅蘋一驚，他馬上趕到鄉下梅爾吉夫人的朋友家。

「情況怎麼樣？」羅蘋一見到柯拉麗思的朋友，劈頭就問。

「醫生說剛脫離危險期。」

羅蘋鬆了一口氣。

「她為什麼自殺？」

「今天早上，她和小雅克在森林附近玩耍。一輛汽車突然駛來，從車上下來兩個老女人，她們抓住小雅克，把小雅克綁走了。她跑過去時，已經來不及了，她大叫一聲：『是他……是那個傢伙……』便昏了過去。回來後她就服毒了。」

「有沒有別人知道？」

「還沒有。醫生說她的情緒很不穩定，怕她再次服毒。要她像個正常人一樣恐怕不大容易。」

「您是說除非把小雅克找回來？」

「這可能是唯一的辦法。」

「好，那麼請您在她稍微清醒一點的時候告訴她，今天半夜前我會把孩子找回來。我說話算話，再見。」羅蘋說著大步朝門外走去。

他跳上車對司機喊道：「去拉馬丁，拉馬丁街心公園。」

下午六點多。

「叩叩叩。」一位身材微胖，穿著黑禮服，戴黑色高帽的男人來到多布雷克家門口。看門的女人出來打開柵門，並帶他步上臺階，出來迎接的是維克圖瓦。

「請通知議員先生，維爾納醫生來訪。」

「這時候，恐怕……」

「恐怕什麼？你這個老太婆是怎麼回事？」

「天啊，是你！」

「不是我，是路易十四。」

羅蘋把名片給她，他在上面寫了幾個字：「代表梅爾吉夫人來訪。」

在一個角落裡，羅蘋偷偷告訴維克圖瓦：「在我和多布雷克會談的時候，你趕快收拾東西，離開這裡。我的車就停在外面，動作要快。」

維克圖瓦去通知多布雷克時，羅蘋就待在房裡四處查看，屋子裡依然放著那些東西。他想起多布雷克給普拉斯維爾的那封信，「摸到它……它在那裡……」桌上就擺著那些東西，書本、墨水瓶、郵票盒、菸絲、菸斗，這些東西先後被柯拉麗思、普拉斯維爾，還有他自己摸過無數次。

「這傢伙真是老奸巨猾。」這時裡面傳來了腳步聲。

議員走進來，他打了個手勢叫醫生坐下。「您是維爾納醫生，梅爾吉夫人是您的病人？」

「喔，是這樣的。下午我受理這名急診病患時才知道她是梅爾吉夫人。她吞藥自殺了。」

「啊？」多布雷克身體一顫，緊接著問，「她還活著嗎？」

「嗯，不過差點就沒救了。我想如果沒有意外，應該會康復的。」

多布雷克坐在那裡一動也不動，過了一會兒才說：「梅爾吉夫人得救了，她請您來這裡……」

羅蘋趕緊接下去說：「是這樣的，我在搶救梅爾吉夫人的時候，她差點又吞了一次藥，剛好那個藥瓶在她手邊，我搶了過來。她在昏迷中說：『是議員，多布雷克……把兒子還給我……找不到兒子我也活不下去了……多布雷克……』我的天！對這件事我一點概念也沒有。我想我必須來這裡一趟。我不知道究竟是怎麼一回事，或許您有辦法？」

多布雷克沉思著。他戴著一副墨鏡，還有一副夾鼻眼鏡，羅蘋看不到他的眼神。過了好久，多布雷克抬起頭說：「一句話，您到我這兒來不過就是想問我有關那孩子的事。我猜，該不會是她的孩子失蹤了吧？」

「正是。」

「如果我知道孩子的下落，您就會把他帶回他母親的身邊，對嗎？」

「對。」

多布雷克又不說話了。過了一會兒，他站起來，拿過桌上的電話說：「對不起，我得打個電話。」

「請便。」

「喔，小姐，幫我接八二二一九。」多布雷克說完後就在那兒等著。

八二二一九？多麼熟悉的號碼。羅蘋想起來了，這是警察總局的號碼。羅蘋笑著說：「這是警察總局秘書長的電話吧？」

「喔？醫生您也知道？」

「是的，醫生經常和警察總局有聯繫。」羅蘋嘴上這麼說，心裡卻想：「他找普拉斯維爾幹什麼？」

「喂，是普拉斯維爾嗎？啊，他不在，他一定在的。多布雷克，多布雷克議員找他。對，有急事。」

維爾納醫生小心地問：「我坐在這兒會不會妨礙您呢？」

「當然不會，醫生。」多布雷克肯定地說，「況且這電話和您還有關係呢。」

「喂，普拉斯維爾嗎？好久不見你的偵探大駕光臨寒舍，喔？我就直說了，是這樣的，我想幫你立個大功，你快帶五、六個人，現在值班室應該還有人，然後用最快的速度趕到我這裡，我要送你一份大禮。都是老朋友了，你會想要得到它的，他就是亞森·羅蘋！」

羅蘋聽到這裡氣得跳了起來，這傢伙果然有兩下子！轉念一想，羅蘋又哈哈大笑道：「幹得好，漂亮！」雖然羅蘋推算過了見多布雷克會有的各種情況，但做夢也沒想到是這樣的結局。多布雷克沉著老練，羅蘋已經兩次栽在他手裡了。

多布雷克還在半開玩笑半當真似地講：「趕到我這裡以後，四樓那個女廚也麻煩你帶走，她是羅蘋的老奶媽。另外，我的老朋友，你再派幾個人去夏多布里昂街，搜查米歇爾·伯蒙的家，明白了嗎？好，快行動吧！」

多布雷克轉過身來，羅蘋看不到他的眼神，只能看出他臉上不易察覺的冷笑。的確，這傢伙實在厲害。上次多布雷克譏諷他是波隆尼爾，羅蘋還以為他沒認出自己，不料早已穿幫。羅蘋恨不得撲上去掐死這個人，但是理智告訴他魯莽的行為不會有好下場。

多布雷克哈哈大笑著說：「羅蘋先生，不賴吧？本來維爾納醫生的身分是天衣無縫的，現在您只剩下寶貴的三十分鐘了。波隆尼爾先生，您以為我看不出來嗎？上次劇院的那個俄國王子，王子，哈哈，您以為我戴著墨鏡就認不出您嗎？」

羅蘋生平從未遭受這種侮辱，但是他確實得認栽了。

「啊，羅蘋，我該怎麼稱呼您呢？波隆尼爾？王子？哈哈，您還有三十分鐘的時間……喔？不到半個小時了，還有二十三分鐘，警察會來迎接您的，如果您不走的話。」

羅蘋仍舊保持冷靜，他慢慢走到電話旁，拿起話筒，泰然自若地說：「請轉五六五－三四。……五六五－三四，對。喂，阿西依嗎？是我，你趕快離開那裡，警察幾分鐘以後就會到。箱子準備好了嗎？你去我的臥室裡，壁爐旁邊的大理石牆上有一朵小玻璃花，對，用手壓住它，另一隻手按住壁爐，上面有一個抽屜會滑出來，拿出那兩個盒子來，盒子裡是我們的證件和鈔票。對，快點。」

羅蘋不慌不忙地走過去，鉗制住多布雷克的手，把他壓在椅子上。

「老兄，我已經料到你會認出我來，但是沒想這麼快。我已經都安排妥當了。你不要害怕，我不會對你怎麼樣的，我們只要動動嘴就行了，但是要講清楚說明白，不能馬虎，嗯？孩子在你手上嗎？」

「沒錯。」多布雷克顯然受不了他的蠻力。

「把他交出來。」

「憑什麼？」

「你不照做，梅爾吉夫人會再自殺的。」

「是嗎？」

「當然。」

「我不信。」

「她已經自殺一次了。」

「所以才不會有第二次。」

「好吧，說說你放人的條件。」

「我沒有條件。」

羅蘋頓了一下，他覺得多布雷克綁架孩子只是為了威脅梅爾吉夫人，逼她就範。羅蘋必須採取新的行動。羅蘋從口袋裡掏出一張清單，上面密密麻麻地寫滿了字。「這是我從你那裡——瑪麗．泰來思別墅——拿走的東西，總共是一百一十三件，有六十八件已經賣出去了，還有四十五件在我手上，這些可都是最值錢的了。我願意用這些來換回孩子。」

「這麼說，你是真的想換回孩子了？」

「不錯，如果拖得太久，梅爾吉夫人會再度自殺的。」

「啊，你想英雄救美？做得真漂亮。」

羅蘋氣得跳起來說：「多布雷克，你以為人人都像你一樣？」

「喔，我沒別的意思，只是一種感覺，梅爾吉夫人還年輕，而且漂亮……」

「閉上嘴！廢話少說，你到底同不同意？」

多布雷克看著他：「你真的願意換？」

「難道會是假的嗎？如果你不放心，可以先拿貨，再放孩子，東西在我的倉庫裡。」

「好吧，我同意。」

「倉庫在訥伊，夏爾拉菲特街九十五號。」

「好，現在我得告訴你一件事。」

「什麼事？」

「你得趕快走，警察已經離這裡不遠了。」

「不急。」

「不急？」

「因為我的事還沒完全解決。」

「你還有什麼事？」

「我還要救她的另一個孩子。」

「什麼，你是說吉爾貝？」

「正是。你絕對可以做到。」

多布雷克叫起來：「啊，這不可能！告訴你吧，就算她自己來求情也不行。我等了二十年，就為了等他上斷頭臺，憑你亞森．羅蘋幾句話就想讓我放棄？辦不到！」

羅蘋緩慢地說：「你不同意嗎？那你將永無寧日，我亞森．羅蘋絕對會和你周旋到底！你註定會失敗。」

「我會失敗？是嗎？」

「我會得到那張名單。」

「喔？你？你能得到？」

「我發誓要得到，我是亞森．羅蘋。」

多布雷克瞪著羅蘋，又叫道：「你是羅蘋，我是多布雷克！我的人生就是戰鬥。哈哈，敵人愈多，愈是激發我的決心。我再一次提醒你，警察馬上就到了！」

多布雷克還在那兒滔滔不絕，半個小時就要過去了。羅蘋突然把手伸向後面，這個動作使多布雷克吃了一驚。多布雷克馬上緊握住手槍。然而羅蘋掏出的只是一個盒子，當他把它遞到多布雷克面前，多布雷克一愣。

「來一顆怎麼樣？」

「這是什麼東西？」多布雷克仍然很警覺。

「熱洛感冒藥片。」

「做什麼？」

「不然你會感冒的。」

羅蘋趁對方不注意，拿起帽子走了。

4 勇闖虎穴

黃昏時分，羅蘋來到訥伊倉庫。不久，多布雷克也來了。

「這是你的東西，你現在就可以拿走。」羅蘋一邊打開倉庫的大門，一邊對多布雷克說。

多布雷克迅速地將傢俱清點一遍。

「孩子在哪兒？」

多布雷克和羅蘋來到訥伊大街的一個拐角處，那裡站著兩個蒙面的老婦人，小雅克就站在她們中間。

羅蘋把孩子牽過來，多布雷克搬走傢俱。一切都很快，很順利。

羅蘋把孩子帶到鄉下，交給梅爾吉夫人。羅蘋仔細考慮了一會兒，決定請他們搬到海邊，叫維克圖瓦來照料他們。事情就這樣決定了，也很快地辦妥了。羅蘋倒是感覺輕鬆許多，但是離吉爾貝和沃奇萊出庭受審的時間，也只剩八天了。

正在此時，羅蘋在夏多布里昂街的住所被警方發現，他不得不再尋找一個居所。而最讓羅蘋耿耿於懷的是，多布雷克已經取回了那些財物，說實在的，要不是為了救梅爾吉夫人，他無論如何也不會放棄這筆財富。羅蘋心想，總有一天我會再把它弄到手。

他派格洛亞爾和勒巴魯無時無刻地監視多布雷克，一點也不能放鬆，他準備選一個適當的時機劫持多布雷克。為了便於行動，他另找了一棟有花園的房子，那裡比較隱蔽、安全。但是多布雷克也提高了戒心，經常出人意料地改變他平常的行車路線，使得羅蘋一夥人很難下手。後來，羅蘋又想出了一個新的計畫，他請來馬賽的布蘭德布瓦老爹，羅蘋的老夥伴。布蘭德布瓦一向熱心於政治，在政界有一定的影響。

羅蘋把計劃訂在下星期四，他請布蘭德布瓦去拜訪多布雷克，然後約多布雷克到塞納河岸邊的一家餐廳吃飯，他們將在那裡進行劫持行動。

不料，法庭提前在星期一審理了吉爾貝和沃奇萊的案子，羅蘋冒著極大的危險親自來到審判的現場。法官的措辭相當嚴厲，這一切當然都是多布雷克在暗中搞鬼。沃奇萊在法庭上百般狡辯，將罪責都推在吉爾貝身上。可憐的吉爾貝被嚇壞了，他結結巴巴，只知道不停地哭，幸好他的律師辯護得力，結果還不致於太糟。

但是在第二場辯論的時候，他的律師卻突然病倒了（這也是多布雷克搞的鬼）。結果自然十分糟糕，沃奇萊和吉爾貝都難逃罪責。看來，兩個人的死刑判決已成定局。

正是由於羅蘋遺失的那張名片，使吉爾貝和沃奇萊都被當成亞森．羅蘋的同夥來處理，這也是審判格外嚴厲的原因之一。在法庭上，人們聽到的都是亞森．羅蘋的名字。陪審團在經過討論後對罪行的批覆都是「同意」、「同意」，這就表明了刑罰不可能得到減輕。

最後，兩名被告再次被帶了上來，這次，等著他們的就是死刑判決了。沃奇萊聽到兩人判的都是死刑後，他反而覺得無所謂了。當庭長問他還有什麼話要說時，他說道：「我們都被判了死刑，我沒什麼好說的。」

但是吉爾貝就不同了，他一臉驚惶和恐懼，不斷地叫：「我沒有殺人、我沒有殺人。我不想死！太可怕了……」接著他又叫道，「老闆！救救我！救救我啊！」

正在這時，鴉雀無聲的人群裡傳出一聲大喊：「別怕，孩子。老闆在這兒」這聲音無疑像一聲驚雷！人群一下子亂了，不過荷槍實彈的警察馬上使人群安靜下來，而吉爾貝則彷彿看到了一線曙光。

人們尋著聲音找到了一個大胖子。警察馬上抓住他。

這個胖子供稱，他叫菲利普．巴內爾，是殯儀館的工人。剛才坐在他鄰座的人掏出一本筆記本，又遞給他一百法郎，並表示如果他在適當的時機喊一聲筆記本上的句子，這一百法郎就歸他所有。這樣的好事誰不願意做？他出示了那一百法郎，還有那個本子。

警察經過調查，確認他的確是殯儀館的工作人員，而那本簿子上也有方才他喊的那句話。警察沒有辦法，只好將他放了。

散庭後，羅蘋走回他在克力西廣場的住處，心裡很難受。可憐的吉爾貝，他現在所受的一切苦難都是因自己而起，羅蘋忘不了吉爾貝在法庭上絕望的呼喊，他永遠忘不了那一幕。他走進家門，發現柯拉麗思已經在他屋裡，她是從海邊趕來聽判決結果的。她神情黯然，呆坐在那裡，顯然已經知道了一切。

羅蘋走到她身邊，溫和且有力地說：「我早就料到了判決的結果。我已經計畫好今晚就行動，無論如何，我們要將多布雷克劫到手。」

「今晚嗎？」她神情漠然地問。

「都準備好了，今夜的行動一定能弄到那張名單，救出你的兒子。」羅蘋堅定地說。

這時門鈴響起。

「他們來了。」羅蘋打開門，格洛亞爾和勒巴魯走進來。

「怎麼樣，布蘭德布瓦老爹去飯店了嗎？你們準備得怎麼樣？」

「不用了，老闆。」勒巴魯說。

羅蘋心頭一驚，問道：「怎麼了，快說，出了什麼事？」

「多布雷克失蹤了。」

「什麼？你們不是一直盯著他嗎？」

「白天的時候他被四個傢伙帶走了。我們聽到一聲槍響，警察也趕去了，普拉斯維爾在那裡處理。」

柯拉麗思暈了過去，亞森．羅蘋癱倒在椅子上，情況太出人意料。此刻，羅蘋似乎連最後一個救星也抓不住了，接下來該怎麼辦？

普拉斯維爾還在多布雷克的房間裡搜查。事情的經過是這樣的：下午審判吉爾貝和沃奇萊的時候，多布雷克還在法庭上作證，快到六點鐘時，他才獨自一人回家。在他回到家裡後不久，看門女人就聽到屋裡傳來搏鬥聲，還有兩聲槍響。隨後她便看到四個蒙面人拖著多布雷克走出了柵門，這時從外面開來一輛汽車，多布雷克被塞進車子，車子隨即風馳電掣般地開走了。

整個案件非常簡單，使普拉斯維爾難以找到頭緒。這時，看門女人進來，她說有一位夫人求見。女人遞給普拉斯維爾一張名片。「讓他們進來吧。」普拉斯維爾看了名片後說。

進來的是柯拉麗思．梅爾吉和一位先生。那個男人衣著邋遢，容貌萎靡，他頭戴一頂瓜皮帽，手拿一把傘，雖然今天並沒有下雨。

「喔，這是我兒子雅克的家庭教師，尼克爾先生。他就像一個足智多謀的軍師。如果可以的話，我想請他也來幫忙想想辦法。你要知道，這件事完全出乎我的意料，我的計畫被打亂了，我想你也是。」

普拉斯維爾只微微向尼克爾點了一下頭。事情發生得太突然，他們是接到線報後才趕到的，而監視多布雷克的兩個警察，卻又恰巧在案發當時暫時離開。

「難道一點線索也沒有？」柯拉麗思問。

「確實如此。但如果這也算得上是線索的話，我倒有一個。」他說著，拿出一個指頭般大小的東西。

柯拉麗思接過來一看，那是顆象牙。據看門女人說，她當時目擊了多布雷克被拖上車的整個過程：那輛車開來後，從車上下來一個人，把多布雷克硬塞上車。從歹徒身上掉下來一樣東西，那人彎腰撿起來。事後警察在那個地點發現了這顆摔破了的象牙。

普拉斯維爾微笑地向尼克爾說：「先生能不能給我們一點意見？」

尼克爾顯出很困窘的樣子，他擺弄著手裡的帽子說：「這……線索太少了，情況還不清楚。」

「是沒錯，不過以先生的判斷力，想必能提出一個很好的假設。」

「我想，多布雷克一定有很多敵人，他們都想對付他。」

「這我知道，還有呢？」普拉斯維爾露出輕蔑的表情。

「您手上這塊象牙……」

「這塊象牙是從另一件東西上掉落的。要想以它為線索，還得弄清楚那是什麼，尼克爾先生，您說是嗎？」

「完全正確，秘書長先生。拿破崙下臺以後……」

「您在上歷史課嗎？先生。」普拉斯維爾不耐煩地說。

「這……秘書長，當年拿破崙下臺以後，一些舊部屬很懷念他，就把拿破崙像很隱密地收藏在身上。您看這塊小象牙是不是很像拿破崙的頭像？」

「嗯，是有點像。」秘書長點頭道。

「那麼，這個飾物的主人應該是一個拿破崙時代的軍官。」

「那麼，結論是什麼呢？」

「掉了這個東西的人也許是那位軍官的後裔，他很可能是前幾年波拿巴黨的首領，這個人是……」

「您是說，他是阿爾布菲克斯侯爵？」普拉斯維爾如大夢初醒般地說。

「正是。」尼克爾說道。

普拉斯維爾思索著。尼克爾站起來說道：「秘書長先生，這是一條很重要的線索。他劫持多布雷克很可能是因為他的名字也在那份名單上。我原本打算以後再告訴您，然而我希望得到您的幫助。」

「您需要什麼幫助？」普拉斯維爾感到很奇怪。

「我需要有關阿爾布菲克斯侯爵的全部資料。」

這時梅爾吉夫人也向普拉斯維爾請求：「你可以對他完全放心，他是很可靠的人，我能為他擔保。」

「那好吧。」普拉斯維爾終於答應。

「明天下午到警察總局辦公室，我會把您需要的資料給您。」

「我怎麼找您？」

談話就這樣結束了，臨走前，尼克爾向普拉斯維爾鞠躬致謝。

第二天下午，尼克爾順利地拿到有關阿爾布菲克斯侯爵的資料。不出他所料，這位侯爵在運河事件中難辭其咎。他原是拿破崙親王辦公室的主任，因為受此事牽連，沒過多久他的主任職位也被迫撤銷了，自此以後，他給公眾的印象，就是不問天下事。

進一步的調查顯示，多布雷克遭綁的那天晚上，阿爾布菲克斯侯爵沒有出席當晚的聯誼會。當天他直到晚上十點多才步行回家，期間沒有人知道他的行蹤，種種跡象都顯示出阿爾布菲克斯和多布雷克被綁架案有關連。羅蘋開始監視阿爾布菲克斯，但是接連幾天侯爵都待在家裡，從不外出，他也許察覺到風聲，因此格外小心謹慎。

時間不停地溜走，距離吉爾貝執行死刑的期限只剩五十五天了。羅蘋心急如焚，柯拉麗思更是寢食難安。

這一天，羅蘋發現侯爵在大白天出門了，他是到德．蒙摩爾公爵的城堡去。蒙摩爾公爵最喜歡打獵，經常邀請很多朋友到杜爾萊納森林去。羅蘋跟蹤了阿爾布菲克斯一整天，卻沒有發現任何可疑的地方。但是羅蘋並沒有放過他，他派勒巴魯到公爵的城堡周圍，密切監視他們的活動。勒巴魯弄到了一份經常參加打獵的人員名單，並且還摸清所有僕人、警衛的情形。其中有個叫賽巴斯帝亞尼的僕人引起了羅蘋的注意，他當即發了封電報給勒巴魯：「清查管獵犬的僕人賽巴斯帝亞尼的底細。」

勒巴魯打探到的情報是這樣：賽巴斯帝亞尼是科西嘉人，原是阿爾布菲克斯的僕人，後來由侯爵推薦給蒙摩爾公爵。他住在離城堡十里遠的一個獵棚，附近是德．蒙摩爾公爵的老家，現在已成了一座廢墟。

得知這些情況以後，羅蘋覺得事情已有很大的進展。他對柯拉麗思說：「當我看到賽巴斯帝亞尼這個名字時，使我想起阿爾布菲克斯是科西嘉人，也就是拿破崙的同鄉，難怪賽巴斯帝亞尼和阿爾布菲克斯關係會如此密切。我想多布雷克一定被關在那座廢城堡裡，我們現在可以行動了。」

羅蘋得知上次綁架小雅克的那兩個老女人是多布雷克的表姐。她們的生活無依，全靠多布雷克幫助她們。羅蘋見了兩人，答應她們把多布雷克救出來，兩姊妹便寫了一封信給多布雷克，請他信任這位尼克爾。姊姊厄福拉齊·魯斯洛在信上簽了名。

柯拉麗思知道羅蘋明天將去廢棄城堡中救出多布雷克，她也堅持要跟去。羅蘋無法拒絕，讓她待在家裡等消息，只會讓她心急如焚。算算時間，也只剩四十天左右了。

第二天，他們一早就出發了。羅蘋將柯拉麗思安置在城堡後的某個空屋，那兒離城堡約三十公里。除了格洛亞爾和勒巴魯以外，羅蘋自己也去廢城堡周圍打聽情況。

這兒有一條峽谷，深六、七十公尺，極為陡峭險絕，被人稱作「死亡之岩」。城堡就在峽谷的旁邊，它那粗重沉實的大石門仍在。格洛亞爾和勒巴魯還告訴他，賽巴斯帝亞尼的生活很有規律，他白天出來巡山，晚上守夜。另外，賽巴斯帝亞尼有三個兒子，據說都出遠門去了，遠行的時間剛好是多布雷克被綁架的那幾天。羅蘋推測這宗綁架就是賽巴斯帝亞尼和他的三個兒子所為。

過了六天，羅蘋一直沒發現什麼可疑的情況。

到了第七天，又是公爵打獵的日子。打獵的隊伍大約有三、四十人，吵吵鬧鬧。羅蘋躲在森林裡一處蓊鬱的草叢中，沒人發現他。

吵嚷的人群漸漸走遠了，羅蘋正準備回去，卻突然聽見不遠處傳來噠噠的馬蹄聲，羅蘋趕緊再躲進草叢裡。只見來的是兩個人，一個是阿爾布菲克斯侯爵，另一個就是那僕人賽巴斯帝亞尼。兩人把馬拴在石門前，一個老女人從裡面打開那扇門。

兩人進去後，那門立刻又關上了。羅蘋從草叢裡跳出來，他想看看城堡裡的情況，於是在院牆的側面找到了一個缺口，正好可以爬上去張望。他看見那女人在一個平臺邊把風，侯爵和僕人則從一叢長青藤遮著的洞口走了進去。

過了好一會兒，兩人出來了。侯爵看起來好像很生氣的樣子，嘴裡一邊絮絮叨叨地唸著什麼。羅蘋待他走近，才斷斷續續地聽到：「這個傢伙，居然還不開口！嚴加看管他，要是有人來救他，等於是自討苦吃。陷阱都弄好了嗎？晚上十點我會回來，我們得下手了。」

看來，今晚阿爾布菲克斯侯爵要審問多布雷克，而且審問手法將會十分殘忍。羅蘋現在該怎麼辦呢？他要不就得在十點之前把多布雷克弄出來，要不就是偷聽今晚的審問結果。或許多布雷克會說出名單藏在什麼地方，然後他趕在阿爾布菲克斯之前把名單弄到手。

不過，要將多布雷克弄出這座堅固的城堡是非常困難的。城堡裡最起碼有四個人看守，而羅蘋一夥總共才三個人，若再加上一個半死不活的多布雷克，他們如果無法智取，成功的機會將相當渺茫。

羅蘋的計畫是，從峽谷中的河道上去，這樣可以擺脫城堡內的四個人。但是從河道爬上去是極其危險的，因為那裡全是峭壁，稍不留神就會粉身碎骨。羅蘋回到了臨時的居所，他派勒巴魯去幫他找一些有關此處地形的資料，不論是地圖或遊記都可以。黃昏的時候，勒巴魯帶來一本叫做《一八四二死亡之岩遊記》的書，上面還附有插圖。

插圖顯示，這座城堡共六層，地上四層，有兩層是鑿向地下岩石裡的。第二層有一間審訊室，這是專門羈押犯人的。審訊室的窗子幾乎都開在天花板上，靠峽谷的一側，外面是五十公尺高的峭壁。

《一八四二死亡之岩遊記》裡還講述了一個故事，這和「死亡之岩」的名稱由來有關。故事是這樣的：

中世紀，這座城堡的主人發現妻子有不貞的行為，於是將她關進了審訊室。她的情人很著急，但是又苦無辦法。轉眼過了二十年，那個情夫依然癡心不死，他想到了唯一的、也是最冒險的辦法，就是通過審訊室的天窗將他的情人救出來。他把船划到峽谷之中，請他的朋友看守，自己順著梯子爬到了審訊室的天窗外面，鋸斷天窗上的鐵條，救出了他的情人。他們順著準備好的繩索往下滑，就在快到達的時候，一聲槍響，子彈從河谷那一端射過來。男人的背上中彈，一對情侶雙雙墜入峽谷之中……

這故事是如此悲淒，就連羅蘋都為之潸然淚下。同時，他似乎還看到了一線曙光。他吩咐格洛亞爾和勒巴魯找來繩子和梯架，準備工作很艱辛，在晚上九點多時，他們才把一架超長的梯子做好。

勒巴魯和格洛亞爾兩人攜著長長的梯子來到河谷，柯拉麗思憂心忡忡地跟著。羅蘋把小船停好後，就要朝峭壁往上爬。柯拉麗思緊握著他的手，很久都沒有說話，她只能在心裡默默地祈求命運之神，保祐這位勇士平安回來。

羅蘋一古腦兒地往上爬，他老是覺得還能聽見柯拉麗思在下面說話的聲音，似乎自己並沒有爬多高。也不知爬了多久，他覺得應該到了，卻聽不到一點動靜。是不是自己爬偏了，沒有正對著審訊室？羅蘋不禁打了一個寒顫，要是爬偏了，就會爬到巡邏的小道上，那就麻煩了。

就在此時，他似乎聽到模模糊糊的聲音傳來。豎耳傾聽，那聲音在他的右上方，他努力地朝那個方向爬去。

突然，他隱隱望見了一絲亮光。逐漸接近後才發現，那是在他上方的一個洞穴。羅蘋爬到洞口，這是個寬約一公尺，深三公尺左右的平臺，羅蘋心裡感到踏實多了。一方面，這裡可以讓他好好休息一下；再者，審訊室大概快到了吧。

羅蘋坐在洞裡，他聽到有聲音響動，那聲音果然是從洞裡傳出來的。洞的盡頭有三根棍子撐著，那是天窗的鐵條。他把頭湊過去，看到了——審訊室果然在下面。

那是一間還算寬大的房間，裡面隱約散發出一股霉味。四壁點著幾盞松油燈，跳動的紅色火焰使得屋子忽明忽暗；靠牆的一邊，一張床被固定在石壁上。多布雷克議員就躺在床上，他的夾鼻眼鏡已被取下，而手、腳都被戴上鐵鏈，牢牢地固定在床上。

屋子裡一共有六個人，多布雷克、阿爾布菲克斯侯爵、僕人賽巴斯帝亞尼和他三個兒子。阿爾布菲克斯站在多布雷克床邊，臉上充滿仇恨以及得意交織的複雜神情。他慢慢彎下腰，對多布雷克說道：「你知道你把我害得有多慘嗎？勒索了我大筆的錢財，還弄得我時刻提心吊膽。」

這時賽巴斯帝亞尼的一個兒子走了過來，他手裡拿著一根木棍。

阿爾布菲克斯繼續說：「多布雷克，今天是第四次，沒有第五次了，今天無論如何我都要讓你說出名單藏在什麼地方。如果不說，你會知道我的厲害！」

多布雷克躺在床上一動也不動。

阿爾布菲克斯向拿棍子的那小子使了個眼色，他慢條斯理地把棍子插進了綑在多布雷克手上的皮帶裡。這時阿爾布菲克斯又低下頭說：「說吧，多布雷克，何必活受罪呢？」

多布雷克仍然一點反應也沒有。

「給我絞！」阿爾布菲克斯侯爵憤怒地喊了起來。

那根木棍帶動皮帶扭轉著，皮帶被拉得發出吱吱的聲音。多布雷克慘叫了一聲，但還是不說話。

「說啊！你不說，我就把你折磨得生不如死。賽巴斯帝亞尼，繼續絞！」

皮帶繼續發出吱吱的聲音，直到陷進了多布雷克的手腕裡。錐心的疼痛使多布雷克痛苦不堪，他躺在床上猛烈地喘著氣。

「你到底說不說？你這個嘴硬的傢伙！給我絞，用力的絞，絞上一百圈！」阿爾布菲克斯顯然被激怒了，他聲嘶力竭地咆哮道。

棍子又轉了一圈，「喀嚓」一聲，多布雷克的腕骨斷了。他發出最悽慘的叫聲，斷斷續續地說道：

「說……我說……饒……饒命……」

阿爾布菲克斯俯下身，滿意地盯著多布雷克：「說吧，老朋友！」

「在……我……明天……」

「明天？賽巴斯帝亞尼，再來一圈！」

「喔，不……不……我說……」

「快點！」

多布雷克早已筋疲力盡，他使出好大的勁，才說了幾個字：「在……瑪麗……瑪麗……」多布雷克昏了過去，他一動也不動地躺在床上，只有胸部猛烈地起伏。

阿爾布菲克斯也沒聽清楚，他看上去很疲憊，蒼白的臉上滿佈著汗珠。過了一會兒，他問賽巴斯帝亞尼：「他好像是說瑪麗什麼……」

「我也聽見他說了瑪麗兩個字，是不是那張名單在一個叫瑪麗的人手中？」

「這……」侯爵沉思了一下，「不大可能。多布雷克不會把那麼重要的東西交給別人保管。」

多布雷克昏迷了。侯爵走過去看了看，吩咐道：「提一桶冷水來。」

當一桶涼水當頭澆在多布雷克的身上時，他發出了微弱的呻吟聲，身體因疼痛而劇烈顫抖。侯爵又俯下身，對多布雷克說：「慢點，我的朋友……慢慢說……」

多布雷克依舊躺在床上呻吟，侯爵便對著身後說：「把棍子插進去，讓議員先生清醒清醒……現在你可以說了，多布雷克……絞一圈……好，慢一點……好……」

多布雷克終於開口了，但是聲音極為細小，侯爵幾乎是將耳朵貼在多布雷克的嘴上聽。過了好一陣，侯爵終於站起來，他顯得很輕鬆。侯爵溫和地說：「好了，好了，多布雷克，過幾天你就自由了。……啊，各位，你們別對他太殘忍，給他鬆綁，然後送點吃的來。」

「是，侯爵。」

侯爵轉身對賽巴斯帝亞尼說：「馬上送我去火車站。」他又轉向賽巴斯帝亞尼那三個兒子說，「你們小心看著多布雷克，明天下午我就到多布雷克家，如果他說的是實話，我馬上發電報過來，你們就放了他。如果不是實話……」他轉向多布雷克，「哼！你就倒楣了！」

他說完轉身就走，賽巴斯帝亞尼緊跟在後面。「砰！」沉重的石門關上了。

羅蘋伏在窗子上目睹了這一切，可是他根本沒聽到名單放在哪裡。現在該怎麼辦？去攔截阿爾布菲克斯侯爵和賽巴斯帝亞尼？還是留在這裡，希望能從多布雷克那裡得到一點什麼消息？羅蘋一時有點無法抉擇。如果現在去追侯爵他們，很可能會追不上，即使追上了也不好應付；留在這裡，那堅固的石室，又怎麼打開呢？

時間一分一秒地過去。羅蘋最後決定留在這裡，他認為阻止阿爾布菲克斯侯爵得到那份名單，明天去也來得及。他只需要向普拉斯維爾通報一聲，讓他嚴密防守就行了。留在這裡，可以尋找機會，羅蘋從不相信有無機可乘之事。

他蹲在洞裡，不時地瞧瞧裡面。不管有沒有機會，他得先把準備工作做好，他用帶來的繩子做了一架簡易梯子，估計長度應該能夠放到審訊室的地面。

一個看守人仍在審訊室裡抽菸。也不知等了多久，羅蘋聽見遠處傳來了十二點的鐘響，接著是馬蹄聲，大概是賽巴斯帝亞尼回來了。

這時候，看守人的菸已經抽完，他出門，朝他住的地方走回去。

就在這時，羅蘋看到了一件令他吃驚的事：睡得昏沉沉的多布雷克忽然從床上坐起來，警覺地朝四處張望了一下，當他發現看守人確實離開後，才下了床。羅蘋一看機會來了，便掏出多布雷克兩個表姊妹的信，從天窗扔下去。營救多布雷克的行動就要開始了！

信不偏不倚地打在多布雷克的頭上，嚇得他渾身一顫。在不見天日的牢房裡，居然從天上掉下一封信？多布雷克詫異極了。他抬起頭，上面是黑漆漆的一片，什麼也看不見，他又疑惑地看了看那封信，仍不敢去撿。這是不是阿爾布菲克斯設下的圈套？他這樣想著。

他機警朝門外望了一眼，又朝那封信瞧了一下，然後他迅速地把信撿了起來，三兩下拆開信封：

你可以絕對信任遞這封信給你的人，我們給了他錢，你脫逃的計畫已制定好。都準備齊全了，你會逃出來的。

厄福拉齊．魯斯洛

沒有什麼比得到這樣一封信更讓人高興的了。多布雷克讀完那封信，然後反覆唸著「厄福拉齊」的名字。他收起那封信，抬起頭往上看。

羅蘋在上面輕聲地說：「我會設法把你弄出去的，你覺得他們還會回來嗎？」

「很有可能，」多布雷克也輕聲地應道，「不過我想他們不會太在意我的。」

「他們睡在哪兒？」

「就在隔壁，但是沒關係，這房子隔音很好。」

「你得試試，看能不能爬上來，我準備了繩梯。」

「我想問題不大，他們弄斷我的一隻手腕，但另一隻還行。」

他突然小聲地「噓」了一聲，藏好信，迅速回到床上躺下，裝作睡著的樣子。接著一聲門響，賽巴斯帝亞尼帶著他的兒子們走了進來，他是一個身材高大，走路有點笨重的人。多布雷克被驚醒了。

「啊，議員先生，怎麼樣？力道是猛了一點，但是沒有辦法。我覺得你藏得太好了，啊？一開始你是說瑪麗，瑪麗，哈哈，對極了，你沒有撒謊，只是，你沒把話說完。就在你的書桌上，那些警察總局的笨蛋，他們想破腦袋也找不到，哈哈哈。」

賽巴斯帝亞尼在屋子裡踱了一會兒，嘴裡還滔滔不絕地說著。羅蘋在心裡急切地想：「藏在哪裡？快說出來吧。」賽巴斯帝亞尼在多布雷克面前停下來說：「明天，明天你就可以走了。不過在這之前，你還得在一些支票上簽字，你勒索了我們多少？嗯，現在你都會吐回來的。哈哈，你看，侯爵先生還叫我給你帶了一瓶酒來，夠享受了吧？老傢伙！」

賽巴斯帝亞尼一邊說著笑話，一邊舉著燈仔細地檢查房間，然後對幾個兒子說：「讓他睡吧，你們也好好休息一下。但還是要小心，以防萬一……」

他的聲音消失了，接著是笨重的關門聲，然後屋子裡又恢復了寧靜。

等了好一會兒，羅蘋才在上面問道：「可以了嗎？」

多布雷克從床上坐起來，輕聲地答道：「可以了。」

羅蘋把準備好的鋸子拿出來，開始鋸窗戶上的鐵條。幸好這房間潮濕得厲害，鐵條都鏽得差不多了，有的地方甚至已經腐朽，羅蘋只需輕輕一鋸，鐵條便像奶油般斷開。多布雷克則在下面小心地聽著門外是否有動靜。沒多久，羅蘋已將天窗弄開了一個洞，他迅速地把繩梯扔下去，說道：「快！他們都睡著了嗎？」

「睡著了。」

多布雷克喜出望外，順著繩梯往上爬，他只有一隻手可以用力，快到窗口時羅蘋一把將他拉了上來。此刻，多布雷克已經累得氣喘連連，倒在地上。

羅蘋開始作下一步的準備。他找到了一個很結實的木樁，把繩子牢牢地拴在上面，然後用力扯了扯，確信牢固以後，才準備順繩而下。羅蘋讓多布雷克殿後，以便必要時可以托住他。

「還有多遠？」多布雷克問道。

「大約有五十公尺的峭壁。」

「你是怎麼上來的？阿爾布菲克斯沒料到嗎？」

「你兩個姊姊拼命求我，哎……有誰猜得到會有人能從這裡上來。其他事你先不要問，下去後你會知道一切的。」

「我姊姊現在在哪兒？」

「就在下面。」

「我的兩個好姊姊……下面是河谷嗎？」

「嗯。」

「你扔信之前在上面待了多久？」

「沒多久，不要問了，趕緊下去吧！」

兩人開始往下滑，行進得很艱難，足足花了四、五十分鐘才回到掛繩梯的地方。此處有一個小小的平臺，多布雷克已經快支撐不住了，羅蘋也感到筋疲力盡，他們在那兒休息了十多分鐘。接下來的路便容易多了。他們只需順梯而下就能到達安全地點。羅蘋說：「我先下去，我一樣會在下面托著你。」

「還是我先下吧，你在上面拉著我。」

「好吧，來，我先在你腰上綑上繩子。」羅蘋有點不放心。

多布雷克坐在地上，羅蘋給他綁繩子。繩子綁好了，羅蘋跪在平臺上，扶好梯子，以便讓多布雷克下去。突然，羅蘋感到肩上一麻，然後便是難以忍受的劇痛。羅蘋咬牙咒罵了一句，接著便倒在地上，再也起不來了。

多布雷克一刀刺在了羅蘋的後頸上，羅蘋隱隱約約聽他說道：「哈哈，好小子，那封信是姊姊寫的，卻簽著妹妹的名字。阿代拉依德真是聰明，這就是她給我的暗示。這下你是沒救了。」

多布雷克解下腰間的繩子，接著搜羅蘋的衣袋和褲袋。「槍，不錯，都準備好了。只剩兩顆子彈……」

羅蘋模模糊糊地看到多布雷克就要下去了，他想伸手將這個可惡的傢伙推下峭壁，但身體卻完全動彈不得。他想喊，但是卻啞然失聲。多布雷克這一下去，說不定柯拉麗思他們也會受害，他在心裡吶喊著：

「柯拉麗思……吉爾貝……」

羅蘋，難道你就這樣永遠躺在幾十公尺高的懸崖上了？

5 出奇制勝

當羅蘋迷迷糊糊地醒來的時候，他隱約地看到柯拉麗思和勒巴魯站在他的床前。他只有很模糊的意識，還不能說話，只能聽他們講述那晚的情況。

當時，柯拉麗思、格洛亞爾和勒巴魯一直在船上守候。他們等了很久，終於看到一個人下來了，他們本以為是羅蘋，但是柯拉麗思很快發現情況不對，她驚叫了起來。

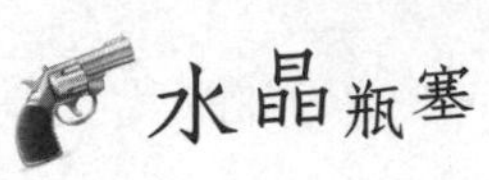

多布雷克拿著羅蘋的手槍，裡面只剩兩顆子彈。當柯拉麗思撲過去和多布雷克搏鬥時，格洛亞爾和勒巴魯也趕過來幫忙。柯拉麗思肩上中了一槍。因為子彈不多，加上手腕又受了傷，狡猾的多布雷克沒有戀戰，急忙逃走了。格洛亞爾朝多布雷克追去，但是這隻老狐狸在森林裡繞圈子，氣得格洛亞爾咬牙切齒。最後格洛亞爾還是追丟了。另一頭，勒巴魯則是趕緊順著梯子爬上懸崖，將羅蘋救下來。

多布雷克攻擊羅蘋的刀刃上抹了毒藥，因此羅蘋一直昏迷不醒。大家都非常著急；他們將羅蘋帶到亞眠的一所醫院救治，起初十幾天，羅蘋一直沒有脫離危險期，直到十八天以後，他才開始慢慢恢復。

十八天，這是多寶貴的時間啊！為了救吉爾貝，就是一分一秒，羅蘋都不敢浪費。他心裡焦急萬分。為了能夠好好地養傷，羅蘋打算什麼也不想，尤其是不去想多布雷克這條毒蛇。隨著時間的流轉，羅蘋感覺自己逐漸恢復，巴黎的一個醫生朋友告訴他，如果情況不變，再過兩天就可以下床。

兩天以後，羅蘋從床上下來，他可以慢慢地行走了。柯拉麗思、格洛亞爾和勒巴魯都已經去了巴黎。晚上，柯拉麗思發來電報，表示她必須留在巴黎。而羅蘋始終無法解除心中的焦慮。

第二天傍晚，柯拉麗思終於回來了。她看上去很疲憊，兩眼紅腫。羅蘋一看便知大事不妙。柯拉麗思黯然地說道：「最高法院駁回了上訴，維持原判。」也就是說，現在除了總統，沒人能夠解救吉爾貝和沃奇萊。

羅蘋平靜地說：「我想大概也是這種結果，什麼時候駁回的？」

「已經有八天了，勒巴魯不敢告訴我。」

「也許能夠獲得特赦……」

「特赦？亞森．羅蘋的同夥會得到赦免嗎？」

「……大家會同情年輕的吉爾貝。」

「不可能，我已經見過律師了，他告訴我，特赦委員會不會手下留情的。」

「還有總統呢！」

「總統？他憑什麼同意？」

「我會對他施加壓力。」

「施加壓力？」

「我會交給他『二十七人名單』。」

「名單在你這兒？」

「沒有，不過我會把它弄到手的。」

柯拉麗思聳了聳肩，沉默了一會兒，她又說道：「如果阿爾布菲克斯沒有拿到名單的話，那現在掌握名單的還是只有多布雷克一人。」

「問題是多布雷克現在身在何處？」

「不清楚，有人說看到一個長得很像多布雷克的人買車票去了巴黎，之後就再也沒有消息了。」

「那麼多布雷克逃跑後，死亡之岩那裡有沒有任何新狀況發生？」

「格洛亞爾去過那裡，我們留下的繩子第二天一早就已經不見了，一定是城堡上的人把它抽走了，一整天，賽巴斯帝亞尼都不在那座廢棄城堡裡。」

「那麼，阿爾布菲克斯侯爵呢？」

「他一直待在城堡中，沒有出去過。」

「消息可靠嗎？」

「勒巴魯一直在外面監視著他。」

「多布雷克回過他在拉馬丁大街的家嗎？」

「也沒有，布朗松探長負責在那裡監視，並派專人看守多布雷克的書房。」

「也就是說，名單應該還在多布雷克的書桌上。」羅蘋想起賽巴斯帝亞尼曾說過的話。

「你怎麼知道在書桌上？」柯拉麗思不解地問。

羅蘋詳細地將那天在死亡之岩聽到的一切都告訴了她。

第二天下午，醫生來了。羅蘋已經決定要開始行動了，他急切地詢問醫生：「我的身體已經沒有大礙了吧？」

「傷口已經完全癒合，不會有其他問題。」

「只是發燒，應該不會有其他問題吧？」

「您最好再休息幾天，以免引起發燒。」

羅蘋收到柯拉麗思的一封電報，她表示已經發現了多布雷克的蹤跡。另外，羅蘋還在報上看到阿爾布菲克斯侯爵被捕的消息，原因是政府當局指控他在運河事件中有嚴重的過失，看來多布雷克開始報復了。阿爾布菲克斯顯然沒有拿到名單，那麼，名單應該還在多布雷克的書桌上。羅蘋決定馬上趕到巴黎去。

羅蘋一到巴黎，便從當地報紙獲悉，阿爾布菲克斯侯爵昨夜在獄中割腕自殺。他留下一封遺書，交代了他在運河事件中的舞弊行為，同時也用很大的篇幅指控多布雷克是逼死他的原兇。另外，特赦委員會將在近期駁回吉爾貝和沃奇萊的上訴，總統將在星期五接見這兩人的律師。

最重要的是關於多布雷克的消息，柯拉麗思看見他坐著一輛汽車從他姊姊家出來，柯拉麗思記下了車牌號碼，並跟蹤上去。這是昨天的事，今天羅蘋還沒接到新情況的報告。

「總統將在星期五接見律師，到時候如果律師呈報的資料裡有『二十七人名單』的話，吉爾貝就有救了。」羅蘋對格洛亞爾和勒巴魯說。他頓了頓，胸有成竹地告訴兩人，「一個鐘頭以後我就會弄到名單，兩個小時後我們就去見律師。」

「哎呀，那真是太好了。」格洛亞爾和勒巴魯興奮異常。

「你們先回去吧，等會兒我就來找你們。」

羅蘋隨即轉身朝拉馬丁大街多布雷克的住處走去。羅蘋在這熟悉的房子前看了看，接著敲響了大門，一會兒一個警察出來了。

「喔，是尼克爾先生。」

「哎，您好。布朗松探長在這兒吧？」

「是的。」警察帶著他進去，然後把他帶到那間書房裡。

布朗松探長正坐在椅子上，當他聽完那個警察對尼克爾的介紹後，立即很友善地起身與之握手。

「今天發生了新的狀況，多布雷克回來過。」探長說道。

「啊？」羅蘋大吃一驚，他急切地追問，「他到書房裡來了？」

「是的，他是今天早上回來的，他堅持要我們離開書房，他大約待了十分鐘。」

這簡直是晴天霹靂！羅蘋本來已經計畫好了，那個水晶瓶塞應該還在書桌上。誰知道這傢伙竟然膽大包天地跑回來了，看來，他大概已經將名單帶走了。羅蘋先前還向格洛亞爾和勒巴魯誇下海口，說一小時以後就能拿到名單，現在上哪兒去拿呢？

事已至此，懊惱也無用。多布雷克既然已經取走了水晶瓶塞，那他一定動過書桌上的東西。羅蘋在書桌上仔細查查看，他就不信找不到任何蛛絲馬跡。羅蘋曾在多布雷克家隱藏了一段時日，對那張桌子非常熟悉，他一看就明白了。好傢伙，竟然把名單藏在這裡，怪不得大家都找不到，其實最不引人注意的地方就是最安全的地方。

羅蘋心裡的結終於解開了，說實話，除了救吉爾貝，他當初會介入此事，有很大的原因是出於好奇心。羅蘋不動聲色，只告訴布朗松探長多布雷克已經拿走他需要的東西，然後離開了這裡。

羅蘋回到了格洛亞爾和勒巴魯住的地方，那是富蘭克林旅館。前幾天柯拉麗思也住在這裡，她使用奧德朗夫人這個化名，昨天她跟蹤多布雷克去了，一有新情況就會發電報回來。

格洛亞爾和勒巴魯正焦急地等候在旅館的門外，一見羅蘋回來，便迎上去問：「怎麼樣，老闆？」

羅蘋無奈地搖搖頭，說道：「暫時還不行，不過很快就會水落石出了。她還沒有消息嗎？」

「沒有。」

這時旅館老闆剛好從這兒經過，羅蘋立刻追上去問他：「老闆，今天有沒有這兩位先生的信？」

「沒有。」

「這可就怪了，奧德朗夫人是怎麼了？」

「您說奧德朗夫人？」

「是啊。」

「她先前回來過。」

「啊？回來過？什麼時候？」

「有一段時間囉，但是見這兩位先生不在，她留下一封信後，便匆忙地走了。僕人沒告訴你們嗎？」

羅蘋一驚，柯拉麗思已經回來過，那一定是有新的情況。他們急忙跑到樓上，桌上果然有一封信。羅蘋拿起來一看，信沒有封口。裡面寫著：「這個星期多布雷克住在中央大酒店。今天早上他的行李被送到□□□車站，他買的臥鋪票是去□□□的。我不知道發車的正確時間，我將在車站守候，你們快來接應。」

「嗯？這是怎麼回事？火車的到站地點都被剪掉了？」勒巴魯疑惑地張大了嘴。

「多布雷克已經來過了。」羅蘋淡淡地說。

「啊？」

羅蘋再次領教了多布雷克的老謀深算，他想了想說：「我們其實已經被監視了，監視我們的是這裡的僕人。他沒有告訴你們梅爾吉夫人回到旅館，而是把這個消息告訴了多布雷克。」

羅蘋在屋子裡踱著步。柯拉麗思信中所說的兩個地點都已被剪掉，究竟是哪個車站呢？羅蘋考慮了好一陣，然後說道：「走，上里昂車站。」

里昂車站在城市的西邊，這裡的火車大多是開往馬賽和西部海濱城市的；此外，東邊還有一個車站，車輛大多開往內陸城市。羅蘋猜測多布雷克可能會選擇去海濱，而不是往內地去。臥鋪車都在夜間發車，現在是晚上七點左右，趕到車站還來得及。

三人駕車趕往里昂站。他們趕到車站後，在站內站外找了好一會兒，既沒有看到多布雷克，也沒有看到柯拉麗思。是不是羅蘋判斷錯誤？羅蘋也有些不確定了。就在此時，有一輛特快列車開動了。他們跑過去，還是沒有發現目標。

正當他們要離去的時候，一個搬運工走過來問：「請問，你們之中有沒有一位叫勒巴魯的？」

「有、有，我就是。」羅蘋似乎意識到了什麼。

「喔，是這樣的，剛才有一個夫人請我轉告你說，她坐上了七點半的豪華車，她還說那位先生也在車上，是去蒙地卡羅的。」

「該死！」羅蘋忍不住罵道。他們現在已別無它法，只有趕去蒙地卡羅。但是接下來的一班火車恰好是慢車，而且要到晚上九點多才開。他們等了兩個小時，才坐上慢車慢慢地追上去。現在，離吉爾貝的處決日，只剩五天了。

這輛慢車直到第二天下午三點的時候才到達蒙地卡羅。羅蘋本來希望在月臺上能夠找到柯拉麗思留下的指示，但是什麼也沒有。最後，羅蘋打算逐個旅館去查，雖然很費時，但好在蒙地卡羅並不大，而且這也是唯一的辦法。

他們跑遍了所有旅館，從摩納哥到愛爾角，又從圖爾比到馬爾坦角，可是根本就沒有這兩個人的蹤影。羅蘋感到焦急萬分，如果再找不到線索的話，那就意味著全部的線索就這樣斷了。

直到星期六，他們終於在郵局收到一封電報，是富蘭克林旅館的老闆轉發過來的。電報上說：「他在戈納下車，去了聖雷莫，住大使旅館。柯拉麗思。」

羅蘋氣得咬牙切齒，原來多布雷克根本就沒到蒙地卡羅。聖雷莫在義大利，於是他們不得不再趕到義大利。

三人迅速趕到車站，坐上往義大利的車子，中午時分，他們到了聖雷莫。羅蘋一下車就看到有一個人站在車站外，帽子上有大使旅館的牌號。羅蘋走過去，低聲問道：「您是不是在等一個叫勒巴魯的？」

「是的，一位夫人讓我轉告勒巴魯先生，她去了熱那亞，住在大陸旅館。」

「她是單獨一個人嗎？」

「是的。」

事已至此，不容羅蘋細想，他又馬上買了去熱那亞的車票。在車上坐定之後，羅蘋才恍然大悟：「我們上當了……」然而火車已經開動了。

吉爾貝被處決的日期很可能就在星期一，也就是說，羅蘋只有兩天的時間了。

花園旅館是尼斯城有名的豪華旅館之一，在這裡住的大多是政界或商界的要人。

今天是星期六，來這裡的人比平時還要多。有位單身女士住在三樓的一百三十號房，她就是柯拉麗思。而多布雷克則住在她隔壁的一百二十九號，這兩間房間之間有一道雙重門。

多布雷克似乎沒有察覺到柯拉麗思在跟蹤他，他依然按照自己的計畫辦事。白天，他經常出去，有時晚上也不回來。這正好給柯拉麗思製造了機會。

這一天，多布雷克一大早就出去了。柯拉麗思又去查看隔壁的門，她驚喜地看到門鑰匙還留在上面。

柯拉麗思果斷地打開門，進去拔掉了雙重門的門閂，然後又回到自己的房間裡。

柯拉麗思聽到隔壁有聲響，是女服務員在收拾東西。過了一會兒，服務員走了，柯拉麗思再次從雙重門進入了那間屋子，開始尋找她的目標。

那個水晶瓶塞究竟放在哪兒呢？柯拉麗思仔細搜索。她在一個牆角邊發現了一個旅行包，但裡面並沒有她想要找的東西。她沒有灰心，衣箱、手提箱，還有屋裡的櫃子、桌子，以及各個可能的地方，浴室、壁鐘，她都一一尋找，然而仍是一無所獲。當她朝陽臺走去時，突然看到陽臺上有一團紙。會不會有什麼秘密？

陽臺的門似乎很重，她得使出很大的勁去推。

「不用推了。」一個聲音在她身後響起。

她對這個聲音太熟悉了，是多布雷克。她沒有轉身。

多布雷克冷笑說道：「夫人，你不用找了，它就在桌子上。你看，桌子上就這幾樣東西。書、本子、菸具，還有一些食物。你可能餓了……」

他按響了鈴。不一會兒，一名服務員走了進來。

「要午餐嗎，先生？」

「嗯。」

「兩套餐具嗎？」

「是的，還有一瓶無糖香檳。」

「好的。」

不一會兒，服務員將午餐送了進來。

柯拉麗思木然地坐在那裡，多布雷克坐在她對面，邊吃東西邊說：「長久以來，我一直想和你單獨在一起。你持續地跟蹤我，其實我也害怕與你失去聯繫。我不知道你是喜歡喝甜香檳，還是無糖香檳，或者是特級的無糖香檳？……我猜到你今天早上會來，就幫你預訂了午餐。」

柯拉麗思這時才恍然大悟，原來這一切都是多布雷克設計的詭計，是他故意把她從巴黎引誘到此處。想到這裡，柯拉麗思憤怒極了，她把手伸進了胸衣裡掏槍。

「別著急，」多布雷克慢吞吞地說，「我這裡有一封電報，我想你可以看一看。」說著，他從口袋裡掏出那份電報來。

「是有關你兒子的。」他接著說。

柯拉麗思不由自主地把它接過來，喃喃說道：「吉爾貝？」

她看到電文時，恐懼地叫了一聲。那封電報只有幾個字：「行刑訂在星期二。」

星期二，也就是後天。她突然喊叫起來：「這是假的！這是你揑造的假電報……行刑到底在什麼時候，告訴我……」她悲憤交加，叫喊已變成了啜泣。

多布雷克倒了一杯香檳，一飲而盡，接著走到柯拉麗思身邊，溫和地說：「你別指望什麼了，普拉斯維爾已經是自身難保。今天我收到一封沃朗格拉德發來的電報，說普拉斯維爾跟運河事件也脫離不了關係——沃朗格拉德在當議員的時候，完全聽命於普拉斯維爾，可是自從運河事件發生後，他下了台，窮困潦倒，普拉斯維爾卻對他不理不睬。沃朗格拉德打算與我合作，想要撈到一點好處。哈哈，普拉斯維爾啊，我說過，你不會有好下場的。」

「至於亞森．羅蘋嘛，他已經周遊列國去了，被人牽著鼻子亂跑，還自以為很有本事。哈哈，柯拉麗思，你已經沒有指望了。」他拿起電話說，「喂，服務臺嗎？喔，小姐，麻煩你請坐在門廳左邊的那位先生進來。對，就是頭戴軟帽的那位……謝謝。」

大約兩、三分鐘後，柯拉麗思看到一個身材瘦小的人被多布雷克領了進來。

「喔，亞可布，你可以簡單地向這位夫人報告一下情況。這會使她了解我們所做的一切，你說是吧？」

亞可布俐落地從袋子裡掏出一個小本子，就像唸聖經那樣讀了起來：「星期三的晚上，里昂車站。我在等尼克爾先生，還有格洛亞爾、勒巴魯。我花了點小費，向搬運工人借了一套工作服。七點多，那幾位先生來了，我告訴他們，有一位女士讓我傳話，說她去蒙地卡羅了。之後我打電話，叫富蘭克林旅館的一個僕人截住所有給尼克爾先生的電報。星期四，他們三位在蒙地卡羅所有的旅館尋找，當然是一無所獲。星期五，三位先生又在圖爾比、愛爾角和馬爾坦角快速尋找。後來，我接到多布雷克先生的電報，他說把這三位先生引到義大利去更好。於是我發一封電報給富蘭克林旅館的僕人，由他再轉發給那三位先生，請他們去了聖雷莫。星期六，在聖雷莫的月臺上，我借來大使旅館的一頂帽子。尼克爾先生主動向我打聽情況，我告訴他有一位夫人去了熱那亞。於是，他們上了去熱那亞的火車，而我則乘車回來待命。」

「這是前幾天的情況，今天的事要等到晚上再作記錄。」亞可布一邊收起他的小本子，一邊認真地說道。

多布雷克踱過來，微笑地說：「亞可布，你現在就可以記今天的事了。『星期日中午，多布雷克先生讓我訂兩張去巴黎的臥鋪票，出發時間是兩點四十八分。然後我乘車去萬地米依，從義大利回來的人都要經過那裡。我在那兒監視，如果看到尼克爾先生他們，我就立即通知警察總局。』」

柯拉麗思坐在那裡彷若一尊雕像。是的，遇到如此狡計、詭計多端的敵人還能怎麼辦？原本她把希望寄託在羅蘋身上，但是現在羅蘋已遠在天邊，她能怎麼辦？一切只有聽天由命了。

多布雷克冷笑道：「現在是星期天的中午，如果我們坐兩點四十八分的火車，明天就可以趕到巴黎。行刑日是在星期二，我想該是你做出選擇的時候了。既然一切都已明朗，那我們就直話直說了——你願不

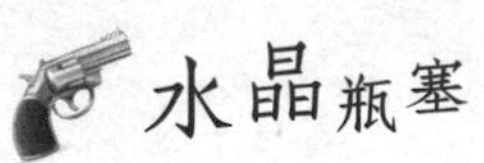

願意跟著我？」

「願意。」柯拉麗思喃喃地說。

「你知道我的條件嗎？」

「知道。」

「你要成為我的妻子！」多布雷克嘴角掛著陰險的笑意。

「嗯。」柯拉麗思已完全無法思考了，現在她想到的只有兒子，只要能夠將吉爾貝從斷頭臺上救下來，無論做什麼她都無所謂。

「哈哈，想得美！你打算救下吉爾貝再反悔是不是？沒那麼容易，我多布雷克可不是容易上當的人。我先讓他們把吉爾貝改為緩刑，至於徹底救下他嘛，那要在你成為多布雷克夫人之後，你覺得怎麼樣？哈哈。」

「我同意……什麼都同意……」

「那麼現在……」多布雷克已經按捺不住內心的邪念，開始對柯拉麗思毛手毛腳。兒子命在旦夕，身為吉爾貝的母親，柯拉麗思也只有任人擺佈。就在此時，柯拉麗思突然發現多布雷克的臉變了形，他充滿恐懼地瞪著她，不敢移動分毫。柯拉麗思不由得轉過身去，她看到兩把槍正瞄準了多布雷克。

突然間，一個人以迅雷不及掩耳之勢從背後勾住了多布雷克的脖子，一拳將他打倒在地。柯拉麗思仔細一看，原來是亞森．羅蘋，他還是那身尼克爾的打扮，頭戴著一頂破帽子，過窄的衣服緊繃在身上。

羅蘋兩腳踏在多布雷克身上，他吩咐格洛亞爾和勒巴魯將多布雷克結結實實地綁了起來。囂張許久的多布雷克終於栽在羅蘋手上，羅蘋感到從未有的快感。他從多布雷克身上跳下來，在屋子裡又蹦又跳，做出各種滑稽的動作。他像個喜劇演員那樣向多布雷克鞠躬，擠著眼睛問：「需要幫忙嗎？」

柯拉麗思呆坐在那裡，似乎被這突如其來的變化弄得昏頭轉向。剛才多布雷克還在無恥地逼迫她，不一會兒，他已經被制服在地，一副十足喪家犬的模樣。是的，多布雷克被綑綁在地上，他已經被打昏了。而尼克爾——羅蘋——還開心地手舞足蹈，甚至跳起了踢踏舞。

羅蘋一邊跳一邊從壁爐上取下多布雷克的菸絲包，那是多布雷克常抽的馬里蘭菸絲。

「啊，多布雷克先生，你還是抽一袋菸吧。注意，大家注意啦，關鍵的時刻就要來臨。你們看我手裡什麼都沒有，除了這一包菸絲之外，魔術馬上就要開始……」羅蘋說了聲「變」，只見他掌上多了一樣閃閃發亮的東西。

「啊，水晶瓶塞！」三個人同時驚喜地叫了起來。

柯拉麗思雙手顫抖地撲過去，她抓起瓶塞，仔細地盯著它看。沒錯，就是那個瓶塞，那個讓多少人心驚膽顫而渴望得到的瓶塞。她慢慢地把它擰開，一個紙團從裡面掉出來。羅蘋把它拾起來，然後一點一點地展開。

那上面寫著朗日魯、阿爾布菲克斯、萊巴克、維克托里安·梅爾吉、沃朗格拉德，還有運河公司總裁帶血的簽名……這就是「二十七人名單」，真正的名單！

「好，火車還有四十分鐘，現在我們開始用餐，來啊，多布雷克為我們準備好了一切。喂，議員先生，你想要點什麼？是甜香檳、還是無糖香檳，或者是特級無糖香檳呢？」

羅蘋的表現引得大家哈哈大笑，然而柯拉麗思的眼中仍充滿了淚水。

對羅蘋而言，找到了水晶瓶塞，將它帶回去，再把吉爾貝救出來，這件工作雖然簡單，卻有很多細節需要小心掌握，否則即使水晶瓶塞在手，也可能會把事情搞砸。

多布雷克留下的午餐已被眾人一掃而空。羅蘋又是一副凝重的表情，說道：「格洛亞爾，去把我們先前買的大箱子拿回來，它還在那輛馬車上，馬車就在離旅館大門不遠的街角。如果旅館有人問的話，就說是一百三十號房的夫人買的。勒巴魯，車庫有一輛利穆齊納汽車，價錢已經談好了，一千法郎。另外你去買一套司機的服裝，然後把車開到大門口等我們。」

接著，羅蘋把多布雷克的錢包掏出來，說道：「還真不少……喏，這是一千法郎。」他把錢遞給勒巴魯。

格洛亞爾和勒巴魯都出去了，羅蘋對柯拉麗思說：「柯拉麗思，快收拾你的行李箱，然後去服務臺接格洛亞爾，把那個大箱子搬回來。」

不一會兒，格洛亞爾和柯拉麗思回來了。羅蘋打開大箱子，將多布雷克塞了進去，再用衣服和雜物把箱子塞滿，他又撒了一些氯仿在箱子裡面，以確保多布雷克睡得更香。

不一會兒，一身司機打扮的勒巴魯也開著車子回來了。

「車子就在旅館門外，老闆。」

「好，你們把箱子抬下去，如果遇到旅館的服務員，就說你們是幫一百三十號房的夫人搬運行李。」

他們都走了，羅蘋最後檢查了一下房間。他走入柯拉麗思的屋子，將那扇雙重門一邊的門閂鎖好，然後到多布雷克的屋子，也將門閂鎖上。這才出了房門。

在旅館的服務臺前。「小姐，多布雷克先生有事要到蒙地卡羅去，過幾天才會回來。房間請替他留著，他的行李都在裡面。」羅蘋彬彬有禮地說。

「好的，沒問題。」

門外三個人已經把東西裝上了車。

羅蘋對格洛亞爾和勒巴魯說：「你們開車去巴黎，應該明天晚上六、七點左右會到，在路上每隔四、五個小時就給那傢伙加點氯仿。我和柯拉麗思坐火車先出發，就這樣。」

「火車倒是準時，但是恐怕來不及了吧，車票還沒買。」柯拉麗思不無擔心地說。

「早有人幫我們買了，多布雷克的手下亞可布已經訂好了火車票。」羅蘋一臉微笑，接著他又對勒巴魯他們說道，「我留著多布雷克是要把他作為人質，因此麻醉他的事千萬別大意，一路平安。」

兩人朝羅蘋點點頭，開車走了。羅蘋叫了一輛出租馬車，先去郵局發了一封電報，內容如下：「巴黎，警察總局，普拉斯維爾。人已捕獲，明天上午十一點見。有要事相告。柯拉麗思。」

然後他和柯拉麗思去了車站。

因為那兩張車票是以多布雷克議員的名義訂下的，所以羅蘋和柯拉麗思在路上受到了許多優待。在寬敞的臥鋪室裡，羅蘋詳細地詢問柯拉麗絲這幾天的近況，並向她講述了自己如何識破多布雷克的計謀。

當時，那個聖雷莫大使旅館的「服務生」告知羅蘋應該到熱那亞去，他便有些懷疑，總覺得很不對勁。上火車之後，他趴在車窗上向外張望，便見到那個假服務生正滿意地搓著手，一邊取下帽子。羅蘋明白了，不僅他們三人上了當，還有柯拉麗思。與其說是她跟蹤多布雷克，不如說是多布雷克在她引誘到一個陌生的地方，使她人勢孤力單。

想到這裡，羅蘋非常惱怒，也非常著急。惱怒的是他被多布雷克騙了，而自己卻一點都沒發覺，著急的是柯拉麗思必定已身處險境。他們必須儘快趕到多布雷克真正去的地方，他想到一路上騙他們三個人的「服務生」現在很可能要回去交差，因此便決定跟蹤那個假服務生。

三人急忙在中途下車，緊跟著那個「服務生」。不出羅蘋所料，他果然折回了尼斯，他先在一家小旅館住了一夜，第二天一早便在「英國公園」和多布雷克會面。他們談了很久，並返回多布雷克的住處。這樣一來，羅蘋一行便順利地來到花園旅館而絲毫沒有引起多布雷克的注意。勒巴魯輕易地打聽到一百三十號房住著一位夫人，而旁邊房間住的是一位議員，他們終於找到了！

中午，多布雷克吩咐亞可布——就是那個假服務生——坐在服務臺對面的長椅上，他自己先上樓去了。過了一會兒，多布雷克叫亞可布上去。

羅蘋三人尾隨亞可布至三樓，找到一百三十號房。羅蘋掏出鑰匙打開房門（別以為一把鑰匙只能開一把鎖），裡面沒人。他走到雙重門前，聽到裡面傳來多布雷克的說話聲，那些下流無恥的話以及對他的譏笑，使他火冒三丈。於是他們就躲在雙重門的門簾後，之後就是先前那驚險的一幕。

「那你是怎麼知道水晶瓶塞被菸絲包裹著呢？」柯拉麗思疑惑地問。

「多布雷克從他在拉馬丁大街的房子離開後，我去查看過。我對那張書桌上的東西再熟悉不過，馬上就發現那包馬里蘭菸絲不見了。我明白了，在那座廢棄城堡的天窗裡我聽到多布雷克說出兩個字——『瑪麗』。沒錯，瑪麗不是一個人的名字，而是一個沒有說完的詞——『馬里蘭菸絲』。」

「啊？原來如此。」柯拉麗思吃驚地說。

確實，多布雷克的書桌已經被柯拉麗思、普拉斯維爾和羅蘋不知翻找過多少遍，但是誰能想到這個狡猾的混蛋會把它藏在菸絲盒裡呢？那菸絲看起來原封未動，上面有國稅局的蓋章和印花。多布雷克每天都在抽菸，沒人會想到那桌上的菸絲中有一包竟然是從未被檢查過的。

被羅蘋出其不意地解救出來，柯拉麗思感到很欣喜，但是她更關心吉爾貝的生死問題。多布雷克雖然已經被擒獲，但是這張名單能不能救得了吉爾貝呢？她並不知道，普拉斯維爾此時並不在巴黎。

「你認為普拉斯維爾能夠辦成這件事嗎？」柯拉麗思擔心地問。

「憑他個人的力量是很困難，但他能夠想出辦法。我知道此刻他在勒阿弗爾，我已經發了電報，他必定會準時趕回來。」

「他能想出什麼辦法呢？」柯拉麗思看上去仍是愁眉不展。

「這張名單本身就是辦法，多布雷克用它毫不費力地害死了你的丈夫，也使另外二十六個人幾乎傾家蕩產，他因此聚斂起大筆財富。昨天，名單中最強硬的一位，也就是阿爾布菲克斯侯爵，已經在監獄裡割斷動脈自殺了。你放心，這張名單能救你兒子。再說，我們的要求也不過分，只不過要求赦免一個二十歲的孩子，不知道的人搞不好還會認為我們是傻瓜呢！」

連日的心力交瘁和惶恐不安，使柯拉麗思格外疲勞，暫時的放鬆令她很快地陷入睡眠之中。羅蘋溫柔地望了她一眼，接著便將視線伸向窗外。

6 千慮一失

第二天八點，他們到了巴黎。羅蘋接到兩封電報，一封是勒巴魯發來的，說一切順利；另一封是普拉斯維爾昨天發給柯拉麗思的，上面說：「星期一早上不能趕回。下午五點在辦公室等，萬無一失。」

接著，羅蘋打聽到處決將在明天上午進行，這可怎麼辦呢？不能將實情告訴柯拉麗思，先穩住她的情緒再說。他勸柯拉麗思吃幾顆安眠藥，早點去休息。柯拉麗思也擔心自己一時難以控制情緒，便照辦了。

羅蘋買了一份報紙，報上果然有關於吉爾貝的消息：

亞森．羅蘋的同夥將遭處決

根據可靠消息，亞森．羅蘋的兩名同夥將在明天上午被處決。行刑由代布萊先生主持，準備工作已就緒。警方表示，一定會竭盡全力確保這次行刑順利進行。

看完這則消息，羅蘋有些不以為然。

「看來，明天的熱鬧場面將是空前的。處決亞森．羅蘋的同夥，還有比這更能吸引觀眾看熱鬧嗎？不過，到時戲還沒開演就得收場。大家看到的將是另外一齣好戲，而這戲將由亞森．羅蘋來導演。」羅蘋自語道。

中午，羅蘋收到了勒巴魯和格洛亞爾發來的電報：電文如下：「一切順利，請勿擔心。」

下午四點多，羅蘋叫醒柯拉麗思，他們該去普拉斯維爾的辦公室了。柯拉麗思看羅蘋一副輕鬆的樣子，心裡踏實了許多。

四點四十五分，他們到了警察總局秘書長的辦公室。剛剛過五點，普拉斯維爾匆匆忙忙地從外面趕了回來。

「名單拿到了？」

「拿到了。」

「你把它給我。」

「還得有一些條件，」羅蘋和柯拉麗思跟蹤多布雷克這麼久，費了這麼多工夫，難道只是為了取得名單後把它拱手交給普拉斯維爾而已？

「啊，你說吧！什麼條件？」普拉斯維爾顯然也明白了。

「但是你得先同意我們的條件，而且是馬上——一個小時之內，你要給我們答覆。」

普拉斯維爾想了想後說道：「請坐，慢慢談。」

普拉斯維爾並不是很有頭腦，特別是和多布雷克相比，他差得太遠了。他被提拔為警局秘書長，完全是由於警局考慮到他和多布雷克有私仇，想藉他來和多布雷克對抗。在警局裡，因為普拉斯維爾的笨拙和愚蠢，很多人並不把他放在眼裡。通常警局遇到棘手的案件時，就會派他去，等事情完成，又把他撇在一旁坐冷板凳。

「你說吧，柯拉麗思，你知道人人都想得到這張名單。」

「這名單可以說是無價之寶，我也要求用無價的東西來換。」

「好，既然想得到它，肯定得有所犧牲，這我明白。」

「不是有所犧牲，而是要犧牲全部。」柯拉麗思說。

「嗯，當然，這犧牲要在能夠承受的範圍之內……」

「甚至有可能超出範圍……」柯拉麗思急切地補充道。

其實這都是羅蘋教柯拉麗思的應對之策，他們要先把普拉斯維爾的胃口吊起來，然後才好見機行事。

普拉斯維爾有些不耐煩了，他大聲說：「柯拉麗思，你有什麼要求就直說吧，別這樣拐彎抹角的。」

「對不起，但我已經說了，這名單是無價之寶，我們也要求用同樣寶貴的東西來換。」

「好，繼續說下去。」

「你必須明確表態，同意還是不同意？」

「我同意。」

「好的，那麼我們就不用再考慮這張名單所能帶給你的福禍利弊了……」

普拉斯維爾實在忍不住了，他很不高興地說：「請說出你們的條件。」

「對不起，我再問一句，你有沒有資格和我們談判？」

「這話是什麼意思？」普拉斯維爾顯然已經有些惱火。

「請你不要誤會，我是說，你是否有足夠的權力代表政府發言？」

「當然有。」

「也就是說，我們的條件可以馬上得到答覆囉？」

「沒錯。」

柯拉麗思湊近了一點，壓著嗓子問：「就算是愛麗舍宮的答覆也一樣嗎？」

「這……」普拉斯維爾顯然感到很吃驚，他低下頭，想了一會兒，然後說，「可以。」

「好了，現在我來說我的條件，不過你不能要求我們對那些條件做出解釋，你只需回答『行』或者『不行』。」

「沒問題。」

「我要求赦免吉爾貝和沃奇萊。」

「啊？什麼？」普拉斯維爾從椅子上跳起來嚷道，「赦免吉爾貝和沃奇萊？就是亞森．羅蘋的那兩名同夥嗎？」

「對。」

「就是在瑪麗．泰萊思別墅殺人的兇手，明天就要推上斷頭臺的兩個罪犯？」

「正是。」

「我的天，簡直出乎我的意料！這太不可思議了，到底是為什麼？為什麼？」

「喔，普拉斯維爾，你剛才保證不發問的。」

「保證？我是保證過……可是這太出人意料，而且難於登天……」

「怎麼個難法？」

「原因太多了……他們已經被判了死刑，明天就要處決，就在明天！」

「其實不難，將死刑改為服苦役就可以了。」

「這事鬧得滿城風雨，人盡皆知。這可不是一般的罪犯，他們是亞森．羅蘋的手下，而且國家最高法院的判決早已經確定了。」

「雖然判決確定，但是可以赦免！」柯拉麗思急切地說。

「這……特赦委員會已經同意了判決……」

「那還有總統呢？」

「總統不是也同意了嗎？」

「他可以更改！」

「不可能更改。」

「為什麼？」

「他是總統，應該言出必行。」

「不，總統行使這項權利不受任何人監督，就像國王的權利一樣，他可以無須說出理由就更改它。」

「可是時間來不及了，只剩幾個小時就要行刑，法院、警察都已經準備好了。」

「你剛才答應過我們，一個小時之內可以得到答覆。」

「相信我，這個要求不可能實現，就算我是總統也不行。」

「那是徹底沒希望了？」

「一點也沒有。」

「如果是這樣，我們只好走了。」柯拉麗思和尼克爾站起來，頭也不回地朝門口走去。

普拉斯維爾快步跑過來，擋住他們的去路，問道：「你們要上哪兒去？」

「我想我們的談判結束了，既然總統也沒有辦法，那還能怎麼辦呢？」柯拉麗思答道。

「留下來吧……我想，辦法應該還是有的。」普拉斯維爾面帶微笑地說。

柯拉麗思又坐下來，普拉斯維爾則低著頭在辦公室裡踱來踱去。在前面的談話中，羅蘋一直沒有吭聲，他始終裝成一個不引人注目的角色，以免普拉斯維爾對他產生懷疑。

普拉斯維爾在房間裡足足走了十來分鐘，最後，他打開了屋子旁邊的一扇小門，那裡通向他私人秘書的辦公室。他按了門鈴，不一會兒，秘書走了進來。

「給總統府打電話，說我有要事要見總統。」普拉斯維爾吩咐道。

秘書應答著退了出去。

普拉斯維爾把門關上，走到柯拉麗思旁邊，感歎道：「柯拉麗思，我只能把你的要求轉達給總統，至於結果如何，我就無從得知了。」

「只要轉達給了總統，我們的請求就會被接受的。」柯拉麗思說。

屋子裡一片沉默，普拉斯維爾如坐針氈，而柯拉麗思則感到從未有過的輕鬆。吉爾貝有救了，這也算是對自己奔波數月的回報。

到底是什麼原因促使柯拉麗思提出如此不可思議的要求呢？普拉斯維爾暗自忖度其中的玄機。

羅蘋一直坐在那裡，盯著普拉斯維爾。他看到普拉斯維爾似乎正陷入一片沉思，他心想：「笨蛋，諒你也無法參透其中的玄機。」

同時，普拉斯維爾也感到奇怪，柯拉麗思身旁每次都有這位尼克爾先生，一個從外地來的家庭教師。普拉斯維爾現在懊悔自己當初太大意了，竟然沒有查查這人的底細。確實，一個不相關的人，怎麼會對此事如此賣力、關心呢？他的目的何在？一個模糊的念頭在普拉斯維爾笨拙的頭腦裡產生：「這個人會不會是……」

就在此時，秘書走進來，打斷了普拉斯維爾的思考。秘書報告說，總統將在一個鐘頭以後接見他。

既然已經和總統取得聯繫，普拉斯維爾對此事似乎顯得有信心了些。他繼續先前的話題：「我想，我們能夠將事情辦好，不過我還想問點別的，多布雷克究竟把那名單藏在什麼地方？」

「當然是水晶瓶塞裡。」

「這我知道，可是水晶瓶塞又在哪兒呢？」

「就放在他拉馬丁街的住處，也就是在書桌上。前幾天他把它拿走了，昨天我又從他那裡奪了過來。」

「書桌的哪裡？」

「馬里蘭菸絲盒內。」

「我的天哪，那包菸絲我碰過二十次，但我就是沒發現！」

「沒關係，無論如何，這秘密已經被發現了，這就夠了。」

普拉斯維爾露出很遺憾的神情說：「當初如果捏一捏那包菸絲就好了。那名單現在在你手上嗎？」

「嗯。」

「帶來了嗎？」

「帶來了。」

「把名單給我看看。」

柯拉麗思拿出名單，但她突然猶豫起來，這時就把名單給他會不會出什麼問題？他要是拿到名單就反悔了呢？普拉斯維爾見柯拉麗思很猶豫，馬上說：「喔，名單絕對是屬於你的，但是我得鑑定以後才能拿去見總統，你說是吧？假如你拿的是一張廢紙，我還敢去浪費總統的時間嗎？」

柯拉麗思拿不定主意，她把目光投向羅蘋。普拉斯維爾不等尼克爾表態，便一把拿過了名單，他小心地打開它，仔細地觀察。

「對，是這張，這是出納人員所寫的。總裁的簽名……還有血跡？殘缺……」他說著說著停了下來，走到一個保險櫃前。他打開保險櫃，從裡面拿出一小塊紙片，然後把殘缺的名單和那一小塊紙片拼起來。

「對了、對了！完全吻合，再來就是看看它的紙質。」

這時最高興的就是柯拉麗思了，吉爾貝獲救已經在望，一陣驚喜掠過她的心頭。她轉頭對尼克爾說：

「他有得救了。」

「當然，我們應該先去見他的律師，把情況告訴他。」尼克爾平靜地答道。

她又大剌剌地對尼克爾說：「明天我可以去看吉爾貝了。」

普拉斯維爾一直在檢查那張紙，他一下把紙對著窗戶，透著光看；一下又拿出放大鏡仔細端詳；最後他從抽屜裡取出一疊信箋，把兩者作比較，然後抬起頭說：「喔，對不起，我想……我一項一項進行了檢查，有些結果我不得不告訴你們……」

「結果？什麼結果？」

柯拉麗思和尼克爾的心都快跳出了喉嚨。

普拉斯維爾緩緩地說：「等一下，我得先告訴秘書一聲。」

他再次按鈴，秘書走了進來。

「馬上致電總統府，說我很抱歉，請總統取消接見，原因容後解釋。」

秘書應聲走了出去。柯拉麗思和尼克爾愣在那兒：難道總統的接見就這樣被取消了？還是他拿到名單後就改變了主意？

普拉斯維爾開口了：「柯拉麗思，你可以把這張名單拿回去了。」

「你……你這不是出爾反爾嗎？」

「你可以把它還給多布雷克。」

「還給多布雷克？」

「當然，你也可以把它燒掉。」

柯拉麗思和羅蘋聽得一頭霧水，搞不懂普拉斯維爾葫蘆裡賣的是什麼藥。

「這太荒謬了！」柯拉麗思嚷道。

「不荒謬，一點也不荒謬。」

「為什麼？這到底怎麼回事？」

「對不起，你們拿的這張名單有問題……我掌握足夠的證據，真的名單是寫在運河公司總裁信箋上的。我這裡就有這種信箋，它的一角上印有一個小洛林十字，對著光就可以看到，而這張卻沒有。」

亞森·羅蘋覺得自己渾身都在顫抖，他聽到柯拉麗思說：「難道多布雷克被人騙了？」

「多布雷克被騙？被騙的是你們，你們還是回去吧，真的名單還在多布雷克那裡。」

「那麼，這一張……」

「是假的。」

「假的？」

「毫無疑問是假的，狡猾的多布雷克保存著真的名單，卻拿這個裝著一張廢紙的瓶塞在你們眼前晃來晃去，搞得你們眼花撩亂。」

柯拉麗思呆坐著，就連羅蘋也傻了眼。沒錯，誰也沒料想到，多布雷克還有這一招。

柯拉麗思站起來，她顫抖著雙手，嘴裡喃喃地說：「那麼……」

「那麼怎樣，親愛的老朋友？」普拉斯維爾道。

「我們的要求你是拒絕了？」

「那是當然，我不能拿一張廢紙向總統請求特赦吧？」

「你不去？明天早上吉爾貝就要……」柯拉麗思已經悲痛欲絕，她大聲嚷道，「吉爾貝……吉爾貝……」

她就像發了瘋一樣，面色蒼白，眼睛睜得大大的，牙齒也咬得咯咯作響，模樣很嚇人。一直保持著沉默的尼克爾擔心她會洩露什麼，趕快捂住她的嘴。但是她推開他，踉蹌地往前走了兩步，像要摔倒，但又掙扎著站穩，她絕望地抓住普拉斯維爾的手臂，尖聲嚷道：「吉爾貝……先生，你得去、你一定要去……

否則吉爾貝就完了……」

「朋友，請你冷靜點。」

她尖聲笑道：「冷靜？要我冷靜？啊，吉爾貝，普拉斯維爾，你一定要救他……你難道不知道，吉爾貝……吉爾貝他……是我兒子！我兒子！」

普拉斯維爾驚訝得張大了嘴巴。柯拉麗思不知什麼時候手裡多了一把匕首，她舉起刀子就要自戕。尼克爾連忙上前，從她手裡奪下刀子，並用很強硬的口氣說：「冷靜點！柯拉麗思……我答應你一定能救出吉爾貝，我會辦到的。吉爾貝不會死，你一定要支持下去。」他一邊說一邊把柯拉麗思拖了出去。

「吉爾貝，我的兒子……」柯拉麗思還在嗚咽著。

尼克爾猛地將她扳倒在自己懷裡，然後捂住她的嘴。

「夠了，別這個樣子……我求你住口，吉爾貝不會死的。」

尼克爾使出好大的勁才把柯拉麗思拖出普拉斯維爾的辦公室，就在出門時，他突然轉過身來大聲喊道：「你在這裡等我，如果你堅持要那張名單，一小時，最多兩小時，我會送來，到時候我們再談。」

尼克爾扶著柯拉麗思下了樓梯，他就像是扶著一個衣架一樣，柯拉麗思已經徹底崩潰了。這幾個月來，她忍受著煎熬，但心裡畢竟還有一絲希望，而且隱隱約約感到希望是可以實現的。今天，就在吉爾貝即將要行刑的前一天，她的希望破滅了。而且，就在十幾分鐘以前，她還滿心歡喜，那時不僅是她，就連羅蘋也以為事情馬上就要有個圓滿的結局了。驚喜和悲傷轉換得如此迅速，柯拉麗思怎麼能承受呢？

面對這突如其來的一切，普拉斯維爾也被弄昏了頭，直到兩人的身影從辦公室消失，他才開始努力釐清自己的思緒。普拉斯維爾想到尼克爾，剛才那個果敢、機智的人絕不僅是柯拉麗思兒子的家庭教師。普拉斯維爾漸漸明白了，吉爾貝是柯拉麗思的兒子，這位尼克爾先生是……。

只有一點使普拉斯維爾疑惑，那就是尼克爾的相貌特徵。普拉斯維爾曾看過亞森・羅蘋的照片，眼前這人無論在身高、體形、眼神還是膚色上都和照片相差很大。不過他也知道羅蘋最善於喬裝改扮，所以，他認定尼克爾必定就是政府懸賞的通緝要犯——亞森．羅蘋。

普拉斯維爾在走廊裡碰到幾個從外面進來的警察，他叫住他們：「你們是否看到一位夫人和一個男人從這兒出去？」

「是的，那位夫人好像瘋了。」

「你們還記得那男人的相貌嗎？」

「記得。」

「那好，你們馬上趕到克里西廣場去，那裡有一個叫尼克爾的人，調查這個人的底細，監視他的房子，現在他可能已經回去了。」

「要是沒回去呢？」

「那就馬上逮捕他，跟我來拿拘捕令。」

普拉斯維爾從沒像今天這麼幹練過，他動作迅速地填好了拘捕令。當警察接過拘捕令時，他們驚訝地發現，上面寫的並不是尼克爾，而是亞森．羅蘋。

事情變化得太快，在汽車裡，羅蘋反覆地喃喃自語：「我要救他，我一定要救他。」然而，柯拉麗思好像什麼也沒聽見，她神情麻木，對周遭的事情毫無反應。羅蘋又低語著他的計畫、打算，不過這一切也只能使自己得到一點安慰而已。

現在該怎麼辦呢？羅蘋想到了前議員沃朗格拉德，沃朗格拉德他曾經準備把一些資料交給多布雷克，只要買到那些資料，事情就好辦了。想到這裡，羅蘋又恢復了信心，從多布雷克的皮夾裡他找到了沃朗格拉德的地址，前議員就住在拉絲帕依大街上。

羅蘋終於來到了沃朗格拉德的住所前，但是沃朗格拉德的管家卻說他已經去倫敦了。羅蘋一生中，經歷過無數的驚濤駭浪，卻從沒有像現在這樣沉重絕望。

羅蘋坐在汽車裡，一言不發。他覺得今天太不走運了，先是那張費了九牛二虎之力得到的名單居然是假的，現在又找不到沃朗格拉德這一關鍵人物。羅蘋希望回家後能夠得到勒巴魯和格洛亞爾他們的消息，因為多布雷克還在他們那裡，這是最後一線希望了。

羅蘋一進門就問：「有沒有我的電報？」

「沒有，老闆。」他忠實的僕人阿西依答道。

「那有沒有勒巴魯和格洛亞爾的消息呢？」

「也沒有。」

羅蘋已經如熱鍋上的螞蟻，但是他仍然裝作一副平靜的樣子，以免柯拉麗思再次崩潰。

「沒事，這兩人一向行事緩慢，別指望他們會在九點前回來。」他勉強擠出了一絲微笑說，「我還要打通電話給普拉斯維爾。」

羅蘋剛把電話掛上，回過頭卻看到柯拉麗思已經倒在地上，她手裡有一張報紙。

「阿西依，阿西依。」羅蘋一邊叫僕人，一邊將柯拉麗思抱起來。阿西依來了，兩人一起將柯拉麗思抬到床上去。

離行刑只剩十幾個小時了，這對柯拉麗思來說比十年還漫長。羅蘋想，只好給她一點安眠藥了。他吩咐阿西依將壁櫃裡的四號瓶拿過來，他撬開柯拉麗思緊咬的牙關，灌了半瓶藥水進去。

羅蘋拿起柯拉麗思手裡的報紙，上面寫道：

> 亞森．羅蘋的同夥將在明天上午行刑，為了確保一切順利，司法當局和警方在今天上午就已經做了嚴密的部署。斷頭臺的地點就設在監獄外面的阿拉格大馬路上，離羈押兩名罪犯的牢房最近。警界的一名官

員正式宣佈，從今天午夜時分起，監獄周圍的所有街道都將實施戒嚴。

記者得到獄方的同意，專程前往牢房採訪了兩名罪犯。沃奇萊是個慣犯，他對即將執行的死刑似乎毫不在意，並且厚顏無恥地說：「這當然不會是令人高興的事，但既然一定得去，總得表現得勇敢一點吧……」他又說，「死倒不是什麼可怕的事，但是該死的法律竟判我上斷頭臺。想到腦袋要從脖子上掉下來，唉唷，那可真讓人覺得受不了。要是有什麼辦法能讓我毫無痛苦地死，那可就太好了。老闆，給我一點馬錢子鹼（毒藥的一種），讓我上路吧。」

和沃奇萊相比，吉爾貝顯得很平靜。到目前為止，他依然相信他的老闆亞森・羅蘋會來救他。在上次出庭受審的時候，他神情黯然，但現在卻截然不同。他今年不過二十歲，表現卻令人感歎不已。他說：「老闆在法庭上當著那麼多人的面叫我不要害怕，有他在。我不害怕。就算是最後一小時，最後一秒鐘，就算已經在斷頭臺上，他也會把我救下來的。」他還說，「只要有老闆在，就算我的頭被砍下來，老闆也能毫髮無傷地接回去，就和沒砍一樣。」

亞森・羅蘋現在在哪裡呢？他會不會解救這個年輕人？這個孩子有著令人動容的信念，他對自己的老闆充滿敬慕和信任，就在明天，大眾將看到亞森・羅蘋是否真的值得他如此信賴。

羅蘋則是滿懷愧疚和自責地讀完這則報導，他眼中噙滿淚水。吉爾貝，可憐的吉爾貝，直到最後一刻還把所有的希望寄託在他身上。可是羅蘋似乎已無能為力，他配得上吉爾貝的信任嗎？

為了救出吉爾貝，羅蘋已經盡了力，但是命運總愛與他開玩笑。與柯拉麗思發生誤會、自己受傷、被多布雷克騙得四處奔波……寶貴的時間，就這樣白白浪費了。好不容易將多布雷克捕獲，得到的卻是假的「二十七人名單」。現在他能怎麼辦？費了這麼大力氣，都是白費功夫，羅蘋感到前所未有的沮喪。

羅蘋哭了，雖然男兒有淚不輕彈，但羅蘋使盡渾身解數卻無法救出吉爾貝，他不配得到吉爾貝的信任。吉爾貝這個可愛的孩子，再幾個小時之後就將永遠地離開這個世界了。他一直稱吉爾貝為孩子，真的，他對吉爾貝就像對待一個孩子。

「算了，我該承認自己的無能，」羅蘋痛苦地說，「我對不起吉爾貝，我辜負了他的期望。這是我一輩子都不能原諒的過失。」和多布雷克鬥，想把他搞得破產，想把他徹底打倒，到頭來都是白費工夫。真正失敗的是亞森．羅蘋，不是別人，而吉爾貝就要死了……。

正當羅蘋極為痛苦的時候，僕人阿西依拿來了勒巴魯和格洛亞爾發回的電報。電文如下：「引擎出了問題，零件也有損壞，現正在修理，估計明天早上才能到達。」

羅蘋真的再也無法承受了，連最後一線希望都破滅了，他所做的一切注定要失敗。羅蘋看了柯拉麗思一眼，她在安眠藥的作用下睡得很熟。羅蘋突然抓起剩下的半瓶藥水，一口氣喝了下去。他的鬥志已經全垮了。

他走到臥室裡，按響電鈴，阿西依走進來。

「我要睡了，阿西依。出再大的事也不用叫醒我。」

「老闆，吉爾貝和沃奇萊真的沒救了嗎？」

「沒救了。」

「他們只有等死嗎？」

「嗯。」

幾分鐘以後，羅蘋沉沉睡去。

7 死期臨近

監獄外的兩條大馬路並不怎麼繁華，這一晚卻人聲鼎沸。警察宣佈淩晨三點後所有通往監獄的路都將實施戒嚴，也許正是因為如此，人們才在三點之前趕到這裡。兩點半，警察開始維持秩序，接著，軍方的士兵也進駐。所有經過這裡的人都受到極其嚴格的檢查，一發現可疑人物，就會被帶到政府的臨時看守所。

也許是老天垂憐，開始慢慢下起一場大雨。

在監獄附近的街上，到處是荷槍實彈的士兵，在不遠處的拉馬格大街，還另駐有一連士兵，以便隨時因應緊急情況。警察總局和保安局也全員出動。總之，這一次警方和軍方都盡了最大的努力，務必使行刑順利進行。

接近四點的時候，阿拉格大街和桑塔大街的拐角處傳來了錘子敲打木樁的聲音。半個小時以後，斷頭臺在一座土臺上豎了起來。士兵拉起一個巨大的簾子，將斷頭臺遮住，又在斷頭臺前圍上了一圈鐵欄，使人群無法靠近行刑地點。從斷頭臺到鐵欄的距離大約有三十公尺。

隨著夜色漸漸退去，刑場附近的人多了起來。有人在唱歌；有人在胡亂叫喊；有人要求將簾子去掉，因為他們看不見斷頭臺上的情形。

東方漸漸泛起魚肚白，雨絲變得稀疏了。又過了一陣子，四、五輛汽車開來，檢察官、警察總局的人一一來了。人群裡傳出鼓掌聲，也有抗議聲。從街道的另一端，又進駐了兩個連隊的士兵，專門守在刑場周圍。

一陣令人不安的寂靜，天空的顏色變得灰白。

在牢房通往刑場的路口邊，普拉斯維爾和檢察官正在交談，靜立在一旁的是兩名死囚的律師。

「不會出什麼意外吧？」檢察官擔心地問。

「沒問題，沒問題。」普拉斯維爾說，「我敢擔保，行刑會順利進行的。」

「秘書長先生，有沒有發現什麼可疑情況？」

「沒有。昨天我已經掌握了亞森．羅蘋的行蹤，應該不會有問題。」

「亞森．羅蘋的情況怎麼樣？」

「他就住在克里西廣場附近，我已經派人監視他了。昨天晚上七點，他回住處後就沒有動靜了。我們不必擔心，正義不應該受到驚擾。」

「我認為這件案子始終是有爭議的。」吉爾貝的律師在一旁淡淡地說。

「喔？您認為罪犯真是無辜的嗎？」

「我確實是這樣想，檢察官先生，我認為吉爾貝是無辜的。」

檢察官不再說話。過了好久，他像是自言自語似地說：「這案子確實審得蠻快的。」

律師又凝重地說：「一個無辜的人將被處死。」

此時，天色已經變得慘白，行刑的時間到了。典獄長打開牢門，兩個高大的法警進去了，他們來到沃奇萊的床前。沃奇萊一下就從床上跳下來。法警對他說：「沃奇萊，我們向你宣佈……」

沃奇萊一副無所謂的樣子，他說：「住口，少囉嗦，我知道你們要幹什麼，動手吧！」他甚至自己做刑前準備。此刻，哪怕別人只說一個字，他都會覺得厭惡。

「什麼？懺悔？我才不懺悔。人與人之間相互爭鬥、殘殺，完全是動物的本能，就是這樣，誰也不欠誰。」沉默了一會兒，他突然問道，「吉爾貝呢？」

「吉爾貝也是今天上斷頭臺。」

沃奇萊猶豫了一下，似乎想說什麼，但最後還是沒有開口。過了一會兒，他聳聳肩自我安慰地說：「好吧，既然我們一起幹了，那就一同上路吧。」

沃奇萊跨出了牢門。

法警又走進了吉爾貝的房間，這個可憐的孩子躺在床上，滿臉驚恐。當法警要他站起來聽判時，他竟然渾身顫抖，站不起來。

法警強迫他站起來，再次向他宣讀了最高法院的裁決。

「媽媽……我的媽媽……我沒有殺人……我不想死……老闆……」吉爾貝斷斷續續地喊道。在以前的審判和訊問中，吉爾貝從來沒有提過自己的身世背景，此刻，他突然喊起他的媽媽，法警不由得停下來想問個清楚。

他突然停止哭泣，大聲喊：「我沒有殺人！我不想死！我沒有殺人！」

「請你保持冷靜！」法警說。

「我沒有殺人……我沒有殺人……判決是錯誤的……我不想死……我沒有殺人……你們為什麼要……」他渾身顫抖，嘴唇直打哆嗦，看上去有氣無力。他漸漸開始聽任法警的命令，先是懺悔自己的罪行，然後是做彌撒。也許是累了，他最後只從嘴裡發出很輕的聲音：「告訴我母親，我請求她的原諒……」

「你母親？」

「是的，但願我的遺言能夠見報，她會相信我的……我沒有殺人，但是我使她受了不少苦，我傷害過她，我最後一次請求她的原諒。還有……」

「還有什麼，吉爾貝？」

「還有，我希望老闆知道我對他並沒有失去信心，我一直對他抱著希望……」

他抬起頭，打量著法警，彷彿老闆就隱藏在他們後面，可以隨時帶他一起逃走。

「是的，」他小聲地說，「我仍然相信他，包括現在，我想讓他知道，我堅信他會來救我，我堅信！」

他目光專注，似乎已經看到了羅蘋。羅蘋就在外面，此刻，他正在尋找營救吉爾貝的管道……這個被五花大綁的孩子，由無數的警察和士兵押赴刑場，劊子手的刀已經磨得寒光逼人，但他依然對羅蘋懷著信心，彷彿羅蘋有魔法一樣，馬上可以救他逃離這場劫難。

人群中有些婦女滴下了同情的淚水。

「多可憐的孩子！」一位老者顫聲說著。

普拉斯維爾一直站在刑場的高處，他看到這一幕，同時又想起昨天柯拉麗思痛不欲生的樣子，也禁不住輕歎道：「可憐的孩子。」

吉爾貝的律師站在人群裡，他激動地說：「他是個無辜的孩子！一個無辜的孩子就要被處死了！」

這段路顯得那樣漫長，沒有盡頭。他們沿著圍牆走，到了拐角處，斷頭臺上的刑具已近在眼前。刑場上，所有的準備工作已完成，最後的時刻已經來臨！

沃奇萊斜眼看了可憐的吉爾貝一眼，冷笑著說：「小子，老闆扔下了我們。」

過了一會兒他又補充了一句，但只有普拉斯維爾能夠聽懂：「水晶瓶塞的好處讓他獨吞了！」

這時，吉爾貝幾乎已經沒有知覺，任由一名劊子手拎著往前走，一名神父則拿著十字架讓他親吻。

吉爾貝喃喃地說：「我不想死……不，不要……我沒有殺人……我不想死……」

沃奇萊也被架了起來，由幾個人拖著往前走，離斷頭臺不過數尺。突然，對面的房子上傳來一聲槍響。這突如其來的變故打斷了行刑的步驟，圍觀的人群出現騷動。

「發生什麼事？」劊子手故作鎮靜地問。

「他受傷了。」

沃奇萊的額頭湧出了鮮血，流得滿臉都是。人們聽到他最後的聲音：「……謝謝……謝謝老闆，我的頭不會掉了……謝謝老闆……」

圍觀的人群開始變得混亂。

「趕快行刑！趕快行刑！上斷頭臺！」混亂中有人在喊。

「可是他已經死了！」

「快！」場面被搞得一團糟。今天的安全措施本來是很嚴密的，但這也使得軍警雙方反而放鬆了警戒，面臨這突如其來的變故，他們已不知所措。

法院的官員、檢察官、警察局的局長，還有軍隊的指揮官，他們正下著相互矛盾的命令。這樣一來，局勢更加混亂，警察們皆無所適從。

「趕快行刑，法院的判決必須執行，快把他處死！」

「可是我們不能把一個死人的腦袋砍下來！」神父一直表示抗議。

看守吉爾貝的兩名法警也不知如何是好，只剩下劊子手還硬拖著沃奇萊的屍體往前走。

「快點！」劊子手喊道，「把另一個也拖上來！快！」

就在此時，又是一聲槍響。劊子手的肩部中彈，他像一截木頭那樣頹然倒在臺上。其他的人被嚇得四散逃走，霎時間，斷頭臺上空空如也。只有警察總局的局長頭腦稍微清醒，他大聲召集警察，命令他們把吉爾貝押回牢房，並命令警察和士兵立即包圍剛才傳出槍響的樓房。

槍聲是從對面房子的三樓發出，空氣中仍殘留煙硝味。那棟房子一共有四層，下面是兩間店面，門都關得死死的。第二聲槍響時，有人看到那個狙擊手托著步槍，看上去不慌不忙。

士兵和警察包圍了那幢房子，他們撞開了門，衝上樓梯，但是階梯全被傢俱等物雜亂地堵死了。等步兵們將道路清理出來，已經是四、五分鐘之後了。

他們追上三樓時，只聽到一個聲音說：「往這邊走，各位！還有十八階樓梯，小心啊！」警察們以為樓梯已被做了手腳，因此不敢貿然向前。後來，有膽大的人試著往上走，到了四樓他們才發現上當了。抬頭一看，屋頂顯然有個閣樓，入口已被閣樓地板上的小拉門鎖死，而連接的梯子已經被抽走，狙擊手顯然就是從那兒逃走的。

當天，報紙以連篇累牘的文章來報導此事，輿論也為之譁然，人們做出種種猜測，報紙一時大賣。警察總局現在成了最忙碌的地方，各種質問的電報、電話一齊湧來，警察局長更是忙得焦頭爛額。上午十一點，調查這件事情的警察局長回來了，秘密會議在警察總局的辦公室召開，普拉斯維爾也出席了會議。調查的初步結果如下：

昨天夜裡大約十一點左右，就在今天發生狀況的那幢房子前，有個男人敲響了樓下的房門。看門的是一個老婦人，她睡在裡面。

她開了門，來人聲稱是警察總局的便衣警察，要在這裡執行緊急任務。那人待門開後就將看門的女人撞倒，堵住她的嘴，並綁住了手腳。接著，二樓和四樓的房客，也同樣被綑綁起來。三樓剛好沒人住，疑犯便留在那裡。

「是這樣嗎？」局長聽完彙報後顯然並不滿意，「我想知道的是，我們佈署了那麼多警力，疑犯究竟是怎麼逃走的？」

「局長，是這樣的，從疑犯進入那幢房子開始，他就成了房子的主人。從昨天晚間十一點，一直到今天早上，他有足夠的時間為自己做逃跑的準備。」

「他是從哪裡逃走的呢？」

「他從這幢房子的屋頂溜到鄰棟房子的屋頂上，冰窖街房子的屋頂離那邊只有三公尺寬，高低只有一公尺的落差。」

「這樣的話……」

「疑犯把梯子橫架在兩幢房子之間，當他上了冰窖街的屋頂，就可以找一個沒人的閣樓，從那裡下來，然後大搖大擺地走到大街上。問題的關鍵在於他事前已做好一切準備工作，逃跑根本就毫不費力。」

「你們事先不是也做了許多安全措施了嗎？」

「當然，我們都是按照您的指示做的。我命令手下的人挨家挨戶檢查所有的房子，確保沒有陌生人在裡面，然後將所有路口實行戒嚴，大概就是在這個時候，疑犯闖了進來。」

「那麼，你覺得這個人會是誰呢？」

「我想此人就是亞森．羅蘋。」

「請繼續講下去。」

「我們有多方面的證據證明這一點：第一，兩名死囚是他的同夥；第二，只有慣犯亞森．羅蘋才有這樣的膽識。」

「但是……」局長沉吟不語。過了一會兒，他把頭轉向普拉斯維爾說，「你不是說昨天下午已經派人監視住在克里西廣場的那個人嗎？他又是誰呢？到底是不是亞森．羅蘋？」

「是，絕對是，毫無疑問。」

「那麼，他夜裡從克里西廣場出來，你為什麼不抓他？」

「我們沒有發現他從房裡出來。」

「這麼說，情況就很複雜了。」

「不，情況並不複雜，亞森．羅蘋的房子通常都有兩道出口。」

「那為什麼不派人守住另一道出口？」

「這是剛才我們去搜查時才發現的。」

「房子裡已經沒人了嗎？」

「沒有了。今天早上，他的僕人帶著一個女人離開了那裡。」

「女人？她是誰？」

「不知道。」普拉斯維爾不假思索地答道。

「你知道亞森．羅蘋的化名嗎？」

「我知道，尼克爾，私人教師，這是他的名片。」

普拉斯維爾剛把話說完，這時局長的秘書進來報告說：「總統府緊急召見，總統準備接見您，商議吉爾貝的死刑，總統已經到了。」

「我立刻就去。」局長回答。

普拉斯維爾順便問道：「您覺得吉爾貝可能被赦免嗎？」

「這是絕對不可能的事，發生了如此恐怖的事件，假如再赦免他，那將對社會造成極負面的影響。」

局長正在整理桌上的文件，又有一個秘書進來，他遞給普拉斯維爾一張名片，普拉斯維爾一看，從牙縫裡擠出了幾個字：「真有膽量……」

「有什麼事嗎？」局長抬起頭問道。

「喔，沒什麼，沒什麼，」普拉斯維爾說，「只是一名意外的訪客而已。下午我會把詳細的情況彙報給您。」

很顯然地，普拉斯維爾想獨攬調查此事的功勞，他已經想好怎麼對付羅蘋。他走出辦公室，喃喃自語道：「這小子，真有膽量……膽大包天……」

普拉斯維爾剛才看到的那張名片上寫的是：

尼克爾私人教師　文學學士

8 絕境絕法

普拉斯維爾準備接見羅蘋，在從警局辦公室走出來的時候，他已胸有成竹。他把私人秘書叫過來，吩咐他說：「你馬上去找十幾個警察，讓他們在前面的大廳裡待命，我將要接見的是一個很危險的角色。當你們聽到我的暗號——就是辦公室的鈴聲——就立刻拿槍衝進來，把他圍住，明白沒有？千萬不能有失誤。」

「明白了，秘書長先生。我們不會出問題的。」

「注意，要突然闖進來，擺出殺氣騰騰的樣子，全舉著槍，一起瞄準他。」

「好的，沒問題。」

普拉斯維爾這才放心地朝秘書長辦公室走去。在通往他辦公室的走廊裡，他看到了尼克爾。尼克爾坐在長椅上，神情憔悴，戴著一頂皺巴巴的帽子，手裡還拿著一把破雨傘。

「就是他！」普拉斯維爾想，「這樣很好，看樣子他還不知道我已經認出他來了，不過，他確實有膽量！」

普拉斯維爾故作鎮靜地走進辦公室，他先用信紙蓋住電鈴的按鈕，然後打開抽屜取出了兩把大口徑手槍，放在一堆書後面。他現在躊躇滿志，大名鼎鼎的怪盜亞森．羅蘋就要落入他的手中。誰能說他沒有能耐？往後，他在警局裡的地位無疑將會得到極大的提升。

「要是名單在他身上，我就馬上取過來；要是沒在他身上，我就立刻逮捕他；當然最好是魚與熊掌兼得。這一次可要格外小心，不能讓入網的魚再跑掉。哈哈，『二十七人名單』和亞森．羅蘋將同時到手，等著吧，朋友們，普拉斯維爾將會製造超級新聞……」

他將每一個細節都想好，這時門鈴響了。

「進來。」普拉斯維爾說。

門仍然關著。他又站起來，大聲說道：「請進，尼克爾先生。」

尼克爾佝僂著身子走進來，坐在普拉斯維爾指給他的椅上，其實他根本是坐在椅子邊上。他畏畏縮縮地說：「對不起，先生，我來遲了。我來繼續和您談那件事情……」

「好，不過您得稍等一下。」普拉斯維爾好像突然想起什麼事來，他說著起身走了出去。

普拉斯維爾找到秘書，有點緊張地對他說：「你快派人四處看看，附近有沒有剛才那人的同夥？」

秘書答應了一聲，馬上照辦。

普拉斯維爾安心地回到辦公室，重新在椅子上坐好，顯出興致勃勃的樣子說：「喔，尼克爾先生，您剛才說什麼？」

「我是說，我很抱歉，秘書長先生，昨天讓您久等了，因為我遇到一點事。首先，梅爾吉夫人她……」

「梅爾吉夫人她怎麼了？昨天是您扶著她回去的吧？」普拉斯維爾打斷了他。

「沒錯，換成任何人都承受不了的。當時我以為可能有奇蹟出現，但命運就是這樣，她只好認命了。」尼克爾斷斷續續地說道。

「但當時您好像很有把握的樣子，您說只需一個小時，最多兩個小時，您似乎想要不惜一切代價從多布雷克那裡得到秘密？」

「當時在下確實是這樣想，可是不巧，多布雷克並不在巴黎。」

「不在巴黎？」

「是的，他出去旅行去了。」

「上哪兒旅行？」

「他在我的車上旅行呢。」

「喔，這麼說您有一輛車？」

「是有一輛車，不過破破爛爛的，不是很高級。更確切地說，他是被裝在一個大箱子裡，這箱子放在我汽車的車頂上，當時我預計他在黃昏的時候可以到，但是這輛破車發生故障，他們要等到吉爾貝受刑之後才能趕回來，所以在不得已的情況下……」尼克爾平靜地敘述著，彷彿那只是一件很小的事。

普拉斯維爾露出驚訝的目光，將一個人裝在箱子裡，放在汽車頂上旅行，這種事只有亞森・羅蘋才幹得出來。普拉斯維爾又仔細地打量這個尼克爾，他依然是那副畏畏縮縮的樣子，但普拉斯維爾可以肯定，他就是真正的羅蘋！

「在不得已的情況下，怎麼樣了？」普拉斯維爾繼續問道。

「我只好想其他的辦法。」

「其他的辦法？」

「是的，秘書長先生，我想，您知道是什麼辦法。」

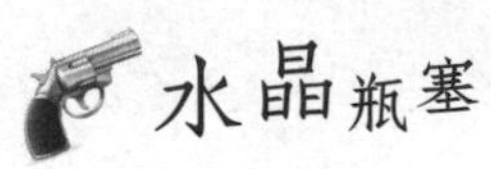

「唔，我不知道。」

「不知道？您沒去看今天上午的行刑？」

「不，我去了。」

「那您一定也看到了沃奇萊和劊子手各中一槍，一死一傷，您想……」

普拉斯維爾嚇了一大跳，尼克爾竟敢這樣直言不諱。

「那麼，今早那兩槍是您開的了？」

「嗯，我要是有別的辦法，就不會出此下策了。該死的多布雷克在行刑後幾小時才能到達，在萬般無奈的情況下，我只好採取最魯莽的行動了。」聽他的口氣，似乎他從未如此。不過話說回來，在羅蘋的一生中，他確實很少採用血腥的方式解決問題，因為他最討厭的就是血腥。

尼克爾繼續說道：「只有這樣，我才能爭取到時間。製造混亂的場面，拖延行刑的時間。」

「顯然……」

「我開槍後，無論從哪個角度看，都不可能繼續對吉爾貝執行死刑，其實我只是需要幾小時。」

「毫無疑問。」普拉斯維爾不自然地說。

尼克爾繼續說：「是的，推遲行刑對大家都有好處，政府、總統，還有我自己，都能多花點時間來思考這件事。想想看，判一個無辜的人死刑，把他推上斷頭臺，公平嗎？不管怎樣，這件事已經發生，您認為呢？」

普拉斯維爾這時不禁疑惑，這位尼克爾如此大言不慚，他到底是不是亞森．羅蘋？

「喔，我想您的槍法不錯，從一百五十步遠的地方將人打死，的確不簡單。」

「也許吧，我在射擊方面是受過一些訓練。」尼克爾不急不徐地說。

「您的做法是經過深思熟慮的嗎？」

「恰恰相反，這只是急中生智罷了，我已經說過，事情的發展出乎我的意料，多布雷克走得太慢了。我的天，我本來都已經準備放棄，但是一個僕人，就是我在克里西廣場住所的僕人，最後把我叫醒了，並告訴我他曾在阿拉格大街的一間店鋪裡當過店員，對那裡的地形非常熟悉，也許還可以想點辦法。若非如此，可憐的吉爾貝早已命喪黃泉，而梅爾吉夫人也可能沒有勇氣獨活。」

「是這樣嗎？」

「當然，我覺得他的主意不錯，便接受了。但是，秘書長先生，您可害苦了我。」

「我？」

「是的，您命令十二個警察在我射擊的房子周圍打轉，給我添了許多麻煩。我得先躲過他們的視線才能行動，為此我不得不爬上五樓，然後翻過閣樓，跳到別人家的屋頂上，這不是既費事又麻煩嗎？」

「確實如此，尼克爾先生。不過您最終還是離開了那裡，而我的警探們絲毫沒有察覺到。」

「此外，運送多布雷克的箱子會在今天早上八點多到，於是我只好在克里西廣場外面等候，以免您的警探們壞了我的事。這樣一來，吉爾貝和柯拉麗思雖然得救了，我卻增添了不少麻煩。」

普拉斯維爾插話道：「您應該清楚事情並非如此就結束了，如果您沒有其他辦法的話，吉爾貝的死刑還是無可避免的，最多只能推遲幾天。」普拉斯維爾開始打探那張名單的情況了。

「您是說，要那張真正的名單才能徹底解決問題嗎？」

「當然，您拿到名單了嗎？」

「沒錯。」

「是真品嗎？」

「如假包換。」

「紙張上有沒有我所說的洛林十字？」

「當然有。」

普拉斯維爾突然感到一陣莫名的恐慌，政府的要犯，亞森．羅蘋就在他面前，可以置人於死地的「二十七人名單」就在羅蘋手中。他面對的是一個強勁的對手，這個人赤手空拳來到這裡，一定是已經穩操勝算，普拉斯維爾心裡隱隱有一些發痲。他低聲問：「是多布雷克把名單交給您的嗎？」

「您以為他會隨隨便便地把名單給我嗎？」

「您用了蠻力？」

「可以說是，也可以說不是，並沒有花多大的力氣。」尼克爾幾乎是微笑著說，「本來我想不擇手段地幹一場，但是既然有更好的辦法，為什麼不用呢？當我把多布雷克從箱子裡倒出來的時候——就是裝著他的那只箱子——我給他聞了一點氯仿……還有一根針正往他胸口刺，慢慢地、一點一點地刺，這根針就在柯拉麗思，這個即將失去愛子的母親手上。『說不說？多布雷克，你再不說，我就刺下去，用力一點，再用力一點兒……』多布雷克能感到針尖離自己的心臟愈來愈近，這個惡棍害了多少人，簡直罪該萬死！那傢伙被綁在床板上，動彈不得。氯仿的作用愈來愈小，他慢慢地醒了，乾裂的嘴唇微微張著……」

尼克爾繼續講：「柯拉麗思開始問他問題：『多布雷克，睜開眼睛看一看，我是柯拉麗思，快說，混蛋！』這時，柯拉麗思又叫道：『把他的眼鏡取下來！』這事提醒了我，我每次看到多布雷克時，他都是戴著眼鏡的，我想秘書長先生，您也一樣。我們無法看到他的眼神，無法揣摩他骯髒的內心世界。他的夾鼻眼鏡不知什麼時候已被取掉，但墨鏡還戴著，我走過去，一把抓下他的墨鏡，這時我們都驚叫了起來……是的，我們發現他的左眼珠非常特別，我用手指輕輕一按，它便被擠了出來。」

尼克爾是個善於表演的人，他邊笑邊說，同時還配上幽默的動作，看上去相當生動。他不再是那個畏畏縮縮的鄉下教師，愈發顯得鎮靜而且愉快，不知為什麼，普拉斯維爾則感到愈來愈不自在。

「大家都停下手邊的事，太神奇了，多布雷克的眼珠在地上滾動。『小心，別讓它滾到壁爐裡去了。』柯拉麗思喊道。」尼克爾講到這兒，從口袋裡掏出一件東西，他把那樣東西放在手心裡，旋轉著。過了一會兒，他又把它拋向空中，再接住，之後他突然變得很嚴肅，冷冷地說：「這就是多布雷克的左眼珠。」

普拉斯維爾笨拙的腦袋已經無法思考，尼克爾掏出這樣一個東西究竟想做什麼呢？他吃驚地問：「您是什麼意思？」

「我覺得我的意思已經很清楚了，事情正和我的假設一樣，長久以來我們都找不到那張名單，我便開始懷疑這張名單的真實藏匿地點，在他的身邊找不到，名單也許隱藏在他的體內，他的器官裡，皮膚下，您說是不是？」

「喔，這個……」普拉斯維爾覺得快有答案了，但他仍不太明白。

「告訴您吧，它就藏在多布雷克的眼睛裡。」尼克爾無奈地說，似乎為遊戲已經完結而歎息。

「什麼？藏在眼睛裡？」

「我再清楚地說一次，名單，那張名單藏在多布雷克的眼睛裡。這本來只需細想就可以知道：多布雷克曾經要求英國的一個玻璃商人給他做一顆玻璃眼球，他寫了一封信給玻璃商，大概是寫錯了什麼，信剛起了頭，他就把信扔在廢紙簍裡。柯拉麗思發現這封廢棄的信。出於謹慎，他改變自己的策略，叫玻璃商按照樣品做了一個水晶瓶塞，他用這個東西來吸引我們的注意力，其實他把真正的名單藏在了更深的地方……只要多留意，這一點應該是早就可以發現的。」

「哎呀，我的天。」普拉斯維爾被尼克爾的這段解說搞糊塗了。

「您看，多布雷克的這顆眼珠和水晶瓶塞一樣，它的裡面被挖空，從外表一點都看不出來。」尼克爾一邊說著，一邊拿著那顆眼珠敲桌子，桌子發出「叮叮」的聲音。

「原來是一顆玻璃眼珠！」普拉斯維爾驚歎。

「正是，秘書長先生。」尼克爾笑了，「這個無賴寧可捨棄一顆眼珠，裝了一顆玻璃球，他一直戴著兩副眼鏡，一副夾鼻眼鏡、一副墨鏡。怪不得大家從來沒看過他取下眼鏡，原來裡面隱藏著秘密。」

找了這麼久的名單就在眼前，普拉斯維爾既激動又有些尷尬，但他還是裝作無所謂的樣子問：「名單還在裡面嗎？」

「我認為應該還在。」尼克爾似乎在逗他。

「您說什麼？您認為……」

「是的，我想還在裡面，因為我還沒有打開過。」

「喔？還沒打開過？」

「嗯，如果您願意，請您打開它。」

普拉斯維爾慢慢從座位上站起來，雙手從桌上捧起那顆玻璃球，仔細端詳了一番。這顆小球是由水晶做成，既有瞳孔，也有角膜，和真的眼珠幾乎沒什麼分別，如果不仔細看，根本分不出它是假的。在眼球的後方，普拉斯維爾摸到有一處是可以滑動的，他將那一小塊推開，便看到一個小紙團擠在裡面，他小心翼翼地把它拿出來，這就是「二十七人名單」。

普拉斯維爾慢慢地展開紙團，把它對著窗戶的亮光。

「有沒有洛林十字？」尼克爾在一旁問。

「有的，這一張是真的！」

普拉斯維爾一邊回答，一邊想該怎麼辦。外面埋伏了十幾名警察，只要一聲鈴響，他們就會衝進來，無論這人是尼克爾還是羅蘋，難道還能從警察總局的辦公大樓逃出去嗎？想到這裡，普拉斯維爾又充滿了信心，他慢慢地把那名單折起來，重新裝到假眼珠裡，然後放進自己的腰包。

尼克爾看著他完成這些動作後，問道：「秘書長先生，您相信它是真的了？」

「當然，這張名單確實是真的。」

「那麼，我們的談判成功了？」

「成功了。」

接下來是一片沉默，他們互相臆測，同時各自想著對策。尼克爾好像還在等著普拉斯維爾的進一步動作。而普拉斯維爾已經走到書櫃的後方，那裡也有電鈴按鈕，手槍就在一本書的下面。他感到自己已經穩操勝算了，名單在他的口袋裡，而亞森．羅蘋將會被捕。

普拉斯維爾暗想：「我馬上舉槍瞄準他，同時按電鈴，他要是攻擊我，我就開槍。」

但是尼克爾好像根本沒發覺普拉斯維爾已經準備好一切，他還在那兒問：「既然名單是真的，我想，秘書長先生，您應該去準備準備了，行刑應該是在明天吧？」

「對，明天。」

「那我就在這裡等了。」

「在這裡等？等什麼？」

「等愛麗舍宮的答覆啊！」

「愛麗舍宮的答覆？誰會幫您帶來愛麗舍宮的答覆？」

「就是您啊！秘書長先生。」

普拉斯維爾晃著腦袋。「您不要以為我會去，尼克爾先生。」

「是嗎？什麼原因使您不想去了呢？」

「我改變主意了。」

「就這樣？」

「當然，現在的情況已經和昨天完全不同，今天發生了刑場騷動事件，如果再赦免吉爾貝將難平眾怒。還有，以這種方式去愛麗舍宮要求赦免，簡直是在敲詐。」

「這樣也好，秘書長先生。您絕對可以做這樣的決定，因為情況的確不一樣了，那就這樣吧，既然我們無法達成協議，您就把名單還給我。」

「還給您？還給您，它也起不了什麼作用了……」

「我去找別人。」

「不用了，反正吉爾貝是死定了。」

「絕對不是，行刑時的那段插曲，已經處決了真正的殺人兇手，吉爾貝絕對有可能得到赦免。無論如何，您還是把名單還給我吧。」

「不行。」

「為什麼？您不講信用了，昨天您不是許下承諾了嗎？」

「是沒錯，但是只對『尼克爾先生』。」

尼克爾並沒有感到驚訝，相反地，事情的發展似乎正按照他的計畫進行。他臉上掛著淡淡的微笑，這令普拉斯維爾感到情況有異，普拉斯維爾在桌子後面握緊了手槍。

尼克爾這時反而顯得很隨意了，像在老朋友家一樣，拉過一把椅子坐，傾身向前，把兩隻手肘壓在桌上。他盯著普拉斯維爾，冷笑道：「您已經知道我是誰了？」

「當然。」

「好，您既然知道，還有膽量和我鬥嗎？」

「我當然有。」

「您以為我會那麼笨，乖乖把名單交到您手上，然後聽您的處置？」

「哈哈，尼克爾先生，」普拉斯維爾拍了拍自己的口袋，「多布雷克的眼珠在我口袋裡，而不是在您那兒，尼克爾先生，我看您什麼辦法也沒有了。」

「是嗎？」尼克爾笑著說。

「當然了，您已經沒有護身符了，這是哪裡？這可是警察總局的大樓。外面埋伏了十二名訓練有素的警察，只要我一聲令下，他們就會衝進來。警察總局的數百名警力也不是養著不做事的。」

尼克爾好像什麼也沒聽見似的，繼續按照他的思路說：「秘書長先生，我勸您別這樣做，您難道要和多布雷克一樣，擁有了名單，卻不把它交給政府，反而用它為惡？拿到了名單，您就不管別人，不管吉爾貝的死活，不管柯拉麗絲痛不欲生？您也想利用名單來恐嚇訛詐別人嗎？」

說到這裡，尼克爾走到普拉斯維爾身邊，溫和地說：「我的朋友，千萬別這樣做。」

普拉斯維爾瞪著眼睛驚愕地問：「您到底是什麼意思？」

「這對您不會有好處，真的。」

「為什麼？」

「這張名單絕不會對您有好處，假如您執意要這樣做，那我也沒有辦法。不過我要提醒您，您應該看看那張名單上的第三個名字。」

「第三個名字？」

「對，第三個名字。他是您的朋友，難道您忘了？」

「這……」

「他就是您的老朋友，前議員思塔尼思拉·沃朗格拉德先生。」

這時尼克爾口氣硬了起來，說道：「廢話少說，先生！現在您得去辦點事，您必須在一個小時之內從總統府那裡帶回特赦令，一小時十分鐘之後，如果我羅蘋不能平安地離開這裡，後果您應該清楚。快點去，這是您的衣服和帽子，走吧，我就在這裡等，別想要什麼花樣。」

普拉斯維爾完全屈服了，他來不及考慮太多，只感覺到對手的強大，他甚至沒細想剛才羅蘋那些話的真實性。沃朗格拉德議員會不會把信件交出來？如果他這樣做，實際上就是自取滅亡。普拉斯維爾來不及思考，就屈服於羅蘋的智勇之下。

「一個小時以後，您帶著特赦令回來。」尼克爾又說了一遍。

「好吧。」普拉斯維爾答道，他又問了一句，「吉爾貝一旦得到赦免，您就會把那些信件給我嗎？」

「還不行。」

「不行？那要等到什麼時候？」

「信件在吉爾貝越獄兩個月之後才能給您。此外，吉爾貝被羈押的這段期間，不能被看守得太緊。」

「就這些嗎？」

「不，還有兩個條件。」

「還有兩個？」

「第一，馬上開一張四萬法郎的支票給我。」

「四萬法郎！」

「這是我從沃朗格拉德那裡購買信件時他要求的。」

「還有呢？」

「第二，半年之後，您必須辭去現在的職務。」

「辭職？為什麼要我辭職？」

「我不想看您繼續待在這個職位上，一個無能又貪婪的人坐在共和國警察總局秘書長的位置上使我很反感。您有多少能力就去做多大的官，找個議員的席位、部長或者看門人的職務也行。」

普拉斯維爾呆立在那裡，心裡非常難受，卻毫無辦法。碰上這麼強硬的對手他能怎麼辦？他沉思了一會兒，走到門邊叫道：「拉爾帝格先生！過來一下。」

他的秘書走過來，普拉斯維爾以較小但是又能夠使尼克爾聽到的聲音說：「拉爾帝格先生，先前的事情是誤會，你叫門口那些人都撤走，我有點事情，必須馬上出去一趟，別讓任何人進我的辦公室，這位先生會在裡面等我。」說完他拿起帽子和外套走了。

現在只剩下羅蘋一人在辦公室裡，他詼諧幽默的個性又顯露出來。他自言自語地說：「普拉斯維爾真是好得沒話說，我對他或許兇了一點，但是沒辦法，不這樣做，事情就就辦不成……親愛的羅蘋，你快要成功了，你是反叛精神的捍衛者！不過現在最重要的是先睡一覺，還有一個小時，你需要休息一下。」

一個小時以後，普拉斯維爾回來了，剛走進辦公室，他就聽到了巨大的鼾聲，尼克爾睡在辦公室的沙發上。普拉斯維爾叫了幾聲，尼克爾一點反應也沒有，他不得不走過去猛力將尼克爾搖醒。

「事情弄好沒有？」尼克爾醒來就問道。

「弄好了，特赦令下午就會公佈，這是證明。」

「好，」尼克爾睡眼惺忪地接過證書，「四萬法郎呢？」

「也弄好了，這是支票。」

「很好，現在就只剩我對您的感謝了。」

「那些信件……」

「喔，所有的信件要等到吉爾貝獲得自由以後才會給您，不過，為了表示我的感激之情，我願意把本來要在明天的報紙上登出的四封信先交給您。」尼克爾誠懇地說。

普拉斯維爾驚叫道：「我的天，您就把它帶在身上？」

「我猜我們一定會達成協議，所以我就把它帶在身上了，以免浪費時間，您說對吧？」尼克爾說著取下帽子，從裡面拿出一個信封。普拉斯維爾注意到信封上蓋有五個紅漆封印。

尼克爾把信封遞給普拉斯維爾，他一把接過去，趕緊把它塞進了口袋裡。他聽到尼克爾說：「秘書長先生，我在此祝賀我們能夠獲得各自的利益，也許有好長一段時間我們都難以見面，如果您有事要告訴我的話，只要在《太陽報》上登一條消息就可以了，就寫『尼克爾先生，向您問候。』」

說完這話，他微笑著向普拉斯維爾告辭。

辦公室的門輕輕帶上了，此刻普拉斯維爾終於感到一絲輕鬆，他覺得和這個尼克爾在一起，自己總是處於劣勢，有一種壓迫感。他長長地鬆了一口氣，在辦公桌旁坐下來，下意識地摸了摸裝著那四封信件的口袋，他只覺得整件事像一場失控的夢。

他突然有一種想去按電鈴的衝動，讓警察去追尼克爾。這時，外面有人敲門。是接待員，接待員說：「剛才多布雷克議員急匆匆地跑進來，說有要事求見。」

「多布雷克？」普拉斯維爾不禁疑惑了一下，急忙說：「他在這裡嗎？快讓他進來。」

多布雷克氣喘吁吁地闖進來了，他左眼戴著一個眼罩，衣服淩亂，像個瘋子一樣。他氣沖沖地跑到普拉斯維爾面前，緊抓他的手臂。

「普拉斯維爾，你拿到那張名單了嗎？」

「是啊。」

「用錢買的？」

「對啊。」

「赦免吉爾貝的命令已經下來了嗎？」

「嗯。」

「一切已成定局？」

「沒錯。」

多布雷克憤怒得像發了瘋一樣。「笨蛋！蠢豬！你居然任人擺佈。你想復仇嗎？你想報復我？」

「多布雷克，你這個惡棍，你還記得二十幾年前的事嗎？我的妻子，尼斯歌劇院的女演員，她是如何慘死在你的手下！你，你這個魔鬼，現在該你倒楣了！」

「你，你……」

「多布雷克，你失去了那張名單，你完了！我要親眼看到你的毀滅、垮臺！這就是我的報復！」

「你等著吧，普拉斯維爾。」多布雷克也毫不示弱，「你以為我和你一樣，像小雞一樣任人宰割！你以為我失去了反抗的能力嗎？告訴你，沒有！絕對沒有，我永遠是多布雷克。即使我被整垮，也一定要拉一個人墊背，這個人就是普拉斯維爾，和議員沃朗格拉德狼狽為奸的傢伙。我要從沃朗格拉德那裡弄到所有的信件，讓你知道我的厲害。普拉斯維爾，你不用指望我到時候會可憐你，乖乖地聽話吧，你還笑，到時候我會讓你欲哭無淚。」

「你拿得到那些信嗎？」普拉斯維爾輕蔑地說。

「你以為我沒辦法嗎？」

「哈哈，你去沃朗格拉德那裡拿吧，它已經不在沃朗格拉德手裡了！」

「不在他手裡了？這是什麼時候的事？」

「兩個小時前，沃朗格拉德把信件以四萬法郎賣了，被我買了回來，你去沃朗格拉德那裡找吧！」

多布雷克一陣大笑，說道：「哈哈，好小子！笑死我了。四萬法郎嗎？你給了尼克爾先生四萬法郎，你知道尼克爾先生是誰？」

「我當然知道，他是亞森．羅蘋。」

「你知道嗎？你上當了，我剛從思塔尼思拉．沃朗格拉德家出來，你這個笨蛋，你以為羅蘋真弄到那些信件了嗎？沃朗格拉德議員這幾天根本就不在。哈哈！有意思，四萬法郎，你買到了幾張廢紙！四萬法郎，你這個傻瓜！」

多布雷克大笑著走了，普拉斯維爾呆立在那裡。亞森．羅蘋的欺騙，多布雷克的奚落，普拉斯維爾受到了最沉重的打擊，但他心裡還抱著一線希望，尼克爾不是把那個信封交給他了嗎？那上面不是蓋有火漆印？亞森．羅蘋不可能什麼證據也沒掌握，光憑一張嘴虛張聲勢。

「不，不可能……」他嘴裡喃喃唸道，與其說是不相信，倒不如說是不敢相信。難道自己只是白忙一場，還有四萬法郎，就這樣有去無回了？他的手觸到那個信封，心裡七上八下。過了好一會兒，他終於下定決心，從口袋裡取出那個信封，顫抖著將它打開，幾張白紙輕飄飄地滑落到地面。

「該死！」他狠狠地罵道，「好在還不晚，到底鹿死誰手還不一定！」

確實，時間還不算晚，沃朗格拉德議員已經出去四天了，應該今天回來。普拉斯維爾看了看錶，離火車到站的時間還有很久。尼克爾所說的那些信件倒是真的存在，只要它們一被披露，足以使普拉斯維爾斷送前程，所以現在他必須儘快弄到沃朗格拉德手中的信件。這將是一場激烈的爭鬥，因為爭奪信件的有三個人，亞森．羅蘋、多布雷克和普拉斯維爾，普拉斯維爾必須搶在他們之前不惜一切代價把信件弄到手。

普拉斯維爾匆匆下樓，坐上自己的車，來到沃朗格拉德家的附近。

他得知沃朗格拉德將在晚間六點從倫敦回到巴黎，看來他還來得及制定計畫。從兩點多到五點，他已經想好怎麼防止羅蘋搶先和沃朗格拉德議員接近，他會派大約五十名警探守候在車站的各個角落，候車室、辦公室，還有各重要路口。

五點的時候，他帶著那些人出發了。他吩咐道，凡是看起來像亞森．羅蘋，或者像是羅蘋手下的人，一律逮捕。直到所有警探各就各位，普拉斯維爾才稍稍鬆了一口氣。

五點半，普拉斯維爾又親自把整個車站檢查一遍。檢查的結果令他十分滿意，沒有發現半點可疑之處。五點五十分，布朗松探長報告，多布雷克出現了。仇人相見，分外眼紅，普拉斯維爾強壓住心中的怒火，吩咐警探將多布雷克攔在外面，別讓他進入月臺。

亞森．羅蘋在哪裡？普拉斯維爾似乎已看到勝利的曙光，車站已在他的掌控之中，羅蘋想要在他之前接近沃朗格拉德是相當困難的。普拉斯維爾將會獲得那些信件，到時他就安全了。

六點整，火車緩緩駛進月臺。

車站警衛處早已接到普拉斯維爾的命令，派出警察守住所有路口，嚴禁任何人進入月臺，而普拉斯維爾則帶著一隊警探在那裡迎接火車。

普拉斯維爾看到了，沃朗格拉德就在火車的中段，勝利已經翹首可待。前議員從座位上站起來，又伸手去扶鄰座的一位老先生，他們一起下了車。

普拉斯維爾迫不及待地衝過去喊：「沃朗格拉德，過來，我正有事找你呢！」

多布雷克不知從哪裡鑽了出來，也朝前議員喊：「喂，沃朗格拉德先生，我們來談談！」

沃朗格拉德看上去已經很衰老了，他緩慢地從車上走下來。他看到了普拉斯維爾，還有多布雷克，便微笑著和他們打招呼。

「啊？看兩位著急的樣子，應該是關於那幾封信的事吧？」顯然他已經知道兩人到車站來的目的。

「對，對，正是。」兩個人都急切地搶著回答。

「太不巧了。」沃朗格拉德惋惜地說。

「什麼？什麼不湊巧？」

「那些信我已經賣了。」

「賣了？你把它賣給誰了。」

「就是我旁邊的這位先生，他是到亞眠車站來接我的。」

那人看上去約有七十來歲，是個乾癟的老頭，身形佝僂，穿著一件皺巴巴的大衣，手裡拄著一根拐杖。

「亞森．羅蘋，一定是亞森．羅蘋！」普拉斯維爾腦子裡迅速轉過一個念頭，他馬上準備下令逮捕這個小老頭。

但是他卻聽這個小老頭解釋道：「我覺得坐幾個小時火車頗值得，所以也就不怕花兩張車票錢了……」

「兩張車票錢？」

「是的，我還有一個朋友。」

「您的朋友？」

「喔，我的朋友和我同行，但他有一點急事，所以他在下車之前趕到火車前段，他是從那裡下車。」

普拉斯維爾聽得目瞪口呆，這一回合他又輸了。本來車站的警力佈置得相當周密，以防亞森．羅蘋先行接近沃朗格拉德，但是哪裡曉得羅蘋想出這樣的辦法，還是趕在他前面，真是道高一尺，魔高一丈。他已經徹底失敗了，看來只有接受羅蘋提出的條件。

唯一令普拉斯維爾稍感寬慰的是，他並沒有被真正的仇人多布雷克擊敗。相反地，多布雷克已經失去敲詐勒索的把柄，他才是真正的輸家。想到這裡，普拉斯維爾才稍顯輕鬆地向多布雷克說道：「多布雷克，日後在政壇上你還會經常看到我的。」

此刻，多布雷克像釘在地上的一根木樁，一動也不動。

普拉斯維爾已經邁步向前走去，卻又忍不住轉過身對沃朗格拉德說：「你會玩火自焚的。」

「秘書長先生，別這麼說嘛。本來你早就可以得到這些信件，不是嗎？」兩人向站外走去，聲音漸行漸遠。

現在只剩下多布雷克和那個乾瘦的小老頭了，老頭走近多布雷克，小聲地問道：「喂，老朋友，你清醒了嗎？那氯仿的藥效還在嗎？」

多布雷克木然地站在那裡，好像什麼也沒聽見。

那老頭又對他說：「哎呀，多布雷克，我早就求你救救吉爾貝，不然我會把『二十七人名單』從你手上奪走，你的一切就完了。可是你不聽，你這是害人害己……喔，對了，你的錢包還在我這裡，我想應該還給你了，如果你發現它的重量輕了一點，那也只有請你原諒了。另外，我在錢包裡找到昂吉延別墅傢俱的清單，我就不客氣了。你也不用再去拿了，我想它已經被人取走了……還有，老朋友，如果你需要錢再去買一個新瓶塞的話，你來找我就行了。再見了，我的老朋友。」

羅蘋說完也朝車站外走去。

在快到站門口的時候，羅蘋聽到一聲槍響。多布雷克開槍自殺了。

「我很遺憾。」羅蘋取下帽子輕輕地說。

就在當天下午，吉爾貝由死刑改為終身苦役。一個月以後，他被押解前往法國屬地圭亞那。在雷島的時候，他神秘地失蹤了，沒人知道他到哪裡去，但聽說後來在阿爾及利亞有一個叫昂圖瓦那·梅爾吉的人，不知道他是不是當年的吉爾貝。

金三角 1917

神秘的金三角隱藏了什麼樣的叛國陰謀？
恐怖事件又為何壟罩著貝爾瓦上尉？
裂成兩半的紫晶圓珠牽扯出多少愛怨情仇？
可憐的貝爾瓦想向亞森．羅蘋求救，但怪盜早已跳海身亡；
到底還有誰能拯救他、解除法國的經濟危機？

Arsène Lupin
~ gentleman cambrioleur

1 克拉麗

一九一五年，四月三日晚，還不到六點半，天就很黑了。卡利拉博物館對面的交叉路口上，站著兩個士兵。一個只有一條左腿，一個只剩一條右臂。他們繞著街心廣場轉了一圈，然後停下來，都沒有說話。就在這時候，從卡利拉街又走來兩個士兵，他們的軍服有點不倫不類，前者手裡拄著丁字拐杖，後者撐著手杖。接著，又有三個人分別從另外幾條街走出來，同樣是傷殘軍人。七個人沒有進行任何交談，彷彿互相都不認識。

六點半的鐘聲敲響了，一個男人從面向廣場的一幢房子的門裡走出來。這是一位穿著制服的軍官，很高很瘦，右腿是木制的義肢，拄著一根拐杖。這位軍官離開廣場，走到彼埃爾．夏龍街，來到香榭麗舍的一家大旅社，現在已改為野戰醫院了。軍官在不遠處隱蔽起來，好像在等候著什麼。

七點的鐘聲響了，又過了幾分鐘。從醫院裡走出五個人，接著又出來兩個人，最後走出一個穿著藍色大衣的女郎，衣服上有紅十字標誌。

「就是她。」軍官自言自語道。

藍衣女郎來到交叉口，走上右邊的人行道，徑自朝謝洛街口走去。她步伐輕盈、矯健而有節奏。藍色的絲巾在她的頭上飄舞著，依稀可見到她那清秀的面容。

軍官一直漫不經心地跟在藍衣女郎後面，街上幾乎沒有行人。可是，就在女郎剛剛穿過馬爾索街的時候，一直停在街對面的一輛汽車開動了，緊隨在女郎身後，保持著一定的距離。軍官下意識地看了一眼，車裡坐了兩個男人，其中一個留著濃密的小鬍子，頭上戴著一頂灰氈帽。不知是什麼原因，他幾乎一直把身子探出車外。

藍衣女郎似乎絲毫沒有察覺，頭也不回地往前走著。汽車加快了速度，車門也隨之打開，那個戴帽子的男人站到了腳踏板上。軍官快走幾步趕上前去，同時摸出一個哨子。

這時汽車嘎然停下，兩個男人分別從兩邊車門跳出，衝到廣場的人行道上，一把抓住女郎，迅速往車裡拖。隨著年輕女人的一聲慘叫，軍官尖銳的哨音同時響起，幾名傷殘軍人立即奔跑過來，奮力追趕那幾名匪徒。

劫持者丟下女郎奪路而逃，軍官拔出槍瞄準他們，兩個人左躲右閃，最後消失在黑暗的街道中。軍官將槍扔給了那個獨臂的人，說道：「快追，亞邦，去捉一個活的來見我。」

接著，軍官扶著那個嚇得渾身顫抖的年輕女人，十分關切地對她說：「別怕，克拉麗媽媽，是我，貝爾瓦上尉……巴特里斯．貝爾瓦。」

「啊！是您，上尉……」

「是的，還有他們，您在野戰醫院護理過的傷員，我從康復中心把他們找來保護您的。」

「謝謝……謝謝……可這是為什麼？他們想要幹什麼？你們又怎麼會出現在這裡？」

「這個問題我們留到以後再談，您現在需要休息，不介意的話，到我住的地方，好嗎？」

在大家的幫助下，貝爾瓦上尉把克拉麗扶到了自己的住處。在底層的客廳，他打開電燈，讓克拉麗坐下，然後吩咐道：「普拉爾，到廚房去拿個杯子來。里布拉，壁櫥裡有一瓶冷開水，你把它拿來好嗎？夏特蘭，到櫃子裡拿瓶蘭姆酒來……還有……」

一陣忙亂過後，克拉麗蒼白的兩頰恢復了紅潤，嘴唇有了血色，臉上也洋溢著笑容。她的兩眼睜得很大，是那麼的純靜如水，但炯炯的目光中又透出女性的那份執著和堅決。

「您看起來好多了。」上尉高興地說道。

「是的，謝謝。」

「那真是太好了，您為什麼要說謝謝兩個字呢？如果不是您，我們根本就無法再鼓起勇氣，揚起生命的風帆。我們都記得，不，應該說我們終生都不會忘記，過去是誰在我們最困難的時候，無微不至的照料我們。把枕頭弄得又鬆又軟，毯子鋪得又暖和又舒服，難道我們不能像她那樣嗎？」

克拉麗聽了這番話相當感動，她詢問他們傷勢的恢復情況，在她的眼睛裡有晶瑩的東西在閃動，片刻之後，終於控制不了，奪眶而出。

「啊，克拉麗媽媽哭了。喔不，不要哭，沒什麼可傷心的，我們不是都好好的在您的身邊嗎？我們的傷勢恢復的那麼好，您應該高興才對，不是嗎？所以笑一笑，只有您的笑容，才能讓我們感到快樂。」

克拉麗又笑了，滿含著熱淚，笑得那麼幸福，那麼燦爛。她面對的彷彿不再是曾經照顧過的傷員，而是一群與她的生命息息相關的、天真無邪的孩子。

就在此時，亞邦抓著一個人從大門走了進來。他的右手制住了那人的要害，衝著貝爾瓦上尉嘻嘻一笑。上尉很是興奮，大聲說：「好樣的，我親愛的亞邦。我就知道這種角色對你的獨臂而言，完全不是問題，就是德國鬼子也嚐過這右臂的苦頭。」

亞邦身材高大，皮膚黑亮，戰爭使他失去了左臂，臉部也受到重創，雖然勉強做了整容和植皮，情況卻並不樂觀。此外，他還喪失了說話的能力，只能含混不清地發出咕噥聲，因此每一句話都必須重複多次才能讓別人明白他的意思。

貝爾瓦上尉耐心地聽著，不時點頭，最後說了一句：「好，只是以後下手要輕一點。」然後，彎下身子，拍了拍那個昏厥過去的俘虜，問克拉麗：「您認識他嗎？」

「不認識。」她肯定地說。

「您確定從沒見過？在任何地方都沒見過這個人？」

那個俘虜長著一個大頭，頭髮烏黑，塗著髮蠟，鬍鬚灰白，衣冠楚楚。從外表看來，很難想像他會是一個劫匪。上尉搜查了他的口袋，什麼也沒發現。

「那好，」上尉站起身來說，「亞邦，你在這裡守著他，等他醒了再審。兄弟們，你們該回康復中心了。再不回去，明天我會被皮爾斯主任當成劫匪通緝的。現在向克拉麗媽媽道別，快走吧。」

傷員們一一道別，上尉把他們送到門外，又回來把克拉麗帶到客廳，然後說：「現在，我們來談談吧，克拉麗媽媽。在解釋之前，先聽我簡單說幾句。」

他們坐在燃燒的火爐前，火焰歡快地跳躍著。巴特里斯把一個坐墊塞到克拉麗的腳下，又關了一盞燈，開始敘述：「八天前我從您這兒出院，轉到了康乃爾大街的康復中心附屬療養院。但我並沒有住在那裡，只是早上去換藥，晚上做例行檢查，其他時間就到處散步。您知道，我這個人是永遠閒不住的，幾天前，我在一家餐廳裡會見一個老朋友，忽然聽到了一些可能與您有關的話。說來也巧，這家餐廳的設計十分特別，座位都是相對獨立的。有兩個人坐在我對面的座位上，他們看不見我，以為大廳裡沒人，因此說話毫無顧忌，聲音特別大。有些話被我聽見了，於是我記在了本子上。」

上尉從口袋裡掏出筆記本，說道：「您也許會問，為什麼我會對這些人的談話感興趣？其實，一開始他們說的事我並沒在意，諸如什麼火星、火星雨的問題。但是，後來他們說的話引起了我的興趣。其中有一個人被稱為上校，他們似乎在策劃一起綁架。被綁架的對象是一個女人，她每天七點從醫院出來，沿彼埃爾．夏龍街回家。因此他們約好七點開車到聖克魯斯醫院，在醫院門前的十字路口動手。商量好後，他們陰陽怪氣地笑了一會兒，然後起身離開了餐廳。我沒有跟蹤他們，因為我知道，整個聖克魯斯醫院只有您是每晚七點離開，而且正好是沿彼埃爾．夏龍街回家。所以我覺得可能有某種危險正朝您襲來，但是又無法了解到更多的情況，也就不敢冒昧地通知您。於是，我將康復中心的兄弟們召集在一起，以便能應付一些意想不到的情況。想不到，真的出事了。」

聽了貝爾瓦的敘述，克拉麗很久才回過神來，她情不自禁的握住巴特里斯的手說：「我真不知道該說什麼才好，您使我免於陷入一場莫名其妙的危險之中，真是太感謝您了。」

「您太客氣了，您為我們付出了那麼多，我們可是從來沒說過謝謝啊。我想知道我的話是不是讓您想起了些什麼？因為我覺得有太多的理由讓我們必須深入地探尋下去。比如說，您有過敵人、仇人或是別的可能對您產生威脅的事情？」

「不，沒有。」克拉麗很堅決地回答。

「沒有私人恩怨？兩個策劃劫持的人曾說要把您交給另一個男人。他說他認識您，您認識他嗎？」

克拉麗的臉紅了，她用幾乎聽不見的聲音說：「可能……可能是……任何女人一生中總會遇到一些公開或非公開追求她的男人。請您原諒，我真的不知道他是誰。」

上尉沉默了好長時間，然後說：「那只能透過審問俘虜來弄清楚一些情況了。如果他不配合，就把他交給警察局，讓他們去弄個明白。」

「一定要這樣做嗎？難道就沒有別的解決辦法？」克拉麗突然十分激動，「喔！不，您不能這樣做。如果那樣，我的生活將變成一團糟，我的聲譽怎麼辦？」

「可是，克拉麗媽媽，這……」

「啊！求您，想別的辦法吧，只要不涉及到我！我不想別人談論我！」

上尉看了她一眼，有些訝異，但他的心還是軟下來了，說道：「好吧，我先去審那個傢伙，上帝保佑他說出實情。您去嗎，克拉麗媽媽？」

「不，」她說，「我太累了！您一個人去吧，只需把情況告訴我。」

上尉沒再堅持，他走出客廳，把門關上。很快，克拉麗就聽到他的說話聲：「喂，亞邦，你去哪兒呢？咦，兄弟，你開始呼吸了？亞邦下手是太重了點……嗯，天啊！」

貝爾瓦突然叫了一聲，克拉麗急忙往門廳跑去。

「您受傷了！袖口上有血。」她驚叫道。

「不，是那俘虜的血，他的血管破裂了……」

「什麼！是亞邦……」

「不是，是他的同夥。」

「他們又折回來了？」

「是的，他們把他掐死了。」

克拉麗走到俘虜跟前，俘虜一動也不動，臉色蒼白。脖子上繫著一條兩頭有環扣的細紅絲繩。

2 右手和左腿

巴特里斯·貝爾瓦把克拉麗帶進客廳，然後吩咐追趕兇手無功而返的亞邦，趁外面沒人，將死掉的傢伙弄走，扔進卡利拉博物館的花園裡。

克拉麗驚魂未定，貝爾瓦安慰她說，死掉的那人叫穆斯塔爾·拉法拉約夫，是被同夥殺死的，不值得為他難過。還有就是，這事不會牽連到她。

貝爾瓦微笑著，在屋子裡踱來踱去，雖然少了一條腿，但他魁梧的身材、瀟灑的舉止彌補了這一缺陷。由於飽經風霜，造就了他坦率、詼諧的性格特點，這也正是他作為成熟男人最具魅力的地方。他有點像帝國時期的將軍，軍營的生活給了他們一種特別的神情，即使是退伍後從事了其他事業，這種神情也在生命中打下永恒的烙印。

片刻之後，貝瓦爾止步，專注地看著克拉麗。這個美麗的女子讓他有些困惑，在醫院，護士和醫生們都叫她克拉麗夫人，傷員們則稱呼她為媽媽。每天，她都會在固定的時間經過或離開同一條街道。偶爾會有一個披著長白髮，留著鬍鬚，戴著黃眼鏡的男僕，陪著她或者來接她。除了這些，貝爾瓦覺得自己對她一無所知。

坐在椅子上的克拉麗有些不自在了，她躲避著貝爾瓦的目光。貝爾瓦輕輕咳了一聲，說道：「最近的一段日子是我一生中最為快樂的時光，唯一讓我感到遺憾的是，我始終覺得我還不太了解您和屬於您的那個世界，甚至可以說我對您一無所知。但是有一點我是始終確信無疑的，您是如此的善良和真誠，雖然您也有著讓所有男人都著迷、讓所有女人都嫉妒的外表。可能是由於我太想接近您，太想了解您的緣故，我經常在猜想，您的生活是不是很幸福。儘管我希望答案是肯定的，但直覺告訴我，您很孤獨，雖然您已經結了婚，有了自己的家庭，卻沒有人真正地關心您的內心世界。我很早以前，就有一個想法——我想找一個機會和您推心置腹的談談，我想，您肯定不會拒絕一個朋友、一個兄弟來關心您，對嗎？」

「是，但您說得不對。我的生活很簡單，不需要保護。」克拉麗掩飾著心裡的那份悸動，喃喃地說。

「您不需要保護！」上尉激動地說，「剛才發生的這些事，您認為是巧合嗎？您的周圍現在正潛伏著危險，您需要有人保護。」

克拉麗固執地搖了搖頭。

「保護您是我的義務，也是我的權利。」貝爾瓦語氣堅定地重複，「因為我……我愛你！」

克拉麗的臉一下紅了，她低下了頭，而上尉卻欣喜若狂地說：「請原諒我的冒昧，但這是我的心裡話。當你的手觸到我的傷口時，愛情的種子就已播下。不僅是我，你也一樣。你深情的愛撫和目光，都在向我傳遞著愛的資訊。我現在大膽地說了出來，請相信我吧！」

克拉麗用雙手捂著她滾燙的臉頰，彎下身來，不發一言。上尉有些著急了，繼續表白道：「戰爭奪去了我的一條腿，但我想這不會是我們愛情的障礙。很多和我一樣的傷殘軍人，無論在肉體上或精神上都不會輸給任何人，請相信，我們會爭取到我們應有的幸福，並懂得如何去維護它。你應該比誰都清楚，經過訓練和鍛練，沒有什麼工作是我們不能幹的。亞邦的右手已經勝過常人的兩隻手，而上尉貝爾瓦的左腿，只要他樂意，可以每小時走八公里。克拉麗，我的第二次生命是你給的，我的幸福也將有賴於你！」

這一番坦率的表白，令克拉麗手足無措，隔了一會兒，一層淚影迅速浮上她的眼底。貝爾瓦嚇呆了，他覺得自己冒犯了她，趕緊道歉說：「我惹你生氣了？」

「不，」她低聲說，「你一直是個很好的朋友，樂觀、堅強，你和你的那些夥伴與死神搏鬥的場面令我終生銘記。所有的女人都會挑選那些像你一樣的法國英雄，但是對於你的情感，我受之有愧，因為沒有什麼比這份感情更美好和更感人的了。」

「為什麼？」

「我的朋友，不要再說這些話了。」

貝爾瓦的自尊受傷了，他鄭重其事地說：「你不讓我說嗎？那麼我發誓，下次見到你時，一定沉默。」

克拉麗低聲說：「你再也見不到我了，我已經結婚了。」

上尉似乎並不感到意外，他非常冷靜地說：「那好，你將結第二次婚。因為你現在的丈夫一定是個老頭，你並不愛他。他會明白這點的……」

「別開玩笑了，我的朋友。」

克拉麗起身要走，他急忙抓住她的手。

「克拉麗，請原諒，或許是我的語氣太認真。但我深信，我們兩人終將走到一起，我別無所求，只等待命運的恩賜，使我們能夠結合。」

「不會的。」克拉麗說，「不要試圖去改變什麼，請你以名譽擔保，答應我，不要再來找我，也不要打聽我的一切。我一直當你是朋友，但現在你的……你的表白拉遠了我們的距離。我不希望任何人走進我的生活，任何人。」

說著，她推開上尉。這一推把她放在壁爐上的提包碰掉在地。由於扣得不緊，提包打開了，從裡面滾出兩三樣東西。她趕忙去撿，貝爾瓦也彎腰幫忙。

從一個草編的小盒裡，滾出半顆紫晶圓珠，它有著古老的金絲托座，很精緻。上尉盯著圓珠，小聲地說：「奇怪的巧合……一樣的工藝，一樣的材料，這太奇怪了。恕我冒昧，請告訴我這念珠是誰給你的？」

「我想，應該是我母親吧。我四歲時，她就死了，我對她的印象很模糊。但這東西是她留給我的，還有一些其他的首飾。你為什麼問這個？」

貝爾瓦沒有答話，他解開軍服，從口袋裡取出一隻錶。這只錶的小銀鏈上掛著幾件飾物。其中也有一顆裂了一半的紫晶圓珠，同樣的金絲托座。這和克拉麗那顆圓珠大小一樣，顏色一樣。

克拉麗輕輕地說：「這只是個巧合。」

「也許吧，」上尉說，「但我覺得這兩個半顆的紫晶圓珠可能能夠合上。」

「這不可能，」克拉麗驚慌不安，她這一失手引出了一樁事，而且有些無可辯駁。

上尉很右手拿著克拉麗的半顆念珠，左手拿著自己錶飾上的半顆紫晶圓珠，慢慢摸索，一點一點地對準。兩個半圓珠的凹凸部分正好對應，合得緊密嚴實，根本就是一個完整的圓珠。

兩個人吃驚地對望著，隔了好久，貝爾瓦才小聲說：「從孩提時代起，這紫晶珠就裝在我的一個紙盒裡，跟其他一些沒什麼價值的小玩意兒混在一起。兩、三年前，我做錶飾時選中了它。它是從哪兒來的，我不知道。可是據我所知……」他把圓珠分開，然後仔細地觀察，最後作結論似地說，「有一顆念珠曾經掉在地上，裂成了兩半，一半還留在鏈子上，一半做了錶飾，就這樣。也就是說，我們現在擁有的半顆紫晶珠，很多年以前是屬於同一個主人。我說的沒錯吧，命運終將使我們走到一起。這紫晶圓珠是否就是那神秘的力量呢？我們都不要忙著下結論，讓事實來說話，好嗎？我答應你，不再向你談論愛情了，只談友誼，同意嗎？」

克拉麗仍然一言不發，眼前奇蹟般的巧合困擾著她，她似乎沒有聽見上尉說的話。於是，上尉又追問了一句。克拉麗驚覺過來，卻仍堅持著，她懇請貝爾瓦不要再見面了。但貝爾瓦只答應在找出圓珠的秘密之前不去找她。

克拉麗要走了，上尉也沒有再挽留。門關上了，上尉走到窗前，看著克拉麗纖細的身影在樹林中穿行，消失在夜色裡，他的心有點痛。接著，他拄著拐杖離開了。

在附近一家餐館吃完晚飯，貝爾瓦回到地處訥伊區野戰醫院的康復中心。剛進中心，看護員就遞給他一個包裹，說是郵差今天送來的。

上尉回到房間，打開包裹，裡面是一個盒子。盒子裡放著一把很大的、生了鏽的鑰匙，看起來年代已經非常久遠。奇怪的是，盒子裡既沒有留位址，也沒有任何標識。貝爾瓦想，可能是送錯了吧，便隨手把鑰匙裝進了口袋。

「今天的怪事可真多，」他自言自語地說，「睡覺吧。」

透過玻璃窗，在離布洛涅樹林很遠的地方，有一片火星在漆黑的夜空閃爍。這讓貝爾瓦想起在餐館裡聽到那關於火星雨的談話。

3 生鏽的鑰匙

巴特里斯．貝爾瓦一直跟父親住在巴黎，直到八歲那年被送到倫敦的一所法語學校學習。一開始，父親每周都會寫信給他。後來有一天，校長告訴他，他父親去世了，從此他成了孤兒，但學費一直有人在替他繳交。等到成年以後，一位英國律師出面，讓他繼承了一筆二十萬法郎的遺產。

在阿爾及利亞服完兵役後，貝爾瓦利用這筆遺產開始創業。他頭腦聰明，思維活躍，富有創造性和具有決斷能力，這些使他贏得了信譽。大戰爆發後，他和每一個熱血青年一樣，全心地投入了戰鬥，衝鋒陷陣，從士兵升任上尉，最後因頭部受重傷，被送到野戰醫院。這段時間，被他稱為克拉麗媽媽的女人就在這家醫院當護士。

正如貝爾瓦的表白那樣，他一開始就對克拉麗一見鍾情。她美麗動人，舉止優雅，對病人和善可親，像一股暖流穿透人的全身，這使他動心，使他充滿活力。

由於長時間對克拉麗的關注，讓他察覺這個柔弱的女子的周圍充滿了危險，她需要幫助。後來發生的許多事情證明他是對的，危險越來越明顯，他終於有幸把這個女人從敵人的威脅下救了出來。第一次戰績令他欣慰。然而鬥爭尚未結束。現在他就在想，這種火星雨的信號跟劫持克拉麗的陰謀之間是否有關係呢？難道那兩個人所談的兩件事是屬於同一個不可告人的陰謀？

根據巴特里斯．貝爾瓦的判斷，火星是從塞納河上特羅卡代羅與帕西火車站之間的地方升空的。於是，他決定去看看。

貝爾瓦從康復中心三樓的一間房子裡叫出了正在打牌的亞邦，讓亞邦跟自己一起去。當他們走到外面的時候，已經看不到火星了。為了節省時間，他們搭了一段環形鐵路到了亨利．馬丁街，再從那裡走上通向帕西火車站的拉杜爾街。

一路上，上尉向亞邦講述了他所擔心的事情，這是他的習慣。亞邦是他的戰友，也是最忠誠的下屬。儘管很多時候亞邦並不明白他在講什麼，但這一點並不妨礙貝爾瓦與他的交流。

兩個人就這樣談論著，一直走出了拉杜爾街，他們已經來到帕西中心區了，但根本看不見任何火星的蹤跡。巴特里斯·貝爾瓦據此猜測，自己看到的或許是某種信號，而現在無疑是放完了。

站在街口，他辨別了一下方向，思考著下一步該如何走。在沒有掌握足夠訊息的情況下，不能盲目出擊。正當他準備放棄的時候，從富蘭克林街開出一輛汽車，看車牌應該是從特羅卡代羅開來的。貝爾瓦下意識地看了一眼，車裡坐著一個人，正大聲喊著：「向左拐……然後直行，一直開到我告訴你的地方。」

巴特里斯·貝爾瓦心中一驚，這聲音似乎與早上在餐館裡聽見的一樣。他急忙招呼亞邦跟上去，直覺告訴他，這個人一定也是被那所謂的火星雨引來的。

那輛車穿過雷諾瓦街，在離街口三、四公尺遠的一扇大門前停了下來。貝爾瓦和亞邦藏在暗處，小心觀察。

車上下來五個男人，他們連著按了三次門鈴，大門打開了一點縫隙。不等裡面的人問話，這幫人就都湧了進去。

貝爾瓦環顧四周，雷諾瓦街是一條古老的鄉村小道，還保留著一些外省的鄉土氣息，那房子看起來像第一帝國時期修建的舊旅店。圓形窗戶，底層有鐵柵護窗，二樓裝著百葉窗，當街排成很長的一排。稍遠處有一座看起來獨立的附屬建築。那幫人的汽車停在房子旁邊，這讓貝爾瓦他們無法靠近，只好先到附近看看。

沿著那幢房子的牆壁有一條小路，昏暗的路燈發出微弱的光。貝爾瓦看了看那根電杆，有了主意。在亞邦的幫助下，他爬了上去，但馬上就發現屋頂全裝著玻璃，根本不可能爬上去。從電線杆上下來後，他們在這條路上轉了一個彎。突然，亞邦把手搭在了貝爾瓦的肩上，把他推到牆角。那地方居然有扇門！

貝爾瓦借著亞邦劃燃的火柴，仔細地觀察著這扇門。門很結實，沒有把手，卻有一個鎖孔。

「得趕快量個大小，訂做一把鑰匙……喔！我這兒不是有一把鑰匙嗎？」貝爾瓦的腦子裡閃過那把剛收到的生鏽鑰匙，儘管他覺得這是一個荒唐的念頭，但試一下也無妨。他從口袋裡取出鑰匙，把它插進鎖孔，向左邊擰了一下，鑰匙轉動了！他一推，門應聲而開。真奇怪，這把鑰匙怎麼正好是開這個門鎖的呢？寄鑰匙給他的會是什麼人，為何料到他會用得上？……實在太奇怪了。

貝爾瓦不準備去尋找答案，可能是偶然的惡作劇吧，眼下重要的是趕緊行動。他和亞邦小心翼翼地走了進去，腳下踩著的是一片草地，面前是一個花園。因為太黑，草地上的小徑無法看清，只能摸黑往前走。大約走了一、兩分鐘，貝爾瓦碰到了一塊岩石，上面淌著的水弄濕了他的衣服，他小聲抱怨了一句。花園深處馬上傳來狗的狂吠，接著，吠聲朝他們逼近，一個黑影撲了過來。亞邦反應極快，擋在了貝爾瓦前面，跟狗撕打在一起。幾分鐘後，亞邦咕噥著從地上爬起來，狗已經沒氣了。

他們又繼續往前走，從一扇玻璃窗內射出一道光，借著這道光他們穿過了石階和平臺，來到房子的陽臺上。貝爾瓦讓亞邦躲在花壇後面，自己則靠近房子聽了聽，裡面有模糊不清的說話聲，但百葉窗關得嚴嚴實實，既看不見也聽不清。他彎腰走到第四扇窗子前，踏上一級臺階，臺階上是一扇門……。

貝爾瓦再次使用了那把神奇鑰匙，門果然打開了。裡面的聲音聽得更清楚，是從樓梯間那邊傳來的，他走上去，從門縫裡看了一下，然後彎腰進去，來到一個小陽臺上。那陽臺位於大廳一半高的地方，廳內三邊都陳列著一排排的書，一直堆到天花板。靠樓梯的鐵欄杆處也堆滿了書，是一個絕好的藏身之處。

貝爾瓦輕輕地挪開兩堆書，下面的一切盡收眼底。說話聲在此時突然變成激烈的叫喊，他一探頭就看見那五個人正朝一個男人撲過去，那人沒來得及抵擋，被推倒在地。

「把他綑起來……把嘴塞住……讓他叫去，沒人聽見。」有人在發號施令。

貝爾瓦很快就聽出是早上在餐館裡談話的其中的一人，他尋著聲音看過去，那人又矮又瘦，皮膚呈黃褐色，一臉兇相。

「我們終於逮著這傢伙了！」那人說，「我看，這回他可得說實話了。朋友們，你們都有決心嗎？」

「當然！沒有時間了，讓他快說！」說這話的人留著濃密的小鬍子，貝爾瓦認出他就是餐館裡的另一個談話人，也就是劫持克拉麗的其中的一個。

「嗯，布林賴夫，行動吧！」那領頭的人冷笑道，「埃塞雷斯這老傢伙，看你還能耍什麼花招！」看來，那個被推倒的人就是埃塞雷斯吧。此時，他的上身被結結實實地綑在椅子上，兩條腿用繩子綑在另一張一樣高的椅子上，腳伸在外面，鞋襪也被脫去了。

那人又命令道：「開始。」

貝爾瓦這才注意到，在兩扇朝向花園開的窗戶之間，有一個大壁爐，裡面燃燒著通紅的炭火。幾個人把綑著的埃塞雷斯推到壁爐前，將他的腳放在了離爐口只有十公分的地方。埃塞雷斯發出痛苦的慘叫聲，被綑住的腿也極力向後縮。

「往前！往前！再靠近些！」那領頭的人憤怒地吼著。

貝爾瓦有些忍不住了，他握住口袋裡的手槍，想出去阻止這種殘忍的行為。但就在此時，他突然看到了最出乎意料的場面。在他的對面，大廳的另一頭，一個女人的頭靠在鐵欄杆上，臉色由於懼怕而顯蒼白，兩隻驚恐的眼睛睜得大大的，凝視著下面熾熱的爐口前發生的恐怖場景。

貝爾瓦認出那是克拉麗。

4 妒火面前

所有的巧合都聚到一起，克拉麗住在這幢房子裡，強盜們襲擊了這裡，而自己也莫名其妙地來到這裡。到底是怎麼一回事？一連串的疑問閃過貝爾瓦的腦海，但他並不急著尋找答案，克拉麗神思恍惚的臉龐使他怦然心動。他放棄上前救援的想法，決定與克拉麗保持相同態度，靜待時機。

可能是認為時機到了吧，那領頭的人下令放開埃塞雷斯，他走向前去說道：「喂，親愛的埃塞雷斯，感覺如何？可以說了吧。嗯？或許你還存有一線希望，可是沒有誰會來救你。所有的人都被我打發了，包括你的秘書西蒙，他剛才給我們開門時，就被綑起來了。布林頓夫，你們四個去把夫人和秘書帶到這裡來！」

四個人剛走出大廳的門，還沒有走遠，那個領頭的人就急忙俯身到埃塞雷斯身邊說：「埃塞雷斯，現在只有我們兩人，好好談談吧？不要頑固了，我不想這樣對你，讓我們和平解決，一人一半好嗎？」

他把塞在埃塞雷斯口裡的東西抽出來，埃塞雷斯低聲說了句什麼，那人惱羞成怒，厲聲吼道：「什麼？你可能忘了我是法克西上校，我的胃口可比他們大多了！這種條件就想讓我放過你，休想！」

貝爾瓦看了一眼克拉麗，後者的臉上佈滿了憂傷。貝爾瓦轉頭仔細去看那位受害者，他大約五十來歲，禿頭，鼻子肥大彎曲，面頰腫脹，長著一臉灰白鬍鬚，典型的東方人的臉形，有點像埃及或土耳其人。

埃塞雷斯的名字是貝爾瓦熟悉的，他是當地有名的銀行家。而那位法克西上校說話的口音、語調倒像個老巴黎人。

不消片刻，四個人拖著一個被綑綁的男人走進來，把他扔在門邊。

「這就是西蒙。」布林頓夫大聲說。

「那女人呢？」上校急忙問。

「沒看見，可能跑了吧，從窗戶逃走的。」

「嗯？怎麼？她逃跑了？」

「為什麼不去追！她一定在花園裡。」

「為了找一個女人而驚擾四鄰，會破壞我們的計畫。」

「那也是，可這女人……」上校很生氣，他轉向埃塞雷斯。「你真好運，老傢伙。這已經是她今天第二次從我手指縫裡溜走了，你那鬼女人！嗨！都是那個該死的上尉，我會報復他的。」

貝爾瓦把拳頭捏得緊緊的，他明白了。克拉麗其實是藏在她自己的房裡，五個歹徒破門而入，她可能費了很大的勁才從窗戶裡跳下來，沿著平臺走上臺階，來到對面的空房子，躲在這間書房的走廊裡，目睹折磨她丈夫的可怕場面。

「她的丈夫！她的丈夫！」貝爾瓦心裡想著，不覺顫抖起來，他看了一眼克拉麗，心裡的疑惑更多了。她為什麼還待在廳裡，即使逃不出花園，也可以呼救啊。對了，她肯定不愛她的丈夫。如果她愛他的話，就會不惜冒險去保護他。

「你們可真沒用！」上校衝著手下說了一句，「算了，還是跟埃塞雷斯了結吧！向前十公分。燙嗎？埃塞雷斯？不能忍受了，是嗎？好，等一等。」

說著，他解開俘虜的右手，拉過來一張小圓桌，桌上有一支筆和一張紙。他說：「來，寫吧，寫完你就自由了。你答應嗎？不？兄弟們，再向前十公分。」

埃塞雷斯呻吟了一聲，還是沒有屈服。上校想了想，走到秘書跟前。貝爾瓦借著燈光，認出這個人就是有時會陪克拉麗到醫院的那個老頭。

上校開始對他說：「西蒙，我知道你很忠心，可惜的是，你的主子什麼都不讓你知道。我想，你會保持沉默的，是嗎？喂！你怎麼不回答？喔，他們把你勒得太緊了，等等，讓我來給你鬆開些……」

壁爐前的酷刑還在繼續，埃塞雷斯的兩隻腳已經被烤得通紅了，他使勁地把腿向後縮，嘴中發出低沉的呻吟聲。

貝爾瓦沉不住氣了，但克拉麗仍然一動也不動，只是臉抽搐得變了形，呆呆地望著那慘景。貝爾瓦內心感到很矛盾，他不知道自己該不該出面。就在這時，他猛然間看到埃塞雷斯被綁在後面的手一點一點地移動著，抓著桌子邊，慢慢地轉動著裝在一個軸上的抽屜，然後把手伸進去抽出一把槍，迅速地藏在椅背裡。那幫人誰都沒注意到。貝爾瓦覺得埃塞雷斯的舉動不可思議，他這種處境，恐怕不是一把槍就能夠解決問題的。

「再向前推進五公分，」法克西鬆開西蒙，回到壁爐前命令道，「喔，太好了，埃塞雷斯，你很痛苦吧，你開始寫了？他媽的，你的意志真堅強！看我怎麼收拾你。」

他從背心裡掏出一把匕首，說時遲那時快，埃塞雷斯扣動了扳機。上校吃驚地睜著眼睛，彷彿還沒有明白眼前發生的事情，便猝然倒在地上，斷斷續續地說：「啊！……你……你殺我……你失算了，埃塞雷斯……我早已料到。如果我今晚回不去，將會有封信送到警察局……人們就會知道你背信棄義的醜行，埃塞雷斯……你全部的過往……你的企圖……你……你太愚蠢了！本來……本來我們兩個人可以達成協定……」

上校沒說完就嚥氣了，布林賴夫衝上來拿走埃塞雷斯的武器。另外三人被突如其來的變故嚇呆了，不知所措地把目光探向布林賴夫。

貝爾瓦已經注意到，這人表面上沒有上校殘忍，卻更沉著和冷酷。他沒有再理會死掉的上校，而是走過去拿起放在門邊的灰氈帽，從裡面拿出一根紅繩子，跟套在那個穆斯塔法脖子上的一模一樣。

布林賴夫把它展開來，捏著兩個環扣，在膝蓋上試了試它的牢度，然後又走到埃塞雷斯跟前，把繩子套在他的脖子上。

「埃塞雷斯，」他說，他的鎮靜自若比上校的粗暴和譏諷更使人感到恐懼，「我不會使你難受的，我討厭用刑。你知道應該怎麼辦，你只要說『是』或『不』，我將根據你的話來決定你是『自由』或者『死亡』。」

話說得很乾脆，很堅決。很明顯地，埃塞雷斯的結局就是絕對地服從。

貝爾瓦躍躍欲試，他又一次看了看克拉麗。可是她的神情沒有一點變化，貝爾瓦只好再次克制下來。

布林賴夫把套在埃塞雷斯脖子上的繩子打上結，輕輕地拉緊，然後簡單地說：「是，還是不？」

「是。」埃塞雷斯答話了。

布林賴夫讚許地點點頭，同伴們也都喜形於色。

「好，你說。不過，我了解你，你的回答使我驚訝，我曾經對上校說過，你是那種死到臨頭也不會吐露秘密的人。可現在……」

埃塞雷斯慢吞吞地說：「你說的很對，我既不怕死，也不怕用刑……我可以跟你們做一筆交易。」

布林賴夫聳聳肩說：「交易？是給幾張千元的支票吧？你以為布林賴夫和他的夥伴們是傻瓜嗎？喏，埃塞雷斯，為什麼你想跟我們和解呢？你的秘密，我們差不多全知道了……」

「你們雖然知道秘密，但對使用方法卻一無所知。你們根本不知道秘密所在的地方，而我是怎麼也不會說的。」

「我們會找到的，等你死了，我們就會去搜查。」

「搜查？聽到上校死前說的話了嗎？幾個小時後，你們將被追捕，根本不可能進行什麼搜查。因此，你們沒有選擇餘地。不是接受我給你們的錢，然後走人；就是入獄。」

「嗯，」布林賴夫似乎覺得他說得有理，「如果我們接受，你什麼時候付款？」

「立即。」

「在這兒嗎？」

「是。」

「多少？」

「四百萬。」

5 丈夫和妻子

四百萬！這數字太大了，出乎人們的意料，不但那夥人感到意外，連貝爾瓦也感到吃驚。布林賴夫有些結巴地說：「你的這個金額超出我們的預期……所以我在想你為什麼要這樣做。」

「我想我的命就值這個數！打開我的保險櫃吧，裡面有四綑鈔票，一人一百萬。」

布林賴夫一臉懷疑地說：「你認為我們得到四百萬後，就會放了你嗎？」

「是的，因為你了解我，我的確是寧願死，也不會吐露那個秘密的人。四百萬是我的最大限度，我不要求你們的任何承諾、任何誓言。我相信，只要你們的腰包裝滿了，想的只能是溜之大吉。你們不會殺我，因為殺了我，你們也就完蛋了。」

他說得一點也沒錯，布林賴夫沒有反駁，他和同夥們對望了一下，接受了這個條件。

在埃塞雷斯的指示下，他們從畫框後面取出了保險櫃，拿到了四百萬鈔票。這突如其來的收穫讓他們感到害怕，總覺得埃塞雷斯在其中設置了陷阱。就連藏在暗處的巴特里斯．貝爾瓦也這樣認為，像埃塞雷斯這樣勇於抗爭的人，如果不是腦子裡又打了什麼主意，是絕不會輕易拋出四百萬鉅款的。

布林賴夫思考了一會兒，轉身吩咐手下：「我們不能讓埃塞雷斯先生看著我們離開，是吧？最好的辦法就是讓他休息！」

埃塞雷斯的嘴被再次塞住，布林賴夫朝他頭上重重地擊了一拳，把他打暈過去。

「我們可以放心撤退了。」布林賴夫說。

「上校怎麼辦？」有人問。

「把他裝進汽車，隨便扔到什麼地方，讓警察去收拾。我們得趕在上校那封控告信送到警察局長手裡之前，離開這個鬼地方。」

貝爾瓦看著他們抬起上校，急匆匆地穿過了另一間房間，他還在想，埃塞雷斯或西蒙會不會去按一個機關的按鈕，這幫傢伙就走不掉了。可是，埃塞雷斯倒在椅子上一動不動，西蒙也不見動靜。

雜亂的聲音走遠了，接著是開門和關門聲，汽車發動聲。一切都結束了，彷彿什麼都沒有發生一樣，那夥強盜拿著四百萬法郎逃之夭夭了。

接下來是一陣長時間的寂靜，貝爾瓦焦慮不安，他總覺得悲劇還沒有落幕，害怕再發生意外的事情，他想讓克拉麗知道他在這裡。但還來不及動作，新的情況又出現了，克拉麗從藏身處站了起來！

她的表情不再是害怕和恐懼，但情緒卻非常不好，雙眉緊蹙，嘴唇緊閉，目光不同尋常，她朝著螺旋形樓梯的角落走去。這時埃塞雷斯醒過來了，他抬起頭，用眼睛盯著克拉麗。克拉麗站住了，異常的目光暴露了她心裡的秘密，她沒有看她的丈夫，反而死死盯著那把從上校手中摔到地上的匕首。

貝爾瓦立刻就猜到，她會拿起匕首去殺她的丈夫。因為她蒼白的臉說明了她的決心。埃塞雷斯也明白過來了，他用盡全身力氣想掙脫綁住他的繩索。克拉麗走上前，猛一彎腰拾起了匕首。然後再前進兩步，來到埃塞雷斯面前，夫妻兩人的目光相遇了。

貝爾瓦愣住了，一時間，他不知道自己應該怎麼做。是好奇心驅使他來到這裡，無意中目睹了一場隱含著某種秘密事件的戰鬥，他根本不想去探尋那些秘密的底細，只想了解他所鍾情的女人神秘的內心世界。她為什麼要這麼做？是報復、懲罰，還是一種仇恨的爆發？

克拉麗舉起匕首，這時埃塞雷斯卻平靜了。他的臉上沒有絕望，目光中既沒有乞求，也沒有威脅，彷彿在靜靜地等待著。

離他們不遠的地方，西蒙老頭用手肘撐起半個身子，迷惑地望著他們。克拉麗舉著匕首的胳膊慢慢地垂下來，盯著丈夫的目光也不再那麼兇狠。她驚訝地望著手中的匕首，好像從一場惡夢中醒來。然後俯身幫丈夫把身上的繩子割斷。她在割繩子時帶著明顯的厭惡，避免碰到他的身體，也不看她丈夫的目光。繩子一根根地割斷了，埃塞雷斯獲得了自由。

可他做的第一件事不是生氣，也不是向妻子表示感謝，而是赤著腳奔向電話，氣喘吁吁地對著話筒大聲喊道：「喂……小姐……中心臺三九——四〇，馬上……」

然後很快轉向他的妻子說：「滾開！」

克拉麗好像沒聽見，她正彎腰替西蒙老頭解繩子。

「滾！滾！我命令你滾開。你也滾，西蒙。」埃塞雷斯揮著拳頭。

西蒙老頭站起來，似乎想要說話，但最終什麼都沒說，朝門口走去。

「滾！滾！」

埃塞雷斯用威脅的動作吼著，可是，克拉麗走近他，兩手交叉，堅持向他挑釁。

就在此時，線路接通了，埃塞雷斯問道：「是三九——四〇嗎？啊！好……」

他遲疑著，很明顯，他要說的事不想讓克拉麗知道。但時間緊迫，他只好不管她了，把話筒貼著耳朵，用英語說著：「是格雷戈瓦嗎？是我，埃塞雷斯。喂，聽著，穆斯塔法死了，上校也死了。不要打斷我，我們都要完蛋了，你也一樣。今晚，他們來找我了。上校、布林賴夫以及他們的同夥，我把上校殺了。但他事先給警察局寫了一封信，把我們全告發了。布林賴夫和他的三個混蛋同夥會躲起來，趕快到他們那裡去把錢拿回來……我估計他們一小時後會在那裡，最多兩小時。那裡是個保險的地方，是他們事先準備好的，以為我們不知道。因此錯不了，他們一定會去的。」

埃塞雷斯停了一會兒，想了想，又接著說：「你還留著他們臥室的房間鑰匙嗎？那就好。還有他們每間房間壁櫃的鑰匙？很好。搜他們的壁櫃，錢肯定在裡面！四百萬啊，一定要拿回來。不，不要來這裡，到車站附近的旅館等我。十二點或一點，也可能再晚一點，我會到那裡的。」

埃塞雷斯放下了電話，回到剛才受刑的椅子邊，背對著壁爐坐下，臉上有痛苦的神情，但仍不失冷靜。克拉麗的目光始終沒有離開他，而且帶著懷疑和鄙視。

貝爾瓦想離開，偷聽丈夫和妻子之間的談話實在有點尷尬。但因為擔心克拉麗，他還是決定留下來。兩夫婦爭執起來了，埃塞雷斯不知為什麼，認定克拉麗一開始就在這裡。對於她沒有呼救這一點，很是不滿。克拉麗克制著自己的憤怒，指責丈夫幹的那些齷齪之事，說他不僅出賣同夥，還叛國。

埃塞雷斯聳聳肩膀說：「叛國是指背叛自己的祖國，我又不是法國人。」

「你是法國人，」克拉麗喊道，「你已獲得法國國籍。你在法國娶了我，住在法國，又在法國致富，你背叛法國就是叛國。可是我不明白，多少年來，上校、布林賴夫以及你所有的同夥，你們幹了一番大業，這是他們說的。現在你們卻為共同事業所創造的財富而爭吵，他們譴責你想獨吞這筆財富，而你又想保守這個不屬於你的秘密。我覺得這件事比叛國更骯髒、更卑鄙……」

「夠了！」埃塞雷斯用拳頭捶著椅子的扶手。

克拉麗並不膽怯，她說：「夠了，你說得對。我們之間的話說得夠多了，現在最重要的事情，就是你打算逃跑。警察局使你害怕！」

埃塞雷斯又聳了聳肩膀說：「我什麼都不怕，警察即使抓了我，也會放我的。如果有可能，我將離開法國，不過，我要你和我一起走，因為你是我的妻子。」

克拉麗搖搖頭，以一種無比蔑視的口氣說：「我不是你的妻子，我對你只有仇恨和厭惡，我不願再見到你！以後無論發生什麼事，無論你怎麼威脅，我也不會再見你。」

埃塞雷斯站起來，彎著腰，全身顫抖地朝克拉麗走過去，他握著拳頭，一字一句地說：「你要留下來？我知道了，你有了意中人，是嗎？難怪你總是那樣討厭我，你的仇恨不是從今天才開始的，是從結婚的第一分鐘，甚至結婚前就開始了，我們一直像一對死敵一樣地生活在一起。可是我，我愛你，我喜歡你，只要你說一句話，我就會拜倒在你的腳下……而你，你總是一副厭惡我的樣子。你想拋棄我，另結新歡？那我寧願讓你死，賤貨。」

克拉麗一動不動地站在那裡，貝爾瓦顯得很不安，他準備隨時採取行動，可是他看到克拉麗鎮靜的臉上流露著蔑視和厭惡。

埃塞雷斯終於控制了自己的情緒，說道：「你必須和我在一起，克拉麗，不管你願意或者不願意，我是你的丈夫。你剛才已經體驗到了，當你對我動了殺機，拿起匕首的時候，你沒有勇氣刺下去。以後也會是這樣，你的怨氣總會消散，我們會好好生活的。」

她答道：「不可能！我之所以留在這裡，只是為了和你鬥爭、破壞你的陰謀，減少你造成的罪惡。」

埃塞雷斯低聲說：「我可是很會記仇的，你要當心，克拉麗。當你認為沒有什麼值得害怕的時候，很可能就是我找你算帳的時候，當心。」

他按了一下電鈴，西蒙老頭立刻進來了，他吩咐西蒙扶自己去休息。他們走後，克拉麗一下子癱倒在地，跪在那裡劃著十字。當她站起來的時候，發現在門邊的地毯上，有一張寫著她名字的信紙。她拾起來讀道：「克拉麗媽媽，這場鬥爭力量懸殊，為什麼你不求助我的友誼呢？只要你一示意，我就會來到你的身邊。貝爾瓦。」

克拉麗被巴特里斯這封信搞得心慌意亂，差點跌倒。但是她沒有像巴特里斯要求的那樣做出什麼表示，而是盡最大努力獨自走出房門。

6 七點十九分

這一夜，貝爾瓦在康復中心的臥室裡輾轉難眠。昨晚目睹的情形，使他有種壓迫感。他覺得，在這一連串令人憤慨的事情中，他只能作為一個目擊者，而不能採取任何行動，這令他難以忍受。更煩人的是，這些事情還沒有結束。直覺告訴他，這對夫妻的離別，並沒有使克拉麗稍稍擺脫危險，而自己又無法預見，更不能消除所有的擔憂。

想到這些，貝爾瓦更睡不著了，他起身下床打開燈，在一個記事本上飛快地記錄著所見到的事情，想理出個頭緒來。

六點，他去叫醒了亞邦，並把他帶到自己的房間。拿著記事本對他說：「聽著，想一想，進行推理、演繹、最後得出結論。我們所面臨的情況是這樣的，我概括地說說。第一，有一個叫埃塞雷斯的銀行家，表面是紳士，實際是個大無賴，他叛國、出賣同夥。今天上午十一點後，他會轉入地下活動，因為到十二點，警察局就會採取行動。」

巴特里斯．貝爾瓦喘了口氣，又接著說：「第二，克拉麗媽媽，我還不大明白，她為什麼會嫁給這個無賴，她分明是厭惡他的。為什麼她對我的愛避之唯恐不及，只因為已經跟那個她所憎恨的男人結了婚嗎？她和我都有半顆紫晶珠，這又是什麼原因？還有其他的事情。一把生鏽的鑰匙、一根紅絲繩等等。你明白我的話嗎？亞邦？天啊，你不可能明白，因為連我自己都不明白。」

亞邦咧著嘴笑了，正如貝爾瓦說的，他連大概的意思也沒弄明白，不過卻願意聽貝爾瓦說。

貝爾瓦放下記事本，靠著壁爐，用手緊緊地抱著自己的頭。他想了很多計畫，卻不知道該選擇哪一個。是撥電話找那個叫格雷戈瓦的人呢，還是找警察局？需不需要回到雷諾瓦街去？克拉麗現在怎麼樣了？他不知如何去做，如果僅僅是行動，他會毫不猶豫地投入戰鬥，可是眼前的一連串事件如迷霧一般讓人摸不著頭腦，這令他很難決斷。

「上尉，你的電話。」門外有人叫道。

貝爾瓦趕緊出去了，這麼早會是誰打來的呢？電話安在二樓一間候客室旁邊的洗衣房裡，他進去後把門關上了。

「喂？我是貝爾瓦上尉，請問是哪位？」

電話裡傳來的是一個男人急促的聲音，很陌生。

「貝爾瓦上尉！啊！好，是你，我還怕太晚了，還來得及。你收到鑰匙和信了嗎？」

「你是誰？」

「你收到鑰匙和信了嗎？」那人堅持問。

「鑰匙收到了，但信沒收到。」貝爾瓦回答。

「沒收到信！這太可怕了。那麼你什麼都不知道嗎？」

貝爾瓦正想細問，電話裡突然傳出一聲尖叫，然後就是一些斷斷續續的爭吵聲，再然後又是斷斷續續的話：「太晚了……巴特里斯……是你嗎？……聽著，紫晶圓珠……是的，在我身上……項鍊……啊！太晚了……我多想！巴特里斯……克拉麗……巴特里斯……巴特里斯……」

接著又是一聲撕心裂肺的慘叫，然後是陣陣漸漸遠去的喊叫聲：「救命啊！救命啊！兇手！卑鄙的傢伙……」

喊聲越來越微弱，接下來是一片寂靜。隨著輕微的劈啪聲，電話斷了。

貝爾瓦呆呆地站在那裡，眼睛盯著窗外，院子裡大樓上的大鐘正指向七點十九分。他茫然地放下話筒，弄不清剛才的一切究竟是夢是真，但呼叫聲還在他耳邊回響。他再次拿起話筒，大聲叫著：「喂！喂！喂！喂……」

沒有人回答，貝爾瓦只有從洗衣房走出去，剛好碰到亞邦，就把所有的怨氣發洩到了他身上。

「全是你的錯……你應留在那裡照看克拉麗，快去！我？我要去通知警察局……」

亞邦正往樓下跑，貝爾瓦又攔住他說：「不，你還是留在這裡。啊！不是在這裡，是留在我身邊。」說著，他卻把亞邦推開，自己回到洗衣房，在那裡大步地走來走去，做著各種生氣的動作。然而，慢慢地，他從混亂的思緒中理出了一條思路：雖然並沒有任何證據說明雷諾瓦街公館發生了慘案，但正如他預感的那樣，悲劇還在繼續，受害者可能遠不是克拉麗一人。

這個思路又引出了一個想法，為什麼不馬上著手調查呢？打個電話到雷諾瓦街去，一切不就都清楚了。想到這裡，他拿來電話簿，很快就找到了埃塞雷斯的電話，他撥了號碼，電話接通了。

「喂，」一個聲音問道，「您找哪位？」

是埃塞雷斯的聲音，聽起來沒有任何異常，但貝爾瓦卻有些震驚。因為，昨夜發生的事讓他認為，這種時刻，埃塞雷斯應該在整理行裝準備逃走。

貝爾瓦不知道說什麼，他想了想說：「是埃塞雷斯先生嗎？」

「是的，您是？」

「我是野戰醫院康復中心的一個傷員。」

「喔，是貝爾瓦上尉吧？」

貝爾瓦很驚奇，克拉麗的丈夫竟然認識他？他喃喃地說：「對……我就是貝爾瓦上尉。」

「啊，正巧，上尉。」埃塞雷斯以高興的語氣說，「我剛剛打電話到康復中心找你……」

「啊！剛才是您？」巴特里斯驚訝地打斷他的話。

「是的，我想向您道謝。」

「可是……可是……」巴特里斯越來越驚慌失措，語無倫次。

埃塞雷斯也有點吃驚地說：「是的，好像出了點問題，電話似乎被干擾了。」

「這麼說您也聽見了？」

「聽見什麼？」

「喊叫聲，我感覺是喊叫聲，但是聽得不大清楚……」

「我沒聽見，只聽見有人找你接電話，而且很急。因為我不急，就把電話掛了。」

「您找我是為了？」

「喔，我聽說昨晚有人劫持我的妻子，是您救了她。因此，我想拜訪您，表達我的謝意。您看我們是不是約見面呢？在醫院好嗎？今天下午三點。」

貝爾瓦沒有回答，他想不通，這個正受到逮捕威脅並準備逃跑的人，為什麼如此大膽冷靜。同時，他又是出於什麼動機打電話給自己呢？

貝爾瓦的沉默，並沒有引起銀行家的不安，他依然彬彬有禮，顯得非常自然。兩人互相道了再見，結束談話。

儘管有很多的疑慮，貝爾瓦還是放心多了。他回到自己的房間，往床上一躺，睡了兩個小時，然後又把亞邦叫起來，要他和自己一起去雷諾瓦街。

在路上，貝爾瓦告訴亞邦，克拉麗並未受到威脅，那場圍繞著幾百萬法郎的爭鬥距離她很遠。至於那個打電話給他的人，是一個陌生的朋友，那把鑰匙是那人寄來的，似乎還有一封信，可惜遺失了。那人所面臨的情況一定很緊急，當那人就要說出來的時候卻遭到了襲擊。大概是那人的一個同夥怕他洩露情況，殺人滅口吧。

他們剛到帕西火車站的十字路口，就看見克拉麗在西蒙老頭的陪同下，從雷諾瓦街走出來。他們叫了一輛汽車，往野戰醫院方向開去。貝爾瓦和亞邦跟了上去，抵達醫院門口時，時間正好十一點。

「一切順利，」貝爾瓦想，「埃塞雷斯可能走了，但克拉麗並沒有因此改變她每天的生活作息。」

貝爾瓦和亞邦就近用了午餐，一點半左右才進醫院去。西蒙老頭坐在一把椅子上，抽著菸斗。貝爾瓦上了四樓，克拉麗正在病房裡，坐在一個病人的床頭。她看起來很疲倦，眼睛周圍有一道黑眼圈，面容比平時蒼白。

想起昨晚的事，貝爾瓦有些心痛，他明白了為什麼克拉麗的生活這樣隱秘。在野戰醫院這個小天地裡，她隱瞞著家裡的一切，以意志和謹慎戰勝困難，保護著自己。

貝爾瓦站在門口，遠遠地望著克拉麗，正想走進去。一個女人氣喘吁吁地一邊上樓，一邊大聲喊道：「夫人……快，西蒙……我找夫人！」

克拉麗出來了，那女人便跑過去對她說了幾句話，克拉麗的臉更蒼白了，而且顯得有些驚慌。然後很迅速地跑下樓去，西蒙和那女人跟在後面。

「汽車，夫人，」那女人喘著粗氣說，「我租的。快點，夫人……警察局長說……」

貝爾瓦也下了樓，他不知道發生了什麼事，但那女人最後的一句話使他下定決心。他認定是上校的揭發引來了警察，也就是說，克拉麗面臨的會是一連串的調查和訊問，他不能袖手旁觀，一定得趕去。於是他一把抓著亞邦，跳進了一輛計程車，讓司機緊跟前面克拉麗坐的車子。

一路上，貝爾瓦憂心忡忡，他揣測可能是埃塞雷斯被逮捕了，所有的問題都壓在了克拉麗肩上，這個可憐的女人！

兩輛車一前一後停在埃塞雷斯的公館前，那兒停放著另外一輛車。克拉麗下了車，匆匆走進大門。貝爾瓦和亞邦緊隨其後，大門裡站著兩名警察。貝爾瓦匆忙地做個手勢打了招呼，警察沒有阻攔他，貝爾瓦走上前去，門口的警察攔住了他，他說自己是埃塞雷斯夫人的親戚，警察就放他進去了。

剛穿過客廳，就傳來克拉麗可怕的喊叫聲：「啊！上帝！啊！上帝！這怎麼可能呢？」

可能是把他們當成這個家的人了吧。

屋子裡聚集著六、七個警方的人，他們正彎腰圍在那裡看著什麼。貝爾瓦焦急地張望著，克拉麗從人群中擠出來，踉踉蹌蹌地向他這邊走來。女僕連忙把她扶到椅子上坐下。

貝爾瓦正想詢問一下情況，有一個先生走了過來，讓女僕扶夫人去休息。當看到貝爾瓦時，他問了一句：「您是？」

巴特里斯裝作沒聽見，對女僕說：「是的，把埃塞雷斯夫人帶走，她在這兒確實沒用……」

問話人被岔開了，貝爾瓦趁機走上前去，眼前的一幕讓他大吃一驚。

離壁爐不遠處，也就是埃塞雷斯昨夜受刑的地方，埃塞雷斯仰面躺在地上。那張臉恐怖極了，一部分像是被烤焦了，另一部分則像血淋淋的肉泥，混雜著碎骨、頭皮、頭髮、鬍鬚，還有一隻碎了的眼球。

「天啊！」巴特里斯喃喃地說，「真卑鄙！是把整個頭放進火裡燒的，有人把他拉了出來，是嗎？」

那個剛才問過話的先生又走過來了，他問道：「您是誰？」

「貝爾瓦上尉，先生，埃塞雷斯夫人的朋友。」

「喔，您不能留在這兒。除了法醫之外，局長先生請所有的人離開，並派人守門……」

「可是，」貝爾瓦堅持說，「我有特別重要的情況要向警方報告。」

「這樣，好，不過得等一會兒。」

7 十二點二十三分

貝爾瓦和亞邦被請到休息室等候。十五分鐘以後，秘書西蒙和女僕進來了。可能是被主人的慘死狀嚇傻了，西蒙的表情怪異，一直不停地嘟噥著：「事情還沒完，還會出事！……就在今天……甚至馬上……」

「馬上？」貝爾瓦覺得奇怪，追問了一句，但西蒙不再說話了。

女僕向貝爾瓦敘述了發生的事，她早上起來，發現管家、隨從、門房都不見了。大約六點半的時候，西蒙告訴她，埃塞雷斯先生在書房裡，不要去打擾。夫人九點吃過早飯，十點就和西蒙先生走了。中午一點鐘的時候，警察局長率人前來，說要見埃塞雷斯先生。她把他們領進屋，然後去敲書房的門，但沒人回答。局長讓人撞開了門，埃塞雷斯先生已經死在壁爐前了。

女僕說完，神情有幾分緊張。老西蒙雖然沒有說話，但全身仍在顫抖，灰白鬍鬚亂蓬蓬的，臉部有些神經質地抽搐幾下。貝爾瓦看了他一眼，只見他冷冷一笑，走到貝爾瓦身邊耳語道：「還會出事！出事！

克拉麗夫人……她得走……趕快走……否則會有危險……」

貝爾瓦心中一驚，正想盤問個清楚，一個警察進來通知，讓他們到書房去。在那裡，秘書老西蒙說了一些情況，並沒有發現埃塞雷斯先生事先有什麼異樣。接著，女廚和女僕也把事情敘述了一遍。

四點多的時候，有兩位先生走進門廳，貝爾瓦認出其中一位是司法部長，另一位則是內政部長。他們在書房談了一會兒，半小時以後就走了。接近五點，一個警察把貝爾瓦帶到二樓，那是一間面積很小的客廳，裡面坐著兩個人：克拉麗和那個向貝爾瓦問話的先生。

這人大約五十歲，很壯實，舉止有些笨重，但一雙眼睛卻機敏有神。

「您是預審法官吧？」貝爾瓦問。

「不，」對方回答，「我叫德斯馬利翁，當過法官，現在是調查此案的特別代表。現在，請談談您所知道的情況吧。」

貝爾瓦想了想說：「先生，這不是預審，對吧？但我要向您敘述的事情很重要，應該有人記錄。」

「上尉，我們現在只是交換有關事實。況且，我想，您能提供的情況，埃塞雷斯夫人已經全說了。」

貝爾瓦隱約地感覺到，克拉麗與德斯馬利翁之間似乎已經有了協定，她不希望自己插進來。但這是為什麼呢？

「您的意思是，」貝爾瓦問，「埃塞雷斯夫人被劫持，埃塞雷斯先生被勒索、受刑，上校的死，交出四百萬法郎，以及埃塞雷斯與格雷戈瓦的電話談話，還有對妻子的恫嚇等等細節，埃塞雷斯夫人都向您說了？」

「是的，這些我都知道了。而且，通過一些私人調查，我還了解到了更多的情況。」

「是這樣……」巴特里斯重複著，「看來我不必再說什麼了，可是我想知道，您在某個問題上是否有了結論？」

「沒有，我的結論還沒有做最後確定。但是我將依據埃塞雷斯先生今天中午寫給他妻子的信做結論，除非有相反的證據。信是在他的書桌上發現的，尚未寫完。喏，您看看。」

貝爾瓦接過信，看到了這樣的內容：

克拉麗：

正如昨天我告訴你的那樣，我決定離開這個讓我失望的城市。但是，我的離開並沒有不可告人的原因。那只是因為有太多仇恨包圍著我，你也看到了，他們想置我於死地而後快，因此我必須消失……我們之間有很多的誤會和分歧，但我是你的丈夫，你要服從我的意志。克拉麗，看到我的信號，請立即與我會合。如果你不來，那麼我不會放過你，即使我死了，也是如此。我已做好一切安排，以便在這種情況下……

「就是這樣，」德斯馬利翁說，「所有的跡象都顯示，這封信是埃塞雷斯先生死前不久寫的，因為他書桌上的一個座鐘被打翻了，指針停在十二點二十三分上。我推測，可能是他覺得不太舒服，想站起來，結果頭一暈栽倒在地，撞到鐵欄杆上。由於壁爐離得很近，爐火正旺，才會燒成這樣。」

貝爾瓦對德斯馬利翁出人意外的解釋感到吃驚，他反駁說，埃塞雷斯先生的死不是意外，而是謀殺。但德斯馬利翁堅持自己的想法，並且說法醫的檢驗結果與此相符。

貝爾瓦以詢問的眼光看著克拉麗，克拉麗卻躲開他的目光，認同了德斯馬利翁的說法。

「可是，先生，您問過秘書西蒙嗎？」

「喔！西蒙老頭，」德斯馬利翁說，「他根本是在瞎說，可能是埃塞雷斯先生的死讓他受到了刺激，有點神經質。按他的說法，危險會涉及到埃塞雷斯夫人，但夫人本人卻不認同這點。對了，他還帶著我看了些莫名其妙的東西，比如死去的看家狗、前門和臺階上的腳印。其實這些跡象都有合理的解釋。」

貝爾瓦有些明白了，德斯馬利翁的態度已經證明，他與克拉麗達成了某種默契。貝爾瓦想起了埃塞雷斯曾說過的話：「沒有人逮捕我……警察會放了我。」

埃塞雷斯是有先見之明的，法律選擇了保持沉默，這種情形使上尉感到非常憤慨。他克制著自己，裝著同意的樣子，又坐到德斯馬利翁的身邊說：「抱歉，先生，我的固執可能冒犯了您。不過我只是出於對埃塞雷斯夫人的同情，另外我和她之間似乎有一種神秘的聯繫，關於這點，埃塞雷斯夫人有沒有告訴過您？」

德斯馬利翁看了看克拉麗，後者點了點頭，於是他回答說：「是的，埃塞雷斯夫人告訴過我，而且我們……我們找到一本相簿。拿著，上尉。」

德斯馬利翁遞給上尉一個很薄的灰布封面的相簿，貝爾瓦有些不安地接過來。剛剛打開，就不由得叫起來：「真不敢相信！」

相簿的第一頁有兩張照片，右邊一張是個小男孩，另一張是個小女孩。相片下面有兩行字，右邊是「巴特里斯十歲」，左邊是「克拉麗三歲」。第二頁還是他們的相片，他十五歲，克拉麗八歲。接下來是他十九歲、二十三歲、二十八歲的照片，旁邊總是伴著克拉麗，起初是小女孩模樣，後來就變成了少女、少婦了。

「上帝！」貝爾瓦喃喃地說，「這怎麼可能？我的照片，我自己都不知道有這些照片，它居然紀錄著我的一生，包括我的軍營生活……不可思議！是誰把它們收集在一起的？夫人？」

貝爾瓦緊盯著克拉麗，克拉麗避開他的目光，低下了頭，她的不安並不亞於貝爾瓦。

德斯馬利翁說：「這是在埃塞雷斯先生的衣袋裡面發現的。」

貝爾瓦和克拉麗對看了一眼，他們同時想到了收集人應該是埃塞雷斯。

「發現相冊時，我在場。」德斯馬利翁說，「另外，我還發現了一個用金絲托架固定的紫晶項鍊。」

「什麼？」貝爾瓦上尉大聲說，「項鍊？紫晶項鍊？」

「是的。」德斯馬利翁把一條有著紫晶圓珠的項鍊遞給貝爾瓦。這個紫晶珠比克拉麗與貝爾瓦的那兩個合起來還要大，但做工和用料卻是相同的。

貝爾瓦將紫晶珠打開，分成兩半，看到中間夾著兩張很小的照片。一張是穿著護士服的克拉麗，一張是穿著軍官制服的巴特里斯。

貝爾瓦思考著，臉色蒼白。過了一會兒，他說：「這條項鍊是從哪兒來的？是您發現的嗎？先生？」

「是從死者手中發現的。」

貝爾瓦像是受到意外打擊一樣跳起來，用拳頭捶了一下桌子，喊道：「先生，還有一件事，這是埃塞雷斯夫人不知道的。今天早上，有一個男人打電話給我，說了一些我不明白的事，然後電話中斷了，接著傳來的是掙扎和痛苦的叫喊，這喊聲中提到了我和克拉麗，還有紫晶項鍊……我想一定是發生了什麼事，便記下了時間，當時是七點十九分。這兩件事難道一點關聯也沒有嗎？」

德斯馬利翁先生反駁說：「上尉，我相信您說的事。不過，首先，到目前為止，我們並沒有發現這個可能在七點十九分被殺害的男人的屍體。第二，關於從埃塞雷斯手中找到的紫晶項鍊問題，誰也不能肯定是從被害者手中奪走的。況且，那個時候，埃塞雷斯是否在家，我們並不清楚。」

「我知道，他在家。那個奇怪的電話掛上幾分鐘後，我打了電話給他，他告訴我，他剛剛打過電話給我，但受到干擾。這讓我生疑。」

德斯馬利翁先生想了想，轉頭問克拉麗：「埃塞雷斯先生早上出去過嗎？」

克拉麗依然回避著貝爾瓦的目光，她說：「我想，他沒有出去過，他死的時候只穿了居家服。」

「那從昨晚以來，你見過他嗎？」

「今天早上，七點到九點的時候，他曾三次來敲過我的門，但我沒有開。快到十一點的時候，我出門去醫院。他叫西蒙老頭陪著我。」

一陣長時間的沉默，每個人都在琢磨著這樁奇怪的事情。最後，還是德斯馬利翁開了口，他問貝爾瓦是否有什麼假設。貝爾瓦毫不遲疑地說，一個認識他和克拉麗，並且一直關注著他們的人被害了，兇手很可能就是埃塞雷斯。他要不惜一切地提出控告，相信克拉麗不會因此而責怪他，因為她知道如果法律不幫忙，讓這件事情就這樣平息下去，她也就完了。她知道威脅她的敵人是毫不留情的，為了達到目的，他們什麼事都幹得出來。可是，現在面臨的問題是，沒有人能看清他們的詭計，尤其是不知道他們下了多大的賭注，只有法律才能揭穿他們。

德斯馬利翁想了想，把手放在巴特里斯的肩上，冷冷地說：「如果法律部門知道這筆賭注呢？」

「什麼？」

「喔！是一筆錢……十億法郎。」

「十億？」貝爾瓦呆住了。

「是的。不過，其中的三分之二，或者四分之三，戰前就運出了法國。剩下的兩億五千或三億很值錢，它們都是黃金。」

8 埃薩雷斯的詭計

貝爾瓦終於明白了，這就是德斯馬利翁和克拉麗達成協定的原因。

「知道嗎，上尉？」德斯馬利翁說，「這件事我已經調查兩年了，直到今天和埃塞雷斯夫人交談之後，我才知道大量的黃金透過埃塞雷斯的管道一點點地流了出去。昨晚，在您到這裡之前，夫人聽見了埃塞雷斯和那幫傢伙的談話，知道了這一切。我會追查到底的，這也是內政部長的命令。這件事原本不太適合您參與，埃塞雷斯夫人也有這樣的要求。但是您的熱情讓我無法把您排除在外，像您這樣頑強的合作者，我很喜歡。我跟您說明一下情況吧，埃塞雷斯的公開身分是東方銀行的總裁，表面上他是埃及人，實際上是土耳其人，在巴黎金融界有很大影響力。他的國籍是英國，可是和埃及舊權貴保持著秘密聯繫。他為外國勢力效勞，具體是哪個國家，目前還不清楚。這個住所是他們陰謀集團的首腦機關，在這裡，他們搜刮法國的黃金，然後盡一切可能偷運出去。兩年間，他們成功地偷運了七億法郎的黃金。當他們準備運最後一批黃金時，戰爭爆發了，所有的運輸都遇到了問題。因此，大約還有兩億五千萬到三億法郎的黃金滯留在法國，由埃塞雷斯掌握著。他想一點一點地據為己有，可是他的同夥，就是昨天夜裡您看見的那些人。他們從前都是埃塞雷斯銀行分行的負責人，那些黃金就是他們弄來的。戰爭爆發後，這些人聚到埃塞雷斯身邊，埃塞雷斯也把東方銀行關閉了。」

「那麼後來呢？」貝爾瓦問。

「可能埃塞雷斯的同夥得知最後一批黃金並未運出，於是他們之間展開了激烈的爭執，昨天晚上的一幕無疑是最高潮……他們可能透過某種途徑得知幾億法郎的黃金會在昨天夜裡運走。據我掌握的資料，偷運黃金的方式那幫傢伙並不知道，但他們清楚每次偷運之前都要發一個信號。」

「是不是火星雨？」貝爾瓦想起了在餐廳聽到的談話。

「是的。我們在花園的一個角落裡發現了幾個舊暖房，裡面有有壁爐，壁爐裡積滿油污、黑炭以及岩屑，一點火就爆出火花和火星，遠遠地就看得見。大概是埃塞雷斯昨天晚上親自點燃了壁爐，那些傢伙便循跡趕到這裡。不過，事情的發展有些讓人有些意想不到。上校死了，其他人得到幾綑鈔票，而且可能已經被收回去了。鬥爭仍在繼續，悲劇頻頻顯現。按您所說，一個認識您的男人想與您聯繫，卻在七點十九分被人殺害。也許是埃塞雷斯害怕那人干預而提前下了手。但幾個小時以後，也就是十二點二十三分，埃塞雷斯本人也被殺死，這可能是他的同夥幹的。情況就這樣，上尉。我們現在不能對外公佈這些，它會牽涉到政府的某些機構，因此只好保持沉默。」

「可是，已經發生了那麼多事，還能夠沉默下去嗎？」

「為什麼不能呢？就像我一開始告訴您的那樣，一切都會有合理的解釋。主角們都死了，上校、埃塞雷斯，至於布林賴夫他們，八天之內會被關進監獄。幾億法郎的黃金將留在法國。」

巴特里斯．貝爾瓦點點頭，但突然又想起了一個問題：「可是，關於埃塞雷斯夫人的安全，先生，我們不能不考慮，西蒙老頭的話不是完全沒有道理。」

「好吧，非常時期可以採取非常行動，上尉，盡您所能保護埃塞雷斯夫人吧。直覺告訴我，如果還有事情發生，必將在這所房子與花園的圍牆內。讓我們好好合作，我會盡我所能配合您。」

「您為什麼這樣認為呢？」

「根據埃塞雷斯夫人提供的情況，那個法克西上校曾多次提到黃金就在這裡。我沒有找到更多的線索，但卻找到這個東西。」德斯馬利翁從口袋裡掏出一張揉皺了的紙，接著說，「埃塞雷斯手中除了那條項鍊外，還有這張紙，字跡有些亂，可以辨認出的只有三個字：『金三角』。我暫時還不明白它的意思，但我想，這張紙和那條項鍊應該都是埃塞雷斯從那個七點十九分被殺害的男人手中拿走的，而埃塞雷斯又可能是正在辨認這張紙時被殺的。」

「對，先生，」貝爾瓦總結似地說，「這所有的細節都有關連。我相信，這都源於一件事。」

「沒錯，」德斯馬利翁先生站起來說，「我同意您的意見，而且這事跟您和埃塞雷斯夫人有很大關聯，解開這個謎就接近了真相。行動起來吧，上尉。另外，您可以動用我和我手下的人。我要先告辭了，這裡就交給您，我已經派人看守，不用太擔心。」

德斯馬利翁與巴特里斯握過手，又對埃塞雷斯夫人鞠了一躬，然後出去了。

對於德斯馬利翁交待的任務，貝爾瓦很樂於去完成。他看了看克拉麗，她坐在那裡一動不動，彎著腰，側著頭，像在思考什麼。

貝爾瓦懷著熱切的希望叫了一聲「克拉麗」，可是她沒有回答，這讓他欣喜，因為這樣的沉默表明她不再拒絕。他把手放在克拉麗坐的椅子扶手上，並輕輕地碰了一下她的頭髮。壁爐的火光照著克拉麗嫵媚的臉龐，使貝爾瓦情不自禁，他彎下腰去，激動地說道：「克拉麗，我知道你在想什麼，你完全沒有必要為做了這麼一個男人的妻子而感到羞愧，我敢說，你的婚姻一定是某個陰謀的產物，你本人並不願意，是嗎？看著我，克拉麗！我知道，從第一天開始，我們就已經相互吸引了，對嗎？你不說話，你默認了。上帝，夠了，我不再多說什麼。克拉麗，知道你愛我就夠了，克拉麗……你哭了嗎？啊！我不相信你會愛我到這種程度！」

克拉麗的淚水順著兩頰往下滴，貝爾瓦也是熱淚盈眶，他真想親吻這沾滿淚水的臉頰。但窗外突然傳來一聲輕響。貝爾瓦連忙跑到窗前，透過玻璃看去，窗外昏暗的暮色中，依稀有個人影。接著，兩扇窗戶之間有個東西亮了一下，像是一把槍。貝爾瓦深吸一口氣，穩定了一下情緒，故意用輕鬆的口氣大聲說：「克拉麗，你可能有點累了，我該告辭了。」

說著，他轉到扶椅後面保護她。可是還沒來得及走過去，就已看到了左輪手槍的火光，克拉麗警覺地往後一閃，口裡喃喃地說：「啊！貝爾瓦……貝爾瓦……」

隨著兩聲槍響，便是一陣呻吟。貝爾瓦嚇壞了，他朝克拉麗奔過去，喊著：「你受傷了嗎？」

「沒有，沒有，」她說，「只是害怕……」

大約等了三、四十秒鐘，貝爾瓦打開電燈，確信克拉麗沒有受傷後，他跳到陽臺上。聽到槍聲的警察也趕上來了，他們看見一個人往街上跑去，便緊跟著追去。就在此時，從門的左側傳來尖厲的叫喊聲：「救命啊！救命！」

貝爾瓦吩咐亞邦和幾個警察繼續追趕，自己和另一個警察留下來照顧受傷的人。借著手電筒的光，貝爾瓦認出地上躺著的是西蒙老頭，一根紅絲繩套在他的脖子上，他差不多已經窒息了。貝爾瓦急忙解開繩子，西蒙清醒過來，結結巴巴地說了幾個不連貫的字母，然後突然唱起歌來，接著又是一陣一陣的傻笑，他瘋了！

德斯馬利翁得到消息，趕過來了。他承認貝爾瓦的擔心很有道理，並說會加強防範措施，保障克拉麗的安全。幾分鐘以後，警察和亞邦回來了，他們沒有追到人，只在街上撿到一把門鑰匙，是兇手逃跑時掉在地上的。

晚上七點鐘，巴特里斯同亞邦離開了雷諾瓦街公館，回到訥伊區。貝爾瓦抱怨著警察的無能，他覺得，要把這件事情處理好，必須需要一個具備多種素質的傑出人物才行。可是到哪裡去找這個人呢？

貝爾瓦開玩笑地問亞邦：「你有這樣的好友嗎？認識這樣的人嗎？一個天才，半個上帝！」

不料亞邦高興地咕噥了一句，拿出隨身帶著的手電筒，又從口袋裡掏出一節粉筆，走到牆壁前，用笨拙的手寫了兩個字。

「亞森．羅蘋，」巴特里斯低聲地唸著，「你瘋了？這是什麼意思，亞森．羅蘋？你推薦亞森．羅蘋？你認識他？」

亞邦點頭表示肯定，貝爾瓦吃驚地看著他，突然想起來，在亞邦住院期間，曾經有病友給他講過亞森．羅蘋的故事。

「是的，亞邦，你認識他，就像人們認識書中的人一樣。」

亞邦搖了搖頭，顯然不同意上尉的話。

「你認識他本人？」

「是的。」

「那麼他死了以後，你還見過他？」

「是的。」

「見鬼！亞邦先生對亞森．羅蘋的影響力真夠大的，居然能讓他復活，聽憑亞邦先生的調遣？」

「是的。」

「天哪！你已經使我無限崇敬你，那麼，已故亞森．羅蘋的朋友，什麼時候可以把這個幽靈調來幫忙呢？」

亞邦做了個手勢。

「十五天？」貝爾瓦上尉說，「好哇！把你朋友的靈魂召來，我很高興與他接觸。亞邦，你把我當成一個無能的笨蛋了！」

9 巴特里斯和克拉麗

一切都如德斯馬利翁先生所預料的那樣過去了，沒有新聞，也沒有輿論。在埃塞雷斯葬禮後的第二天，德斯馬利翁和貝爾瓦經當局同意，對位在雷諾瓦街的埃塞雷斯公館做了新的部署。它被改成野戰醫院的第二附屬醫院，由埃塞雷斯夫人監護。除貝爾瓦以外，還有包括亞邦在內的七名傷殘軍人也住在裡面。

德斯馬利翁繼續他的調查，那一千八百袋黃金的去向，是他的頭等大事。一開始，他認為它們就在花園與房屋之間的這個正方形的四邊之內，可能有七、八立方公尺的體積。但兩天以後，他做出結論，黃金既沒有放在房子裡，也沒有藏在房子底下，而是堆在了書房下方的大地下室裡。

遺憾的是，儘管德斯馬利翁和手下使出渾身解數，以極大的耐心，尋遍這個地下室的各個角落，卻什麼也沒發現。他只好把注意力再次轉到花園。

這是一個美麗的舊式花園，相當大，按照德斯馬利翁對黃金體積的計算，大約有三、四頃面積要搜尋。這項工作動用了貝爾瓦的夥伴和十二名警察。所有的地方都查看過了，卻一無所獲，沒有發現任何可以隱藏黃金的地方。

就在德斯馬利翁焦急萬分的同時，貝爾瓦卻在享受著他有生以來最幸福的一段時光。每天陪著克拉麗，斷斷續續地去了解她的生活。

克拉麗的母親是法國駐外領事的女兒，嫁給了當地一個十分富有的伯爵。克拉麗出生一年後，父親去世了。母女倆回到法國，住在雷諾瓦街公館。這是伯爵透過他的秘書兼管家、埃及人埃塞雷斯買下的。

三年後，克拉麗的母親去世了，埃塞雷斯把她送到了外祖父家，由姨媽照顧。不幸的是，克拉麗的姨媽在埃塞雷斯的控制下，代替姪女簽了一個協定，令克拉麗的全部財產落到了埃塞雷斯手裡。克拉麗十七歲那年，曾被一幫土耳其人劫走，是埃塞雷斯救了她，但克拉麗總是懷疑這次營救根本就是埃塞雷斯一手策劃的。因為一個月以後，他就以救命恩人的身分向她求愛。由於姨媽的逼迫，克拉麗成了她所憎恨的男人的妻子。結婚後，他們定居在雷諾瓦街公館，此時的埃塞雷斯不知用了什麼手段，統攬了東方銀行的全部股權，成為巴黎金融界的巨頭之一，並在埃及享有王儲的封號。

聽了克拉麗的敘述，貝爾瓦將自己同時期的生活進行了對照，卻沒有找到任何共同之處。兩個人生活在不同的地方，生活中沒有一個人是兩人同時都認識的。也沒有任何一點能向他們解釋，為什麼他們各自都擁有半顆紫晶圓珠，為什麼他們的照片會出現在同一條項鍊裡，出現在同一本相簿中。

沉默了一會兒，貝爾瓦提到了西蒙。克拉麗說，她從來不知道西蒙的確切身分，母親去世一、兩年後，埃塞雷斯就委託他來看管雷諾瓦街的房產。他和埃塞雷斯之間的關係似乎有些微妙，克拉麗還是孩子的時候，曾聽見他非常粗暴地對埃塞雷斯說話，好像是在威脅。她一點也不了解西蒙，他住得較遠，總在花園裡抽菸斗，跟工人們一起工作。不過，他卻是這個家裡最關心克拉麗的人。而且，野戰醫院也是西蒙她去的。

講到這裡，克拉麗突然想起了什麼，她說：「照片……項鍊中的照片，你穿著軍服，我穿著護士服，可能就是在醫院裡照的……那裡只有西蒙去過。另外，他到過我的老家，看看我從孩子長成少女，會不會他就是那個陌生朋友……」

「這種假設不能接受。」巴特里斯．貝爾瓦打斷她的話說，「那個朋友死了，而西蒙還活著。」

克拉麗不再堅持，她相信巴特里斯的看法。

他們坐在花園的一條凳子上，沐浴著四月的春光。克拉麗突然叫了一聲：「喔，真奇怪！你瞧，巴特里斯，你瞧這花。」

貝爾瓦順著她手指的方向望去，花圃中間有一大片蝴蝶花，而那些花在地上組成了幾個字母，拼起來就是：「巴特里斯和克拉麗。」

「是西蒙，他管理著花園。」貝爾瓦說，「我想，雖然他不會是那個陌生的朋友，但他一定知道很多事情。唉！要是他能說出來，我們遇到的謎團就能很順利地解開了。」

太陽下山，貝爾瓦和克拉麗上到陽臺，在那裡看到了德斯馬利翁先生，德斯馬利翁跟他們說了一件關於他們的奇妙事情。警察在搜尋連著書房的無人居住的房子時，發現這堵只有幾公尺長的小牆塗了一層石灰，這層石灰看起來比牆本身要新一些。他們把它挖開，裡面果然還有一層，中間嵌有黑色小石子，組成了筆劃很粗的幾個字：「巴特里斯和克拉麗。」

根據牆上常春藤生長的情況看，至少已經有十年了。這之前，花園沒有其他人來過，除了西蒙，以及西蒙叫他們進來的人。巴特里斯進一步證實了自己的想法，西蒙一定知道真相。

可是，自從那晚後，西蒙就失常了，無法從他那裡得到任何答案。許多的問題困擾著貝爾瓦和克拉麗這對萌發了愛情的戀人，同時驚奇地發現，他們曾經擁有過一段共同的經歷。花園裡多處留有這樣的證據。樹幹上、籐條椅背上，都有他們名字的縮寫。還有，爬著常青藤的白粉舊牆上，也有他們的名字，同時還附上了兩個年份：一九〇四和一九〇七。

太多的謎等著他們去揭開。於是，兩個星期後的一天，貝爾瓦和克拉麗來到小街的側門前，決定出去看看。剛走到街上，巴特里斯就被對面牆上那道同樣的門吸引住了。

克拉麗告訴他，這堵牆是花園的邊界，從前是花園的一部分，裡面有一間小屋，無人居住。那裡一直是關著的。」

巴特里斯喃喃地說：「一樣的門……甚至可能是一樣的鑰匙？」

說著，他把那把生鏽的鑰匙插進鎖孔，鎖果然打開了！他們走了進去。

這是一片很狹小的地方，長著雜亂無章的植物。茂密的草叢中，有一條泥土路，像是有人經常走過。

平臺上有間小屋，已經破爛不堪。他們繞到小屋右側，那裡的景象使他們大吃一驚。那裡維護得很好，在各種植物的襯托下，它更像是個袖珍花園，園子中央豎著五根柱子，周圍用碎石、礫石粗製濫造地堆疊起來，像個露天教堂。裡面有塊墓碑，墓碑前有一張木製的舊跪凳，墓碑上擺著一些珍珠花圈。周圍木欄杆的左邊掛著象牙雕塑的耶穌像，右邊則是一串用金絲托架固定的紫晶球圓珠。

貝爾瓦和克拉麗走上前，數了數花圈，一共十九個。把花圈拿開，他們看見已經被風雨剝蝕的碑文：

巴特里斯和克拉麗安息於此，兩人於一八九五年四月十四日被害。

此仇必報。

10 紅絲繩

兩人驚訝得張大了嘴，巴特里斯顯得格外激動，他說：「竟會有這種巧合，我父親就是死於一八九五年，不過，他叫阿爾芒。克拉麗，你母親叫什麼名字？」

「路易絲，」克拉麗答道，「她也是一八九五年去世的。」

「照理說，這既不是你的母親，也不是我的父親，那麼只有一種可能。把巴特里斯和克拉麗的名字連在一起的這個人，不僅僅想著我們，也不只是盯著未來，更可能是在懷念過去，懷念被害的克拉麗和巴特里斯，而且發誓要報仇。我們走吧，千萬不要讓人知道我們來過這裡。」

他們返回公館，貝爾瓦把克拉麗送到她的房裡，吩咐亞邦和手下人多加小心後就出去了，直到晚上他才回來，第二天一早又出去了。第三天下午三點，他去找克拉麗，告訴她，自己已經查到父親和她母親的一些情況，他們都死於一八九五年四月十四日。伯爵夫人的全名是路易絲·克拉麗，而自己父親的全名是阿爾芒·巴特里斯·貝爾瓦。這證明了碑文與他的父親和她的母親有關，兩個人在同一天被殺害。是誰殺的？什麼原因被殺害？發生了什麼慘劇？目前還不清楚，但是那間小屋是阿爾芒先生二十一年前買下的，他去世後，這小屋由公證人賣給了一位叫西蒙·迪奧多基斯的希臘人，他是阿爾芒指定的財產繼承人。正是這位西蒙·迪奧多基斯，透過公證人及倫敦律師，支付了貝爾瓦在校的膳宿費，並在他成年後將一筆二十萬法郎的遺產交出來。

儘管迷霧正在一點點被撥開，但仍有很多事情不明朗。特別是有一件事情，比其他的問題更重要，那就是，克拉麗的母親和貝爾瓦的父親曾經相愛過。這個事實將他們連得更緊，同時也深深地困擾著他們。

「兩個相愛的人沒能結合，但他們卻不能忘情，」貝爾瓦歎息一聲，說道，「可能他們愛得有點發狂了，孩子氣地選用了第二個名字，即克拉麗和巴特里斯，以作為互相的稱呼。為了所傾心的情人，父親買下了這所小屋，而你母親就住在旁邊的公館裡。他們在這所小屋幽會，又在這裡被人殺害。這場謀殺一定有人目睹了，西蒙·迪奧多基斯，一定是他！而兇手很有可能是埃塞雷斯！」

克拉麗不安地把頭埋在雙手裡，痛苦地說：「不，不，……這不可能……我不可能是一個殺死我母親的人的妻子。」

「這與你無關，你只是冠了他的姓，但你從來不是他的妻子。讓我們來看看西蒙吧，幾乎所有的事都和他有關。他是我父親的財產繼承人，又是埃塞雷斯的房產看管人和秘書，他一步步地進入埃塞雷斯的生活圈子，難道不是為了執行某種計畫？如果我猜得沒錯，是他一心按我父親的吩咐辦事，以完成上一輩人的心願，讓我們結合，這個目的支配著他的生命。紫晶圓珠、照片都是他所為，還有，寄鑰匙和信給我的陌生朋友也是他，可惜那封信沒收到。」

「你不再認為那個陌生的朋友死了嗎？你不是在電話裡聽見痛苦的呼叫嗎？」克拉麗問。

「我不知道西蒙是單獨行動，還是有其他助手，七點十九分被害的是不是這個人？但有一點我確信，二十年來，西蒙一直在為我們和為了替我們的親人復仇，長期艱苦地執行著他的使命。遺憾的是他現在瘋了！我們無法向他致謝，無法向他打聽他所了解的過去，以及你現在所面臨的危險。可是，只有他……我要去試試！」

貝爾瓦在房間裡找到了西蒙，這個房間，德斯馬利翁和貝爾瓦都曾經趁老人不在的時候進去搜查過，除了發現一張劃著三角形的紙以外，沒有什麼異常。

為了喚起西蒙的記憶，貝爾瓦在一張白紙上寫下幾個字：「巴特里斯和克拉麗——一八九五年四月十四日。」

西蒙居然點了點頭，貝爾瓦大喜過望，接著寫道：「阿爾芒．貝爾瓦。」

老人笑了，但依然是一種麻木狀態。巴特里斯又做了些試驗，在紙上寫下埃塞雷斯、法克西上校和布林賴夫的名字，畫了一個三角形。老人不理解地傻笑著，然後站了起來，取下帽子，離開房間，貝爾瓦緊隨其後。

西蒙走出公館，朝奧德伊方向走去，經過布蘭維里埃街，穿過塞納河，又毫不遲疑地踏上了往格勒奈爾區的路。然後在一條大街上停下，做了個手勢，示意貝爾瓦也停下。老人把頭伸過去，巴特里斯也依樣伸過頭去。對面的一家咖啡店裡坐著四個顧客，貝爾瓦認出，面孔朝外的人正是布林賴夫。

西蒙沒有再說什麼，徑自走了。貝瓦爾跑進郵局，打電話給德斯馬利翁，告訴他布林賴夫在這裡，德斯馬利翁先生答應馬上趕來。自從埃塞雷斯被殺以來，警方對於法克西上校四個同謀的調查工作毫無進展。雖然發現了格雷戈瓦先生的藏匿地點及那個有壁櫃的房間，可是全都是空蕩蕩的，同夥們都銷聲匿跡了。沒想到，西蒙竟然知道他們的動向。

幾分鐘後，德斯馬利翁帶著警察趕到，那幫傢伙束手就擒。其中的三個被押送到拘留所看管，布林賴夫則被留下來接受審訊。儘管貝爾瓦有些擔心克拉麗，但想到從布林賴夫嘴裡可能問到有用的消息，就答應和德斯馬利翁一起審訊。

布林賴夫一開始還有些頑固，但提到四百萬法郎的事時，他變得非常氣憤，一邊詛咒著埃塞雷斯，一邊說錢都被一個叫格雷戈瓦的女人偷走了。這個格雷戈瓦是埃塞雷斯臨時雇來的司機。但事實上她是埃塞雷斯的情婦，長得相當壯實，只是不知道她住在哪裡。

德斯馬利翁問到黃金的去向，布林賴夫很肯定地說，黃金還在花園裡或雷諾瓦街的公館裡。至於埃塞雷斯的死，他說不是他們幹的，也一點不知情。

已經問不出什麼了，德斯馬利翁正準備讓手下帶布林賴夫出去，布林賴夫卻提出，想知道是誰出賣了他們。當聽說是西蒙時，他怒不可遏。於是，透露了一個重大的情報，西蒙和他們是一夥的！他經常把埃塞雷斯的陰謀活動告知他們，那天晚上九點，正是他用電話通知埃塞雷斯即將發出火星信號。他為他們開了門，然後使出苦肉計。還有，西蒙這樣做似乎不是為了錢，他恨埃塞雷斯。可惜的是，關於黃金的事，西蒙知道的並不多。

「你還知道西蒙些什麼事？」巴特里斯好奇地問。

布林賴夫說，在出事那晚的前一天，他收到一封西蒙的信，信封裡還裝有另外一封信，提到一把鑰匙的事。那信現在還在他身上，他拿出來給了貝爾瓦。

貝爾瓦接過信，他很快就看到自己的名字，信是寫給自己的。

巴特里斯：

今晚你將收到一把鑰匙，它可以打開埃塞雷斯公館通向塞納河小街上的兩道門，請在四月十四日上午九點去花園，你心愛的女人也會去。你將知道我是誰，以及我要達到的目的。

從現在到四月十四日，會有一場搏鬥，如果我倒下去了，那麼你所愛的人必將面臨最大的危險。所以，你要好好保護她。如果我有幸活下來，我將為你們籌劃幸福。

請接受我全部的愛。

信沒有署名，但布林賴夫肯定那是西蒙的筆跡。而信中所提的女人，就是指埃塞雷斯夫人。

貝爾瓦把信交給德斯馬利翁，他不想再聽下去，匆匆地來到街上，叫了一輛汽車往雷諾瓦街趕去。他有些不安，彷彿西蒙提到的危險已降臨到克拉麗的頭上，他要去保護她。

回到雷諾瓦街，天已經黑了。貝爾瓦在進門前遇到了西蒙，老人什麼表情也沒有，徑自回房了。站崗的士兵說，克拉麗半小時前上樓去了，亞邦在陪著她。貝爾瓦稍微放下心來，他大步上了樓。當他來到二樓，發現沒有開燈時，那種不安又襲上心頭。他連忙打開電燈，發現亞邦跪在克拉麗的房門口，頭靠在牆上，房門大敞。

貝爾瓦跑上前去，亞邦的肩膀上滲著血，無力地癱倒在地。他從亞邦身上跳過去，衝進房裡，立即把燈打開。克拉麗躺在一張長沙發上，一條可怕的紅細絲繩繫在她的頸上。

貝爾瓦保持了軍人特有的鎮靜，他覺得克拉麗的臉並不像死人那樣蒼白，而且還在呼吸。他立即解開克拉麗脖子上的繩子，幾秒鐘以後，她恢復了知覺，用顫抖的聲音說：「你沒事？那個人把……把燈滅了……掐住了我的喉嚨，低聲說：『今晚先殺你，然後再殺你的情人……』喔！巴特里斯，我好擔心你，我為你擔心，巴特里斯……」

11 墮入深淵

貝爾瓦把克拉麗抱到床上，然後去看亞邦，他受的傷不重。貝爾瓦替他簡單地包紮了一下，然後拼命按鈴，把房前屋後的哨兵都召來，告訴他們剛才發生的事，命令他們不要聲張，加強戒備。他認為敵人可能以為克拉麗已經死了，所以，現在必須讓敵人自由行動，讓敵人減少防備，這樣貝爾瓦便能出奇不意地打敗敵人。

貝爾瓦滿懷希望地迎接著他面臨的鬥爭，又再次詢問了亞邦和克拉麗一些情況。他們的回答是一致的，敵人的行動很迅速。貝爾瓦又對現場進行了勘察，得到一條線索，兇手是從僕人住房一側進來的。那裡有一個很小的樓梯連著廚房和配膳間，配膳間有道便門通往雷諾瓦街，有人掌握了門鑰匙。

晚上，貝爾瓦陪了克拉麗一會兒，九點時回到自己的房間。午夜前，一切都很正常。貝爾瓦拿出記事本，在上面詳細記錄一天所發生的事情。大約寫了三十多分鐘，外面傳來隱隱約約的沙沙聲，他想起了那天曾經有人向他和克拉麗開槍的事。

他繼續寫著，頭也沒抬，裝作一點都沒有警覺，靜待時機。然而一小時過去了，又一個小時過去了，窗外沒有任何動靜。貝爾瓦的戰鬥欲望開始消退，他想克拉麗的擔心也許毫無根據。

「管它呢，」貝爾瓦心想，「我已精疲力盡了，敵人可能猜到我為他們設下了陷阱。睡吧，今天夜裡不會有事。」

第二天早上，貝爾瓦檢查了一下，注意到一樓沿花園的那面牆上有一道很寬的牆簷，人可以扶著陽臺在上面走動。而所有房間都可以從牆簷進去。

站崗的哨兵報告說沒有情況，貝爾瓦走進西蒙的房間搜查，他怕敵人利用老人的癡傻，將這裡作為隱蔽的地方。在西蒙屋裡沒有發現任何人，但貝爾瓦在壁櫥裡卻發現了幾樣東西：一副繩梯、一根像煤氣管道用的鉛管、一盞小焊接燈。這是前幾次與德斯馬利翁先生一起搜查時所未見到的。貝爾瓦覺得這些都是可疑物品，是西蒙無意識地撿來的？還是有人帶到這裡的？

貝爾瓦走上前去，西蒙背對著坐在窗前，手裡拿著黑白珠子做的花圈，上面寫著：「一九一五年四月十四日」。這是西蒙為他的亡友做的第二十個花圈。

貝爾瓦突然想起明天是四月十四日，神聖的紀念日……他低頭去看這個不可理解的人，他們的目光相遇了。西蒙以為貝爾瓦要拿他的花圈，便緊緊地抓住，臉上流露出一副很憤怒的樣子。

「別怕，」貝爾瓦說，「我不是要這個。明天，西蒙，我和克拉麗會去赴約，是你給我們選定的日子。或者，透過對這個可怕的過去的紀念，會使你的精神得到解脫。」

傍晚，德斯馬利翁來到雷諾瓦街。他告訴貝爾瓦，自己收到一封非常奇怪的匿名信，上頭寫說一千八百袋黃金將於明晚運往外國，署名是「一位法國朋友」。

貝爾瓦很想把有關四月十四日這天的所有情況，以及西蒙老頭的奇特表現，告訴德斯馬利翁。但出於一種說不清的原因，他沒有說出來。

在此之前，貝爾瓦和德斯馬利翁為黃金偷運的事各奔東西，突然間又被命運驅使，聚在了一起。黃金偷運出境的四月十四日這一天，一個陌生的聲音召喚著貝爾瓦和克拉麗去赴他們父母二十年前就安排好的約會。

第二天，四月十四日，上午九點，哨兵對貝爾瓦說，西蒙拿著東西出去了。貝爾瓦到他的房間裡看了看，發現壁櫥裡的三樣東西不見了。

「西蒙帶了什麼東西出去？」他問哨兵。

「上尉，他拿了一個花圈。」

「沒別的？」

「沒有，上尉。」

西蒙房間裡的窗子打開了，貝爾瓦斷定東西是從這裡拿走的。這個老頭無意間參與了一場陰謀，這個假設得到了證實。

接近十點的時候，克拉麗和貝爾瓦在花園會合。他們來到小街門口，貝爾瓦有些懊悔沒有把事情告訴德斯馬利翁。種種跡象顯示，此行將會有危險，出於謹慎，他帶了兩把槍。他們沿著小路，踏上樹木繁茂、雜草叢生的草地。繞過左邊的小屋，走到他們父母安息的綠色內院，一眼就發現那裡放著第二十個花圈。

顯然，西蒙來過了，他應該在附近不遠的地方。當克拉麗祈禱的時候，貝爾瓦在周圍尋找了一下，但是沒有看見西蒙的影子。他們只好進了小屋，屋裡的陳設給人親切的感覺。房子的天花板中央嵌著一塊玻璃，光線從房頂射進來，兩扇窗子被簾子擋得嚴嚴實實。

「西蒙不在這裡。」貝爾瓦說。

克拉麗沒有吭聲，她仔細地審視著每樣東西，激動得臉色都變了。房裡有很多上個世紀的書籍，封面上都有鉛筆簽的克拉麗的名字。也有一些簽著巴特里斯名字的書，一盒雪茄、吸墨紙、蘸水筆和一瓶墨水。鏡框裡還有兩張小照片：巴特里斯和克拉麗。

每看見一件遺物，克拉麗就激動不已，她靠在貝爾瓦的肩膀上抽泣。

「我們走吧。」貝爾瓦說。

克拉麗點了點頭，可是他們剛走了幾步，就驚恐地停下來，門已被關上了。貝爾瓦過去開門，可是門既沒有把手，也沒有鎖。這門是用木頭做的，又厚又硬。門的右邊，有幾個鉛筆寫的字：「巴特里斯和克拉麗——一八九五年四月十四日，上帝將為我們復仇。」

字下面畫著一個十字，十字下面寫著另一個日期，字體不同，是新寫的：「一九一五年四月十四日」。

貝爾瓦強烈地感到危險正向他們襲來，他衝到一個窗子前，把簾子拉開，發現窗戶被堵死了，玻璃窗和百葉窗之間砌著礫石。他又跑到另一扇窗戶，也是同樣的情形。

他們驚慌地對視著，心裡都想到了可怕的問題。歷史故事又重演了，悲劇將再一次發生，敵人的魔掌抓住了他們！

12 驚恐

貝爾瓦不甘心地撲向窗戶、撲向房門，但一切都是徒勞無功。他失望地叫喊著：「克拉麗，是我的錯。我把你引向了深淵！是我想單獨作戰。我應該向德斯馬利翁先生求教的！請原諒我，克拉麗，我沒想到我們的仇敵會這樣安排。」

克拉麗跌坐在椅子上，微笑著，輕聲安慰道：「沒事的，我們是有仇敵，但我們也有朋友……他們會來找我們的。不是還有西蒙嗎？」

「西蒙？他可能被人控制了。」

「這是什麼意思，巴特里斯？」

他感到了她的慌亂，同時也察覺到自己的軟弱，他極力控制住自己說：「再等等，情況也許不是那麼糟。現在，最重要的是要找到敵人可能進攻的入口。」

兩個立刻四處檢查，但找了一個小時，也沒發現任何痕跡。貝爾瓦把兩把手槍上了子彈，放在身邊。

「這樣，」他說，「我們就可以放心了。任何敵人敢來侵襲，我都會讓他滅亡。」

可是歷史的記憶沉重地壓在他們的心頭，想到父母的過去，他們更加不安。為了驅趕可怕的念頭，他們翻看著父母閱讀過的書籍。在一些書裡有他們留下的字跡，是巴特里斯的父親和克拉麗的母親用來通信的方式。

他們翻遍了大部分的書，除了溫柔的愛情表白外，沒有找到有啟示的東西。他們在等待和不安中度過了兩個小時，貝爾瓦又開始查找，偶然間發現了一個新線索。

那是一本一八九五年出版的書，貝爾瓦發現有兩頁折在一起。他把它展開，竟然是他父親寫給他的一段筆記：「巴特里斯，我的兒子，如果有一天命運使你見到這些字，那是因為我們沒能戰勝死亡。關於這次事件的經過，巴特里斯，你可以到雜屋的兩扇窗戶之間的牆上去看。我或許來得及把它記錄下來。」

貝爾瓦發現，等待著他們的，正是自己父母在這個小屋所經歷過的危險。他來到兩扇窗子之間，這裡有兩公尺高的木質護壁板。他們一眼就發現，這個地方的護壁板好像重新做過，與屋裡其他的護壁板顏色不一致。

貝爾瓦用壁爐架的鐵鉤撬開第一塊護壁板，下面的牆上出現了幾行字。他又用同樣的方法撬開另外幾塊，又發現了好幾行用鉛筆潦草書寫的字跡，貝爾瓦低聲地讀道：「我寫這些，是為了不讓強盜的陰謀得逞，我們要讓世人知道我們的死因。幾天前，那個可惡的傢伙威脅克拉麗如果不接受他的愛，就會用看起來像自殺的方式殺死我們。

一切都如他說的那樣，我們已經被囚禁四個小時了。眼前的門窗被封死了，逃跑是不可能的。我們會怎麼樣呢？」

讀到這裡，貝爾瓦停了下來，他告訴克拉麗，可能殺害父母的人沒有見到這些字，後來被西蒙發現了。為了謹慎起見，他做了新木板把它蓋住，並且在窗戶上增加了兩條窗簾。克拉麗點點頭，示意貝爾瓦繼續往下讀：「我連累了親愛的克拉麗，她雖然盡力控制自己，但還是被嚇得驚慌失措。原諒我吧，我的愛人。」

貝爾瓦和克拉麗凝視著對方，他們現在的心情與父母是一樣的。貝爾瓦又撬開幾塊壁板，想找點有用的東西。但後面卻都是一些發誓要復仇的話。貝爾瓦有些惱火了，他太想得到父親的幫助了。克拉麗開始哭泣，這讓貝爾瓦心慌意亂，只好不停地去撬木板。

父親寫的東西繼續顯現：「嗯？似乎有人在外面走動，有聲音了……是用十字鎬掘地的聲音。不在房子前，而是在房子右側靠廚房的那邊。」

貝爾瓦使勁撬開木板，克拉麗走過來幫助他。這時，窗簾的一角被掀開了。他繼續讀到：「好像有人進了門廳……一個人……肯定是他。我們熟悉他的腳步聲……他往廚房那邊走去，又像剛才那樣用十字鎬掘地，我們聽見石頭碎裂的聲音。現在他出去了，好像是沿著房子上去了，這個壞蛋是要爬上去完成他的計畫。」

貝爾瓦再次停下來，他好像聽到了什麼。克拉麗也豎起了耳朵，然後不安地說：「外邊有腳步聲，房子前面或花園裡。」

兩個人走到一扇窗子前，仔細聽著。真的有人在走動，是一個陌生人的腳步聲。停了幾分鐘，什麼聲音都沒有了。但突然又有另一種聲音傳來，是十字鎬掘土的聲音！可惡的歷史悲劇繼續重演，從前的事正在重複著，只是增添了些陰森可怖。

一小時過去了，掘地時斷時續地進行著，外面的人似乎並不著急。貝爾瓦和克拉麗靠在一起，手拉著手，面對面地站在那兒聽著。等待即將發生的事情。

聲音好像沿著房子上去了，門邊傳來窸窸窣窣的聲音，像是有人往門下塞東西。接著，在兩間相鄰房子的門那邊，隱約聽見有種一聲音，窗外也有同樣的聲音，後來房頂上也有了聲音。他們抬頭往上看，屋頂中間天花板上裝著玻璃的框架，那是房間唯一的採光渠道。忽然，玻璃中的一個角被一隻手輕輕地掀起來，然後是有人從屋頂上下去的聲音。

貝爾瓦幾乎絕望了，他想要知道更多，於是又開始撬護壁板。最後幾塊板子下面是故事的結尾部分，是父親用最後幾分鐘寫成的。

屋頂上又有了聲響。

「他又上去了……他又上去了……」克拉麗摟著貝爾瓦低聲說。

「是的，」貝爾瓦說，「……只是不知道我們將見到誰的面孔。」

克拉麗問道：「會是他嗎？」

「對，是他，看……我父親記下了他的名字。」貝爾瓦半彎著腰，用手指著，「埃塞雷斯，看到了嗎？這是我父親寫的最後幾個字……『天窗開得更大了，一隻手推開了它。我們看見了，他正對我們笑呢，啊！壞蛋，埃塞雷斯，埃塞雷斯，他從天窗裡扔了一個東西下來，一架繩梯，梯子下面有一張紙，上面是埃塞雷斯寫的字：克拉麗一人上來可以獲救，給你們十分鐘時間考慮。否則……』」

貝爾瓦站了起來，盯著天窗，他想知道敵人是否還會故技重施。他想起了在西蒙壁櫥中發現的繩梯。貝爾瓦低聲說：「到底是誰呢？埃塞雷斯和我的父親都死了。第三人就是西蒙，可是他瘋了，在瘋傻的狀態下，他還能使這場陰謀繼續嗎？不，不……是另一個人在控制他，另一個人，他躲在幕後。」

兩個人目不轉睛地看著天窗，這時一隻手推開了它，一個人的頭從開著的天窗中露出來，是西蒙！他透過黃色鏡片瞧著他們，冷漠的臉上既看不出仇恨，也看不出得意。

貝爾瓦裝作扶克拉麗到椅子那兒坐下，他想走到放手槍的桌邊去，拿起武器射擊。西蒙一動不動，活像個可怕的兇神惡煞……克拉麗無法猜透這個盯著她的人。貝爾瓦摸到手槍了，他扣動了扳機。

槍響了，上面的人頭不見了，貝爾瓦和克拉麗手拉著手抱著一線希望等待著。

但房頂上的聲音又響了，和之前一樣，從開著的天窗扔進一樣東西——一副繩梯。他們快速地在梯子下面找到別著的紙條，紙已經發黃、變脆，被磨損了。

這是二十年前，埃塞雷斯寫的那張紙條，像從前一樣用於同樣的目的，進行著同樣的威脅：「克拉麗一人上來可以獲救，給你們十分鐘時間考慮。否則……」

13 棺材釘子

兩個年輕人相視，沉默著，滿心的猶豫和不安。事情已經證明，父母的悲劇肯定要發生在他們身上。從前的克拉麗面臨過這個問題，但她用愛來解決了一切，因為她死了……這個問題今天又重新出現，克拉麗會如何選擇呢？

貝爾瓦望著克拉麗，把她拉起來，激動地喊道：「你走，克拉麗，你必須活下去，走……在這裡等著毫無用處，走吧，趕快走。」

克拉麗的回答很乾脆：「不，我愛你，巴特里斯。」

她用胳膊摟著他的脖子，貝爾瓦遲疑了，他按捺住內心的激動，決心救她出去。

「很好，」貝爾瓦說，「如果你愛我，你就應該活下去。請相信，你自由了，我就算死也是甜蜜的。」

「可是，巴特里斯，從第一天起，我就愛上你了。請別逼我離開，這會比死更加痛苦。」

「不，不，」巴特里斯試圖擺脫她，「你現在的職責是逃走，只有你獲得自由，我才能得救。為了救我，你必須逃出魔掌，揭露真相。」

克拉麗帶著憂傷和疑惑看著他，平靜地說：「你想騙我，巴特里斯。你很清楚，如果我落入這個人的手裡，他不會讓我有說話的自由，直到你嚥下最後一口氣。與其數小時後死，何不現在就在你的懷抱裡死去呢？讓你的嘴唇貼著我的嘴唇，這樣不也是最美好的嗎？」

貝爾瓦遲疑不決，他明白，一旦嘴唇貼在一起，就會使他喪失理智。

「你應該活下去，克拉麗。我真心地祈求你。」

「沒有你，我活不下去，巴特里斯。你是我唯一的慰藉。除了愛你，沒有其他理由。你教會我愛人，我愛你。」克拉麗毫無懼色地說出這些話，她的恐懼已在愛情中消失。貝爾瓦用熱烈的目光看著她，現在他感覺這樣去死是值得的。然而，他還是做著最後的努力。

「克拉麗，如果我命令你走呢？」

「也就是說，」她說，「你命令我與那個男人結合，讓我委身於他嗎？這是你希望的嗎？巴特里斯？」

她的反問使巴特里斯一驚。

「啊！真可惡！這個男人……這個男人……你，我的克拉麗，是如此的純潔，如此春春善良……」

對於這個敵人，他們都沒有把他完全想像成西蒙的形象，雖然他們看到了他。但西蒙為什麼要殺他們呢？此時，他們也不想去弄明白了，因為現在的他們要同死亡鬥爭，而不是猜測製造死亡的人。

「不要再想了，巴特里斯，讓我們在一起吧。」克拉麗低聲說，「把你的手給我，看著我的眼睛，笑一笑，我的巴特里斯。」

他們頓時沉浸在狂熱的愉悅裡，陶醉在愛戀的激情中。

上面的人肯定看見了這一幕，他準備收回梯子。貝爾瓦猛地拉住梯子，但掛在天窗上的繩梯掛鉤脫落了，貝爾瓦摔了下來。上面的人發出一陣冷笑，然後啪的一聲關閉了天窗。

貝爾瓦憤怒地站起來，怒不可遏地開了兩槍，打碎了兩塊玻璃。他跑到門窗前，使勁地拍打著。屋子裡突然陷入一片黑暗，敵人把天窗的百葉窗放下了，遮得嚴嚴實實。

貝爾瓦和克拉麗像盲人一樣，在黑暗中摸索著，他們的手終於碰在一起。

「啊！別離開我，我的巴特里斯，」克拉麗哀求著。

「我在這裡，別怕……我們不會被分開。」

貝爾瓦抽出一隻手，掏出槍，瞄著天窗透光的地方開了三槍。可是百葉窗是用金屬加固的，緊密牢固。透光的縫隙也不見了，敵人把門窗上的縫隙堵嚴了，並且把百葉窗釘在了天窗上。

貝爾瓦摸出一盒火柴，劃燃一根，把克拉麗領到他父親寫著遺言的護壁板前。然後從口袋裡掏出鉛筆，彎下腰在空白處寫起來：「巴特里斯．貝爾瓦與未婚妻克拉麗同時死於西蒙．迪奧多基斯的謀殺，一九一五年四月十四日。」

當他寫完以後，又看見他父親寫的幾行字，歪歪扭扭的：「窒息而死……缺氧……」

最後一根火柴熄滅了，他們默默地站起來。他們終於知道父母所遭受的厄運，現在他們也即將經歷。

貝爾瓦環顧四周，這麼大的房子缺少空氣還不至於窒息，除非……他停了一下，想到在西蒙的壁櫥裡曾經見過的那一捲鉛管。西蒙只需把管子埋設在牆內，將屋頂上的煤氣管道接到廚房裡的煤氣錶上就可以了。煤氣中毒，窒息而死！

事情正一步步地向著敵人設計的那樣發展，他們沒了主意，只能手拉著手在屋裡走來走去。直到精疲力盡，才停下來。這時從一個地方傳來一陣輕輕的噴氣聲，他們明白這聲音來自上面，是從煤氣孔噴嘴裡傳來的。

他們都不說話了，坐在大沙發上。意識開始一點點地模糊起來，克拉麗首先失去知覺，說起了囈語。貝爾瓦覺得克拉麗慢慢地從他的胳膊中滑脫，他也彷彿同她一起來到了一個光明燦爛的無垠深淵前。他們飄呀飄，輕輕地、毫不費力地飄向一個快樂的地方。可是當快到那裡的時候，他疲倦了。克拉麗從他胳膊上下沉的速度加快了，光明的天空變得陰沉。他整個身軀像發燒一樣地顫抖，掉在了一個黑洞裡。

14 陌生人

迷迷糊糊中，貝爾瓦彷彿聽見和看見一個人從一條黑色的通道裡來到自己的面前。應該是西蒙老頭吧。他先將克拉麗抬走了，然後把自己也抬走。

又過了幾小時，或者只過了幾秒鐘。貝爾瓦似乎處於睡眠中，可是無論在肉體上還是精神上都感到極大的痛苦。他像一個掉進大海裡的人怎麼也無法上岸，就這樣游著，水的重量壓迫著他，使他窒息。他想爬上去，可是沒有支撐點，一直向下滑落。

不知又過去了多久，黑暗似乎漸漸退去了，有了一絲光亮。貝爾瓦的壓迫感減輕了，他微睜著眼睛，吸了幾口氣，看了一下周圍，感到驚訝不已。他發現自己正躺在門外露天的一張沙發上，克拉麗也一動不動地躺在另一張沙發上，好像非常痛苦的樣子。

他們之間擺著一張圓桌，上面放著兩杯水。貝爾瓦口渴極了，想喝一杯，可是卻不敢。這時從門裡出來一個人，一個他從未見過的陌生人。

「不要擔心了，上尉，喝一口吧。」陌生人走過來，拿起一杯水遞給巴特里斯。

「我這是在哪裡？」貝爾瓦接過水杯說，「我的上帝！我還活著！克拉麗也是嗎？」

陌生人還來不及回答，貝爾瓦就倒在沙發上。等他再次醒來時，已經清醒了好多。儘管腦子還有點紊亂，呼吸也不大順暢，然而他站起來了。他明白，這一切不是在夢裡。克拉麗也醒過來了，喝了兩杯水。

貝爾瓦想活動一下，可是他不敢走進小屋，只是在墓地那邊的內院裡溜達，然後朝小屋靠花園的那一邊走去。

離小屋幾公尺遠的小路旁，一個男人躺在一把柳條椅上，膝蓋上攤放著一本書，好像睡著了。

貝爾瓦走過去，打量著他。這個人身材瘦長，肩膀寬闊，皮膚黝黑，留著唇鬚，兩鬢有幾綹白髮，年齡最多不超過五十歲。服裝剪裁非常考究，放在草地上的帽子邊簷有兩個字母縮寫：L．P。

「是他救了我們，」貝爾瓦想，「一定是他！可是誰派他來的呢？」

他拍了拍那人的肩膀，那人馬上站了起來，笑著說：「對不起，上尉，我有點睏，打了個盹。怎麼樣了？好些了嗎？克拉麗呢？」

看著貝爾瓦疑惑的樣子，他停住了，然後又笑起來：「啊！我忘了，您還不認識我。唐路易．佩雷納，出身於西班牙的一個古老家族，真正的貴族，有證件……您還是不太明白？您有個朋友叫亞邦，對吧？半個月前，他向您提過我的名字。您開始明白了，對，我就是來援救您的那位先生，對，亞森．羅蘋。」

巴特里斯傻了，亞森．羅蘋居然就在他面前，而且以他個人的意志力和不可思議的力量，把自己和克拉麗從封閉的棺木中救了出來。貝爾瓦握著亞森．羅蘋的手，激動得話都說不出來了。

而亞森．羅蘋卻突然捏住巴特里斯上衣的一顆鈕扣，示意他別動，有人在監視這邊。而且肯定地說是西蒙老頭，他在看被他困住的人是不是被救了出來。

「那麼他沒瘋嗎？」貝爾瓦問。

「當然，他比我們都清醒，所有的一切都是他幹的。我知道您的所有事情，所以能幫您。我曾經給您寫過一封信，不過，被西蒙截走了。他從信裡知道我要來，因此提前行動了。只是，他忽略了對手是我！我是下午一點四十五分趕到的，我去找您，在您房間的牆縫中找到了您的記事本，於是了解事情的詳細情況。我相信，西蒙也是透過這樣的辦法，掌握了你最細微的想法。

「根據您提供的情況，我在亞邦的陪同下，進了這個花園，正好碰到西蒙從花園出來。我趁機用手拔去門閂，闖了進來。西蒙沒有反對，準確地說，是不敢，他肯定知道我是什麼人。不過，當時，我並未懷疑他就是敵人。只是從您的記事本中，感覺他有問題。但我沒想過要抓他，讓他自由行動對我更有利。不出所料，他一直在房子周圍轉悠，沒有溜走。我和亞邦直奔小屋，撬開了鎖，聞到很重的煤氣味。我們把你們兩人弄出來，進行急救。我們之所以還沒有離開這裡，是為了防止那個對你們不利的人回來收拾整理。他不想讓人抓住把柄，想假造你們自殺的現場。總之，就是要再現您的父親和克拉麗的母親過去的死亡悲劇。」

「啊，您怎麼知道？」

「我有眼睛！您父親在牆寫下了很多字，而且，我還知道得更多。不過，暫時還不能告訴您，在等一等……」唐路易側耳傾聽，「別動，他看見您了，他明白了，他走了。」

貝爾瓦激動地說：「他走了？不行，得抓住他。」

「不用擔心，他走不了。我已經安排一個人開了輛計程車等在外面，西蒙肯定會上這輛車的。他要離開巴黎，就只有讓人把他送往某個火車站。二十分鐘後我們就會知道了，走吧，你的肚子餓了吧，我們去好好吃一頓。」

唐路易扶著貝爾瓦慢慢地向小屋走去，用有點沉重的語氣說：「對於這一切，上尉，我要求您絕對保守秘密。我之所以幫您，是因為亞邦在非洲救過我的命。我現在的身分是唐路易．佩雷納，在摩洛哥打過仗，曾有機會在一個中立國家討人喜歡的國王身邊工作過。正是這位國王支援我來完成這項任務，並為我弄到了一張安全通行證，於是我就開始正式執行這一項為期兩天的秘密使命。兩天以後我就得回去，我相信您，所以把實話告訴您。這次來並不是為了您，而是專門為保護我們國家的利益而效命的。一千八百袋黃金，我要讓它們回到國庫裡。不過，您可以如實地把我介紹給克拉麗。」

四十分鐘以後，克拉麗已經回到自己的臥室，她受到了很好的照顧和保護。唐路易讓巴特里斯帶他到書房的地窖裡去，那是埃塞雷斯轉運黃金的地方。但是到了那裡，依然一無所獲。他們又來到平臺上，唐路易站在氣窗旁，查看了一下周圍。在書房窗戶前四公尺遠的地方，有一個圓形的水池，水池中央有一個拿著海螺的小孩塑像。

唐路易走近水池看了看，然後彎腰搬動了塑像，又把它從左到右地轉圈，底座也隨之轉了四分之一圈。只見水池裡的水位迅速下降，池底露了出來。

唐路易跳到池子裡，蹲下去查看。水池的內壁鋪著大理石方磚，紅白兩種顏色組成大幅的圖案，其中一個圖案中間嵌入了一個環扣。唐路易往上一提就拔了出來，現出一個長三十公分，寬二十公分的通氣口。

唐路易肯定地說：「黃金就是從這裡運走的！上尉，請您一直走到花園下面靠牆那兒，與房屋垂直的方向，再砍一根較長的樹枝。喔，您有從小街出去的鑰匙嗎？請給我。」

巴特里斯按他的吩咐做了，唐路易則從小街到了牆另一邊的堤岸上。貝爾瓦把樹枝豎起來，然後穿過堤岸跟唐路易會合。

塞納河河灘有很多靠岸裝卸貨物的泊船，巴特里斯和唐路易在那裡走下幾級石階，來到一處看起來已經廢棄了的加工場，一根木柱上的標牌寫著：「貝爾杜建築工地。」

唐路易沿著護坡走到一個平臺，掀開了平臺上的鐵柵欄，推開門，屋裡擺滿了水桶、十字鎬、手推車，還有整套的窄軌。正對鐵柵欄的地面上有一個長方形的通氣口，與水池裡的那個正好一樣。

唐路易解釋說：「裝黃金的袋子就運到這裡，然後裝到小斗車裡，晚上把窄軌鋪起來，一直鋪到河灘，小斗車再把東西運到駁船上……一種非常簡單的遊戲！法國的黃金就這樣流失了。」

「您認為那一千八百袋黃金已經運走了嗎？」貝爾瓦問。

「恐怕是的。」

兩人沉默了很長時間，唐路易在思考，他凝望著塞納河。沿著堤岸，離工地不遠的地方，停著一艘駁船，上面好像沒有人，但是從甲板的排氣管中卻升起一道細細的煙霧。

「走，去看看。」唐路易說。

他們從堤岸跨上駁船，駁船上寫著：「農莎蘭特號。」

經過一架梯子，他們來到一間兼作臥室和廚房的船艙內。發現裡面有個男人，虎背熊腰，很壯實，身上穿著綴滿補丁的骯髒罩衫和長褲。

唐路易遞給他二十法郎，詢問他這幾天是否看見貝爾杜工地前停了一艘駁船。那人很爽快地說，的確有一隻名叫「美麗的赫萊娜」的機動接駁船，昨天開走了。船上有兩個男的，一個女的，都是外國人。

唐路易又問了問貝爾杜工地的情況，得知工地老闆應召打仗去了，原本不應該有人開工。但前晚，有很多人在堤岸上鋪設鐵軌，隨後有搬運車開動，有人在裝船，不知道裝的什麼。昨天一大早接駁船解開纜繩朝芒特方向開走了。

十分鐘以後，巴特里斯和唐路易回到埃塞雷斯公館。正如唐路易預計的那樣，西蒙上了他安排好的那輛車，讓司機把車開到聖拉札爾車站，在那裡買了去芒特方向的火車票。

15 美麗的赫萊娜號

事情越來越明朗了，德斯馬利翁曾收到的匿名信說黃金已經起運，看來是確切消息。存放黃金的地窖與終點之間可能有一個滯留的隱藏處，要不就是正在等待運送，現在重要的是弄清「美麗的赫萊娜號」躲在哪個角落裡等待著良機出發。之前埃塞雷斯以「火星雨」發信號，而西蒙老頭在埃塞雷斯死後繼續操盤，無疑是為了自己的打算。他要把黃金從盧昂和勒阿弗爾用汽船運到東方。

唐路易囑咐亞邦守著貝爾杜工地，又對克拉麗採取了嚴密的保護措施，自己則和貝爾瓦一道趕往芒特。晚上九點，汽車奔馳在聖日爾曼和芒特的公路上。巴特里斯對整件事還有幾個疑點不明白，首先，埃塞雷斯七月四日早晨七點十九分殺死的那個人是誰？第二，西蒙究竟是怎樣一個人？第三，金三角在哪裡？

唐路易沒有說話，上尉忍不住地說：「究竟怎麼啦？您不答話，好像憂心忡忡。」

「也許是這樣，」唐路易說，「上尉，我對您很坦率，也非常關注您的事情。可是我得向您承認，我有一個最重要的問題和一個目標，現在我得全力以赴。那就是追蹤這批被盜走的黃金，我不想讓它們從我手中溜掉。」

在芒特，他們沒花多久時間就打聽到，有個和西蒙老頭長得很相像的旅客，住進了三帝旅館，現正在四樓一間客房裡睡覺。

於是他們前往三帝旅館。唐路易住在樓下，而巴特里斯由於腿的緣故怕引人注意，便住進了另一家旅店。

第二天早上，唐路易通知巴特里斯，說西蒙去了郵局後又到塞納河邊，然後去了火車站，帶回一個相當時髦的女人，兩個人現在他四樓的房間裡用餐。

下午四點的時候，唐路易讓巴特里斯趕快到城邊塞納河對面的一間小咖啡店會合。在那裡，巴特里斯看見西蒙在堤岸上散步。他背著手一副閒逛的樣子，眼睛卻不時地朝河上張望。

唐路易小聲地讓貝爾瓦留神西蒙旁邊的那個女人，巴特里斯看了一眼，覺得似曾相識。此時，那女人遞給西蒙一張藍色的電報紙，西蒙讀完後跟她交談了一會兒，似乎在商量去向。他們從咖啡店前面經過，沒走多遠又停下來。西蒙在一張紙上寫了幾個字交給他的女伴，女伴便回城去了，而西蒙繼續在河邊散步。

唐路易讓貝爾瓦待在原地，自己跟上了那個女人。

唐路易走後半小時，河灣處出現了一艘接駁船。貝爾瓦清清楚楚地看到上面寫著：「美麗的赫萊娜號」，他激動不已。

接駁船造得很厚實、寬大，好像沒裝什麼貨，可是吃水很深。船上面坐著兩名船員，他們漫不經心地坐在那裡吸菸。

大約過了一個小時，唐路易回來了。他也看到了「美麗的赫萊娜號」，並且看到西蒙上了小船。

貝爾瓦想通知警方，但被唐路易阻止了。他們回到三帝旅館，然後乘汽車往維爾農方向駛去。公路在羅斯尼河岸下面幾公里處穿過河流，當他們到達羅斯尼的時候，「美麗的赫萊娜號」已經進入拉羅什·圭翁峰下的大河灣，公路則從這裡通向博尼埃爾的國道。這次航程至少要三小時，而汽車可以爬坡走近路，十五分鐘後唐路易他們到了博尼埃爾。

唐路易讓汽車停下，下車從小路走到了河灘，找到一條小船，跳進船裡睡覺去了。

過了幾小時，唐路易終於醒了。儘管有些不滿，巴特里斯還是決定和他一起準備行動。他們沒有做任何的交談，村裡的鐘聲響了十一下，「美麗的赫萊娜號」出現了。

巴特里斯有些激動，唐路易使勁劃著雙槳向江心前進。忽然一個黑影出現在月光中，那個黑影在那裡待了十到十五分鐘。唐路易遲疑了一下，將小船掉頭向河灘划去。

貝爾瓦不知發生了什麼事，他以為唐路易想放棄行動，於是急切地問：「您在幹什麼？您背道而馳，為什麼？」

唐路易跳到岸上，把手伸給巴特里斯，說說：「我們受騙了，或者說得正確一點，是我受騙了。趕快上路，上尉。」

貝爾瓦站在船上不動，他把船一推，抓起槳說：「如果您害怕了，我就一個人去，不需要任何人幫忙！」

唐路易無奈地回答：「一會兒見，上尉，我在旅館等你。」

貝爾瓦毫不費勁地把船划到了河中間，並以威嚴的聲音命令「美麗的赫萊娜號」停下來。他登上船，說自己是軍方派來檢查船隻的。船上的人很合作，但是，貝爾瓦既沒有看見西蒙老頭，更沒有找到黃金，船艙幾乎是空的。

船員告訴貝爾瓦，這條船被軍需處徵用了，現在要到盧昂。至於在芒特上船的西蒙·迪奧多基斯，是專程來給付他們運費的，辦完事後就搭火車往盧昂去了。兩天前，他們在巴黎裝了很多袋子，昨天晚上又把貨轉到了從波瓦西下游開來的一艘叫「羚羊號」的小汽輪上。小汽輪開得很快，可能已經過了盧昂。在此之前，他們曾替埃塞雷斯運過貨，每一次的報酬都很豐厚。

巴特里斯急忙回到岸上去找唐路易，把情況全部告訴了他。但唐路易一點也不著急，讓貝爾瓦跟他一起上車，自己坐到司機的位置，徑自往巴黎方向開去。貝爾瓦急壞了，大聲質問唐路易。

唐路易笑著告訴他，那兩個水手是騙子，是西蒙老頭設下的一個圈套，他現在正在巴黎。巴特里斯一驚。西蒙在巴黎！克拉麗也在巴黎。於是，他沒有再反對。

唐路易又接著說：「西蒙很狡猾，他這樣做是為了擺脫我，調虎離山。是他牽著我們從地窖走到貝爾杜工地，上了那條接駁船，聽了那人的話，趕到芒特。他想讓我們繼續追下去，到盧昂，到勒阿弗爾，一直到世界的盡頭，結果什麼都找不到！所以，放棄追尋才是我們應該做的。」

汽車全速行駛著，唐路易提到了一個問題。他覺得在芒特看見的那個女人很可疑，總讓他聯想到「農沙蘭特號」上向他們提供情況的那個人，這個女人到底是誰？

沉默了一會兒後，巴特里斯隨口說：「難道是格雷戈瓦？」

「嗯？您說什麼？格雷戈瓦？」

「是的，在咖啡店裡抓住布林賴夫的那天，他們說格雷戈瓦是女的。」

「上帝！您的記事本上隻字未提！上尉！如果早知道，我就會猜到這個船夫就是格雷戈瓦，我們也不會浪費整整一個晚上了。不過，還來得及！」

汽車已經到達巴黎附近，巴特里斯變得越來越不安。他們沿著堤岸行駛，貝爾杜工地沒有人，堤岸下面也沒有，亞邦不知到哪兒去了，月光下泊著另一艘「農沙蘭特號」接駁船。

唐路易認定這條駁船是格雷戈瓦平時的住處，她以為唐路易他們還在勒阿弗爾的公路上，所以應該已經回到這裡了。

兩人打開手電筒，跨過登船的跳板，來到船艙。推開艙門，裡面的一幕讓他們大吃一驚。一個女人倒在鐵床上，穿著件男人的罩衫，胸口敞開著，臉上一副恐懼的表情。從船艙中混亂的情況來看，這裡曾進行過激烈的搏鬥。

這時巴特里斯往艙外看了一眼，發出一聲驚叫。唐路易順著他的目光看過去，見河面上漂浮著一條藍色的頭巾。

巴特里斯結結巴巴地說：「這是克拉麗的護士頭巾……」

「不可能！沒人知道她的地址。」

「可是……我……我從芒特……給她發過電報……」

「您說什麼？是在芒特郵電局嗎？」

「是的，而且，這個女人，這個被殺害的女人當時在那裡。」

「您這糊塗蟲！上尉！」

巴特里斯不顧一切地跑了出去，半小時後，他手裡拿著兩份電報回來了，是在克拉麗的桌上找到的。第一份是他發的，而第二份很明顯是西蒙發的，內容是：「事態嚴重。計畫改變，我們將返回。你今晚九點在你家花園的小門等候。巴特里斯上尉。」

16 第四場戲

「上尉，」唐路易說，「您得承認，您幹了兩件漂亮的蠢事。」

看到上尉一副沮喪的樣子，唐路易不好繼續指責他，便說了幾句安慰的話，告訴他，情況也許比想像中要好。如果沒有估計錯，西蒙把克拉麗劫持到了河灘，企圖弄上船去，卻被亞邦發現了。於是發生了打鬥。那個女人當了西蒙的戴罪羔羊，死在亞邦的鐵拳下，而西蒙則借機帶著克拉麗逃掉了。亞邦可能受了傷，但他一定是得知了西蒙會到什麼地方，就跟著追去了。

「看，您走後，我發現了這個。」唐路易把一張名片遞給貝爾瓦，「這是亞邦別在窗簾上的，『吉馬德街十八號，阿美戴．瓦什羅』，吉馬德街離這裡很近。」

他們迅速出發了，汽車開到了吉馬德街，這是帕西區的一條小街，十八號是一棟老建築的大宅院。他們按了門鈴，這時已是淩晨兩點。

他們告訴看門人，想找阿美戴．瓦什羅先生，不料看門人說自己就是。唐路易出示了一個類似獎章的東西，說自己是警方派來的。然後以嚴厲的聲調問他是否知道西蒙．迪奧多基斯在哪裡。

看門人一愣，說道：「要害他嗎？如果要害他，那就別問我。我寧死也不願傷害西蒙先生，他是好人。」

唐路易的語氣緩和下來，解釋說他們是來幫助西蒙的。瓦什羅點點頭，大聲說道：「啊！西蒙先生真的有事？怪不得，我從來沒見他這樣激動不安。他半夜曾到這裡來過，現在已經走了。」

貝爾瓦做了個失望的表情，問道：「他是不是留下一個人在這兒？」

「沒有，但他想帶一個人來。」

「一位女士？」

瓦什羅先生猶豫了。

「我們知道，」唐路易說，「西蒙．迪奧多基斯想把一位他最尊敬的女士藏在某一個地方。也就是埃塞雷斯夫人，銀行家的遺孀，西蒙在她家擔任秘書工作。因為埃塞雷斯夫人受到迫害，他想保護她免遭敵人的毒手。我們是來幫助他們兩人的，所以請求您……」

「那好，」瓦什羅先生完全放心了，「我認識西蒙先生很多年了，他給我錢，讓我有了這份工作。還經常到我這兒來聊天，是一個了不起的人，做了很多好事。剛才，他還冒著生命危險救埃塞雷斯夫人……他跟我說會馬上帶夫人來的，可是一直沒回來。我有點擔心，是不是跟蹤他的人襲擊了他？要不就是夫人……夫人遭遇到了不測？」

「您說什麼？遇到不測？」

「是的，西蒙先生告訴我要一起到那邊去找她。他說，夫人被放在一個洞裡，兩、三個鐘頭還可以，但時間長了，她就會悶死。」

貝爾瓦不由自主地失去了控制，一想到克拉麗瀕臨死亡，他就心慌意亂，魂不守舍。他搖著瓦什羅先生的肩膀，朝他發洩自己的憤怒。「可惡的傢伙，我不會饒了他！」

看門人後悔了，他堅決且鎮定地說：「你們欺騙了我，先生們。你們都是西蒙先生的敵人，我不會再告訴你們任何一句話了。」

巴特里斯怒火中燒，拔出手槍對著他：「你不說？我……我數到三，如果你不說，你就會知道貝爾瓦上尉不是好惹的。」

看門人瑟瑟發抖，他看著上尉的表情，彷彿是某件事扭轉了局勢。

「貝爾瓦上尉！您說什麼？您是貝爾瓦上尉？」看門人顫抖著問。

「當然。」

「巴特里斯．貝爾瓦！您是巴特里斯．貝爾瓦，您怎麼能把西蒙先生當成您的敵人？不，不，這不可能。您不知道自己在幹什麼……殺死西蒙？您……您是他的兒子啊！」

巴特里斯憤怒不已，厲聲說道：「我是西蒙的兒子？你胡說八道！你想救他？你可真是爛好人！你根本不知道他有多麼卑鄙。」

唐路易一直靜靜地聽著，他示意巴特里斯安靜，並說：「上尉，請允許我把這件事情弄明白，好嗎？幾分鐘就夠了。」

沒等上尉答應，唐路易彎下腰去，慢慢地問道：「請說明白點兒，瓦什羅先生，西蒙．迪奧多基斯不是您恩人的真名實姓，對嗎？」

「是的。」

「他叫阿爾芒．貝爾瓦，他的情人暱稱他為巴特里斯．貝爾瓦。」

「對，就如同他兒子的名字。」

「這個阿爾芒．貝爾瓦和他的情人克拉麗．埃塞雷斯的母親同時死於一個兇手之手，是嗎？」

「是的，當時克拉麗．埃塞雷斯的母親死了，而他並沒有死。」

「那是發生在一八九五年四月十四日？」

「是。」

貝爾瓦跌坐在一張椅子上，手肘撐在桌上，頭埋在手裡。說實話，這是很可怕的時刻，沒有什麼災難能使他這樣驚慌失措。唐路易激動地望著他，然後對看門人說：「瓦什羅先生，請簡單說說一八九五年四月十四日所發生的事。」

「喔，一八九五年時我還在棺材店裡當夥計。四月十四日那天，有人在我們那裡訂做了兩口棺材。我和一個夥計把棺材送到雷諾瓦街的一間小屋，將那裡的兩具屍體裝進去。十一點的時候，老闆把我一人留下來，就在我要釘釘子時，一件事情發生了，那具男屍動了動。我嚇壞得說不出話來，只能呆呆地看著他慢慢地醒來。他睜開眼睛的第一句話就是：『她死了，是嗎？』然後讓我不要告訴任何人，我答應了。他爬起來，俯身去看另一口棺材，親吻擁抱了那具女屍很多次，他對她說：『我要為你報仇。我將終生為復仇而獻身，因此，我將按照你的意願，讓我們的孩子結合。』接著，他讓我幫他把克拉麗的屍體抬出來，放到隔壁的小房間裡，又到花園裡抬了幾塊大石頭放進棺材，以替代兩具屍體。弄好後，我釘上棺材，叫醒修女，就回去了。隔天早上，送葬的人抬走了棺材。」

貝爾瓦鬆開手，失神地望著唐路易和看門人，然後問道：「墳墓呢？兩個死者安葬在被謀害的小屋旁的那墓地呢？碑上還有文字……」

「那是阿爾芒先生要求我這樣做的，當時我住在那屋子的頂樓上。她為他租了一套房子，他以西蒙‧迪奧多基斯的名義偷偷地住在那裡，並買回了小屋。我想，可能是絕望使他心理失去了平衡，他把他們兩人的名字寫在各個地方，墳上、牆上、樹上，甚至花壇上。他這樣做是增強為死者復仇的決心，也是為了他的兒子和她的女兒……」

貝爾瓦以一種無法置信的聲音喊道：「不，不可能！如果你說的都是真的，他怎麼會把我和克拉麗引到小屋去，企圖像別人殺害我們的父母那樣殺害我們……」

「他只是想讓你們結合在一起。」

「荒唐！結合？在死亡中嗎？他是強盜！惡魔！」上尉痛恨地說。

「他是世界上最誠實的人，先生，他是您的父親。」

貝爾瓦忍不住跳了起來，吼道：「證據！給我證據！」

老人沒有再說話，他把手伸向書桌，從抽屜裡拿出一疊紙來。

「您認識您父親的筆跡吧？您在英國讀書的那段期間他給您寫過信。看看吧！這是他寫給我的信，您的名字在信中出現上百次，還有克拉麗。他牽掛著您的生活、課業、工作，他讓記者給您拍照片，甚至親自跑到薩洛尼卡給克拉麗拍照。在信裡，您會看到他對埃塞雷斯的仇恨和他的復仇計畫。」

老人把信擺在貝爾瓦的眼前。他一眼就認出了父親的筆跡，於是飛快地讀著。瓦什羅先生問：「您還懷疑嗎？」

貝爾瓦用拳頭敲打著自己的頭，滿臉痛苦地說：「可是，在那小屋裡，我親眼看見他的頭出現在天窗上，他的眼睛裡只有仇恨……」

「一定是您的幻覺！」老人反駁說。

「或許是瘋了，」貝爾瓦喃喃地說，氣得用力敲著桌子，「這不是真的！這個人不是我父親。不！他是一個惡棍……」

他在室內踱了幾步，然後在唐路易跟前停下，斷斷續續地說：「我們走吧，我可能也瘋了。我們走，克拉麗還處在危險之中……」

貝爾瓦像喝醉了酒似的挽著唐路易出了門。唐路易安慰他，讓他不要著急，說克拉麗暫時沒有危險。貝爾瓦抓住唐路易的胳膊，有氣無力地問：「您相信他是我的父親嗎？不要轉彎抹角，直接回答我。」

唐路易答道：「相信。迷霧正在一點點散去，瓦什羅先生的話給了我很多啟示。我們現在該去的地方仍然是藏黃金之處，敵人所有的活動都圍繞著黃金，所以是不會離開那兒的。」

貝爾瓦沒再說話，跟著唐路易往前走。接近雷諾瓦街街口時，他們聽到了槍聲，似乎是從埃塞雷斯公館或公館附近傳來的。他們急急忙忙地趕過去，貝爾瓦身上帶著鑰匙，可是通往小屋花園的小門被人從裡面插上了門閂，整個公館很平靜，不像有什麼事發生。唐路易決定到堤岸上的貝爾杜工地去看個明白。

天濛濛亮了，堤岸上還沒有人，貝爾杜工地也沒有什麼異樣。唐路易重新回到小屋花園，與貝爾瓦會合。貝爾瓦發現小屋花園的走道底下有一副梯子，同時，唐路易在走道上看到了亞邦用粉筆畫的一個三角形。由此，他斷定是亞邦用梯子爬進了花園，因為西蒙有鑰匙，沒必要使用梯子。亞邦可能看見了西蒙和克拉麗，也可能知道了藏黃金的地方。但現在不清楚的是，亞邦和克拉麗到哪兒去了，是被西蒙劫走了，還是已經逃走。

貝爾瓦問：「您的意思是，一切在我們到達巴黎之前就發生了，那我們剛才聽到的槍聲又如何解釋？」

「這個我不知道。但是，這裡一定發生了搏鬥，亞邦受傷了，西蒙也許逃走了，也許已經死了。我們還是進去看看吧。」

他們利用梯子爬進了花園，朝小屋走去。天很快就大亮了，一切都看得很清晰。走在前面的唐路易突然轉過身來說了句「我沒有搞錯」後，立即奔了過去。

門廳的門前，亞邦和西蒙在扭打成一團。亞邦一動不動，血順著臉頰流下來，但右手一直掐著西蒙的喉嚨。唐路易很快就斷定亞邦死了，而西蒙．迪奧多基斯還活著。

17 西蒙挑戰

唐路易和貝爾瓦費了很大的力氣才把亞邦的手掰開，這個忠誠的人至死也不放開敵人，他的手掐著西蒙的脖頸，使他昏迷過去，呼吸衰弱。

在院子的砌石路上，唐路易發現了一把手槍，應該是西蒙用來襲擊亞邦的。唐路易輕輕地為亞邦闔上眼睛，然後和貝爾瓦一起把亞邦的屍體抬到大廳旁邊的小房間裡，接著開始仔細觀察搏鬥現場。

貝爾瓦把西蒙拖到了牆角，滿懷仇恨地盯著他。他看上去很痛苦，呼吸困難，喉頭被掐破了，那副黃色眼鏡也在搏鬥時掉了，濃密的白眉毛下面，沉重的眼皮腫脹著。這個惡魔前天製造了一起陰謀，現在又殺死了亞邦，還像野獸似地把克拉麗關在一個洞穴裡，準備肆意地折磨！

唐路易讓貝爾瓦搜一搜西蒙身上，但上尉不願意。唐路易親自動手，從西蒙口袋裡掏出一個皮夾，皮夾裡有一張西蒙·迪奧多基斯的居留證，上面注明是希臘人，並貼有照片，上面蓋有警察局一九一四年十二月的印章。還有一些的證件、單據、備忘錄之類，寫的都是西蒙的名字，另外有一封阿美戴·瓦什羅寫的信，上面寫著：

親愛的西蒙先生：

我在野戰醫院拍攝了一張埃塞雷斯夫人和巴特里斯並肩站在一起的照片，如果能使您滿意，我很高興。可是您什麼時候把真相告訴您親愛的兒子呢？他會多高興啊！

在信的下面，是西蒙·迪奧多基斯自己的批註：

我再次向自己莊嚴地保證，在我的未婚妻克拉麗・埃塞雷斯未相愛與結合以前，我絕不會向自己的兒子披露真相。

「這是你父親的筆跡？」唐路易問。

「是的。」貝爾瓦有些驚慌地回答。

就在這時，西蒙醒了，貝爾瓦馬上以嚴厲的聲音問道：「克拉麗呢？」

西蒙驚慌地望著貝爾瓦，傻愣愣地，似乎還沒有明白過來。

貝爾瓦又生硬地問：「克拉麗？你把她藏在哪裡了？她死了嗎？」

西蒙沒有搭話，他向周圍望了望，看見唐路易，然後閉上了眼睛，靠在牆上。

貝爾瓦無比憤怒地喊道：「你回答……回答我……否則我要你的命。」

西蒙再次睜開佈滿血絲的眼睛，指了指喉嚨，示意他說話很困難。片刻之後，他才很費勁地說：「巴特里斯，是你嗎？我的兒子，我等了你好長時間！可……可今天，我們卻成了仇敵……」

「是的，仇敵！」巴特里斯一字一頓地說，「我們之中，不是你死，便是我亡。亞邦死了，克拉麗可能也死了……她現在在哪兒？在哪兒！」

西蒙還是呢喃道：「巴特里斯，是你嗎？」

這讓上尉憤怒不已，他粗暴地拎著西蒙的衣領。西蒙一眼看見了他另一隻手裡拿著的信，沒有反抗，而是低聲說：「巴特里斯，你讀過那些信，你該知道我們的關係。我的兒子，啊！我多幸福！」

貝爾瓦鬆開手，厭惡地看著西蒙，低吼道：「這是不可能的事。你說謊！你說謊！你是一個強盜！如果真是那樣，為什麼你要謀殺我和克拉麗？為什麼？」

「我瘋了，巴特里斯，我所經歷的災難刺激了我……我想不起來了，我做了違心的事，是嗎？在小屋裡？天啊……我……」

西蒙自言自語地小聲說著，顯出很痛苦的樣子。貝爾瓦的心裡越來越不安。唐路易緊盯著他們兩人，好像在研究什麼。

西蒙抬起頭，望著貝爾瓦說：「我可憐的巴特里斯，我多麼愛你，可是怎麼會這樣呢？我覺得自己失去理智了……從埃塞雷斯死後就開始了……」

「埃塞雷斯是你殺死的？」巴特里斯問。

「不，不是……是別人替我報的仇。我不知道他是誰，一切都無法理解……自從克拉麗死後，我一直很痛苦，至於小克拉麗，她……她不該嫁給埃塞雷斯，不然，很多事就不會發生……」

貝爾瓦感到心情鬱悶，小聲地問：「她在哪裡？你……你殺了她！」

「不，她活著，我向你發誓，她在……」西蒙停住了，他看了一眼唐路易，然後說，「巴特里斯，讓這個人先出去吧！」

唐路易．佩雷納笑著說：「我應該回避，是嗎？如果我走開，你就會說出克拉麗在哪兒，是吧？」

「是的。」西蒙說。

貝爾瓦也以一種反感的語氣說：「唐路易先生，您能出去一下嗎？」

「是這樣的，上尉，」唐路易不無譏諷地說，「如果我沒猜錯，尊敬的西蒙先生將以口頭許諾，幫你去找克拉麗媽媽，讓您給他自由，我猜您可能會接受他的建議，是嗎？可是我敢打賭，克拉麗與黃金藏在一起。救出克拉麗，就等於找到了黃金。簡單地說，尊敬的西蒙先生將跟你做一筆『我給你克拉麗，但我留下黃金』的交易。怎麼樣？您還要單獨跟這位尊敬的紳士談嗎！」

貝爾瓦走到唐路易跟前，帶著咄咄逼人的口氣說：「不管怎樣，我要救克拉麗！」

兩個人面對面站著，唐路易始終保持著冷靜，他說：「上尉，我認為這是騙局。天哪！三億法郎我不會放棄！不過，我不反對你與尊敬的西蒙先生單獨談談……但我不會走遠，這樣可以吧？」

西蒙和貝爾瓦都點了點頭，唐路易微笑地往外走說道：「好，你們去談吧，最好簽一個協定——尊敬的西蒙先生一定告訴他兒子，克拉麗藏在哪裡，並把她交出來。至於我嘛，要去對現在和過去進行補充調查，上尉，一會兒見，不要忘了您的保證。」

唐路易打著手電筒走向小屋，然後去了工具房。貝爾瓦立刻用命令的口氣對西蒙說：「你可以說了吧！」

「我告訴過你，克拉麗還活著。不要相信那人，巴特里斯，他想奪走黃金。」

貝爾瓦不耐煩地說：「這個你別管，我只想找到克拉麗……你離開的時候，她還活著嗎？可是你離開以後……」

「啊！我不能擔保，從昨天夜裡到現在已有五、六個鐘頭了，我怕……」

貝爾瓦嚇得背上冒出了冷汗，但他還是控制住自己，說道：「不要浪費時間，帶我去找她。」

「好。可是有個條件……只有一個條件……巴特里斯，你以她的腦袋擔保，把黃金留下來，並且不讓任何人知道。」

「我保證。」

「你保證，好，可是那傢伙……你那該死的同伴……他會跟蹤我們，所以……」

貝爾瓦左腿彎曲，幾乎跪下了，氣呼呼地說：「不要再耽誤時間了，你說什麼我都答應！」

「是的，可這個人……」

「你到底想要幹什麼，你有什麼要求？」貝爾瓦抓住西蒙的胳膊，這就是他的父親，他從來沒有這樣厭惡過。

「聽著。他在那兒，工具房裡。別讓他出來，很簡單，你只要動一下手就行了，把門關上，這就夠了……明白嗎？」

貝爾瓦生氣了，儘管他不認同唐路易的某些做法，但唐路易畢竟是自己的救命恩人！他握緊拳頭，拒絕了西蒙的請求。

西蒙繼續嘮叨：「不要再猶豫了，為了克拉麗，她可能無法呼吸了，而你……而你卻在這裡討價還價，你把這人關十分鐘不行嗎？不會超過十分鐘，你聽見了，還猶豫嗎？那麼殺死克拉麗的人就是你，想一想吧，克拉麗要被活埋了！」

貝爾瓦站了起來，他已下定決心，邁著堅定的步伐穿過門廳朝小屋走去。

工具房內，燈光在閃爍。貝爾瓦毫不猶豫地關上了門，又急忙轉回身來，要求西蒙馬上走。

「扶我一把，」西蒙說，「我站不起來。」

貝爾瓦將扶他起來，抱著他的腰，一步一步地慢慢移動。為了救克拉麗，貝爾瓦克制著，任由他所痛恨的人緊緊地貼在自己身上。

幾分鐘後，他們走到了小屋旁的墓地處。西蒙示意就在這兒，貝爾瓦驚愕地大吼起來：「上帝！克拉麗在這兒嗎？在底下？已經埋了？喔！卑鄙！」

西蒙蹲在草地上，指揮貝爾瓦撬開了石碑，三道石階露在外面，下面有一個容量很小的地窖，貝爾瓦彎著腰勉強進去了。

西蒙跪在草地上指點道：「看見了嗎？你的克拉麗在那兒，那裡有一道隔牆，幾塊用泥巴砌的磚，還有一扇門。後面是另一個墓穴，克拉麗的墓穴，再後面，巴特里斯，是另外一個洞穴……那裡放著一袋袋的黃金。再往前一點，往裡一點……你能動嗎？」

「能。」貝爾瓦說。

「好，繼續下去，孩子。」西蒙突然哈哈大笑起來，然後猛地一下抽掉鐵杆，墓碑以不可抗拒的力量重重地落了下來。

貝爾瓦想站起來，但西蒙拿著鐵杆朝他頭上擊去。貝爾瓦大叫一聲就不能動彈了。西蒙狂笑著站起來，回到了小屋，到達前廳門前，他側耳傾聽，唐路易正在工具房和臥室裡敲打著牆壁。

「很好，」西蒙譏笑道，「這回該輪到他了！」

很快，他又走到小屋右側的廚房裡，打開煤氣計量表，鑰匙一轉，煤氣就出來了。對貝爾瓦和克拉麗沒有成功的詭計，又一次用在了唐路易身上。

做完這些後，西蒙稍稍休息了一下，然後圍著小屋轉了一圈，找到他的那副黃眼鏡，把它戴上。又走到花園裡，打開門，穿過小街，來到堤岸上。在貝爾杜工地的矮牆前，西蒙毫不遲疑地登上一輛汽車，朝吉馬德街開去。他在門房裡找到了瓦什羅，立刻受到熱情親切的接待。

瓦什羅告訴西蒙，貝爾瓦剛才來過，西蒙吃了一驚，但他馬上鎮定下來，吩咐瓦什羅拿出電話簿，查找一個叫熱拉德的醫生。

瓦什羅不明白西蒙想做什麼，但他知道那個在蒙莫朗西街開診所的熱拉德醫生名聲不太好，涉嫌偽造護照和證件。他想問問西蒙，可是被西蒙不耐煩地阻止了。

西蒙翻著電話簿，把號碼記在報紙上，然後讓瓦什羅撥號。電話接通了，醫生出門去了，要到十點才回來。

西蒙囑咐瓦什羅，以他的真名實姓——阿爾芒．貝爾瓦——約見醫生，說有急事，必須進行手術。接著，他又讓瓦什羅帶上手槍，送他到房間去。

門房後面有一個院子，連著一條長廊。長廊的盡頭又有一個院子，院子裡有一棟帶閣樓的小平房。

他們走進去，在第二間房間裡停下來，西蒙似乎已經精疲力竭，他坐在椅子上。可是立刻又站了起來，不假思索地做了個果斷的手勢，問瓦什羅大門是否關好，會不會有人看到他們。在得到答案後，他要來了瓦什羅的手槍，一邊把玩著，一邊問：「如果我開槍，外面的人會聽見槍聲嗎？」

「聽不見。可是您……西蒙先生，您要自殺？不要做傻事！」

「笨蛋！一切妨礙我、可能出賣我的人都不會有好下場，包括你。」

西蒙摳動了扳機，瓦什羅應聲倒下。西蒙扔下槍，漠然地站在那裡，短短的幾個鐘頭，他擺脫了格雷戈瓦、克拉麗、亞邦、巴特里斯、唐路易和瓦什羅。他的嘴角浮現得意的笑容。

九點四十五，西蒙從房子的另一扇門出去了。他換乘了兩次車，來到蒙莫朗西街。找到了熱拉德醫生。

18 熱拉德醫生

熱拉德醫生的診所在一座美麗的花園中，一位男護士為西蒙做了常規檢查，然後把他帶到房子盡頭的一個廳裡。醫生在那裡等候。這是一位六十歲左右但仍顯得相當年輕的男人，臉上刮得乾乾淨淨，身上穿著件白長袍。

西蒙很費勁地說明了自己的情況，說昨天夜裡，自己被歹徒襲擊，弄傷了喉嚨。醫生查看了一下，只是外傷，喉管痙攣，需要做插管。接著，他命令助手將一根長長的管子插進西蒙的喉管裡，自己徑自出去了，半小時後，他回來把管子取出。

西蒙的呼吸暢通，他付了錢，熱拉德醫生把他送到門口。他忽然停住，以一種信賴的口吻說：「我是阿爾布恩夫人的朋友。」

醫生好像沒明白他這話的意思，於是他又說：「這個名字您不大熟悉？就是穆斯格拉南夫人。我們可以談談嗎？」

「談什麼？」熱拉德醫生顯得更加驚訝。

「請相信我，醫生！只有我們兩個人，我們可以談談。」

西蒙很乾脆地坐下來，醫生也在他對面坐下，臉上堆滿疑惑。

西蒙開門見山地說：「我是希臘人，希臘一直是法國友邦，我本來可以很容易地獲得護照並離開法國。可是由於私人原因，我不想在護照上使用真名，所以，我希望您能幫助我毫無阻礙地離開這裡。談個價，好嗎？我很乾脆，要多少？」

醫生憤怒地站起來，用手指著門。西蒙沒有表示反對，拿起帽子。當他走到門口的時候，又回頭說：「兩萬法郎，怎麼樣？」

「是不是讓我叫人來？」醫生說，「把您扔出去？」

西蒙笑了，他沉著地、一字一頓地說：「三萬如何？四萬？五萬？喔！喔！我可以出更多……可是您給我的不只是貨真價實的護照，而且還要保證我能離開法國，就像我的朋友穆斯格拉南夫人一樣。好吧，十萬？怎麼樣？」

熱拉德醫生看了他很久，然後迅速地把門關上，說了一句：「我們談談吧。不過，十萬是討論問題的基礎。」

西蒙猶豫了一下，他沒想到這人胃口這麼大。不過還是坐了下來。

醫生問道：「您的真名實姓？」

「這個不能告訴您。我再說一遍，由於私人原因……」

「那麼，我要二十萬。」

「什麼？」西蒙跳起來說，「您也太狠了！既然同意為我偽造護照，我的真名與您有什麼關係呢？」

熱拉德冷靜地回答：「我不是逼您！說不說是您的自由。不過，對我而言，幫助一個人逃跑，知道他的真實身分有很大關係。因為幫助一個間諜逃跑，比幫助一個普通人，所擔的風險要大得多。」

「可我不是間諜。」

「我需要證明！」

西蒙老頭沉住氣，用手帕擦幹臉上的汗珠。很顯然地，熱拉德不是省油的燈，但不管怎樣，不能讓這個談判失敗。「好吧，我們達成協定了。不過，您是否可以更優惠些？穆斯格拉南夫人告訴我，您沒有收取她的任何報酬。」

醫生頗為得意地一笑說：「是的，可是她給了我很多。她是一個漂亮的女人，她值很高的價錢。」

西蒙的臉色變得煞白，越來越侷促不安。熱拉德醫生又開口了：「喔，您不高興了，您和穆斯格拉南夫人之間也許有過感情？如果是這樣，請原諒我……不過，親愛的先生，這一切現在已經無關緊要了。可憐的穆斯格拉南夫人！」

「您是什麼意思？」西蒙問。

「怎麼，您不知道那可怕的悲劇嗎？啊！昨晚我收到一封信，聽說夫人已回到法國，她約我今天早上見面。真是奇怪的約會。」

「在哪兒？」西蒙帶著明顯的不安問道。

「這個消息值一千法郎。」

「我給您，您說吧。」

「在一艘叫『農沙蘭特號』的接駁船上。但是奇怪的是，她在信裡署名格雷戈瓦，像個男人名字……

她說她過著一種非常危險的生活，她不相信那個與她合作的人，想詢求我的意見。」

「那麼……您去過了？什麼時候？」

「去過了，今天早上。不幸的是，我去得太晚了。格雷戈瓦先生，或者說穆斯格拉南夫人已經死了，是被人掐死的。」

「這太可怕了，」西蒙呼吸困難的毛病好像又犯了，「您還知道什麼？她說的不信任的那個人是誰？」

「她在信裡說，那是一個希臘人，自稱西蒙．迪奧多基斯。甚至還告訴我這人的特徵……喏，在這裡——上了年紀，背有些駝，圍著一條圍巾，戴一副寬大的黃眼鏡。」

熱拉德醫生停下來，彷彿突然醒悟一般望著西蒙說：「您就是西蒙．迪奧多基斯……」

西蒙沒有表示異議。熱拉德醫生揮手說：「上帝！這件事很嚴重，我要擔的風險更可怕。所以原來的價錢不行了。我要一百萬。」

「啊！不，不！」西蒙大聲喊道，「我沒有見過穆斯格拉南夫人。我自己也遭到了襲擊，被人掐傷了喉嚨。這都是一個叫亞邦的黑人幹的。」

醫生抓著他的胳膊說：「請重複一遍這個名字，您剛才說的是亞邦嗎？您和他打鬥過？您打死了他？」

「是，是為了自衛。」

醫生笑著聳聳肩膀說：「太巧了！我從接駁船下來，碰上了五、六個傷殘軍人。他們說，正在尋找戰友亞邦，還有上尉貝爾瓦和上尉的一個朋友，以及一位女士。這四個人都失蹤了，他們譴責這些事是一個人幹的——那人西蒙．迪奧多基斯。不就是您嗎？這……」

他停頓了一下，然後乾脆利落地說：「兩百萬。」

西蒙覺得自己像一隻老鼠落到了貓的手掌裡，甚至忘了去思考一個偽造護照和證件的醫生為什麼知道這麼多。他喃喃地說：「您這是敲詐……」

醫生做了一個贊同的手勢：「對，是敲詐，我慶倖有這樣的機會。如果您處在我的位置上也會這樣做，我跟司法部門有過幾樁糾紛，雖然已經解決了，可是我的專業地位動搖了，所以我需要很多錢。」

「如果我不答應呢？」

「很簡單，我會打電話給警察局。」

西蒙沒有說話，醫生已抓起了話筒。

「好吧，」西蒙說，「二百萬嗎？沒問題，不過請告訴我，您打算怎麼辦。」

「我自有辦法。只要能幫您逃走，使您擺脫危險就行了，對嗎？」

「您拿什麼保證呢？」

「您先付給我一半現金，事成之後再付另一半。護照上用什麼名字？」

「隨便。」

「您保證會給付我這筆錢嗎？我要現款……」

「會的。格雷戈瓦為我保管了一筆錢，四百萬……在接駁船上，我們一起去取，我先付給您一百萬。」

醫生在桌上拍了一掌說：「嗯？是泊在貝爾杜工地邊上的接駁船嗎？穆斯格拉南夫人就是在那裡被掐死的！不，我不接受這筆錢！因為它不屬於您。」

西蒙聳聳肩膀說：「不屬於我。難道屬於您？」

「當然。」

「怎麼？請您馬上解釋清楚。」西蒙恨得直咬牙。

「喔，我在船上找到兩本舊的、沒用的工商年鑒，每本年鑒分為兩冊。把每冊書頁撕下，空殼裡面就裝著一百萬。」

「你……你究竟是誰？」

「我是誰並不重要，重要的是我已成為這筆錢的合法擁有者……」

「你……」西蒙叫著，氣得渾身發抖，他揮動著拳頭吼道，「啊！強盜！」

熱拉德醫生非常鎮靜，他笑著舉手抗議：「先生，您的話很不正確！我想提醒您注意，您的情婦穆斯格拉南夫人待我很好，是她把所有的財物遺贈給我。那條接駁船是她的，我只是在執行她的遺願。」

西蒙的眼睛裡射出兇光，顯然他心中又生出了惡毒的念頭。

醫生擺弄著剛才按護照要求寫下其特徵的紙片，說道：「別浪費寶貴的時間了，先生，您決定了嗎？」

西蒙一句話也沒說地走向前去，奪過那張紙片，惡狠狠地說：「我要看看您是怎樣替我做護照的，用什麼名字。」

他瞟了一眼，突然嚇得往後一退。

「您嚇到了？我想，不能用西蒙．迪奧多基斯，也不能用阿爾芒．貝爾瓦，於是就用了這個名字。因為，這才是您的真名實姓。」

西蒙驚恐萬狀，他戰戰兢兢地說：「不可能，只有一個人，只有一個人能夠猜出……」

醫生冷笑道：「對，確實只有一個人能夠知道，那就是我。」

「只有一個人，」西蒙繼續說著，他的似乎又呼吸困難了，「……只有……才能……」

西蒙不敢把那個令人生畏的名字說出來，他低下頭去，感到了這場鬥爭的分量。隔了許久，他才膽戰心驚地說：「亞森．羅蘋……你是亞森．羅蘋……」

「聰明！可是你知道得太晚了。」醫生站了起來，從口袋裡掏出油膏，往臉上一抹，然後在壁櫃的水盆中洗淨。

西蒙嚇呆了，只是重複著：「我完了……我完了……」

「沒錯，你做了件蠢事，你以為我會傻到讓你把我關進煤氣箱裡去。那是在陪你演戲，我把手電筒掛在工具房的一根繩子上，讓你們都以為我在裡面，其實我已經出來了。我知道你解決掉巴特里斯後會回來，於是，我敲打著工具房與左邊房間之間的門。你放心地走了，我確定你會去找你的朋友阿美戴·瓦什羅先生，不過——」亞森·羅蘋歎了口氣，繼續說，「我沒想到你會殺了他。我趕到那裡時，門房裡沒有人。但上天幫助了我，我在報紙上看到一個剛用鉛筆寫下的電話號碼，便找到了這裡。熱拉德醫生答應把這個位置讓給我一個上午。你的約會定在十點，我有充足的時間去搜查接駁船，拿走那四百萬法郎。好了，你準備好了嗎？不是要出遠門嗎？你的護照辦好了，而且是正式的，巴黎到地獄，單程快車，上車吧！」

西蒙驚惶失措，沉默了很長時間，他在尋找出路。可是亞森·羅蘋帶給他的無形壓力使他心慌意亂，終於鼓起勇氣說：「那麼巴特里斯呢？我用他的命換我的命。」

亞森·羅蘋驚愕地說：「喔，不錯的提議！可是你想過嗎？如果巴特里斯還處在危險中，我還能對你還開玩笑嗎？西蒙老頭，時間到了，你該到極樂世界去休息了。」

說著，他揭開帷幔，打開門喊道：「喂，上尉，西蒙先生要見您。」

然後他轉身對西蒙說：「看看你的兒子吧，沒有人性的父親。」

19 最後一個死者

頭上纏著繃帶的貝爾瓦走了進來，臉色蒼白，顯得很痛苦。當他一眼看見西蒙時，怒不可遏。但他克制住了，一動不動地站在西蒙的面前。

西蒙癱軟了，他乞求道：「巴特里斯……巴特里斯……你想要幹什麼？」

貝爾瓦把拳頭舉得高高的，低聲吼道：「告訴我，克拉麗在哪裡，或者你還有救。」

老頭一驚，由於提到使他受害的克拉麗，這激起了他的仇恨，使他又恢復了力量，冷笑道：「休想！克拉麗和黃金在一起，我寧願死……」

「滿足他吧，上尉。」唐路易說。

想到可以馬上殺人復仇，上尉熱血沸騰，臉漲得通紅，但他猶豫了。

「不，不，」他小聲說，「我不能……他是……」

「您不能？您想讓我把理由說出來嗎？上尉，您難道把這人當成您父親了。」

「也許是的，」上尉聲音很低地說。

唐路易走近他，拍著他的肩膀，鄭重地說：「如果他不是您的父親呢？」

貝爾瓦不解地望著他：「您說什麼？」

唐路易繼續說：「如果這是您父親，我會叫您去恨他嗎？」

「喔！他不是我的父親？」

「不是，」唐路易以堅定的自信和高昂的神態說，「當然不是！這個無賴，他的臉上寫滿了卑鄙和罪惡。他殺死了亞邦、看門人瓦什羅，還有他的女同夥。這個強盜，很早就開始了罪惡的勾當，他除掉了妨礙他的人。在被殺害的人中，有一個與您有血緣關係。」

「誰？您說的這個人是誰？」貝爾瓦迷惑地問。

「那個在電話裡呼喚您的人，您的父親阿爾芒．貝爾瓦！現在明白了嗎？」

貝爾瓦不明白，唐路易的話使他陷入迷霧中。

「所有的一切都是這個人幹的。」唐路易指著老頭。

西蒙睜著驚恐的眼睛，一動不動，像個等待判處死刑的囚犯。貝爾瓦盯著他，氣得發抖，不住地問唐路易：「他是誰？他叫什麼名字？請您告訴我……」

「他的名字？」唐路易說，「您猜不著嗎？當然，連我自己也想了很久。這個人不是您的父親，也不是西蒙．迪奧多基斯。他消滅了所有妨礙他行動的人和他需要冒名頂替的人……現在明白了嗎？回顧一下您親眼所見的一切吧，貝爾瓦。誰是兇手，誰是殺害您父親、克拉麗的母親、法克西上校、格雷戈瓦、亞邦、瓦什羅等人的唯一惡魔呢？」

「埃塞雷斯……埃塞雷斯……」

「對，」唐路易重複說，「就是他殺了您父親，而且殺了兩次。第一次，是八年前在小屋裡，第二次是幾天前，在書房。還有，是他把克拉麗藏在了一個找不到的墓穴之中。」

上尉的眼裡流露出一種不屈不撓的決心，他冷冷地對埃塞雷斯說：「祈禱吧，再有十秒你就要死了。」

埃塞雷斯突然跳了起來，大吼大叫：「好！你殺了我吧！我失敗了，但我也勝利了，克拉麗死了，黃金保住了！沒有人找得到，無論是我視為生命的黃金，還是我鍾愛的克拉麗。巴特里斯，我的仇報了！」

貝爾瓦看著他，有些手足無措。

「別這麼大聲喊叫，你把她吵醒了。」唐路易．佩雷納輕聲說道。

貝爾瓦和埃塞雷斯都驚呆了，兩個人都知道亞森．羅蘋很有能力，他們可不敢輕視他的每句話。

「克拉麗還活著！克拉麗還活著！」貝爾瓦臉色豁然開朗了，他興奮地喊著。

唐路易答道：「當然，從這道門過去，進第二個門，上尉，睜開眼睛。克拉麗就睡在床上，由兩個人看護著。沒有任何危險，只是十分疲倦。您現在還不能靠近她。我之所以把她弄到這裡，是因為她需要換換環境和氣氛。好了，您該去執行您的任務了。」

唐路易把門關上，把巴特里斯帶到埃塞雷斯跟前。埃塞雷斯彎著腰，軟弱無力地坐在椅子上。貝爾瓦一動不動地盯著這個做盡壞事的卑鄙傢伙。一股巨大的仇恨之火在胸中燃起，但他想了想，對唐路易說：

「我不想殺他。」

「對，」唐路易說，「這只野獸太髒了，不如讓他自己解決吧。」

唐路易俯身看著埃塞雷斯，埃塞雷斯呻吟著：「黃金……我的黃金……」

「啊！你還在想這些！放心，我會幫你保管好它們的。」

唐路易說完大笑起來，把槍遞給了埃塞雷斯。埃塞雷斯接過槍瞄準了亞森．羅蘋，可是他的手臂很快就無力地垂了下來。

唐路易又笑了，他抓住埃塞雷斯的手，將槍對準他的頭。

「勇敢一點，上尉和我都拒絕殺你，以免壞了我們的名譽。你自己動手吧！」

埃塞雷斯幾乎沒有答話，他把槍舉到頭上，對準了太陽穴。但一接觸到冷硬的槍管，他就渾身發抖了，乞求道：「饒了我吧！」

「不，不！」唐路易說，「絕不能饒了你。為了亞邦！」

埃塞雷斯像一堆爛泥癱軟了，如同死了一般。過了一會兒，他轉向貝爾瓦，想哀求他。可是貝爾瓦無動於衷。

「好了，去吧……你什麼都沒有了，生活只是一個騙局。稍微用點力，只是一個小小動作……」

埃塞雷斯的手動了動，子彈出去了。他向前一栽，膝蓋跪倒在地。

20 真相大白

將近六點時，貝爾瓦獨自沿著帕西堤岸散步。自從上午以後，他就再沒見到唐路易．佩雷納。分手時，唐路易讓他把亞邦抬到埃塞雷斯公館去，然後便去了貝爾杜工地。

儘管埃塞雷斯死了，但還有很多問題沒有答案。貝爾瓦始終相信，唐路易最後會把真相都告訴他。

這時從特羅卡代羅方向開來一輛車，停在了人行道上。貝爾瓦以為是唐路易，結果走下車的卻是德斯馬利翁先生。他也看到了貝爾瓦，大聲地打著招呼：「上尉，您好嗎？是您讓我來這裡的啊。」

「我沒有。」貝爾瓦有些詫異地說。

「怎麼會？」德斯馬利翁說，「喏，有人送來一封信，說您解開了金三角的謎，請我帶上政府授權證書，六點鐘到帕西堤岸來處理黃金。並帶上二十名警察，分別守在埃塞雷斯公館前後一百公尺處。這不是您寫的嗎？」

「不是。」

「那麼是誰呢？」

「我不能說。」

「喔！這是戰爭期間，沒有秘密可言。」一個穿著黑色大衣的先生走了出來。

「不，先生，只要想保密就能做到。」

「這就是我對您說的那位朋友，」貝爾瓦認出了唐路易，於是為德斯馬利翁介紹道，「他曾兩次救了我和我未婚妻的命。」

德斯馬利翁向唐路易點頭致意，唐路易將幾天來發生的事簡單地告訴了德斯馬利翁。然後談到了關於黃金的事情，他要求德斯馬利翁保守秘密，並出示政府的授權書。接著以平淡的聲音講述道：「先生，兩個月前，由於我與東方國家的關係，以及在鄂圖曼帝國一些階層的影響，令領導土耳其的現政權接受了單方面停火的建議。這不過是花幾億元錢的事，我向盟國轉達了這個建議，但被拒絕了，不是因為財政上的原因，而是政治原因。外交上的這個小小挫折，使我難以忍受。我不願再有第二次。因此我很謹慎。」

「現在是一九一五年四月，我們知道，同盟國與歐洲最大的中立國在進行談判，即將達成協定。這個大國要求我們借出價值三億元的黃金，正好！埃塞雷斯拿出了這三億元，我來做主，把它們交給我們的新朋友使用。這是我最後的條件，實際上也是我唯一的條件。」

德斯馬利翁感到震驚，這個人到底是誰？他把一些最重大的問題開玩笑一般地處理，還以個人提出的方案企圖來結束這場世界性的大衝突。

想到這裡，德斯馬利翁做了個無可奈何的動作，對唐路易的話表示出十二萬分的不認同，他說：「這不可能，先生，不可能……」

德斯馬利翁說完這句話，就感覺有一個人把手放在了他的胳膊上。這個人站在他身邊已經有一陣子了，是一個上了年紀的人，一臉皺紋，但神采奕奕，他說：「德斯馬利翁先生，我認為您看問題的角度不夠實際。」

「我也這樣認為，部長先生。」唐路易說。

「啊！您認識我？」那個人有些驚異。

「是的，瓦朗格萊部長先生，幾年前我曾榮幸地受過您的接見，那時您是參議院議長。」

「喔，我好像記得……不過不是很清楚……」

「不用想了，部長先生。現在最重要的是您和我意見一致。」

「是嗎？那好，德斯馬利翁先生，在這種情況下，沒有什麼好說的。這位先生帶來了一切，三億法郎的黃金。如果要，就照他說的做；如果不要，就再見。是這樣嗎？」

「是的，議長先生。」

「那麼，沒有這位先生，您能找到藏黃金的地方嗎？」

德斯馬利翁很直率，他毫不猶豫地回答：「不能。」

「那麼……」瓦朗格萊轉向唐路易問，「如果我們接受，就可以立即移交了？」

「對。」

「好，我們接受。」這句話說得毫不含糊，迅速達成協定，從議長出場還不到五分鐘。

現在需要的，只是唐路易履行諾言了，他笑了笑說：「議長先生，我原來總以為『金三角』以它神秘奇異的色彩把人引入了歧途。但現在我知道，它就是指黃金堆放的地方，它的含義是這樣的——黃金按三角形的形狀堆放，存放黃金的地方也是一個三角形狀。就這麼簡單，您可能會感到失望，部長先生！」

「我並沒有失望，」瓦朗格萊說，「只要您把我領到一千八百袋黃金面前。」

唐路易說：「你已經站在黃金面前了，部長先生。您只須用拐杖在水坑裡戳一下，或者……或者在一個沙堆裡戳一下……喔！不要太深，最多五十公分就夠了，您就會感到很硬，那就是黃金，一共是一千八百袋，它們並沒有堆起來。一公斤黃金相當於三千一百法郎，一袋黃金約有五十公斤重，合十五萬五千法郎，體積很小。這些黃金一袋一袋地堆放，大約五立方公尺，如果把它堆成金字塔形，底座每邊三公尺左右，由於金條中間有縫隙，實際上可能是三公尺半寬。至於高度，應該與這座牆一樣。整個上面蓋有一層沙子，就成了您看見的這個樣子……」

唐路易停了一會又說：「黃金藏在這裡已有幾個月了，部長先生。這個把三億法郎的黃金埋在沙堆底下的人相當狡猾。沒有人會想到沙灘這種公眾地方會用來藏匿黃金，更不會有人挖開沙堆去看下面。」

瓦朗格萊笑了一下說：「的確是個狡猾的人，不過，猜到沙堆底下隱藏了三億法郎黃金的人更精明，他是一位大師。」

唐路易受到了讚揚，鞠躬致意，瓦朗格萊向他伸出了手，說道：「謝謝您為國家所做的貢獻，先生。一小時後請跟我到部裡，我想您將受到更高領導層級的親自感謝。」

「很遺憾，部長先生，再過一刻鐘我就要走了。」

「不，不行，您不能就這樣離開！我們還不知道您的大名和身分。」

「這不重要。」唐路易的語氣有點傲慢，但瓦朗格萊沒有介意，仍然堅持讓唐路易一小時後到部裡。他非常客氣地鞠了一躬，一邊輕鬆地旋轉著他的拐杖，一邊在德斯馬利翁的陪同下向汽車走去。

「好極了，」唐路易冷笑道，「多厲害的傢伙！一轉手他就收下了三億法郎的黃金，簽署了歷史性的條約，還對亞森．羅蘋下達了逮捕令。」

「您說什麼？」貝爾瓦不解地問，「要逮捕您？」

「是的，至少要審查我的證件。真麻煩！不過，上尉，請相信，這類麻煩絕不會剝奪我為國效勞的滿腔熱情。我的任務完成了，而且還有了另一筆報酬，四百萬法郎。這筆錢本來屬於克拉麗，但我相信她是不會要的。」

「我替她擔保。」

「謝謝，我會好好地使用這筆贈款。走吧，我們到沙灘前的護坡堤上去，我還要告訴您一些事情。」

他們走了下去，貝爾瓦一邊走一邊說：「請您原諒，或者說感謝您。」

「原諒什麼，上尉？把我關在小屋裡？那不是您願意的。也不用感謝了，對我來說救人只是一種運動。」

貝爾瓦握著唐路易的手，激動地說：「那我就什麼都不說了，但我還不完全清楚真相，因此有些不安。所以，請您告訴我……」

「真相已經大白了！」唐路易大聲說，「十六、七年來，西蒙忠實地為您做出犧牲，除了復仇，除了你和克拉麗的幸福，別無所求。他要使你們兩人結合，便搜集你們的照片，關注著你們的生活。他把花園門的鑰匙寄給你，準備讓你們幽會。可是，突然之間，情況完全變了！他變成了你們兇狠的敵人，只想殺死你們。這兩種截然不同的態度是為什麼呢？這是由於一件事情造成的，是四月三日至四日晚上，埃塞雷斯公館發生的那場悲劇。在此之前，你是西蒙．迪奧多基斯的兒子，此後您就成了他的最大敵人，我就是從這兒發現端倪的。」

貝爾瓦搖頭不語，顯然他對謎底還不清楚。

唐路易接著說：「那天晚上您在埃塞雷斯公館目睹了那場悲劇，您看見埃塞雷斯和西蒙被那夥人綑住。這兩個人現在都死了，其中一個是您的父親，這個我們暫且不說，來談談埃塞雷斯吧。他為一個受到德國控制的東方國家搜羅法國黃金，他想把最後這幾億元的財富運走。『美麗的赫萊娜號』得到火星雨信號，把船停泊在貝爾杜工地堤岸前，準備當天夜裡把埋在沙堆裡的黃金裝上機動接駁船。但是西蒙通知了他的同夥，那幫人趕來了。在討價還價中，法克西上校死了。而埃塞雷斯知道，他偷運黃金的陰謀計畫已被法克西上校告發到了司法部門。他開始想辦法，戰爭時期想要逃跑很困難，唯一的辦法是讓自己消失，隱蔽起來，在暗處守著黃金，等時機成熟再運出去。他訂好了計畫，並開始執行。於是，埃塞雷斯變成了西蒙。而真正的西蒙，也就是您的父親，預感到危險，毫不猶豫地通知您。可是埃塞雷斯比他快了一步。

可憐的阿爾芒先生，他曾逃脫了小屋的死亡，但最後還是死在埃塞雷斯手裡。埃塞雷斯把屍體動了手腳，這樣，死了的西蒙復活了，而活著的埃塞雷斯死了。」

「對，」貝爾瓦喃喃地說，「我清楚了，我明白了……」

唐路易繼續說：「我不知道埃塞雷斯是否早已知道西蒙就是阿爾芒，但我堅信，他一定察覺到了什麼，因此早就蓄謀取代西蒙。他很細心，為了不引起懷疑，用了整個上午整理犯罪現場，他三次去敲克拉麗的門，好讓她確信埃塞雷斯上午還活著。然後，當她出門的時候，他高聲向西蒙吩咐，也就是吩咐他自己陪她到香榭麗舍野戰醫院。因此，埃塞雷斯夫人認為她丈夫還活著，陪同她的是西蒙。一切都很順利，大家都受騙了，再加上書桌上那封埃塞雷斯自己寫的、向妻子告別的信，日期是四月四日中午。他騙過了所有的人，然後又開始裝瘋，以免別人盤問，也為了不被埃塞雷斯夫人聽出來。他把您帶到他的同夥那裡，讓人覺得他確實瘋了。這樣，他的行動更加自由，沒有人會特別去注意一個瘋子的行為。他手裡大概有您父親的日記，還能讀到您的筆記。因此知道了墳墓的情況，他知道你們會在四月十四日去憑弔。所以預先做好了準備，要把過去的那套方法搬來對付你們。他的計畫在一開始的時候成功了，但因為亞邦要我去那裡……還有必要說下去嗎？後來的事您都清楚。」

「是，」貝爾瓦說，「不過還有一點，關於金三角，您是怎麼發現的？還有，您又是怎麼把克拉麗救出來的呢？」

「喔！」唐路易答道，「這個更簡單了，我幾乎是在不知不覺中發現的。我們還是到接駁船上去說吧……德斯馬利翁先生和他的手下有點礙事了。」

貝爾瓦跟著他上了船，在躺著格雷戈瓦屍體的船艙對面，是另一個船艙，透過同一道梯子進去。艙裡有一把椅子，一張桌子。

唐路易打開了抽屜，拿出一封信。「上尉，這封信請您轉交德斯馬利翁先生……我現在告訴您關於金三角的問題。有些問題的解決純屬偶然……今天早上埃塞雷斯把您關進墳墓之後，就來看我。他以為我被關在小屋裡了，就打開了煤氣錶，然後走了。他去了貝爾杜工地的堤岸，在那裡表現出一副猶豫不決的模樣，他的這個表情被我注意到了，這就是寶貴的線索。知道這個地方以後，我就回來救了您，接著又回到那裡。我想黃金不會在排水溝，也沒被運走，那就應該在這一帶。我搜索接駁船，希望找到一些意想不到的情況，當然也有尋找四百萬法郎的想法。在搜索的時候我自然就想到，最簡單的地方也就是最隱秘的地方。於是，我在小桌子的四冊書的封套裡找到了那四百萬法郎。原來埃塞雷斯的想法是，在簡單方便的地方隱藏隱秘的東西，因此我在地上發現兩條線索。有幾顆沙子在亞邦用過的繩子上，他曾經在人行道上畫過一個三角形。三角形只有兩邊，圍牆底部算是第三邊，這就是說黃金有可能在牆下面。

「我點燃一根菸，站在接駁船的甲板上。菸才燃了四分之一，問題就得到解答。我跑到沙堆那邊，發現了腳印，碰到了黃金，然後將克拉麗救了起來。貝爾杜工地像平時一樣沒有人，我把克拉麗送回家中。在看門人瓦什羅那裡發現了埃塞雷斯的計畫，然後與熱拉德醫生達成協定，這都是三個小時之內發生的事情。」

貝爾瓦又一次緊緊地握著唐路易的手，一句話也說不出來。唐路易接受了這種默默無言所表達的敬意，笑著說：「如果有人和您談起亞森．羅蘋，那麼請您維護他的聲譽。沒想到我這種人也在意名譽吧，哈哈。上尉，我該走了，請代我向克拉麗致意。如有需要揭穿邪惡、拯救好人的事情，你們可以隨時通知我，我會告訴您我的地址。再見！對了，您去接德斯馬利翁上來吧。」

貝爾瓦猶豫不決，為什麼唐路易要讓他去接德斯馬利翁呢？是請他去說情嗎？受這種想法的激勵，他走了出去。在甲板上遇見了德斯馬利翁先生，德斯馬利翁問：「您的朋友呢？」

「在裡面，您不是想……」

「不用擔心，我沒有惡意。」

德斯馬利翁說著，走了過去，貝爾瓦跟在後面，他們走下梯子，推開艙門。可是唐路易已經不在裡面。德斯馬利翁下令搜查，但沒人看見唐路易出去。

「您的朋友可能從窗戶跳出去游水逃走了。」德斯馬利翁先生很生氣地說。

「可能是的，」貝爾瓦笑著說，「或者是乘一艘潛艇走了。」

德斯馬利翁氣呼呼地走到窗前，卻看見桌子上有封信，是寫給他的。

「他知道我會來這兒嗎？」德斯馬利翁一邊想著，一邊拆開了信。

先生：

請原諒我不辭而別。您明白我不辭而別的原因，正像我明白您來這裡的目的一樣。的確，我有很多不符合程序的地方，您有權要求我做出解釋。但是現在我不想解釋，將來有一天我會的。這是我為法國貢獻心力的一種方式，國家將會感謝我。我知道您的雄心，您會升任警察局長。您個人可能會為我的任職做些努力，我認為我有此資格。從現在開始，我會盡我的全力。請接受……

看完信，德斯馬利翁久久不語，到最後才喃喃說道：「真是一個神奇的人，我們可以對他委以重任，只要他願意。這是瓦朗格萊先生對我說的。」

「先生，」貝爾瓦說，「我想他現在需要做的事情更為重大。如果每個同盟國都有像他這樣的奇人，那戰爭肯定打不到半年。」

「是的。」德斯馬利翁說道，「這些奇人往往都是來無影去無蹤。您還記得幾年前的事嗎？那個有名的冒險家迫使威廉二世到監獄裡放了他，後來卻因一場失敗的愛情而跳崖自殺了。

「這個人是？」

「羅蘋，亞森・羅蘋。」

棺材島 1919

薩萊克島上流傳一個古老傳說——
未來會有三十個島上居民一日之間死於非命，
這三十個人之中，又有四個女人將被釘死在十字架上。
美麗的韋蘿妮克意外發現一個陌生老人的屍體，屍體旁有一張畫。
畫上是四名女子被釘在十字架上，神情痛苦，
其中一個女人的長相竟與她一模一樣……。

Arsène Lupin
~ gentleman cambrioleur

1 序幕

事情要從一九〇二年六月的某一天說起，建築研究專家安托萬．戴日蒙先生帶著他美麗的女兒韋蘿妮克在森林裡散步，突然遭到襲擊，戴日蒙先生被人一棒擊倒，而他的女兒卻被塞進一輛汽車裡，朝聖克盧方向疾馳而去。

第二天人們就知道了這次劫持事件的真相，一個據說有皇族血統，但名聲卻不太好的波蘭貴族青年阿曆克西．沃爾斯基和韋蘿妮克小姐相愛已久，但這事卻遭到戴日蒙的百般阻撓，還多次侮辱阿曆克西。於是年輕人惱羞成怒，親手策劃了這次劫持事件，不過韋蘿妮克小姐絕不是他的同謀。

戴日蒙公開發誓，要對阿曆克西．沃爾斯基實施最無情的報復。他先是同意他們結婚，並於兩個月後在尼斯為兩個年輕人主持了婚禮。可是第二年，戴日蒙先生履行了報復的諾言，他把女兒和阿曆克西剛剛生下的孩子劫持到了停泊在維爾弗朗什的新遊艇上。

不料噩耗隨後傳來，由於海浪滔天，遊艇沉沒在義大利海岸，遊艇上的四名水手被救到一隻小船上。據目擊者指稱，戴日蒙先生和那個小孩子在海浪中喪生。韋蘿妮克遭此打擊，傷心不已，住進了加爾梅利特修道院。

時光飛逝，轉眼已是十四年後。

2 不斷出現的奇怪簽名

五月的一天中午，風景秀麗的法烏爾村。鬱鬱蔥蔥的田野深處有一個小山谷，一個戴面紗的婦人出現在那裡。她看了看路口豎著的指路牌，上面寫著：「洛克利夫，三公里。」

「就是這兒吧。」她喃喃自語。

這位女士正是戴日蒙的女兒韋蘿妮克，為了生活，她從修道院出來，在貝桑松找到一份賣女式帽子的工作。三個星期以前，她去看了一場電影，片名是《布列塔尼傳說》。影片在表現朝聖的那個場面時，她注意到鏡頭裡有一條公路，旁邊還有一間廢棄的小屋。這間小屋在影片中毫無意義，很顯然是被無意中攝入的。但是一件不尋常的事引起她的震驚。在小茅屋的舊門板上有三個手寫的字母「V．D．H」，恰好是她年輕時給朋友們寫信時用的縮寫簽名。但這十四年來，她從未用過這種簽名，它怎麼會出現在那種地方呢？

於是，她找到那家曾在十四年前幫她調查父親及兒子之死的事務所，請求他們對這件怪事進行調查。很快，事務所的杜特萊伊先生給她寄來一封厚厚的信，信中這樣寫道：

夫人：

根據您的要求，我費盡千辛萬苦掌握到足夠的情況。現在請允許我和您，談一談我們共同關心的問題。首先，是您那位有波蘭血統，自稱為皇族後裔的丈夫在戰亂中的結局。戰爭開始的時候，他被當成嫌疑犯關進了加邦特拉附近的一個集中營裡，後來他逃到瑞士，又回到法國，可是卻被指控為間諜，並被確定為德國人，因而再次被捕。之後，他逃到楓丹白露，卻不知被誰暗殺了。

請原諒，夫人，我不得不遺憾地告訴您，沃爾斯基先生死得很古怪。您是知道的，他一直相信那些奇妙的預測。有幾個通曉玄學的人曾經說過：國王之子沃爾斯基將死在朋友手下，妻子將被釘在十字架上！在寫這句話的時候，我甚至感到好笑。這種極刑早已過時，我對您的安全很放心。但是，致沃爾斯基於死地的那一刀，與命運預測卻極為相似。

好了，不再說這些過去的事了。現在我要談的是另一個問題。我看到那個簽名了，絕對沒錯！甚至連字母的寫法都與您的筆跡一樣。

我這邊的事進行得很順利，終於沒讓您失望，這令我很欣慰。

如果您有時間，夫人，請您坐火車直達甘拜爾勒，然後再坐汽車到法烏爾村。時間許可的話，您不妨在午餐前後參觀一下風景奇特的聖巴爾伯教堂，它正是電影《布列塔尼傳說》的拍攝地。您可以步行到甘拜爾勒公路，過了第一道坡，在通往洛克利夫的小道前方，您會看到一個樹木環繞的半圓形地帶，寫有您簽名的廢棄小屋就在那裡。小屋沒有一點特色可言，裡面也沒有任何東西，顯然只是無意中被攝入鏡頭的。另外，這部電影是去年九月拍攝的，換句話說，門上的簽名至少寫了八個月了。

好了，就這些，您所交託給我的任務我已全部完成。要知道，在如此短的時間裡，做這麼多的事，我需要付出很多，但職業道德不允許我向您披露我們的工作過程。敬請您原諒！

此時的韋蘿妮克向四周望瞭望，卻沒有發現自己要尋找的東西，不遠處的小城堡百葉窗全都關著，教堂的鐘在敲過三聲後，陷入了一片死寂。

「我找的東西在哪兒呢？難道是我弄錯了嗎？」她從口袋裡摸出那封杜特萊伊先生的信，重新看了一次，「在通往洛克利夫的小道前方，您會看到一個樹木環繞的半圓形地帶。」

看來自己走過了。於是韋蘿妮克沿原路返回去。果然，她很快發現在右邊有一間被一片樹叢遮住的小屋，它已爛得不成樣子了。韋蘿妮克走近小屋，門上的三個字母已經沒有電影裡那樣清晰了，但還依稀可辨。同時，她還發現下面有一個箭頭標記和一個數字九，這可是杜特萊伊的信中沒有提到的。

韋蘿妮克有些激動，這確實是她少女時代的簽名，但十四年前那一連串的不幸發生後，她的整個少女時代就隨著那些死去的親人而終結了，究竟是誰把這個簽名寫在布列塔尼的這間廢棄的小屋門上的呢？

韋蘿妮克圍著小屋走了一圈，沒有發現什麼特別的東西。她想打開門看看，心底卻升起一陣莫名的恐懼。最後好奇心終於占了上風，她略微思考了一下，猛地拉開了門。

她發出一聲恐怖的叫喊，小屋裡竟然有一具男人的屍體。

那是一位老人，灰白的鬍鬚散開著，腦後拖著長長的白髮。黑色的嘴唇和腫脹的皮膚讓韋蘿妮克立刻判斷出，這不是自然死亡。同時，她還注意到，老人的右手沒有了，胳膊上有傷痕，看得出來是刀砍的，而且已經好幾天了。屍體在地上呈現坐姿，頭靠著木凳，蜷著腿。

韋蘿妮克渾身發抖，呆呆地站在那裡。突然，她想到自己可能弄錯了，這個男人並沒有死，於是下意識地伸出手摸了摸老人的額頭。當接觸到那冰涼的皮膚時，韋蘿妮克決定返回法烏爾村去報警。但潛意識中，她總覺得這小屋和她有著某種神秘的聯繫，於是她想在警察來之前，先看看這個老人的身上有沒有什麼能證明他身份的標誌。

口袋裡空空如也，外衣和襯衫上也沒有任何標記。就在她擺弄屍體尋找線索的時候，死者的頭突然垂下來，並牽動上身壓到腿上，露出了那張木凳。

凳子上有一卷弄得很皺的繪圖紙，韋蘿妮克將紙卷拾起來，顫抖著把它攤開。紙卷上的內容讓她驚詫不已。

這是一幅色彩極濃的畫，畫著四個女人被釘死在四棵樹幹做的十字架上，其中有個女人，似乎是個修女，軀體顯得很僵硬，臉上帶著正承受巨大痛苦的表情。

儘管韋蘿妮克的頭昏沉沉的，但她還是一眼認出這個女人分明就是她自己，韋蘿妮克．戴日蒙！她無法接受這個事實，硬撐著跌跌撞撞地走出小屋，剛出門就摔在地上，暈了過去。

但這種狀態只持續了幾分鐘，韋蘿妮克很快醒過來了，強烈的求知欲讓她重新走進小屋，認真而又仔細地端詳那張畫。

畫的左邊有一行不成文的字，很模糊，但韋蘿妮克還是辨認出這樣一些字：「四個女人釘死在十字架上」，稍遠一點的地方寫的又是：「三十口棺材」，最後一行是被黑紅墨水的線條框起來的幾個字：「天主寶石賜生或賜死」。

右邊部分全是用紅筆畫的畫，畫面上有三個女人穿的是布列塔尼服裝，頭巾也是布列塔尼式的，結法很奇特。至於那個與韋蘿妮克相貌相似的女人像下，再次出現了那個簽名——V．D．H

韋蘿妮克站在那裡努力回想，想找到眼前的現實與年輕時代的聯繫，然而一點線索也沒有。

她再次把那張紙好好地看了一遍，然後一邊思考，一邊將它慢慢地撕成了碎片。當最後一張紙片從她手裡滑落，她似乎拿定了主意，推開屍體，關上門，急著往村裡走去。

當韋蘿妮克叫來法烏爾村的村長和警察時，卻發現小屋空空的，屍體已經不翼而飛了。

沒有人相信她說的話，所有人的眼睛裡都充滿了懷疑的神色。韋蘿妮克不想再解釋，她離開了村莊，雇了一輛馬車，請車夫幫她取了行李再追上她。

一路上，韋蘿妮克走走停停，在她的腦海中，被沃爾斯基劫持，和沃爾斯基成婚，然後是父親和兒子葬身大海，所有的往事都湧了上來。她想理出點頭緒，卻怎麼也擺脫不了近期來碰上的這一連串不可思議的事件。現在的她只想回到自己的天地裡，回到平靜和安謐中。

快到斯卡埃鎮的時候，馬車追上了韋蘿妮克。正當她準備登上馬車時，卻看見通往羅斯波爾登的岔路口上，一堵破牆上有白粉筆畫的一個箭頭和數字十，除此之外，又是那個簽名——V．D．H。

韋蘿妮克的精神狀態發生了極大的改變，她下決心要沿著這條可怕的路走下去。而剛才的發現無疑是黑暗中的一絲亮光，她猛然醒悟到，這個箭頭指示的是方向，這個數字十應該是從一個點到另一個點的一系列過程中的代碼。

「這也許是一個引導我去揭開謎底的辦法。」韋蘿妮克想了一下，告訴車夫朝羅斯波爾登方向走。到達羅斯波爾登時，已是華燈初上。韋蘿妮克接連兩次都在交叉路口看見了自己的簽名和十一、十二兩個數字，這進一步證明了她推斷的正確性。

第二天，韋蘿妮克沿著箭頭所指，朝孔卡爾諾方向開始了她的搜尋，但一無所獲。

第三天，韋蘿妮克找到那個已經有些模糊的數字十三，隨著箭頭所指，她往福埃斯南的方向走下去。很快，她又在這裡找到了新的標誌，按照標誌她順著鄉間小路往前走。四天後，她來到了大西洋岸邊的貝梅伊大海灘。

韋蘿妮克在海灘邊的一個小村裡住了兩天，向當地的村民打聽了一些情況，但答案卻不能令她滿意。在韋蘿妮克準備離開這裡的最後一天，在一個用泥巴和樹枝築成的庇護所門口的石柱上，她再次發現了那個簽名，並緊挨著一個號碼十七。

奇怪的是這裡沒有箭頭，下面只有一個句號。

「這就是目的地了。」韋蘿妮克輕輕地說了一句。

3 駛入薩萊克島

庇護所裡有一些空罐頭盒，韋蘿妮克猜想應該有人在這裡做過飯。她走到門口，看到不遠處的圓弧形港灣裡，停泊著一隻機動小艇。

這時，從村頭傳來一男一女的談話聲：「奧諾麗娜太太，要我幫您裝船嗎？」

「不用了，您忙去吧。」

「那麼，我就走了。您千萬要注意那個該死的島周圍的那些暗礁。這個島名聲真是壞透了，不知道人們為什麼無緣無故地叫它三十口棺材島。祝您好運，奧諾麗娜太太。」

韋蘿妮克不由打了個哆嗦，三十口棺材島！就是她在那幅恐怖的畫上看到的那個「三十口棺材」嗎？那個叫奧諾麗娜的女人朝這邊走過來，韋蘿妮克看到了她的正面。她穿著布列塔尼人的服裝，頭巾上面有兩個黑絲絨的結翅。韋蘿妮克陡地一驚，這和那幅畫上的三個女人幾乎一模一樣！

奧諾麗娜開始往船上搬東西了，這是個典型的布列塔尼婦女，大約四十來歲，臉龐瘦削，長期的風吹日曬令她皮膚黝黑，她一邊裝船，一邊哼著一首節奏緩慢的搖籃曲。

韋蘿妮克再次愣住了，她走上前去，聲音顫抖地問：「這首歌……這首歌是誰教您的？喔，對不起，在我很小的時候曾經聽我母親唱過這首歌，這是她家鄉的歌。可是，自從她去世後，我一直就沒有聽到過，所以……」

韋蘿妮克不知道該如何表達自己的意思，奧諾麗娜很驚奇地注視著她，好大一會兒才回答說：「是我們島上的一個人教的。」

「島？是『三十口棺材島』嗎？」

「咳，那是別人取的名字，它叫薩萊克島。」

就這樣，韋蘿妮克和奧諾麗娜攀談起來。韋蘿妮克把自己經由路邊的簽名和每次都不同的號碼找到這兒來的原委告訴了奧諾麗娜。

「什麼簽名？」奧諾麗娜問道。

「V．D．H。」

「喔，韋蘿妮克．戴日蒙，莫非您就是韋蘿妮克小姐……不，應該是韋蘿妮克太太？喔，上帝！聖母瑪利亞保佑您！」奧諾麗娜顯得異常激動。

韋蘿妮克驚訝不已，眼前這個布列塔尼婦女怎麼會知道自己的姓名？她急切地追問，想知道這一連串怪事的謎底。長時間的沉默後，奧諾麗娜有些抱歉地說：「我真的不知道該從哪兒說起，有很多事我並不明白，所以……對了，您說的那間小屋在哪兒？」

「布列塔尼的法烏爾村。」想到那恐怖的一幕，韋蘿妮克不禁有些顫抖，但她還是忍不住講述了她在那間小屋所看到的一切。

奧諾麗娜大驚失色：「您說什麼，四個女人釘在十字架上？」

「是的，其中一個畫像的下面還寫著我的名字，還有三十口棺材島，我想這一定與您們的島有關。」

「請您不要再說了。」奧諾麗娜渾身顫抖，說完這句話就跪在岩石上祈禱起來。

她祈禱的樣子異常虔誠，韋蘿妮克不敢再說了。終於，奧諾麗娜站了起來，她要求韋蘿妮克和自己一起到島上去。

韋蘿妮克有點猶豫，見此情形，奧諾麗娜拉住她的手非常鄭重地問：「您真的是韋蘿妮克小姐，喔，不，應該說是韋蘿妮克夫人？」

「是的。」

「您父親叫安托萬，您和一個叫沃爾斯基的波蘭人結了婚？」

「是的。」

「您還和他生了一個叫弗朗索瓦的孩子，而您的父親帶走了他，並在一次海難中雙雙斃命，對嗎？」

「對，但……」韋蘿妮克越發不解了。

「您確信他們死掉了嗎？」

「當然，我請人調查過，所有的證據都表明他們死了。」

「不，事實並非如此。您父親收買了四個水性極好的水手，他導演了這齣戲。剛開始，他所做的一切都是出於一種報復的心態。他帶走小弗朗索瓦，並且收買證人回到巴黎去證實他和孩子死亡的消息。但隨著歲月的流逝，隨著對孩子的愛與日俱增，他後悔了。於是他到處找您，我也為此奔波過，我們跑到加爾梅利特修道院，卻聽說您已經離開很久了；後來他又在報紙上刊登啟事，由於沉船事件，他措辭謹慎。但是沒有想到，這個啟事卻引來了沃爾斯基，他也在找您。您父親害怕了，他不敢再公開找您……」

「按您的意思，是說我的父親他並沒死？」

「是的，不僅他活著，弗朗索瓦也活著，戴日蒙先生為他請了一個很好的、叫斯特凡的老師。弗朗索瓦已經是一個身體健壯、英俊非凡的有為少年了。他是我一手帶大的，我引以為豪。」

「我的天啊！」韋蘿妮克低低地喊了一聲，她驚喜若狂，熱淚盈眶地說，「走，奧諾麗娜夫人，我們趕快起程吧！」

但是，此刻的奧諾麗娜卻僵在那裡，一動不動，也不說話。

「怎麼？有什麼不妥嗎？」

「不……不……我們走吧！」

在韋蘿妮克的幫助下，奧諾麗娜將所有的東西放進了船艙。不知道什麼原因，她突然感到不安起來，反覆詢問韋蘿妮克：「您怎麼肯定那幅畫裡釘在十字架上的女人就是您呢？」

「不是我還有誰呢？……況且還有我名字的縮寫字母。」

「真奇怪，可是我不太懂。有很多事情，您上島後可以和馬格勃克談談，他是當年您父親遊艇上的四個水手之一，他知道的東西比誰都多。不過，不知什麼原因，十天前他砍掉了自己的右手。」

「真的是右手嗎？」

「是的。」

「還記得我跟您提起的那個法烏爾村小屋裡的屍體嗎？那是個老頭，也是缺了右手，大鬍子……」

「我的天啊！那一定是馬格勃克。他說過，島上的第一個受難者將是他，第二個就會輪到他的主人。」

「喔，我的天！他的主人？那不就是……」

「聽天由命吧！」

兩個女人把船裝好，然後往三十口棺材島的方向駛去。

一路上，韋蘿妮克不斷地向奧諾麗娜詢問有關那個孩子的情況。她的孩子一生下來就被父親搶走，接著又被傳說死於非命。現在突然得知他還活著，作為一個母親能不激動萬分嗎？

「談談弗朗索瓦吧！」

「好啊，我清楚地記得，可憐的弗朗索瓦是被馬格勃克抱回來的，最開始由他的女兒哺養。可是沒多久，馬格勃克的女兒就去世了。我當時在巴黎，我在那兒做僕人已經十幾年了。我回到島上時，弗朗索瓦已是一個可以在海邊嬉戲的漂亮小男孩了。我有幸成為您父親的僕人，在馬格勃克的女兒去世後，戴日蒙先生把弗朗索瓦接回了家。」

「是嗎？那他的性格……」韋蘿妮克有些擔心地問。

「不，不，我的弗朗索瓦一點也不像他外公。他是個溫和、可愛、樂於助人的好孩子。他總是那麼乖，那麼聽話。我想他肯定和您很相似，因為安托萬先生一看到他，就要對我談起您。他說：『我的韋蘿妮克就是這樣，弗朗索瓦太像他媽媽了。』或許就是這個原因吧，他讓我也參與到尋找您的工作中。」

「弗朗索瓦他……知道我嗎？」

「怎麼不知道！他很愛您，儘管是我帶大了他，但他一直叫我奧諾麗娜媽媽，而一提到您，他總是稱您為『親愛的媽媽』。還有，為了能儘快找到您，他急著長大，急著完成他的學業。」

「喔，我可憐的孩子！」韋蘿妮克輕歎一聲，她笑了，同時熱淚再次湧進眼眶。一想到自己十四年來失去的那些快樂，一想到自己一直做著沒有孩子的母親，傷感就止不住地湧上心頭。

奧諾麗娜拿著一個大海螺，用它做號角在那兒很用勁地吹著。看著韋蘿妮克一臉的不解，奧諾麗娜解釋說：「快到目的地了，這是我和弗朗索瓦約定的暗號，每次聽到號角聲，他都要跑到碼頭上來迎接我。」

「這麼說，我很快就可以見到他了？」韋蘿妮克按捺不住自己的激動。

「是的，」奧諾麗娜說，「注意，這裡有許多暗礁，足足有三十個。這個島叫薩萊克島，但人們又叫它三十口棺材島。聽您父親說，這是因為當地人把『暗礁』和『棺材』兩個詞混淆了❶。但是，戴日蒙先生自己也說，『薩萊克』這個詞的原意是石棺。更可怕的是，島上有許多石桌墳，恰好也是三十個，分佈在島周圍的岩石上，正好對著三十個暗礁，它們的名字也與暗礁相同，這是多麼地令人感到恐怖啊！您說這是怎麼回事呢？」

---

❶ 暗礁（écueil）與棺材（cercueil）在法語裡的寫法與讀音相近。

韋蘿妮克沉默不語，她正熱切地尋找著兒子的身影。但岸邊除了幾個婦女，一個小孩和幾個老水手在等船外，並沒有年輕男子。

奧諾麗娜小聲地嘀咕了一句：「真奇怪，怎麼不見弗朗索瓦，這可是他第一次沒來接我。」

小船靠岸了，奧諾麗娜本想把韋蘿妮克留在船上，但韋蘿妮克一聲不吭地跳到了碼頭上。

奧諾麗娜從岸邊的一個婦女口裡得知，弗朗索瓦正午時分就來過碼頭了，因為沒有接到奧諾麗娜，他以為她要明天才回來。

韋蘿妮克傷心地垂下頭來。

4 變故

海岸邊，幾個水手模樣的人正幫著奧諾麗娜把船上的東西卸下來，奧諾麗娜對一個叫柯雷如的男人說：「嗨，這些東西暫時不要送到隱修院去，如果五點我還沒有下來，就隨便找個人給我送上來。對了，怎麼沒有見到馬格勃克？」

「他走了，您走後的第二天，是我把他送到篷拉貝的。他說要去朝聖，為了他的那隻斷手。」

奧諾麗娜低聲唸叨了幾句，沒有再問下去。然後，她領著韋蘿妮克來到一處高地，沿著通向海岸的小路，一直走到一個隱修院旁。

「我父親……他……他住得很遠嗎？只有弗朗索瓦和斯特凡跟他住在一起嗎？」韋蘿妮克問。

「我們得走四十分鐘的路程才能到那兒。以前那裡有五個僕人，戰爭結束後，我和馬格勃克幾乎包下所有的活，另外還有一個叫瑪麗的女廚。我外出的時候，瑪麗都要留在家裡照看戴日蒙先生。對了，韋蘿妮克夫人，到了那裡，請讓我先進去向戴日蒙先生通報。還有，在弗朗索瓦面前，您能否先裝成他母親的朋友，讓他慢慢地猜，好嗎？」

韋蘿妮克點了點頭，她緊緊地盯著這個被樹林掩映著的隱修院。

「斯特凡先生！」奧諾麗娜突然大聲喊道。

韋蘿妮克隨著奧諾麗娜的眼光看過去，一個戴著白帽子的人影正從右邊那片林子穿過。對於奧諾麗娜的呼喊，那人沒有回答，匆匆地走出了她們的視線。

「不會出了什麼事吧。」韋蘿妮克惴惴不安地問。

兩個人急急地穿過圍牆，果然聽到屋裡傳來呼救聲。

「是瑪麗！」奧諾麗娜驚呼了一聲，然後和韋蘿妮克一起心急如焚地向門口衝去。她們使勁推門，但門打不開。奧諾麗娜朝房子的左側跑去了，韋蘿妮克沒有跟著她跑，仍在那兒拼命地推門。這時，從頭頂上又傳來了呼喊聲。韋蘿妮克倒退幾步，看見從二樓一個窗戶裡露出的一張驚慌的面孔，正是父親戴日蒙。

戴日蒙氣喘吁吁地喊著：「救命啊，你這沒良心的……救命啊！」

「父親，父親！是我啊！」韋蘿妮克因為絕望而聲嘶力竭地喊道。

一聲槍響，戴日蒙先生把頭縮了回去，樓上再次傳來搏鬥聲和呼救聲。韋蘿妮克急中生智，將牆角下的一架梯子搬過來，順著梯子爬上了窗戶的橫檔，她看見了房間裡慘烈的一幕。

此時的戴日蒙先生已被逼到了房間的角落，他目光驚恐，結結巴巴地說：「兇手……哎，該死的，弗朗索瓦！」

靠牆處站著一個人，正拿著手槍對準戴日蒙先生……那人的穿著與剛才奧諾麗娜描述的弗朗索瓦一模了一樣，那張因發怒而抽搐的年輕面孔，充滿了酷似沃爾斯基的兇殘表情……啊，那就是弗朗索瓦，他是兇手，他企圖殺死自己的外公！

韋蘿妮克還沒來得及喊出聲來，槍響了，戴日蒙先生在痛苦的呻吟聲中倒了下去。

這時門被打開了，奧諾麗娜出現在門口。她被眼前的場景嚇住了，自己極其寵愛的弗朗索瓦竟會殺人，她尖叫了一聲。弗朗索瓦想都沒想，立即舉槍向奧諾麗娜射擊。

奧諾麗娜倒下了，弗朗索瓦從她身上跨過去，奪路而逃。

被這一幕驚呆了的韋蘿妮克聽見戴日蒙先生發出的微弱聲音，她急忙奔過去，把耳朵貼在他的唇邊。可憐的老人竭盡全力地說了這麼幾個字：「請原諒我……韋蘿妮克……當心……天主寶石。」

韋蘿妮克抽泣起來，她深深地吻了一下父親的額頭。

戴日蒙突然坐了起來，聲音也變得清晰起來：「你快走吧……啊，十字架，薩萊克島的四個十字架……我的女兒將受到釘在十字架上的極刑……走吧，走……」

他的聲音慢慢微弱，最後陷入一片死寂。戴日蒙死了！韋蘿妮克的心裡升起一種沉沉的壓力。

奧諾麗娜面色蒼白地來到韋蘿妮克身邊，她的胸前已浸出一片血跡。

「我們走吧，這是您父親的命令。」

「天啊，您的傷……需要包紮一下嗎？」

「先去看看瑪麗吧，她可能也……」

韋蘿妮克從裡邊的門走出去，但她找到的只是女廚的屍體。

可憐的瑪麗成了這場慘劇的第三個受害者，正如馬格勃克的預言，戴日蒙應該是第二個受害者。

不知從哪兒來的一股力量，使韋蘿妮克強忍著悲痛，為奧諾麗娜包紮好傷口——也許是弗朗索瓦手下留情，那一槍還不至於威脅到她的性命。韋蘿妮克把瑪麗．勒戈夫和父親的遺體搬進那間放滿書和傢俱的大房間裡，除了不停地搬動，韋蘿妮克的腦子已經沒有任何想法了，接二連三的意外，已經將她搞昏了。這對她是多麼巨大的打擊啊！剛才還沉浸在即將與父親和兒子重聚的幸福中，轉眼間，她的兒子殺死了她的父親！而且是帶著喜悅的心情在殺人！殺的是他的親人！

他到底為什麼殺人！韋蘿妮克已經不能思考了。

「樓下好像有人在敲門。」躺在床上的奧諾麗娜輕聲說，「可能是送行李的。」

「怎麼辦？我們該怎麼辦？」

「什麼也別說，好了，讓我來應付吧！」

韋蘿妮克下了樓，打開門，水手柯雷如站在門口。

「對不起，我找奧諾麗娜太太。」

「請進吧，她在樓上。」

韋蘿妮克帶著柯雷如上了樓。

「啊，是你，柯雷如！」奧諾麗娜有氣無力地說。

「您怎麼了？受傷了？」

奧諾麗娜掙扎著推開門，指著裹屍布下的兩具屍體說：「戴日蒙先生和瑪麗．勒戈夫被人殺害了。」

「誰幹的？弗朗索瓦呢？」

「不知道誰幹的，斯特凡老師和弗朗索瓦都失蹤了……可能也死了……」

「那……那……馬格勃克……如果他還活著的話……他預言說他是第一個，難道……」

「他也被人殺害了。」

柯雷如臉上顯現出極端驚駭的表情，他在胸前劃著十字，聲音低沉地說：「我們該走了，我們早該走了……早在前些天，馬格勃克就對我說過，現在走還不晚，一個都不能留下。」

說完這番莫名其妙的話，柯雷如轉過身，往樓梯跑去。

奧諾麗娜大聲叫住了柯雷如，她說即使要走也必須處理完戴日蒙和瑪麗的後事。在奧諾麗娜的命令下，柯雷如找來兩個女人為戴日蒙守靈。

韋蘿妮克對弗朗索瓦憎恨到了極點，甚至不願再見到他。而奧諾麗娜卻一直認為弗朗索瓦肯定是瘋了，否則他不會做出這種事來。

在奧諾麗娜的主持下，戴日蒙的葬禮總算潦草地結束了，人們陸續散開。

第二天，馬格勃克死去的消息傳遍了全島。恐懼籠罩了小島，男男女女都在準備著逃離這神秘的島嶼。韋蘿妮克和奧諾麗娜正在收拾東西，柯雷如突然闖進來，大聲喊道：「您們的船被偷走了，船不見了，奧諾麗娜太太！」

兩個女人對視著，驚愕了好一會兒才醒悟過來，她們感覺到，是弗朗索瓦和斯特凡．馬魯把船弄走了，他們可能已經逃走了。

柯雷如叫道：「我們快走吧，現在還有船。中午過後，島上恐怕就沒人了。」

韋蘿妮克說：「可是奧諾麗娜太太有傷，現在還不能走，您後天能再來一趟嗎？」

「也好，反正一次也不能把全部東西帶走。」說著，柯雷如跑了出去。

柯雷如走後，奧諾麗娜一直不知所云地說著沒意義的話，韋蘿妮克安慰著奧諾麗娜，但她自己心裡卻充滿了恐懼。

「您看見船隻了嗎？」奧諾麗娜問。

不等韋蘿妮克回答，她又接著說：「窗外的這片海域是船隻必經之地。」

韋蘿妮克從窗口向外望去，果然看到兩艘船出現在海面上，它們是向北岬海駛去的。前方有兩條航道，奧諾麗娜說，它們一條是魔鬼之石，一條是薩萊克之牙。

奧諾麗娜吃力地走到窗前，她指著那隻裝載很重，吃水很深的船說：「那是柯雷如的船，看來他們開的是魔鬼之石。再過一百公尺，他們就可以得救了……不，不僅他們，整個薩萊克都將得救。」

兩個女人緊張地望著兩艘船隻，突然奧諾麗娜尖叫起來：「天啦，那是什麼？怎麼啦？」

韋蘿妮克和奧諾麗娜睜大眼睛盯著海面，有個東西從薩萊克之牙衝出來，她們立刻就認出來了，那正是她們被偷了的那艘船。

「那不是弗朗索瓦嗎，還有斯特凡……」

韋蘿妮克也認出了那個孩子，他站在船頭，正向那兩艘船上的人打著什麼手勢。那兩艘船上的人們看著弗朗索瓦駕著船疾駛而來，就將船速減了下來。馬達熄了，小船靠近了那兩條船。弗朗索瓦突然彎下身子，緊接著又站了起來，像是扔了一樣東西到船上去。

與此同時，斯特凡．馬魯也做了一個同樣的動作。接著，從兩條船上串起兩股濃煙，爆炸聲響徹雲霄。

韋蘿妮克和奧諾麗娜嚇傻了，她們大張著嘴巴，一句話也說不出來。

船上冒出的濃煙被風沖散了，韋蘿妮克和奧諾麗娜看見那兩隻船正在迅速地下沉，船上的人紛紛跳入了大海，一些在爆炸中身亡的人的屍體在海面上浮動著——好一幅突如其來的恐怖場面。

韋蘿妮克的心裡對弗朗索瓦憤恨到了極點，她看見戴著紅帽子的弗朗索瓦和戴著白帽子的斯特凡，一個站在船頭，一個站在船尾，手裡都拿著東西，好像是一根長棍子。

「那可能是槍。」奧諾麗娜說。

果然，弗朗索瓦和斯特凡都做了個瞄準的動作，接著是兩聲槍響。兩個在水面上浮動的人頭不見了。

「唉！這個沒良心的東西！」韋蘿妮克喃喃自語，癱軟地跪了下來。

那兩個殺人狂還拿著槍頻頻瞄準，浮在水面的人一個個消失了。

「簡直是在追捕獵物！這兩個滅絕人性的東西！我的頭快爆炸了，這……這怎麼可能？弗朗索瓦……弗朗索瓦，我要瘋了，像弗朗索瓦一樣發瘋！」

奧諾麗娜說著這些沒頭沒腦的話，她神色驚恐，頭髮蓬亂，臉上大汗淋漓。韋蘿妮克痛苦到了極點，她的腦海中浮現出丈夫沃爾斯基的影子。

「這是沃爾斯基的兒子，他比他父親更狠毒。」韋蘿妮克咬牙切齒地說。

猛然間，她的喉嚨被人扼住了，奧諾麗娜大笑著，跺著腳，衝著韋蘿妮克直喊：「你這該死的……是你生下了這個惡魔，你會受到懲罰的，你會被釘在十字架上！」

可憐的奧諾麗娜，她所受的打擊已遠遠超過了韋蘿妮克，她瘋了。韋蘿妮克用力擺脫奧諾麗娜，想讓她鎮靜下來。但是奧諾麗娜勃然大怒，猛地推開韋蘿妮克，一下子跳了出去，直跑向大海的崖頂，高喊著弗朗索瓦的名字跳了下去。

遠處海面上，弗朗索瓦和斯特凡的獵捕任務似乎已經完成了，他們駕著船向布列塔尼海岸方向駛去。現在留在三十口棺材島的就只有韋蘿妮克一個人了。

5 十字架上的三個女人

太陽已經消失在雲層裡，韋蘿妮克昏沉沉地站在高臺前，剛才發生的事情像電影鏡頭一樣，在她混亂的思維中接連閃過，她感到難以言喻的傷心和不知所措。

突然，一陣輕微的聲音傳到韋蘿妮克的耳邊，她本能地以為是敵人來了，警惕地睜開了眼。離她不遠的地方，一隻怪模怪樣的狗坐在那裡。韋蘿妮克很自然地想起奧諾麗娜曾經提起過弗朗索瓦的那條「杜瓦邊」[2]，她想，這會不會就是牠呢？

韋蘿妮克剛想開口呼喚，卻突然想起了剛才那場可怕事件的犧牲者和製造者。一種厭惡之情在韋蘿妮克心裡油然而生，她想把那狗趕開，可看到牠滑稽的模樣，又忍不住把牠拉到身邊，對牠說：「可憐的小狗，雖然一切都不順利，但還是要生活下去，對嗎？不要像別人那樣發瘋……」

當晚，韋蘿妮克平靜地打開了二樓沒人住的房間，心力交瘁的她很快就睡著了，而杜瓦邊就睡在她的床頭。

第二天，韋蘿妮克很晚才醒來。經歷了幾天恐怖的日子，她的心中反而升起一種異常的平靜和安寧。沒有什麼再來困擾她，她甚至覺得孤獨反而是一種安慰，她形單影隻地住在隱修院裡，那隻小狗杜瓦邊不知什麼時候消失了。

第三天，韋蘿妮克到花園走了走，無意中看到一塊被橡樹環繞著、面對大海的半圓形空地。在空地中央有一座橢圓形的石桌墳，韋蘿妮克繞石桌墳走了幾圈，發現石桌墳的兩條石腿內側刻有難以辨認的記

[2] 杜瓦邊（Tout-Va-Bien）為音譯，原文有「一切順利」之意。

號，外側也刻有一些字跡，雖然有點模糊了，不過有些字還能認出。令韋蘿妮克驚奇的是，那上面的內容與她在馬格勃克屍體旁發現的那張畫上看見的簡直沒有一點差異，上面寫的是：「四個女人釘死在十字架上……三十口棺材……天主寶石賜生或賜死。」

韋蘿妮克惶恐地走開了，她穿過一片草地，草地上長滿了鮮花，那花比平常的大出許多倍，絢麗奪目，韋蘿妮克看得怔在原地。而且，在那些絢麗的花叢中還有一些婆娑納花[3]，這樣的巧合再次引起了她的不安。

韋蘿妮克走進草地，她看見那些花的底座上都插著一個小木牌，上面寫著幾個字：「媽媽的花」。毫無疑問，這是弗朗索瓦做的。韋蘿妮克長久隱於心中的母愛被深深牽動，她的生命重新煥發了活力。

接下來的幾天，韋蘿妮克都要到草地上來。由於對兒子的思念，她對未來的再度充滿希望，而變得光彩照人。第六天，隱修院裡沒有食物了。於是，韋蘿妮克鼓起勇氣，下山到村子裡去。在離碼頭不遠的貨棚裡，韋蘿妮克看到奧諾麗娜前些日子用船運來的食品袋和箱子。她想，這夠她吃好幾個星期了。來到貨棚，韋蘿妮克往籃子裡裝了些巧克力餅乾、罐頭、大麥、火柴等，又到小島轉了一圈。返回的時候，她彷彿聽到不遠處有女人的呼叫聲。

「這個村子不是就剩下我一個人了嗎？」韋蘿妮克心裡暗驚，循聲找去。

韋蘿妮克走進一座院子，推開右邊堆放著雜物的屋門，叫喊聲更大了。韋蘿妮克繼續往裡走，這時，裡屋的門被人打開了。韋蘿妮克馬上認出，裡面的人正是奧諾麗娜讓柯雷如找來為父親守靈的阿爾希納姊妹。除了她們，房間角落裡的床上還躺著一個女人，正在那兒呻吟著。

[3] 又稱為「韋蘿妮克花」。

阿爾希納姊妹中叫熱爾特律德的那個抓住了韋蘿妮克的胳膊，急促地說：「他們都走了嗎？我們都被關了六天了。那天我們正準備走，來到洗衣房取晾乾的襯衣時，突然門被關上了。我們有吃的，還不至於餓死，但是他們會不會回來殺我們呢？我們好害怕啊。大姊已經瘋了，克蕾蒙斯也不行了……那些人呢？柯雷如回來沒有？」

「他們坐的兩艘船都沉沒了，在隱修院前面魔鬼之石航道處，船上的人全死了。」韋蘿妮克低沉地說。

「奧諾麗娜呢？」

「死了。」

「死了？都死了？」熱爾特律德和克蕾蒙絲同時喊出來。

熱爾特律德突然掰著手指，兩眼盯著韋蘿妮克說道：「對了，數目正好。您知道船上有多少人嗎？二十個，那麼您算算，二十，再加上第一個死去的馬格勃克，再加上後來死的戴日蒙，失蹤的小弗朗索瓦和斯特凡，可能也死了，還有瑪麗．勒戈夫也死了。算算看，一共二十六，您明白了嗎？三十口棺材肯定會裝滿，還剩四個，我們這裡不就有四個嗎？四個女人釘在十字架上……這島上就只剩下我們四人，四個女人……」

韋蘿妮克聽得毛骨悚然，但是很快又鎮定下來說：「那又怎麼樣，島上只有我們四個人了，我們怕什麼呢？」

「怕他們！」

「他們？人都走完了啊！」

「他們……神靈，那些血肉之軀的神靈……他們把船弄沉了，他們殺死了二十六個人……」

「你們是幾點的時候被關在這裡的？」

「十點……我們本來和柯雷如約定好十一點在村子裡會面的。」

韋蘿妮克想，索朗索瓦和斯特凡不可能在十點半到這裡，而一小時後又出現在海上，去弄沉兩隻船。難道他們還有同夥？

「我們不能這樣等死，得找一個地方躲起來。」熱爾特律德說。

「對！去隱修院，那裡容易自衛。」

「好，那我們快走吧。」

她們迅速行動起來，把已經瘋了的阿爾希納和克蕾蒙絲放在一輛兩輪車上。阿爾希納的口中一直唸著那句「十字架釘死四個女人」，韋蘿妮克和熱爾特律德聽得膽戰心驚。

四個女人穿過橡樹林，來到一片陰暗的荒地，看到前面有一棵特別大的橡樹，這棵大橡樹與其他樹的間隔要遠一些，一絲恐懼襲上了她們的心頭。韋蘿妮克正想緩和一下氣氛，克蕾蒙絲卻突然暈倒了，同時，有件東西從天而降，落在她的背上，那是一把石斧。

「啊，雷石！」熱爾特律德驚叫道，在她的心目中，斧頭既然是從天上掉下來的，那麼就是雷發射出來的。

阿爾希納此時也突然從車裡跳了出來，在地上蹦跳。緊接著，一支箭從空中呼嘯而來，射進了她的肩膀。她傻笑著說：「他們躲在橡樹後面，我看見他們了，他們就是兇手，他們就是兇手……」

克蕾蒙絲和阿爾希納在地上打著滾。又一支箭落到了遠處，韋蘿妮克和熱爾特律德趕緊逃開了，她們向隱修院的方向跑去。

剛跑到橋上，熱爾特律德突然撲倒在地，一支箭射中了她的腰部，她呻吟了一聲。走在前面的韋蘿妮克沒有留意，還以為熱爾特律德沒走好跌倒了，她說：「我馬上回來，我去拿把槍，您等著我……」

韋蘿妮克想起父親的書房裡有一個玻璃櫃，裝滿了步槍和手槍，每支槍都標示著「上膛」，此刻用來防衛，無疑是最好的選擇。

韋蘿妮克心想，只要擁有了武器，就可以回到樹林裡去救那兩個女人。所以，她拼命地跑著，一直跑回家，跑到書房裡，拿了兩把槍。

這時，韋蘿妮克才想到熱爾特律德沒跟來，於是又急著往回跑，當她跑到橋頭時，呆住了……橋的那一頭，熱爾特律德奄奄一息，正一點一點地往土坡上爬。不一會兒就沒了影子。

敵人在哪裡呢？韋蘿妮克利用荊棘灌木作掩護，彎著腰來到橋左邊的那個窩棚裡，那裡面堆放著許多汽油桶。韋蘿妮克在那裡監控著木橋，但是並沒有看到敵人現身。夜幕降臨了，四周籠罩在一片濃霧之中。不過，藉著月光的清輝，韋蘿妮克依舊能看清楚對岸的動靜。

過了一小時，周圍沒有出現異常的動靜，韋蘿妮克稍稍放下心來，為了阻止敵人來犯，她倒了兩桶汽油在橋上，又從口袋裡掏出她在房裡找到唯一的一盒火柴。遲疑了一會兒，韋蘿妮克點著了事先準備好的汽油紙團，扔到木橋上，火焰撲騰起來，橋的四周被映照得通明透亮。

「敵人一定躲在大橡樹後面，他們肯定在看著我……」韋蘿妮克警惕地守望著木橋對面的大橡樹。可是樹林裡寂靜無聲，也沒有看見人影。一聲巨響，橋頭斷裂了，一段一段燒著的木塊掉下深淵，韋蘿妮克心裡的安全感也在一點一點的增強。但她不敢離開那裡，仍堅守在小棚的門口，密切地關注著可能出現的變故。

半夜時分，韋蘿妮克突然聽到對岸有伐木的聲音，然後又傳來呻吟聲和令人窒息的叫喊聲、人來人往的腳步聲。但是，等她細聽時，這些聲音又消失了。疲乏、饑餓和寒冷開始折磨韋蘿妮克，這個夜晚也就顯得格外的漫長。

天終於亮了，韋蘿妮克長長舒了一口氣。可是，當她抬起頭看對面山坡時，不禁發出一聲尖叫。山丘最前面的三棵大橡樹被砍去下面的樹枝。光禿禿的樹上，熱爾特律德和另外兩個女人被釘在十字架上，她們頭上帶著結翅的頭巾在風中微微顫動著。

6 弗朗索瓦

韋蘿妮克既沒有再回頭看那殘忍可怕的場面，也沒有考慮自己被發現後，可能會怎麼樣。她的心裡只有一個念頭：「馬上離開薩萊克島。」韋蘿妮克邁著機械的步子回到隱修院。

「我是第四個女人，最後一個受害者。」一想到這裡，她不由得瑟縮發抖。

韋蘿妮克四處尋找食物卻一無所獲，連火柴也不見了。她試著用兩塊火石摩擦生火，但沒有成功。有三天時間，韋蘿妮克完全依靠水和野草來維持生活。她焦急不安時，就會忍不住痛哭，而每次哭的時候，弗朗索瓦的那條狗杜瓦邊便會突然出現，向她扮著各種滑稽相。韋蘿妮克卻總是把牠趕走，彷彿因為牠是弗朗索瓦的狗而有罪似的。

稍有一點聲響，韋蘿妮克都有會嚇得渾身顫抖，那些躲在橡樹後面的怪物會以什麼樣的方式來攻擊她，或者他們也會沉迷於她的美貌而……。到了第四天，韋蘿妮克在一個抽屜裡找到一個高倍放大鏡。韋蘿妮克把放大鏡拿到太陽光下，把光聚在一張紙上燒著，而後點燃了蠟燭。

夜深了，韋蘿妮克提著燈到小亭子去，想點火發信號，但天色還不是很暗，對岸可能看不到。

突然，對面山坡上有個白影在動，韋蘿妮克定睛望去，原來是一個穿著袍子的男人。他手上的金鐮刀閃閃發光，正在砍一束槲寄生。

韋蘿妮克想起自己在書上看到的那些關於祭禮的描寫，是的，這個白影就像一個大祭司一樣，他站在一棵孤零零的、高出其他樹的樹枝上，而另外四個白影則在樹下轉著圈。

稍過了一會兒，祭司模樣的男子從樹枝上跳了下來，領著其他人來到被釘在十字架上的三個屍體面前，似乎是在舉行某種不可思議的儀式。接著，他們走到懸崖邊，把手裡拿著的槲寄生投進深淵。

韋蘿妮克無法弄明白這種奇怪的儀式，她的心頭依然只有一個想法：「趕快離開這個鬼地方，即使會有生命危險也不怕，一定要走。」

一陣樹葉搖曳的刷刷聲傳過來，那隻杜瓦邊又跑來了，牠的兩隻前腿在空中揮動著。

藉由微弱的光線，韋蘿妮克看見牠脖子上繫著一包餅乾。

「誰讓你送餅乾來的呢？」韋蘿妮克自言自語。

她抱著小狗回到了隱修院，心想，是誰讓小狗送來食物的呢？

第二天早上，韋蘿妮克終於忍不住，開始試著和狗交談起來了：「我怎麼能夠相信你還會給我找來食物呢？是誰把餅乾繫在你的脖子上？難道我們在這島上還有朋友嗎？這些餅乾是給誰的？給你的主人弗朗索瓦還是奧諾麗娜的？或者是給斯特凡先生的？」

狗似乎聽懂了韋蘿妮克的意思，搖著尾巴向門口走去。韋蘿妮克一直跟著牠，走到了斯特凡．馬魯的房間。狗從床下叼出一個紙箱，裡面有餅乾、巧克力和罐頭。韋蘿妮克蹲下身來看了看床底，發現裡面還有一個小帆布箱。韋蘿妮克拖出箱子，用一把大剪刀把箱鎖撬開了，她想，裡面可能有些東西能夠幫助她。

但是，很遺憾，箱子裡只有一個記事本，用橡膠緊緊地封住了。韋蘿妮克用刀除去橡膠，翻開記事本，裡面的內容讓她如墜五里雲霧。

記事本的第一頁上是韋蘿妮克少女時代的照片以及她的親筆簽名和贈言：「送給我的朋友斯特凡。」

看著那張照片，韋蘿妮克更驚訝了，那是她十六歲時照的。

「怎麼會？我怎麼會把照片送給他呢？我認識他嗎？」

韋蘿妮克接著往下看，記事本的第二頁是一段前言似的文字：「韋蘿妮克，我願意生活在你身邊。我教養你的孩子，我愛他，因為他是你的兒子，因為我更愛你。」

韋蘿妮克的心頭升騰起一種異樣的感覺，這種新的體驗使她感到欣慰和甜蜜。

記事本上接下來的篇章裡，主要記載了斯特凡對弗朗索瓦的教育的實施情況和對弗朗索瓦正直純樸的讚歎。還有一些關於韋蘿妮克的趣味軼事，斯特凡這樣寫道：「你展開她的右手看看，弗朗索瓦，在她的掌心中有一條長長的白色傷疤，那是她小時被鐵柵欄的尖兒劃破的……」

這完全是一些連韋蘿妮克自己都幾乎忘了的細節，甚或是她個人的小秘密。這個斯特凡到底是誰？

韋蘿妮克繼續翻看著，最後幾頁是斯特凡情感的表白，充滿了痛苦、崇敬和企望。韋蘿妮克合上了記事本，她讀不下去了。生活的希望和熱情似乎在她心裡重新燃起，整個晚上她都沉浸在這種感覺中。

第二天早上，韋蘿妮克招呼著杜瓦邊：「現在，我的乖乖，領我去吧，到那個給斯特凡先生送食物的陌生朋友那裡去，好嗎？」

杜瓦邊歡愉地在前面帶路，穿過石桌墳下面的草坪，順著一條通向懸崖邊廢墟的小徑，韋蘿妮克來到一塊長滿長青藤的大石頭底下，茂盛的荊棘下有一個兔子洞似的小通道。

這裡的荊棘實在太密了，韋蘿妮克不得不返回隱修院拿了一把開山刀。半小時後，韋蘿妮克終於清理出一段階梯來，杜瓦邊在前面帶路，韋蘿妮克跟著牠走下臺階，進了一條岩石通道。地道變得更狹窄了，當走到一個叉路口處時，杜瓦邊往右邊的地道走，韋蘿妮克想了想，還是緊緊地跟在牠後面。果然，韋蘿妮克很快就看到了地道的盡頭。

那是一面用大小不同的石頭砌成的牆，這牆堵住了地道。

「這地道肯定連著另一邊。」韋蘿妮克想。

杜瓦邊在那裡靜靜地待著，附近傳來有人小心翼翼地搬動石頭的聲音。韋蘿妮克沒有動，她靜靜地等待著。只是一會兒的功夫，牆上的石頭鬆動了，露出一個小洞，杜瓦邊興奮地跳了進去。

裡面傳來一個孩子的聲音：「喔，是杜瓦邊先生，昨天為什麼不來看你的主人？幹什麼事兒去了？事情進行得如何了？同奧諾麗娜散步沒有？唉，要是你能說話多好……為什麼奧諾麗娜不來救我呢？還有外祖父，他一定很擔心我……」

韋蘿妮克看不見裡面，因為那洞口有一個拐彎，但她的心猛烈地跳動著。難道這裡面的孩子會是弗朗索瓦？可是，奧諾麗娜和戴日蒙不正是被他槍殺的嗎？為什麼他的話語裡好像對這一切毫不知情，難道他忘記了，或者說他現在清醒了，他的腦子裡沒有他發瘋時的記憶了？

「為什麼沒有他們的一點消息。」洞裡的聲音繼續說，「斯特凡先生也不知到哪裡去了，你把餅乾送到哪兒去了？怎麼，你看什麼……你帶人來了？」

聲音靠近了。「奧諾麗娜，是您來了嗎？」

韋蘿妮克沒有吭聲，她不知道該怎麼回答。

「肯定是您，我感覺到您的呼吸聲了。」

韋蘿妮克的心裡升騰起一股暖意，是的，是她的兒子在叫她，她的親生兒子！「弗朗索瓦……弗朗索瓦……」韋蘿妮克喃喃地呼喚著。

「啊，奧諾麗娜，我就知道是您……」

「不是。」

「那您是……」

「我是奧諾麗娜的朋友。」

「……」那孩子沉默了一會兒，坦率地說，「夫人，我告訴您，我被關在這裡已經十天了，都快餓死了。可是從前天開始，每天早晨，我房門上的小視窗都會打開，一隻女人的手伸進來，給我送食物。那隻手……」

「那麼，您以為那個女人是我嗎？」

「是的，難道我不該這樣認為嗎？」

「那……嗯，這是我的手。」韋蘿妮克挽起衣袖，把手從洞口伸了進去。

「喔，這不是我見過的那只手。您的手好漂亮啊！」

弗朗索瓦把韋蘿妮克的手翻轉過來，忽然喊道：「這怎麼可能！傷疤……這裡有傷疤，白色的……」

韋蘿妮克想起了斯特凡．馬魯的記事本，上面講了這個傷疤的來歷，弗朗索瓦一定是知道的。她感覺到孩子在輕輕地吻她的手，繼而是和著眼淚的狂吻，抑制不住顫抖的聲調：「喔，媽媽……親愛的媽媽……我親愛的媽媽……我終於把您盼來了……」

母子二人隔著洞口對望著，訴說著。既然弗朗索瓦在這裡，那在村裡及船上作惡的就只是穿著他的衣服、冒充他的惡魔。一時間，韋蘿妮克忘記了島上曾經發生的一切，也不再去考慮什麼。在她的心中，洞裡的弗朗索瓦是一個溫順、親切、純潔的孩子，一個失而復得的孩子！

7 斯特凡

韋蘿妮克母子傾訴了整整一個小時，都想在短時間內多了解一些彼此生活和心靈的秘密。最後，還是弗朗索瓦結束了這種三天三夜也說不完的話題，他對韋蘿妮克說：「親愛的媽媽，現在我們來談談要緊的事。我非常想見到您，所以，我必須先把這堵牆搞定。此外，我總覺得，有人在監視著我。」

「是誰？」

「抓我們的那些人。那些人不是傳說中的什麼聖靈，而是和我們一樣有血有肉的人。」

「他們住在哪裡？你看見他們了嗎？」

「是的，那天我和斯特凡在黑色荒原高地下的岩洞入口發現他們，我想他們可能就住在這裡吧。我們是在黑暗中遭到突襲被抓的，等我醒來時，已被關在這一間小屋裡了。」

韋蘿妮克悲喜交加地聽著兒子的話，這麼說來，那個在島上大肆作惡的人不是她的弗朗索瓦，只不過是穿著和他一樣衣服的另外一個人。兒子是無辜的，所以，她沒有向弗朗索瓦透露島上的種種變故。

「媽媽，」弗朗索瓦再次呼喚韋蘿妮克，「這個洞口是我自己挖出來的，看守一直不知道。只要再搬開三、四塊石頭，這個洞就可以拓寬了，但這些石頭太堅固了，必須使用工具才行。」

「那好，我這就去拿……」

「媽媽，隱修院的地下室裡有個工具房。您先回去，天黑以後把那把十字鎬帶來。明天早上，我就可以擁抱您了。」

四十分鐘以後，韋蘿妮克帶著工具回到洞口。

「太好了，媽媽。我會努力的，等我出來，我們就去救斯特凡。」

「你知道他被關在哪裡嗎？」

「他們很可能把他關在我的下面。外公說過，這地道是上下兩層的。好了，您回去好好休息，我要加緊行動了。對了，您明天來的時候順便帶上那個有鐵鍊的竹梯，再拿點吃的。」

第二天一大早，韋蘿妮克又重新踏上去地道的路，這一次杜瓦邊沒有跟來。

弗朗索瓦告訴母親，自己的工作還要兩小時才能完成。

韋蘿妮克掀開地道一個透光的窗戶，然後把帶來的木梯放在窗外，並把鐵鍊掛在窗臺上，從這裡可以俯視三、四十公尺深的大海。

在洞口等了一會兒，韋蘿妮克心想，兒子的工作一定進行得很艱苦，他還一心想著去救斯特凡。小小年齡，如此折騰怎麼吃得消。

一種對兒子深切的愛使韋蘿妮克決定代兒子冒這個險，她跨上窗戶，踩著梯子，顫抖著往下爬。她驚喜地發現離地面至多一公尺的地方，有一個凹陷處，像是挖在懸崖上的一個洞口。

韋蘿妮克在竹梯上停留了一會兒，然後抓住一塊突出的尖石，跳進了洞裡。洞裡鋪滿了稻草，稻草上躺著一個被綑住手腳的人。韋蘿妮克輕輕地呼喚著：「斯特凡，斯特凡。」

那人一動不動，好像睡得很熟。

韋蘿妮克俯下身去，一張溫柔的面孔出現在她眼裡，這使她回想起在戰前死去的一個女友。韋蘿妮克開始為他解去手腕上的繩子，那個人一下子驚醒了，他抬頭看著面前這個漂亮風韻的女人，不由得呆住了，口裡喃喃地說：「真的是你嗎？韋蘿妮克……」

韋蘿妮克點了點頭。

斯特凡癡情的看著她，說：「前些天的夜裡……到這兒來的是你嗎？怎麼？不是你，那你是從哪裡來的呢？」

「從那兒，」韋蘿妮克指了指大海，「弗朗索瓦告訴我的。」

「弗朗索瓦自由了嗎？」

「還沒有，不過再過一個小時他就自由了。」

「……」

韋蘿妮克很快發現眼前這個叫斯特凡的人不是在聽她講的話，而是在聽她講話的聲音，也許她的聲音讓他憶起了什麼往事。他一直笑著，是一種如癡如醉的笑。於是，韋蘿妮克也笑了，她問道：「斯特凡先生，你應該認識我吧。可我……是的，你使我記起以前的一個女友，可惜她已經去世了……」

「你那位女友是叫瑪德琳娜．弗朗吧，我是她弟弟，你可能想不起了。那時有個靦腆的中學生經常跑到學校會客室，遠遠地看您……」

韋蘿妮克沉思了一下，想起來了。「對，對，我想起來了，可是你和瑪德琳娜……」

「我們同母異父，所以是不同的姓。」

「喔，」韋蘿妮克不由得伸出手去，「我們是老朋友了。好了，眼下要做的是趕緊逃出這鬼地方。」

他們開始策劃怎樣逃脫，韋蘿妮克試圖從來路返回。遺憾的是構不著那竹梯，來的時候可以跳下來，現在卻不能跳上去。事實上，梯子右邊的掛鍊也滑出來了，像一個鐘擺在那裡晃動著。

「怎麼辦？這下我們完了。」斯特凡說。

「不。還有弗朗索瓦呢，一小時後他會來救我們的。」

「一小時！我的天！這段時間，他們會來的，他們監視得很緊。」

「唉，斯特凡，不要急。」韋蘿妮克裝出很樂觀的樣子，實際上她並不感到輕鬆，「我們要相信弗朗索瓦，他一定會救我們的，對嗎？我們先聊聊各自的情況吧。放輕鬆一點。」

韋蘿妮克在一塊花崗岩上坐下來，開始向斯特凡講述。她從自己在一間荒郊小屋發現馬格勃克的屍體說起，講到了那幅駭人的畫和接連死去的人。

斯特凡靜靜地聽著韋蘿妮克講述著這一切，偶爾用激動的手勢來表明自己的憤怒，臉上充滿了絕望的憂鬱。特別是戴日蒙先生和奧諾麗娜的死使他怒不可遏，這是他最愛的兩個人。

「對了，這一切，我都還沒有告訴弗朗索瓦。請您也暫時不要告訴他，知道嗎？」

斯特凡點了點頭，他說：「我知道怎麼做，弗朗索瓦雖然很勇敢，但他畢竟還是個孩子。事實上，韋蘿妮克小姐……不，是夫人，我對這個島的了解並不比你多。在我看來，這一切似乎都是一些相當反常的、野蠻的暴行。這島上一直有一些傳說，很複雜，最多的是關於三十口棺材的預言和那神奇的石頭。人們一直傳說著總有一天，在一年之內會有三十個人死於非命，這三十個人中，又會有四個被釘在十字架上的女人。」

「但我還是不明白，這個古老的傳說為什麼會在現在被證實？」

「是因為馬格勃克。他是你父親帶來的水手，是一個信奉預言的人，知識很廣泛，也很豐富。他對島上的人說一九一七年是個不祥之年，他甚至宣稱自己會在這次劫難中第一個死去，而戴日蒙先生是第二個。正是在這樣的影響下，戴日蒙先生將那石桌墳上的畫複製下來了。在複製的那段時間裡，是他最想你的時候，所以不經意地將你的影像留在了上面。」

「這下可以解釋了，我父親甚至不能忘記有人曾為沃爾斯基做過的另一個預言：『死在朋友手，妻子被釘死在十字架上』。奇妙的巧合對他影響太深了，竟令他在像上寫下我少女時代的簽名。不過，一切終究應了那預言……」

斯特凡默不吭聲，時間一分一秒的過去，弗朗索瓦還沒有來。

「弗朗索瓦怎麼這麼慢啊。」韋蘿妮克也有些著急了。

「是呀，我聽到了腳步聲，那些人馬上就要過來了……可是，弗朗索瓦他……怎麼還沒來呢？」

「再耐心等等，您能講講天主寶石的事嗎？」韋蘿妮克說。

「天主寶石也是一個難解之謎，傳說中的天主寶石是一塊奇異的石頭，可以強身壯體，甚至可使不育婦女恢復生育能力。但如果未經看護和供奉它的人允許就去觸摸它，就會遭災，它會放火燒死使用它的人，還會使其下地獄。」

「馬格勃克就是這樣……」

「是的，一天早上，他突然跑進戴日蒙先生的房間，大聲喊叫著，『我完了！……我摸它了……它燒我都燒到骨頭了，這是地獄！』我們看過他的手掌，真的，全部燒壞了。他瘋了般地說他肯定是第一個受難者，第二個將會是戴日蒙先生。當天晚上，他用斧頭砍斷了自己的右手。又過了一個星期，他離開了這個島。」

「然後他就到法烏爾村教堂去了？」

「應該是這樣！」

「那麼，又是誰殺死他的呢？」

「肯定就是那些襲擊我們的人，他們還剝下我們的衣服，裝扮成我和弗朗索瓦的樣子。」

「他們為什麼這樣做呢？」

「為了輕易進入隱修院。」

「你們難道一點也沒預見到這次襲擊？」

「沒有。那天早上，戴日蒙先生收到兩封信。一封是布列塔尼的一個老貴族寫的，他和保皇黨有關係，這封信還附上從前朱安黨人在薩萊克島佔據過的地道房間地圖。設計圖標明，地道的入口在黑色荒原上，地道有兩層，每層最後一間是審訊室。我和弗朗索瓦前來偵察，沒想到往回走的時候遭到襲擊。」

「弗朗索瓦說他在等待救助……有人答應幫忙嗎？」

「這是他孩子氣的想法，當然這也牽涉到戴日蒙先生當天上午收到的另一封信……」

突然，斯特凡停住了，他傾聽了一會兒過道上的動靜，焦急著說：「如果有人要救我們，現在也該來了，要不再過一會兒，他們就要來了。」

「真的有人來救我們？」

「對這事我不敢抱太大的希望。馬格勃克走後第二天，戴日蒙先生向巴黎來的特派員貝爾瓦上尉講述了薩萊克島的傳說，以及我們感到的無法除去的恐懼。貝爾瓦對這故事很感興趣，他答應和巴黎的一位朋友商量一下，那是一個很出色的人，唐路易．佩雷納，聽說特別擅長偵破最複雜的疑案。幾天後，戴日蒙先生就收到了唐路易．佩雷納的信，也就是那天收到第二封信。可惜戴日蒙先生只給我們讀了開頭部分，內容是這樣的：『先生，我認為馬格勃克的事件相當嚴重，如果有其他情況，請立即拍電報給巴特里斯．貝爾瓦。即使您已瀕臨深淵，也請不要害怕，只要我能夠及時得到通知！記住，無論發生了什麼，一切有我擔著。』」

「這又是怎麼一回事？」

「不知道，戴日蒙先生沒有告訴我們信的結尾部分。他說晚上再告訴我們，還說唐路易．佩雷納真是個了不起的人，他絲毫沒有賣關子，而是直截了當地披露了天主寶石的秘密，以及它所在的確切地方。」

「那麼晚上呢？」

「晚上？晚上我和弗朗索瓦就被綁架了。」

「我想，肯定是有人想竊取這封信，他想得到那寶石。」

「不可能，因為戴日蒙先生當著我們的面把信撕了，說這是唐路易．佩雷納的意見。」

「弗朗索瓦為什麼堅信有人會來援救呢？」

「他不知道外祖父死了，所以他相信戴日蒙先生發現他和我失蹤後，一定會報告唐路易・佩雷納。」

韋蘿妮克和斯特凡的交談被走道上傳來的腳步聲打斷了。

斯特凡躺到原先的位置上，韋蘿妮克則把繩子繞在他身上，看上去與原來沒什麼兩樣，但匆忙之中沒來得及打結。韋蘿妮克彎下腰躲到門後，不一會兒，小窗口上露出一雙眼睛。緊接著響起兩聲口哨，又一陣腳步聲傳來。

門外有人竊竊私語，接著是用鑰匙開鎖的聲音。韋蘿妮克雖然很緊張，但是卻做好了一切準備，她不想再一次失去自己的兒子。

8 沃爾斯基的另一個兒子

因為救子心切，韋蘿妮克做了一個相當危險的舉動，她下意識地把門反鎖起來，並且把小窗口的鐵護板也關上了。

斯特凡是不能動的，這樣一來就等於告訴敵人，這裡面來了其他的人。後悔已經不及了，韋蘿妮克正思索著如何應付，卻聽到門外的腳步聲迅速地朝走廊遠處走去。想來，他們認為斯特凡是不可能逃脫的，於是到上面一層去看弗朗索瓦。他們估計是弗朗索瓦從上面跳下來，和斯特凡會合了。

韋蘿妮克這麼做，會使事情朝著令她更加擔心的方面發展——弗朗索瓦在準備逃走的時候被敵人抓住。

韋蘿妮克嚇傻了，她為自己的擅自行動後悔了。「我要不是知道斯特凡先生愛著我，我會急著來救他嗎？我真蠢，如果等弗朗索瓦一起來，不是更保險……」

黑暗中，斯特凡伸過手來，兩人的手緊緊地握在一起。

這時，地板忽然抖了一下，然後像吊橋般慢慢地豎起，要把韋蘿妮克和斯特凡推向看不見的深淵。

「我再也見不到兒子了，斯特凡，如果你能活下去，請你繼續照看他，好嗎？」

「我發誓，如果我能活下去，我一定會完成任務的，我向你發誓，以表……」

「對我的懷念？」韋蘿妮克說，語氣突然變得堅決起來，「為了懷念你認識的……或者你所愛的韋蘿妮克？」

「你已經知道了？」斯特凡滿懷激情地看著韋蘿妮克。

「是的，我看到了你的日記本……我知道你愛著我……我決定接受你的愛……我很感動。」

斯特凡吻著韋蘿妮克的手，兩人擁抱在了一起，臉上洋溢著一種悽楚的甜蜜。

「抱緊點。」韋蘿妮克說。

地板在繼續傾斜，坡度在增加，人已經無法站立了。韋蘿妮克和斯特凡順著傾斜的坡度躺倒，用腳抵在了花崗石的窄邊上。他們相擁著，緊緊地不留一點空隙。地板還在繼續升高，再過幾分鐘，它就會垂直地豎起來，成為陡峭的岩壁一部分。

韋蘿妮克無法想像自己的兒子再次被抓住，備受折磨的情形，恨不能一死了之。斯特凡不停地安慰她，但她還是無法平靜下來。

「我們只有在天堂裡再見了……死神將使我們重聚。死神快點降臨吧！讓我早點死去吧……我不願讓他受苦……」韋蘿妮克不停地自言自語。

就在這千鈞一髮之際，有個東西從他們眼前晃過去，過了一會兒又晃過來。

「那是梯子……對嗎？」斯特凡喃喃地說。

「是的，是弗朗索瓦……他來救我們了。」韋蘿妮克欣喜若狂。

梯子又搖過來了，洞口的上方出現了一張孩子的臉，他笑著衝韋蘿妮克打手勢。「媽媽，媽媽，快上來……」

「啊，是你……我親愛的……」韋蘿妮克呻吟著。

「快，我扶住梯子，你上來吧。」弗朗索瓦說。

「好，親愛的，我上來了。」

韋蘿妮克抓住最近的一級梯子橫槓，在斯特凡的幫助下，她很順利地爬上了梯子。她爬了四級，停下來說：「來呀，斯特凡？」斯特凡也爬上了梯子。他們終於得救了。

韋蘿妮克敏捷地順著梯子往上爬，很快就把上半身伸到洞口裡。弗朗索瓦拉了她一把，她終於跨過了窗口。他們擁抱在一起，但一種侷促不安的感覺打斷了韋蘿妮克的激動。

「來，來，」她說著，把弗朗索瓦拉到窗前明亮的地方，「來，讓媽媽好好看看你。」

孩子沒有反對。韋蘿妮克突然驚跳起來：「你……是你……你是……是那殺人兇手……」太可怕了！這孩子正是當著她的面殺害戴日蒙先生和打傷奧諾麗娜的那個惡魔。

「夫人，您終於認出我了，是嗎？」孩子嘲諷地說，臉色變得兇狠、殘酷。

韋蘿妮克這時才發現，這不是剛才洞裡的那個弗朗索瓦，只是聲音有幾分相似。

「開始明白了，是嗎？可惜太晚了，夫人！」

「沃爾斯基……我從你身上看到了沃爾斯基的影子。你們……你們……」韋蘿妮克吞吞吐吐地說。

「他是我爸爸。」

「天哪，沃爾斯基的兒子！」韋蘿妮克反覆唸著。

這時，斯特凡的頭出現在窗口了，那孩子突然跳過去，搬起一塊石頭狠狠地向斯特凡砸去。等韋蘿妮克反應過來時，已經太晚了，斯特凡的身影消失在洞口，只聽到什麼東西落入水中的聲音，但看不出落水處，四周一片寂靜。

「你……你太卑鄙了！」韋蘿妮克一字一頓地說。

「卑鄙，哈哈，不像您兒子那麼傻，是嗎？還要擁抱嗎？漂亮的太太，哈哈……」

那孩子張開兩臂，準備走過來，韋蘿妮克從口袋裡摸出一把槍，這是她用來防身的。

「怎麼？要對我開槍嗎？您可是我父親的太太喔，千萬別做傻事！」那孩子的臉上露出一種殘忍的表情，「來吧，沒什麼可怕的，不過，我想提醒您，這樣做是要付出代價的！」

說著，他開始向通往隱修院的地道跑去，嘴裡喊道：「代價，您知道嗎？我會讓您看到您心愛的弗朗索瓦的血的……」

韋蘿妮克傻傻地站在原地，這究竟是怎麼回事？弗朗索瓦還在嗎？還在這地道中嗎？這簡直就像一場夢。聽著那孩子的腳步聲消失在遠處，韋蘿妮克凝神思考了片刻，然後費力地從鑿開的洞口鑽進了小屋。

屋裡很黑，韋蘿妮克站了幾分鐘才慢慢地適應了黑暗的光線。她看見這小屋與另一間相連接，那間屋的門敞開著，從門縫望去，有幾個人影閃動，一隻女人的手正在拉門。韋蘿妮克毫不遲疑地走上前，使勁抓住門把手往裡拉。那隻手消失了，繼而響起了一陣哨音。是那女人在通知同夥，就在這時，屋內傳來呼喚聲：「媽媽！媽媽！」

這喊聲令韋蘿妮克激動萬分，這是她的兒子，她真正的兒子在叫她，他還活著！

「孩子，我在這裡，我來救你了。」

「快，媽媽，他們把我綑住了。」

母愛的力量使韋蘿妮克突然變得力大無比，屋內的女人無法支持下去，鬆開了把手。

韋蘿妮克進了屋，那女人放開了弗朗索瓦。藉著光線，韋蘿妮克看清了面前的女人，她身穿白色衣裙，胳膊裸露著，面孔倒顯得很年輕，只是瘦削，憔悴。她與韋蘿妮克對峙著，眼裡閃著可怕的、仇恨的光芒。韋蘿妮克拿出手槍，逼那女人離開。但那女人似乎並不害怕，彷彿在等待什麼。她看了一眼弗朗索瓦，移動了一下步子。

「不要動，否則我就……」韋蘿妮克叫了一聲。

「如果我想解決你兒子，早就動手了。這不是我的事，我的兒子會來做的，這是他的權力。」

「你的兒子……」

「是的，你們已經見過面了，他也是沃……」

「我知道了！不要在我面前提起他！」韋蘿妮克打斷了她的話，她已經明白了這個女人就是沃爾斯基的情婦，她不想讓弗朗索瓦知道這件事。

「怎麼，韋蘿妮克，你害怕了嗎？我終於等到這一天了，為了這一天我吃盡了苦。十五年啊！韋蘿妮克，你要為此付出代價的，你必須付出代價！你會被釘在十字架上的！」

韋蘿妮克握緊了槍，而那女人卻在她的槍下挺直了身子。

「媽媽，不要殺她，放了她吧！」是弗朗索瓦在懇求。

韋蘿妮克趕緊過去把孩子拉起來，替他解開繩子說：「孩子不要怕，現在沒危險了，我們立刻離開！」

「對，而且要離開薩萊克。我有一個逃跑計劃，肯定能成功。可是斯特凡先生怎麼辦呢？」

「我們暫且躲到隱修院去，我還有好多事情要告訴你。咦，那女人走了，肯定是去找人，我們快走吧！」

「是的，她是去找另外那個人去了。我正在挖洞時，她和那個人闖進來抓住我。」

「那個人？是一個和你一樣高的男孩子嗎？」

「沒看清，但很明顯他對這地道相當熟悉。」

「不管怎麼說，我們趕快離開這裡。」

韋蘿妮克帶著弗朗索瓦出了地道，為了防止敵人從原路追趕過來，他們合力推下一塊石頭堵在了洞口。終於可以坐下來休息一會兒了，韋蘿妮克向兒子傾訴了一切，兒子聽後非常傷心，尤其是外祖父和奧諾麗娜的死訊讓他禁不住掩面而泣，與母親重逢的喜悅也被沖淡了許多。

「也不知斯特凡是生是死？」韋蘿妮克歎了一口氣。

「放心，媽媽，斯特凡的游泳技術相當好，或者他還不至於葬身海底。真的，相信我，媽媽……瞧，我們的朋友來了。」

韋蘿妮克順著弗朗索瓦的目光看去，原來是杜瓦邊蹦跳著跑過來。

「嗨，杜瓦邊，把你留在薩萊克島好嗎？我們要走了。」

「走？怎麼走？」韋蘿妮克有點吃驚。

「坐船，我們有船。」

「在哪兒？」

「在薩萊克岬角上，我的船就掛在懸崖腳下。」

「那麼，我們是真的得救了！」韋蘿妮克鬆了一口氣。

「是的，我們天明就出發。」

韋蘿妮克欣喜地看著自己的孩子，他在這種大事的處理上如此從容不迫，真讓人感到欣慰。韋蘿妮克將包裹裡的食品取出，母子倆開開心心地吃了晚飯，相擁而臥，甜甜地入睡了。

次日清晨，韋蘿妮克和弗朗索瓦為離開島嶼做著準備。收拾好被子和食物，母子二人邁著輕快的腳步向島上岬角處的暗道走去。

「糟了，忘記帶槳了！它們放在隱修院裡。」弗朗索瓦叫了一聲。

「那太可怕了！」韋蘿妮克喊道。

「有什麼可怕的？我馬上到隱修院去拿，十分鐘就回來。」

說完，弗朗索瓦跑開了。

「弗朗索瓦！」韋蘿妮克喊著跟了過去，她發過誓不再離開弗朗索瓦一分一秒。

韋蘿妮克在隱修院不遠處停了下來，在這裡她可以看見隱修院門前發生的一切，弗朗索瓦正沿著草坪向地下室跑去。不一會兒，他又出來了，好像船槳不在那裡。他跑到大門處，拉開了門。

「一分鐘就夠了，他很快就會出來的。」韋蘿妮克一邊想，一邊盯著地道的出口。

可是三、四分鐘過去了，大門還沒有打開，難道出什麼事了？

韋蘿妮克後悔不該讓弗朗索瓦離開自己，她跌跌撞撞地向隱修院奔去。

「弗朗索瓦！」韋蘿妮克叫得撕心裂肺，她跑進兒子的房間，沒有人；她又跑到斯特凡和奧諾麗娜的房間，還是一個人影都沒有。韋蘿妮克回到樓梯口，衝到了戴日蒙先生的書房門口，但立刻就退了出來，她的臉變得刷白，像是被地獄的景象嚇呆了一般。

一個男人矗立在那裡，彷彿一個正等待獵物的獵手。

韋蘿妮克無比恐懼喊出聲來：「沃爾斯基……沃爾斯基……你這惡魔。」

9 殘酷的決鬥

沃爾斯基！這個令韋蘿妮克的記憶充滿了恐怖和羞恥的卑鄙傢伙，這個喪心病狂的惡魔，他居然還沒有死！他還活著！這些日子以來，所有的艱難險阻，韋蘿妮克都可以承受，唯獨面對沃爾斯基，她的勇氣蕩然無存。最令她感到恐懼的是，這個傢伙似乎還愛著她。

她突然臉紅了。沃爾斯基正貪婪地盯著她破爛的上衣下裸露出的、仍然保養得很好的肌膚。

韋蘿妮克抬起了頭，大聲喊道：「我的弗朗索瓦……你……你把他弄到哪裡去了？讓他出來見我，我要見他。」

「親愛的，別激動，你會見到他的，喔，不，應該是我們的兒子的，我發誓。」

「那麼，他可能已經死了！」韋蘿妮克低沉地說。

「他活著，活得好好的，像我們一樣，夫人。」

沃爾斯基派頭十足，他順手拉過一把椅子，向韋蘿妮克鞠了一躬，故作姿態地說：「我們將進行一次談話，夫人，時間有點長，你坐下來好嗎？」

韋蘿妮克默不吭聲。

「夫人，時間不多了，先用幾分鐘回顧一下我們過去共同的生活，好嗎？」

韋蘿妮克還是沒有說話。

「夫人，我一直深深地愛著你，這種感情從來沒有改變過。你身上的那種聖潔令我傾倒，我本想用放蕩、冒險的生活把你忘掉，可是做不到。喪子之痛使你進了修道院，我到處找你，卻只找到你的父親和我們的兒子。我想總有一天，他們會和你取得聯繫，就上島來監視他們。我把找到你作為我生命的唯一目標，你是我活下去的唯一動力。夫人，我們和解吧。」

韋蘿妮克對此嗤之以鼻，無動於衷。

「你似乎沒有聽我說話，你似乎沒有了解到你現在的處境，還有你兒子的……從法律上看，你不是……」沃爾斯基終於被激怒了，他的雙手使勁壓住韋蘿妮克的肩膀，「你這個可惡的女人！聽著！沃爾斯基在對你說話。」

韋蘿妮克一聲不吭。沃爾斯基穩定了下情緒，繼續說：「過去是永恒的，你仍然還是我的妻子。我需要你，我不希望我們兩個再敵對下去了，答應我，韋蘿妮克，做一個溫順忠誠的妻子吧。」

「……」

「答應吧，我的韋蘿妮克，你不要回避了。我會讓你成為金錢和權力的王后，你願意嗎？你要明白，拒絕是要付出代價的，要麼，你接受我獻給你的王位，要麼……」他停頓了一下，接著斬釘截鐵地說，「要麼就是上十字架。」

韋蘿妮克渾身顫抖，現在她知道那個陌生的殺手是誰了！

「你選擇歡樂和榮耀……還是死亡？只有兩種選擇，沒有任何中間道路可走。」

「死亡。」韋蘿妮克一字一頓地說。

「這可不是你一個人的選擇，還有你的兒子。你死了，他還活著，並將和我這個父親生活在一起，你選擇什麼？」

「死。」

「好。如果是他死呢？如果我把刀架在他的脖子上，你還能無動於衷嗎？再問你一次，選擇什麼？」

韋蘿妮克痛苦地閉上了眼睛，沃爾斯基恰好抓住了她的致命弱點。

沃爾斯基終於發火了，他再也顧不上什麼禮貌和紳士風度了，破口大罵起來：「啊，你這個壞女人，為什麼這麼恨我？為什麼恨我恨到這種程度？死亡和兒子都不能改變你的態度，你以為我真的不敢殺掉你的兒子嗎？我什麼時候手軟過，薩萊克的那麼多人不是都死去了嗎？你不答應我，韋蘿妮克，你會被釘死在十字架上……哈哈……」

沃爾斯基大笑著。

韋蘿妮克渾身不安地顫抖著，她從沃爾斯基充血的眼睛裡看出他已經完全失去理智。

「你真的要背棄我嗎？你想去死嗎？我的愛也不能使你改變嗎？」沃爾斯基仍然不願意放棄最後一絲幻想。

「是的。」韋蘿妮克語氣堅決地說。

「好吧，我們達成協定了。告訴你吧，聽著，親愛的，在遇到你以前，我曾結過婚。在認識你以前，我就有了個孩子，你見過他了，他叫雷諾爾德。那才是個真正的無賴，跟我相比簡直是青出於藍而勝於藍。有時我都有點不敢相信，這傢伙註定要和我的另一個兒子，我們親愛的弗朗索瓦決鬥，對，是一場決鬥，決定生死的鬥爭。而且，」沃爾斯基一字一頓地說，「更妙的是，你——弗朗索瓦的媽媽——一定要親臨現場，你會親眼看見你兒子是怎樣血染大地的。」

喔，多麼歹毒，多麼可惡的沃爾斯基！韋蘿妮克臉上顯出異常痛苦的神情。

「怎麼樣，還不妥協嗎？」

「不！不！」韋蘿妮克喊道。

「永遠不妥協？」

「永遠！永遠！永遠！」韋蘿妮克拼命地喊道。

「你對我的恨勝過一切嗎？」

「是的。」

沃爾斯基猛地把韋蘿妮克提起，拖到窗前，用繩子綑住她，把她的頭固定在窗框上，然後又用頭巾堵住她的嘴。「看吧，看吧，」沃爾斯基高聲叫喊著，「布幕就要拉開了！小弗朗索瓦就要登臺了。沃爾斯基要復仇！」

喊完後，沃爾斯基走了出去。

「我快死了。」韋蘿妮克已失去了大部份的知覺，近乎於麻木了，她似乎能感覺到她就快要安息了。「孩子，對不起！我不能幫你了，但我相信，你不會死的，我們會再見面的，你答應過我。」韋蘿妮克喃喃地呻吟著。

突然，樓下傳來沃爾斯基的聲音：「好，就這麼定了，你們領著這孩子，我領著另外一個，我們在決鬥場上見。」

韋蘿妮克閉上了眼睛，她不願看到她的兒子死去，她聽見那些人從兩邊走進草坪的腳步聲，沃爾斯基則在肆無忌憚地笑著。

「好了，各就各位，不能說話，誰說話我就打死誰，開始吧。」

可怕的決鬥開始了！韋蘿妮克忍不住睜開了眼睛，她看見草坪上有兩個孩子在互相扭打，又互相推開。兩個孩子的穿著一模一樣，臉上都蒙著紅絲巾，眼睛的地方留了兩個孔。

哪一個是弗朗索瓦呢，兒子在母親面前決鬥，可她根本不知道哪一個是自己的兒子。真是窮兇極惡的策劃，再沒有比這更使韋蘿妮克痛苦的了。

決鬥還在進行著，沃爾斯基在場邊為一次次精彩的攻擊叫好，用嘶啞的聲音說著挑釁的話。

這時，兩個孩子中的一個在被猛地一擊後，往後一跳，迅速地包紮好流血的右腕。韋蘿妮克從這個孩子手中看到了弗朗索瓦用過的藍條小手帕。她確信無疑了，這個又瘦又敏捷的孩子是她的兒子。

「我心愛的弗朗索瓦……你會贏的……不要寬容他，那個狠毒而笨拙的小殺手。」韋蘿妮克心急如焚，口不能言，只能在心裡為兒子加油。儘管心裡不願意承認，可她還是看出那個她認為是弗朗索瓦的孩子開始乏力了，他一步一步地後退著，已經退到場邊了。

「小傢伙，加把勁呀！想逃嗎？……記住我們的條件。」沃爾斯基嘲諷地說。

那孩子重新振作衝了上去，這回是另一個孩子後退了，沃爾斯基同樣在拍手叫好，這真是個讓人無法理解的人。

韋蘿妮克為自己的兒子不停祈禱。這時決鬥的形勢又發生變化了，弗朗索瓦再次處於下風，他的身體突然失去平衡，仰面倒在地上，右胳膊被壓在身體底下。

對手立刻撲了過去，用膝蓋抵住他的胸膛，舉起閃著寒光的匕首。

「救命啊！」韋蘿妮克心如絞痛，但喊不出聲來。

沃爾斯基一臉冷酷地走過去，專注地看著他們，他才是這場比賽的真正掌控者。他站在拿著匕首的孩子的身後，兩個孩子都看不見他。

刀尖已觸到弗朗索瓦的脖子上，匕首還在往下壓。突然，沃爾斯基朝拿匕首的孩子的肩膀上猛刺了一刀。孩子痛得叫了一聲，立刻鬆了手。這時弗朗索瓦鬆了口氣，掙扎著站了起來，他不知道剛才發生的事情，只是本能地懷著對敵人的仇恨，衝過去朝他的臉猛刺，那孩子重重地倒了下去。

誰是真正的弗朗索瓦？沃爾斯基是不會幫助弗朗索瓦的，那死去的一定是弗朗索瓦了。韋蘿妮克痛苦得昏死過去。

10 大地深處的震動

韋蘿妮克醒過來時，沃爾斯基正命令他的兩個同夥孔拉和奧托，把韋蘿妮克抬上擔架，並且把她美麗的眼睛蒙住，因為他擔心韋蘿妮克那雙具有穿透力的眼睛會使他的同夥無法心安地把她釘上十字架。

這些人絕口不提他們在島上的行動和下午決鬥的事。夜幕剛剛降臨，他們就出發了。杜瓦邊不停叫著，跟著這支隊伍。走了好久，這些人終於停下來了。他們把韋蘿妮克放在被砍掉下端樹枝的橡樹底下，一束光照到橡樹幹上面的名字：V．D．H。

沃爾斯基拾起一根繩子，把梯子靠大樹綁上。突然，有什麼東西打到樹幹上，沃爾斯基趕緊往旁邊一閃。孔拉用燈一照，那東西竟然是一支箭，正射在韋蘿妮克名字的下邊，箭尾還在顫動。三個人都大吃一驚。

奧托咕噥道：「我們完了，有人在攻擊我們。」

孔拉也叫起來：「我看見了，在那裡。」

沒錯，在四十步開外的一棵橡樹幹邊，有一團白色的東西，幾個人立即閃進灌木叢中。

「別動，不要讓他知道我們發現他了。」沃爾斯基命令道，「孔拉，你陪著我。奧托，你留在這裡守住這女人，有情況你就鳴放兩槍，我們會趕快跑回來的。」

沃爾斯基和孔拉朝著白影子移動的方向走過去，可是，白影和他們之間的距離總是保持不變，他們不動，那影子也不動；可他們一動，那白影又動了。他們跑，那影子也跑，但奇怪的是聽不到任何聲音。

「真是見鬼了！」沃爾斯基咒罵道。

那影子領著他們到了岬角，又下到地道口，再從西邊的懸崖折回。

沃爾斯基終於不耐煩了，他正要破口大罵，孔拉突然說：「瞧，那影子不動了。」

果然，那白影子在黑暗中顯得越來越清晰，好像趴到了地上。

沃爾斯基走上前大喊：「起來，無賴，我開槍了。」

一點動靜也沒有。沃爾斯基壯著膽走到離影子二十公尺的地方，舉槍便射。

傳來一聲痛苦的叫聲，孔拉追上去，見那人沒有一點動靜，好像死了。沃爾斯基也走過來了，可是當他一把抓住那「屍體」時，才發現那只是一件白色衣服而已，衣服的主人早已逃走了。

沃爾斯基氣急敗壞，想到自己肯定是中了調虎離山之計。他大驚失色地和孔拉急匆匆地趕回大橡樹旁。奧托還在，一切和他們離開前一樣，地上的韋蘿妮克也還沒死，她的心臟還在微弱地跳動著。

「開始幹吧，要不就來不及了。」沃爾斯基一邊命令，一邊把梯子靠在樹幹上，用繩子的一頭拴住韋蘿妮克的身體，另一頭搭在上面樹枝上。

「快，來幫幫我。」

但奧托和孔拉正在那兒小聲交談著，沒有把命令當回事。沃爾斯基怒不可遏，但想到此刻正是急需用人之際，也不敢發作，只是訓斥道：「怎麼搞的，想罷工嗎？還有很多事沒幹呢，幹完以後你們都會有一筆可觀的酬金。」

「對，我們的酬金問題，你真該向我們解釋一下了。」奧托說。

「現在怎麼解釋？我們得到財寶後，我承諾你們的二十萬法郎一個子兒也不會少。」

「可是我們之間還有一個約定，大家發過誓的。」

「什麼約定？」

「除了二十萬法郎，我們還商定——三人中無論誰在行動中找到了現金，都將分成兩份，一份給你，一份歸我和孔拉，沒說錯吧？」

「沒錯。」

「那好，拿出來吧。」

「拿什麼出來？」

「別裝蒜了，在處置熱爾特律德三姊妹的時候，你從她們的襯衣裡找到了她們的私房錢。」

「胡說八道。」沃爾斯基有點尷尬。

「沒有？還是把你用別針別在襯衣裡那個的小包拿出來吧，」奧托說，「我沒說錯吧，裡面共有五十張一千法郎的鈔票。」

沃爾斯基驚得目瞪口呆，沒有回答。

「你能否認嗎？」

「我沒說過要否認，我是想以後一塊兒結算。」

「現在就結算，這樣對我們都有好處。」

「如果我不呢？」

「我們可是兩個人。」

沃爾斯基只好裝作很大度的樣子說：「好吧，給你們。」

他剛拿出小包，就被奧托一把搶了過去。

「不用數了。」奧托笑了笑說。

「可是……」

「就這樣，我和孔拉一人一半。」

「畜生！你比我還無恥。」沃爾斯基暴跳如雷，但他很快又平靜下來，和善地說，「好了，我們的目標一致，對吧？我們還是一起幹吧。」

「當然，只要有錢掙。」

拿了錢的兩個人很順從地把韋蘿妮克釘上了十字架，沃爾斯基想把她的頭扶正，和她說幾句話，但最終還是沒有這樣做。

沃爾斯基從樹上下來，讓奧托拿來了一瓶萊姆酒，很快把它喝了下去。

趁著酒勁，沃爾斯基開始他的高談闊論，他吹噓自己的意志和偉業，他向看不見的敵人挑釁，他說自己最了不起，是命運的主宰。他的異常舉動令兩個同伴大驚失色。

沃爾斯基全然不顧這些，大聲預言著：「韋蘿妮克已經完成使命了，你們也要準備好。大地就要顫抖了，在沃爾斯基應當獲得寶石的地方，一道烈焰將衝天而起。」

說完這些莫名其妙的話，沃爾斯基高呼著韋蘿妮克的名字，發瘋一般地狂笑一陣。

四周死一般的寂靜，奧托和孔拉默不吭聲。忽然，大地真的抖動起來，但不是由於雷陣雨聲轟鳴引起的，而是大地深處的震動。與此同時，他們附近的半圓形橡樹林的另一端，一道火光衝天而起，頓時濃煙滾滾。

沃爾斯基目瞪口呆，一句話也說不出來，他的同夥也呆住了。

沃爾斯基發酒瘋的預言居然靈驗了！這顯然是他自己也沒有料到的。

不過，沃爾斯基畢竟是沃爾斯基，他很快掩飾住自己的失態。

「這兒是通向天主寶石的入口。」沃爾斯基嚴肅地說，「事情正如我預言的那樣，我現在是命運的主人了。」

沃爾斯基拿著燈往前走，孔拉和奧托跟在他身後。很快，他們驚奇地發現，那棵釘著韋蘿妮克的橡樹並沒有任何被火燒的痕跡，只有一大堆枯葉，被下面幾根樹枝隔開，就像爐子沒有點著火一樣。

「這可怪了。」沃爾斯基大惑不解，「孔拉，你摸摸這堆樹葉，試試看……」

「不！還記得馬格勃克嗎？想想看，他不就是因為碰了寶石，而被迫把手剁掉的嗎？」

「但天主寶石不在這兒！」沃爾斯基冷笑道，「奧托，你試試吧。」

「不，我還想活命呢。你自己試吧。」

奧托也沒有執行沃爾斯基的命令，沃爾斯基自然也不敢冒險一試，只得說待天明再想辦法。但謹慎的他又怕別人來搶奪寶石，於是決定就在這棵樹的對面，也就是巨大的仙女石桌墳下過夜。開始下雨了，風暴越來越強烈。他們忙躲到石桌墳下面，大家輪流守夜和睡覺。

一夜無事。

天剛亮，沃爾斯基指揮著兩個同夥開始砍伐那棵橡樹。沒過多久，樹就被砍倒了。樹的根部有一條通道在沙石堆中向前延伸。他們用鎬頭清理了一下，很快就露出了幾級臺階。他們看到沿著陡峭的牆壁有一道階梯，直通到黑暗深處。他們用燭光探照，發現下面有個岩洞。

沃爾斯基第一個走下去，其他人小心翼翼地跟著。

岩洞並無任何特別之處，看上去像個門廳。它緊連著一個地下室，地下室四周矗立著未成型的十二座糙石巨柱雕像，每根柱石上都有一個馬頭骨骼。

「這是一個用馬和武器陪葬的墓穴，」沃爾斯基猜測道，同時，他沒有忘記大肆吹捧自己，用盡可能抒情的語言宣稱，「這個沉睡的世界將因國王之子沃爾斯基的到來而甦醒。」

孔拉提醒了一句：「那兒好像還有一個洞口，可以看到很遠。」

一條走道引著他們走向另一間房間，從這裡到達了第三個廳。

三個墓穴的佈局一模一樣。

按沃爾斯基的估計，附近肯定還有一個墓穴，而那個墓穴一定隱藏著他們想要得到的東西。

「沃爾斯基來了，寶石屬於我了。」沃爾斯基又自我陶醉起來，「我來了，在這個死亡的世界裡，如果真有哪個幽靈把我引向神奇的寶石，將金冠戴在我的頭上，那麼這個幽靈就站出來吧！沃爾斯基來了。」

沃爾斯基走進了第四間墓穴，這間墓穴比前面的要大得多，屋頂有一處凹陷。在這個凹陷處的中央有一個小圓洞，一縷微光從那裡破孔而入，投射到地上，形成了一個明亮的光碟。

光碟中心是由石頭組成的砧板似的圖形，在這塊砧板上面，彷彿為了供展覽似的放著一根纖塵不染的金屬棍棒。所有這一切，都顯露出一種陰森森的氣氛。

沃爾斯基伸出手去，孔拉阻止了他。

「別……馬格勃克可能正是碰到它，才把手燒壞的。」

「我不怕。」沃爾斯基抓起了那根棍子。

那不過是根用寶石做的權杖，權杖柄上繞著的是一條蛇的浮雕。沃爾斯基懷著敬畏的心情撫弄著權杖，他發現權杖雕飾的蛇頭部分是可以活動的。沃爾斯基左轉一下，右轉一下，蛇頭脫落了下來。蛇頭裡面放著一塊細小的石頭，淡紅色，帶有金黃色條紋，像血管似的。

「喔，就是它！」沃爾斯基欣喜若狂，他把石頭放進手心裡，握得緊緊的。

孔拉突然做了個手勢，並把指頭放在嘴唇上。

「怎麼啦，聽見什麼了嗎？」

「是的。」孔拉和奧托齊聲說。

沃爾斯基側耳傾聽，果然，墓穴的角落裡傳來一陣呼呼聲，好像是鼾聲，而且就在他們所在的這間屋子裡。他們進來時太激動了，沒有提防裡面還有人。

三個人如臨大敵，循聲找去。在牆角的一堆礫石上，真的有一個人在那兒睡覺。那是一個白鬍子老人，臉上和手上皺紋密布，看上去至少也應該有一百歲了。

沃爾斯基看著老人的裝束，驚訝地說：「又是一個奇蹟……他竟然是一個古代的祭司，德洛伊教時代的祭司。」

「一斧頭砍死他算了。」孔拉說。

「你想找死！」沃爾斯基喝斥道。

「他可能是敵人……可能就是昨天晚上我們追的那個人……想想看……白衣服。」奧托喃喃地說。

「你真蠢。他這麼一大把年紀，能跑那麼快嗎？」

沃爾斯基邊說邊俯下身去，輕輕抓起老人的胳膊。

「你醒醒，我來了。」

那人卻沒有醒。沃爾斯基不停地叫著。老人突然翻了一下身，說了一句：「討厭！」

沃爾斯基不耐煩了，他狠命地拍著老人的肩膀，老人終於醒過來了，他生氣地大聲說：「怎麼啦！我在這裡安穩睡一覺礙著你們什麼了？」

老人絮絮叨叨地發著脾氣，但當他細細看了看沃爾斯基後，臉上突然顯現出和藹可親的笑容來。他伸出雙手，高興地說：「啊！原來是你，沃爾斯基！」

11 天主寶石賜生賜死

聽聞老人叫出自己的名字，沃爾斯基全身一哆嗦，盯著老人問了一句：「您是誰？您為什麼在這裡？您怎麼會認識我？」

「你是問我嗎？」老人用嘶啞顫抖的聲音說，「難道你不認識我……想起來沒有？我是塞若納克斯……嗯！回憶起來了吧。」

沃爾斯基摸不著頭腦，不由怒斥道：「不要胡說八道。」

「哈，胡說八道！我可是通過了德洛伊教學位考試的，只因為幹了幾件荒唐事，從此以後，我就不得不接受這個卑微的職位，正如你剛才看到的，長睡的崗位……守護天主寶石……一個遠離火線的崗位，懂了嗎？」

沃爾斯基目瞪口呆，不知道這老頭肚子裡賣的是什麼藥。

「砍死他算了。」孔拉小聲說。

「你的看法呢，奧托？」

「我看應當小心一點。」

老人撐著棍子站了起來，大喊道：「什麼意思？小心我，你們以為我是騙子？我這裡有各種德洛伊教的證件，所有的執照和公證書，我還會跳德洛伊教祭司舞，像當年的凱撒大帝一樣。你們想看看嗎？」

老人扔下拐杖，開始跳起古怪的擊腳舞和瘋狂的快步舞來，跳得非常靈活，根本沒有一點老態龍鍾的樣子。跳著跳著，老人突然停在沃爾斯基面前，鄭重地說：「別說廢話了，我受託向你移交天主寶石，你總該相信我了吧，你做好收貨準備了嗎？」

三個人面面相覷。

老人點了點頭，說：「是的，我知道你們感到奇怪，你們填滿了三十口棺材，又有四個女人被釘在十字架上，你們雙手沾滿鮮血，口袋裡裝滿罪惡，你們期盼著一個規模龐大的正式的接收儀式。而現在只有一個衣衫襤褸的老德洛伊祭司，而且他直截了當地向你們交貨。這多麼令人沮喪呀！沃爾斯基王子是要講排場的，我知道。可是我們做什麼事情都要從實際出發，是不是，我沒有你們想象的那麼富有，我只能買點孟加拉焰火，放點小焰火，夜裡再搞點小地震。」

沃爾斯基一驚，他突然明白了，這個老人就是昨晚他們追趕的那個白衣人，當然也是引起地震的人。他怒不可遏地大喝了一聲：「什麼，原來……你就是那個騙子！」

「騙子！昨晚你們追我時，像趕野獸一般，還把我的白袍打穿了兩個洞，我也捉弄捉弄你們。」

「夠了！你到底要我做什麼？」

「不做什麼，我有顆寶石要交給你，無論如何也要交給你。」

「我不在乎你的寶石了，我已經有了。」

「拿出來看看。」

「喏，這不是！」沃爾斯基從口袋裡拿出權杖裡的那個小圓粒。

「這是什麼？」

「天主寶石的碎片。」

「哈哈，寶石！它只不過是褲扣而已！」老人哈哈大笑起來。

「何以見得？」

「那是壞了扣眼的扣子，是我放在那裡的。」

「你為什麼要這樣做？」

「為了換下那顆寶石，為了防止你偷它時被燒了手，像那個馬格勃克一樣，到頭來不得不把手砍掉。」

沃爾斯基不說話了，他簡直不知道應該怎樣對付這個古怪的老頭。

「你瞧，孩子，沒有我，你是拿不到寶石的。我掌管著開鎖的鑰匙和密碼，只有我有！」

「可是我並不認識你。」

「喔，孩子，我並不介意。相信嗎？我是專門製造奇蹟的。還不信？那麼就驗證一下吧。喏，你那第三十個受難者是幾點嚥的氣？」

「我不知道，難道你知道？」

「我什麼都知道。十一點五十二分。你當時太激動了，連錶停了都不知道。」

沃爾斯基情不自禁地掏出錶，指標果然停在十一點五十二分。

「驚訝了吧，嗯，這對一個稍微懂點法術的德洛伊教祭司來說，是最簡單、最容易不過的事情了，你說吧，你的爸爸姓什麼？」

「我不說，這是個秘密。」

「那你為什麼要寫它呢？」

「我從沒寫過。」

「你寫過。寫在你隨身帶的那個小本子的第十四頁上，是用紅筆寫的。你自己看看吧。」

沃爾斯基從衣袋裡掏出一個白紙本，翻到十四頁，他無比驚訝地咕噥著：「這不可能！誰寫的！你怎麼知道的？」

「這算什麼？還有奇蹟呢！你脖子上掛著一根銀項鍊，上面有一個橢圓形頸飾，是一個相框，原來裡面有一張照片，對吧？」

「對！」

「那是你母親的照片，可是你去年把它弄丟了。」

「是的。」

「其實你錯了，那照片根本沒丟。」

「不可能，我的相框從那時起就一直是空的。」

「沒有空，你瞧瞧。」

沃爾斯基機械地解開襯衣扣子，把銀鏈拉出，頸飾框裡果然有一張女人的肖像，沃爾斯基的手不禁顫抖起來。

「沒錯吧？」

「沒錯，正是她……可是……」沃爾斯基語無倫次。

「還敢懷疑我的身份嗎？跟我走吧。」

「好。」

沃爾斯基這回是真的心悅誠服了，這個天生迷信、性情暴躁的狂徒被徹底征服了。但奧托和孔拉卻感到莫名其妙，孔拉正想說什麼，卻被沃爾斯基阻止了。

三個人隨祭司走到墓穴盡頭，又爬過一個狹窄而曲折的過道，來到一間大廳的門口。

老人莊嚴地宣佈：「這就是天主寶石大廳。」

這是一間高大而莊嚴的地下室，中央有一個四、五公尺高的巨石砌成的斷頭臺，斷頭臺上面有一個由兩條堅固的石腿支撐著的石桌墳，石桌墳上是一個花崗石做的橢圓形桌面。

「天主寶石在哪裡？」沃爾斯基迫不及待地問。

「在石桌上面，喔，是的，在天花板的拱頂裡，你看見一塊單獨的、像鑲嵌畫似的大石板了吧，你靠

近些看……上面有彩色條紋，有光彩奪目的脈絡，有一粒特殊的寶石……那就是天主寶石，它的價值不在其本身，而在於它神奇的功能。」

「什麼功能？」

「賜生或賜死。」

「還有呢？」

「那我就不知道了，你要向比我力量更大的維蕾達詢問。」

「維蕾達是誰？」

「她是最後一個德洛伊女祭司，喏，就在祭坊石桌上，她好像睡著了。」

「她在睡覺？」

「是的，她已睡了好多個世紀了。她一直這麼睡著，睡得那麼祥和端莊，她在等待著一個人來喚醒她，這個人就是……」

「這個人是誰？」

「這個人就是你，偉大的沃爾斯基。」

沃爾斯基眉頭緊鎖，這個令人難以置信的故事的謎底到底是什麼？這個神秘的祭司到底想幹什麼？

「去吧，別猶豫了，寶石唾手可得。去吧，去揭開她的面紗吧，摸摸她的額頭，她就復活了。」

沃爾斯基猶疑了半天，終於站到祭台前，俯視著那個躺在上面的女祭司。她的確是在沉睡，呼吸很輕，但又很均勻。沃爾斯基遲疑不決地用手揭去女祭司的面紗，然後彎腰準備用另一隻手去撫摸她的額頭。突然，沃爾斯基的動作緩下來了，他臉上的表情從驚訝漸漸地變成了極大的恐懼，額頭上滲出大滴大滴的汗珠，腳也在打顫，幾乎站不住了。

「韋蘿妮克……韋蘿妮克……」沃爾斯基喃喃自語，「不可能，她不可能沒有死，我親自把她釘上十字架的，可她怎麼還能呼吸？莫非她還活著？」

「像韋蘿妮克，是嗎？」老祭司譏笑道，「是的，可能……是有點像。但是……不可能吧，你親手把她釘在十字架上的。而眼前這個她，一點傷痕也沒有，她是多麼安詳。或者是你弄錯了，你綑的是另一個女人！喔，先知要殺人了。」

沃爾斯基站了起來，面對著老祭司。他明白了，他因明白而恐懼，也因明白而顯示出無比的仇恨和憤怒，老祭司不僅把他當傻瓜耍弄了，還製造了一個匪夷所思的奇蹟，所以這神秘的老人才是他最危險的敵人。

「喔，救命，他們要吃人了。哇，還有手槍，你那七顆子彈中有兩顆打穿了我的長袍，剩下的五顆都朝我來吧。」自稱為老祭司的人大聲叫道。

沃爾斯基伸出胳膊，兩個同夥也迅速舉起武器。這回輪到老人向他們求饒了：「好心的先生們，求求你們了，別殺我，我只不過和你們開了個玩笑。」

三個人同時開槍了，奇怪的是老祭司蹦跳著卻並沒倒下，而是用悲慘的聲音繼續喊道：「打中了，打穿了。再打吧，朝心臟打，使勁打，加倍地打！」

槍聲「砰砰」地在大廳裡迴響，老人還在那兒蹦跳著，三個人目瞪口呆，火冒三丈，這老人居然刀槍不入！沃爾斯基很快明白了，三支手槍所發出的都是空彈夾，子彈被卸去了。但這槍一直在他們手裡，子彈是怎麼被卸掉的呢？難道真的是誰使用了什麼神奇的法術？這個可惡的老頭到底是什麼人？

迷信思想嚴重的沃爾斯基有點灰心了，一個死而復活的女人，一個刀槍不入的怪人，他感到了自己的無力。於是，他折轉身來，呼喚他的兩個同夥，打算從原路往回走。

沃爾斯基急於回到地面上去，他想呼吸新鮮空氣。那個刀槍不入的老祭司，那個躺在祭臺上、酷似韋蘿妮克的女祭司，都使他感到恐懼和窒息。此刻的沃爾斯基最想看見的是那棵橡樹，韋蘿妮克就是被他親手綑在那裡，並在那裡斷氣的。他清楚地記得韋蘿妮克是被綁在樹上的，怎麼會復活？難道是那老怪人幹的，他引開他們，製造了一幅相同的面孔，或者他用了一個蠟人。

「我說過要敲碎他的腦袋，可你們卻被他騙得神魂顛倒。」孔拉埋怨道。三個人摸黑來到第一個墓穴的門廳，但裡面黑乎乎的，他們是從枯死的橡樹底下挖通道進來的，照理說，應該有光照進來。

「啊，沒法前進了……前面好像坍塌了。」

「不可能，我們進來時還好好的。」沃爾斯基舉起了打火機，眼前出現的情形讓三個人異口同聲地怒吼起來。通道階梯的上部以及前廳的一半都填滿了沙子和石頭，出口被堵住了。

要想從這裡出去幾乎是不可能了。沃爾斯基再也支撐不住，他倒在階梯上。

孔拉生氣地說：「沒想到你也這麼軟弱，這麼不堪一擊。沃爾斯基，振作起來。」

「不，不，我們鬥不過他，那個老祭司，他有魔法。我們的子彈怎麼會變成空殼？那女人是怎麼復活的？我的天啦！」沃爾斯基再也承受不住了。

「我們可不怕他！我們有三個人。咦，他為什麼不追來呢？」孔拉說。

「他不用追，反正我們也出不去。」

「他不來，我就轉回去找他，我保證抓住這個可惡的傢伙！」

孔拉走後，在奧托的安慰下，沃爾斯基漸漸恢復了鎮定，重新振作起來。投入戰鬥的欲望升騰起來，他決心與他的敵人鬥爭到底。

沃爾斯基和奧托又一次踏上去墓穴的路，小心翼翼地往前走。一路上，他們沒有聽到任何動靜，也沒有碰到孔拉。

「孔拉肯定把那老頭收拾了，要不，他會回來找我們的。」

「我想也是。」奧托說。

他們進入了第三間墓室，驚奇地發現那個老頭子竟睡在走道的入口處。

「他似乎睡著了，你看他鼻子貼地……咦，他的白袍子上有紅印痕……這姿勢有點奇怪……是不是……是不是有點像屍體的樣子。」

「對，說得對極了。」奧托贊同地說。

「你瞧，他的脖子上……」

「那是孔拉的刀子，對，是他的匕首……我認識的，他被孔拉解決了。」

「對，他必死無疑了。」沃爾斯基說。

「可是孔拉在哪裡呢？」

「天主寶石廳裡，我們去看看那個女人……」

他們又來到了那條窄窄的通道，沒有了老祭司的威脅，沃爾斯基昂首挺胸地走進大廳。他握著匕首，走上幾級臺階。那個女祭司還躺在那裡，仍然睡著，和原來一樣蒙著面紗。

沃爾斯基離祭台只有三步遠了，他驚訝地看到女祭司那雙露在外面的手腕上佈滿傷痕，可能是繩子勒得太緊造成的，但一小時前那雙手沒有任何傷痕！

沃爾斯基的心裡升騰起一種強烈的不安，他快發瘋了。他猛地舉起匕首，帶著一種殘忍的快感，狠狠地朝臺上刺下去。沃爾斯基瘋狂地刺殺著，兩眼昏花，筋疲力竭。

「你真殘忍！你很像我家鄉的鬥牛士，你這個殺人不眨眼的魔頭！」一個聲音突然在大廳裡響起來。

12 謎底揭開

這絕不是奧托的聲音！沃爾斯基目瞪口呆地抬起頭。

一個中年男人站在他面前，身體靠著石桌墳的一根柱子，他身穿一件深藍色配金扣的短上衣，頭戴一頂黑色鴨舌海員帽。

「還是自我介紹一下吧。」那人說，「本人是唐路易・佩雷納，西班牙大貴族，薩萊克王子。這後一個頭銜是我自封的。再說明白點吧，你的兒子弗朗索瓦懷著純真信念等待著的那位先生，想起來了嗎？或許我的另一個名字會使你更加明白些，那就是亞森・羅蘋。」

沃爾斯基看著這個新的對手，心中的恐懼和疑惑不斷增加。

「沃爾斯基，你說你有多蠢，你除了會殺人，還會做什麼？你濫殺無辜，甚至對所殺之人是死是活，你也不弄清楚。去看看吧，看看你剛才瘋狂刺殺的是誰吧。不敢看嗎？你不敢對自己的行為負責任嗎？」

沃爾斯基俯下身來，掀開屍體的面紗。他閉上了眼睛，不由自主地跪了下來。

「天啦，這究竟是怎麼一回事？」

「還不明白嗎？你不明白的事情真是太多了。薩萊克島上現在只有兩個女人，一個是韋蘿妮克，一個是艾爾弗麗德……你的兩個妻子……被你綑到十字架上，又被你剛才殘忍刺殺的女人到底是誰，你知道嗎？德洛伊教老祭司是死是活？是孔拉用匕首刺進了他的脊背，還是我扮演了這個看不見的角色。老祭司和西班牙貴族，是兩個人還是一個人？所有這一切，孩子，你搞懂了嗎？」

沃爾斯基可能已經懂了，因為他舉起匕首，站起身來。

唐路易無動於衷地站在那裡，沃爾斯基信心十足地揮動著匕首刺了過去。

可是，說時遲，那時快，事情以令人難以置信的方式發生了，沃爾斯基莫名其妙地被打到了。唐路易用一隻腳踏在沃爾斯基龐大的身軀上，彎著腰說道：「我有很多話要告訴你，目的是想向你證明，我了解這件事的始末，比你知道得多的多。不過，這可能會花上很長的時間。眼下有一件事你比我清楚，弗朗索瓦在哪裡？」

沃爾斯基沒有回答。

「你拒絕回答，對嗎？我給你一次機會，如果我數到三，你還不說，那就別怪我不客氣。」唐路易開始數，數到三時，他輕輕地吹了聲口哨。

從大廳一角立刻出來四個男人，他們和唐路易一樣穿著短上衣，戴著黑色鴨舌海員帽。

接著，第五個男人也出來了，是一位法國傷殘軍人。

唐路易介紹道：「這是巴特里斯．貝瓦爾上尉，我最好的朋友。這是沃爾斯基先生，德國佬。」

唐路易問：「一切都順利吧？」

「順利。」

唐路易命令那四個男人把沃爾斯基帶上，然後轉身對一直一動不動目睹著這一切的奧托說：「我看你倒是一個懂得看情勢的年輕人，如果不怕的話，跟我們一起走吧。」

「好的。」

一行人在唐路易的帶領下離開了天主寶石廳，穿過三間墓穴，門廳處用砂石築成的牆上已開了一個洞口。

他們走上一條陡峭的小路，經過暗道，在仙女石桌墳前停下來。

沃爾斯基被放在最後一個受害者死去的樹下坐著，這時從隱修院走過來一個人，唐路易迎上前去，同他握手說：「斯特凡，你看，我說正午時分一切就將結束，你看多準時。」

沃爾斯基吃驚地瞧著斯特凡，見他身上居然沒有一點傷痕，不由得大驚失色。

「你們太蠢了，只顧把人丟下去，居然沒想到看看他究竟怎麼樣了。還好我準備充分，在下面接住了他……感到驚奇嗎？讓你驚奇的還在後頭呢？喂，斯特凡，找到孩子沒有？」

「沒有。」

「杜瓦邊呢？牠可以帶你去找牠的主人。」

「是的。但牠只把我領到了放船的地方。」

「那裡應該有藏身的地方吧？」

「沒有。」

唐路易轉向沃爾斯基說：「好了，先生，還是你來說吧！」

「憑什麼？」

「給你自由！」

「天主寶石呢？」

「休想！」

「那你就別想找到弗朗索瓦！哈哈，即使找到也晚了，他昨天起就沒有吃東西了。」

「他是你的兒子，你不救他嗎？」

「我已經讓一個孩子死掉了。」沃爾斯基的這句話說得殘忍又乾脆。

「你真的不說？」

「不說！」

「動手！」

隨著唐路易一聲令下，那四個男人迅速動了起來，他們用繩子把沃爾斯基綑在樹上。沃爾斯基掙扎著，叫喊著，但唯一的結果是繩子越勒越緊。

斯特凡和巴特里斯動搖了，擔心地說：「他死也不說怎麼辦？」

「他會開口的，而且他也死不了！」唐路易斬釘截鐵地說，「最多一個小時，他會說的，這一小時夠我做一篇演說了。」

「演說？」巴特里斯不禁笑了起來。

「是的。你瞧，杜瓦邊也過來湊興了。」

唐路易清了清嗓子開始講起來：「西元前七百三十二年七月二十五日，或者……實際上我也搞不清是哪一天。反正就是有一天吧，定居在多瑙河與易北河源頭之間的克爾特人部落進行了一次大遷移。酋長莊嚴地向人們出示先王的蓋基石板，還有一根裝飾精美的權杖，它們都帶有賜生或賜死的天火。到了海邊，克爾特人還是覺得不安全，又再次遷移。他們最後來到了薩萊克島，這是一個外界幾乎無法靠近的島嶼，有三十塊礁石守護著，並有三十座花崗石建築。在這裡，天主寶石開始了安息和接受祭祀的時代，也就是我們常說的德洛伊教祭祀時代。

「後來，酋長的權力逐漸轉移給了祭司，而那塊神奇的天主寶石則成為一切信仰、希望和迷信、憂慮的來源。在德洛伊教消失的漫長世紀裡，它又被巫師和占卜者們利用。新舊宗教勢力為了天主寶石而爭戰，舊勢力被打敗了，石桌墳移到了現在的地方，那塊石板也被蓋上一層土。

「從那時起，雖然宗教儀式和祭典禮儀被遺忘了，而天主寶石卻從來沒被忘記。十五世紀中葉的托馬斯修士留下了一本彌撒經，書中有一頁畫有釘在十字架上的女人插圖和有關薩萊克島的預言。這本書後來被馬格勃克先生發現，他是一個怪人，也是一個落伍的巫師。有一件事可以肯定，馬格勃克曾經探察過地下墓室和祭室，並且偷走了權杖球形雕飾裡的寶石。然後下一個出場的人物就是我們的『先知』沃爾斯基……

「沃爾斯基出身很高貴，是國王路易三世和一個美貌的波希米亞女巫師私通的結果，他們母子倆被國王驅逐了。沃爾斯基生性粗暴，受母親的影響，他又十分相信巫術。他相信一個傳說，古時候的一個夜晚，一塊神奇的石頭被惡神搶走，有一天將由一個國王的兒子將它找回。他母親告訴他，他就是那個國王的兒子，他母親還預言，他的妻子將被釘死在十字架上，這一個傳說和預言對他影響極深。

「沃爾斯基的生活無疑充滿了傳奇色彩，他兩次被關進集中營，在楓丹白露的森林裡躲藏過。他的第一個妻子艾爾弗麗德帶著兒子一直藏在薩萊克島，是沃爾斯基安排她在這裡監視戴日蒙，試圖通過他找到韋蘿妮克。這幾年裡，這母子倆過的是什麼樣的生活，我不想再說了。在艾爾弗麗德的精心策劃下，沃爾斯基在去年的九月十四日帶著兩個同夥順利地從集中營逃了出來。

「他們旅途順利，在每個路口都留下一個箭頭，寫下一個序號，並寫上V·D·H的簽名，用它來指明路線。最後，他們終於來到貝梅伊海灘，艾爾弗麗德和她的兒子雷諾爾德趁著夜色，用奧諾麗娜的汽艇接他們三人過來，並把他們安排在黑色荒原下的德洛伊祭司的房子裡。

「薩萊克島上關於天主寶石的傳說使沃爾斯基深信不疑，但馬格勃克在彌撒經中找到的那個預言，才是整個事件的核心。馬格勃克撕掉了那頁繪畫，喜歡繪畫的戴日蒙先生將其臨摹了好幾次，並情不自禁地把那個最主要的女人畫得像他的女兒韋蘿妮克。一天晚上，馬格勃克在燈下將臨摹畫與原畫進行比較，被躲在窗後的沃爾斯基看到了，他立刻在黑暗中拿出鉛筆把這份無比珍貴的資料上的十五行詩抄錄在他的本子上，這就是托馬斯修士的預言，我還是給大家唸唸吧：

在薩萊克島上，十四加三年
將有沉船、死人和殺害，
利箭、毒藥、呻吟、恐懼和

死牢，四個女人將上十字架，
為填滿三十口棺材，三十人遭慘殺害。
亞伯在母親面前殺死該隱，
他們的父親是阿拉馬尼的後裔，
執行命運指示的殘酷王子，在六月的一個夜晚，用千倍的折磨和痛苦，
慢慢地殺死自己的妻子。

在寶石藏匿的地方，
將放出煙火和巨響，
而他終將找到那塊，
從北方蠻族中盜走的石頭，
天主寶石賜生或賜死。

「這個預言不過是修士自娛的產品，並無其他意圖，但落到沃爾斯基這個自大和瘋狂的傢伙手中就不同了，這個惡棍認為這份文件價值極高，他把修士的預言作為自己的使命，把自己的妻子綑在十字架上。」

「我沒說錯吧？」唐路易轉向沃爾斯基。

沃爾斯基雙眼緊閉，頭顱低垂。

「愚蠢的沃爾斯基為了使情況和預言符合，喪心病狂地殺人，到第二十九個人的時候，十字架上還差

一個女人，這個女人是誰呢？」唐路易頓了一下，又說，「這個問題，預言也說得非常明確，『亞伯在母親面前殺死該隱』，隔了幾行又是：『在六月的一個夜晚……殺死自己的妻子。』沃爾斯實際上有兩個妻子，那麼是哪個妻子將死在十字架上呢？按當時的情況，只能是艾爾弗麗德。沃爾斯基面對為自己付出那麼多的女人，畢竟還是有點捨不得。事也湊巧，沃爾斯基在追蹤熱爾特律德的時候，突然發現並認出了韋蘿妮克，上蒼把一個神奇的獵物帶到了他的面前，讓他得以完成使命，這是多麼美妙的事情啊。

「為了符合預言，他讓他的兩個兒子戴上面具決鬥，當代表『亞伯』的弗朗索瓦快要被打敗的時候，他便親手把代表『該隱』的雷諾爾德刺傷，以便與預言完全吻合。

「至於那個老祭司，猜到了嗎？就是我唐路易或者亞森．羅蘋，昨天中午時分，我還什麼事都不知道，但是可能是受到神的厚愛，我一上岸就發現了墜入海中的斯特凡，接下來是營救和談話，只半個小時，老祭司——我——就對情況了如指掌。我們又開始了搜尋……奇怪的是，我們在石桌墳那兒遇到了躲躲閃閃的艾爾弗麗德，她得知自己的兒子死於非命，惱羞成怒，想為兒子報仇。她尾隨沃爾斯基到了橡樹林，但當她聽到她的王子的聲音時，所有的憎恨再次被溫情取代。她想提醒自己的情人注意安全，並拿匕首刺向我。我只好把她打暈，又讓斯特凡穿上白褂子引誘三個蠢貨追趕，我則及時地用艾爾弗麗德換下了韋蘿妮克。

「我帶來的人齊心協力地挖開了墓室，又在適當的時候點燃了炸藥，放出信號煙火，完全按照王子沃爾斯基的旨意，他也就完全陶醉在自己的魔力之中了。

「你被我玩於股掌之間，發現死屍復活，嚇得拔腿就跑；發現出口被堵住，又派孔拉回來偷襲我，沒想到遭到我手下的致命一擊，並給他穿上了老祭司的白袍子。可憐的孔拉真不幸，死了還被你暴打一頓。當你發現艾爾弗麗德的屍體取代了韋蘿妮克躺在祭桌上時，你衝上去把她剁成了肉醬。你還是人嗎？好了吧，你也知道得差不多了，該告訴我關於弗朗索瓦的答案了吧，我完全相信你。」

沃爾斯基睜開了眼睛，目光中露著仇恨和恐懼，他含糊不清地說：「我現在能獲得自由嗎？」

「當然可以，我們馬上離開這兒，奧托會留下來照顧你的。」

「真的嗎？」

「真的。」

「那好，我告訴你，他在懸崖下的那隻小船裡。」

唐路易一拍腦門，說：「唉，我真傻。杜瓦邊守候在船下面，就像一隻乖狗伴著主人睡覺一樣，斯特凡居然沒有明白這一點。快去吧！」

斯特凡同杜瓦邊朝懸崖跑去了。

「放心吧，奧托，如果你同意，十分鐘後，我可以放了你的主子，那隻船我給你們留下，祝你們好運，朋友。」

當唐路易一行來到海邊那塊沙灘時，那隻船已經卸下來了，弗朗索瓦迎了過來，在離唐路易幾步遠的地方停了下來，睜大眼睛打量著，小聲地問：「是您？我所期盼的人就是您，唐路易·佩雷納，也就是亞森·羅蘋？」

「是的，是我，叫我佩雷納就行了。喔，對了，誰把你放到船上的。」

「我不知道，他很兇殘，他迫害我和我媽媽。」

「好了，年輕的先生，有些事以後我會告訴你的，不過現在我們最要緊的是去找你的母親。」

在權充客廳的船艙裡，韋蘿妮克母子緊緊地擁在一起。

「您真的要把沃爾斯基那個惡魔放掉嗎？」斯特凡不安地問。

「是的。不過他多半也活不了。」

「為什麼？」

「有奧托呢。他很清楚，救下沃爾斯基，自己將來肯定會死於他之手。放心吧，奧托是不會救他的，他會讓他一直待在樹上的。」

「為什麼？」

「你還記得沃爾斯基年輕時人家對他的預言嗎？『你的妻子將上十字架，而你將死於朋友之手。』」

「一個預言能說明什麼問題嗎？」

「我還有別的證據，奧托和艾爾弗麗德都是我的同謀，他們都背叛了沃爾斯基。」

「我們不明白，你根本就沒有離開過。」

「當您吸引沃爾斯基離開仙女石桌墳時，我便走到奧托身旁，塞給他鈔票，並告訴他沃爾斯基從熱爾特律德姊妹身上拿走了五萬法郎。」

「你怎麼知道的？」斯特凡問。

「我的第一個同謀艾爾弗麗德在被我審問的時候，簡短地向我披露了沃爾斯基的情況。」

「你與奧托畢竟只有一面之交。」

「燃放煙火兩小時後，在仙女石桌墳旁，我們第三次見面了，沃爾斯基喝醉酒睡著了，奧托負責警戒。我向他打探了許多情況，還請他卸掉了他們槍裡的子彈，又幫我把沃爾斯基的手錶和筆記本拿出來，還有一張沃爾斯基母親的像片和相框頸飾，幾個月前這傢伙從裡面取出了相片。所有這些事情，都在我表演巫師的遊戲時用上了。」

「那沃爾斯基是死定了。」

「應該是的。」

13 尾聲

在靠近阿爾卡雄的地方，有一個風景優美的穆洛村，村裡有一座別墅。

韋蘿妮克坐在花園裡。經過一周的休息，她那美麗的臉龐已經恢復了紅潤。她微笑地看著不遠處，正和唐路易交談著的弗朗索瓦。韋蘿妮克轉向了斯特凡，兩人的目光溫情脈脈地對視著。

在唐路易的建議下，弗朗索瓦．沃爾斯基的名字改為了弗朗索瓦．馬魯。同樣，韋蘿妮克．戴日蒙改名為韋蘿妮克．馬魯。當然，韋蘿妮克開始還有些難為情，但考慮到弗朗索瓦將來能有一個體面的姓，最後還是羞澀地同意了。

弗朗索瓦一直纏著唐路易，他想知道關於天主寶石的事。唐路易含笑答道：「薩萊克島的地下含有豐富的鐳，能放射出一種具有特殊功能的光，因為當時的原始部落無法解釋清楚，就把它看作是神所賜。對了，除了寶石，我還發現了這個……」唐路易從口袋裡摸出一張紙，「這是我在馬格勃克的房裡發現的，裡面有一張兩萬法郎的債券，還有一張戴日蒙先生親筆寫的信紙。他說，債券是留給外孫弗朗索瓦的，但在他未成人前，由斯特凡先生代管，他一再叮囑弗朗索瓦，長大後一定要去尋找母親。」

韋蘿妮克愣住了，剛開始她認為這是唐路易為了幫助她們母子而想出的藉口，但父親的親筆字跡讓她相信了這一切。「夫人，關於天主寶石的歸屬問題，我想，還是您來決定吧。」

「我想，它的價值是您發掘的，理應歸您。」韋蘿妮克真誠地說。

「好吧，我也就不再推辭了，我會把它運回法國，為它建立一個國家實驗室，您贊成嗎，夫人？」

韋蘿妮克點了點頭，說：「那太好了，沒有人會比您更懂得利用它。」

在歷經了一連串古怪的事件後，韋蘿妮克終於和兒子，以及一直深愛著她的斯特凡生活在一起了。

虎牙 1920

夜裡，一位富翁突然暴斃而死，留下一筆龐大的遺產。
緊接著，不僅是承辦此案的警探中毒身亡，
數名遺產繼承人亦相繼而亡，
唯剩最後的遺產執行人兼受益者——唐路易．佩雷納。
作為最大嫌疑人的亞森．羅蘋該如何證明自己的清白？

Arsène Lupin
~ gentleman cambrioleur

1 達太安、波爾托斯和基督山[1]

下午四點半，巴黎警察總局。

局長德斯馬利翁還沒有回辦公室，他的私人秘書正忙得不可開交。再過半小時，局長先生將接待五個大人物。雖然他們只是一宗遺產案的涉案人，但是那些資料準備起來卻頗為費力。秘書把整理了一個下午的資料放到局長先生的辦公桌上，然後按鈴讓接待員進來，交給他一張紙，吩咐道：「局長先生五點鐘要召見幾位先生，這是名單。你把他們帶到單獨候見室，別讓他們交談，然後把他們的名片送來給我。」

接待員出去後，秘書也準備回自己的辦公室。這時大門被推開了，一個人闖進來，搖搖晃晃地靠到椅子上。「是你啊，韋羅，」秘書吃驚地問，「出了什麼事？你怎麼了？」

來人正是韋羅警探，他是警察總局裡最精力充沛的人，他的身材高大、頭腦敏捷，是局裡辦案得力的幹員。但眼下的他顯然是受了驚嚇，一臉蒼白，氣喘吁吁。

「我想，我是有些累了。這幾天忙壞了，局長交辦的一件案子，我費了不少心力……可是我覺得情況很奇怪。」

「要來點什麼提神嗎？」

「不了，我只是覺得口渴。」

「來杯水？」

「不用……局長先生不在嗎？」

「是的，他五點才回來，有一個重要的會議。」

「對……我知道……非常重要，是他讓我來參加這個會議的。我想先見他一下，有重要的事。」

「事情很急嗎？」

「是的，非常緊急，跟一個月前那件罪案有關。今天晚上將會有兩起謀殺發生……如果我們不及時阻止，恐怕就……」

「韋羅，坐下說吧。你已經有進展了，是嗎？」

「是的，我掌握了很多線索，這是一個精心策劃的陰謀，出人意料……因此我總有點擔心。這裡有份報告，是要交給局長先生的。」他取出了一個黃色大信封，交給秘書，然後接著說，「這裡有一個小盒子，裡面的東西可以補充說明我的報告。」

「局長馬上就要回來了，你還是親自交給他吧。」

「可是，我……我很害怕……有人監視我……這個秘密只有讓第二個人知道了，我才放心。」

「沒這麼嚴重，局長先生就要回來了。或者你先到診所看看，拿點藥。」

韋羅猶豫了一下，擦了擦額頭上的汗，站起身出去了。秘書把那封信放在局長桌上，然後從側門回到他的辦公室。過了不到兩分鐘，前廳的門又開了。韋羅再次走進來，咕噥地說：「秘書先生，我覺得還是告訴你好了……」

局長辦公室已經沒人了，韋羅正想去秘書的辦公室，但是他的腳有些發軟，頭暈目眩，搖晃地倒在一把椅子上。休息了幾分鐘，他仍然覺得渾身無力。「怎麼回事？……中了毒嗎？唉，老天……」

他伸手到辦公桌上取了一支鉛筆和記事簿，顫抖地在上面寫著什麼。寫了一會兒，他忽然停住，自言自語地說：「我這是在耽誤時間，局長先生會讀我的信的……我到底怎麼啦？啊，我怕……」

❶ 達太安與波爾托斯為法國文豪大仲馬的小說《三劍客》之主人翁；基督山為《基督山恩仇記》之主人翁。

他猛地站了起來，踉踉蹌蹌地朝秘書的辦公室走去，嘴裡唸著：「秘書先生，必須……必須……今夜……什麼也阻止不了……」

可是沒走幾步，他就跌坐下來。他想喊，可是聲音嘶啞，微弱得沒人能聽見；他想按鈴，但眼前黑濛濛的一片，什麼也看不見。韋羅跪到地上，爬到了牆邊。他本想去左邊的秘書辦公室，卻弄錯了方向，朝右邊爬去。他摸到了屏風後面的一扇門，用力把門打開。跌進去以後，就斷斷續續地喊道：「救命呀……救命呀……今夜有謀殺……救救我……齒痕……可怕啊……我一定是中毒了……救命啊！救命！」

沒有人回應他，因為這裡只是局長辦公室的盥洗間。韋羅不再叫喊了，只是像在惡夢中發出夢囈似地又說了好幾遍：「牙齒……白森森的牙齒……咬住了……」

他的聲音越來越弱，最後什麼也聽不到了，只剩下嘴巴在不停地一張一合。他的頭垂了下來，喉嚨裡發出兩三聲歎息，接著身子一陣顫抖，然後就沒有了反應。他的喘息變得均勻而輕微，然後慢慢停止了。

四點五十分，警察局長回來了。他叫德斯馬利翁，五十歲上下，身材魁梧，穿著一身灰西裝，顯得精明強幹。他是趕著回來的，五點的會議雖然不是特別重要，但牽涉到不少問題，所以他格外關注。

稍稍整理了一下桌上的東西，局長按鈴叫來秘書。

「我召見的客人都來了嗎？」他問。

「都來了，局長先生。我已請他們在幾間會客室中等候。」

「好……美國大使來了嗎？」

「沒有，是他的秘書來的，局長先生。」

「有客人們的名片嗎？」

「有。」秘書說著把五張名片遞了過來。

局長接過名片，看了起來。

阿齊伯德．布里特，美利堅合眾國駐法國大使館一等秘書

樂佩蒂伊，公證人

胡安．卡塞雷斯，秘魯駐法國公使館專員

德．阿斯特里尼亞克伯爵，退役少校

最後一張名片有點奇怪，只印著姓名，而沒有任何頭銜，上面寫的是：「唐路易．佩雷納」。

局長先生顯然對這張名片的主人很感興趣，他微笑著對秘書說：「啊，我很想見見他。你看過外籍兵團的報告嗎？」

「看過，局長先生。我承認，我也對他感興趣。」

「這位先生的勇敢盡人皆知，可我更佩服的是他變化多端的策略。簡直像個英勇的瘋子！他好像有個綽號，叫『亞森．羅蘋』……對了，亞森．羅蘋死了多久了？」

「應該是大戰前兩年死的吧，他的屍體是在離盧森堡邊境不遠的一所小木屋的灰燼下面發現的，和他一起的還有克塞爾巴赫夫人。調查證實，他是先掐死了克塞爾巴赫夫人，然後放火燒房，自己跟著懸梁自盡。」

「嗨，罪有應得！說實話，我寧願不與他交手。喔，時間到了，眼下我們要做的是處理莫寧頓遺產案，材料都準備好了嗎？」

「已經放在你的辦公桌上了，局長先生。」

「喔，我忘了……韋羅來了嗎？」

「來了，現在可能在診所看病。」

「怎麼回事？說說看……」

秘書把與韋羅見面的經過說了一遍。

「他留給我的信呢？」德斯馬利翁先生有些不安。

「在卷宗裡，局長先生。」

德斯馬利翁先生一邊打開卷宗，一邊吩咐秘書去找韋羅。秘書出去了，五、六分鐘後跑回來說沒有找到。他有些驚慌，因為接待員告訴他，韋羅先生從這裡出去後，差不多立刻又折了回來，之後就再沒有見過他。

「會不會上你的辦公室去了？」

「不會，我一直在辦公室，沒有見過他。」

「真是怪事……」德斯馬利翁嘀咕了一句，但沒有往深處想。韋羅是第一流的便衣偵探，向來穩重，既然他不在這裡，又不在隔壁，那就是出去了。可能是接待員一時大意，沒看到韋羅出去吧。

「五點十分了，」德斯馬利翁先生看看錶，「請接待員領那幾位先生進來吧……啊，不過……」

他在卷宗裡看到了韋羅留下的信，這是個黃色大信封，一角印著「新橋咖啡店」的字樣。

秘書提醒說：「局長先生，你先看看信吧。韋羅先生剛才反覆囑咐，他說這是一份報告，好像跟今天的會議有關，可能是一件很緊急的事。」

「好吧，讓我們來看看韋羅都說了些什麼。」德斯馬利翁說著撕開了信封。

但是，接著他就驚叫起來，信封裡除了一張折了四折的白紙外，什麼都沒有。

「可是，韋羅先生告訴我，他把所有的一切都寫在裡面了。」

「他是告訴你了，可是你也看見了，信紙上一字沒有……他不會開玩笑的……」

「局長先生，這可能是疏忽。」

「是疏忽。但事關兩條人命，韋羅不會這樣疏忽，他確實對你說了今夜將發生兩起謀殺案，對吧？」

「是的，他是這麼說的。」

德斯馬利翁拿不定主意，他背著手，在室內踱了幾圈，忽然停下來問道：「這是什麼？給我的小盒子？『面交警察局長德斯馬利翁先生……出事時拆開。』」

秘書說：「喔，我忘了，這也是韋羅要轉交你的。據說裡面有重要東西，是那封信的補充。」

德斯馬利翁微微一笑，這才是他所熟悉的韋羅的做事風格。他走過去，拿起那個小盒子，剪斷小繩，打開包裝紙，只見裡麵包著的是一個藥房專用的紙盒，又舊又髒。

他揭開盒蓋，裡面襯著幾層棉花，也是髒兮兮的。但在棉花中間卻放著半塊巧克力。

「奇怪！」局長說著取出那半塊巧克力細細打量。他發現上面的確有不同平常的地方。這塊巧克力上下兩面都有明顯的齒痕，大約有兩、三公釐深，上面四個，下面五個。

德斯馬利翁先生低頭沉思了一會兒，然後喃喃地說：「這事讓人費解，還是等韋羅回來解釋吧，一切都會明白的。……不能讓那幾位先生久候了，通知接待員，請他們進來吧。對了，韋羅若是趕回來了，你立刻通報，我要馬上見他。」

秘書奉命出去了，不一會兒，局長召集的五個人陸續進來了。第一個是公證人樂佩蒂伊，接著是美國大使館秘書阿齊伯德．布里特和秘魯公使館專員卡塞雷斯。這三位都是熟人，局長先生同他們寒暄了幾句，然後上前一步，歡迎退役少校德．阿斯特里尼亞克伯爵。他是伊阿戰爭的英雄，光榮負傷，被迫提早退役。德斯馬利翁對這位少校說了不少表示敬佩的話，讚揚他在摩洛哥的所作所為。

門又開了，第五個客人走了進來。

「唐路易．佩雷納，對吧？久聞大名啊！」德斯馬利翁向來人伸出手去。

這人中等身材，身體偏瘦，但是看上去很有精神，大約四十來歲，胸前掛著一枚軍功章和榮譽團的勛章，眼角和額頭上隱隱可以看到一些皺紋。

對於局長先生的熱情，這人的神態不卑不亢，敬了一個禮以作表示。

伯爵看見他，叫道：「是你，佩雷納！你還活著？」

「啊！少校！見到你真高興。」

「我離開摩洛哥後，就沒有了你的音訊，你怎麼樣了？」

「喔，我只是被俘了。」

「做那幫人的囚徒，還不和死一樣。」

「是的，少校。不過，逃走的機會總是有的……」

德斯馬利翁為這番對話所吸引，開始仔細地端詳起佩雷納的面孔。只見他面含微笑，兩眼坦誠而堅毅。那一身古銅色的皮膚，則充分說明了北非太陽的威力。

德斯馬利翁請客人在他辦公桌周圍坐下，然後說：「諸位，你們也許覺得奇怪，我為什麼要請你們來，其實事情很簡單，我將盡可能簡要地向你們介紹。」

說著，他把秘書準備的卷宗翻開，一面說，一面看那些批註。

「十九世紀中後期，聖德田住著一個名叫維克托的青年。他有三個表姊，老大艾爾默利娜，二十二歲；老二伊麗莎白，二十歲；最小的是阿爾蒙德．羅素，十八歲。三姊妹是孤兒，因此住在一起。老大艾爾默利娜嫁給了一個姓莫寧頓的英國人，到了倫敦，不久生了一個兒子，取名叫柯斯莫。一家人生活貧困，日子相當困窘。艾爾默利娜幾次給兩個妹妹寫信求助，但始終沒有得到回音，以後就斷了聯繫。一八七五年前後，莫寧頓夫婦離開英國去了美國。他們看准了一次機會，做了一筆大生意，從此家境逐漸好轉，五年後居然成為了富翁。

「一八八三年，莫寧頓先生死了，艾爾默利娜繼續經營著家業。她有投機奇才，賺了很大一筆錢。直到她一九〇五年去世，留給兒子柯斯莫的財產竟然達到了四億元。」

這個數位讓客人們吃了一驚，唐路易·佩雷納同伯爵相互看了一眼，這個小小的動作沒能躲過德斯馬利翁的眼睛，他問道：「你們二位元認識柯斯莫·莫寧頓？」

伯爵說：「是的，局長先生，佩雷納和我在摩洛哥打仗的時候，他也在那裡。」

德斯馬利翁沉思了一下，繼續他的介紹：「的確，柯斯莫·莫寧頓早年是學醫的，而且醫術不錯。後來，他喜歡上了周遊世界，於是一邊為人看病，一邊四處遊走。他先後到過埃及、阿爾及利亞和摩洛哥。一九一四年底，他回到美國，最後後在巴黎定居下來。但四個星期前，他卻死於一場極其意外的事故。」

聽了局長先生的話，大家都想起了一件大事。當時的媒體對此做了報道，說柯斯莫先生是因為針藥失誤而致死亡的。

「是的，柯斯莫先生患了流感，在床上躺了一個冬天。因為自己也是醫生，他為自己注射甘油磷酸鹽。在有一次注射中，忽略了消毒，傷口很快感染，沒有幾小時就死了。」

局長說到這裡，轉身問公證人：「樂佩蒂伊先生，我簡要講的這些情況，合乎事實嗎？」

「完全符合。」

德斯馬利翁停了一會兒，又說：「柯斯莫先生死後的第二天上午，樂佩蒂伊先生來找我，把柯斯莫·莫寧頓的遺囑帶到我這裡。正是這份遺囑使我請你們到這裡來。」

他動手翻找那份遺囑，樂佩蒂伊先生接過話頭說：「我說明幾句，局長先生不反對吧？柯斯莫先生的這份遺囑是在他剛剛患病不久寫下的。當時，他請我到他房裡，那是我第一次和他見面。他告訴我自己沒有孩子，正在尋找他的親戚。那時他沒有想到自己會這麼快死去，之所以交遺囑給我，只是為了以防萬一。他還曾經說過，病好後，將親自去認親，可是世事總是這樣難料。」

德斯馬利翁先生已經在文件袋裡找到那份遺囑，他說道：「這就是遺囑。請大家仔細聽。

我叫柯斯莫．莫寧頓，是休伯特．莫寧頓和艾爾默利娜．羅素的親生子，是一個取得美國籍的公民。我將把一半財產留給接納我的美國，用於從事慈善事業。樂佩蒂伊公證人將代表我做這一切。

除此之外，餘下的一半大約兩億元的財產，將由我的親屬繼承。為了紀念敬愛的母親，這份財產首先留給姨媽伊麗莎白．羅素或她的直系後人。如果找不到姨媽，或者她沒有繼承人，這份財產則由堂舅維克托．羅素或者他的直系後人繼承。

如果我生前不能找到以上的親屬，那麼，我死後，請我的朋友唐路易．佩雷納繼續盡力尋找。他將作為我的遺囑執行人，處理我死後或因我死亡而引起的一切事情，只要有利於擴大我的名聲。公佈這份遺囑之時，請先付給佩雷納先生一百萬元，以預先酬謝他的服務，並感謝他的兩次救命之恩。」

唸到這裡，局長停頓了一會。唐路易顯然被這份遺囑感動了，他小聲嘀咕道：「可憐的柯斯莫……你的兒這份感激也太大了。」

局長繼續往下唸：「倘若我死後三個月，仍然找不到我的親友們，那麼這兩億元將全部歸我的朋友唐路易．佩雷納所有，以後不論什麼人要求繼承都無效。我深知唐路易的為人，知道他會把這份財產用於他即將進行的偉大計畫。」

局長抬眼看著唐路易，唐路易這一次卻一點激動的神情也沒有，他靜靜地坐在那裡，只是眼眶裡有淚光在閃動。

這時，伯爵站起來說：「佩雷納，祝賀你。」

唐路易笑了一下，說：「我敢發誓，在我的內心只想竭盡全力找到柯斯莫的親友們。」

「我了解你，而且相信你能做到。」少校說。

德斯馬利翁這時插話進來問道：「佩雷納先生，你會不會拒絕柯斯莫先生的請求呢？」

「不，不拒絕。」佩雷納笑著說，「有些事情是不能拒絕的。」

德斯馬利翁笑了，他說：「我之所以問你這個問題，是因為遺囑上的最後一條是這樣的：「如果我的朋友佩雷納無法滿足我的要求，那麼我的遺產將由美國大使和警察局長先生全權處理。我希望在巴黎辦一所大學，專招美國的學生和藝術家。局長先生可以預留一部分，作為警務費用。」

遺囑唸完了，德斯馬利翁又從另一個袋子裡拿出一張紙，打開後對眾人說：「這是柯斯莫先生在立完遺囑後，寫給公證人樂佩蒂伊的一封信，對遺囑做了一些補充。信的內容是這樣的：

樂佩蒂伊公證人，在我死後的第二天，請你帶著我的遺囑到警察局長處。請局長對此事保密一個月，一個月以後，請局長召集一次會議，參會者應該是你、佩雷納和美國大使館的一位要員。宣讀遺囑以後，請支付一百萬元給佩雷納，但務必查證其身分和證件。這件事，請少校德．阿斯特里尼亞克伯爵負責，我們三人在摩洛哥時經常在一起。至於出生地的查驗，請秘魯公使館專員負責，因為唐路易雖然保留了西班牙國籍，卻是在秘魯出生的。

此外，如果找到了羅素家族的繼承人，那麼兩天以後，請樂佩蒂伊先生向他們宣讀我的遺囑。

最後，在第一次會議召開六十天以後，九十天以內，由警察局長再次召集同樣的一次會議，依照條款指定遺產繼承人，但必須是在繼承人本人到會的情況下方可進行。如前所述，屆時如果仍無羅素家和維克托家的後嗣前來繼承遺產，唐路易．佩雷納即被確定為繼承人。

德斯馬利翁唸完了全部書面材料，把兩份文件放回信套，說道：「諸位先生，這就是柯斯莫．莫寧頓的遺囑。一個月前接到這份遺囑後，我的手下韋羅就對羅素家族作了初步調查。等一會兒他將把調查結果向大家報告。佩雷納先生也在兩個星期前把證件寄給了我，經過查驗，確認無誤。至於出生地，請秘魯公使講述他的調查情況。」

「好的，」秘魯公使館專員卡塞雷斯說，「我詳細調查了有關佩雷納先生的出生情況。他出生於西班牙一個古老的世家，三十年前移居秘魯，但仍保留著他們在歐洲的產業。在美國，我曾見過佩雷納先生的父親。他父親對這個獨生子很是滿意。就這些，沒有任何問題。」

「你呢，少校？」德斯馬利翁轉頭問少校，「佩雷納在摩洛哥外籍兵團當兵的時候，曾是你的下屬，你還認識他嗎？」

少校說：「我認識。我很高興能有這樣一個機會向大家介紹佩雷納的一些情況。可以毫不誇張地說，在摩洛哥戰場上，佩雷納絕對是個英雄，我為有這樣的下屬而自豪。他的戰友們甚至稱他為亞森．羅蘋，他像達太安一樣勇敢，像波爾托斯一樣強壯。」

局長又笑了，他接過話說道：「他還像基督山一樣神秘，是嗎？我看過外籍兵團的報告。佩雷納在兩年中功績卓著，曾七次獲得通令嘉獎，還獲得了軍功章和榮譽團勛章。」

一直坐在一旁的唐路易有些不自在了，他望著德斯馬利翁先生，懇請道：「局長先生，求求你，都是些平凡小事，不要再提了……」

「小事？」德斯馬利翁顯然不同意佩雷納的這種說法，「大家到這裡來，是討論遺囑的事，其中有一條非常重要，就是監督執行立即需要交付的一百萬元。我們應該對這一百萬元的承受人有所了解吧。所以……」

「那麼，局長先生，」佩雷納一邊說，一邊起身朝門口走，「請允許我……」

「向後轉！停步！立正！」少校開玩笑似地發令，然後拉住了唐路易，讓他坐下。

「局長先生，我這位老戰友確實面子薄，而且最不能接受的就是別人當面表彰他的功績，你還是饒了他吧。不過，他真的完全可以與傳說中以及現實中最有名的英雄相提並論。我親眼看見他辦一些事情，那些事情辦得那樣好。有一天，在塞塔，我們被敵人追擊……」

眼看少校的話題又轉到了講述自己的功績上，佩雷納連忙打住他的話頭。

「少校，別再說了，否則我真的會馬上離開這裡。」

「好，好，我不說了。」少校笑起來。

局長也笑了：「好吧，我們都不再說了。但是有一件事不得不提一下。一九一五年夏天，你中了四十個柏柏爾人的埋伏，被俘虜，直到上個月才回到外籍兵團，是嗎？」

「是的，因為我五年的服役期已滿，我就回來了。」

「也就是說，柯斯莫．莫寧頓先生立遺囑的時候，你已經失蹤了四年。他為什麼會在遺囑裡指定你為繼承人呢？」

「喔，我們一直都有聯繫，是我寫信告訴他我不久會回巴黎。」

「你被俘後被關押在哪裡？又怎麼和柯斯莫先生取得聯繫的呢？」

唐路易笑而不語。

「我的感覺，你有點像基督山了。」德斯馬利翁說，「神秘的基督山……」

「是的，我被俘，以及後來的逃走，這個過程確實相當不尋常。以後有時間，我會很樂意告訴大家，請你們相信我。」

眾人靜默了一會，德斯馬利翁再次打量這個與眾不同的人，忍不住問道：「我想問……你的夥伴為什麼叫你亞森．羅蘋呢？只是表示你勇敢，精力充沛嗎？這是我個人的問題，和今天的事並沒有直接聯繫，你可以不回答。」

「沒關係，我願意回答。原因其實很簡單，我曾經破過一件沒有多少線索的盜竊案。」

「這麼說，你有破案的本事。那是椿大案嗎？」

「也談不上什麼本事，只是那時亞森．羅蘋剛死，大家都在議論，所以給我取了這個綽號。說來也巧，這件案子跟柯斯莫．莫寧頓先生有關，而我們的交往就是從那時開始的。可憐的柯斯莫！……就是這個案子使他對我那點偵探的小本事念念不忘，他對我說過很多次，如果他要是被人謀殺了，請我一定幫他追出兇手。不知道為什麼，他一直覺得自己會死於非命。」

「可是他的預感沒有道理呀，因為他並不是被人謀殺的啊。」德斯馬利翁有些吃驚。

「不，局長先生，柯斯莫的死絕不是表面那麼簡單。」

局長嚇了一跳，忙問：「什麼？你說什麼？柯斯莫．莫寧頓……」

「我的意思是，柯斯莫並不是打針失誤致死的，而是如他自己所擔心的，死於非命。」

「先生，我想提醒你注意，說這種話是要負責的，而且要有證據。」

「局長先生，我沒有亂說，我是根據事實認定的。」

「事實？莫非你知道什麼隱情，或者當時在場？」

「不，都不是。確切地說，柯斯莫的死訊是我剛剛才從你這裡得知的。」

「既然是這樣，你怎麼能說柯斯莫先生的死因有問題呢？我這裡有醫生出具的柯斯莫先生的死亡證明書。」

「很抱歉，就是醫生的診斷讓我覺得有問題。」

「先生，你究竟有什麼權利這麼說話？可以說出你的證據嗎？」

「可以！證據就是你說的話，局長先生。」

「什麼？我的話？」

「是的，局長先生。你一開始就告訴我們，說莫寧頓醫術很高明，曾四處行醫。如果真是這樣，他怎麼可能死於自己注射針劑的失誤呢？難道你不認為這裡面有問題嗎？」

經佩雷納一提醒，眾人確實感到柯斯莫的死因有些蹊蹺。

佩雷納繼續說道：「我曾經親眼看到過柯斯莫替人看病，他的醫術正如局長先生所說，相當不錯。那麼，換句話說，他根本不可能死於注射失誤。」

「可是……」德斯馬利翁說，「醫生出具了正常死亡證明書。」

「是醫生出具的正常死亡證明書吧？」佩雷納想了想，轉身問公證員，「樂佩蒂伊先生，你被請到莫寧頓先生病床前時，發現有什麼異常情況嗎？」

「沒有。我去的時候莫寧頓先生已經去世了。」

佩雷納說：「一針打下去，引起這樣快的後果，真是奇怪的事。你見到柯斯莫先生時，他有沒有什麼痛苦的表情？」

「沒有……我想起來了，他的臉上有幾粒褐斑。那是我第一次見他時沒有的。」

「褐斑？那就證實我的假設了。柯斯莫．莫寧頓是被人毒死的。」

「怎樣下的毒呢？」

「在甘油磷酸鹽安瓶裡，或者病人使用的針管裡，一定放了什麼東西。」

「醫生對此有什麼看法？」局長問道。

「當時我請醫生看了一下，他說沒事。」

「是他的保健醫生嗎？」佩雷納問。

「不是，柯斯莫的保健醫生是皮若先生，是我的朋友，當時他生病了。所以那天在柯斯莫先生病床前的，是街區的一個普通醫生。」

「有這個醫生的資料嗎？」

德斯馬利翁已經翻出了死亡證，那上面有檢驗醫生的詳細情況：「貝拉瓦納醫生，阿斯托路十四號。」

「快去找他，把他請來。要不惜一切代價找到他，別耽擱。」德斯馬利翁先生顯然感到了事態的嚴重性，吩咐完手下後，他轉身對佩雷納說：「韋羅偵探——就是負責調查羅素家族情況的專員——一小時前來過這裡，說是有重要情況向我報告。好像是關於莫寧頓案件的，還說今晚要發生雙重謀殺案，是柯斯莫．莫寧頓被害一案的餘波，讓警察出面阻止。當時我不在，我的秘書見他一副很不舒服的樣子，就建議他去診所看看。我想他應該快回來了。」

「你說他身體很不舒服？」佩雷納問道。

「是的，秘書是這樣對我說的。他的反應很奇怪，讓秘書轉交給我一份報告和一個小盒子，但是這份報告竟然是一張白紙。而那個紙盒，除了裝著一塊有齒痕的巧克力外，什麼也沒有。」

「局長先生，我能看看那兩件東西嗎？」

「當然可以。」

唐路易把那紙盒和黃信封仔細地看了好一會兒，大家都在等他說話，以為會有什麼意外的發現。但他過了好一會兒才說：「信封上和紙盒上的字跡不同，信封上的較模糊，很不流暢，一定是模仿的。也就是說，這信封不是韋羅偵探寫的，局長先生。我想，韋羅偵探是在新橋咖啡館的桌上寫完報告的，但是一時大意，被人掉了包。」

「可這只是你的假設！」德斯馬利翁說。

「是的，但有幾點我想說明，局長先生。韋羅偵探的行動肯定被什麼人發覺了，他的調查也許妨礙了某種犯罪活動，因此，安全受到了威脅。這一點韋羅偵探意識到了，所以他才會如此緊張。」

「這依然是你的推測！」

「不，局長先生。我的直覺告訴我，當我們坐在這裡討論柯斯莫的這份遺囑時，犯罪活動也正在進行。但願韋羅偵探不要成為第一個犧牲品。」

「啊！親愛的先生，」局長大聲叫起來，「我很佩服你這種肯定的語氣，但是請不要忘記，你所說的一切都是建立在假設的基礎上。韋羅馬上就會回來，所有的問題都會得到解釋。」

「可是，我真的擔心韋羅偵探再也回不來了。」

「什麼？不會的！」

「實際上他早已回來了，接待員不是親自看見他回來的嗎？」

「接待員一時大意，看花眼了。」

「不，局長先生，韋羅偵探確實回來了……你來看，他在這本記事簿上寫了幾個幾乎認不出來的字母，這是我剛才看見的。」

說著，佩雷納舉起了那本記事簿，德斯馬利翁一眼就認出了那正是韋羅的筆跡。這樣一來，大家都覺得事情不太對勁了。

秘書回來了，他報告說，仍然沒有找到韋羅，而且外面的人都沒見過他。

「局長先生，叫接待員進來問問吧。」佩雷納提議。

接待員進來了，佩雷納不等局長開口，先問道：「你確實看見韋羅第二次走進這間屋子嗎？」

「是的，而且之後就再也沒出來過。」

「會不會是你沒注意呢？」

「不可能。」

就在這時，派去找醫生的人回來了，阿斯托路十四號根本就沒有叫貝拉瓦納的醫生。這一結果讓大家不得不認可佩雷納的推斷。

德斯馬利翁喃喃地說：「情況攪在一起了，這案子確實有太多不清楚的地方，我們需要仔細調查一下。」

他有些不由自主地詢問唐路易．佩雷納：「你覺得這謀殺與莫寧頓先生的遺囑有關係嗎？」

「這很難說，局長先生。如果說有關的話，那麼就必須假設有人事先知道了遺囑的內容。」

「不可能。你說呢，樂佩蒂伊先生？」

「當然不可能，柯斯莫先生做事一貫謹慎，而我的事務所也只有我一個人經手這份遺囑。每天晚上我都親自把重要文件鎖在保險櫃裡，鑰匙只有我才有。」樂佩蒂伊先生很肯定地說。

「你的保險櫃不會被人撬開嗎？事務所失竊過嗎？」

「沒有。」

「你是星期五上午去見柯斯莫．莫寧頓的吧？」

「對。」

「那麼，在把遺囑放進保險櫃以前，你將它放在什麼地方過？」

「辦公桌的抽屜裡。」

「你能保證沒人開過你的抽屜嗎？」

「這……」樂佩蒂伊有些結舌，「……是的……我想起來了……是有點不對勁……那天我吃了午飯回來，發現抽屜沒有上鎖，當時沒怎麼在意，就把它鎖上了。我……我怎麼這麼糊塗……」

到這時，唐路易．佩雷納的假設逐步得到了證實，他憑藉自己敏銳的直覺和洞察力，把那些看似微不足道的事件串接起來，讓大家越來越接近事實真相。

德斯馬利翁先生還是有些不服氣，他說：「先生，你的推斷看起來很有道理，不過多少帶了點偶然性。我已經派了一個人去調查此事，等他回來後，會給我們帶來更準確的情況。」

「你說的是韋羅偵探？」

「是的。兩天以前，他打電話給我，說已經搜集到許多材料，還有……他今天曾對我的秘書說，一個月前發生了一起謀殺案。柯斯莫．莫寧頓先生不是剛好死了一個月嗎？」

說著，德斯馬利翁果斷地按了鈴，他的秘書立刻跑進來。

「韋羅呢？」

「還沒有回來。」

「怎麼回事？」局長先生小聲地嘀咕了一句。

「局長先生，我想韋羅偵探就在這裡，外面不可能找到他。一個人進來了又沒有出去，那就只能在這裡。」佩雷納說。

「難道他躲起來了嗎？」局長有些生氣了。

「不，也許昏過去了、病了……甚至死了。」

「那好，就算是這樣，總應該有個影子吧，他在哪裡呢？」

「如果我的推測沒錯，他就在那個屏風後面。」

「可是屏風後面只是洗手間的門。」

「這就對了，局長先生。昏昏沉沉的韋羅偵探一定是想到你秘書的辦公室去，誰知卻進了洗手間。」

局長不由自主地奔到門邊，正要開門卻又退了回來。是害怕看到事實？還是不想被一個普通人發號施令？「我真不能相信……」局長喃喃說道，但最終還是推開了門。

借著從窗戶毛玻璃上透進來的黯淡日光，大家看到洗手間的地上躺著一個人。

「天啊……韋羅偵探……」

接待員和秘書扶起韋羅，放到辦公室的扶手椅上。還好，他還活著，只是心跳微弱，兩眼無神，臉上的幾塊肌肉還在抽搐。佩雷納提醒德斯馬利翁注意，韋羅的臉上也有幾粒褐斑。局長大聲叫著，想吩咐人送韋羅到醫院。

但唐路易舉起手來，示意大家安靜。「沒有用了，」他說，「不如儘量利用這最後的幾分鐘……局長先生，你允許嗎？」

德斯馬利翁不再說話了，在這樣的默許下，佩雷納俯下身，對著韋羅的耳朵，清晰地說：「韋羅，我們想知道今夜會發生什麼事。你聽見了嗎？要是聽見了，就閉上眼睛。」

韋羅的眼皮果然闔上了，唐路易繼續問：「你已經找到了羅素姊妹的後人，你所說的今晚的謀殺就是衝著他們去的。可我們不知道這幾個繼承人的姓名，你在記事簿上寫了三個字母，Fau……對吧？這是不是一個姓名的開頭？後面是什麼字母？……是b？還是c？」

韋羅偵探蒼白的臉上沒有絲毫表示，他的頭重重地垂到胸前，發出兩、三聲粗重的喘息，緊接著全身一顫，就不動了。

2 瀕危的人

悲慘的一幕令在場的人不寒而慄，局長喃喃說道：「可憐的韋羅……為了來這裡說出秘密，他沒有去診所，一個誠實正派的人，恪盡職守，唉……」

隨後局長又告訴唐路易，韋羅還有三個孩子和妻子，唐路易當場表示，願意負擔他們今後的生活。

驗屍醫官來了，佩雷納把他拉到一旁，請他務必對韋羅的手腕認真檢查，鑒於韋羅是中毒身亡，很有可能是透過注射致毒。因此，他的手腕上一定有針眼，周圍會有燒灼的痕跡。

韋羅的屍體被移走了，室內只剩下局長請來的五位客人。美國使館秘書和秘魯使館專員覺得留下來起不了作用，就告辭走了。少校和佩雷納親熱地握過手，也回去了。

佩雷納和公證人講好交付遺產的日期，正要離開，局長急急忙忙走進來，說：「啊！唐路易．佩雷納，你還沒有走，太好了！我想起一件事。你剛才說，在記事簿上認出三個字母，果真是Fau嗎？」

「是的。」

「嗯，奇怪，這些字母，我似曾相識。來，我們來驗證驗證。」

德斯馬利翁開始在桌子上的那疊信件中翻尋著，不一會兒，他叫道：「找到了，就是這封……署名Fauville……第一個音節不就是Fau嗎？瞧，就Fauville一個姓，沒有名字……一定是匆忙之中趕寫的，沒有日期和地址，字跡歪歪扭扭……」

這是一封不太長的信，德斯馬利翁大聲唸起來：

局長先生：

有人要謀害我們，我和我兒子有生命危險。這是一場陰謀，我有詳細的證據，最遲明早就送給你。我需要保護，請予以援助。

致敬！

弗維爾（Fauville）

「看來，韋羅所說的今夜那兩起謀殺案，可能跟這位弗維爾先生有關聯。」佩雷納若有所思。

「完全有可能！」德斯馬利翁表示同意，「可是姓弗維爾的人太多了，我們該怎麼才能找到誰是受害者呢？」

「確實很難，可是，我們不能眼看著那兩人被人謀殺！局長先生，請你親手處理這個案子吧。一來，由於柯斯莫．莫寧頓的意願，你從一開始就卷了進來；二則，由於你的權威和經驗，可以加快破案的進程。」

局長接過名片，禁不住叫了起來。佩雷納探頭一看，只見名片上印著：

「可是，這要由警察局和檢察院來決定……」局長說。

就在這時，秘書拿著一張名片闖了進來，說有人非要見局長不可。

伊波利特．弗維爾

工程師

蘇赫特大道十四號乙

「啊，」局長說，「如果這個弗維爾先生就是寫信請求援助的那個人，事情就簡單多了。」

他的話音未落，辦公室的門就被推開了，一個男人猛然闖了進來，嘴裡語無倫次地說：「韋羅偵探……他……他是不是死了？剛才有人告訴我……」

「是的，先生，他死了。」

「唉！我來得太晚了！」來人往地上一跪，兩手合在一起，抽泣起來。他大約五十來歲，額頭上有很深的皺紋，頭髮快掉光了，臉色蒼白，精神不振，眼眶裡滿是淚水。嘴裡叨念著：「這些無恥的傢伙……混蛋！」

「先生，你指的是誰？是殺害韋羅偵探的人？你能向我們提供線索嗎？」

伊波利特．弗維爾搖了搖頭，說：「不能，不能。調查也沒用了……可我的證據還不夠……所以，很抱歉，局長先生。我……我沒想到韋羅偵探會這麼快遭到不幸……他調查的材料，加上我的證據，都十分重要。他把那些材料給你了嗎？」

「沒有。他只說今晚會有兩起謀殺發生……」局長說。

「今晚！」伊波利特．弗維爾有些吃驚，「不……不可能，他們還沒準備好。」

「可是韋羅就是這樣說的。」

「不會，局長先生……他們最早也要明天晚上才會行動。我已設下埋伏，一定要捉住他們……這些壞蛋……」

一直在一旁觀察的唐路易走過來，突然問道：「先生，你有位姨媽叫艾爾默利娜．羅素，對嗎？」

「對，可她已經去世了。你問這個幹嘛？」

「原因還是讓局長先生明天告訴你吧……還有一個問題，」佩雷納拿過韋羅留下的那個紙盒，從裡面取出了那塊巧克力說，「知道這是怎麼一回事嗎？」

「哼！」弗維爾叫了一聲，「真卑鄙！……韋羅偵探是在哪兒找到這個的？」

正說著，他彷彿有點支撐不住，身子晃了幾下，但很快又站直了。然後跌跌撞撞地向門口走去，一邊走一邊說：「我走了，局長先生，明天早上，我……我會拿到所有證據……局長先生，請保護我……我是病人，可我有權活下去……我兒子也一樣……哼！那幫壞蛋……」

他像個醉漢似的衝了出去。

局長立即站起來。

「應該讓人去了解這位弗維爾的情況，監視他的住所。我馬上打電話給警察局，請他們派一個辦事利索的人過來。」

唐路易表示：「局長先生，你應該知道這個案子對我的重要性。因此，我想今晚守在弗維爾家裡，可以嗎？」

局長有些猶豫了，眼前這個人自己是否可以信任呢？剛才已經證實了弗維爾是羅素家的後代，而唐路易·佩雷納又與這份遺產有著千絲萬縷的聯繫。萬一出了問題，又該怎麼辦？

局長注視著佩雷納那張堅毅的臉，他看到的是聰慧、機敏，莊重、和善，當然也有幾絲嘲弄的意味。怎麼選擇？德斯馬利翁為難了。好在佩雷納並不是沒有來路的人，要深入了解他不是件難事。

局長先生正想著，秘書進來通報，說警察局派人來了。

「是馬澤魯隊長嗎？請他進來吧。」

馬澤魯隊長進來了，個子不高，有點瘦，但很精神。據德斯馬利翁介紹，他個是並很優秀的警察。

「馬澤魯，韋羅殉職的事你大概知道了。臨死前，他說會有其他謀殺案發生，因此我們現在要做的是保護可能受害的人。這位佩雷納先生十分了解情況，他將和你一起執行任務，希望你們好好配合。記住，明天早上來向我彙報今晚的情況。」

局長的意思實際上同意了佩雷納剛才提出的要求，佩雷納躬下身子，以示感謝，然後和馬澤魯隊長一起走出門去。到了外面，他把自己了解的情況都告訴了馬澤魯。馬澤魯對這位同伴所具有的專業素質印象很深，似乎願意服從他的指揮。

他們決定先去新橋咖啡館。

在咖啡館，他們了解到，韋羅偵探常到這裡來，今天早上他確實在這裡寫了一些東西。服務生記得很清楚，跟韋羅同時進來的還有一個人，也要了信紙和兩個黃信封。這個隨後進來的人身材較高，背有點駝，蓄著栗色鬍鬚，戴一副玳瑁夾鼻的眼鏡，拄了一根烏木手杖，手杖頂部是一隻銀質的天鵝頭。

在馬澤魯看來，了解的情況已經很多了，接下來應該派人去查訪，但唐路易卻讓他等一等。

「什麼事？」

「有人跟蹤我們……」

「跟蹤！是什麼人？」

「別急，我這就帶他來見你。」

片刻之後，佩雷納帶著一個人回來了，這人高高瘦瘦、蓄著滿臉絡腮鬍。

「讓我來介紹，馬澤魯先生，我的朋友。卡塞雷斯，秘魯公使館專員，他受秘魯公使委託，負責收集有關我身分的資料。」介紹完畢，佩雷納轉向卡塞雷斯說，「親愛的卡塞雷斯先生，你在找我……我們一出警察總局，你就……」

秘魯專員使了個眼色，指了指馬澤魯隊長。佩雷納說：「請放心……馬澤魯先生不會妨礙你……有什麼話，直接說吧……你要錢用，是嗎？告訴我數目。」

秘魯人遲疑了一下，瞥了一眼馬澤魯，猛地下了決心似的，低沉地說：「五萬法郎！」

「五萬！」唐路易嚷起來，「狠了點兒吧……親愛的卡塞雷斯，讓我們想想往事。幾年前，我們在阿爾及利亞相識，我從別處了解了你的為人，便問你能不能為我弄一個祖籍西班牙的秘魯人身分證，取名佩雷納，為期三年。你一口應承，並定下價錢：兩萬法郎。上星期，警察局長讓我把證件寄給他，你把秘魯貴族佩雷納的身分證件做了適當的修改，給了我。我們商量好，一旦在警察局長面前說完要說的話以後，我就付了你兩萬法郎。我們已經兩清了，你怎麼又要加碼呢？」

事已至此，秘魯專員已不再遮掩，他望著佩雷納一字一句地說：「先生，一開始我以為你只是為了個人原因，才掩藏自己的真實身分，沒想到你是另有圖謀。你馬上就可以憑這個假名，領取一百萬元，或許再過一段時間，還將領到兩億元呢。區區五萬元對你不過是個小數位而已。」

「我要是不同意呢？」佩雷納仍然微笑著。

「如果你不同意，那麼我會通知公證人和警察局長先生，就說我對佩雷納的身分調查有誤。這樣，所有的一切都得從頭再來，而你恐怕也拿不到一文錢，甚至還可能坐牢。考慮一下吧！」卡塞雷思似乎胸有成竹。

「你有沒有想過這樣做的後果？」佩雷納問，「你以為替別人偽造身分的人可以不被追究嗎？」

秘魯人沒有答話，佩雷納繼續說道：「好了，卡塞雷斯先生，不要只想著把我弄進牢裡去。那些想盡辦法置我於死地的人，可比你狡猾多了，但結果總是碰得頭破血流。所以，不要妄想跟我作對，真的，你還稍稍笨了點兒，卡塞雷斯先生。如果不信你也可以試試，我的話都說明白了。不過，現在我絕不為難你，只要事情辦得公道……」

說完這番恩威並施的話，佩雷納從口袋裡掏出一本里昂信貸銀行的支票簿，簽了一張，然後撕下來遞給秘魯人：「拿著，親愛的朋友，這是兩萬法郎，走吧……快點！今後有什麼事可以來找我，我樂意效勞，如果有空的話。」

秘魯人收下了支票，點頭致謝後，就走了。

「無賴！」唐路易看著秘魯人的背影低聲罵了一句，「嗯，你覺得怎麼樣，隊長？」

馬澤魯隊長一臉茫然地坐在那裡，瞪著眼睛看著佩雷納，喃喃地說：「這……先生……先生，你到底是誰？」

「我是誰？局長先生不是告訴你了嗎？一個秘魯貴族，或者，一個西班牙貴族……我也不太清楚……反正，我就是唐路易·佩雷納。」

「你在開玩笑吧！我剛才聽見……」

「聽見什麼？我，唐路易·佩雷納，前外籍兵團戰士，獲得過各種軍功章和榮譽勛章。」

「夠了，先生。你現在必須跟我到局長面前說清楚。」

「讓我說下去吧！……前外籍兵團的戰士，從前的英雄……曾被拘禁的犯人，以及……從前的俄羅斯王子……前安全部長官……前……」

「你瘋了！」馬澤魯罵道，「這……這算什麼？」

「這是真實的經歷。你不是問我是什麼人嗎？……還有一些頭銜我沒說呢……侯爵、子爵、公爵、大公、王子……一大串咧，怎麼樣？」

馬澤魯隊長沒有再搭話，他的兩隻大手抓住了佩雷納的手腕，可是，轉瞬間卻被反扭了，絲毫動彈不得。

「亞歷山大，好傢伙，有點勁啊！」唐路易冷笑道。

馬澤魯隊長傻了，他吃驚地看著面前這個人。這聲音，這種開玩笑的方式，還有「亞歷山大」這個名字。這不是他的本名，是一個人幫他取的，也只有他才這麼叫。這可能嗎？

「老闆……你是老闆……」

「對，有什麼可疑嗎？」

「不、不是……因為……因為你兩年前已經死了。」

「傻瓜，死了就不能再活過來嗎？」

馬澤魯越來越糊塗了，兩眼睜得大大的。佩雷納把手搭在他肩上，說：「還記得是誰讓你進警察總局的吧？」

「警察局的長官勒諾曼先生，也就是亞森．羅蘋。」

「很好！可是，亞歷山大，你知不知道，對亞森．羅蘋來說，當警察局的長官，比當唐路易．佩雷納要難得多。」

馬澤魯似乎一下子明白了，眼睛裡露出了驚喜的神色，他有些嘶啞地說：「好吧，就算你是老闆。可我要告訴你，我已經習慣了這種平常人的生活，不想再幹那些事了。我幫不了你，我只想在警局老老實實做我的事。」

佩雷納聳了聳肩，笑起來：「你還是那麼笨，亞歷山大！我並沒有要你做什麼啊！讓你重操舊業更是不可能的事。」

「可是……可是你剛才……」

「不得已而為之。兩個鐘頭以前，對這個案子，我一點都不了解。只能說是上帝眷顧，突然送來一筆遺產讓我繼承。我不能違抗祂的旨意，才受命為柯斯莫．莫寧頓報仇，並尋找他的繼承人，保護他們，為他們分配屬於他們的兩億元，就這些。這種事，難道不是正派人的作為？」

「是的，可如果你的真實身分被發現了呢？你會被逮捕。」

「不可能。沒有人會對一個死人執行逮捕的。」

「這……」

馬澤魯無言以答，只是用敬佩的目光打量著他的老闆。

從咖啡店出來，唐路易．佩雷納和馬澤魯去了帕西警察分局。在那兒，他們要求派兩名警察跟他們一起到弗維爾工程師的住宅，通宵守候，警察分局長很爽快地答應協助。

伊波利特．弗維爾工程師的住所是蘇赫特大道上一座大公館，後面是一道城防工事，左邊是一個花園。弗維爾的工作室就建在花園裡。這樣，花園顯得小了許多，有一道門通往花園外面的大馬路。

唐路易和馬澤魯就在附近吃了晚飯，九點時，他們敲響了弗維爾先生家的門。僕人拿著名片進去通報了，不一會兒，伊波利特．弗維爾在工作室接待了他們。

這間屋是典型的工程師工作室，桌上堆滿了書本、草稿和圖紙。此外，還陳列著一些工程師自己發明或製造的機器模型。屋子裡的擺設很簡單，靠牆是寬寬的長沙發，對面是轉梯，通到樓上的回廊。天花板上吊著水晶掛燈，壁上掛著電話機。

馬澤魯報上自己的姓名職務，並介紹說佩雷納也是警察局長派來執行任務的。但對於他們的到來，弗維爾先生似乎有些不悅。

「兩位，我已經採取了防備措施。你們捲進來，反而會把事情弄亂，同時妨礙我收集證據。」

「你能給我們解釋一下具體情況嗎？」

「不行，現在不行……明天，明天上午吧……我會告訴你們。」

「可是，」唐路易．佩雷納打斷他的話，「韋羅偵探說過，今夜會發生兩起謀殺案。」

「今夜？」弗維爾生氣地叫道，「……不會，今夜不會……我掌握了一些情況，而你們一無所知……」

「我們是不知道，」唐路易反駁道，「可是韋羅偵探知道，他掌握了比你更多的情況。對手是極其兇殘的人，韋羅已經被害了，請你不要太固執！」

弗維爾似乎被說服了，佩雷納趁機進一步勸說。可是當費維爾得知他們兩人今晚會守在這裡時，他又叫道：「真荒唐！這是白費功夫！你們會把事情弄糟的。」

不管弗維爾怎麼說，佩雷納他們還是留了下來，並對弗維爾的家庭情況作了大致了解。

弗維爾一家三口，他、妻子和兒子，他們原本住在二樓。這段時間出於安全考慮，弗維爾搬到工作室來了，並藉口需要兒子埃德蒙幫忙，將他也搬出了原來的臥室，睡到了工作室上面的一間小屋子裡。

佩雷納忍不住問道：「你這樣換房間，是擔心有人襲擊，對嗎？那麼是誰呢？外面的還是裡面的？如果是外面的，他們怎麼進來？」

弗維爾仍然固執地堅持明天才能說出一切，佩雷納不好再問，只能說：「那好吧，不過，請允許我們今晚守在你叫得應的地方過夜，好嗎？」

「隨你們的便，先生。」

這時，僕人敲門進來說，太太要出門，想見一見先生。幾乎是同時，弗維爾太太進來了。佩雷納仔細打量著，這個女人大約三十五歲，很有些風韻，兩隻藍眼睛，一頭波浪起伏的頭髮，臉蛋兒漂亮迷人，只是帶著一絲俗氣。她裡面穿著一件跳舞時才穿的長裙，外面則罩了一件鏤花的絲質外套。

她得體地衝著佩雷納他們點頭示意，弗維爾驚訝地問：「你今晚要出門？」

「你不記得了嗎，歐維拉在歌劇院他們的包廂裡給我留了個位子。你還要我看完戲後去出席艾爾辛格夫人的晚會。」

「對……對……」弗維爾說，「忙著做事，我忘了……」

弗維爾太太一邊扣手套，一邊問：「你不去了嗎？你去的話，會讓他們高興的。」

「我不去了，身體有點不舒服，再說也不願意去那些場合。」

「好吧。」她姿態優雅地穿上外套，站了一會兒，又問：「埃德蒙呢？」

「他累了，睡了。」

「我想親親他。」

「別把他弄醒了，你快點去吧，玩得開心些。」

「啊！這……」她說，「難道我去歌劇院和晚會是為了玩？」

「不管怎麼說，總比你留在家裡要好。」

夫婦倆的對話裡有了些火藥味，看來這個家庭不大和睦，丈夫不喜歡參加交際活動，而太太年輕漂亮，愛出去找消遣。

場面一時尷尬，過了好一會兒，弗維爾太太才向兩位客人點了下頭，徑自出門去了。很快，門外傳來汽車的馬達聲，然後漸漸遠去。

弗維爾站了起來，一邊搖鈴喚人，一邊說：「沒有誰知道我已危險臨頭，我沒告訴家裡人，連西爾威斯特也不例外。雖說他是我的貼身僕人，服侍我多年，為人忠厚老實。」

僕人西爾威斯特進來了，弗維爾吩咐他為自己鋪床。僕人將沙發打開，鋪好床罩被子。接著，他按主人的吩咐，拿來一瓶酒、一隻酒杯、一碟糕點和一盤水果。弗維爾先生吃了一塊蛋糕，接著又切開一個蘋果，蘋果還沒熟。於是，他拿起另外兩個，摸了摸，覺得也是生的，便放回盤裡，換了一隻梨，削皮吃了起來。

佩雷納一直注意著弗維爾的一舉一動，因為絲毫的疏忽都有可能引來可怕的後果。弗維爾吃完梨，叫僕人不要將果盤拿走，以防夜裡餓了想吃。另外，他還讓僕人不要把有兩位先生在這裡的事說出去。僕人出去了，佩雷納數了數，果盤裡還有三隻梨，四隻蘋果。

臨睡前，弗維爾登上旋梯，循著回廊，來到兒子睡的房間，佩雷納跟在他後面。這個房間很小，密不透風，屋子裡裝有一個抽風機。弗維爾解釋說，他曾在這裡做電氣實驗，怕有人偷看，就把屋子的出口封死了。他們下了樓，時間已經不早，弗維爾準備上床睡覺。佩雷納和馬澤魯征得他的同意，搬了兩張扶手椅，坐在工作室通往前廳的過道裡守衛。一切安排就緒，弗維爾正想上床，卻突然支援不住，輕微地叫了一聲。唐路易回過身，見弗維爾虛汗直冒，臉上也有些驚恐的神色。

「你怎麼啦？」

「我沒……沒什麼，只是，我怕……」弗維爾顫抖著說。

「你太緊張了。」唐路易安慰道，「我們都在這兒，你不用怕！要不這樣，我們守在你身邊？」

「沒用的……就算有二十個人守在我身邊，他們也敢動手……他們無所不能！韋羅偵探已經被他們殺了……他們也會殺了我……還有我兒子……啊！上帝啊！憐憫憐憫我吧！」弗維爾臉部抽搐著，捶胸頓足，「啊！多可怕呀！上帝呵……我不願死……我不願我兒子死……」

佩雷納有些不知所措，他正在想如何安撫弗維爾，弗維爾卻突然站了起來，將佩雷納領到一個玻璃櫃前。弗維爾推開櫃門，露出嵌在牆裡的一個小保險櫃，然後打開保險櫃，拿出一個本子。他告訴佩雷納裡面是他的整個經歷，每天一段。如果他遭遇不測，根據這個本子上的記載，輕易就查出兇手。

做完這件事，弗維爾鎮定了一些，他把玻璃櫃移回原處，整理了好幾份文件，便重新返回房間睡覺。唐路易在房間裡走了一圈，仔細檢查了一遍，並且打開了那扇通往花園的門。

透過花園柵欄上覆蓋的常春藤，佩雷納看到兩個警察在大馬路上來回走動。一切情況正常，他回到了屋裡，和馬澤魯依然坐在過道的椅子上。

弗維爾的工作室兼臥室與過道之間隔著一道雙層門。其中一層蒙有漆布。過道另一邊，則掛著一幅沉甸甸的幃幔。坐在這裡，雖然不能完全看到整個屋子的情形，但是如果有人闖進來欲圖不軌，那他必須從屋子正門進入，也就必須經過過道，所以這裡實際上是一個咽喉之地。

佩雷納和馬澤魯商量好輪流值班，馬澤魯先睡，唐路易坐則在扶手椅上一動不動，專心地聽著周圍的動靜。公館非常安靜，偶爾有汽車或馬車駛過的聲音。隱隱的，還能聽見奧圖線上火車開過的聲響。

唐路易很警覺，他起了幾次身，走近工作室門口。裡面沒有一點聲響，想來弗維爾已經睡著了。時間就這樣一點點過去，沒有什麼異常情況。大約淩晨兩點的時候，外面傳來汽車剎車的聲音，是弗維爾太太回來了。佩雷納在過道暗處看見西爾威斯特去開門，接著弗維爾夫人走進來，徑直上了樓。不一會兒，樓上傳來輕輕的說話聲和挪動椅子的聲音，接著就沉寂下來。

佩雷納心裡生出一種難以表達的不安，他在過道上踱了一會兒步子，還是忍不住準備到弗維爾的房裡去看看。雙層門的那邊沒有閂緊，一推就開了。佩雷納打著手電筒，走近床邊。弗維爾面朝牆壁，睡得很沉。佩雷納放下心來，悄悄回到過道裡，搖醒馬澤魯，告訴他該換班了。

「弗維爾先生睡著了，我們到屋裡守著他吧。」佩雷納說。

馬澤魯同意了，跟著佩雷納走進房間。佩雷納有些累了，他堅持了一會兒，後來就睡著了。但一直處於半夢半醒的狀態，清楚地聽到掛鐘每一次報時的聲音。

不知不覺，黎明悄然來臨。送奶的車子過去了，早班火車拉響了汽笛，隆隆駛往郊區。城市蘇醒了。

弗維爾公館的房間裡亮堂起來，因為擔心弗維爾醒來看到他們在屋子裡不高興，佩雷納他們準備出去。馬澤魯的聲音相當大，唐路易忙做了個急切的手勢，示意他禁聲，然後看了一眼床上的弗維爾。奇怪的是，這麼大的說話聲竟然沒對弗維爾產生絲毫影響。佩雷納昨晚的那種不安又冒了出來，他拿起手電筒，但卻沒有勇氣去照弗維爾的臉。房間裡籠罩著可怕的沉默。

「啊！老闆，他不動……」馬澤魯叫了一聲。

「我知道……我知道……他一夜都沒動。正是這點讓我害怕。」

佩雷納的不安已經化成了恐慌，他鼓起勇氣抓住弗維爾的手，那隻手已是冰涼。

「窗戶！打開窗戶！」佩雷納叫道。

當光亮湧進室內以後，佩雷納發現弗維爾浮腫的臉上有幾塊褐斑。究竟怎麼回事？他們一直守在這裡，並沒有發現任何異常的情況，可弗維爾卻死了。

佩雷納和馬澤魯愣愣地站了兩、三分鐘，突然，佩雷納想起了另外一件事，他跳起來，快步上樓。可是已經晚了，埃德蒙直挺挺地躺在床上，身體早已僵硬。佩雷納揭開小傢伙的袖子，發現上臂有一個針眼。佩雷納沮喪地說：「一樣的針眼……顯然，在父親的身上也可以發現……父子倆都死了！有人在夜裡殺了他們。就在幾個鐘頭以前。儘管房子有人看守，所有出口都封死了，還是有人用可惡的針管把他們毒死了，就像毒死柯斯莫．莫寧頓和韋羅一樣。」

情況緊急，得馬上向局長先生彙報。佩雷納讓馬澤魯去打電話，自己則留下來守著現場。兩人正準備分頭行事，馬澤魯想起了保險櫃裡的那個灰皮小本子，弗維爾曾說那上面記下了衝他而來的陰謀。

「喔，對了！」佩雷納叫道，「你說得有理……尤其是，弗維爾昨夜忘了撥亂保險櫃的密碼，而且把鑰匙丟在了桌上。」

他們立即下樓，馬澤魯拿上那串鑰匙，移開玻璃櫃，急迫地插進鑰匙打開了櫃門。馬澤魯兩手伸進去，在鐵架上那堆紙張文件裡翻找著。奇怪的事又發生了，弗維爾當著他們的面放進保險櫃的灰皮本子不翼而飛了！

馬澤魯搖著頭。

「這麼說，那幫傢伙知道有這麼一個本子？」

「肯定！我們不知道的事確實太多了。因此，不能再耽擱，去打電話吧。」

馬澤魯聽從了吩咐，電話很快打到警察總局，局長正在忙其他事，暫時不能接電話。

兩人只好在屋子裡等著，佩雷納仔細檢查著房裡的各種物件。思索良久，他的眼光停在了果盤上，果盤裡的四個蘋果現在只剩下了三個。

「的確，」馬澤魯說，「他大概吃了。」

「不可能，」佩雷納道，「因為昨晚他就發現那蘋果沒熟。」

馬澤魯看著佩雷納，可他不再說話了，手肘撐在桌上，陷入沉思。過了一會兒，他抬起頭，對馬澤魯說：「一切都是在我們倆進來之前發生的。準確地說，是在零點三十分左右。」

「你怎麼知道？」

「看到這只錶了嗎？弗維爾先生睡前將它放在桌子上，它現在的時間是零點三十分。這表明，它有可能在那時被碰撞過。」

「可他們是怎麼進來的呢？」

「是先從蘇赫特大道邊的柵門進入花園，又從花園進屋來的。」

「這不太可能，即使他們可以配鑰匙，可是外邊不是有警察看守嗎？」

「對，是有兩個人看守。但他們和我們一樣是輪班。那幫人可能是趁這個空隙潛入花園，而且也是用同樣的方法出去。」

想到這裡，佩雷納決定到花園去看看，或者會有什麼發現。他拿起弗維爾的那串鑰匙，打開門來到花園裡，和昨夜一樣，兩個警察在兩盞路燈之間來回踱著，很顯然看不見他。

「這是我的重大失誤。」佩雷納尋思。

他開始四處打量，在礫石小路上發現了一些足跡，這證實了他的假設，但足跡太模糊，無法分辨。他繼續尋找著，突然，眼睛一亮，在路邊一株杜鵑的枝葉間發現了一個紅色的東西。他彎下腰撿起來，是一個紅蘋果，果盤裡少了的那個。不過，蘋果已經被咬了一口，薄薄的紅皮上啃出了一個半圓，在果肉上留下了清晰的印痕。上排是清清楚楚的六顆，下排則是彎彎的一線。

「虎牙！」佩雷納輕聲叫道，這跟韋羅偵探帶給局長的那塊巧克力上的印痕完全一樣。

究竟是怎麼回事，這個蘋果無疑是兇手帶出來的，是他餓了，還是突發奇想？可是他不可能如此不謹慎地丟在這裡。或者是天黑來不及找吧。佩雷納想不出頭緒，這只蘋果和那塊巧克力應該都是物證，他要不要留下，以便自行調查下去？或者把它扔了，讓司法機關去處理？一時間，他拿不定主意，這個蘋果，讓他覺得那樣厭惡，那樣不舒服，於是，他把它扔回了原處。

「虎牙！猛獸的牙！」佩雷納在心裡反覆唸著。

他重新回到屋裡，把那串鑰匙放回桌上，馬澤魯已經和局長通過電話了，局長一會兒就趕來。說話間，佩雷納覺得馬澤魯的眼神不對勁，可是他已無暇細想。他決定暫時離開這裡，發生了這起命案，每個人都會成為懷疑的對象，他可不想節外生枝。

「亞歷山大，我現在得離開這裡，你最好把我們所做的一切全部承擔下來，盡可能替我遮掩……我們說定了，嗯？有事的話請局長先生給我打電話，我在波旁宮廣場自己家裡。再見。」佩雷納說著朝過道門走去。

「等一會兒。」馬澤魯衝到他前面，攔住他的去路。

「不，我得走。」

「你別想過去！」馬澤魯伸開雙臂，堅決地說，「而且我可不把你的意見當回事。」

「亞歷山大，你怎麼了？你應該知道我的脾氣，就算是共和國總統也別想擋我的路，讓開！」

佩雷納有些不解了，這個自己昔日的忠實追隨者怎麼突然間改變了態度。他的自尊受到了挑戰，於是熱血上湧，揪住馬澤魯的兩個肩膀，把他推得老遠。馬澤魯跌坐在椅子上，佩雷納打開了門。

「站住！否則我開槍了！」

是馬澤魯在喝令，他已經站起來，舉著槍，一副凜然不可犯的表情。

唐路易大吃一驚，但立即就釋然了，是局長的命令，一定是！看來這一次是難逃干係了。面對馬澤魯的槍口，佩雷納無話可說，他慢慢走過去，輕輕地按著馬澤魯伸直的手臂，問：「是局長命令你把我留住，對吧？」

「是的。」馬澤魯嘟囔道。

「還命令你，如果我反抗，可以開槍？」

「對。」

佩雷納思索片刻，認真地問：「可是，馬澤魯，你真會朝我開槍嗎？」

馬澤魯低下頭，輕輕地說：「對，老闆。」

佩雷納此時已不再生氣，對他來說，看到昔日的夥伴如今受這種責任與紀律的意識所支配，他是十分感動的。

「我不怪你，馬澤魯。你這樣做是對的。只是，你能否告訴我，局長為什麼讓你留住我……」不等馬澤魯答話，唐路易已經恍然大悟，「不……不可能……這很荒謬……」

雖然這樣說，但佩雷納很快就想通了。是啊，作為柯斯莫遺囑中的關鍵人物，自己與這事有著千絲萬縷的聯繫。如果羅素家族沒有了後人，他就將是兩億元遺產的當然承受者。所以，也是最有可能的犯罪嫌疑人。這是一個不應該的疏忽，由於太急切，他——亞森．羅蘋——做了有生以來最蠢的一件事。如果自己被關進了大牢，誰來查出殺害柯斯莫、韋羅和弗維爾父子的兇手呢？

一輛汽車在大馬路上停下來，接著又是一輛。顯然，局長和檢察院的官員到了。

唐路易抓住馬澤魯的臂膀，說：「只有一個辦法，亞歷山大，就是別說你睡著了。」

「老闆，這不可能。我相信，你將查出罪犯……」

「什麼意思？」

馬澤魯抓住佩雷納的臂膀，彷彿絕望中抓住救命的東西，含淚說道：「老闆，我相信你會查出罪犯。可是……局長對我說，得找到一名罪犯，好向法院交待，而且就在今晚……所以你一定要去查出來……」

「你真會開玩笑，亞歷山大。」佩雷納說，同時，他也在想這不失為一個好主意。如果在今晚以前，他找不出真正的兇手，那麼就只有自己去坐大牢了。因為無論從哪個角度看，他都是最大的嫌疑人。

德斯馬利翁的聲音已經在前廳響了起來，佩雷納沉思片刻，鄭重其事地說：「亞歷山大，你對形勢看得很清楚，你的擔心有充分的理由。我真的應該好好想想，怎樣去查出兇手。」

3 黯淡的綠松石

德斯馬利翁走進了工作室，他沒有跟唐路易打招呼，匆匆地檢查了兩具屍體，就讓馬澤魯簡要地彙報情況。接著，他回到前廳，上到二樓。他將向弗維爾夫人——一個在一個夜晚失去丈夫和兒子的女人——通報這一不幸的消息。

佩雷納從守在門口的兩個警察的眼裡看出，他已經被監控了。對此，他並不是很著急，單憑幾個老實的警察怎麼可能把亞森．羅蘋扣留在這裡。他在過道裡坐了下來，靜候事態發展。

從工作室敞開的門口，可以看見檢察官正在房間裡調查。法醫對兩具屍體做了初步檢查，結論是中毒而亡，和昨天韋羅偵探的情況一樣。

局長從二樓下來了，他對檢察官說：「可憐的女人！弗維爾太太聽到這個消息就昏過去了。也難怪，丈夫和兒子一下子就沒了……可憐的女人哪！」

唐路易只聽見了這些話，因為在這之後工作室的門被關上了。不一會兒，原來門口的兩個警察來到過道口，一左一右，守在幃幔兩邊。

時間過得很快，不知不覺已是中午，西爾威斯特給佩雷納送了些吃的來。飯後，又開始了漫長、難堪的等待。

在公館裡，調查仍在繼續。佩雷納等得不耐煩，就仰靠在扶手椅上睡著了。馬澤魯叫醒佩雷納時，已是下午四點。是局長要見他，或者準確地說，是要審他。

馬澤魯領著佩雷納往前走，一邊低聲問：「你發現兇手了吧？」

「當然發現了！」佩雷納沒好氣地說，「就跟說『你好』一樣簡單。」

「啊！好極了。」馬澤魯高興地說，絲毫沒聽出這句話的戲謔意味。

唐路易進了工作室，檢察官、預審法官、警察總局的長官、警察分局的局長和兩個便衣警探坐在屋裡，還有三個穿制服的警察。

局長開始發問了，聲音稍顯冷淡，態度也有些僵硬。

「先生，」他說，「作為柯斯莫．莫寧頓先生的代表和可能的遺產承受人，昨天你向我要求到這裡過夜。可是現在，這裡發生了重大的謀殺案。你對此有什麼要說的嗎？」

「局長先生，首先，我想申明一點，」佩雷納並不示弱，「我在此過夜，是得到了你的許可。其次，昨晚這裡的情況我和馬澤魯隊長提供的並無二樣。」

唐路易於是把昨夜的情況細述了一遍，之後，局長思索片刻，問道：「你是淩晨兩點半進的這房間，坐在弗維爾先生床邊，難道沒有發現絲毫表明他已死亡的跡象？通往花園的門是關著的嗎？」

「局長先生，我進去的時候，確實什麼也沒發現，花園的門也是關著的。」

「那就是說外人不可能進來，對嗎？」

「不，兇手可能從外面進來，他們可以配鑰匙。」

「你有證據嗎？」

「沒有，局長先生。」

「那麼，我們只能做出兇手是從裡面進去的推論，直到找到相反的證據為止。」

佩雷納沒有再說話，場面一度沉默。片刻之後，局長再次問道：「昨晚你是很晚才睡的嗎？」

「是的。」

「那這之前，也就是你兩點進弗維爾先生房裡去的時候，馬澤魯隊長睡著了嗎？」

唐路易猶豫了一下，他知道誠實正直的馬澤魯不會違心說假話，哪怕自己曾是他的首領。於是，他答道：「他在扶手椅上睡著了，直到弗維爾夫人回來時才醒。」

又是一陣沉默，這樣的訊問完全按照佩雷納預見的步驟進行，包圍圈越來越緊。

局長與預審法官商量了幾句，又開口道：「關於保險櫃的事你很清楚吧。昨晚，弗維爾先生當著你們的面打開保險櫃時，裡面有什麼東西？」

「一大堆文件紙張。其中有一個灰色漆布本子，後來不見了。」

「你沒有碰過那堆文件嗎？」

「沒有，我甚至連那個保險櫃也沒碰過。」

局長搖了搖頭，望了一眼預審法官，然後說道：「佩雷納先生，如果我沒記錯，你說過自己有破案的能力。那麼，假定在保險櫃裡發現一件物品，一件首飾——比如領帶別針上落下來的一顆鑽石——無可爭議地是從我們都認識的人領帶別針上落下來的，而他這一夜又是在公館裡度過，這種巧合，你怎麼看呢？」

「來了，陷阱設下了。」佩雷納暗忖，但又不得不回答：「局長先生，對這個人應該懷疑。」

「那好，」局長說著，從口袋裡掏出一件東西，是一顆小小的藍鑽石，「這是我們在保險櫃裡發現的，你應該認識它，因為它是你戒指上面的。」

唐路易勃然大怒，咬牙切齒地說：「哼！混蛋！竟這麼卑鄙！……不，我不相信……」

他抬起手檢查戒指，中間確實少了一顆，與局長手上那顆一絲不差。

局長問：「你有什麼話說呢？」

「是的，這顆綠松石是我戒指上的。可這戒指是柯斯莫．莫寧頓在我第一次救了他的命以後送給我的。」

「我們的看法應該相同吧。」

「相同。」

突如其來的變故讓唐路易．佩雷納沒有料到，他在房間裡走來走去。警察守著各個門口，毫無疑問，只要局長一聲令下，馬澤魯隊長就不得不揪住老闆的衣領。

「這其中有什麼問題嗎，佩雷納先生？」局長有些不耐煩了。

「當然……」佩雷納拉過一把椅子，坐在局長對面，慢慢說道，「局長先生，是你同意我昨晚來這裡過夜的，所以在這案子上你也有責任。你必須不惜一切代價，查出罪犯，而不管他的真假。現在一切跡象表明，我是最大的嫌疑人，所以，要麼我跟你走，要麼……」

「什麼？」

「要麼，把罪犯——真正的罪犯——交到你手裡。」

「我等著。」局長嘲弄般地笑著，掏出了懷錶。

「沒問題，局長先生，只要你給我自由，用不了多久我就會查出兇手。再說，我覺得，這件事很值得我弄清真相。」

「我等著看你的真相。」局長又說一遍。

「好吧，馬澤魯隊長，請讓西爾威斯特到這兒來，就說局長先生要見他。」

看到局長沒有反對，馬澤魯走了出去。

唐路易解釋道：「局長先生，發現這顆綠松石，對你是一個極為重要的物證，對我卻是很重要的提示。這顆綠松石肯定是昨晚掉下來的，只有四個人可能注意到它。首先是馬澤魯隊長，這我們不必考慮。其次是弗維爾先生，他是受害者，也可以排除。第三個就是僕人西爾威斯特。我想問他幾句話，不會耽擱太久。」

西爾威斯特進來了，他的陳述十分簡短。他說自己一直在廚房與一個貼身女僕和另一個男僕人玩牌，直到弗維爾夫人回來，他去給她開門時才離開。

「很好，」佩雷納說道，「再問一句。你大概在早報上讀到了韋羅警探的死訊，並看到他的肖像了？」

「是的，可我並不認識他。」

「不會吧，他到這兒來過。」

「我不知道。」僕人答道，「弗維爾先生經常在花園裡接待客人。」

「你還有其他話要說嗎？」

「沒有了。」

「好，你去請弗維爾夫人，說局長先生有話跟她說。」

西爾威斯特退出去了，預審法官和檢察官驚訝地湊在一起悄聲交談。

局長叫道：「你不會認為弗維爾夫人有什麼嫌疑吧？」

「局長先生，弗維爾夫人可能是見到我的綠松石掉落的第四個人。」

「那又怎麼樣？沒有確鑿證據，你無權假設一位妻子會謀害丈夫，一位母親會毒殺兒子！」

「我什麼也沒假設，局長先生。」

「那麼，」局長毫不掩飾他的氣惱，「好了，既然叫她來這裡，這問題還是由我來問吧。你說，我該問她什麼話？」

「局長先生，只需問一句：她是否認識羅素家的其他成員。」

弗維爾夫人進來了，兩眼紅腫，滿面淚痕，眼睛裡流露著驚恐。言談舉止，都隱隱透著某種焦慮和衝動的意味。

「夫人，請坐。」局長極為尊重地說，「為了儘快查出兇手，請原諒我又來勞煩你，請你配合。」

弗維爾夫人秀美的雙眼裡又滾出了淚珠，她抽泣一聲，說：「好的，局長先生……」

「你婆婆是聖德田人，娘家姓羅素，是嗎？」

「對，伊麗莎白．羅素，我丈夫是她唯一的兒子。」

「伊麗莎白．羅素有兩姊妹，是嗎？」

「不，應該是三姊妹，大姐艾爾默利娜．羅素移居國外，以後再沒有聽到過她的消息。老三阿爾蒙德．羅素，就是我母親。」

「嗯？你說什麼？」在場的人都吃了一驚，原來弗維爾夫婦是表親。換句話說，柯斯莫遺產的繼承人就是他們一家。而弗維爾死後，這筆遺產就全屬於阿爾蒙德．羅素這一脈了。

局長和預審法官交換了一個眼色，然後兩人又本能地轉身望了望唐路易．佩雷納。後者一動不動。

「夫人，你沒有兄弟姊妹嗎？」局長又問。

「沒有，我是獨生女。」

獨生女！這就是說，既然丈夫和兒子都已死亡，柯斯莫．莫寧頓的兩億元遺產就應無可爭議地歸她一個人所有。官員們的腦子裡冒出一個可怕的，殘酷的念頭。可是，即便她下得了手害自己的丈夫，可兒子是她親生的啊。

一直不動聲色的唐路易．佩雷納此時在一張紙片上寫了幾句話，遞給局長先生。因為事態有了新的發展，局長漸漸恢復了對唐路易的友好態度。他看完那張紙條，思索片刻，便問弗維爾夫人：「你兒子埃德蒙多少歲了？」

「十七歲。」

「可你看上去這麼年輕……」

「埃德蒙不是我的親生兒子，是我丈夫前一個妻子生的。」

「啊！……」

僅僅幾分鐘，形勢完全變了。在官員們看來，弗維爾夫人不再是那個不可指責的寡婦與母親，而突然變成了有嫌疑的人。現在的問題是，應儘快弄清楚她有無可能為了獨吞那筆鉅額財富而殺了丈夫和繼子。不管怎樣，問題擺在那兒，必須找到答案。

局長拿出那顆綠松石，問弗維爾夫人是否見過。她接過來細細打量，然後說沒見過，不過她自己卻有過一條綠松石項鏈，顆粒比這個大，而且每一粒形狀都很規則。

局長說：「夫人，你能把那條項鏈給我看看嗎？」

弗維爾夫人馬上就答應了，局長於是派馬澤魯陪著女僕去取。幾分鐘後，馬澤魯帶了一個大盒子回來，裡面有許多小珠寶匣子和首飾。

局長找到了那串項鏈，細細打量，果然發現上面的鑽石與那顆綠松石不同，而且一顆也不缺。不過，他在這個盒子裡發現了兩把鑰匙。

弗維爾夫人開始一口咬定自己不知道這是什麼鑰匙，但當局長命令馬澤魯拿鑰匙去開通往花園那道門，並一下子就打開時。弗維爾夫人說自己想起來了，是丈夫交給她的兩套備用鑰匙。

事情發展到這一步，大家腦子裡都冒出一連串的問題。

「兇殺案發生的時候，你不在家，對嗎，夫人？」局長問。

「是的，我去了歌劇院，後來又出席了艾爾辛格夫人的晚會。」

「你能說詳細點嗎？」

「司機把我送到歌劇院，然後我讓他回家，晚會結束後再來接我。」

「啊！」局長道，「從歌劇院到艾爾辛格夫人家，你是怎麼去的呢？」

「十一點半左右，我在歌劇院廣場叫了一輛汽車。」

「那麼，你沒散場就出來了？急於趕到朋友家？」

「對……或者，不如說……」

「你是徑自去的嗎？」

「差不多是吧。」

「什麼叫差不多？」

「我有點頭暈，讓司機在香榭麗舍大街，樹林大道慢慢開……然後，再回到香榭麗舍……」

她的話語越來越混亂，聲音也越來越模糊。到後來，她頭一低，就不出聲了。

當然，她的沉默並不意味著承認了事實。局長的問話很難繼續下去，他下意識地看了看佩雷納。

佩雷納遞給他一張紙條，說：「這是艾爾辛格夫人的電話號碼。」

電話立即接通了，情況馬上得到了證實。弗維爾夫人差不多凌晨兩點才到達艾爾辛格夫人府上，那麼，如果弗維爾夫人不能說清昨夜十一點半到凌晨兩點都做了些什麼，那就脫不了干係。局長又開始了問訊，弗維爾夫人一臉抱怨，沉默了一會兒，似乎想說什麼，最終只含含糊糊地吐出幾個音節，就往扶手椅上一倒，發出絕望的抽泣。

這簡直等於招認了，至少她對那段時間的去向無法給出讓人滿意的說法。形勢徹底變了，警察局長走到一邊，和預審法官、檢察官低聲交談。馬澤魯站到佩雷納身邊，想到老闆排除了謀殺的嫌疑，因而輕鬆多了。但是唐路易卻在想其他的事，一是眼前這個女人是否就是真兇，二是花園裡那個他撿起來又扔掉的蘋果。自己需不需要向警察局長提供這個情況？

這時德斯馬利翁先生走過來，裝作跟馬澤魯說話的樣子，問佩雷納道：「你怎麼看？」

馬澤魯點著頭，唐路易回答道：「局長先生，她大概是某個同謀手中的工具。昨天在你辦公室，弗維爾先生說的是那幫人，再來，我們在新橋咖啡館了解到，韋羅偵探在那兒的時候，有一個蓄著栗色絡腮鬍，拄一根銀柄烏木拐杖的男人也在那裡。所以兇手不會是一個人……」

「我知道你的意思，可是現在拘捕她……還需要證據……你有沒有發現什麼痕跡？」

「沒有，局長先生。但感覺告訴我，兇手是從花園進來的，也是從花園出去的，或許會在那裡留下什麼痕跡……」

局長立即吩咐馬澤魯到花園搜查，不一會兒就拿回了那個被咬了一口的蘋果。局長對馬澤魯這一出人意料的發現極為重視。在場的官員們聚在一起，商量了很久，最後作出決定，讓弗維爾夫人在另一個蘋果上咬一口。

局長把那個盛了三個蘋果的果盤遞給弗維爾夫人，她抓起一個，送到嘴邊。可是正要咬上去時，又突然停住了，好像害怕似的……驀地，她狠下決心，在蘋果上咬了一口。

局長把兩個蘋果拿在一起比較，大家圍過來，關切地看著，異口同聲地發出一聲驚呼。

兩個牙印相同。

局長先生抬起頭，弗維爾夫人呆若木雞，臉色蒼白。

「不，不……」她大聲叫道，「這不是真的……這只是一場惡夢，難道不是嗎？你不會逮捕我吧？我，我要去坐牢！可是這真可怕……我幹了什麼？啊！我向你發誓，你弄錯了……」

她兩手抱住頭，接著，緊握拳頭，氣勢洶洶地衝著官員們吼道：「為什麼……為什麼要把我抓起來……這毫無根據！他——」她轉身指著佩雷納說，「他昨晚和我丈夫在一起……為什麼不抓他……」

她似乎沒有了力氣，不得不坐下來，接著又挺直身體，努力想站起來，可是剛一離座，就倒在地上，不省人事了。

當大家忙著照料她時，馬澤魯向唐路易使了個眼色，低聲說：「老闆，快走。你看看那人，剛進來、正和局長說話的那個。你認識他嗎？」

「媽的！」佩雷納打量著那面色紅潤的大胖子，低聲罵道，「媽的！是副局長韋伯。」韋伯也一直盯著他不放，他可是亞森．羅蘋的老對手，如果有機會，他是絕對不會放過對羅蘋報復的。而且以他們的關係，韋伯完全可能一眼就認出他來。

儘管有些緊張，但佩雷納並沒有害怕。這件案子太複雜了，他知道司法當局解決不了，總有一天會來找他。

第二天，司法鑒定證實，兩隻蘋果和巧克力上的牙印是同一個人的。另外，有一個計程車司機來證明，昨晚弗維爾夫人走出歌劇院時叫了他的車，讓他一直開到亨利．馬丁大道盡頭，在那兒下了車。從那裡步行至弗維爾公館只需五分鐘。瑪麗安娜．弗維爾因此被送到拘留所，當晚，她睡在了聖拉札爾監獄。

4 鐵幕

接下來的幾天，各大媒體對此事大肆渲染。主角除了受害人、犯案嫌疑人外，寫得最多的就是那個憑著敏銳的頭腦，分析調查出罪犯的唐路易。他這種透過細小事情理清頭緒的做法讓公眾想起了亞森．羅蘋。於是，在認為亞森．羅蘋的復活確有可能之前，他們就宣布：唐路易．佩雷納就是亞森．羅蘋。

關於他的死，只是製造的假相。除此之外，卡普里島的神秘事件，也應該是他一手策劃的。扮作隱修士，假裝投入水中，之後被一艘開往阿爾及爾的船救起。船到達阿爾及爾沒幾天，這個叫唐路易．佩雷納的人，在西迪貝勒阿巴斯加入了外籍兵團。

雖然報紙沒有肯定地說佩雷納就是亞森．羅蘋，不過卻對他在外籍兵團當兵、在摩洛哥居住的情節盡情地描繪了一通。再加上德．阿斯特里尼亞克少校，以及佩雷納其他戰友的敘述，佩雷納的英雄傳說就這樣形成了。

蘇赫特大道雙重謀殺案已經過去半個月，這天早上，唐路易．佩雷納起來後到公館周圍走了一圈。

這是一所十八世紀的房子，舒適、寬敞，坐落在聖日爾曼街區，挨著波旁宮小廣場。原來的業主是瑪洛內斯庫伯爵，現在歸唐路易所有了。他將伯爵的馬車、汽車、僕人，以及女秘書勒瓦瑟小姐都留下了。

重新回到公館，唐路易穿過前院，上樓進了工作室。從窗戶望下去，隱約可見幾名警察的身影，這兩個星期來，都是這樣。唐路易覺得有些煩燥，隨手翻了翻桌上的信件，然後搖鈴叫來勒瓦瑟小姐。

勒瓦瑟是個討人喜歡的女孩，身材姣美，氣質優雅，聲音清亮、柔和、婉轉，佩雷納習慣聽她為自己讀報。

「有沒有什麼新消息？」他邊問邊瀏覽著報紙上的文章標題。

勒瓦瑟為他讀了有關弗維爾夫人的報導，預審依然沒有進展。此外，勒瓦瑟還告訴唐路易，《法國迴聲報》上發表了一篇關於他的文章。影射他就是亞森．羅蘋，質疑當局為什麼不對他執行逮捕。

對此，唐路易有些惱火，他把勒瓦瑟小姐打發走，然後撥通了德．阿斯特里尼亞克少校的電話，告訴他自己準備找《法國迴聲報》的社長決鬥，上校答應過來看看。

當天下午三點，唐路易．佩雷納由德．阿斯特里尼亞克少校、另一名軍官和一名醫生陪同，來到親王公園，監視他的警察自然也緊跟其後。

在等待對手到來之前，上校請求唐路易不要做出殺人的事，因為替柯斯莫．莫寧頓報仇、保護他的繼承人才是他的唯一目的。

唐路易作了保證，於是，決鬥以《法國迴聲報》的社長受傷而告終。

唐路易回到公館，發現一件怪事，兩隻在院子裡嬉戲的小狗，叼著一個紅線球滿院子跑，線扯完了，露出裡面的紙芯。上面有字跡，唐路易撿了起來，居然是《法國迴聲報》上那篇文章的底稿。

他立即叫來僕人，問線團是從哪兒來的？僕人說，是小狗從鞍具庫裡弄出來的，而纏線的紙芯是從車庫後面，堆公館垃圾的地方撿來的。

唐路易對公館的所有僕人進行了盤問，但什麼也沒問出來。不過，事實卻是明白無誤：那篇文章是住在公館裡的人，或是與公館有來往的人寫的。

到底是誰呢？安插這樣的內應是想幹什麼？唐路易心事重重，當然，他怕的不是被捕，而是這樣的事妨礙了他的活動。

將近晚上十點鐘，僕人通報說，有一個叫亞歷山大的人執意要見他。唐路易讓這人進來，發現他是喬裝改扮過的馬澤魯。馬澤魯帶來的消息讓唐路易振奮，他們查到了韋羅偵探遇害那天，那個在新橋咖啡館出現的、拄烏木手杖的人。他叫於貝爾．洛蒂耶，住在魯爾大街。只是，早在六個月前就搬走了，當時只帶走兩隻箱子，留下一屋的傢俱。此後每過八到十天會到郵局取一次信，他的郵件上寫著「B．R．W．」這樣幾個字母和一個數字八。

此外，有兩個警察證明，雙重謀殺案發生當晚的十一點三刻左右，有一個戴玳瑁眼鏡，拄銀柄烏木手杖的人，走出奧圖火車站，往拉納拉方向走去。而同一時刻，弗維爾夫人也在那個街區。

「太好了，你快走，到那個地方去。」唐路易把馬澤魯推到門口。

「到哪裡……」

「抓瑪麗安娜．弗維爾的同謀啊！不知道地址？你剛才不是說了嗎？理查德．華萊士大道八號。」

『B．R．W．8』這幾個字母和數位不就是這意思嗎？快去吧。」

馬澤魯瞠目結舌地出了門，幾分鐘後，唐路易也出門了。在一幢有兩個出口的樓房裡，他成功地甩掉了跟蹤的警察，叫了部汽車直奔訥伊。

來到理查德．華萊士大道，看見馬澤魯正在一個院子後面的三層小樓前等他。

「這就是八號？」唐路易問。

「是的，老闆。可是你得跟我解釋……」

「很簡單，我對這一帶的地形很熟，聽你說到『B．R．W』這三個字母，我的腦子裡立即出現了它們所在位置和所代表的詞。B就是大道，R和W就是英國人的姓名理查德和華萊士。好了，我們進去吧。先別……噓……」

唐路易把馬澤魯推到暗處，推門的吱嘎聲在夜色中有點刺耳。緊接著，是一串穿過院子的腳步聲，外面的柵門開了，出來一個人。借著路燈，他們看到那是個拄著烏木銀手杖、戴著眼鏡的男人。

這個人穿過理查德．華萊士大道，轉過拐角，上了馬約大街。唐路易和馬澤魯跟在他的後面，他走得很快，通過馬約大街盡頭的稅徵收站，直接進了巴黎市區。然後朝車站走去，上了一列去奧圖的火車。

唐路易和馬澤魯一直跟著他，在奧圖下了火車後，那人走到了蘇赫特大道弗維爾公館的對面，登上了城牆。站了幾分鐘，接著，又下來進入黑魆魆的布洛涅樹林。

唐路易要求馬澤魯抓住那個人，但固執的馬澤魯認為不能無緣無故抓人。唐路易忍著怒火，他清楚地知道，無論什麼理由，在馬澤魯的固執面前都會碰得粉碎。再逼下去，這個「老牛筋」甚至會保護對手，而反對他的。於是只是用教訓般的口氣說道：「好吧，就到這兒吧，晚安，我要去睡了。事情有了結果，就打個電話告訴我。」

唐路易十分惱火地回到家。第二天早上一覺醒來，他忽然想去看看警方是否抓住了那個傢伙，於是穿衣準備下樓。

正在這時，馬澤魯打電話來找他，說自己正在離理查德．華萊士大道不遠的一家酒館裡，而那個傢伙還在那所房子裡。不過，從為他做家務的女僕嘴裡，得知他已準備好了行李，馬上會出門。另外，女僕還說，那男的好像是個學者，整天不是看書就是寫東西。搬到這裡以來，沒有人來訪，只有一個蒙面紗的女人來過三次，但認不出她的模樣。

唐路易想馬上趕過去，卻被馬澤魯阻止了，因為這次行動是由韋伯指揮。更讓唐路易感到吃驚的是，弗維爾夫人昨夜竟然想自殺。

就在唐路易發出驚呼的同時，他聽到屋裡有另外的人也叫了一聲，就像近處傳來的迴響。他詫異地轉過身來，只見勒瓦瑟小姐在他辦公室裡，離他只有幾步遠，神情緊張，面色蒼白。

唐路易看了她一眼，正想開口問她，但她已經走開了。

「她為什麼神色這樣恐慌？」唐路易尋思，「為什麼要偷聽我的電話？」

電話那頭，馬澤魯繼續說著：「她早就說過會想盡辦法自殺，可她還是少了點勇氣。」

佩雷納問道：「怎麼？還有什麼隱情？」

「有人在叫我，以後再說給你聽吧。你可千萬不要來，老闆。」

「不行，」佩雷納很堅決，「我要來。不過你不用擔心，我不會出頭露面。只想看看你們怎麼捕捉獵物，畢竟是我發現了他的洞穴。」

「那你就快來吧，我們要進攻了。」

佩雷納掛上聽筒，轉過身，準備走出小房間。就在他要跨過門檻時，一塊鐵板猛地從天而降，在他面前劈下。好險！再遲一秒鐘，這巨大的鐵板就把他劈死了。他嚇得魂飛魄散，呆若木雞，頭腦裡一片混亂，過了好一會兒才鎮定下來，朝鐵板撞去。可是他馬上明白，這樣做是沒用的。這是一塊完整的厚鐵板，十分堅硬，嵌在窄窄的槽子裡，不露一絲縫隙。

佩雷納被關在裡面了。他發狂地使勁擂著鐵板，呼喚勒瓦瑟小姐。她應該還沒有離開工作室——鐵板落下時她肯定沒有走——應該聽得見聲音。

佩雷納屏息凝氣地聽著，卻什麼動靜也沒有，無人回應。他的聲音碰到天花板和幾面牆壁，又彈回來。可是……可是……勒瓦瑟小姐呢？

「這是怎麼回事？」他思忖，「這又是什麼意思呢？」

他不再擂門了，也不再叫喊，腦海裡浮現出勒瓦瑟那奇怪的態度，想起她慌亂的神色、驚恐的眼睛。他弄不明白那看不見的機關是怎麼發動的，那可怕的鐵板是怎麼陰險而無情地朝他砸下來的。

5 拄烏木手杖的人

同一時間，理查德·華萊士大道上，副局長韋伯、探長昂瑟尼、馬澤魯隊長、三個警探以及訥伊警察分局局長聚集在八號的柵欄門口。

馬澤魯不安地看著馬德里大街，唐路易應該從那邊過來。可是通過電話已經半個鐘頭了，還不見他的人影。馬澤魯有些奇怪，但他再沒有理由推遲行動了。

副局長韋伯已經發出了行動的指令，馬澤魯提出不同意見，想等那人出來時再抓捕。韋伯則認為那人是個老奸巨猾的傢伙，還是直接一點才保險。再有，等會兒局長要來，他想親自審問。

韋伯按響了門鈴，女僕將門打開一條縫。儘管有令在先，要求保持安靜，以免過早驚動對手，但大家對那傢伙心存怯意，還是「嘩啦」一下把門推開，全湧進了院子，舉槍準備射擊。

韋伯帶著兩名警察、探長和警察分局長衝進屋內，另有兩人守在院子裡，防止那人逃跑。在二樓，韋伯他們遇上一個衣著整齊、戴著帽子的人走下樓來。

副局長喝道：「站住！你是於貝爾·洛蒂耶？別動！」

五支手槍立時對準他，那人顯得有些慌亂。不過，臉上並未露出懼色，只是問道：「你們想幹什麼？」

「我們來執行法律，要逮捕你，這是拘捕令。」

「逮捕我？」

「是的。」

「真荒謬！這是什麼意思？有什麼理由？」

不容那人反抗，警察們扭住了他的雙臂，將他帶進一間大房子。那人不再抗議，似乎在思索自己突然被逮捕的原因。他有著一張精明的臉，栗色大鬍子閃著稍帶棕紅色的光澤。眼鏡後面兩隻灰藍色的眼睛不時射出兇光。肩膀寬寬的，脖子粗壯，表明他很有力氣。

在確定這傢伙沒有武器之後，副局長取消了馬澤魯提出的上鐐銬的建議。緊接著，警察局長到了，他一邊打量著那人的面相，一邊與副局長低聲交談，聽他講述抓人的經過，還不時讚揚兩句。

那人一聲不吭，始終是一副思索的神態，彷彿不明白究竟發生了什麼事。不過，當他得知新來的人是警察局長以後，便抬起了頭。

德斯馬利翁先生問他：「不必宣布逮捕你的原因了，對不對？」

他以尊重的語氣回答：「對不起，局長先生，正好相反，我想請你告訴我，這究竟是怎麼一回事⋯⋯

我要求你解釋……」

局長聳聳肩膀，說：「你涉嫌參與了謀殺弗維爾父子的罪行。」

「伊波利特死了？」那人聲音低沉地反覆說著，緊張得發抖，「你說什麼？伊波利特死了？這可能嗎？他是怎樣死的？被人謀殺？」

局長又聳了聳肩膀，說：「光是你直接叫弗維爾先生的名字這一點，就可看出你與他關係很親近。我覺得很奇怪，就算你沒參與這樁謀殺，但這半個月來，報紙上天天有關於案情的報導，你真的一點不知道？」

「我從不讀報，局長先生。你可能不信，但這確實是真話。我把全部精力都花在一項大眾化產品的科研上，對外面的事情無暇顧及，也毫無興趣。至於說到伊波利特．弗維爾，我雖然很早就與他熟識，但後來鬧翻了，已經有很長一段時間沒有往來過。」

「鬧翻？」

「是的，因為一些家事……」

「家事？你們是親戚？」

「對，伊波利特是我表兄。」

這句回答讓在場的人吃驚不小，死者弗維爾先生和他太太，是羅素家族中伊麗莎白和阿爾芒德兩姊妹的子女，而兩姊妹從小與一位叫維克托的德國表親一起生活。眼前這位自稱是弗維爾表弟的人又是什麼來路？

那人也許看出了眾人的疑惑，補充道：「我是維克托．索弗朗的兒子，我父親是羅素的外孫。他在外國成的家，生了兩個兒子，一個十五年前死了，另一個就是我。」

德斯馬利翁渾身一震，這人講的若是真話，那麼在弗維爾父子已經遇害，弗維爾夫人可以說被證實犯了謀殺罪，失去了繼承權的情況下，他們現在逮捕的，就是美國人柯斯莫．莫寧頓的最後一個繼承人！

這個沉重的罪名雖然沒有強加給他，卻使他感到十分迷亂。

那人注意到了局長先生的表情，他不慌不忙，彬彬有禮地問道：「局長先生，我的這番話是否令你對這件事清楚了一些，我是無辜的。」

局長沒有回答他的問話，只是問道：「那麼，你的真名是……？」

「加斯通．索弗朗。」

「那你為什麼要用貝爾．洛蒂耶這個名字呢？」

「這是我個人的事，與警察無關。」

那人身子微微一晃，卻沒能逃過德斯馬利翁先生那雙犀利的眼睛。他笑道：「這理由好像說不過去。如果我想問你為什麼藏起來，為什麼搬離魯爾大街的寓所，為什麼到郵局去領取寫著縮寫字母的郵件，你也會這樣回答我嗎？」

「局長先生，這些都是私事，我沒有義務回答你。」

「很好，你那個同謀也是這樣回答我們的。」

「我的同謀？」

「對，弗維爾夫人。」

「弗維爾夫人？」加斯通．索弗朗又叫了一聲，臉有些變形，「什麼……你說什麼？瑪麗安娜……不，這不是真的吧？」

德斯馬利翁先生沒有作答，他始終覺得這個加斯通．索弗朗是在演一出十分愚蠢和幼稚的戲。

加斯通．索弗朗眼神驚慌，嘴裡不停地囁嚅著：「多麼神秘的事情！真不明白……不明白……」

局長對馬澤魯說：「和弗維爾太太的戲一模一樣，同一類角色，同樣的演技。也難怪，他們本來就是親戚。」

說完，局長吩咐韋伯副局長和馬澤魯，讓他們把嫌疑人帶回警局。加斯通·索弗朗乖乖地跟著他們往門外走，走到門口，他轉過頭來說：「局長先生，我有一個請求，你們在搜查房間時，別弄丟了我臥室裡的紙張卡片。儘管只是一些摘錄、筆記，但對我至關重要。再有……」

他停了一下，似乎在斟酌著措辭，然後下了決心似地說：「局長先生，我……我……收了一包信，這是比我的性命還寶貴的東西。這些信也許會成為攻擊我的武器……不過沒關係……關鍵是收好……必須收好……知道嗎……那裡面有些極為重要的文件……局長先生，我把它拜託給你了。」

「它們在哪兒？」

「在我臥室上面的閣樓間，摁一下窗戶右邊的釘子……牆外有一個暗箱。」

局長改變了押送加斯通·索弗朗回警局的主意，讓馬澤魯去閣樓間看看，把信取來。

馬澤魯奉命去了，過了幾分鐘空著手回來，他弄不開那個機關。局長只好讓昂瑟尼探長與馬澤魯帶上加斯通一起上去，他本人則和韋伯副局長留在一樓，等著搜查結果並開始觀看桌上堆放著的書。

那是一些化學書籍，每本書書頁邊的空白處都寫了批註。局長正翻看其中一本時，忽然聽到外面傳來幾聲叫喊，緊接著樓梯間又傳來一聲槍響，有人號叫起來。槍聲繼續響著，伴隨著叫喊聲和打鬥聲。

局長快步地衝上樓梯，韋伯緊隨其後。他們徑直上了三樓，剛一轉彎，一個趔趔趄趄的人撞了過來，倒在局長懷裡：是馬澤魯，他受了傷。探長昂瑟尼則躺在階梯上，一動不動。

加斯通·索弗朗面目兇狠地站在上面的一個小門洞裡，舉著槍瞄準了局長。局長絕望地閉上眼睛，說時遲，那時快，不等加斯通摳動扳機，從局長身後傳來一聲槍響，擊中了加斯通的手，槍掉在了地上。局長回過神來，才看清那個救了自己的人，居然是唐路易·佩雷納。此時，他正跨過探長的身體，把馬澤魯推到牆邊，領著幾個警察往上衝。

索弗朗往後退，一轉眼就躍上窗臺，從三樓往下跳去。局長跑上來大聲叫著，想讓手下的人抓住那傢伙，卻被唐路易阻止了：「局長先生，沒用的，這傢伙有些驚人的本領……」

「哼！這個惡魔，」局長低聲罵道，「他這一次玩得不錯。」

確實，加斯通．索弗朗一路上沒有遇到任何人阻擋，很順利地越過柵欄，跑向大街。人行道邊停了兩輛汽車，一輛是局長的專車，一輛是副局長叫來押送犯人的計程車。兩個司機坐在駕駛座位上，儘管一點也不清楚戰鬥的情況，但看見加斯通．索弗朗從樓上跳下來，為局長開車的司機隨意抓起了那根烏木手杖，勇敢地朝逃犯衝過去。

這一場戰鬥仍然是加斯通占了上風，他奪過手杖，用力揮打在司機臉上，手杖斷為兩截。他拿著剩下的那截，奪門而逃。另一個司機和從屋裡跑出來的三名警察在後面緊追不捨。有一名警察放了幾槍，卻沒有打中，只能眼睜睜地看著加斯通消失在街口。

局長和副局長從三樓走下來，探長頭上中了彈，已經嚥氣了。還好，馬澤魯傷得不重，他簡單地講述了事情的經過。索弗朗把他們領上三樓，從掛在牆上的一個舊挎包裡掏出一把手槍，幾乎頂著探長的頭開了槍。接著又從馬澤魯的掌控中掙脫出來，朝他連開三槍，第三槍擊中了他的肩膀。

德斯馬利翁先生氣得臉色發白，十分沮喪，咆哮道：「他耍了我們……那些信、暗箱、活動釘子……全是騙人的鬼話……」

唐路易一直沒有多說話，他參加了初次的搜查，又留在馬澤魯身邊陪了他一會兒，對他說：「這事不會順利的，馬澤魯，昨晚我跟你說什麼來著？不過，這傢伙確實厲害！他也不是孤家寡人，我敢肯定，他有一幫同夥……遠的不說，我家就有，你明白嗎？」

不等馬澤魯答話，唐路易仔細問了抓到索弗朗時他的態度和一些細節，然後回到了自己位於波旁宮廣場的公館。如果說加斯通．索弗朗是整個柯斯莫．莫寧頓遺產案的重要人物，那麼勒瓦瑟小姐的表現同樣引人注目。

唐路易走進工作室，兩個小時前關住他的那道厚厚的鐵幕依然立在那裡，他將鐵幕收落了三、四次，這是一整套機械裝置，狀況良好，沒有外力操縱不可能自動落下。因此，是否可以得出結論：有人想置他於死地，而這個人很有可能是勒瓦瑟小姐，可是她這樣做出於什麼動機呢？

唐路易就這樣一直坐在沙發上吸菸，所有的事都是那麼撲朔迷離。他想去行動，可是一旦有所動作，就會碰到新的障礙，讓他無法實行自己的意願。而且在這些障礙上，他看不出對手的個性特徵，這讓他非常苦惱。

就在這時，僕人來報，說警察局長德斯馬利翁先生前來拜訪。

唐路易走到窗邊，推開窗戶，波旁宮廣場上還是那幾個平常監視他的人，看來局長對他並沒有惡意。正在思忖時，德斯馬利翁先生走進來了，一起來的還有韋伯。德斯馬利翁先生沒有說話，他把手背在身後，在房裡踱起步來。唐路易安詳地等待著，沒有絲毫的驚慌。倏地，局長停住步子，問道：「先生，離開理查德．華萊士大道以後，你是徑自回公館呢？還是去了其他地方？」

對於這種審問式的談話方式，唐路易沒有太多反感，他回答道：「我徑自回來的，一直待在我的工作室裡。」

德斯馬利翁先生凝神注視著唐路易，說：「我是在你走後三、四十分鐘坐汽車回總局的，我收到了一封快信。喏，就是這封，信是九點半在交易所投郵的。」

唐路易接過信，讀到下面這些句子：

謹通知你：加斯通．索弗朗逃走後，與同夥佩雷納會合。如你所知，佩雷納就是亞森．羅蘋。亞森．羅蘋向你提供索弗朗的住址，是為了甩掉他，獨吞莫寧頓的遺產。今早他們和好了。亞森．羅蘋告訴索弗朗一處安全的隱蔽住所。他們接頭和同謀的證據很容易找到。索弗朗把他無意中帶在手上的半截手杖交給了亞森．羅蘋。你可以在佩雷納先生工作室裡找到那半截手杖，就在兩個窗子之間的沙發座墊下面。

「對這個指控，你怎麼回答？」局長問。

唐路易聳聳肩，在他眼裡，這是一封十分荒謬的信。他不慌不忙地把信折好，還給局長：「我不做任何回應，局長先生。」

德斯馬利翁先生猶豫了兩、三秒鐘，然後走近沙發，拿起座墊，那半截手杖赫然躺在一個座墊下面！

唐路易忍不住做了個驚愕與氣憤的動作，這件事使他措手不及，十分狼狽。

「我這裡也有半截，可以驗證一下。」局長說，「是韋伯副局長在理查德．華萊士大道上撿起來的。」

說著，他從大衣內袋裡抽出那半截，兩截手杖正好對上，而且完全吻合。

又是一陣沉默，佩雷納有些窘困，這個加斯通．索弗朗是靠了什麼神通，竟能在短短的二十分鐘裡，潛入這所房子，進入工作室？除非，他在公館裡有一個同夥！

想到這裡，唐路易豁然開朗，意識到自己才是那夥人竭力想剷除的最大敵人。

「喂，」局長不耐煩了，大聲喝道，「回答呀，為你自己辯護呀！」

「不，局長先生，我不需要為自己辯護。」

德斯馬利翁先生跺著腳，抱怨道：「既是這樣……你已經招認了……你已經……」

他抓住窗戶把手，就要往外推。只要吹一聲哨子，警察就會衝進來，任務就完成了。可是出人意料的是，德斯馬利翁放下了窗戶把手，在房間裡踱起步來。佩雷納正在納悶，局長走到了他面前，說：「如果我把手杖看作無效的證據，或確切地說，看作與你無關的事情，給你自由，你覺得如何？」

佩雷納忍不住微笑起來，儘管發生了手杖事件，儘管事情表面上對他不利，但在情況似乎變糟的時刻，事情還是朝著他一開始就預見到的方向發展。進而他向局長提出了一些要求，如果不再有人監視，新聞界停止炒作，警方的高層放棄對自己的成見，那麼，他將有把握按司法機關的需要和意願贏得勝利。

德斯馬利翁一一答應，他向唐路易提議訂一個條約，同時樂意為其提供更多的情報。他交給唐路易一張從韋羅偵探口袋裡發現的女人照片，佩雷納接過相片，臉上的肌肉顫動了一下，這點反應沒有逃過德斯馬利翁先生的眼睛。

「你認識這女人？」

「不……局長先生……只是有點相像罷了……也許……讓我再去查對一下。如果你能把相片留在這兒，我將萬分感激。」

「行。另外，我把馬澤魯派給你吧。」

說完這話，警察局長告辭離開了。唐路易把廚師叫來，請他安排午餐，同時通知勒瓦瑟小姐，讓她吃過飯就來見自己。

吃飯的時候，唐路易把德斯馬利翁先生留下的那張相片放在旁邊，側著身子細細打量。相片有些發白，不過相片中的人還是很清晰。這是一個女孩的照片，她穿著裙子，頭上插著花和葉子，笑吟吟的，光彩照人。相片一角，有幾個模糊不清的字母，他仔細辨認出「弗洛朗斯」幾個字，大概是女孩的名字。

「勒瓦瑟小姐，」他自言自語道，「真是她嗎？勒瓦瑟小姐……弗洛朗斯．勒瓦瑟……她的相片是怎麼夾到韋羅偵探的本子裡去的呢？」

他想起了那道鐵幕，想起了《法國迴聲報》上那篇攻擊他的文章，想起了在公館裡發現的文章草稿。還有那半截手杖，是怎麼帶進他工作室的呢？

門在這時突然被推開了，勒瓦瑟小姐走了進來。

佩雷納倒了一杯水，正準備喝。勒瓦瑟小姐搶上前幾步，奪過玻璃杯，砸在地毯上。

「你喝了嗎？」她氣急敗壞地問，「那瓶裡的水……有毒……」

「有毒！你說什麼？」

儘管唐路易很能控制自己，但聽了這話後還是心驚膽戰。他親眼目睹了韋羅偵探和弗維爾父子的屍體，明白自己若是也服了毒藥，絕不可能倖免於難。

勒瓦瑟小姐不作聲了，好像在後悔自己說漏了嘴，努力想做些彌補。佩雷納伸手去拿水瓶，不料勒瓦瑟小姐一把將水瓶抓過來，砰地在桌上砸碎了，嘴裡小聲說著：「有可能是我弄錯了。因此，你不要把這件事看得太嚴重……」

唐路易快步走出餐廳，他喝的水，是按照他的吩咐，從廚房後面的濾水器取來的。他跑到濾水器旁邊，斟了一碗水，拐進院子，把碗放在一條小狗面前。

小狗喝了起來，但牠馬上就不喝了，接著打了個冷顫，嘶啞地哀叫了兩聲，轉了兩、三個圈，就倒在地上死了。

勒瓦瑟小姐已經追了過來，佩雷納拉起她說：「我有話要跟你說，去你那兒談。」

他們走回勒瓦瑟小姐住的套間，佩雷納把大門和客廳門都關緊。

「現在，我們好好談一談。」他堅決地說。

6《莎士比亞全集》第八卷

唐路易半天沒有開口，這真是怪事。他心裡對這個女人有著最強烈的譴責，可是面對她時，卻覺得難以啟齒。

「我今天早上差點被困死在屋裡，你知道嗎？」

「嗯，僕人們和廚師已經告訴我了。」

「在他們告訴你之前呢？」

「之前？我怎麼可能知道？」

勒瓦瑟小姐答話的聲音異常沉著，這讓唐路易很是惱火，他接著說下去：「今天早上，我走出電話間的時候，隱藏在上部牆裡的鐵板突然砸下來，從我面前掠過。我發現推不動這堅不可破的障礙，就打算請一個朋友幫忙。我打電話給德·阿斯特里尼亞克少校。他立即趕來了，和廚師一起，把我解救出來。僕人們是這樣告訴你的嗎？」

「是的，先生。很遺憾，我那時回了房間，所以不知道發生了這件事，也不知道少校來了。」

「嗯。不過，我出來以後才知道，關於這道鐵幕，廚師，還有公館裡所有的僕人，也包括你，都知道。它的製造者是誰？」

「瑪洛內斯庫伯爵。聽說，大革命時，他的曾外祖母在那裡面生活了一年零一個月。也許是東西太舊了，運轉不靈，才會發生這種意外。」

「機關運轉狀況極好，我看過了，絕不是偶然失靈造成的。」

「那是什麼造成的呢？」

「有暗藏的敵人在害我，這個人你可能見到過！我接電話時，你正好在我的工作室裡。說到弗維爾夫人時，我還聽到你驚叫了一聲。你就在那門洞旁，伸手就能碰到機關，害我的人不可能逃過你的眼睛。」

勒瓦瑟小姐垂下眼簾，微微有點臉紅，她說：「是，我是事故之前幾秒出來的，至少應該撞見他才對，但我確實沒見到。」

「喔，不過至少你得承認，這事很奇怪吧。而且還有與之相關的一連串事，都是那麼奇怪！」

她點點頭，低聲說：「是啊……是有一連串的事……」

「一連串的事！」唐路易加重語氣說，「毫無疑問，有人想置我於死地。唉！我受夠了。我想知道他是誰。我要弄清楚。」

說著，唐路易往前走了一步，一邊盯著勒瓦瑟的雙眼，一邊在她不動聲色的臉上尋找慌亂、不安的跡象。女孩往後退了一點兒，靠在獨腳小圓桌上，喃喃地說：「也許這並不像你以為的那樣有什麼陰謀……而只是一些偶然的事件……」

唐路易雙眼閃著怒火，他為自己不敢憤怒地喊出那些有憑有據的事實而十分氣惱，忍不住抓起她的手，使勁捏著，並且狠狠瞪著她。但他馬上又控制住自己，鬆開捏緊的手。女孩立即把手抽了回去。那動作裡分明帶著仇恨和反抗。

他們很長時間沒有說話，唐路易想到了那張相片，對她說：「你應該告訴過我，你叫什麼名字，我記不起來了。不過，那也不是真名吧？」

「……瑪爾特……」她說，「是真的。」

「不對！你叫弗洛朗斯……弗洛朗斯·勒瓦瑟，這是你的相片。」

「啊！」她叫道，看著相片大驚失色，「你是從哪兒得來的？告訴我……是警察局長交給你的，是嗎？對……是他……這……」

「請放心，」佩雷納道，「他還不知道……」

她沒有聽他說，只是出神地盯著相片，反覆唸著自己的名字，眼淚從臉上滾滾流下。

「她不是那種能夠殺人的女人……」唐路易想，「甚至也不能認為她是同夥……只是……」

他從她身邊走開，在房裡踱起步來，書架上一套英文版的《莎士比亞全集》引起了他的注意，其中第八卷的外觀似乎與別的不同。他一把將書抓在手裡，好像有人不同意他拿似的。

他沒有弄錯，這果然是一卷假書，只是個藏匿東西的盒子。他看見裡面有些白信箋，一些顏色協調的信封，還有一些方格紙，都一般大小，似乎是從一本記事簿上撕下來的。看見這種紙，他吃了一驚，立即想起《法國迴聲報》那篇文章的草稿用紙。

他匆匆翻了翻，發現倒數第二頁上有幾行鉛筆寫的文字和數字，好像是匆忙中做的記錄。他唸道：

蘇赫特大道公館

第一封信，四月十五日夜

第二封，四月二十五日夜

第三、第四封，五月五日與十五日夜

第五封和爆炸，五月二十五日夜

佩雷納注意到，第一封信的日子正是今日，之後每隔十天一封信。他還注意到，這些字跡與那篇文章草稿的字跡相同。他開始翻找那份一直夾在記事簿裡的草稿，結果卻沒找到。他認真回憶了一下，最後確定拿走草稿的人只能是勒瓦瑟小姐。

一種猜想湧上心頭，自己怎麼只想到她是幫兇，而沒想到她有可能是頭目。唐路易渾身打了個哆嗦。

輕輕把那些紙放回書裡，又把書放回書架。他回到女孩身邊，突然發現她那張臉的下部有著不同尋常的異樣。他懷著不安又好奇的心情，忍不住一個勁地盯著她的嘴部，恨不得撬開那緊閉的嘴唇，看是不是她的牙齒在那蘋果上留下了齒痕。

但這真是荒謬的假設，因為警方已經認定那齒痕是瑪麗安娜．弗維爾留下的。

他一時心緒煩亂起來，想馬上離開這裡，給自己一個思考的空間。於是，他結束了這次談話，臨走時吩咐勒瓦瑟把公館裡的僕人統統打發走。

回到工作室，他立即和馬澤魯通了電話。請他告訴局長，派人密切監視那些被打發走的僕人。另外，請求局長准許自己和馬澤魯在弗維爾工程師的家裡過夜。兩個人約定，如果局長同意，晚上九點就在蘇赫特大道見面。

這一天佩雷納再沒有見到勒瓦瑟小姐，他中午離開公館，先去一間職業介紹所，挑了幾個僕人。接著，又到了一家照相館，把勒瓦瑟小姐那張相片翻拍出來。讓技師做了些修整，並親自動手修飾了幾個地方，好讓警察局長看不出相片被調換過。

晚上九點，他到弗維爾公館與馬澤魯會合。

自從弗維爾父子遇害以來，這座公館被警方貼上了封條。工作室寬敞的房間保持了原貌，不過，所有的文件紙頁都被拿走或者整理好了。

唐路易坐下後就請馬澤魯講講有關弗維爾夫人的情況，馬澤魯說，弗維爾夫人一直沒有放棄過尋死的念頭和行動，而且到現在也沒有供認一句話。兩個人就這樣低聲地聊了很久，反覆琢磨著案情。將近午夜時，他們關了頂燈，說好兩人輪著睡。

時間慢慢地過去，沒有任何警報，也沒有任何事件發生。拂曉，外面開始熱鬧起來。這時正是唐路易值班的時刻。他在房間裡聽到的，只是馬澤魯的打呼聲。

「我弄錯了嗎？」他尋思。

七點鐘時，他叫醒了馬澤魯，尋問他有沒有發現異常情況。馬澤魯正說著，發現唐路易的臉上顯出驚訝之色。

「出了什麼事，老闆？」

「瞧……桌子上……那封信……」

在書桌上，果然有一封信，封口已經順著虛點撕開，信封上寫了地址、貼了郵票、蓋了郵戳。

唐路易拿起信細細檢查，發現地址和郵戳都被人刮過，看不清收信人的姓名和住址，但寄發的地址和日期卻十分清晰：「巴黎，一九一九年一月四日。」

「三個半月以前寄出的。」唐路易說。

他翻到背面，那裡寫有十來行字。他立即叫起來：「簽的是伊波利特．弗維爾的名字！」

「是他的筆跡。」馬澤魯說，「我認得他的字。錯不了。這是什麼意思？伊波利特．弗維爾寫的信，而且是死前三個月……」

佩雷納大聲唸道：

親愛的朋友：

唉！幾日前告訴你的事，已經進一步肯定，陰謀正在加緊進行。我不清楚他們的計畫，但一切跡象表明，他們馬上就會動手了，我在她眼裡看出來了。誰會想到，她竟做得出……我真不幸。

信的下方是伊波利特．弗維爾的簽名，日期則是今年一月四日。馬澤魯認為，弗維爾先生在信中明確指出，弗維爾夫人是這個陰謀的知情人，甚至是參與者。

佩雷納也覺得有道理，於是他們在公館裡仔細查看，卻沒有發現半點線索。他們關上房門，走出公館。往右拐，朝米埃特大街走去。走到蘇赫特大道盡頭時，唐路易偶然轉過頭，望了望馬路，一個男人騎著腳踏車超過了他們。

唐路易剛好看到他那張無鬍光潔的臉，和那雙炯炯有神地盯著自己的眼睛。心裡一顫，大喊了一聲，猛地推了馬澤魯一把。只見騎車人已伸直手臂，舉起了一把手槍。子彈從唐路易的耳邊呼嘯而過。幸好他彎腰躲得快，沒有傷著。

開槍之後，那人飛速逃離。唐路易和馬澤魯緊追不捨。可是，由於是大清早，空蕩蕩的馬路上行人稀少。那人拼命蹬車，越來越快，到了奧克塔夫．弗伊耶街，一拐彎，就不見蹤影了。

唐路易放棄了追趕，告訴馬澤魯，他認出那人就是昨天早上在理查德．華萊士大道，從樓梯上向他們開槍的傢伙。可是，他怎麼可能知道他們在弗維爾公館過夜呢？難道有人跟蹤？

馬澤魯想了想，問唐路易，昨天中午打電話時是否有其他人在場。唐路易沒有回答，但他的腦海裡湧起了一個人的名字——弗洛朗斯。

這天早上，唐路易仍然沒見到勒瓦瑟小姐。下午，他吩咐僕人備車，直接去蘇赫特大道，和馬澤魯執行局長的命令，繼續在公館裡搜查。不過，他們仍然沒有什麼收穫。

回到自己的公館，已是下午六點。他和馬澤魯一起吃完晚飯，又前往拄烏木手杖的人家裡檢查。汽車朝理查德．華萊士大道開著，駛過塞納河，沿著右岸行駛。唐路易催促司機開快些，結果剛到阿爾瑪廣場，汽車突然左右晃了三、四下，就飛快地衝上人行道，撞在一棵大樹上，翻了車。

好在有十幾個行人跑過來，敲碎玻璃，打開車門，幫助他們爬出車外。唐路易和馬澤魯都沒事，可憐的司機卻斷了氣。

馬澤魯覺得有點頭暈，到藥房買了些藥吃下，等他再回到汽車旁時，發現兩名警察在查看事故現場，收集證詞，但唐路易不見了。

是的，唐路易是第一個從車裡爬出來的，他想也沒想就叫了一輛計程車，回到家，徑自走向了通往勒瓦瑟小姐房間的走道。弗洛朗斯從房間裡走了出來，唐路易把她推進客廳，氣憤地斥責。因為他的直覺告訴他，這一次的車禍絕非偶然，一定是公館的人做了手腳，而公館的僕人是自己新挑選的，不會出問題。那麼就只能是她了——勒瓦瑟小姐！

聽說司機的死訊，勒瓦瑟臉色蒼白，聲音漸漸弱了下去，身體搖搖晃晃。就在她要倒地的一刻，佩雷納趕緊抱住她。她想掙扎出來，但是沒有力氣。佩雷納扶她在一張扶手椅上躺下，一手托著她的頭，另一隻手掏出手帕，替她擦去額上的汗水和臉上的淚花，緊張地盯著眼前的這張嘴巴。佩雷納輕輕地用兩根指頭分開她的上下唇，就像分開一朵玫瑰花瓣似的，兩排貝齒顯露在他眼前。

雪白、整齊、漂亮。這樣的牙即使會留下齒痕，又怎麼會是罪惡的象徵？唐路易有些迷惑了。可是，近來發生的一連串事情，件件都是這個女孩有罪的證明，無不表明她是最兇狠、最殘忍、最冷酷、最可怕的罪犯！

勒瓦瑟的呼吸漸趨平緩，唐路易忍不住再彎下身子，離她那麼近，以致心神搖蕩起來。他費了好大的勁，才直起身子，從那朱唇微啟的美麗面龐上收回目光，走了出來。

7 有吊死鬼的穀倉

對於莫寧頓遺產案，社會大眾的興趣越來越高。在所有事件中，唐路易的一舉一動更是備受關注，有人執意要把他與亞森・羅蘋混為一談，令本身就具戲劇性的事件愈加吸引人。

而唐路易本人所要面對的困惑，卻要複雜得多！對勒瓦瑟這謎一般的女人，究竟該怎樣確定和解釋她在整起案件中扮演的角色呢？

那天晚上之後，唐路易沒有再逼問過勒瓦瑟，於是公館裡又恢復了生機。每天早上，弗洛朗斯・勒瓦瑟當著唐路易的面整理好郵件，並高聲朗讀報上與他有關或提到莫寧頓遺產的文章。更讓人奇怪的是，對手與他之間似乎達成了休戰協定。因為這兩天，什麼事都沒有發生。

唐路易不動聲色地觀察著勒瓦瑟。在她那平靜的外表下，他時常察覺出這個女人心底顫動著痛苦的、強烈的、難以抑制的同情心。

經過一番思索，唐路易慢慢地對一個常常困擾他的問題有了明確的看法，因為自己有可能繼承柯斯莫・莫寧頓的遺產，就直接捲入了這起案件，也就成了那些人的眼中釘。而弗洛朗斯應該是這個團夥的重量級人物，儘管她的眼睛是那麼純潔，聲音是那麼輕柔，模樣是那麼端莊高雅……可是，這……這能說明問題嗎？自己曾經見過的那些惡毒女人，哪一個又不是這樣呢？無緣無故，僅僅是為了一絲快感而殺人！

他想起朵諾瑞・克塞爾巴赫，不覺打了個寒顫……他曾經愛慕過的，那魔鬼般的朵諾瑞，他親手把她掐死了。今天，命運又將驅使他生出同樣的愛慕之情，幹出同樣的殺人之事嗎？

日子就在這樣的困惑中一天天過去，這天早上，勒瓦瑟拿著一張報紙告訴唐路易，警方根據他提供的情報，聲稱蘇赫特大道的公館，每隔十天將收到一封信。今天是四月二十五號，離上次收到信的日子正好十天。而且如果收到第五封，也就是最後一封信時，公館將會被爆炸摧毀。唐路易弄不明白，勒瓦瑟這樣做會不會是在向他挑戰？是不是想讓他知道，不管發生什麼事，所有的計畫仍然會按時進行？

一整天，唐路易保持著高度警覺，還讓馬澤魯派人嚴密監視波旁宮廣場。下午，勒瓦瑟小姐沒有離開公館。晚上，唐路易命令馬澤魯的手下：無論任何人出公館，都要跟蹤。十點鐘，馬澤魯來到弗維爾工程師的工作室，與唐路易會合，警察局副局長韋伯和兩名警察與他同來。唐路易對此有些不滿，他覺得警方仍然不信任他。馬澤魯讓他不要多心，無論如何，局長先生是信任他的，所以別人不可能做任何反對他的事。

他們安排兩名警察輪流值班，然後仔細檢查了弗維爾的公館，把門窗都關緊，插上拴銷。十一點，他們熄了頂燈。

一夜過去了，沒有任何異常。可是，第二天早上七點鐘，他們推開窗子，發現桌上有一封信。最初的驚愕過去之後，副局長拿起信。他奉了命令，任何人都不能看這封信。後來報紙登出了這封信，還附上專家的鑒定，證實確實是伊波利特．弗維爾的筆跡。信文如下：

我見到他了！好朋友，你明白我指的是誰，對吧？儘管天幾乎都黑了，不過，我還是清清楚楚地認出了他。那根銀頭烏木手杖！就是他，一點也錯不了！

他答應過不來巴黎，但還是來了。加斯通．索弗朗還是到巴黎來了！這表明他要下手了。他來巴黎，我就死定了。啊！他是我的冤家對頭，不但奪走了我的幸福，現在又要奪我的生命。我怕！

從這封信裡看出，弗維爾早已知道了一切。至此，莫寧頓遺產案終於透進了幾絲光亮。不過，從另一方面說，這封信出現在弗維爾工作室的桌子上，又是個令人難以相信的謎！五個精明強幹的人守了一夜，卻仍被人鑽了空子。一隻看不見的手把一封信送進門窗緊閉的房間，真是不可思議！

警察局長也被這事驚動了，想到現場看個究竟，於是親自參加了第三次夜間值勤。不過由於德斯馬利翁先生決定亮著燈過夜，看看燈光會不會妨礙事件發生，結果這十天就白白耽誤了。

五月十五日夜裡，又開始了值夜。公館外面，聚集著好些看熱鬧的人。這一次，房間裡熄了燈。但是警察局長把開關抓在手上。有十幾二十次，他出其不意地把電燈開亮，但桌上什麼也沒有。

就在大家放鬆警惕時，突然，有一種不尋常的，像是紙張磨擦的聲音打破了黑夜的寧靜。德斯馬利翁先生擰亮了電燈，他驚得大叫了一聲。

那封信不在桌上，而是在桌旁的地毯上。所有的人都大驚失色，只有唐路易點點頭，一聲不吭。

局長展開信紙，仍是工程師的簽名，日期是三月八日，地址看不清。內容如下：

親愛的朋友：

我不會任人宰割，我要奮起自衛。我掌握了證據，無可抵賴的證據……我掌握了他們來往的書信！我知道他們一直相愛，這是瑪麗安娜寫的話：「耐心點，親愛的加斯通，我現在越來越有勇氣了。阻隔在我們中間的人早晚要被打發走的。」

好朋友，我要是在鬥爭中死去，你可以在玻璃櫥箱後面的保險櫃裡找到這些信（還有我收集的所有指控那可惡女人的證據）。那時，就請你為我報仇。再見。也許，該說永別了……

弗維爾直接點了他妻子的名，指控她是罪人，並說明了犯罪的原因：瑪麗安娜和加斯通·索弗朗相愛。只是有一個問題尚待解決，弗維爾委託收信人幫他報仇。這收信人究竟是誰呢？

對於這一切，瑪麗安娜以最令人意料不到的方式回應。長時間的訊問，她表情冷漠麻木。晚上，回到牢房，她用收藏的一塊玻璃割破了手腕上的血管。

第二天一早，唐路易從馬澤魯那兒得到這個消息，同時還知道了弗維爾有一個叫朗琪諾的朋友。瑪麗安娜說，這位朗琪諾先生可以為她辯護，證明她是這場可怕誤會的犧牲品。而且前三封信上面模糊不清的地址經過處理，證實收信人寫的是朗琪諾的名字，地址則是阿朗松。

馬澤魯受局長委派前往阿朗松，他希望唐路易能開車和自己一起去。

半小時以後，他們驅車行駛在往凡爾賽的公路上。佩雷納親自駕駛著他的敞篷汽車，開得很快。他們趕到阿朗松吃午飯，飯後去了中央郵局。郵局職員指點他們去找弗爾米尼村的郵政所。

在弗爾米尼村的村公所，馬澤魯出示了身分證件，把來意向村長說明。

村長點點頭說：「朗琪諾老頭……我認為他是個誠實正派的人……從前在首都做生意，只是……」

「他不在家嗎？」馬澤魯問。

「是的，他死了四年了，死於一次獵槍走火事故。」

唐路易和馬澤魯面面相覷。

「他有錢嗎？有無繼承人？」

「錢是有的，但繼承人一個也沒有。他的產業——大家管它叫老城堡——已經被公共產業處貼上了封條，只等期限一過，就歸公了。但奇怪的是，他死後，我們在他的住所沒有發現一毛錢。」

「這事就奇怪了。」唐路易與馬澤魯一走出村公所，就忍不住叫道，「弗維爾竟給一個死人寫信。順帶說一句，我看那人像是被人謀殺的。」

馬澤魯不作聲了，他似乎也極為困惑。

下午，他們花了一些時間找村裡居民了解朗琪諾老頭的習慣，希望能發現一些線索。可是卻一無所獲。將近六點時，他們準備動身，但唐路易發現汽車沒油了，便派馬澤魯坐馬車去阿朗松城郊買油，他自己則利用這段時間去看看村尾的老城堡。

說是城堡，其實不過是擁塞著一些建築物的廢墟。左邊通往一座破敗不堪的房子，百葉窗已無法合攏。唐路易朝房子這邊走，看到在一處被不久前雨水淋濕的花壇裡，有新近踏出的足印，頓時大吃一驚。看得出來，這是女靴留下的印子，秀氣又纖小。

稍微過去一點，在另一個花壇裡，他又發現了那女人走過的痕跡。足跡朝著房子對面一片小樹林的方向而去。在樹林裡，他又兩次見到了足印。然後，就看不見了。

唐路易來到了一座背靠高坡的大倉房，房子已坍塌了一半，門也被蟲蛀壞了。他緊貼著一條木板縫隙往裡瞧，倉房沒有窗子，所有的洞眼都被草堵住了。裡面光線不足，依稀看得見堆著一隻大桶，還有拆下來的壓榨機、舊犁耙和各種廢銅爛鐵。

唐路易正想走開，但倉房裡發出一陣聲音。他想弄個明白，就用肩膀一下子頂破一塊木板，闖了進去。缺口給倉房裡增加了一點亮光，唐路易在木桶之間潛行。走著走著，兩眼慢慢適應了黑暗。他試著直起身子，額頭卻撞上了一件相當硬的東西。光線太暗。看不清是什麼，唐路易於是從口袋裡掏出手電筒，擰亮。

一看之下，他嚇得倒退幾步。

他的頭上吊著一具乾屍！旁邊還吊了一具！唐路易定了定神，就近仔細檢查著兩具乾屍。衣服碎片和風乾發硬的肌肉連接著每塊骨頭，使它們仍舊是一個整體。只不過一具乾屍上缺了一條胳膊，另一具缺了一條胳膊和一條腿。

這一幕慘景中，給他印象最深的，也許是兩具乾屍手指上各有一枚金戒指。他將兩枚戒指取下來，這是兩枚結婚戒指，內圈都刻著同一個日期和兩個名字：「一八九二年八月十二日，阿爾弗雷德、維克托利娜。」

「這是一對夫婦。」他尋思，「兩人是雙雙懸梁自盡？還是被謀殺的？竟沒有人發現，這可能嗎？因此，是不是應該假設，他們是在朗琪諾老頭死後，公共產業處查封了這裡，再也無人進來以後，吊在這兒的？」

他開始動腦子細想：「沒有人進來？沒有人進來？……不對，我剛剛明明看見花園裡有腳印。甚至就在今天，有一個女的還進來過。」

他又想到那不明身分的女人，在倉房檢查了幾分鐘，正準備出去。忽然聽見左邊傳來一陣乒乓聲，不遠的地方，一些桶箍落在地上。唐路易把手電筒立在一隻大酒桶上面。手電筒的光把閣樓全照亮了。但沒有發現什麼可疑之處，只是些舊犁耙、舊鎬頭和廢置不用的長柄鐮刀。不過他還是想看個究竟，就大步走到梯子跟前，爬了上去。

上到天花板的時候，他又聽到一陣響動，好像是東西坍落的聲音。緊跟著，一個人影從雜物堆中兇狠地衝出來，一把長柄鐮刀朝著唐路易的腦袋削過來。唐路易把身子往樓梯上一躲，鐮刀擦著他的衣服削了過去。

他立即溜下樓梯，看到了加斯通．索弗朗那猙獰的面目。在這個拄烏木手杖的傢伙身後，是弗洛朗斯．勒瓦瑟那張驚懼抽搐的臉，在燈光照耀下，顯得那麼蒼白！

8 亞森・羅蘋的憤怒

唐路易驚呆了，一動不動地站了片刻。樓上，乒乒乓乓地響了一陣，在手電筒光束的右邊，忽然開了一個洞眼，透進了一片慘澹的光亮。他看見一條身影，接著又是一條身影弓著身子，從洞眼裡鑽出去，逃到了屋頂上。

他抽出手槍，朝他們開火。可是沒有打中。他又開了三槍，屋頂傳來一聲呻吟。唐路易再次衝上樓梯，走到了洞眼前。他鑽出去一看，那上面是坡頂，倉房是靠著土坡蓋的。他匆匆走下土坡，經過倉房左邊，來到房子正面，沒有見到一個人影。他又從右邊上坡，仔細搜索了一遍，加斯通・索弗朗和弗洛朗斯已蹤影全無。

佩雷納順著牆頂走下去，依然沒有發現什麼。於是他回到村子裡，一邊想著這場新戰鬥的波折和突變，一邊低聲咒罵著勒瓦瑟。

馬澤魯已經回來了，給油箱灌滿了汽油，開亮了車燈。這時，弗爾米尼村的村長穿過廣場，唐路易拉住他問道：「村長先生，你有沒有聽四周鄉里說過一對夫妻失蹤的事，大概有兩年了吧，男的叫阿爾弗雷德……」

「女的叫維克托利娜，」村長打斷他的話說，「我知道。他們是阿朗松的居民，沒有職業，靠一點利息生活。後來他們把房子賣了，得了兩萬法郎，就不見了。不知現在怎麼樣了……我要是記得沒錯的話，那對夫婦姓德代絮拉瑪……」

佩雷納向村長致謝，了解這點情況已經足夠。

汽車準備好了，唐路易吩咐馬澤魯往車站開。因為他覺得，加斯通・索弗朗今早得知弗維爾夫人昨夜說出朗琪諾老頭的事，今天便來到朗琪諾老頭的領地查找，他應該是坐火車來的，也會坐火車回去。

在車站，佩雷納的假設立即得到了證實。車站工作人員告訴他們，一位先生和一位太太下午兩點鐘從巴黎坐火車來到這裡，在鄰近的旅館租了一輛輕便馬車。事情辦完後，他們已坐七點四十分的快車走了。

佩雷納看了看時刻表，已經晚了一個小時。不過，也許能在芒斯趕上那兩個人。唐路易發動了汽車，兩邊的樹一閃而過。頭頂上，樹葉有節奏地響著，夜間出沒的野獸在車燈照耀下狂奔。

汽車駛過一座座村莊、一塊塊平原、一道道山嶺。突然，黑暗之中，現出一片燈海。一座大城市出現在眼前，芒斯到了。他們直接往火車站開去，當汽車停下時，火車一聲呼嘯，駛進了車站。

唐路易跳下汽車，強行衝到月臺上，冒著危險，透過玻璃往車廂裡看，幾節車廂，他沒有發現他們。火車開動了。突然，他大叫一聲，他們在上面，兩個人都在，單獨在一個車廂！弗洛朗斯躺在長椅上，頭靠著加斯通．索弗朗的肩膀。索弗朗兩手摟著女孩，低頭向著她！

佩雷納怒不可遏，扯開銅閂，抓住門把手，卻被怒氣衝衝的車站職員和馬澤魯拖住，失去了平衡。一節節車廂從他們面前駛過，唐路易還想跳上去，可是兩人死死揪住他。

「白癡！」唐路易罵道，「笨蛋！一群傻瓜！你們就不能把手鬆了？上帝！……」

他左手一拳打翻了鐵路職員，右手一拳打倒馬澤魯，衝到行李房，跳過一堆堆行李箱子，來到車站外。跳上汽車，像一股龍捲風從芒斯郊外掠過，衝向大路。他只有一個想法、一個目的：就是要趕在兩個罪犯之前，趕到下一站沙特爾站，要撲上車去掐住索弗朗的脖子。

在馬達轟鳴聲中，在迎面而來的樹木呼嘯聲中，他斷斷續續地囁嚅著什麼。一想到那兩個男女如膠似漆地勾搭在一起，他就嫉恨得發狂。他要報仇！在混亂的腦子裡，第一次隱隱出現了殺人的意願。

可是，讓他更生氣的事發生了，汽車突然熄火，任憑怎樣也發不動。唐路易大聲叫著馬澤魯的名字，他很清楚，這個手下在汽車從車站開出的瞬間爬了上來。

馬澤魯小聲說，可能是汽油不純的原因。唐路易氣得揪住他的肩膀，使勁搖晃，最後把他推倒在斜坡上。自己斷斷續續地，一會兒痛心疾首，一會兒仇恨滿腔地訴說著對勒瓦瑟的感受。

馬澤魯站起來，輕輕地把唐路易拉到汽車上，讓他坐在後座。最猛烈的發洩過後，必然引來深沉的睡眠。唐路易很快就睡著了。

第二天，他醒來時已經日上三竿。早上七點，馬澤魯攔了一個騎腳踏車去沙特爾的人幫忙。到九點鐘，汽車又發動了。唐路易恢復了冷靜，他告訴馬澤魯，自己一定會在今晚就讓弗洛朗斯．勒瓦瑟在拘留所過夜。

唐路易依舊把車開得很快，彷彿是在跟自己嘔氣。汽車流星似的駛過沙特爾、朗布耶、什弗勒茲、凡爾賽。接著是聖克盧、布洛涅樹林。

到了協和廣場，汽車往皇家花園開去。馬澤魯問了一句：「老闆，你不回家看看？」

「不。先忙最緊迫的事：讓人告訴瑪麗安娜．弗維爾，罪犯查出來了，讓她丟掉輕生的念頭……」

唐路易在附近吃了午飯，馬澤魯去警察局跑了一趟，回來找到他，領他去法院。法院附近有些記者，是來打聽案情的，他們認出唐路易，便圍攏過來。他對他們說：「諸位，你們可以宣佈，從今天起，我要為瑪麗安娜．弗維爾辯護，並全力洗清她的罪名，保護她的利益。」

記者們一片譁然，弗維爾夫人的被捕不正是因為他嗎？收集她一大堆無可否認的罪證的不也是他？現在是怎麼了，居然要為她辯護！

「那些罪證，」唐路易說，「我會把它們一個個否定。瑪麗安娜．弗維爾只是無辜的犧牲品，我就要把那些奸徒交給司法當局。」

他突然停住，雙眼盯著一個站得稍遠，一邊聽一邊做記錄的記者，悄悄對馬澤魯說：「去打聽那傢伙的名字，我好像見過他。」

這時，一個接待員打開了預審法官辦公室的門，請佩雷納立即進去談談。他跟著接待員往前走，正要走進預審法官的辦公室時，猛地轉過身來，對著馬澤魯狂怒地吼道：「是他！索弗朗！那傢伙化了裝。抓住他！他剛跑了。快追！」

他立即衝出去，馬澤魯、幾個衛兵和一群記者都緊隨著他。他跑得很快，衝下地道的階梯，穿過地下道。可是這條路追錯了，等他意識到這點，再轉過頭來尋找時，時間已經被耽誤了。他只打聽到索弗朗是從法院大道跑的，在大鐘沿河馬路與一個金髮女子會合，兩人一起上了從聖米歇爾廣場開往聖拉札爾火車站的公共汽車。

唐路易走回一條僻靜的小街，發動了停在那兒的汽車，以最快的速度，趕到聖拉札爾火車站。在公共汽車售票亭，他打聽到一條新線索，又開車去追，結果也沒找著，來回耽誤了一個多鐘頭。他再次回到火車站，打聽到確切消息：弗洛朗斯一個人上了波旁宮廣場的公共汽車，想必是回公館了。

想到還會見到她，唐路易怒火直冒。他一邊沿著王府大街往前開，穿過協和廣場，一邊咕噥地說著報復和威脅的話。到了波旁宮廣場，他「嘎吱」一聲停住車，受過訓練的眼睛立即看出有五、六個警察在廣場上值班，其中有馬澤魯。一見到他，馬澤魯一個轉身，溜到大門口躲起來。

他叫道：「馬澤魯！」

馬澤魯聽見叫聲，顯得十分意外，走過來說：「是，老闆！」

他的表情顯得侷促不安，唐路易覺得自己的擔心越來越得到了證實。馬澤魯背叛了他，這位警察隊長把弗洛朗斯．勒瓦瑟的事說了出來，警方又開始了對自己的監視！

唐路易攥緊拳頭，強忍狂怒的情緒。這真是可怕的打擊，他立即發現昨晚因嫉妒而鑄下大錯，並且明白了此事會帶來無法挽回的後果，他將失去偵破案情的領導權。

要是波旁宮廣場空寂無人，唐路易肯定會給馬澤魯的下巴來一個合乎技術規則的直拳，以發洩心頭之恨。可惜廣場上人來人往，川流不息。再說，馬澤魯也預見到這種可能，他小心翼翼，站得遠遠的，連聲說對不起，以平息老闆的怒火。

這時，有一個報販從廣場經過，叫賣午報號外，報上大字印著：「唐路易・佩雷納聲稱，弗維爾夫人是清白的。罪犯即將被緝捕歸案。」

「是的，是的，」唐路易大聲說，「慘劇就要結束了。弗洛朗斯將償還她的債。」

他重新發動汽車，駛進大門。跳下車後，他叫來廚師，得知勒瓦瑟正待在自己房裡。昨天她收到一份電報，說是一個親戚病了，讓她去探望，所以到夜裡才回來。

唐路易讓總管請勒瓦瑟到樓上他臥室旁邊的小客廳來見他，這是三樓的一個小房間，自從敵人幾次謀害他未遂之後，他就把它當作工作室使用。而且把重要文件都藏在這兒，鑰匙從不離身。

馬澤魯一直跟著唐路易走到前廳，上了二樓。他搓著手請求老闆原諒。唐路易將他推到一邊，乾脆有力地在他下巴打了一拳。馬澤魯便倒在樓梯上，一聲不吭，失去了知覺。唐路易把他關在樓梯中間放雜物的小暗室裡。

然後他退回樓梯口，來到小客廳門前，掏出鑰匙。門開了。他發出一聲驚叫，加斯通・索弗朗居然在屋裡，站在這間關閉的小房間裡等他。

9 索弗朗述說真相

唐路易本能地往後一退，掏出手槍，對準加斯通。對方一點也不驚慌，他揚起頭，指著放在一張桌上，距離遠搆不著的兩把手槍說：「我的武器在那兒，我來這兒不是決鬥的，只是想和你談談。」

「你是怎麼進來的？」唐路易問道，被他這副沉著的樣子激怒了，「靠一把偷配的鑰匙？你是怎麼拿到鑰匙的……」

索弗朗不回答，唐路易猛一跺腳。「說！快說！不然……」

正在這時，弗洛朗斯跑來了。她撲到加斯通身上，對他說：「你為什麼要來？你發過誓的，快走吧。」

索弗朗掙脫出來，強按她坐下。

「弗洛朗斯，我不能讓你一人承擔。」

「不行！不行！」勒瓦瑟激烈地反對，「你瘋了。我不許你說一句……求求你，別試圖幹這種傻事。」

他伸出手去，緩緩地撫摸她的額頭，分開她的金髮，稍稍彎下腰，反覆輕輕地說：「讓我來吧，弗洛朗斯。」

女孩彷彿被這溫柔的聲音解除了武裝，不再說話。佩雷納站在他們對面，手指扣著扳機，槍口對準敵人。但很快，他開槍的念頭不知為什麼漸漸淡去，抓起索弗朗的兩把手槍，放進抽屜。

這時管家送來一封信，唐路易拆開來，發現是外邊一個警探用鉛筆匆匆寫的，內容如下：

馬澤魯隊長，請留意，加斯通．索弗朗已潛入公館。據對門鄰居報告，公館的女管家將地下室的門打開，放一名男子進去，應該就是加斯通．索弗朗。因此，千萬當心，有什麼情況請發警報，我們會進來協助你。

看完信，唐路易明白了加斯通是如何進來的，也知道了外面的警探時刻注意著公館。於是他推上門，插上拴銷，搬了張椅子坐到兩個人對面，對索弗朗說：「說吧，不過，希望時間不要太長。怎麼，你害怕了嗎？」

可惡的加斯通沉著地笑了笑，說道：「我什麼也不怕，之所以來這兒，是因為我相信，我們之間可以互相理解。」

「互相理解？」唐路易身體一震。

「是的，我想過好幾次，下午在預審法庭走廊裡，我下了決心。報紙上你的聲明，讓我更加堅定了這個想法。你確信她無罪，不是嗎？」

唐路易聳聳肩：「弗維爾夫人有罪無罪，我不想跟你討論。報紙上最後一句話你也許忽略了：真兇必將被緝捕歸案！」

索弗朗和弗洛朗斯一起站起來，出於同一種本能的反應。

「你的意思……真兇是……」索弗朗問道。

「沒錯！就是拄烏木手杖的人，另一個是他的幫兇、同夥。他們槍殺了探長，多次企圖置我於死地，害死我的司機……還有，昨天，在那有吊死鬼的倉房……你們記得吧，那把鐮刀差點把我的腦袋割掉。」

「抱歉，我不明白，你這是什麼意思？」

「很簡單，警方知道你在公館裡，而且知道是勒瓦瑟小姐放你進來的，他們已經把公館包圍了，韋伯副局長將親自指揮。」

索弗朗聽了這話，似乎有些不知所措。弗洛朗斯則一臉蒼白，惶恐不安，一雙眼睛怨恨地盯著唐路易。唐路易扭過頭去，他沒有像以前那樣對她生出半點憐憫。因為她讓他產生的恐懼，已泯滅了心中的愛情。

「好吧，」索弗朗鎮靜下來，「命中注定的事，要來就來吧！不過，我可以為自己辯解嗎？」

唐路易點了點頭，加斯通歎了口氣，開始述說往事。

「我和弗維爾夫婦一直有通信聯繫，你知道我們是表親。幾年前，一個偶然的機會，我們在巴勒莫見了面。並一起生活了五個月，弗維爾和瑪麗安娜不是很合得來，她常常以淚洗面。我被她的眼淚打動了，從那一刻起，我們相互愛慕，越陷越深。」

「你說謊！」唐路易忍不住叫起來，「昨天，在火車上你和勒瓦瑟還……」

唐路易的臉紅了，他的話語暴露了他的內心。加斯通沒有理會唐路易的反應，繼續說下去：「請你相信我所說的，瑪麗安娜是個高尚的女人。儘管她也愛我，但卻要我發誓，除了純潔的友情，永遠不抱非分之想。勒瓦瑟是我哥哥在南方收養的孤女，我推薦她到弗維爾家做家庭教師。她成了我們的好朋友。我和瑪麗安娜曾經有過一段幸福、歡樂的日子，唉！只可惜太短暫！弗維爾無意間發現了我的日記本，他勃然大怒，吵著要和瑪麗安娜離婚。瑪麗安娜一再辯白，並發誓永不再見我，他才平息了怒火。但我被迫離開了巴勒莫，勒瓦瑟也被打發走了。從那以後，我再沒有與瑪麗安娜說過一句話，可是我們的愛情都沒有隨著時間的流逝而減弱分毫。後來，我在中部一個城市落了腳。瑪麗安娜和弗維爾住進了巴黎的新房子裡，她和丈夫都不再提過去那段事了。」

「你剛才說你們沒有再通過信，這些情況你又是怎麼知道的呢？」

「喔，這要感謝勒瓦瑟，她應聘給瑪洛內斯庫伯爵──也就是你的前房主──當秘書和讀報員，常常在她房裡與瑪麗安娜見面。瑪麗安娜從沒有一次提到我，但她的生活與靈魂卻充滿了對我的愛情以及對過去的回憶。到後來，這種遠離她的日子，我實在過不下去了，於是，一年前我來到巴黎。我在魯爾大街租了一套房子，很少出門，只有勒瓦瑟知道我回了巴黎，不時來看我。有一晚，大約十一點鐘，我不知不覺走上了蘇赫特大道，從瑪麗安娜房前走過。她正好站在窗邊，我們四目相對，她認出了我，但我們仍然沒有說話。只是從此以後，每逢星期三晚上我就從她家經過。而她似乎跟我有了默契，幾乎每個星期三，她都佇立在窗前，賜給我那份出乎意料的、總是那麼新鮮的快樂。」

「快點說吧！」唐路易渴望知道下文，要求道，「講快點。講那些事實……說吧！」

因為，他突然擔心起來，害怕聽不到下面的解釋了。在他交織著愛情和嫉妒的內心深處，有一股力量迫使他相信，眼前這個男人，這個迄今為止他視為可惡情敵的男人，這個當著弗洛朗斯的面大聲宣佈他愛瑪麗安娜的男人說的是真話。

加斯通沉浸在一種甜蜜的回憶中，唐路易有些不耐煩了，催促他說正題。

加斯通搖搖頭說：「我們的不幸是從撞見弗維爾開始的，為了小心起見，我換了住所，勒瓦瑟來見過我幾次。我叫她不要來了，甚至叫她連信也不要寄到我的住處，只寄到郵局待領。就這樣，我在完全與世隔絕、十分安全的環境裡工作，直到警察局長帶著手下人衝進我家逮捕我時，我才聽說弗維爾和父子被殺，我心愛的瑪麗安娜被抓的消息。這消息對於我來說，好似晴天霹靂。」

「不可能！」唐路易叫道，「這麼大的事你怎麼可能不知道！」

索弗朗語氣肯定地說：「我從不看報。再說，發生兇殺案的那天早上，我告訴勒瓦瑟，要出門三個星期。臨到最後一刻，我改變了主意。但她並不知道，以為我動身了，不知去了哪兒，無法把弗維爾父子被殺、瑪麗安娜被抓的消息告訴我。後來有人指控拄烏木手杖的男子有罪時，她同樣也沒法把這個消息告訴我。」

「哼！」唐路易叫道，「按你的意思，那個拄烏木手杖、跟蹤韋羅偵探到新橋咖啡館、偷走他信的也不是……」

「那不是我！」索弗朗打斷他的話，「這裡面肯定有個說不清楚的錯誤，我從沒有去過新橋咖啡館。在得知瑪麗安娜被抓進了監獄，被指控犯了雙重謀殺罪時，我急得快發瘋了！在警察面前，我只有一個念頭：逃跑。只要得到自由，我就可以救出瑪麗安娜。槍擊昂瑟尼探長，就是在這種念頭下發生的，對此我深表遺憾。在理查德·華萊士大道，我甩掉了追我的人，上了勒瓦瑟的車。她從報紙上知道了一切，又從你的談話中認為，瑪麗安娜唯一的敵人，就是你。」

「為什麼？為什麼是我？」唐路易大聲問。

「因為她看到你行動，」索弗朗說，「因為我和瑪麗安娜是攔在你和莫寧頓遺產之間的兩個人，除掉我們，對你比對任何人都重要。再有……她清楚地知道，你就是亞森·羅蘋！她嚇慌了，於是做了一連串的事情。」

加斯通把所有的事都說了出來，正如唐路易所想，都是勒瓦瑟做的，但她的初衷只是為了維護朋友。加斯通越說越激動，唐路易聽得聚精會神，一邊聽，一邊覺得在他心裡浮現了一個真正的勒瓦瑟，擺脫了他對她的一切偏見和誤解。

然而，他還是沒有放棄成見。一時之間，他還接受不了。

「不……不……你在說謊！」唐路易說，想頂住加斯通的感染。

「你必須相信！不是相信我，是相信愛情的力量，為了愛情可以做出一切！今天早上在法院，你對一群記者說出了瑪麗安娜·弗維爾的名字。你說她是無罪的！並說發現了對她有利的證據！我對你的仇恨就煙消雲散了。於是，我冒險來到這裡，只想對你說：救救她，救救這個可憐的女子！」

加斯通·索弗朗的臉因焦急而變了形，兩行熱淚滾滾而下。勒瓦瑟俯著身子，也哭了起來。唐路易忽然覺得自己也極為焦灼慌亂起來，儘管他嘴裡說著不相信，但心裡卻已經徹底相信了。沉思良久，他說：

「但願還來得及！我們一起離開！一起來救弗維爾夫人。」

「可是你剛才說，警察包圍了我們，現在怎麼辦？」

「走出去就是了。」

這時，外面有人敲門，是廚師。他通報說，警察局的副局長韋伯先生帶著探員來了。

10 潰退

加斯通和勒瓦瑟被這突然的變故弄得臉色大變，唐路易沉著地吩咐廚師把韋伯和他的手下攔在院子裡。然後讓加斯通和勒瓦瑟留在房間裡，不要亂動，由他來應付韋伯。

唐路易帶上門，又上了鎖，然後下到二樓。穿過大客廳，走進工作室。韋伯看見了他，轉過身來。兩個死對頭面對面地站著。

「你的管家說，那兩個疑犯都在你的房裡，相信你已經制服他們了。」韋伯語帶雙關地說。

「是，他們被我綁在房裡。」

「你幹得真漂亮。」韋伯說，「帶我去你房裡看看吧。對了，馬澤魯隊長呢？」

「喔，綁那兩個傢伙費了點力，馬澤魯的拇指上挨了一刀。他去藥房了。」

副局長停住腳步，十分驚訝：「怎麼？馬澤魯不在？我的手下沒看見他出去啊。」

「沒看見他出去？」唐路易裝出著急的樣子，反問一句，「那他在哪兒呢？需要去找找他嗎？」

顯然唐路易是想讓他去找馬澤魯，把他打發走。韋伯的疑心本來就重，他謹慎地要唐路易打個電話去問問。唐路易將計就計，退到電話機旁，把韋伯讓到鐵幕下方。一手摘下話筒說：「喂……喂……薩克斯二四一〇九……」另一隻手則摸著牆壁，用剛才敏捷地從桌上拿來的一把小鉗子，剪斷了一根電話線。

「喂？是藥房嗎？我找警察局的馬澤魯隊長，嗯？什麼？傷口有毒？」唐路易大聲地說。

副局長本能地衝過來，一把推開唐路易，抓起話筒。剛「喂」了一聲，就發現自己上當了，但已經晚了，唐路易按下了機關，將韋伯關在了鐵幕之內。接著，他掏出手槍，衝著外面開了幾槍。警察聽見槍響，一齊衝進樓內，上了樓梯，順理成章地被唐路易一一關了進去。

一切處理好後，他來到勒瓦瑟他們的房間，卻驚訝地發現屋裡已空無一人。加斯通．索弗朗留了一張字條在桌上，說他們不想連累他，他們會試著從地道出去，如果不能脫身，希望唐路易能盡全力營救弗維爾夫人。

「啊！」唐路易被這種情況弄得不知所措，自己真傻，居然不知道這房子有地道。他嘗試著去尋找入口，而此時，外面人聲嘈雜，他冒著被發現的危險探頭張望。

加斯通．索弗朗雙手戴著手銬，被推搡著、辱罵著，逼到牆邊，警察總局的人將他團團圍住。加斯通．索弗朗被抓住了！唐路易的心一下揪緊了，把頭探得更出去一些。可是他沒有看見勒瓦瑟。

韋伯出現在臺階上，怒不可遏地叫著，從他的話裡，唐路易得知勒瓦瑟脫身了。於是，在那些警察衝上來之前，唐路易往後退到勒瓦瑟的房間，鑽進秘密通道，關好活門。

於是，莫寧頓遺產案的局勢變成這樣：弗洛朗斯．勒瓦瑟已經被通緝；加斯通．索弗朗進了監獄；瑪麗安娜．弗維爾在監獄裡絕食。唐路易被堵在公館裡，受到二十名警察的圍捕。

唐路易躺在地上，把臉埋在臂彎裡，閉上眼睛，喃喃說道：「夥計們，動動腦子吧。」

11 救命！

被迫躲在暗道裡，不能動彈，對唐路易．佩雷納來說，所能採取的行動僅僅是不斷回憶和分析。一個又一個鐘頭就這樣過去了，黑暗之中，他掏出懷錶，就著手電筒的光一看：十一點四十三分。冥思苦想之下，他似乎瞥見了案子可怕的真相，就像借著一道閃電的強光，看出了暗夜裡的景色。

他穩定了一下情緒，又花了兩個鐘頭，集中心思，從各方面分析局勢。至於結局如何，他並不太擔心，既然現在掌握了如此可怕的秘密，只須今晚逃出去，參加蘇赫特大道的聚會就行了。到那裡，他將當著大家的面，證實一切。

他想試試逃出去的機會，便循著暗道來到梯子頂端，透過翻板活門，聽見有人說話——是馬澤魯和局長德斯馬利翁，還有韋伯。

局長對於唐路易將韋伯關到鐵幕下這件事很感興趣，不時地在話語裡譏笑著副局長先生。同時，也提出了對勒瓦瑟的看法。

韋伯說自己發現了一些有趣的東西，是《莎士比亞全集》中的第八卷。一本假書，精裝書殼裡面是一個盒子，收藏了一些紙頁。有一張上面列了時間表，正是那些神秘信件出現的日期。

唐路易聽了大吃一驚，他把這個細節完全忘了，加斯通．索弗朗也沒有提到。但這個細節很重要，又很奇特，勒瓦瑟是從什麼人那兒弄來這份時間表的呢？

韋伯還在不停地說，唐路易更加留神聽。因為那天他沒有注意另外兩張紙上都寫了什麼。

「看看吧，」韋伯說，「這裡寫的是，『切記：爆炸與信件互不相關，將在清晨三點發生。』還有，這張鉛筆繪的圖，應該是一幢房子的平面圖。」

局長說道：「啊！是的，是唐路易預言過的爆炸，它將在第五封信出現後發生。我們走吧，去弗維爾的公館。」

「可是局長先生，唐路易還藏在這裡，我們有必要進行搜查！」韋伯固執地說。

「那麼，好吧，馬澤魯，你和韋伯先生一起搜查一下。」德斯馬利翁先生低聲說。

「媽的！」唐路易罵了一句，「怎麼辦呢？朝他們衝過去？唉！可惜我今天體力欠佳……」

韋伯、馬澤魯帶著警察爬上來了，唐路易盡可能貼緊內壁，免得被燈光照著。突然，發生了一件叫人吃驚的事情，他緊貼的石頭忽然緩緩地動起來，他仰面朝天倒在身後一個洞裡，石頭又緩緩地合上了。不過牆上還是坍落一些碎石子，蓋住了他的小腿。

「天無絕人之路！」唐路易笑了起來。

外面馬澤魯在喊：「沒有人！走到盡頭了，他可能是從梯子上面這道活門溜走的。」

韋伯執意繼續搜查，唐路易懶得理他，躲在厚牆之間，漸漸打起瞌睡來，直到晚上八點才清醒過來。外面很安靜，韋伯那幫人似乎走掉了。唐路易覺得十分疲倦，他打算離開藏身之地，但卻推不開那石頭。他使出全部毅力迫使自己集中精神思考，可是大腦混沌不堪，想出的也只是一堆雜亂無章的念頭，彼此間毫無聯繫。勒瓦瑟的模樣老是在他眼前浮現，瑪麗安娜的也是如此。

他想到警察局長，想到今晚在蘇赫特大道弗維爾公館的聚會。突然，他驚恐得渾身一震，腦子裡倏地閃過一個念頭，一個看來像是真實情況的念頭：爆炸將在今夜發生！

「救命啊！救命啊！」他叫起來。

這一次，他不再猶豫了。他寧願自己冒一切危險，受一切懲罰，也要解除威脅著警察局長、韋伯、馬澤魯和他們同伴的危險。他絕望地大喊，希望聲音能夠透過石頭和護壁板，傳到外面。但周圍沒有任何動靜，一片沉寂。更可怕的是，藏身之地的空氣越來越差，他覺得頭暈，呼吸不順。他陷入一種麻木的狀態，昏昏沉沉地睡去，嘴裡仍喃喃吐出一些含混不清的聲音：「勒瓦瑟……瑪麗安娜……瑪麗安娜……」

12 蘇赫特大道的爆炸

與此同時，弗維爾公館外面已是人山人海，人們從米埃特、奧特伊兩頭往蘇赫特大道蜂擁而來。天空陰沉沉的，佈滿濃雲，幾個鐘頭就這樣過去了，什麼事情也沒發生。然而，大家還是沒走：因為唐路易・佩雷納還沒來。

晚上十點，警察總局的秘書長、警察局長、警察局副局長韋伯、馬澤魯隊長和兩名警察聚集在弗維爾遇害的大房間裡。另有十五名警察守在其他房間裡，二十名警察守著屋頂、正門和花園。

將近午夜，德斯馬利翁先生不停地在房間裡踱來踱去，還讓人把所有的門都打開，所有的電燈都亮著，給值夜監視提供最便利的條件。

隨著夜色漸深，大家有些不耐煩了。接近兩點半時，一陣電話鈴聲嚇了大家一跳。

局長走近電話機，摘下聽筒：「喂……你要找誰？……什麼？你說什麼？你是唐路易・佩雷納？」局長生氣地揮了一下手，「惡作劇……這時候還開玩笑！」

接著，他粗聲粗氣地對著話筒說：「你究竟是誰？是唐路易・佩雷納？你又在想什麼鬼點子？你在哪兒？」

「在我公館裡，鐵幕上頭，我工作室的天花板上。現在幾點？」電話裡的聲音很虛弱。

局長有點困惑，重複了一句：「在天花板上？放心，有人會來救你的。」

德斯馬利翁先生變得開心起來。

「告訴我幾點了，局長先生。」

「兩點四十分。」

「局長先生，快離開……離開公館……三點會爆炸……我向你發誓……快點撤離，求求你……所有人都撤離……我沒有力氣了……快離開吧，你們所有的人……」

通話突然斷了，局長掛上話筒，微笑著說：「諸位，現在是兩點四十三分。再過十七分鐘，我們將被炸死。至少我們的好朋友唐路易．佩雷納是這麼肯定的。」

馬澤魯走近局長，一臉蒼白，他希望局長能聽從唐路易的勸告。

「夠了！」德斯馬利翁先生厲聲喝道，「你要是害怕，趕緊去執行我的命令，去唐路易的公館。」

馬澤魯原地一個轉身，回到他原來在一旁的位子上。屋裡一陣沉默，德斯馬利翁先生背著雙手，在房間裡踱了幾步，接著，對其他人說：「我想，你們同意我的意見，對吧……」

德斯馬利翁先生沒有把話說完，隨著時間的流逝，他也覺得有些惶恐。他先後看了兩次錶。還有十二分鐘，還有十分鐘。難道有人就為了實現一個可怕又強而有力的意願，真的會把公館炸掉？

馬澤魯「砰」地一聲跪下來，劃著十字，低聲祈禱著。局長轉過頭去，繼續踱步。

「我們撤離吧。」他說。

這話說得極為平靜，在前廳，局長請同伴負責疏散人群，然後不慌不忙地撤出來。

他們走過大道，登上對面的山坡。不知哪個地方的鐘這時敲響了三點，並沒有什麼意外發生，德斯馬利翁冷笑了一聲。更遠的一座鐘也敲響三點，接著，附近一家酒店樓頂上也響起了鐘聲。

第三聲還沒響起，他們就聽見「轟隆」一響，接著是驚天動地的爆炸，一團烈焰沖天而起，濃煙滾滾，弗維爾公館爆炸了！

「快跑！」警察局長喝道，衝向前面，「快打電話，讓消防隊趕來滅火。馬澤魯，讓我的司機送你去唐路易公館，把他救出來，帶他來見我。」

馬澤魯很快找到了唐路易，並在十分鐘後，將他解救出洞。唐路易吃了些東西補充體力，然後問馬澤魯，爆炸是否已經發生。

「對，老闆，三點整發生的，好在最後一刻，德斯馬利翁先生讓大家都撤出來了。」

唐路易笑了，吃過飯，梳洗完畢，他們來到蘇赫特大道。清晨慘澹的天空上，仍然拖曳著一團團烏雲。爆炸造成的破壞，比唐路易想像的要小得多。公館沒有坍塌，只有幾間房子的天花板塌落了，從洞開的窗眼裡看得見尚連著的殘餘部分。

馬澤魯將唐路易帶進弗維爾的工作室，德斯馬利翁先生在裡面，另外檢察署和警察總局又來了幾位重要人士。唐路易的出現引起一陣騷動，局長迎上前來，對他及時地報警表示感謝。唐路易告訴局長，希望他能放了瑪麗安娜·弗維爾和加斯通·索弗朗，但局長卻要他先解釋未送達的第四封信是怎麼回事。

唐路易說：「這很容易，我馬上就告訴你。不僅這個，到時候，你還會知道送信的人，正是製造那幾起謀殺案的人……而且你還會知道他究竟是誰。」

接著唐路易吩咐馬澤魯盡可能把亮光遮住，房間裡變得若明若暗。唐路易手執一支蠟燭，朝桌子走過去。所有的人都好奇地觀察著唐路易，大概有三、四十秒吧，隨著唐路易一句輕聲的「來了」，一封信從天花板上晃晃悠悠，飄然而下，落到地板上。

唐路易拾起信，遞給德斯馬利翁先生說：「局長先生，這就是預告昨夜要出現的第四封信。」

13 心懷仇恨之人

德斯馬利翁先生茫然不解地看看唐路易，又望望天花板。唐路易告訴他：「很簡單的道理，一個小小的機關。」

唐路易說著，把一架人字梯搬到房間中央，爬了上去，取下吊燈上的一個金屬盒子。這只盒子裡面是一整套複雜而精密的機械裝置，極像一架鐘的機芯。正是這個裝置，將那些信一封一封推到隱藏在燈泡和水晶墜子之間的齒槽，並拋下來。

「好吧，」局長說道，「信的問題解決了。可是，有許多事情我還是不明白，自從弗維爾父子死後，這個公館一直有警察看守，誰能進來裝這個呢？」

「局長先生，這個吊燈是在警察看守公館之前就裝上去的。」

「你的意思是，有人在設計整起陰謀？」

「是的，局長先生。而且這個陰謀你絕對想像不到，有多麼令人難以相信。」佩雷納激動了起來，「我聽了加斯通的整個描述後，感覺到一種強烈的仇恨存在於整個事件裡。誰可能懷有這樣的仇恨呢？另一方面，我想到了那一封封神奇傳遞的信，它們應該是由一個看不見的機械裝置送來的。兩個念頭碰撞，便濺出了火花，同時也合為一體，使我記起弗維爾是個工程師！這種小東西對他來說根本是小事一樁。」

大家緊張地聽唐路易講著，都覺得有什麼東西壓在心頭，很不舒服。慘劇的真相一點一點顯露出來，不但沒有讓大家的緊張不安稍稍減輕，反而更加劇到痛苦的地步。

局長概括了自己的印象，聲音低沉地說：「這麼說，是弗維爾寫這些信，他想毀掉他妻子和愛上他妻子的男人。可是，你也看到了，他來找我時，充滿了對死亡的恐懼。這傢伙總不會設計一個陰謀來害自己吧。」

唐路易搖了搖頭說：「我還是簡要地敘述一下整個案情吧。案發前三個月，弗維爾給一個叫朗琪諾的、已死去四年的朋友寫了一連串的信，又在中途截走。擦去了郵戳和位址，再把信裝在特製的裝置裡，調好機器，讓信在預計好的時間落下來，他的計畫確實考慮得鉅細靡遺。他知道加斯通深愛瑪麗安娜，並透過監視他們的舉動，發現每周三，加斯通都會在公館周圍轉悠。因此，他選了一個星期三的晚上，打發妻子去歌劇院。佈置好一切後，他寫了信給你，局長先生，說有人要害他，請你次日前往幫助他。總之，一切都讓人預見到，事情將會按照他的意願發展。不料，韋羅警探在這時殺出來，不僅打亂了弗維爾的計畫，還探悉了弗維爾的陰謀。為了擺脫這個阻礙他實施計畫的敵人，弗維爾對韋羅下了毒，他知道毒性發作很慢，因此又大膽地化裝成加斯通．索弗朗的模樣，跟著韋羅偵探一直走到新橋咖啡館。在那裡，他掉換了韋羅寫給你的信，然後問一個行人去訥伊的地鐵車站怎麼走。訥伊，索弗朗就住在訥伊！日後這個行人就可以成為指控索弗朗的證人。局長先生，這就是罪犯！他來找你，只是想探聽消息。我和馬澤魯的不請自到引起了他的恐慌，於是那一幕戲，確切地說，那一幕悲劇便開演了。弗維爾模仿加斯通的筆跡，約弗維爾夫人相見，因此弗維爾夫人離開歌劇院後，就在離公館不遠的拉納拉盤桓了一個鐘頭。與此同時，在五百公尺外，公館的另一邊，加斯通正在做每星期三例行的朝聖散步。這樣一來，這兩個人被視作嫌疑人也就更加理所當然了。」

德斯馬利翁先生提了最後一個問題：「就算弗維爾先生知道有人夜裡要殺他，但在那個時刻，有誰能夠殺他和他兒子呢？房子裡除了你們，並無他人。」

「有弗維爾先生。」

這話一出口，立即引來一片反對之聲。

「各位，從表面看是有點荒謬，但誰能說，弗維爾先生的行為能夠用正常的理由來解釋呢？我這裡有份東西可以證明弗維爾有這樣做的原因。剛才取下這盞吊燈時，在金屬盒子外面，我發現了這個封好的信封。上面記下了案發日期：『三月三十一日，晚上十一點。』還署名『伊波利特．弗維爾』。」

德斯馬利翁先生一把抓過信封，迫不及待地拆開來。才掃了一眼裡面的信紙，就哆嗦著罵道：「啊！混蛋！」

他因為又驚又怒，聲音一下子變得低沉，唸道：

我的大限來臨了，我的目的也將達成。儘管死神已在向我招手，但我卻無比幸福。四個月以前，當我確知自己和埃德蒙都患上絕症，不久於人世後，這種幸福就產生了。我要報復那對姦夫淫婦，把他們投入監牢！於是我懷著快樂的心情開始做準備。每一項工作的執行、每一個細節的創造，都讓我發出由衷的笑聲。上帝啊！我會讓他們死無葬身之地！可憐的朋友們，你們完了！

德斯馬利翁先生唸不下去了，信的後面詳細記錄了弗維爾的計畫，跟唐路易所說不謀而合，滿座皆驚。德斯馬利翁先生做了個果斷的手勢，吩咐馬澤魯去釋放瑪麗安娜．弗維爾。

聖拉札爾監獄。

局長從汽車上跳下來，讓門衛通知典獄長，然後又等不及地立即衝向通往醫務所的走廊，走上二樓，正好遇見典獄長。

「弗維爾夫人……」他直截了當地說，「我想見見她。」

典獄長露出慌亂的神色，吞吞吐吐地說：「你還不知道？我已經打電話報告局裡了……弗維爾夫人今早死了，她注射了毒藥。」

局長大為震驚，喃喃道：「可是……毒藥……她是從哪兒弄來的毒藥？」

「在她枕頭下面，我們搜出這個小瓶子和這支注射器，局長先生。」

「在她枕頭下面？怎麼會在枕頭下面呢？她是怎麼得到的？又是誰給她的呢？」

「我們還不知道，局長先生。」

德斯馬利翁先生望著唐路易。看來，伊波利特·弗維爾的自殺並未使這一連串的謀殺停止。難道真有一種神秘的力量，在暗地裡，同樣倡狂地繼續著弗維爾的惡行？

14 兩億遺產的繼承人

爆炸過後的第四天晚上，馬澤魯化裝成車夫，來到唐路易的公館，帶給他一個更不好的消息。加斯通·索弗朗在得知瑪麗安娜的死訊後，也自殺了。這樣的結局讓人們把懷疑的目光投向了唐路易，所有可以繼承莫寧頓遺產的人都死了，現在只剩唐路易可以合法擁有那筆遺產，矛頭自然會聚集到他的身上。表現得最明顯的就是副局長韋伯，他已經開始佈置對唐路易的監視。

馬澤魯勸他從安全角度考慮，暫時離開一段時間。唐路易輕笑了一下，交待了馬澤魯一些要事，就讓他走了。

日子一天天過去，馬澤魯盡可能來看唐路易。或者打電話告訴他在聖拉札爾監獄和桑塔監獄所展開的調查詳情。

不出人們所料，調查一無所獲。只證實了一點：被捕之前，加斯通曾試圖透過醫務所一個供應商，與瑪麗安娜取得聯繫。是否應該假定，毒藥和注射器都是從這條渠道進來的呢？可是無法證實。另一方面，也同樣無法查出，詳盡報導瑪麗安娜自殺消息的報紙是怎樣送進加斯通．索弗朗的單人牢房的。

面對這複雜的局面，大家都束手無策。局長只好決定，在下星期，也就是六月九日，召集一次有關莫寧頓遺產繼承人的會議。

到了開會那天，馬澤魯帶了一封信進來，一副驚訝的樣子：「老闆，給你的。信是寄到我那兒的，可是裡面的信封上寫著你的名字……」

唐路易說著拆開信封，讀到用紅墨水寫的如下文字：「亞森．羅蘋，趕緊退出戰鬥，還來得及。否則，你不會有好結果的。當心，亞森．羅蘋！」

「很簡單，敵人知道我們關係密切。」

唐路易微微一笑，問道：「這是誰交給你的？」

「是一個在岱納大道一家診所當差的僕人！」

唐路易聽了一喜，樂得蹦起來，馬上告訴馬澤魯，去那家診所一探究竟。

唐路易和馬澤魯趕到岱納大道的診所時，已經是下午一點。一個僕人接待了他們。馬澤魯向唐路易示意，這就是那個送信的傢伙。確實，馬澤魯一盤問，那傢伙立即就承認他上午去了警察總局，是診所附設的療養院的院長修女讓他去的。

唐路易提出想見見院長修女，但僕人說她現在不在。唐路易決定留下來等，他們在候診室裡等了一個多鐘頭，唐路易告訴馬澤魯，自己會出席莫寧頓遺產案的最後一次會議。馬澤魯則認為他不應該去，因為他的出席會被看作是挑釁。

就在兩人爭執時，一個護士穿過候診室，跑了起來，在走道盡頭處掀起一張門簾，便消失不見了。

遲疑了大約四、五秒鐘，唐路易猛地一下起身，也跑了起來。衝進那道門簾，順著走廊，來到地下室。從一個廚娘的嘴裡，他打聽到，剛從這兒跑出去的是療養院新來的護士。聽聞此話，唐路易拔腿衝到外面的岱納大道。

馬澤魯也跟著追了上來，岱納大道附近的聖費達南廣場上，一輛公共汽車正要啟動。唐路易肯定那名護士在這輛車上，於是叫了一輛計程車跟在公共汽車後面。

馬澤魯問道：「是弗洛朗斯．勒瓦瑟嗎？」

「是的。」唐路易回答得很肯定。

馬澤魯立即說：「老闆，弗洛朗斯．勒瓦瑟在這家診所出現，證明那封威脅你的信就是她送的。這個弗洛朗斯．勒瓦瑟就是操縱整個案件的人！」

唐路易無言地監視著在奧斯曼大道拐角上停下的公共汽車。一個穿著護士服的年輕女孩下了車，正是弗洛朗斯．勒瓦瑟。她環顧了一下四周，然後攔下一輛計程車，朝聖拉札爾火車站方向駛去。

唐路易他們一直遠遠地跟著她。當她登上通向羅馬候車室的樓梯，出現在售票窗口前時，唐路易讓馬澤魯亮出警察局的證件，向售票員詢問勒瓦瑟買的是去哪兒的票。

馬澤魯很快回來了，勒瓦瑟要去的地方是盧昂。唐路易果斷地決定讓馬澤魯跟著上火車，並囑咐他到盧昂後立即發電報回來。

德斯馬利翁先生的會議於下午五點準時舉行，少校、公證人和美國大使館的秘書都到了。果然，唐路易．佩雷納的來到令大家大吃一驚。

副局長韋伯迎上前來，身後跟著四個刑警。唐路易微笑了一下，畢恭畢敬地從韋伯面前走過，同時友好地向各位警探致意，然後進去了。

少校伸出手，表明任何流言都沒有損害他對外籍兵團戰士佩雷納的尊重。局長則抱著一種克制的態度。他翻閱著文件，與使館秘書和公證人小聲說著什麼，然後開口道：「諸位，兩個月後我們再度聚會，依然是為了解決柯斯莫．莫寧頓的遺囑問題。除了秘魯公使館的專員卡塞雷斯先生外，該到的人都到了……卡塞雷斯先生生病了，相當嚴重。再說，也並不是非要他出席不可。因此……」

「局長先生，還缺了一個人。」唐路易站了起來。

德斯馬利翁先生猶豫了一下，問道：「誰？」

「殺死莫寧頓繼承人的兇手。各位，請允許我說出一些與眼前形勢不合的事實。局長先生，你在走出蘇赫特大道那座被炸壞的公館時問我：『弗維爾的信裡隻字不提柯斯莫．莫寧頓的遺產，這怎麼解釋呢？』這讓我想到了一些問題，簡單地說，弗維爾顯然不知道遺產的事。同樣的，加斯通．索弗朗向我講敘他的辛酸故事時，也是隻字未提遺產。這表明蘇赫特大道的雙重殺人案，與柯斯莫．莫寧頓的遺產並沒有直接的關聯。但是，在這一連串事件中，的確如民眾的看法，以及以韋伯副局長為首的部分警局同仁的想法一樣，有一隻幕後黑手在操縱著一切！只是，他們都認為我是這個人。我並不想為自己辯護，但是，局長先生，我相信你不會這麼糊塗。從這兩個月來的所作所為，你應該知道我是不是那種人。

「在這裡，我想大膽推斷，除了弗維爾，肯定還有一名罪犯，而且這名罪犯必定能繼承柯斯莫．莫寧頓的遺產。既然犯罪的不是我，那就說明，柯斯莫．莫寧頓還有一個繼承人。局長先生，我指控有罪的，就是那個繼承人！

「他犯了不能歸於伊波利特．弗維爾名下的罪行：撬了公證人的抽屜，偷走了柯斯莫．莫寧頓的遺囑；潛入柯斯莫．莫寧頓的房間，用一支毒劑，結束了莫寧頓先生的生命。隨後假扮醫生，出具假死亡證；向弗維爾提供毒藥，令韋羅偵探、埃德蒙和弗維爾本人相繼斃命；向加斯通．索弗朗提供武器，並唆使他三次暗殺我未遂，最終害死了我的司機；利用加斯通．索弗朗為與瑪麗安娜聯繫而在醫務所發展的內線，傳遞給瑪麗安娜毒藥和注射器，致使不幸的女人自殺身亡；透過我尚不清楚的辦法，把報導瑪麗安娜自殺消息的報紙送給加斯通．索弗朗，他清楚預見到了他這種行為的必然後果。總之，他設下一連串的局，殺害了所有攔在他和幾億元遺產之間的人。

「局長先生，這最後幾句話，清楚地向你表明了我的想法。一個人之所以為一大筆遺產除掉五個同類，是因為他相信，這樣做能保證他萬無一失地得到這筆錢財。簡言之，一個人之所以殺死一個億萬富翁和他的四個依順序排列的繼承人，那是因為他本人是第五個繼承人。相信我，用不了多久，這個人就會來到這裡。」

警察局長失聲叫了出來，唐路易的推理是那樣有說服力，絲絲入扣，令他不得不信服，但嘴裡仍懷疑地說：「他會來這裡？為什麼？」

「因為，他是柯斯莫．莫寧頓的名副其實的繼承人，排在我前面。他會堂堂皇皇地前來，要求領取他如此殘忍地奪得的兩億元財產。」

「他要是不來呢？」德斯馬利翁先生又追問一句。

「會來的。如果他不來，那麼你把我逮捕就行了。不管怎樣，司法機關總會滿意的。不是他就是我，這個兩難推理十分簡單。」

德斯馬利翁先生不作聲了，過了一會兒，他壓低聲音說：「我一生也算見過不少世面。可我承認，還從未碰過比他更可怕、更能幹，頭腦更敏銳的人——如果真的有這樣一個人存在的話。」

他的話使在座的人都激動起來，大家議論紛紛，房間裡一時有些異樣的氣氛。接著，門外傳來腳步聲，是接待員拿著一封信和一張訪客登記表進來了。

德斯馬利翁先生拆開信，展開信紙，唸道：

局長先生：

我收到一封信，偶然得知羅素家族還有一個不知名的繼承人。只是到今日，我才收集到必不可少的證明其身分的證件資料，並得以在最後一刻，突破重重意想不到的阻礙，派當事人給你送上。這件事情，我只是偶然介入，其實與我無關，只希望置身事外，並不妨礙別人的秘密。因此，我認為不必在這封信上簽名，敬請局長先生原諒。

局長搖響鈴鐺，讓接待員將送信人帶進來。幾秒鐘後，有人推門而入。

弗洛朗斯．勒瓦瑟！

15 韋伯復仇

唐路易一下子傻了眼，他是親眼看著她上了開往盧昂的火車，怎麼會出現在這兒呢？一種被耍弄的感覺讓唐路易怒不可遏，他大步跨到女孩身邊，揪住她的手臂，恨恨地厲聲喝道：「你來這裡幹什麼？你……」

德斯馬利翁走過去，把女孩解救出來，讓她坐下，自己也回到桌前坐下。不難看出，女孩的出席給他的感受是多麼強烈。可以說，她一出場，唐路易的推理就得到了證實。

德斯馬利翁先生說：「小姐，你有什麼事，請說。」

她答道：「局長先生，我只奉命前來見你，我也不知道是什麼事。我最信任、最敬重的一個人，讓我把一些文件交給你。它們似乎與你們今日開會商議的問題有關。」

「你指的柯斯莫．莫寧頓遺產的分配問題嗎？」

「對，局長先生。但具體情況我不太清楚。」

德斯馬利翁先生微微一笑，兩眼緊盯著勒瓦瑟的眼睛，直截了當地說：「你帶來的那封信裡說，有一些文件似乎確切無疑地證實，你是羅素家族的後人。因此，你將有權繼承柯斯莫．莫寧頓的遺產。」

「我？」勒瓦瑟的這一聲驚呼是脫口而出的，既帶有吃驚的意味，又有抗議的成分。「不，我根本不認識莫寧頓先生，這裡面一定有誤會。」

「把文件給我吧。」局長說。

勒瓦瑟取出一個藍信封交給局長。警察局長仔細檢查了這些文件，最後拿著一柄放大鏡檢查了簽名與圖章，證實這一切都是真的。

柯斯莫．莫寧頓的第四順序繼承人是加斯通．索弗朗，他有一個哥哥，名叫拉烏爾，住在阿根廷。拉烏爾逝世前，把一個五歲小女孩送回歐洲。他告訴弟弟這是他收養的孤女，而實際上，這小女孩是他的私生女，而且是得到承認的。當年的這個女孩就是站在大家面前的勒瓦瑟。她帶來的文件裡，有出生證，以及拉烏爾親筆書寫並簽名的聲明、老奶媽寫的證明、布宜諾斯艾利斯三個大商人的旁證。還有，父母親的死亡證。這些文件都得到了法律的承認，並蓋了法國領事館的公章。因此，弗洛朗斯．勒瓦瑟是拉烏爾．索弗朗的女兒，也就是加斯通．索弗朗的姪女。這個事實不容置疑。

聽到這些的勒瓦瑟一臉茫然，而唐路易專心觀察了一下德斯馬利翁先生的表情，然後靠近女孩，喊了一聲：「弗洛朗斯。」

她抬起一雙淚眼望著他，沒有回應。

於是他緩緩地說：「弗洛朗斯，你有必要為自己辯護。因為事件的發展，已經把你逼到了一個可怕的境地。在座的每一位都已經相信，前來要求繼承權的人，顯然就是謀殺莫寧頓其他遺產繼承人的兇手。換句話說，你進來了，而且你確實是柯斯莫．莫寧頓的繼承人。所以……」

勒瓦瑟從頭到腳都在顫抖，臉像死人一樣慘白。

一陣長久的沉默後，德斯馬利翁先生專心致志地打量著勒瓦瑟。由於她不說話，他伸手去抓鈴鐺，搖鈴叫人進來。

韋伯帶了他那幫人進來了，試圖帶走勒瓦瑟。女孩嚇得連連後退，身子搖晃了幾下，支撐不住，倒在唐路易懷裡。

「啊！救我！救我！求求你。」

這叫喊聲令唐路易心裡忽然一亮，他大叫道：「局長先生，不要這樣！有些事情還沒有弄清楚……」

局長打了個手勢，韋伯走開了。唐路易鬆開雙臂，讓勒瓦瑟坐在一張扶手椅上。然後，他把雙手搭在她肩上，說：「弗洛朗斯，你還不明白嗎？聽我說……不是你幹的……是躲在你後面的另一個人幹的，對嗎？是他指揮你，是吧？」

「不，」她說，「我不受任何人的影響……我可以肯定。」

她的表情讓唐路易越來越固執地堅持自己的看法：「不對，有個人在支配你！而你還不自覺。你現在是柯斯莫．莫寧頓的繼承人了……這筆財產，如果你不想得到，那是誰想要呢？是否有人可以從中得到好處，或者以為可以得到好處？你是他的朋友，還是未婚妻？」

也許是刺中了她的痛處吧，勒瓦瑟反感地駁斥：「喔！絕對沒有！你說的這個人絕不可能……」

唐路易長長歎了一口氣：「局長先生，我知道了，一切都清楚了！今夜……最遲明天……局長先生，岱納大道一家診所，是的，就是那裡，立即去吧，真相即將大白！」

德斯馬利翁先生思考了一會兒，讓唐路易・佩雷納、韋伯和兩名刑警帶上勒瓦瑟一起到岱納大道去。一輛坐滿警察的汽車跟在後面。

在韋伯的指揮下，警察把療養院團團包圍住。局長隨後親自趕來了，他在候診室接見了院長修女。院長說，那些文件，以及轉送給馬澤魯隊長的信都是她受人之托辦理的。這位委託人直接從巴黎把這些東西寄到療養院，而且直接送到了院長的房裡。

「你在臥房裡發現那些東西，不覺得奇怪？有沒有想過是內部人幹的呢？」局長問院長。

院長修女叫了起來：「啊！局長先生，你是說弗洛朗斯，她絕對做不出這種事！」

勒瓦瑟的臉抽搐得變了形，唐路易走近她，說：「弗洛朗斯，你知道一切，不是嗎？你知道是誰在操縱整個陰謀，對吧？」

弗洛朗斯不回答，於是局長吩咐韋伯帶上勒瓦瑟到她的房間看看。結果，趁韋伯稍一疏忽，勒瓦瑟從窗戶逃走了。

警察的搜索一點效果都沒有。德斯馬利翁先生再次盤問院長修女時，得知弗洛朗斯・勒瓦瑟前來療養院避難之前，在聖路易島一家小公寓住過四十八小時。

於是，一行人連夜趕到聖路易島的那家小公寓，卻依然沒能尋到勒瓦瑟的蹤影。子夜剛過，一聲尖厲的哨子把所有人召到小島東端的昂儒碼頭盡頭。兩個警察等在那裡，他們剛剛發現亨利四世碼頭處，一輛計程車停在一座房子前。他們聽見屋裡傳來爭吵，接著汽車就朝萬塞納方向開走了。

大家朝亨利四世碼頭跑去，很快找到了那座房子。據看門人說，住在底層的一男一女前天夜裡吵了架，男的大叫著女人的名字，好像是什麼弗洛朗斯，很生氣的樣子。今天一早從一樓出來，女的被男的拖著走，那男的上計程車後，吩咐司機走聖日爾曼大道，沿河馬路再去凡爾賽的公路。

唐路易建議趕緊追上去，他擔心勒瓦瑟會有危險。副局長韋伯這次很配合，叫了兩名警察，還有馬澤魯一起鑽進車。

唐路易來不及考慮其他，也跟著上了車。不料，汽車並沒有向聖日爾曼大道方向開。唐路易正想詢問，卻被六隻手按著，動彈不得。

原來是局長剛剛下達了命令：如果弗洛朗斯仍未抓到，就把唐路易帶到看守所。

唐路易向馬澤魯求救，請他去找內閣總理瓦朗格萊，告訴他自己的真實身分。結果，他驚訝地發現馬澤魯也被團團圍著，被人牢牢抓住。

韋伯得意洋洋地說：「你應該原諒他，亞森．羅蘋。馬澤魯隊長是你的同伴，如果不是監獄的牢友，至少是看守所的牢友。」

唐路易低聲歎道：「好吧，副局長先生，我剛才交託馬澤魯的事，請你去辦吧。請通知警察局長，說我有極重要的事要面見總理。然後去凡爾賽，我知道你的長處，今夜一定能查到那老虎的蹤跡。明天中午見吧。」

說罷，他被人領向了牢房。

16 芝麻開門！

唐路易雖說向來很能睡，但這一夜卻只睡了三個鐘頭。他太著急了，儘管知道韋伯會報告德斯馬利翁先生，可是德斯馬利翁先生會給瓦朗格萊打電話嗎？

他一直為勒瓦瑟的安全擔憂，這樣的時刻，才知道自己是多麼愛她。他發現愛情在他生命中所占的位置，與他從前的激情、他對豪華生活的渴望、他的權力欲求、他的快樂、他的野心、他的怨恨，統統都無法相比。兩個月來他進行的戰鬥，只是為了把她征服。而查明真相，懲罰罪犯，只是把弗洛朗斯從危險中解救出來的辦法。

而現在，他唯一的希望就是瓦朗格萊的到來。他不停地在內心祈禱，在祈禱到第四遍時，一個看守出現在門口，通知他立即去見總理。

七點半時，唐路易出現在內閣總理瓦朗格萊的辦公室，和總理在一起的還有局長先生。唐路易從年老的總理那清瘦的面孔上看到隱約的同情，他知道事情已經有了轉機，勒瓦瑟有救了！

當唐路易向總理要求，希望得到自由時，瓦朗格萊很直接地問他，這樣做是不是為了愛情。

「是的。」唐路易回答。

瓦朗格萊高興地微微一顫，亞森．羅蘋戀愛了！亞森．羅蘋竟為愛情而行動了！而且坦白了他的愛情！這是多麼有趣的奇事！

想到這裡，總理問道：「昨天晚上，局長先生收到一封揭發信，內容十分詳盡，還附有一些可靠證據，說你就是亞森．羅蘋。」

「不可能！」唐路易嚷起來，「只有一個人有這種權利。可是他如果指控我，就把自己也斷送了。我想他不會這樣愚蠢。」

「誰？」

「卡塞雷斯，秘魯公使館的專員。」

「對，正是他。」

「可是……」

「他貪污了公使館的錢，目前在外潛逃。不過在出逃之前，他簽了一份聲明，承認幫你製造了一個叫唐路易．佩雷納的假身分。這是你寄給他的信和一些確切無疑的文件。這些文件證實：第一，你不是唐路易．佩雷納；第二，你就是亞森．羅蘋。」

唐路易氣得跺腳：「這個混蛋，他被人當成工具了！」

「不，這回你錯了。」總理說，「他做這一切似乎都是自願的。所以，在這個時候你要求我們放了亞森．羅蘋，可能嗎？」

「可是，總理先生，要是我把真正的罪犯，謀殺案的兇手給你送來……」

「這事用不著你辦……」

唐路易在房間裡走了幾步，又踱到總理先生對面說：「總理先生，一九一五年五月，傍晚時分，有三個男人來到帕西碼頭的陡坡。那兒有一堆沙子。幾個月以來，警方在搜查一批裝了三億法郎的袋子。那是敵人在法國耐心收購的，正準備運出去。三人中，一個叫瓦朗格萊，一個叫德斯馬利翁。第三個是邀請他們來的人，他請瓦朗格萊部長用手杖戳戳沙堆。金子在那裡。幾天以後，已決定與法國聯盟的義大利，收到了一筆三億金法郎的預借款。還有，一九一七年，薩萊克島發生了一些駭人聽聞的慘案。總理先生，你是知道這件事的。不過唐路易．佩雷納的干預、他的方案……你肯定不知道……比起抓到兇手，我所做的這些應該不算太差吧。而現在我只想用這些來換取短時間的自由，可以嗎？」

「好吧。」瓦朗格萊終於鬆口了，「你還需要一些什麼幫助？」

「請求你授予局長先生全權，撤銷一切可能妨礙我執行計畫的反對意見和命令。」

「行。除了這些你還需要什麼……」

「一張法國地圖，兩把勃朗寧手槍。」

十分鐘後，警察總局的汽車把唐路易和局長先生送到了伊西．萊穆利諾機場。他們找到了大名鼎鼎的飛行員達瓦納，請他駕駛飛機趕往德里夫橋。如果計算沒錯的話，劫持勒瓦瑟的汽車將從那兒通過。

唐路易很快穿上飛行服，戴上配有眼鏡的飛行帽。飛機起飛了，升到八百公尺高，以避開氣流，在塞納河上空轉了彎，一頭向法國西部飛去。

凡爾賽、曼特農，沙特爾……

諾讓．勒洛特魯……拉費爾泰．貝爾納……勒芒斯……

那輛汽車一定會走去南特的公路。車速應該是每小時三十公里，而他們的飛機是每小時一百二十公里，他和敵人一定會在確定的地點——德裡夫橋，在確定的時刻——中午相遇。

飛機剛飛出昂熱邊界，他們就發現在公路上行駛著一輛黃色小汽車。唐路易欣喜萬分，他請達瓦納俯衝過去。飛機掠過長空，朝汽車飛去，幾乎轉眼之間，它就追上了汽車。達瓦納放慢速度，保持在兩百公尺的高度，汽車裡的情景他們看得清清楚楚。司機坐在左邊的駕駛座上，戴一頂灰布鴨舌帽，帽舌是黑皮的。弗洛朗斯和劫持者都在車裡。

又飛了一分多鐘，突然，他們看見一公里之外，公路分成三道，因此形成一個很寬的分岔口。三條道路之間，楔著兩塊三角形的草地。

唐路易讓達瓦納降落到草地上，飛機很順利地著陸。唐路易跳下飛機，迎著汽車跑去。站在路中央，舉著兩把手槍，喊道：「停下！不然我開槍了！」

司機嚇壞了，急忙踩了剎車。汽車停了下來。唐路易跨到一個車門前，往裡一看，車裡只有司機沒有別人。

17 當心了，亞森・羅蘋

嚇呆的司機告訴唐路易，租他車的男人原本要到南特，半路上又改了主意，還沒到芒斯，就在右邊一條窄窄的公路旁下了車，並付錢給他，讓他繼續往南特方向開。

在唐路易的威嚇下，司機還說出了一件事。好奇心促使他跟蹤了那一男一女，發現，在樹林裡藏著一個車庫。男的從車庫裡開出了一輛小車，那女的不肯上車。兩人吵得很兇。那女的好像很累，男的就拿了一隻玻璃杯，到車庫庫邊的水龍頭下取水給她喝，好像往杯子裡放了些東西。更讓人奇怪的是，在凡爾賽見到那男的時，他顯得很高大。可到今天早上，就完全變了，又矮又小，好像換了一個人似的。

唐路易思索了一會兒，覺得該問的都問了。他回身朝達瓦納走來，攤開地圖，思索著。一個城市的名字出現在他腦海裡，真相像一道閃電，唰地一下迸發出來。阿朗松！記憶中的事情給他光亮，使他立即深入謎團的深處。

他吩咐達瓦納準備起飛。這時，一輛馬力強大的魚雷形敞篷汽車像一頭狂怒的畜生，一路鳴著汽笛，從昂熱方向開過來，猛一下停住了，韋伯副局長和他的兩個手下從車上跳下來。

他們找來黃色汽車的司機盤問了一番，似乎沒什麼收穫。看來十分沮喪。唐路易走過去，變著聲音說：「韋伯先生，鳥兒飛了吧？聖路易島那傢伙是隻老狐狸，十分狡猾，對吧？換了三部車。昨夜在凡爾賽，你們查出他換了這輛汽車，並了解了車子的特徵。可是到了芒斯，他又換了一輛……去向不明。」

韋伯詫異地打量了一下他，問道：「先生，你究竟是誰呀？」

因為戴著飛行帽，一副眼鏡又遮住了臉，他們都沒有認出他來了。唐路易嘲笑道：「怎麼，你就不認識我了？跟警察約會真費力……你手忙腳亂及時趕到，他卻問你是誰。好了，看吧。」

他摘下飛行帽。

「亞森・羅蘋！」韋伯張口結舌。

還沒等韋伯回過神，唐路易重新回到達瓦納身邊，達瓦納已做好起飛的準備。唐路易登上了飛機，他急於趕到弗爾米尼。現在一切都明白了。他覺得奇怪，為什麼從沒想到把倉庫裡吊著的那兩具乾屍和莫寧頓遺產所激起的一連串謀殺事件聯繫起來。更覺得奇怪的是，弗維爾工程師的老朋友朗琪諾老爹很可能是被謀殺的，但自己竟然沒有了解那樁案子的情況，這是怎麼回事呢？陰謀的癥結正在於此。誰有可能為了弗維爾工程師的利益，去攔截工程師寫給老友朗琪諾的指控信呢？如果不是村民，或至少在村裡住過的人，那還有可能是誰呢？

於是一切就得到了解釋。兇手剛開始作案時，先殺了朗琪諾老爹，然後又殺了德代絮拉瑪那對夫妻。手法和後來的一樣：不是直接幹掉，而是暗中謀殺。就像美國人莫寧頓、弗維爾工程師、瑪麗安娜、加斯通・索弗朗。

兇手是從弗爾米尼去巴黎的，在那裡找到了弗維爾工程師和柯斯莫・莫寧頓，於是陰謀策劃了有關遺產的慘案。

現在兇手又回到了弗爾米尼！首先，他讓弗洛朗斯服了麻醉藥這個事實就是確鑿的證明，因為他必須讓弗洛朗斯睡著，以免她認出阿朗松和弗爾米尼的景色。再則，他假裝走芒斯——昂熱——南特這條路線，只是為了誘使警方誤入歧途。

如果說上面這些對唐路易而言不成問題，那麼那個傢伙準備拿弗洛朗斯・勒瓦瑟怎麼辦，卻是他現在最憂心的事。因此，他不停地催促快一點！再快一點！

薩布萊……西耶・勒紀堯姆……大地在他們腳下飛快地向後掠去。一座座城市、一片片房屋像陰影一樣閃過。阿朗松到了。

不過一個半鐘頭，唐路易就打聽到了情況。那輛小車是由一位先生駕駛著，開進了一條通往朗琪諾老爹古堡後面那片樹林的岔道。

唐路易循著土路上的輪印，跑上了岔道。穿過樹林，來到一塊開闊的荒地，最後在一道有兩扇門板的舊門前站住。

唐路易拿著達瓦納借給他的刀，插在石縫裡，一步一步攀著那粗糙不平的牆面爬過圍牆。到了裡面，他找到了輪印。汽車朝左邊花園他不了解的部分開去了。

整個花園都是那樣雜亂，但這部分卻更是蠻荒。儘管在蕁麻和荊棘叢中，在開著大朵大朵野花的茂密植物叢中，在纈草、毒魚草、毒芹、洋地黃、當歸叢中，生長著一排排月桂和黃楊。

突然，在一條林蔭小道的拐彎處，唐路易發現那輛小車藏在一個隱蔽的角落。車門開著，裡面亂糟糟的，地毯垂在踏板上，一塊玻璃打碎了，一個坐墊挪了位置。一切都表明，弗洛朗斯與那個兇手搏鬥過。

唐路易的假設立即得到了驗證，他順著極窄的小徑往小山坡上走，路邊野草都有擦過的痕跡。顯然，那混蛋把勒瓦瑟一路拖過去了！

唐路易心裡有說不出的痛楚，但他克制住自己，繼續往前走著。在一叢草上，唐路易發現了一枚小小的、式樣很簡單的戒指，是勒瓦瑟平日裡戴在手指上的。有一個情況吸引了他的注意力，在戒指圈裡有一根草莖，來回穿了三下，就像一條緞帶來回纏著似的。唐路易覺得，這應該是勒瓦瑟留下的信號。因為從那之後，每走一段，都會有一些明顯的東西留在那裡。一直將唐路易引到一座小教堂的殘餘部分。

唐路易往上走了二十步，收住腳，聽到了什麼聲響。他側耳傾聽，果然不錯，那是一陣笑聲，一種尖厲刺耳的、不懷好意的笑聲，彷彿是魔鬼發出來的。然後是一陣寂靜。接著又傳來一種聲音，是工具拍土的聲音。接著又是寂靜。

唐路易繼續往前走，走到最後一叢枝葉前，他停住腳步，撥開眼前幾片樹葉。

他看見了。首先是弗洛朗斯，她被五花大綁著，就在前面三十公尺外的地方。他立即意識到她還活著，感到萬分欣喜，於是開始觀察起周圍的情況來。

左右兩邊，月桂樹牆向內陷，像古羅馬的圓形劇場似地環成一圈。對面，亂七八糟地堆立著坍落的石頭和天生的峭岩，被黏土以及盤根錯節的樹木根鬚連結，構成了一個淺淺的洞穴。好像有人準備在高大的月桂環抱著舊花園的這座圓形劇場上、在洞穴這個祭壇前，舉行一個神秘的儀式，把弗洛朗斯．勒瓦瑟獻祭。

唐路易握住一把手槍，手已經舉起，準備瞄準。離犧牲者躺的祭壇不遠，突然冒出一個人，他從兩座峭壁之間的荊棘叢中鑽了出來。出口低矮，他彎著腰，低著頭，兩條手臂長長的，挨到了地面。他走近洞穴，嘲笑幾聲說：「你還在這兒？救星沒來？……叫他快點吧！不然，再過五分鐘，你就完蛋了，親愛的弗洛朗斯。」

他的聲音是那樣刺耳、那樣怪異，唐路易聽完這些話，渾身都覺得不舒服。他緊握手槍，只要發現情況不對，就準備開火。

那人在地上拾起一根拐杖樣的木棍，把它支在左臂下，又彎腰走起路來，好像是一個精疲力盡站不直的人。走著走著，他突然就變了，身板一下挺直了，那根拐杖也變成了手杖，看上去身材高高的。於是唐路易明白了，那個司機看到的是他的兩副模樣，難怪說不准他是高是矮。

可是他的腿似乎無力，搖搖晃晃，好像支撐不下去了似的。他很快又倒下了，這是個殘疾人，患了運動性疾病，營養不良，瘦極了。此外，唐路易還看到他那張臉，那是一張蒼白的臉，顴骨突出，腦門凹陷，毫無血色。

他走到弗洛朗斯身邊，對她說：「小乖乖，儘管你很聽話，可是為了防止意外，我們最好把你的嘴舒服地堵上，好嗎？」

他俯下身，用一條薄綢頭巾，把她臉的下方纏住。又把腰彎得再下一點，幾乎貼在她耳邊說些悄悄話，不時還插進幾聲哈哈大笑，令人聽了毛骨悚然。

做完這些事後，那殘疾人猛地往後一退，狂怒地咆哮道：「你還不明白你完了嗎？不過，我不會殺你！弗洛朗斯……你會明白的……啊！我只是把事情策劃、安排好而已……這種事我做得了……尤其是我做起來一點也不害怕！」

他大笑著走開了，借助兩手，攀住一株樹的枝幹，爬上了洞穴右邊頭幾層石塊上，跪在那裡，抓起手邊一把小鎬頭，在第一堆石頭上鋤了三下，石頭驟然崩落。

唐路易大吼一聲，跳出藏身之地。他一下明白了，這個瘋子想將那洞穴變成勒瓦瑟的葬身地。可是突然間，他好像踩空了，身子往下直落。腳下的地面裂開了，他掉了下去，落進一個洞裡。確切地說，是一口井，寬不過一點五公尺，井欄齊地面被拆除了。不過，由於他跑得很快，衝勁把他拋到對面的井壁，兩條手臂伸到井沿，兩隻手摳住了一些植物的根鬚。

他本來想靠兩隻手腕攀援上去，可是那傢伙在離他只有十步遠的地方，舉槍對著他喝道：「別動！不然我就打死你。」

唐路易此時束手無策，只得服從。那個傢伙的眼睛裡充滿了狂熱，那是病人的眼睛。他嘴裡叫嚷著：「亞森．羅蘋！還以為你是多了不起的傢伙，結果是個蠢蛋！你以為那臭婊子真的可以為你留記號嗎？不過，還是要謝謝她，是她把你徑自引到井口，踏到了我為防止意外，上個月才鋪在上面的草皮……弗洛朗斯，快看看你心上人的臉蛋！」

他不再說話了，只是爆發著一陣陣的大笑。唐路易越來越沒有力氣，他的身子在一點一點地往下沉。

「很好，」那歹徒因為快樂聲音都變了，「我終於看到這一幕了。一個在深淵上方蹬著兩腿掙扎，一個已經在石頭堆下喘息。多麼動人的景象！再見了，再見……」

唐路易摳著石壁的兩隻手慢慢滑了下去，整個人在一瞬間往井底墜下去。殘疾人身子一震，覺得輕鬆了，快活地叫道：「撲通一下！亞森．羅蘋到了地獄底層……事情完了……劈啪！撲通！」

接著，他轉身走向弗洛朗斯那邊，恨恨地咒罵了一通。然後又走回井口，將地上的塑像碎片投進去，跪在井口前，上氣不接下氣地朝井下大聲喊著，詛咒著唐路易：「喂，不要難過，她馬上會來陪你的。至於……至於遺產……莫寧頓的兩億遺產，事情辦得太妙了……」

他說不下去了，好像很難受的樣子，最後幾個音節簡直成了喘息。他從口袋裡摸出一瓶藥水，趕緊送到嘴邊，貪婪地喝了兩、三口。馬上就來了精神，轉過身，對弗洛朗斯說：「你別高興，我還倒不下去。再說，有了兩億元，總能舒舒服服過日子吧。」

儘管精神看上去不錯，但他仍然無力，拖著步子走過去，摸出一根菸，極其殘忍地告訴勒瓦瑟，抽完這根菸，他會將她埋進石堆。接下來，他會製造一個她失足喪身的假現場。等一切過去，他會站出來宣佈他們的夫妻關係，拿出所有的合法證明，去繼承那筆兩億元的遺產。不過，在做這些之前，如果勒瓦瑟自願接受他的愛，他會放了她，並娶她為妻。

洞穴裡沒有一點聲音，那個殘疾人完全瘋了。他脫下外衣，抓起小十字鎬，爬上石堆底層，把鎬尖插進兩堆石頭之間的磚頭下面，用力撬了一下，那堆石頭和殘磚斷瓦轟然一聲坍下來，把洞穴嚴嚴實實地蓋住。殘疾人本來是站在洞穴前面，小心做了防備，但還是被滾滾的石流卷走，拋到草地上。不過他跌得不重，立即爬起來，失聲叫道：「弗洛朗斯！弗洛朗斯！」

他如此精心地準備，又如此殘忍地引發了災難，可是災難的後果卻似乎突然使他驚慌起來。他睜著驚恐不安的眼睛，彎下身子，在亂石堆周圍爬來爬去。

弗洛朗斯被亂石堆埋住了。如他所預料的，死了。

「死了！」他說，兩眼發直，「死了！弗洛朗斯死了！」

他的嘴唇兩次蠕動著，唸出弗洛朗斯的名字，眼淚滾滾而下。他一動不動，萎靡不振地蹲在地上，過了好久，才摸出藥瓶，吞了幾口，然後走回那叢灌木裡面。拿出一些工具，認真清理著現場。一隻受傷的燕子跌落到他身邊，他一把將牠撿起來，搓揉著。可憐小鳥的血滲出來，染紅了他的雙手，眼裡射出殘忍的快樂光芒。

他把小鳥的屍體扔進一叢荊棘，卻瞥見荊棘刺上勾著一根金黃的頭髮，他立即想起了弗洛朗斯，這個徵兆令他有些心神不寧。他抬手看了看錶，四點半了，他該走了。

他拿起扔在灌木叢上的外衣，穿好，一摸右邊口袋，發現剛才塞在裡面夾了文件的栗色皮夾不見了。他又摸了摸左邊口袋，上面兩隻口袋。所有的物品，如菸盒、火柴盒、記事本，這些本應該不會丟失的東西，也都不見了。

他慌了，一張臉變了形，腦子裡冒出一個最可怕的念頭：「古堡圍牆裡一定有人。而且此時一定藏在廢墟周圍，甚至可能就在廢墟裡面！這個人一定看見他了！一定目擊了亞森．羅蘋和弗洛朗斯．勒瓦瑟是怎麼死的！這人趁他不注意，從他話裡得知了文件這回事，便搜了他的外衣，把袋子裡的東西都倒空了！」

他定了定神，撐著拐杖，右手舉著槍，食指摳著扳機，往前面走。在盡頭的幾株月桂樹和崩落得最遠的幾塊石頭之間，有一條磚鋪的小路。殘疾人循路走過去，月桂樹的幾根枝幹擋住了他，他把它們扒開。沿著石堆底層，他繞過了埋葬勒瓦瑟的洞穴。然後圍著一塊巨石，又走了幾步。驀地，他倒退幾步，幾乎失去平衡，拐杖掉在地上，手槍也從手上脫落。

在他對面十步遠的地方，站著一個人。不……這不是人，不可能是人！自己親眼看著他掉進井裡，可現在卻以一種不可能的樣子站在那裡。他渾身發抖，再次變得虛弱無力，內心充滿極度的恐懼，身體被眼前這幅景象壓得往下坐。

鬼魂！

可是，他又分明聽到了亞森．羅蘋那真人的、活著的聲音：「喲，親愛的先生，我們這是在哪兒呀？我突然回來是不是嚇著你了？唉，事情終究不能超出限度，人類見過更不尋常的事情！因而，你得承認，你的不幸遭遇只是個人的事情，根本影響不了世界的平衡……」

殘疾人壯著膽子，抬起頭來。他已經慢慢明白了：亞森．羅蘋沒有死！只是如此令人驚奇的秘密怎麼解釋？殘疾人甚至沒有去想這個問題，他突然為本性和對生命的刻骨仇恨所驅使，猛地撲倒在地，碰到手槍，急忙抓到手裡。

他開了槍，可是為時已晚。唐路易飛起一腳，把槍踢歪了，再一腳，把槍從殘疾人手上踢落。

殘疾人氣得咬牙切齒，立即在口袋裡摸東西。

「你是想找這個吧，先生？」唐路易拿出一支注射器說，那裡面已經上好了一管黃色的液體。「對不起，不過我這樣做，確實是怕你一下沒小心，給自己注射了。這是要命的毒劑，是吧？真要出現那種情況，我不會原諒自己。」

殘疾人束手無策，他猶豫了一陣，暴發出一串極為刺耳的笑聲。

「哈哈！弗洛朗斯！」他叫道，「別忘了弗洛朗斯。我殺不了你，可是我可以殺掉你的心。少了弗洛朗斯，你活著還有意思嗎？」

唐路易回答道：「是，你說的很正確。所以我不能讓她輕易死去！弗洛朗斯怎麼會死呢！」

惡魔覺得自己輸了，把他緊緊抓在手裡的人有著無邊的本事。就是被死神抱住了，也能掙脫出來，並把他看護的人也從死神手裡奪過來。他向後退著，從蓋住先前那個洞穴的亂石堆前經過，卻不敢朝這邊望。似乎他真的相信弗洛朗斯安然無恙，已從可怕的墳墓裡爬了出來。

唐路易撿起一卷繩子，不再理他，專心拆解起來，似乎完全不把他放在心上。他突然轉身朝井口跑去，伸出雙臂，準備一頭栽進去。可是他沒有栽成，在地上打了幾滾，猛然被拉向後面，兩隻手被緊緊地綑著貼在身上，動彈不得。

原來唐路易一直在暗暗注意他，在他正要躍入深淵的時候，把那卷繩子甩了過來。像套馬一樣，將他結結實實地箍了起來，拉回地面。

「先生，幹嘛這麼著急呢。」唐路易裝出彬彬有禮的口氣，「起碼你應該知道我是怎麼逃脫的，再跳也不遲吧。當你害我落進陷阱時，我的膝蓋和腳剛碰到井壁，就把它碰壞了。於是我明白，這個地方從前挖了一條暗道，被一層薄薄的石灰封住了。瞧，這就是好運氣，不是嗎？而且是可以改變局勢的運氣。於是我立即想好了主意，一邊假裝支撐不住，一邊悄悄地擴大暗道口。時候到了，我只輕輕一躍，憑著幾分腰力和大膽，就跳到了地道裡。我得救了。這暗道正好開在你離開的方向，我不聲不響地聽著你的講話和威脅，並且躲過了你扔下的石頭鐵砣。我估計你會去對付弗洛朗斯的，果然，你好心通知我，弗洛朗斯在四點之前不會與我在陰間會合。所以，我摸索著出了暗道，順著方向，來到洞穴口。我的預感果然沒錯，弗洛朗斯就躺在那裡，我一把就將她拉了過去。你現在應該知道了吧，當你在外面威脅利誘時，洞裡早就沒人了。你撬坍那堆石頭，壓死的也許只是幾隻蜘蛛和幾隻在石板上想入非非的蒼蠅。好了，玩笑也開了，戲也演完了。第一幕戲是：亞森．羅蘋得救。第二幕是：弗洛朗斯．勒瓦瑟得救。第三幕，也是最後一幕：惡魔先生完蛋了。多麼有趣啊！」

唐路易站起來，滿意地打量著自己的作品。然後攔腰抱起俘虜，走到井口。將他慢慢滑進井口，懸空吊在又黑又窄的井中間。

唐路易走了，朝一片松林走去，他剛才把弗洛朗斯安置在那裡。

遭受了可怕的折磨之後，勒瓦瑟虛弱不堪，但已經有了精神，意識也清楚了，她正在等著唐路易。

「完了。」他簡單地說，「明天，把他交給司法當局。順著圍牆，向左拐，我們會走到汽車那裡……

我送你回阿朗松……在中央廣場附近，有一家很安靜的旅店……你可以在那兒靜待案情出現有利於你的變化……不用多久，因為罪犯抓到了。」

「走吧。」她說。

一路上汽車開得很快，一會兒就到了阿朗松。唐路易隨便用了個名字，替弗洛朗斯登記了房間，接著便讓她獨自休息。過了一個鐘頭，他來敲門。

「弗洛朗斯，」他說，「在把那傢伙送交司法當局之前，我想弄清楚他跟你究竟是什麼關係。」

「朋友，一個不幸的朋友。」她肯定地說，「幾年前，我認識他的時候，他不是這樣的。他身體虛弱、有殘疾，我見他已經有了短命的徵兆，才生出惻隱之心。有時他也給我一些幫助，漸漸地，不知不覺中他對我越來越有影響。我相信他對我是絕對忠誠的，直到莫寧頓案件發生時。我現在才意識到，是他先支配我，後來又支配了加斯通・索弗朗。是他逼我說謊、演戲，令我相信他是為了救瑪麗安娜才那麼做。是他使我們對你產生懷疑。是他讓我們養成習慣，閉口不提他和他的活動，加斯通・索弗朗與你會面時，一個字都不敢提到他。我怎麼盲目到這種地步，我自己也不清楚。可事實就是這樣。沒有一件事讓我對這個疾病纏身、害不了人、一生中一半時間是在療養院和診所度過的人生出片刻懷疑……」

弗洛朗斯的話沒說完，她看到了唐路易的目光，覺得他並沒有聽自己說話，只是定定地望著自己。她的臉立即紅了，唐路易捕捉到了這瞬間的表情，走近年輕姑娘，低聲道：「弗洛朗斯，你知道我對你的感情，是吧？你或許不清楚，我的生活目標不是別的，就是你？」

勒瓦瑟坦白地回道：「我知道，我都知道。」

唐路易搖晃著身子，陶醉在幸福之中。他的嘴唇顫抖著，眼睛噙著熱淚。若是依他的本性，他會一把抱住年輕姑娘，像孩子一樣，嘴對嘴，心貼心，盡情地親上一吻。可是他太尊敬她了，不敢造次。可是終究按捺不住滿腔的激情，撲通一聲跪在姑娘腳下，熱切地傾訴著一片衷情。

18 魯冰花花園

次日早上，不到九點，總理瓦朗格萊在家中與警察局長閒聊。他們都相信唐路易會帶著真正的兇手來見他們。果然，九點的鐘聲敲響時，唐路易．佩雷納出現在門口。

「怎麼樣？」總理立即問他。

「辦好了，總理先生。」

「那歹徒呢？應該是個粗壯漢子，蠻橫粗野、桀驁不馴的傢伙吧？」

「是個殘疾人，總理先生，一個身心都不健康的傢伙……當然，還能對自己的行為負責。可是醫生可以在他身上發現各種疾病，如衰弱、脊髓炎、肺結核等等。」

「弗洛朗斯．勒瓦瑟愛的就是這麼一個人？」

「總理先生，」唐路易大聲說，「弗洛朗斯可從沒愛過那傢伙。她對那傢伙只有同情，那是人們對活不了多久的人所表示的感情。正是出於同情，她才讓他生出希望，以為將來她會嫁給他。總理先生，這是女人的同情心，很好解釋，因為弗洛朗斯對這人所充當的角色毫無預感。她一直以為他是個誠實忠厚的人，覺得他很聰明，所以有事便向他請教，在營救瑪麗安娜．弗維爾的活動中讓他牽著鼻子走。」

「可以在司法機關做出調查報告前，讓我們先了解這個傢伙嗎？」

「好的，總理先生。他名叫讓．韋諾克，原籍阿朗松，由朗琪諾先生撫養成人。後來他認識了德代絮拉瑪夫妻，把他們的錢財洗劫一空，並趁他們還沒有去法院起訴時，把他們引到弗爾米尼村的一個倉庫。在那兒，兩夫妻灰心絕望，昏昏沉沉，吃了一些藥，就糊糊塗塗地上吊自殺了。接著，他把保護人朗琪諾先生的錢箱偷竊一空，又在他的獵槍裡上了彈藥，致使朗琪諾擦槍走火。然後他來到巴黎，享用著那些掠奪來的錢財。在這裡，他碰到一個機會，從一個狐朋狗友手裡買到了證明弗洛朗斯．勒瓦瑟的出生，以及享有繼承羅素家族和維克托．索弗朗遺產權利的文件。這些文件本來由那位把弗洛朗斯從美洲領回來的老奶媽保管，是那位狐朋狗友從她手裡偷來的。於是，讓．韋諾克千方百計找到了弗洛朗斯，利用她的同情心，在思想上控制了她。尤其是在知道了柯斯莫．莫寧頓的那份遺囑後，他開始了一系列的犯罪活動。

「他從朗琪諾老爹，也就是伊波利特．弗維爾老友的文件裡，得知了羅素家幾姊妹的許多事情，也獲悉弗維爾夫妻感情不和。總之，礙事的只有五個人，必須一一解決掉。他偽裝成醫生，走進柯斯莫．莫寧頓的家，把毒藥注入一個瓶子，莫寧頓注射以後就斃命了。

「對付伊波利特．弗維爾就難了幾分，不過，因為朗琪諾的緣故，他了解到弗維爾對妻子懷有怨恨，又得知弗維爾患了不治之症。於是在倫敦，在弗維爾向專家求診出來，悲觀絕望之時，他往弗維爾驚懼的心裡灌輸了那令人難以置信的計畫。一下除掉了弗維爾父子兩個，並把髒水往瑪麗安娜和索弗朗身上引，把他們也打發走。

「他的陰謀就要得逞了，在執行整個計畫的時候，卻碰到了一點小麻煩，那就是韋羅警探的介入。於是，韋羅警探被害死了。

「在將來，只有一個危險，就是我唐路易．佩雷納的介入。韋諾克大概已經預見到我會出面，因為柯斯莫．莫寧頓指定我為遺贈財產承受人。韋諾克想消除這個危險，先是讓我買下波旁宮廣場公館，又安排弗洛朗斯．勒瓦瑟當我的秘書，接著又通過加斯通．索弗朗四次謀害於我。

「這樣，整個慘劇的線索都操縱在他手裡。眼看就要達到目的了，這時我的努力已經揭示出瑪麗安娜和加斯通．索弗朗是無辜的。於是他一不做，二不休，把瑪麗安娜和加斯通．索弗朗都害死了。

「對他來說，一切順利。我被警方追捕，弗洛朗斯也是如此。他卻置身事外，沒有任何人懷疑。而交付遺產的期限到了。他住進了岱納大街的診所，操縱著事情的進展。

「總理先生，以後的事情，你都知道了。弗洛朗斯突然發現自己在這場慘劇中不自覺地扮演的角色，尤其是發現了讓．韋諾克扮演的可怕角色，大為震驚，極為慌亂。當時她只有一個想法，就是找到讓．韋諾克，要他說個明白。不料，讓．韋諾克把她騙上汽車，引到阿朗松。並準確地預見到我會追去，便設下了陷阱，欲置我和弗洛朗斯於死地。

「從前讓．韋諾克寫過一封信，表示要把屬於他的一切留給弗洛朗斯。而弗洛朗斯一直同情他，再說也不知道這種行為的重要性，也寫了一封同樣的信給他。這樣，倘若弗洛朗斯死了，這封信就成了真正無懈可擊的遺囑，而那筆遺產也就會合法地落到他的口袋。事情經過就是這樣。」

「可是證據呢？司法機關要的是證據。」瓦朗格萊問道。

「在這裡。」佩雷納掏出一個栗色皮夾，「這是一些文件和書信，讓．韋諾克出於一種大奸大惡之人都有的心理變態，把它們保存下來。他和弗維爾先生的通信，通知我波旁宮廣場公館待售那封信的底子，去阿朗松截取弗維爾給朗琪諾老爹的信的筆記。喏，這是證明韋羅偵探聽到了弗維爾與韋諾克之間談話的筆記，還有他與秘魯人卡塞雷斯的通信，以及幾封準備寄往報館、揭露我和馬澤魯真實身分的信……還需要說下去嗎，總理先生？你已經掌握了最充分，最全面的材料，司法當局會告訴你，前天我在局長先生面前所做的指控，句句真實，沒有半點虛構。」

「好哇，」瓦朗格萊說，「你什麼都預見到了。不過，有一點我還是不明白。那蘋果上的齒痕，那虎牙，明明是弗維爾夫人的，可是弗維爾夫人卻又是無辜的，這是怎麼回事呢？」

「很簡單，總理先生，讓・韋諾克的文件證實了我的判斷。蘋果上留下的，確實是弗維爾夫人的齒痕，可是弗維爾夫人並沒有咬過那只蘋果。幾年以前，在巴勒莫，弗維爾夫人不小心摔倒了，嘴巴磕在一座大理石托架上，上下幾顆牙齒都磕鬆了。為了治療，牙醫為她澆鑄了一副精確的牙齒模型。這副模型被弗維爾先生偶然保存了下來，自殺的那天夜裡，他用這副模子在蘋果上留下了妻子的齒痕。韋羅偵探大概曾偷出過這副模型，為了留下物證，他把它印在一塊巧克力上。」

「喔！喔！」

談話接近尾聲，瓦朗格萊準備兌現他對唐路易的承諾，給他自由，並且釋放馬澤魯。至於弗洛朗斯・勒瓦瑟，還須去預審法庭受審，免予起訴後再辦理合法的繼承手續。

八天以後，唐路易・佩雷納帶著馬澤魯，登上那艘送他來法國的遊艇離開法國，弗洛朗斯自然也在這艘遊艇上。

出發前，他們獲悉讓・韋諾克死了。儘管採取了防範措施，他還是服毒自殺了。

唐路易與弗洛朗斯・勒瓦瑟結了婚，住在聖馬克盧村風光秀美的山谷之中。有時，一些遊人會來敲山谷中那個小小的柵門。唐路易夫婦總是為他們提供盡可能的幫助。有時，也會有警察總局的密使，或者警察中的某個下級軍官前來拜訪，說出他們遇到的難題。這時唐路易也毫不吝惜他頭腦裡取之不竭、用之不盡的辦法。除了這些，他還耕種了一片花園，取名「魯冰花」[2]，種滿了各式各樣的魯冰花。它們緊緊地擠在一起，像一隊隊士兵，都盡力挺胸昂首，想高人一等，把一串串粉嘟嘟的嬌豔無比的花朵朝向太陽，真

❷ 魯冰花的法文為lupin，與亞森・羅蘋（Arsène Lupin）同音，故魯冰花花園又可譯為羅蘋花園。

是壯觀極了。

唐路易在最近一次接受記者採訪時說：「在亞森・羅蘋的冒險生涯裡，他始終認為，有一種美德不僅不應該受到鄙視，在這種憂鬱年代尤其應該受到重視。這種美德他有：就是微笑！」

八大奇案 1922

古堡老鐘的八聲鳴響，召喚了亞森．羅蘋前來。
且看亞森．羅蘋偵破沉寂二十年的詭秘命案，
化解奧爾唐瑟小姐的戀情危機。
因緣際會下，兩人建立合作關係，協議再一起破解七件奇案，
浪漫的冒險就此展開……。

Arsène Lupin

~ gentleman cambrioleur

1 塔頂的秘密

每年九月的第一個星期，拉馬雷澤城堡的主人德・埃格勒羅舍伯爵和夫人都要邀請幾個親朋好友和附近的鄉紳，在這裡舉行一年一度的狩獵活動。今年也不例外，只是在狩獵會的前夜，有了這樣一個小小的插曲。

埃格勒羅舍伯爵和姪媳婦奧爾唐瑟・達尼埃爾為了繼承遺產的事，鬧得有些不愉快。奧爾唐瑟和情人羅西尼相約私奔。

羅西尼是一個肥胖臃腫的大漢，生就一副大紅臉，從臉頰到下巴留著濃密的絡腮鬍。雖然那鬍子看上去令人生厭，倒也梳理得整齊。他如約來到奧爾唐瑟的窗下，小心翼翼地問道：「怎麼樣了？」

「咳，昨天晚上，我和舅舅、舅媽大吵了一頓。我的律師將起草的文件送交給他們，他們完全拒絕在上面簽字，就是說，完全拒絕歸還我從父母那兒繼承的鉅額遺產。而且還拒絕歸還我丈夫揮霍掉的我的那部分財產。」

「可是，根據你結婚時財產設定的期限，你叔叔是應該負責的。」

「這都無關緊要。就讓他拒絕去吧。」

「那你打算怎麼辦呢？」羅西尼問道。

「當然是和你一起遠走高飛。」奧爾唐瑟笑著問道。

「我一定會讓你滿意的。你知道，我愛你愛得都要發瘋了。」

「好吧，我已經受夠了。我在百無聊賴的生活中一天天長大，我活得太疲倦了。所以，我準備去冒險。這是我的行李，接著！」

奧爾唐瑟從窗口遞出去兩個又大又長，用皮革和帆布做成的工具袋，羅西尼伸手接住了袋子。

「走吧，你開車，在十字路口等我一下，我騎馬隨後就到。」奧爾唐瑟吩咐道。

「你要把馬一起帶走嗎？」

「當然不，這匹馬自己會回家的。」

「好極了！」羅西尼接著說，「還有一件事，順便問一下。昨天你和雷尼納親王一起去騎馬，好像騎了很長時間。看得出，他很喜歡你。不過，我看傢伙很不順眼。」

「是嗎？哈，他這種男人我是不會喜歡的。再說，兩個小時之後，在你的陪伴下，我就要離開這個家了。這件事會讓他平靜下來的。我們說話的時間已經太久了，剩下的時間也不多了，你該走了！」

羅西尼背著大皮包，沿著空無一人的林蔭路走了，奧爾唐瑟籲了一口氣，關上了窗戶。

東方泛白，遠處的獵場裡，獵人們吹響了起床的號角，成群的獵犬也突然狂吠起來。奧爾唐瑟慢條斯理地穿好衣服，她身著女式騎馬裝，標致勻稱的身軀，顯露出她體態的曲線美。她姿容豔麗，褐色的頭髮上戴著一頂寬沿兒的氈帽。她在寫字臺前坐了下來，開始給她的舅舅德．埃格勒羅舍先生寫告別信。但這實在是一封難以啟筆的信，奧爾唐瑟寫了幾次，都因為打不定主意而就此擱筆了。

「算了，還是等他消消氣，以後再說吧。」她自言自語地說。

奧爾唐瑟離開自己的房間，下了樓，來到用餐室。

高大的房間佈置得很氣派，壁爐裡大塊大塊的圓木燃燒得正旺，牆上掛滿了來福槍和獵槍等戰利品。客人們正從四面八方聚集到這裡來，他們和埃格勒羅舍伯爵不停地握手。而伯爵則站在壁爐前，手裡拿著一杯陳年白蘭地，舉杯祝福每一位來賓身體健康。

奧爾唐瑟走到舅舅身邊，心不在焉地吻了他一下，又勸說他不要喝多了酒。伯爵不以為然，拿起酒杯一飲而盡。

雷尼納親王朝奧爾唐瑟走了過來，這是個年輕的男子，穿著一身華麗的衣服，一張清瘦的臉顯得非常蒼白，他的眼睛裡交替流露出複雜的表情，時而含情脈脈，時而冷酷無情，時而和藹可親，時而含譏帶諷。

他十分殷勤地邀請奧爾唐瑟與自己一道繼續昨日的那種散步，但心中有事的奧爾唐瑟只是草率地敷衍了幾句，然後和自己周圍的幾個人握了握手就離開了房間，徑自走到外面去了。

一個馬夫牽著馬在臺階下等著，奧爾唐瑟上了馬，朝著獵場那邊的樹林裡疾馳而去。

寂靜的早晨，天氣還有一點兒涼意。奧爾唐瑟騎著馬，穿過小樹林，順著彎彎曲曲的林蔭道上往前走。半個小時以後，她到達了被高速公路橫斷開、位於峽谷和斷崖中間的一個小村子。

萬籟俱寂，四處沒有一點兒聲音。羅西尼已經到了，他把發動機的引擎關掉，藏在十字路口附近的灌木叢裡。

奧爾唐瑟隨意地把馬拴在樹上，這樣它可以很容易地掙脫繩子，跑回家去。接著，她上了車，把一件大的披風裹在自己身上。汽車在長滿雜草的狹窄小路上往後倒退，一直退到十字路口。羅西尼就加大了油門，加快了速度。就在這個時候，從靠近右邊的樹林裡傳來了一聲槍響，汽車由一邊向另一邊偏了過去。

「一個前輪胎爆了！」羅西尼大聲喊叫著來了個急剎車，然後跳了下去。

「不，絕對不會是輪胎的事兒！」奧爾唐瑟大聲地說，「是有人開槍！」

「不可能，親愛的！不可能有這麼荒唐吧……」

羅西尼話音未落，他們又感覺到了兩下輕微的震動，兩聲更響的聲音傳了過來。寂靜的樹林裡出現這些響聲，真是有點兒太離譜了。

羅西尼咆哮著：「後輪胎現在也爆了，前胎和後胎都壞了！你真說對了，就是有人瞄準汽車開槍！該死的！混帳東西！我們要被困在這裡幾個小時了！有三個車胎要補。怎麼辦呢，親愛的？」

奧爾唐瑟從車上跳下來，非常激動地說：「我想過去看一看。我想知道，是不是有人在開槍，我想知道開槍的人到底是誰。」

「這……我們的計畫……」

「明天再說吧，你把我的東西先帶回去，我們暫時分頭行動。」

奧爾唐瑟丟下羅西尼匆匆忙忙地走了，她的運氣真不錯，那匹馬居然還沒走。於是，她快馬加鞭地朝著和拉馬雷澤城堡相反的方向疾馳而去。

在奧爾唐瑟的心裡已經認定，這三槍是雷尼納開的。因為剛才她拒絕這位親王的邀請時，他曾半帶微笑，半帶專橫地說過一句：「你會來的，我深信不疑！」

「就是他，」她低聲說道，「就是他，別人誰都不會幹出這種事情。」

奧爾唐瑟胸中燃燒的怒火真是難以按捺下去，她覺得自己蒙受了巨大的恥辱，眼淚撲簌簌地流下來。此刻，要是雷尼納站在面前，她會毫不猶豫地用馬鞭狠狠地抽打他一頓。

馬跑得很快，奧爾唐瑟到達目的地了。在山谷的轂底，可以看得見古老的獵場周圍的高牆，牆上佈滿了裂縫，長滿了青苔和雜草。雜草叢中，露出一個城堡的球形炮塔和幾扇上了百葉的窗戶。這就是德・哈林格里城堡。

奧爾唐瑟順著牆跟往前走，拐了一個彎以後，來到了入口處前邊的一片月牙形空地，雷尼納牽著馬站在那兒，微笑著注視著她。

奧爾唐瑟從馬上跳下來，雷尼納摘下帽子，很熱情地鞠了一躬。

奧爾唐瑟怒不可遏地質問親王，出乎她的意料，雷尼納毫不遮掩地承認自己就是那個開槍人。他解釋說，這樣做的目的是在保護奧爾唐瑟，避免她遭遇到一個想要佔便宜的男人的麻煩。羅西尼是一個犯有前科的人，他所做的一切都是為了準備誘騙奧爾唐瑟。

奧爾唐瑟愣住了，她剛才還在生氣，現在氣已經全消了，她用驚異的目光看著雷尼納。接下來發生的事，更讓奧爾唐瑟感覺到了雷尼納的不同凡響。

親王溫文儒雅地對她說道：「我對你的情況知道得並不多，夫人，但是我所知道的情況，已經完全可以讓我想到，我對你是有用的。」

「你現在二十六歲了，雙親都已過世，七年前，你和德．埃格勒羅舍伯爵的外甥結了婚，成了他的妻子。但你的這位丈夫精神不正常，被關了起來。你不能要求離婚，但你的嫁妝和你父母留下的鉅額遺產都被伯爵掌握著，所以你不得不和你丈夫的舅舅德．埃格勒羅舍伯爵住在一起。

「伯爵和伯爵夫人的性情不和，他的第一個夫人丟下他，跟著現在這個伯爵夫人的前夫跑了。兩個被拋棄的人出於怨恨而結合在一起。這樣的婚姻中，除了失望和敵視之外，什麼都沒有。這讓你也受到了株連，一年中，這個家庭有十一個月或者更多的時間生活在單調、寂寞中。於是，有一天，你遇到了羅西尼先生，他愛上了你，還提出來要和你一起私奔。而你對他並沒有絲毫愛意，僅僅因為你對現在的生活已經厭煩了，你感覺自己的青春年華正在被白白地浪費掉。所以你渴望著發生一些意想不到的事情，渴望著冒險。換句話說，你的目的很明確，就是去做自己想做的事情。而且你還在天真地希望，這件醜事會迫使伯爵退出屬於你的那些財產，以確保你能獨立生存。

「這就是你所處的環境，對嗎，夫人？現在，你必須做出選擇：要麼投入羅西尼的懷抱，要麼信賴我。」

奧爾唐瑟一直認真地聽著雷尼納的話，此時她抬頭看著他的眼睛。面前的這個男子究竟是什麼意思呢？他有什麼樣的目的呢？

沉默了片刻之後，雷尼納開始忙碌起來。他先是把兩匹馬牽過來，拴在了一起。接著，又去查看那兩扇笨重的大門，然後用一把多功能工具小刀將門鎖撬開。

大門被打開了，眼前一片荒涼，地上長滿了歐洲蕨。大門一直通向一個已經荒廢了的長方形建築物，在這幢房子的每一個角上都有一座角樓，在中間一個更高的塔上，有一個瞭望臺。

「如果你現在無法做出選擇，那就別著急，我是有耐心的人。走吧，先來看看這座阿蘭格爾城堡吧。」雷尼納說道。

奧爾唐瑟跟著雷雷尼納來到一處樓梯，拾級而上，到了這座建築物的頂上。在這兒，也有一道門。雷尼納用同樣的辦法把門打開，他們走進了一個大廳，大廳的地面上鋪著黑白兩色、堅硬而又光滑的大石板，大廳裡陳列著古老的餐具架和唱詩班席位中牧師的座位，廳裡的一切物品都被面紗一樣的蜘蛛網籠罩著。

「顯然，這是客廳的大門，得打開它。」雷尼納說，但立刻他就發現，想要打開這扇門，比起剛才來，困難得多。這是唯一的一扇他用肩膀扛了幾次才挪動的大門。

奧爾唐瑟沒有說一句話，雷尼納這一連串嫻熟的破門而入的行為，讓她感到非常震驚，雷尼納猜透了她的心思，轉過身來，用嚴肅的口氣對她說道：「這對我來說，不過是一件輕而易舉的事情。我從前當過鎖匠。」

「聽！什麼聲音？」奧爾唐瑟突然抓住雷尼納的胳膊低聲說道。

「什麼？」

奧爾唐瑟用手使勁捏了親王一下，示意他別出聲。幾乎同時，雷尼納喃喃低語：「嗯，這真是太莫名其妙了。」

「聽，聽！」奧爾唐瑟侷促不安地重複著，「這怎麼可能呢？」

離他們站的地方不遠，一種清晰的、反覆輕輕敲打的聲音傳了過來。兩人聚精會神地聽了一會兒，就分辨出那是鐘錶嘀嗒嘀嗒的響聲。走近一看，一個很大的黃銅鐘擺像節拍器一樣發出有節奏的聲音。

「奇怪，」奧爾唐瑟結結巴巴地說，「這裡已經很久沒有人來過了。」

「對。」

「可是，那個座鐘的發條無人上緊，要連續走二十年是不可能的呀？」

「根本就不可能。」

「那麼——」

雷尼納沒有再搭話，他一邊以目光搜索著四周，一邊琢磨。房間裡的東西看起來並不是那麼雜亂無章，曾經住在這城堡裡的人，把這間屋子佈置得極為獨特。

雷尼納端詳著那架古典式有擺的落地大座鐘，座鐘被放在一個巨大的雕刻而成的鐘罩裡，透過橢圓形的玻璃鏡片，可以看見鐘擺的圓盤。他打開座鐘的門，擺杆下懸吊的鐘擺位於最低點。

就在這時，只聽得「卡嗒」一聲，接著，這架座鐘就連敲了八聲，這是奧爾唐瑟永遠都不會忘記的莊重的聲音。

「多怪呀！」她說。

「真是太離奇了，」雷尼納的臉上也露了些許詫異，說道，「這架座鐘的零件很簡單，最多能走一個星期。」

「沒有什麼特別的，是吧？」

「是啊，沒有——咦，這是什麼？」

雷尼納彎下腰，從鐘罩的後面拉出一個金屬管子，他把管子舉起來，對著光亮的地方。

「望遠鏡，」他思索了一會兒，說道，「為什麼要把望遠鏡藏起來呢？而且這個望遠鏡已經被拉到了最長。這意味著什麼呢？」

雷尼納關上鐘罩的門，繼續他的觀察。透過一扇寬大的拱門，可以看到一個更小的房間。雷尼納走了進去，這個房間好像是一間吸菸室，屋裡佈置得很得體。一個存放槍支的玻璃櫃已是空空如也，控電板附近掛著一本日曆，上面的日期是九月五日。

「天啊，」奧爾唐瑟驚奇地大聲喊道，「這日曆上的日期和今天的日期一模一樣！這是周年紀念日！每年九月五日是舅舅招待客人舉行大狩獵會的日子。

「真是太出人意料了。還有這個望遠鏡，」雷尼納隨聲附和著，若有所思地說，「它是用來幹什麼的呢？這是一個山谷，視野很不開闊。要想使用這個望遠鏡，人們就必須爬上房頂才行。對了，我們上去好嗎？」

奧爾唐瑟想也沒想就答應，籠罩著整個冒險行動的神秘感激發了她強烈的好奇心。於是，他們倆繼續往樓上走去，上到三樓樓梯平臺後，他們找到了一個通向瞭望臺的螺旋樓梯。沿著樓梯上去，在這幢建築物的頂部有一個露天的平臺，周圍用六英尺高的胸牆作圍欄。

「看來，這個望遠鏡在這房頂上邊沒有一丁點兒用處。」奧爾唐瑟聳聳肩說，「我們還是先下去比較好。」

「不，」雷尼納說，「按照一般的邏輯推理，肯定有一處隘口，從這個地方可以看得見田園的風光，這也就是使用望遠鏡的地方。」

他用自己的雙腕支撐在胸牆的頂部，懸起自己的身體，立刻就發現，這是個俯瞰整個山谷的有利地勢，包括獵場和地平線上高大的樹木都盡收眼底。在距離七、八百碼遠的地方，矗立著另一座塔，這座塔又粗又矮，已經成了一片廢墟，從上到下蓋滿了常春藤。

雷尼納回轉身，銳利地觀察著平臺，很快就找到了一個直徑大約有五英寸的洞口。他走過去，弓著腰，看了看洞眼的深淺寬窄，然後將望遠鏡插了進去。位置太精確了！

雷尼納連續看了三、四十秒鐘的樣子，聚精會神，一言不發。然後，他直起身來，用低沉而沙啞的音調對奧爾唐瑟說道：「太可怕了，這真是太可怕了。竟然有兩具骷髏，你要看嗎？」

奧爾唐瑟將信將疑地彎下腰，幾乎是一瞬間，她大聲地喊叫起來：結結巴巴地說道，「這太可怕了，太可怕了！」

半個小時以後，奧爾唐瑟和雷尼納離開了阿蘭格爾城堡。動身之前，他們先到那座長滿常春藤的塔式建築去看了看。那是一座古老城堡的主塔，已經破敗不堪了。塔裡面空蕩蕩的，樓梯和梯子已經散了架，散亂地扔在地上。古塔後面的那堵牆就是獵場的盡頭了。

讓奧爾唐瑟有幾分不解的是，雷尼納一反剛才的神態，好像已經不想再多花些時間進行調查了，似乎對這件事已經完全失去了興趣。一路上他甚至提也不提這件事，領著奧爾唐瑟在附近一個村子的一家小旅店裡吃了一頓便飯，休息了一會兒，就騎著馬朝著拉瑪麗澤方向奔馳而去。

奧爾唐瑟一次又一次地回憶起剛才映入他們眼簾的淒慘情景，忍不住問雷尼納。而這位親王卻揚言要先解決有關羅西尼的問題。

奧爾唐瑟懷疑地看了看他，想知道他是不是在捉弄自己。可是，雷尼納的表情看上去卻相當嚴肅。光線已經漸漸暗下去了，他們騎著馬跑得更快了。就在離拉瑪麗澤城堡不遠的地方，他們碰到了狩獵歸來的隊伍。

回到拉瑪麗澤城堡，奧爾唐瑟和雷尼納分手後，回到房間，發現了自己的行李和羅西尼寫給她的信。羅西尼在信裡大發雷霆，並且正式宣佈和她分道揚鑣。

奧爾唐瑟長長地出了一口氣，之前，她還在考慮如何跟羅西尼解釋，現在一切問題都解決了。

十幾分鐘後，雷尼納敲響了奧爾唐瑟的房門，請她和自己一道去見伯爵先生。

埃格勒羅舍伯爵毫不掩飾自己想讓奧爾唐瑟接近親王的意圖，但雷尼納卻提到了下午和奧爾唐瑟在古堡遇到的怪事。

伯爵很驚奇，他很肯定地說，自己對此完全不知情。雷尼納一針見血地指出，阿蘭格爾城堡屬於德·埃格勒羅舍家族。代表這個家族的紋章是一隻雄鷹，它就站在礁石堆砌起來的一堆石頭上，看到這只鷹馬上就會使人產生聯想。

聞聽此言，伯爵顯得非常詫異。他推開面前的酒瓶和酒杯說道：「這就是你要告訴我的事情嗎？我想不起來我們還有這種鄰居。」

雷尼納搖了搖頭，微笑著說：「我相信肯定有的，先生。只是，你不會主動地承認自己和那個神秘的城堡主人之間有什麼親戚關係罷了。」

「我想，按你的說法，他肯定不是一個有社會地位的人吧？」

「打開窗戶說亮話吧，那個人就是兇手。」

「你這是什麼意思？」

伯爵從自己的椅子上站了起來，奧爾唐瑟也激動起來，不等雷尼納回答，她就大聲問道：「你敢肯定那是一樁兇殺案，而且這樁兇殺案是由這個家族中的某一個成員幹的嗎？」

「完全可以肯定。」

「可是，你為什麼這麼有把握呢？」

「因為，我知道這兩個遇難者是誰，而且還知道是什麼原因造成了他們的被害。」

雷尼納的語氣堅定，聽起來，似乎他真的掌握了什麼可靠的證據。埃格勒羅舍伯爵開始在房間裡來回踱步。隔了好長時間，他終於開口了：「我總是本能地感覺到，這裡曾經發生過什麼事情，但是，我從來沒有想過要把事情的真相弄清楚。對了，其實，在二十年前，我有一個親戚，一個遠房的堂兄常常住在阿蘭格爾城堡裡。考慮到家族的名譽，我希望這件事——實際上我也只是懷疑——永遠不要傳出去。」

「那麼你的意思是，你曾經懷疑你的這個堂兄殺了人？」

「是的，但他是迫不得已的。」

雷尼納搖了搖頭略帶嘲諷地說：「對不起，我不得不改變一下我的措詞，我親愛的先生。事實的真相恰恰相反，你的堂兄——假若真的有這麼個堂兄——他是個殘酷無情的人，這場謀殺相當陰險。」

「你還知道些什麼？」伯爵的臉上有一絲不安。

雷尼納收起掛在嘴角的笑意，該是說出真相的時候了。儘管奧爾唐瑟無法猜測雷尼納即將說出的事實，但是看著親王嚴肅的神情，她知道事關重大。

「這件事非常簡單，」雷尼納說，「種種跡象告訴我，你的堂兄——應該也叫他埃格勒羅舍先生吧——已經結了婚，在他莊園的附近住著另一對夫婦，他們的關係一直不錯，直到有一天，發生了一些事情，擾亂了這種平和的相處。至於詳情，我說不出來。但是，有一些模糊的情節曾經在我腦海裡出現。那就是埃格勒羅舍夫人——你堂兄的妻子——經常在覆蓋著常春藤的塔裡和鄰居家的丈夫幽會。埃格勒羅舍目睹了這一幕，決心報仇雪恨。但又不想讓這件醜聞傳開來。於是，他想到了這種方式，殺掉他們！他觀察到城堡的這幢房子有一部分是瞭望臺，站在瞭望臺上可以看見八百碼外的塔樓頂，也就是那對男女的幽會之處。這裡無疑是瞄準的最佳地點，所以，他對那個地方所有的距離做了全面仔細的測量和計算，在瞭望臺的胸牆上穿了一個洞，把一個望遠鏡放進洞裡，兩個戀人約會時的情景盡收眼底。機會終於來了，九月五日，星期天，趁城堡裡的人都去做禮拜，他在瞭望臺用兩發子彈解決了所有的問題。」

雷尼納停了下來，銳利地盯著伯爵。夜幕慢慢地降臨了，光明與黑暗抗爭著。伯爵用手撫了撫額角，低聲說：「是的，如我所料，的確有這樣……這樣一件事發生了。而我的……我的堂兄……」

「也就是兇手！」雷尼納打斷了伯爵的話，「完事之後，他用一大塊泥巴堵住了洞口。為了慎重起見，他把木樓梯毀掉了，再沒有人上過塔頂，也就更沒有人知道還有兩具屍體正在那座塔頂上腐爛。他真的是個很聰明的人，現場收拾得相當乾淨。而且，他很快地把妻子和鄰居家的丈夫一起失蹤的消息傳了出去。於是，人們的猜測對他變得異常有利，換句話說，他像一個受了天大委屈的丈夫，完全有權利指責私奔的妻子和負心的朋友。」

奧爾唐瑟吃了一驚，她已經聽出了雷尼納的弦外之音，所有的敘述顯然是沖著伯爵來的。但是她不明白，看起來這應該是兩件不相關的事，雷尼納為什麼要把它們混在一起呢？

奧爾唐瑟轉過身來，面向伯爵，後者雙臂交叉正安安靜靜地坐著，他的頭隱在燈罩投下的陰影裡。他為什麼不提出抗議呢？

「聽我說，奧爾唐瑟，」雷尼納鎮定自若，「我知道你很困惑，但這就是同一件事。在那個不平常的夜晚，也就是九月五日晚上八點，埃格勒羅舍先生以追趕私奔的一對戀人為由，用木板封好門，離開了城堡。臨走時，他拿走了玻璃櫃裡的槍支彈藥。在最後的一分鐘，他產生了一種不祥的預感，那個用於觀察並且起了很大作用的望遠鏡不能留在這裡。匆忙中，他把望遠鏡扔進了座鐘的罩裡，無意間卡住了鐘擺，時間在那一刻停留了。正所謂人算不如天算，他這一拋，為我們在二十年後接近真相創造了機會！下午，我用力頂開大廳的門，震動了屋裡的東西，鐘擺鬆了，座鐘開始走了起來，而且連敲了八聲。我的思路也因此更加清晰了。」

面對雷尼納合理的推斷，奧爾唐瑟仍然有些不敢相信，她結結巴巴地要求雷尼納拿出證據。

「證據？」雷尼納提高嗓門回答說，「太多了。我們都知道，除了一個射擊的行家裡手，除了一個怒火中燒的冒險者之外，誰又能殺死遠在八百碼以外的人呢？伯爵先生，我的話，你是否同意？再者，除了那些槍支，房子裡的其他東西都沒有拿走。因為對於兇手來說，這既是他的最愛，也是一種戰利品。他完全可以像伯爵先生一樣，將它們掛在自家的牆上！至於九月五日，則是一個令人難忘的日子。二十年來，每到這個時候，兇手神情恍惚，心煩意亂。他只有不斷地尋找一些其他的事情來消遣，比如說打獵。這些，對於你——」雷尼納猛然間指著埃格勒羅舍伯爵，「難道還不是足夠的證據嗎？」

伯爵無言以答，雙手抱頭，癱在了椅子裡。

儘管有幾分驚訝，但奧爾唐瑟沒有提出任何的意見。面前的這個人，她從來就不喜歡。聯想到他對待自己那筆遺產的事，奧爾唐瑟完全相信了雷尼納的指控。

屋裡一片沉寂，過了好久，埃格勒羅舍伯爵站起來，為自己連著斟了兩杯酒，而後辯解說，不管這事是真是假，一個男人為了不忠的妻子犯下了錯事，不能說成是犯罪。

雷尼納馬上反駁了伯爵的說法，並提出了讓人意想不到的另一個殺人理由。兇手根本是一個貪圖朋友錢財、誘姦朋友妻子的男人。為了達到自己的目的、為了保證自己的自由、為了除掉朋友和自己的妻子，他給他們設下了一個陷阱。他提議讓他們去參觀那座孤零零的塔，然後安全地掩蔽在遠處，用子彈射殺了他們。

「不，不，」伯爵的聲音顫抖著，「所有這一切都是假的。」

「我並沒有說這一切都是真的，我是把我的指控建立在證據之上，而且憑著我的直覺和你剛才的爭辯。現在看來，這是極為正確的。我承認，對於第二種說法，還沒有充分的證據來證明它。但是，如果它是不正確的話，你為什麼又會感到自責呢？一個人對懲罰罪犯是不應該感到自責的。」

「你錯了，那畢竟是兩條人命，換了誰都會有心理負擔的。」伯爵無力地說。

「可是，我仍然不明白，你的第二次婚姻意圖何在？是想合法地得到鄰居的財產？還是你和那位夫人早有情意，有約在先？這些問題，我都不清楚，而且我也不想知道。警方會處理的，他們會把問題弄個水落石出。」

埃格勒羅舍先生不知所措，僵直地靠在了椅背上。

「你打算去報告警察嗎？」

「不，不，」雷尼納說，「首先，是訴訟時效的問題；其次，我相信，二十年的痛苦回憶，內疚、恐懼已經夠你受的了。最重要的一點是，我不願意把這件令埃格勒羅舍先生的外甥媳婦難堪的醜聞公佈於眾。好了，讓我們把這些不光彩的事甩到九霄雲外去吧。」

伯爵眼睛一亮，彷彿看到了一絲希望。他重新坐回到桌旁的椅子上，問道：「你的意思是……」

「很簡單，你只需要付出一點點代價。」

雷尼納的語氣讓伯爵重新樹立起自己的信心，他的嘴角露出一絲不為人知的譏笑。

「你開個價吧，要多少？」

雷尼納轟然大笑起來：「你又錯了，先生！你以為我是為了你的錢？我做事的原則是榮譽第一！說到錢嗎，在這件事裡，頂多也只是歸還的問題。」

「歸還？」

「是的，奧爾唐瑟從她父母那裡所繼承的遺產被你的外甥揮霍一空，你有義務償還。我知道你的抽屜裡有一份與奧爾唐瑟的財產調解協定，簽字吧！」

「如果我拒絕呢？」伯爵心有不甘。

「我將會求見埃格勒羅舍夫人。」

伯爵沒有再猶豫，取出文件，簽了字。「給你吧，但是，我希望……」

「放心吧，你希望的和我希望的一樣，我們永遠不會再打交道了。今晚，我就要離開這裡了。奧爾唐瑟明天也會離開的，你完全不必為此擔憂。再見，先生。」

接二連三發生的事讓奧爾唐瑟感到茫然，她被雷尼納深深地打動了，低聲問道：「你到底是誰？」

「一個冒險者，僅此而已。如果你願意，做我的冒險夥伴吧。讓我們一起去幫助那些如你一樣需要幫助的人，可以嗎？」

奧爾唐瑟猶豫了，似乎想要猜透雷尼納神秘的意圖。雷尼納捕捉著她的眼神，微笑了一下，說道：「我理解你的想法，這樣吧，我們定一條規矩。今天下午，阿蘭格爾城堡的座鐘敲了八下，以它為證，讓我們一起做八件冒險的事吧。伯爵的算是一件，還有七件，你願意接受天意，答應和我在一起待一段時間，比如說三個月。我們再進行七次愉快的冒險活動，好嗎？你可以觀察一下，如果我沒能成功地激發起你的興趣，你隨時可以離開我。但是，如果你陪著我堅持到最後，在三個月後，也就是十二月五日，我們一起去阿蘭格爾城堡。當那架座鐘再敲響八聲時，請你發誓允許我……」

雷尼納停了下來，他深情地看著奧爾唐瑟的紅唇。奧爾唐瑟立即意識到了他的要求，臉一下子漲得通紅。雷尼納達到目的了，於是，他換了個話題：「只顧著說我的要求了，說一說你的吧。無論是什麼樣的難事，我都會去做的。」

「好吧，我想讓你幫我找回一枚古式小別針，它是媽媽留給我的，而媽媽又是從外婆手裡得到的。它曾經給媽媽帶來幸福，也給我帶來了幸福。但自從它失蹤的那天起，除了不幸之外，我什麼都沒有了。」

「這枚別針是什麼時候丟的？」

「七年前，不，也許是八年或者九年吧，確切的時間我不知道。」

「交給我吧，我會把它找到的，」雷尼納肯定地說，「你一定會幸福的。」

2 玻璃水瓶

四天以後，奧爾唐瑟．達尼埃爾在巴黎住了下來，她和雷尼納相處正像他們所預想的那樣愉快。一個陽光燦爛的上午，他們在帝國飯店的露天咖啡座一邊品咖啡，一邊閒聊著。緊挨著他們的一張桌子旁，坐著一個正在讀報的年輕人，從側面可以看到他那顯得有些俗氣的輪廓和一下巴的長鬍子。在他們的身後，從飯店一扇打開的窗戶裡，隱隱約約傳來管弦樂隊奏出的音樂旋律。

就在兩個人沉浸在這靜謐的氛圍中的時候，那個長鬍子的年輕人發出一聲沉悶的低喊聲。隨後，他叫來一個侍者：「結帳！我還欠你什麼？沒有零錢？哎呀，老天爺，快點！」

雷尼納想也沒想一把抓過那張報紙，迅速地掃視了一遍，讀到了這樣一條消息：「為雅克．奧布里約一案辯護的律師杜爾丹斯先生，在愛麗榭宮受到接見。我們已經接到通知，共和國總統拒絕發出特赦令，雅克．奧布里約的死刑執行時間定在明天早晨。」

雷尼納放眼望去，那個年輕人已經穿過咖啡座，到了花園的入口處，他趕緊拉著奧爾唐瑟追了上去。

「對不起，先生，如果我沒猜錯，你是為了雅克．奧布里約的事兒激動，對嗎？」

「是的……是的，雅克．奧布里約，他……他是我……」年輕人結結巴巴地說，「是我小時候的朋友，我正急著去看望他的妻子，她一定非常悲傷。」

「我能幫幹點兒什麼嗎？我是雷尼納親王。這位夫人和我一樣，都希望去拜訪一下奧布里約夫人，並盡力為她做點事。」

年輕人似乎還沒有從剛才讀到那條消息的震驚中清醒過來，他有些笨拙地自我介紹道：「我叫加斯東．迪特里爾。」

雷尼納讓司機把車開過來，然後將加斯東·迪特里爾推進了汽車，問道：「地址？奧布里約夫人住在哪兒？」

「迪魯勒大街二十三號。」

汽車馬上飛馳起來，雷尼納本想趁機此空隙在迪特里爾那裡了解到一些情況的。但這位自稱加斯東·迪特里爾的年輕人除了重複那句「他是無辜的」以外，連最起碼的解釋也未能作出。

很快，汽車在一條又長又窄的胡同前停了下來，胡同的兩邊是高牆。下了車，順著高牆往前走，他們來到了一間小平房門口。

在加斯東·迪特里爾的帶領下，雷尼納和奧爾唐瑟見到了正在屋裡相對而泣的兩個女人，其中一個年紀大一點的女人頭髮已經花白，看到加斯東·迪特里爾，她馬上就哭了起來，而且還一邊哭一邊不停地抽噎：「我的女婿是無辜的，先生。雅克是一個好心腸的人！他怎麼會謀殺他的堂兄？我敢肯定他不是罪犯，先生。是有人栽贓，想置他於死地。哎，先生，這件事會要我女兒的命的！」

在老婦人說這番話時，奧爾唐瑟已經把一張椅子搬到了另一個可憐的人的身旁，溫柔地讓她把頭靠在自己的肩膀上。這是一個很年輕，長著淡黃色漂亮頭髮的年輕女人，臉上寫滿了絕望。

雷尼納朝她走了過去。彎下腰說：「夫人，我真不知道能為你們做點兒什麼，但是，我用我的名譽向你們擔保，如果說在這個世界上有什麼人對你們有用的話，那個人就是我。所以，我想請你們先回答我幾個問題，清楚地回答，以便扭轉這件事的局面。」

在雷尼納的勸說下，奧布里約夫人的情緒漸漸穩定了。

雷尼納開始詢問起來，奧布里約夫人也很配合地回答。原來雅克·奧布里約是一個保險經紀人，他被人指控在去年三月的一個星期天，殺死了住在絮勒斯納的遠親紀堯姆，盜走了六萬法郎。警方在現場找到的車印和一塊繡有字母的手帕，以及一把左輪手槍，經證實是雅克·奧布里約的。最確鑿的證據是，一個鄰居堅持說他看見雅克．奧布里約在三點的時候騎著摩托車出去了，另外一個鄰居則說他看見雅克．奧布里約四點三十分回家。而紀堯姆的被害時間正是四點鐘左右。

奧布里約夫人說什麼也不相信自己的丈夫會謀財害命，但是她拿不出證據。因為案發當日，她和母親，以及加斯東．迪特里爾一起看電影去了，丈夫一個人在家裡待了整整一天。

「雅克沒有為自己辯護嗎？」雷尼納問道。

「他是無辜的，當然要為自己辯護！他說他整個下午都在家裡睡覺，就在他睡覺期間，有一個人進來，打開了摩托車的車鎖，到絮勒斯納去犯案。至於那塊手帕和左輪手槍，它們原來都放在摩托車的工具袋裡，殺人犯用了這些東西也沒有什麼可大驚小怪的。」

「看來這是一種似乎非常合情合理的解釋。」

「是的。但是原告及其律師提出了兩條反對的理由。第一，沒有人，絕對沒有一個人知道我丈夫會一天待在家裡；另外，殺人犯曾經打開了紀堯姆家的櫥櫃，喝了半瓶葡萄酒。糟糕的是，那酒瓶上是我丈夫的指紋。」

奧布里約夫人說完，立刻又陷入了絕望之中。她的神情讓陪在一邊的母親非常不安，也讓迪特里爾擔心。他們不約而同地抬頭望著雷尼納，想從他的身上找到一些希望。

雷尼納在房間裡來回地踱著步，奧爾唐瑟關心地問：「你幫不了她們什麼忙了，對嗎？」

「已經十一點三十分了，」雷尼納沒有掩飾自己的焦急，「而奧布里約明天早晨就要被執行死刑。讓我想想，想想！」

雷尼納從沙發上站起來，點燃了一根香菸。他一根接一根地連續吸了三根菸，在場的人都屏住呼吸，不敢打斷他的思路。

終於，雷尼納停在了奧布里約夫人身邊，握著她的手溫和地告訴這個可憐的女人，要她保持最大限度的冷靜，並給予自己信任。

「等著我吧，從現在起，兩個小時之內我就會回來！迪特里爾先生，你願意和我一起去嗎？」雷尼納轉向這位年輕人。

「如果你需要，我當然願意。」

上車之後，雷尼納請迪特里爾幫自己找一家安靜的飯店。迪特里爾推薦了一家名為呂特蒂亞的飯店，並介紹說自己就住在這家飯店的樓上。雷尼納吩咐司機把車直接開到那家飯店，而後就不再說話了。

快到呂特蒂亞飯店時，雷尼納突然對加斯東．迪特里爾說：「如果我沒記錯的話，剛才奧布里約夫人曾經提到過，那些鈔票的號碼被抄下了？」

「是的，紀堯姆先生在他的記事本裡記下了六十個號碼。」

雷尼納沉默了一陣，然後喃喃自語：「對，對，整個問題的癥結就在這兒。如果真是雅克盜走了那筆錢，他會放在哪裡呢？假如我們能找到這筆錢，所有這一切就會真相大白了。」

雷尼納在呂特蒂亞飯店住了下來，他給警察局犯罪調查處打了一個電話，稱自己有了被殺人犯奧布里約盜走的六萬法郎的線索，請他們派一個調查員到飯店來一趟。

雷尼納掛上電話，奧爾唐瑟和加斯東．迪特里爾在那裡面面相覷，他們的臉上都露出了驚奇的神情。

雷尼納笑了一下，不以為然地說：「調查處派來的人馬上就會到這兒，最遲不超過二十分鐘。我們吃午餐吧，好嗎？」

「如果沒有人來呢？」奧爾唐瑟提出了自己的疑問。

「會的，一定會！在死刑執行的前一天，要想在警察局或司法界的人士面前證實一個被判了死罪的人是無辜的，一點兒用都沒有。但是，從保證六十張鈔票安全的角度來看，就是有一點麻煩也是值得的。只要仔細想一想就會明白，這也正是本案中最薄弱的環節，他們根本就沒有能力去追回那六十張鈔票。」

「可是，」迪特里爾說，「這些錢的下落你並不知道呀。」

「你錯了，每一件事情的發生，在理論上都能說得通。現在，我可以這樣做。」

「你的意思是，作出一種假設？」

雷尼納沒有回答，自顧吃起飯來。

如他所料，二十多分鐘後，房間的門被敲響。雷尼納囑咐奧爾唐瑟和加斯東．迪特里爾，無論他說什麼，都不要插話。

門打開了，一個留著紅色鬍鬚的瘦弱男人走了進來：

「普林斯．雷尼納？」

「是的，先生。你是從迪杜伊先生那裡來的嗎？」

「是的，探長莫里蘇。」

「非常感謝你及時趕到這裡來，探長先生。」雷尼納說。

「不用客氣，還有另外兩個警員留在外邊的街上，他們一直和我在一起處理這個案子。」

「我不會耽誤你太長的時間，」雷尼納說，「關於被竊的六萬法郎鈔票的事，我有一些新的線索。雖然這是一次完全私人的調查，但得到的結果是驚人的。兇手做案後，從絮勒斯納返回，把摩托車放進迪魯勒大街的車房，接著就竄入了岱納大街，進了這幢房子。將他盜竊來的不義之財——六十張鈔票——藏在了這裡的某個房間裡。」

「這幢房子？哪個房間呢？」

「六樓的一套公寓裡，殺人犯有公寓的鑰匙。」

雷尼納話音未落，加斯東．迪特里爾失聲大叫起來：「不可能！六樓只有一套公寓，就是我住的那套公寓！」

「完全正確！就在你和奧布里約夫人，還有她的母親去看電影的時候，殺人犯溜了進來。」

「荒謬！這房子除了我自己，誰都沒有鑰匙。」

「沒有鑰匙並不代表他不可以進去。」

「但是，我並沒有發現任何痕跡。」

探長莫里蘇此時插話說：「不要再爭了，讓事實說話吧。雷尼納先生，你說那些鈔票藏在這位先生的公寓裡嗎？」

「是的。就藏在這位迪特里爾先生家裡。」

「好，讓我們分析一下。雅克．奧布里約是第二天早上被逮捕的，換句話說，他沒有時間轉移這筆錢。那麼，照你剛才所言，那些錢應該還在那個地方？」

不等雷尼納搭話，加斯東．迪特里爾大笑起來，說道：「這些解釋簡直不合理，要是真有的話，我早就發現了！」

「你找過嗎？」雷尼納的問話相當尖銳。

「沒有……當然沒有！不過，我的房間不大，如果有什麼變化我應該能看出來。」

「無論它小也好，大也罷，放六十片紙還是足夠的。」

看著雷尼納和迪特里爾爭論不休，奧爾唐瑟搞不清這究竟是怎麼回事。她只能凝視著雷尼納的眼睛，試圖從中看出他內心深處最深奧的東西。他在玩什麼把戲呢？她還有義務對他所說的事情給予支援嗎？

「探長先生，既然雷尼納先生堅持認為那些鈔票藏在樓上，最簡單的事情就是上樓看一看。」奧爾唐瑟打破了僵局，「迪特里爾先生，請帶我們上去，好嗎？」

事已至此，迪特里爾也不好再說什麼，四個人先先後後地爬上了這幢樓的第六層。迪特里爾的這套公寓包括客廳、臥室、廚房和衛生間，整個房間佈置考究而又井然有序。在窗戶前的一個小桌子上，有一個放帽子的盒子，裡面鋪著薄紙，迪特里爾小心地把帽子放了進去，接著又把自己的手套放在盒子旁邊的盒蓋子上。

他的一舉一動看似很沉著，可實際上，卻呆板得很。眼睛則一直盯著雷尼納，只要雷尼納一挪動什麼東西，他馬上就流露出一些抗議的神情。稍過了一會兒，他把帽子從盒子裡拿了出來，扣在自己的頭上，然後打開窗戶，背對著房間，倚靠在窗臺上。

半個小時以後，雷尼納和莫里蘇探長搜遍了套房的每一個角落，卻一無所獲。

雷尼納沉思片刻，對莫里蘇說：「別找了，這筆錢已經不在這兒了，它們已經被轉移了。」

「轉移？誰？你能說得再明確一點兒嗎？」

雷尼納沒有回答，但是，加斯東・迪特里爾卻轉過身來，顯得有些惱怒地大聲說：「探長先生，你願意就這位好心人看見這筆錢被轉移一事，讓我做一次更明確的說明嗎？所有這一切意味著，在這個地方有一個不誠實的人，那筆殺人犯藏起來的錢被那個不誠實的人看見後偷走了，並且寄存在一個更安全的地方。這些就是你的想法吧，雷尼納先生。你是在控告我犯了盜竊罪，是嗎？」

迪特里爾一邊說，一邊往前走了幾步，拍著自己的胸膛：「是我找到那筆錢，是我為了自己把它們藏起來了，天啊，你怎麼敢這樣認為！」

雷尼納依然微笑著，一言不發。迪特里爾著急了，他徑自走到探長莫里蘇面前，像一個告狀的孩子，歷數雷尼納的種種不是，說雷尼納欺騙了警方，他根本就沒有任何線索，一切都是他個人的想像。

莫里蘇探長有些不知所措了，他掃視了雷尼納一眼。

雷尼納不慌不忙地說：「不要擔心，探長先生。既然迪特里爾先生想要證據，我們可以讓奧布里約夫人親自說一說具體的細節。我們下樓去吧，和她通個電話，一分鐘以後，我們就會知道一切了。」

迪特里爾聳了聳肩說：「你請便吧，不過，那也是浪費時間！」

他看上去仍是怒氣未消，由於長時間地站在窗戶旁，太陽曬得他渾身上下都沁出汗來。他走進自己的臥室，拿了一瓶水出來，喝了幾口後，把玻璃瓶放在了窗臺上。

「快走啊，你不是要打電話嗎？」他很不高興地沖著雷尼納說了一句。

雷尼納低聲輕笑起來：「看起來，你是急於要離開這個地方。」

「哼，我是急於要揭露你的真相。」迪特里爾一邊反駁，一邊用力關上了門。

電話很快接通了，奧布里約夫人的母親說，在謀殺案發生的當天，加斯東·迪特里爾吃完午飯以後，就來接她們母女。關於紀堯姆在家裡放了六萬法郎的事，迪特里爾知道得很清楚。另外，老夫人還把雅克身體不舒服，不能像平常一樣去騎摩托車，而是要待在家時裡睡覺的事也告訴了他。

更讓雷尼納興奮的是，三個人在電影院看電影的時候並沒有坐在一起。當時沒有空位子了，迪特里爾坐在離母女倆很遠的地方。在看電影期間，他沒有到她們坐的地方來過。

雷尼納掛上電話，轉身面向迪特里爾，大笑起來：「哈，哈，好傢伙！事情開始看得更明白了，你還有什麼可說的？探長先生，你們還來了幾個人，他們在外邊，是嗎？他們應該到這兒來，這是至關重要的。對了，請管理人員不要以任何理由打擾我們。」

當莫里蘇返回來的時候，雷尼納關上門，站到迪特里爾面前，他的語調雖然幽默風趣，卻又柔中帶剛。

「總的說來，年輕人，在那個星期天的三點到五點之間，兩位夫人都沒有見到過你，這些情況就相當令人費解了。兩個小時的時間啊，你有足夠的時間到你願意去的地方——比如說，去絮勒斯納。」

「喔！」迪特里爾說話了，他用嘲弄的語氣反駁道，「去絮勒斯納的路遠著呢！」

「這正是我要說的問題！因為遠，所以要騎朋友的摩托車去。我說得對嗎？」

迪特里爾皺著眉頭，似乎還想說點什麼。雷尼納把自己的手放在迪特里爾的肩膀上：「不要再多說了，事實就在面前！加斯東．迪特里爾，你是那一天最了解情況的唯一的人。你知道兩個最基本的情況：首先，在紀堯姆的家裡有六萬法郎；第二，雅克沒有出去。你馬上就知道該做什麼了，利用看電影的空隙溜出去，騎著雅克的摩托車去絮勒斯納，殺死紀堯姆，拿走那六十張鈔票，把它們放回自己的房間；然後，在五點鐘的時候，回電影院把夫人們接回來。」

「真是滑稽可笑！真是一個天大的笑話！」迪特里爾譏諷地說，「那麼說，鄰居們看見一個人騎著摩托車走了，後來又返回來，那個人就是我？」

「對，就是你！你偽裝了自己，穿上了雅克的衣服。」

「在紀堯姆先生家的酒瓶子上發現的，也是我的指紋嗎？」迪特里爾吼道。

「不，是雅克的。但這酒卻是你帶去的。在自己家吃午飯的時候，雅克打開了這個瓶子，你利用這一點，製造了證據。」

「真是越來越荒唐了！」迪特里爾當眾受到指控之後，大聲地喊叫起來，「雅克是我從小就認識的朋友，我怎麼可能這樣害他。」

「因為你愛上了他的妻子！」雷尼納一針見血地指出。

「不，這是謊言，你只是在幾個小時前才認識我的，你怎麼那麼肯定！」

「我已經觀察你好幾天了，迪特里爾先生，只不過一直是在等待機會而已。快承認吧！我的手裡現在已經掌握了所有的證據。我甚至找到了目擊者，我們很快就會和他們在犯罪調查處見面的。你還是儘早坦白吧，雖然這一切都過去了，但是，你會非常後悔，並且受到來自良心的折磨。還記得你在餐廳裡看報紙時的那副狼狽相吧，雅克．奧布里約被判處了死刑，你並不希望是這個結果！你當初的想法僅僅是讓雅克終生做苦役。但是，事情沒你想的那麼簡單，他就要被送上斷頭臺了——雅克明天就要被執行死刑了，一個清白無辜的人即將死去！承認吧，怎麼樣？」

雷尼納竭盡全力想讓迪特里爾把一切都坦白出來，但是，迪特里爾卻靠近了雷尼納，用一種輕蔑的腔調，冷冷地說：「先生，你是一個瘋子。你說的話沒有一句是理智的。你的全部指控都是錯誤的。那筆錢又怎麼樣了呢？按照你的說法，你應該在我的房間裡找到那筆錢呀？」

雷尼納被激怒了，但問題的確擺事實在面前。沒有確鑿的證據，警方單憑那些推論是不能把迪特里爾怎麼樣的。因此，必須找到那些錢。

正在雷尼納準備再次到迪特里爾家去的時候，管理員跑了過來，驚慌地說：「迪特里爾先生還在這兒嗎？迪特里爾先生，你的房間著火了！是外邊的一個男人告訴我們的，他是在廣場上看見的。」

迪特里爾的眼睛突然一亮，一絲難以察覺的微笑從他的嘴角掠過，但這沒有逃出雷尼納的眼睛。

「好啊，你這個無賴！」他大聲喊道，「你已經露出了破綻，你想毀掉證據！」

「莫名其妙！請你讓我過去，」迪特里爾聲嘶力竭地喊道，「我的房間著火了，鑰匙在我這兒，我要去救火！」

雷尼納從迪特里爾手裡奪過鑰匙，抓住了他的大衣領子：「別動！這出鬧劇該結束！莫里蘇先生，請你讓警員盯住他，如果他想要逃跑的話，就用槍打死他。」

說完，雷尼納匆匆忙忙上了樓，奧爾唐瑟和探長跟在後面，莫里蘇有些不解地問：「縱火的人應該不是他！你明知他從來沒離開過我們，你怎麼能證明是他放的火呢？」

「他事先做好了放火的準備工作！」

「怎麼會呢？我問你，怎麼會這樣呢？」

「我們現在要查的就是這件事！」

來到六樓，樓梯上一片混亂，飯店的侍者們正試圖把那扇門撞開，樓梯間裡已經充滿了嗆人的煙味。

雷尼納用鑰匙打開了門，一陣濃煙向他撲面而來，但很快，雷尼納就看清楚了房間裡的情況。因為缺少易燃物，火已經自己熄滅了，傢俱、牆壁和天花板被濃煙熏得漆黑，但是並沒有燒著。實際上，這場火只是燒毀了一堆紙，而且現在，火還在窗戶前燃燒著。

雷尼納環顧四周，突然敲擊了一下自己的額頭：「我多麼愚蠢呀！真是傻得沒法提了！著火的是那個放帽子的盒子！就是放在桌子上的那個裝帽子的紙盒子。這一定就是那傢伙藏匿那筆錢的地方，而剛才，我們忽略了它。」

「不可能！」

「為什麼不可能呢？我們總是檢查那些特別的藏東西的地方，這個地方就在我們的眼皮子底下，而且我們伸手就可以摸得到！人們不會想到一個竊賊會把六萬法郎留在一個打開的紙盒子裡。而且，在進來的時候，迪特里爾裝作心不在焉的樣子，把帽子放進了這個紙盒子裡。只有這一個地方我們沒有檢查過，迪特里爾先生的手腕耍得非常高明！」

一直滿腹疑慮的探長先生重複著說：「可是……可是這火是誰放的？我們一直和他在一起，他不可能自己去縱火。」

「一切都是事先準備好的，假定有一個鬧鐘、放帽子的盒子、薄紙、那筆錢。所有這些東西一定都浸過某種易燃的液體。當我們離開的時候，他一定是扔了一根火柴或者一種化學製劑，要在相對固定的時間裡引燃。」

「但是，我們應該能看見的呀！再說，」探長又說，「一個人為了六萬法郎犯了殺人罪，然後再以縱火的方式把這些錢處理掉，這可信嗎？如果藏東西的地方是這麼一個好地方，那就可以相信了，因為我們從來沒有去檢查一下，為什麼他要進行這種無益的破壞呢？」

「他害怕了，莫里蘇先生。不要忘了他處在生命危急的關頭，他很清楚這一點。沒有什麼事比上斷頭臺更糟糕的了，那一筆錢是我們控告他的唯一證據，他怎麼會把錢繼續留下呢？」

「什麼？唯一的證據？」

「是的。」

「但是，你的證人呢？你的證據呢？你對竊賊說的那些事實呢？難道都只是推斷？」

「是的。不過，現在這些都不必要了，讓我們看看還能不能找到點有用的東西。」

雷尼納彎下腰，攪動著那些紙灰，儘管它們還保留著原來的形狀，但是，裡面什麼都沒有剩下。

奧爾唐瑟關切地看著他，卻不知該如何幫他。雷尼納又開始在屋裡踱起步，這無疑是他思考時最常用的方式。

沉默只持續了一會兒，雷尼納停下來了，一直皺著的眉頭也舒展開來。

「迪特里爾，不愧是一個窮兇極惡、詭計多端的傢伙！他把那筆錢燒了，只不過是他玩的一個鬼把戲。多麼富有創造力的想像！多麼冷酷無情！這個傢伙帶著我們看了一場多麼優美的舞蹈！他是個多麼了不起的人！」

在發出一連串感歎後，雷尼納從廚房取來一把掃帚，把一部分灰掃進了隔壁房間，然後拿著一個與燒毀的那個盒子相同尺寸、相同外觀的盒子走出來。他把一些薄紙揉成團，裝進盒子裡，然後把盒子放在那張小桌子上，用一根火柴把它點著了。

火燃燒起來，當紙板燒得剩下一半，紙幾乎都燒光的時候，雷尼納把火弄熄了，從自己背心的內袋裡掏出一卷鈔票，從裡面選出六張，將它們燒了。然後整理了一下灰燼，把鈔票的殘片放在盒子的底部。

「莫里蘇先生，」做完了這件事之後，雷尼納對探長說，「請你幫我最後一次忙。去把迪特里爾叫來，這樣告訴他：『撕下你的假面具吧，那筆錢沒有被燒完，跟我來。』然後就把他帶上來。」

莫里蘇不由自主地執行著雷尼納的命令，他走了出去。不一會兒，迪特里爾被帶來了。

「幹得好，老兄！你用桌子和玻璃水瓶玩弄的把戲真是棒極了！這真是一部傑作呀！只是，你的計畫沒有成功！」

「你這是什麼意思？怎麼了？」加斯東．迪特里爾故作輕鬆，含糊地說著，身體卻搖搖晃晃，像快要摔倒了一樣。

「我說的意思是：在這場火災中，那些薄紙和帽盒子只燒了一半；儘管有幾張鈔票像紙一樣被毀了，但是其他東西還在那兒，就在下面。你明白嗎？那些找了很久的錢——最有力的證據——就在那兒，就在你藏錢的那個地方！這筆錢已經躲過了這場火，看！還有一半，你可以核對一下。你完了！」

迪特里爾往前靠近了一點，他呆若木雞，臉色蒼白。他沒有檢查放帽子的盒子，也沒有核對那筆鈔票。從一開始，他就沒有花時間去思考，在他本能地警告自己之前，他相信了雷尼納所說的話，他重重地癱在了一把椅子上，流下了眼淚。

雷尼納使用的這種奇特的攻擊方式已經大獲成功，在看到自己的全部計畫受挫，迪特里爾已經沒有力量和必要的洞察力來保護自己了，他放棄了抗爭。

但雷尼納仍然沒有給他喘息的時間。

「好極了，識時務者為俊傑！寫下你的懺悔吧。給你這隻自來水筆。你得承認，幸運之神已經背離了你。不過，你最後這一招倒是很漂亮。藉著喝水，你拿了一個大圓肚玻璃水瓶，把它放在窗臺上。這個瓶子原本是個玻璃燒杯，它就如同透鏡，把陽光聚集在紙板和薄紙上，十分鐘後，帽盒開始燃燒。真是一個高明的主意！一切都結束了，看，這是一張紙，把這句話寫在上面：『謀殺紀堯姆先生的人就是我。』寫吧！」

迪特里爾筋疲力竭了，他按照雷尼納的口述寫下了供詞裡面這段話。

雷尼納對探長說：「勞你駕，先生，把它帶給迪杜伊先生。還有，」雷尼納指了指在場的一些侍者，

「我敢肯定，所有善良的人們都會同意做見證人的。」

莫里蘇點了點頭，吩咐手下銬上迪特里爾，準備離去。雷尼納走到這個年輕人面前，輕輕搖了他一下：「你還是不夠聰明，告訴你吧，那個放帽子的盒子早就燒成了灰，那筆錢也被燒了個乾乾淨淨。你看到的這個放帽子的盒子已經不是原來的了，那些錢也是我自己的。只不過六張而已，就讓你說出了所有的事情，真值得！是你在最後的時刻給了我證據。謝謝，再見了，迪特里爾！」

警察把憤怒之極的迪特里爾帶走後，雷尼納和奧爾唐瑟也離開了飯店。走到街上，雷尼納請奧爾唐瑟到奧布里約夫人那兒去一趟，把所發生的事告訴她。

「那你呢？」奧爾唐瑟問。

「我還有許多事情要做，我們不是有約在先嗎？已經兩件了，還有六件事情等著我呢。所以，我不能停下來！」

奧爾唐瑟會心地笑了，兩人揮手道別。

3 誰是罪犯

這年的秋末，天氣異常溫和，住在埃特雷塔別墅小屋裡的幾戶人家來到海灘上，享受秋日難得的陽光。在這裡面，就有雷尼納和奧爾唐瑟的身影。

他們是兩天前才到這兒來的，因為雷尼納的情報網傳來消息，一周前，他們在一家旅館截聽到一個神秘的電話。一對似乎是姊弟的男女和一個神秘的第三者相約，計畫在埃特雷塔製造謀殺案。

「這兒真漂亮，」奧爾唐瑟咕噥著說，「遺憾的是我們到這兒來，不是為了欣賞大自然的風光。我還是沒弄清你所說的那件事，再說一次，好嗎？」

「是這樣的，」雷尼納饒富興味地說，「第一，通話的這一男一女，是一對姊弟，在十月二號──也就是今天──上午的十一點四十五分，他們要和第三個人在這裡會面。而這第三個人，應該是一個已經結了婚的人，這個人願意以任何代價來獲得他或她自己的自由。第二，這次會面，是為了達成他們的最終協定，在達成協定以後，也就是今天晚上，他們要到那懸崖上去散步，而這第三個人會把他的妻子或她的丈夫帶來。我也不能十分肯定，被帶去的這個人就是他們要除掉的那個人。這正是全部事情裡面最詭秘的地方。我們來這裡，為的是挫敗這幫傢伙的陰謀。」

「什麼陰謀？」奧爾唐瑟問，「會有人被害，而且這個被害人會從懸崖上被扔下去？說來說去，還只是你的猜測，你自己也告訴過我，並沒有聽到他們說過要謀害誰。」

「是的，可我清清楚楚地聽見他們說到，這姊弟中有一個人的婚事，跟這第三個人的丈夫或妻子有關係，這件事就隱含了犯罪的可能。」

奧爾唐瑟笑了，從前面的兩件案子裡，她已經領教了雷尼納的辦事風格，所以，這一次她已經有些適應了。他們坐在海灘邊的露天咖啡座上，面朝著臺階。在這兒，可以俯瞰那幾幢建在鵝卵石海灘上的小屋。此時，那裡有四個男人正聚在一起打橋牌，另外有幾個女人在那裡一邊織東西，一邊聊天。相隔不遠，靠近海的地方，有幾個光著腳丫子的小孩，在水裡玩得正起勁。

「唉，」奧爾唐瑟說，「不管這兒的秋天多麼美，多麼有吸引力，我總禁不住要去想那個可怕的問題。那些人裡面，誰的生命受到了威脅？死神已經選好了祂的犧牲品了。這個人該是誰？是不是那滿頭金髮、笑得前仰後合的女人？還是那個正在抽菸的高個子男人？他們中間，又是誰懷藏殺人的禍心？我們看著的這些人，在現在都過得快快活活的，可死亡的陰影已經降臨到他們頭上來了。」

「太棒了！」雷尼納以一種欣賞的眼光看著奧爾唐瑟，「你也有熱情了。其實，生命本身就是一種冒險，沒有什麼東西比去冒險更有價值了。在事情發生的最初一瞬間，你就在那兒，你的每一根神經都在顫抖，周圍發生的每一樁慘劇都影響著你，那撲朔迷離的感覺在你的內心深處蘇醒。瞧，你多麼入神地觀察著那對剛剛到達的夫婦。你絕對不會想到，那位紳士可能正盤算著要幹掉他的妻子，也許那位女士也正想著除掉她的丈夫。」

「你是說多姆瓦爾夫婦？絕不可能！他們是那麼美滿的一對！昨天，在旅館裡的時候，我和多姆瓦爾夫人聊了好久。而你卻……」

「是的，是的，我還和多姆瓦爾．雅克先生打了一局高爾夫球，與他的兩個可愛的女兒玩了一會兒洋娃娃！」

就在雷尼納他們說話的時候，多姆瓦爾夫婦走了過來，熱情地向他們打招呼。多姆瓦爾夫人說，她的兩個女兒和保姆一起回巴黎去了。難得清閒一下，她和丈夫打算下午去懸崖那邊散步。

奧爾唐瑟和雷尼納的眼裡閃過一絲驚異，這句話僅僅是一個巧合嗎？或者，站在他們面前的這兩個人，正是他們要找的那一對夫妻？但奧爾唐瑟是不相信這一點的，因為在昨天的攀談中，多姆瓦爾夫人一再提起和丈夫感情很好，甚至從來沒有紅過臉。但雷尼納的態度十分堅決，多姆瓦爾夫婦剛剛離開，他就對奧爾唐瑟說：「只要他們中有一個到特羅伊斯．馬西爾茲去跟那兄妹倆會面，我們就能弄個水落石出。所以，我們一定要盯住他們！」

就在這時，多姆瓦爾先生似乎把房間鑰匙弄丟了，夫婦走下臺階，一起尋找起來。大約有兩、三分鐘，他們脫離了奧爾唐瑟和雷尼納的視線。但很快，他倆幾乎又立刻出現了。多姆瓦爾夫人慢慢地爬上幾步臺階，站住了，轉過身去看著大海。而多姆瓦爾先生則朝著他們那幢獨立的小屋走去。

多姆瓦爾夫人在海邊的遊廊上坐了大約十來分鐘，然後，她走出了涼臺，進了荷威爾酒店旁邊的一間度假小屋。只有一會兒，奧爾唐瑟和雷尼納就看見她出現在房間的陽臺上。

「十一點了，」雷尼納看了看表說，「離約會的時間越來越近了，總會有人行動的。」

可是，過了二十多分鐘，一直沒有什麼動靜。

「多姆瓦爾夫人可能已經走了。」奧爾唐瑟說，顯得有些著急。「她已經不在她的陽臺上了。」

「很好，要是她到了特羅伊斯·馬西爾茲，我們就可以在那裡把她抓住。」

雷尼納站起身來，這時，沙灘邊打牌的人爭吵起來，其中有個人大叫著說：「讓多姆瓦爾先生來說句公道話。」

「行，」他的對手也同意，「我接受他的裁決……只要他願意來當裁判的話。」

於是，他們大叫起來：「多姆瓦爾先生！多姆瓦爾！」

無人回答。

「他大概睡著了，」有一個人說，「我們去把他叫醒吧。」

四個人全都到了小屋門口，大聲叫喊，可是仍然沒人答應，他們就捶起門來。

一直觀察著這一幕的雷尼納突然跳了起來，嘟囔著說：「希望還來得及！」

不等奧爾唐瑟反應過來，他已經撒腿往那小屋跑去。

雷尼納阻止了那幾個人試圖破門而入的做法，仔細地觀察了一下，才拿出自己的小刀，撬開了門鎖，把門拉開。

門一打開，所有的人都驚呆了。屋裡，多姆瓦爾先生臉朝下直挺挺地躺在地上，手裡還抓著他的衣服和報紙。鮮血正從他的背上流出，染紅了他的襯衫。

海灘上的人們被驚動了，圍到小屋面前，但雷尼納努力地維護著現場，除了在場的一個醫生外，不讓任何人走進小屋。醫生得出的結論是：多姆瓦爾先生背上被捅了一刀，他已經死了。

隨後，鎮長和警察趕到了，在進行了一番例行的詢問後，他們弄走了屍體。

悲慘的事情就這樣發生了，短短的幾分鐘內，一個活生生的人死在關著門的屋子裡。門鎖沒有被撬壞過的痕跡，外面還有起碼二十個觀光客人，除了被害人，沒有看見任何人進出過這小屋。甚至，在現場，竟然沒能找到那把致命的兇器。這樁撲朔迷離案子，沒有任何線索可以解釋。

已經有人跑去通知多姆瓦爾夫人了，雷尼納原本希望奧爾唐瑟也能跟過去。但此時的奧爾唐瑟似乎已經失去了思考能力，過度的刺激讓她全身發麻，她發現自己正直接面對著謀殺事件。

「多麼可怕！……這可憐的人！……啊，雷尼納，你這次可沒有救到他的命！……這比其他任何事情更叫我難受，因為我們知道那個陰謀後，本來應該也可以救他的……毫無疑問，他就是你再三提到的那個被害人。」

雷尼納的神情異常嚴肅，他鄭重地告訴奧爾唐瑟，這一起突發的事件跟他提到的陰謀沒有任何聯繫。奧爾唐瑟有些摸不著頭腦了，雷尼納再次看了看錶，說：「我來不及向你解釋了，現在是十二點，按約定，那兩姊弟應該早就到了。如果等不到他們要見的人，說不定會到沙灘來，我們過去看看。」

他們來到了霍維爾小屋群前的廣場上，這兒放著一些起錨用的絞盤。警方的調查人員正站在一幢度假小屋前面，兩名海岸警衛隊員守在門邊，不讓閒雜人等進去。

鎮長急急忙忙用肩膀擠開人群走過去，他剛從郵局回來，在那兒，他給勒哈夫的檢察總長打了電話，對方告訴他，會派一名公共檢察官和一名地方調查官到埃特雷塔來，時間是今天下午。

「我們有足夠的時間來吃午飯了，」雷尼納說，「在兩點或者三點以前，用不著再去提起這件慘事了。我有了一個定會叫人吃驚的想法。」

奧爾唐瑟急於想弄清發生的事情，但雷尼納的回答卻躲躲閃閃，支吾其詞。坐在咖啡館裡，雷尼納的眼睛一直盯著廣場，在面向海灘的街口上，遲疑地行走著的一男一女引起了他的注意。他拉起奧爾唐瑟，一邊往外走，一邊說：「他們來了！就是那兩姊弟。」

順著雷尼納所指的方向，奧爾唐瑟看到了那兩個人。男的是一個瘦弱的小個子，面色憔悴，戴著一頂摩托車頭盔。女的同樣個子不高，可壯實得多，把自己裹在一件披風裡，年紀似乎已經不輕了，可那張罩在面紗底下的臉仍然風韻猶存。

看得出來，他們對這地方不熟悉，他們的步態暴露了他們內心的緊張和猶豫。兩個人看到了前面有一群人，就走了過去。

女的走到一個海員跟前打聽情況，可能是海員說到了多姆瓦爾的死訊，女人大叫了一聲，拼命往人群裡擠。那個男的接著也知道了這個消息，於是跟在女人後面，一邊推開周圍的人往前擠，一邊對那個站在門邊的海岸警衛隊員喊道：「我是多姆瓦爾家的朋友！這是我的名片！我叫弗雷德里克．阿斯坦，那是我姊姊，熱爾梅娜．阿斯坦，是多姆瓦爾夫人特里西的好友，他們正等著我們，我們約好了見面的！」

警衛放他們過去了，雷尼納和奧爾唐瑟悄悄地跟在他們後面，也溜了進去。多姆瓦爾家共有四個臥室，一間客廳，都在二樓。多姆瓦爾夫人這時正在客廳裡哭著，周圍圍著一群人，大家都靜靜地一聲不響。熱爾梅娜．阿斯坦徑直沖進了一間臥室，一下子就跪在一張床前，床上正放著死者的屍體。弗雷德里克．阿斯坦則坐到多姆瓦爾夫人旁邊，抓著她的手，聲音顫抖地說：「我可憐的朋友……我可憐的朋友……」

雷尼納輕聲對奧爾唐瑟說：「不管事情的真相是什麼，我已經可以肯定，他們就是我們要找的人！」

奧爾唐瑟看了多姆瓦爾夫人一眼，女性天生的同情心讓她對特里西有著一種強烈的好感，因此，弗雷德里克．阿斯坦剛一站起身，她就走到特里西身邊坐下，用溫和的語言安慰她。這個不幸女人的淚水，深深地打動了她的心。

雷尼納搖了搖頭繼續注視著那對姊弟，他的視線一直沒有從弗雷德里克的身上移開過。這個小個子男人裝作不經意的樣子，開始仔細地審視整個房間，從客廳到所有的臥室。接著又混在屋子裡的人們中間，詢問謀殺的情況。有兩次，他的姊姊走過來跟他說了幾句話。了解了一些情況後，他再次坐到了多姆瓦爾夫人身邊，臉上寫滿了同情和關心。最後，姊弟倆在過道上交談了好長一段時間，似乎取得了什麼一致的意見，弗雷德里克離開了屋子。

地方檢查官和公共檢察官終於趕來了，雷尼納很不希望他們這麼快就到這兒來，他對奧爾唐瑟說：「我們必須趕快行動，絕不能丟下多姆瓦爾夫人。」

警方讓所有能夠提供有用證詞的人，全都到海灘去，地方檢查官要在那裡開始初步的調查。屋子裡的人陸續離開了。

熱爾梅娜．阿斯坦最後一次在死者身邊跪下，深深地彎著腰，臉貼在手上，久久地祈禱。然後她站起身來，準備打開前門。這時，雷尼納走到她跟前說：「夫人，請留步，我想跟你說幾句話。」說完，不容她思考，就把她拉進了客廳，隨手把門關上，然後叫住了正想回自己房間的多姆瓦爾夫人：「夫人，請你暫時不要走。阿斯坦夫人也在這兒，有一些很嚴重的事情需要我們大家商量商量。」

兩個女人就這樣面對面地站著，臉上居然帶著一種不共戴天的仇恨表情，怒視著對方。從這種神色裡，可以察覺出同樣的精神慌亂和同樣壓抑著的無比憤怒。

雷尼納站在房間中央，語氣果斷地說：「一個偶然的機會，讓我知道了這件事的一部分真相，如果你們願意和我合作，提供一些細節，那麼一切事情都還有挽救的餘地。眼下，你們每個人都知道危險近在咫尺，因為你們都很清楚，對這樁罪行，自己要負什麼樣的責任。可你們現在都被仇恨的情緒支配著，敵視對方，只有我才能清楚地看清這些事，並採取相應的行動。檢察官半個小時以後就要到這兒來了，所以，我想，你們必須先達成某種協定。」

兩個女人對於雷尼納的說法似乎都不滿意，臉上顯露出一些惱怒。雷尼納一點也不著急，他提到了多姆瓦爾．特里西的兩個女兒，他希望作母親的多為她們想想。特里西的防線垮了，埋頭痛哭起來。

對此，阿斯坦很不以為然，她聳了聳肩膀，準備離去，雷尼納又一次擋住了她的去路。

「對不起，先生，你無權阻止我，地方檢察官已經傳喚過我了。而且，我很清楚，殺人兇手就是多姆瓦爾．特里西。」

這句話簡直是石破天驚，多姆瓦爾．特里西暴跳如雷，大聲喝斥道：「你這個賤貨！滾！你給我滾出這房子！」

奧爾唐瑟試圖充當調解人，雷尼納輕輕對她說：「隨她們去。我就想讓她們這樣。讓她們互相攻擊，就能暴露真相。」

但是事情的發展大大出乎雷尼納所料，阿斯坦根本就沒有發火，她大笑著質問特里西：「叫我賤貨？為什麼？是因為我說你是兇手嗎？」

多姆瓦爾．特里西氣壞了，不停地咒罵。特里西毫不畏懼，奮力反擊，她一再說自己有證據，她弟弟剛才在特里西的包裡摸到了那把帶血的兇器。

「特里西，你完蛋了。現在沒有什麼能夠救你。刀子就在你手裡拿著的那個包裡面。檢察官正向這兒走來，這把刀將會被人發現，上面還沾著你丈夫的血跡。你那個錢包也會被發現，它們都在你的包裡。它們都會被發現的……」

過份的激動讓阿斯坦沒法往下說了，她站在那兒，兩手張開，她的臉頰由於神經的顫抖，正在抽動。

雷尼納輕輕地抓住了多姆瓦爾夫人手裡拿著的那個小包，可她卻抓著不放，他堅持著要拿走，並且對她說：「請你讓我拿走吧，夫人。你的朋友說得不錯，檢察官就要到這兒來了。事實是，刀和錢夾都在你的手上，這樣你會立刻被他們逮捕的。這可是我不想看到的，請把它們交給我吧。」

多姆瓦爾夫人的抵抗情緒，在雷尼納友好的聲音中緩解了，她一個接一個地鬆開了自己的手指。雷尼納拿到了那個包，打開一看，裡面有一把烏木柄的小刀，還有一個灰色的皮夾，他不動聲色地把這兩件東西裝進了自己的外衣口袋裡。

阿斯坦不願意了，她想知道雷尼納這樣做的原因。

「自從你開始攻擊她起，我就是她的朋友了。」雷尼納微笑著回答，「儘管我不否認多姆瓦爾·雅克是被他妻子殺死的，但是我不想讓警察知道事情的真相。」

「他們會從我這裡知道的，先生，我發誓他們會知道的。這個女人一定得受懲罰，她犯了謀殺罪！」

雷尼納走到她跟前，按著她的肩膀說：「你剛才問我有什麼權利插手這件事。那麼，夫人，我想請問你又有什麼權利這樣做？」

「因為我是多姆瓦爾·雅克的朋友，我有責任為他報仇。」

「僅僅是朋友？」

阿斯坦有點吃驚，她感覺到了，這個男人才是她真正的對手。在弄不清對方的意圖前，沉默是最好的應對方式。

雷尼納漸漸掌握了主動，特里西也不再如先前那般緊張了，就在她面臨崩潰的邊緣時，意想不到地竟有人來拉她一把。

「謝謝你，先生，」她說，「這整個事情你都一清二楚。你也知道，正是為了我的孩子，我自己才沒有放棄。可為了做到這一點，我有多麼難啊！」

雷尼納聞聽此言，喜形於色，事情正朝著他預想的那樣發展。

「我想，現在是時候了，」雷尼納對特里西說，態度仍和以前一樣溫和，「你應該也能夠為自己的行為做一番解釋了。」

也許是提到傷心事吧，特里西又啜泣起來，在椅子裡縮成一團。由於內心愧疚的折磨，她那張臉看起來又蒼老、又憔悴。她聲音低沉，全然沒有憤怒的情緒，開始慢慢敘說。

原來，她四年前就已知道了丈夫和阿斯坦之間的曖昧關係，這是阿斯坦出自某種邪惡的用心，自己告訴她的。更讓人無法接受的是，阿斯坦長期侮辱和折磨她，企圖讓她自行了結。但為了孩子，她一次次地挺了過來。然而，丈夫雅克卻越來越軟弱，一直被阿斯坦姊弟所左右。一開始還只是提出和她離婚，到後來，這三個人竟產生了除掉她的想法。特里西在雅克的皮夾裡發現了他與阿斯坦姊弟的通信，知道了一切。一開始她並沒有想過要殺死丈夫，甚至沒有在丈夫面前有絲毫的表現。她只是被嚇住了，那把刀是當作防身之物帶在身上的。當雅克按計畫把她帶到這裡後，她非常絕望，但為了孩子，她屈服了，她一聲不吭地聽憑丈夫安排，她想以自己的生命來結束這場惡夢。遺憾的是，一個偶然的發現，讓她失去了理智。

就在雅克弄丟鑰匙，她下去幫他尋找時，看到了一張從雅克皮夾裡掉出的全家福，但那上面她的頭像已換成了阿斯坦的。一想到自己好端端的家即將被毀滅，自己的孩子會離自己而去，她再也無法控制自己，拿出了那把刀，插到了雅克的背上。

讓她意想不到的是，受傷後的雅克沒有叫喊，他用衣服蓋住傷口，跌跌撞撞地走回了自己的小屋。特里西當時嚇傻了，她不知道自己做了什麼，她想那一刀只是讓丈夫受了一點輕傷，他一會兒就會出來的。可是，悲劇還是發生了。

聽到雅克的死訊，特里西原本是想承認一切的，但看到雅克的屍體時，她又改變了主意。因為丈夫的面容安詳而又溫和，那一刻，她突然感覺到了丈夫的用心良苦。雅克之所以在挨了一刀後仍然保持沉默，是因為他對自己的所作所為後悔了，也正是這一點讓特里西決定繼續保護自己和自己的家庭。

當特里西述說事情的整個經過時，阿斯坦一直在靜靜地聽著，特里西的坦白越來越清楚，她臉上不妥協的表情也越來越堅定，看不到任何同情或負疚。末了，她那薄薄的嘴唇邊竟浮顯出了一絲淡淡的笑容，復仇的火焰已經燒暈了這個女人的頭腦。

「你說完了，是嗎？那我也該走了。」阿斯坦抬起頭，走到鏡子跟前，整了整自己的帽子，又往臉上補了點粉，然後朝門口走去。

特里西急忙走過去攔住她，她很清楚這個惡毒的女人接下來會做什麼，檢察官就在外面，如果她想控告，簡直是輕而易舉的事。

特里西抓住她的肩膀：「阿斯坦，你可以去找檢察官，但我想提醒你，如果我完了，那麼你也沒有好下場。我同樣可以揭發你，把你寫的那些要置我於死地的信公之於眾。」

「你撒謊，特里西！你所說的那個有名的陰謀，不過是你想像出來的。雅克和我都沒有想過要你死。那些信不過是朋友寫給朋友的而已。再有，即便那些信真的有問題，你也沒有機會了，因為弗雷德里克已經把它們拿回來了。」

「你這個壞女人，你把它們偷走了！你必須把它們交出來，」特里西喊叫著，拼命地搖晃著阿斯坦。

「沒用的，在弗雷德里克那兒，而他已經走了。」

特里西絕望地看了雷尼納一眼，然後雙手掩面，抽泣起來：「上帝，我該怎麼辦？」一直冷眼旁觀的雷尼納此時開口了，他告訴特里西，弗雷德里克的確拿走了那些信，但是不是全部，他遺漏了一封。當那個皮夾掉到沙灘上時，這封信同那張照片一起掉了出來，雅克把它放進衣服口袋裡。這封信上不僅有阿斯坦的簽名，而且足以證明，寫信人具有謀殺的動機。現在這封信正在雷尼納手裡。

阿斯坦的臉都變青了，她沮喪得不想再為自己辯護了。雷尼納繼續往下講：「在我看來，夫人，你應該對所發生的一切負責。很明顯，你已經窮得叮噹響了，在你身無分文、走投無路的時候，你想用色情這個手段為自己弄到些好處。借著這個手段，你唆使多姆瓦爾先生，不顧一切障礙，要他娶你，這樣你就可以佔有他的財產了。我有證據可以證明你對錢財的貪婪，也可以證明你那些惡毒的預謀，如果需要，我可以馬上把這些證據交給檢察官。我在多姆瓦爾先生的口袋裡拿走了那第六封信，但是，在那口袋裡還留下了一張紙條，那是你急於要找到的東西。當時，也一定是跟那封信一樣，從那個皮夾裡掉了出來。那是一張十萬法郎的支票，多姆瓦爾先生簽給你弟弟的。得到它後，你立即吩咐你弟弟到勒哈夫去，想趕在銀行四點鐘關門以前，把支票兌現。我說得沒錯吧，但是很遺憾，那張支票無法兌現了，因為我已經去電那家銀行，告訴了他們多姆瓦爾被謀殺的事，這完全可以讓銀行停止所有多姆瓦爾先生的帳目支付。要是你堅持想要報復的話，事情的結局就該是：這些證據全部會交到警察手裡，這也正是他們可以用來起訴你和你弟弟的罪證。

我還想加上一件，也許可以算是有啟發作用的證據。時間是兩周以前，在布雷斯特到巴黎的火車餐車上，我偶然聽到了你和你弟弟的談話。可我覺得，你肯定不會逼著我走出這麼極端的一步，我想，我們彼此之間應該能夠互相理解。你說是嗎？」

阿斯坦是那種只要有一線希望能夠頑抗下去，就絕不會善罷甘休的人，可一旦被打垮了，她也會馬上見風使舵。眼下的情形讓她明白，自己面對的絕不是一般的對手，他已經把她抓在手心裡了。除了投降之外，再沒有其他出路。

「我們還可以談談條件，對不對？」阿斯坦問雷尼納。

「當然！從這裡走開，如果你被叫去查問，你只說你什麼也不知道就行了。」

雷尼納轉過頭去徵詢特里西的意見，她大聲說：「就讓她拿著吧，這筆錢，我是絕不會去碰的。」

「沒問題，但……那……支票……」

阿斯坦走出了屋子，接下來，雷尼納囑咐多姆瓦爾．特里西，在被叫去盤問時，應該怎樣應付，應該怎樣回答警方提出的問題。一切妥當之後，才和奧爾唐瑟一起離開了。

在海灘上，警方人員正忙著調查取證，察看周圍的情況，盤問目擊證人。

「真沒想到，」奧爾唐瑟由衷地說，「你究竟是怎麼得出這些結論的？」

「很簡單，因為我很少像人們常常做的那樣，老是去尋求當時當地並不存在的難題的答案，而只是把事情擺到它們原本的情況去思考，答案自然就出來了。一個大男人，走進了自己的小屋，把自己鎖在裡面。半小時以後，他被發現死在裡面了。沒有一個人曾經進去過。到底是怎麼回事？在我看來，答案只可能有一個，沒有必要再去絞盡腦汁了。因為既然謀殺不是在屋裡發生的，那麼行兇一定是在進屋之前，在走進自己的小屋前，他就已經受了致命的重傷。隨後，我想到了這不同尋常的案件的真相。多姆瓦爾夫人，本來是我們預先知道的那樁陰謀的受害者，但她先下手為強了，趁丈夫向地面彎下腰去時，她一時失去理智，把刀子插到了她丈夫的背上。就是這樣的，留下的問題是找到她行兇的動機。聽了特里西的坦白，我毫無保留地站到了她一邊。」

雷尼納一口氣說完了整個經過，卻發現奧爾唐瑟正出神地望著自己。

「你在想什麼？」他問。

「我想，」奧爾唐瑟說，「要是什麼時候我也成為某些陰謀詭計的受害者，不管發生什麼情況，我都會信任你，我清楚地知道，就算是有千難萬險，你都會來救我。因為你的意志力無比堅強。」

雷尼納溫柔地看著奧爾唐瑟，低聲說了一句：「這是當然的，還有，我想讓你快樂的願望也是無比堅定的。」

4 洩露隱情的電影

雷尼納和奧爾唐瑟在閒暇時的生活安排得極好，這天，他們來到大馬路旁的一家電影院看日場。這裡正在上演一部名為《幸福的公主》的電影，劇中女主角的扮演者羅茲．昂德勒是奧爾唐瑟同父異母的妹妹。姊妹倆的關係並不融洽，已經好幾年沒通過音訊了。

羅茲秀麗端莊，模樣俊俏，總是面帶微笑，很逗人喜歡。她在影片中的表現相當不錯，但雷尼納卻沒有過多地去看她。幕間休息時，他問奧爾唐瑟：「你注意到了嗎？影片裡那個總管看你妹妹的眼神很有問題。我想，在現實中，這位演員對你妹妹可能情有獨鍾。但是一個是當紅影星，一個是無名小卒，他們之間肯定有阻礙，他所有的感情和內心的秘密就只有在銀幕上不經意地流露出來。」

「不會吧，我還真的沒注意。」奧爾唐瑟嘟噥著。

「這只不過是他看人的一種方法。」她又說道。

電影繼續放映，羅茲扮演的公主和一個貧窮的音樂家結了婚，住在一所漂亮的諾爾曼小屋裡。她還像從前一樣有吸引力，貴族、平民、農民、金融家……各種各樣的男人都拜倒在她的腳下。在他們中間，最突出的要算一個粗野孤僻的人，他渾身上下毛茸茸的，是一個還沒有完全開化的伐木人。不管公主什麼時候出去散步，都會遇上他。他用斧頭武裝了自己，他是一個難以應對，又非常能幹的人，他成天在公主的小屋附近窺視。觀眾都覺得危險已經降臨到了幸福的公主頭上。

「看，」雷尼納小聲地說道，「那個伐木的人就是演總管那個！喔，同一個演員扮演兩個不同的角色。」

銀幕上不時出現伐木人大比例的特寫鏡頭，他那閃著兇光、溜溜轉動的眼睛，還有他那雙長著巨形拇指、殘忍的手。

「這個人真是可怕。」奧爾唐瑟說。

「是的，除了影片中的可怕外，你應該明白，他演出完全是為了他自己，」雷尼納說，「他的情欲已經無法遏制了，對他來說，正在走過來的並不是公主，而是羅茲．昂德勒。」

銀幕上，伐木人蜷縮著身體隱藏在樹後，公主沒有料到會發生什麼事，高高興興地走了過去。走過那棵樹時，她聽到了一點響動，停了下來。儘管仍然面帶笑容，但她警覺地看了看自己的周圍，馬上就產生了一種心神不安的感覺。這時，只見伐木工把樹枝推開，從灌木叢中竄了出來，張開臂膀，做出要抓住她的樣子。她正想大聲喊叫、呼救，但是，還沒來得及做出任何反抗，那男人的兩隻胳膊已經把她緊緊地摟住了。接著，伐木人把公主扛在肩膀上，開始跑了起來。走到一片森林的邊緣，很快地又鑽進了一大片森林和岩石林立的地方。他把公主放下來以後，就去清理一個洞穴的入口處。白天要想進這個洞，要經過一條傾斜的石頭裂縫。

接下來的一連串畫面展示的是公主的丈夫尋找妻子的情形，再後來，電影演到了最後的一幕：伐木人和公主之間發生了一場惡鬥，就在公主快失去招架之力時，她的丈夫突然間來到了他們面前，一顆子彈結束了伐木者的生命。

「總算演完了。」當他們離開電影院的時候，雷尼納說，他說話時態度嚴肅認真。「我敢肯定，自從拍攝影片的最後一幕起，你的妹妹就一直處於危險之中。電影中並沒有更多地描寫公主遭到伐木強暴的細節，但我卻清楚地感受到，在那一瞬間，情欲的火焰已經深深地印在了那個男人的心底。一種本能在催促著他，去殺死這個永遠不可能成為自己所有的女人。」

「真是搞不懂你，這只是一部電影。」

「不，我們不能輕視它，同時，我相信自己的直覺。如果羅茲仍然處於危險的境地，如果時間還不太晚的話，我們必須保護她。」

「你想怎麼做呢？」奧爾唐瑟問。

「到環球電影公司去，我明天早晨就去找他們。你在你的住所裡等著我，中午我會趕過來的。」

第二天，雷尼納如約來到奧爾唐瑟的住所。

「怎麼樣？找到什麼有用的消息了？」

「當然有。」雷尼納說，「那個男人名叫達爾布萊克，很古怪，不合群，從來沒有人發覺他對你妹妹有意思。他的名氣雖然不大，但演技得到了公司的認可，被留下來繼續拍新的片子。但讓人想不到的是，九月十八日，星期五的早上，他偷了兩萬五千法郎之後，又闖進環球電影公司的車庫，駕駛著一輛豪華型小轎車逃之夭夭了。星期天，警方在德勒附近發現了這輛小轎車。」

「那……關於羅茲的消息……」奧爾唐瑟擔心地問。

「她的情況我也了解了一些，今年夏天，她展開了一趟旅行，在塞納．安費里雷待了兩個星期。在那兒，她有一處房產，也就是電影《幸福的公主》裡那座小屋。後來，因為有一份新的拍片合約要履行，她在九月十八日那天動身，準備當晚在勒阿弗爾過夜，第二天坐開往美洲的輪船。

「九月十八日，」奧爾唐瑟低聲說道，「和那個男人犯罪在同一天，真有這樣的巧合？」

「我也正在想這個問題，所以，我們現在就到輪船公司去，走吧，我的車在外面。」

情況很快明朗了，羅茲在「普羅旺斯號」輪船訂了一間客艙，但卻沒有上船。第二天，輪船公司收到她從德勒發出的電報，要求保管好她托運的行李。

奧爾唐瑟這一下相信了雷尼納所說的那些感覺，她有點不知所措了。雷尼納吩咐司機直接到警局，他要去見莫里蘇探長。

在莫里蘇探長那裡，他們又得到了新的消息。除了他們知道的那起盜竊逃逸案外，去年鬧得沸沸揚揚的珠寶商布林蓋被殺案，經證實是達爾布萊克所為。再有，就是九月十九日，有一個不明身分的女人在購物時遭到三個歹徒綁架。綁架者中有一個正是達爾布萊克，但被綁架者的身分卻未能肯定。

奧爾唐瑟已不能掩飾自己的不安，雷尼納向莫里蘇解釋說，被綁架者有可能是她的妹妹。然後，他把自己看《幸福的公主》時產生的所有懷疑告訴了莫里蘇，詢問了一些發生在德勒的綁架事件細節。

思考片刻之後，雷尼納請莫里蘇在明天中午時，帶兩個探員到位於厄爾省的布羅托納森林和自己會面，他斷定達爾布萊克會在那裡出現。

次日早上八點，雷尼納帶著奧爾唐瑟上路了，一路上，他簡要地告訴了奧爾唐瑟自己為什麼會決定到那座森林。

「看，」雷尼納攤開一張交通行駛圖，放在膝蓋上，用手指順著行車的路線指給奧爾唐瑟看，「如果你從勒阿弗爾畫一條線，或者說得確切一點，從奎利比夫畫一條線，這條路在那兒和塞納河交叉，過了塞納河就到了德勒，被偷走的車就是在那兒找到的。這條路線要穿過魯托特，這是位於布羅頓森林西邊的一個集鎮。據我打聽到的情況，《幸福的公主》的部分情節就是在這裡拍攝的。這樣，問題就出現了：達爾布萊克很有可能在星期六的晚上，從森林附近走過的時候，把羅茲藏在了那兒。而他的兩個同夥繼續往德勒方向走，從那兒，他們返回了巴黎。事情就是這樣的，電影裡的情節變成了現實，不同的是，羅茲已經成了他的俘虜，森林廣袤無垠，淒涼寂靜，無人可以救她。」

奧爾唐瑟從心底生出一種毛骨悚然的感覺：「天啦，我們也許行動得太遲了。還有，你想過沒有，那個傢伙會把她囚禁這麼長的時間嗎？」

「應該是吧，我們現在要做的是儘快找到線索。在我的記憶中，那個地方是在一個交叉路口，並不是一個安全的隱居地，也許可以發現一些線索或者其他的東西。」

當夜幕降臨時，他們走進了布羅托納森林，雷尼納對這片森林相當熟悉，他指揮司機把車開到那棵有酒桶粗細的著名橡樹附近，莫里蘇探長帶著四個手下早已在那裡等候。

雷尼納輕而易舉地找到了那個洞，他扭開手電筒的開關，在黑暗的角落裡到處搜尋，但卻沒有發現什麼。奧爾唐瑟有些著急了，雷尼納凝神思考，幾分鐘後，他跺著腳說：「我們忽略了一個很重要的問題，那就是電影《幸福的公主》情節本身，這個達爾布萊克的心理極端不正常，如果我沒猜錯的話，他會把電影裡沒有達成的目的實現的。走，到那座小屋去。」

在小屋外的矮樹林裡，雷尼納他們守候了一個多小時，卻沒有發現什麼可疑人或事，探長和奧爾唐瑟都失去信心了，就在這時，在他們對面傳來了緩慢而沉重的腳步聲，一個人影來到大路上。因為隔得太遠，看不清這個人的面目，但他的步態與電影中一模一樣。影子漸漸近了，是達爾布萊克！他一身伐木人的裝扮，肩上還扛著一柄斧頭。

小屋的柵門沒有上鎖，達爾布萊克走了進去。莫里蘇想沖過去，卻被雷尼納攔住了，提醒他千萬不能打草驚蛇。就這樣，他們等待著，一直到天邊露出一絲亮色。小屋的正門突然被打開了，一男一女從裡面跑了出來。

「上帝，是他們……是羅茲……快救她！」奧爾唐瑟失聲叫起來。

此時的達爾布萊克像個瘋子，一手抱著羅茲，一手舞著斧頭，又是叫，又是笑，羅茲則發出驚恐的尖叫。達爾布萊克順著籬笆奔跑，來到一口井邊，突然停下彎下腰，似乎要把羅茲拋入井裡。但片刻之後，他好像又改了主意，抱起羅茲衝回了小屋。

奧爾唐瑟被嚇壞了，她請求雷尼納救救羅茲，但雷尼納沒有動。她只好一而再，再而三地重複，雷尼納終於看不下去了，他決定自己一個人先去探探虛實。臨走前，他囑咐莫里蘇探長，一聽到他的哨音，馬上撞開門，衝進去。

安排妥當後，雷尼納從樹叢中走出來，繞著房子走了一圈，走到底層的一個窗戶前，聆聽了一下，確定有說話聲從那裡傳出，就爬上窗臺朝裡看。

這一看讓雷尼納驚得話都說不出了，小屋裡完全不是他們所想的殘酷情形。羅茲半躺在沙發上，而達爾布萊克跪在她的腳邊，癡癡地盯著她。羅茲微笑著，根本沒有一絲遭綁架的恐懼神色。她溫柔地撫摸著達爾布萊克的頭髮，然後低下頭，和他親吻。

雷尼納把奧爾唐瑟拉上窗臺，以證實自己並沒有看花眼。

「我的天啦，這是怎麼一回事？羅茲一定是被這傢伙矇騙了！」

奧爾唐瑟不敢相信自己的眼睛，大聲叫起來。她的動作過於大了些，驚動了屋裡昵的一對情侶。羅茲似乎知道達爾布萊克正在受到警方的追緝，拼命地把他往廚房門口推，試圖讓他脫離險境。

雷尼納急忙跳下去，剛沖到小屋的背面，就聽到一聲槍響，想來是莫里蘇探長在那裡設下了埋伏。雷尼納趕到廚房門口，就著手電筒的光線，他看到達爾布萊克正被三個探員緊緊地壓著，他的腿受傷了，流著血。

羅茲則站在小屋裡，伸著兩隻手，嘴裡大叫著。奧爾唐瑟也趕過來了，她一把抱住羅茲，想讓她冷靜下來，但毫無用處。羅茲跌跌撞撞地走向達爾布萊克，嘴裡詞不達意：「你們不能對他這樣，他什麼也沒幹！」

雷尼納一個箭步衝了上去，一把將羅茲抱在懷裡，帶回了客廳。奧爾唐瑟跟在後面，把門關上了。

羅茲拼命掙扎，上氣不接下氣地提出抗議：「他們……他們冤枉他，他沒有……沒有殺那個珠寶商，他有證據證明自己是無罪的。」

雷尼納把羅茲放到沙發上，很堅決地說：「可是他的確偷走了一輛汽車和二萬五千法郎。」

「他是為了我，聽說我要到美洲去，他一時著急才那樣做的。汽車警方已經找到了，那些錢他也沒動過。你們不能抓他……不能……」

羅茲已經精疲力盡了，喃喃地說完最後一句，她昏倒在沙發上。

大約一個小時後，雷尼納見到了達爾布萊克，他的雙手被綑得很緊，躺在一間臥室的床上，眼睛裡流露出很不友善的光。雷尼納找來了附近的一個鄉村醫生，幫他包紮了傷口，莫里蘇和手下輪流看守著他。

奧爾唐瑟一直坐在羅茲的床邊，儘管她們曾經有過不愉快，但畢竟血濃於水。雷尼納饒富興味地看著這兩姊妹，嘴角露出一絲笑意。奧爾唐瑟不知道他又在想什麼，帶著責備的口氣問他為什麼笑。

「我是在想，我們或許都錯了。你的妹妹正沉浸在愛河之中，而我們還在為她擔心。當然，她的確是被達爾布萊克擄到此地的，剛開始有過恐懼和害怕。但時過境遷，當她知道了達爾布萊克對她的一番情意後，少女的心被整個地調動了起來。他們開始籌劃自己的將來，想在演藝上有更大的發展，我們看到的那一幕正是他們的排練。我們犯了經驗主義的錯誤，電影裡的達爾布萊克是個粗魯的人，於是，我們認為現實中的他也是這樣。可事實恰恰相反，在生活中他無疑是個討女人喜歡的男人。」

新的發現令雷尼納興奮不已，但他沒有再說下去，因為羅茲醒過來了。奧爾唐瑟輕聲地安慰著妹妹，但羅茲卻有些抗拒。雷尼納覺得自己不能再去揭她的痛處，在這個年輕女人的心裡早就打定了主意。於是，雷尼納改變了原先的想法，走近羅茲，和顏悅色地告訴她，自己是想幫她，並且相信達爾布萊克是無辜的。不過，事情可以慢慢解決，為了達爾布萊克能夠儘早脫身，羅茲必須繼續裝作是受害者，收拾一下屋子，不要讓警方找到任何不利的證據。最後，雷尼納和姊妹倆約定，明天一早再告訴她們具體的辦法。

羅茲被說服了，按雷尼納的吩咐，在奧爾唐瑟的陪同下對小屋進行了清理。

一夜無事。

第二天，城裡的警察趕過來了，準備把達爾布萊克押解進城。奧爾唐瑟和羅茲不安地看著雷尼納，後者一臉的若無其事。

一切準備好之後，莫里蘇親自去帶達爾布萊克，卻發現屋裡早已沒有人了，兩個看守睡得像死豬一般。探長立即佈置搜捕，羅茲有些著急了，她擔心達爾布萊克拖著一條傷腿跑不了多遠。她向莫里蘇走過去，下意識地想為自己心愛的人求饒。就在這時，雷尼納攔住了她，小聲地告訴她，達爾布萊克很安全，昨夜是自己安排人把他帶走的，警察絕對找不到他。現在千萬不要輕舉妄動，一切聽自己的。

雷尼納叫來莫里蘇，對他說：「探長先生，這位羅茲小姐需要馬上回巴黎接受護理，你不會反對我送她去吧。這裡的一切就交給你了，相信你會做得很好。今晚我會去警察總局一趟，我跟你的上司很有交情，我知道應該怎麼說。」

莫里蘇很感激地目送雷尼納扶著羅茲走出小屋，然後轉身吩咐手下繼續搜捕。

雷尼納把羅茲帶上了車，她一眼就認出坐在駕駛座上的正是達爾布萊克，高興得說不出話來。汽車開動了，走了大約兩公里，達爾布萊克實在撐不住了，雷尼納讓他躺到後座上，自己親自開車。

對於昨夜解救達爾布萊克的細節，雷尼納一直沒提，兩姊妹也沒有再問。尤其是奧爾唐瑟，她此刻的心裡裝的全是手足之情和骨肉之愛。

快到巴黎的時候，雷尼納終於開口了，他對達爾布萊克讚不絕口，經過昨夜的交談，他已經肯定達爾布萊克與那起珠寶商被害案毫無關係，這個表面上兇悍的人其實誠實正直，有情有義，為了自己所愛的人可以付出一切。

「說真的，我很欣賞他，真男人就應該為心愛的女人盡其所能，把世上最美好的東西奉獻給她。如果她覺得無聊，就應該帶她去冒險，讓她激動、開心。」雷尼納說這話時，意味深長地看了奧爾唐瑟一眼。

奧爾唐瑟的眼睛裡閃動著幸福的淚花，她知道，自己已經和面前這個男人緊緊地聯繫在一起了。

5 身世之謎

這是一個很平常的日子，卻發生了一件不平常的事。雷尼納和奧爾唐瑟在塞納河邊散步時，救起一位輕生的落水女子。雷尼納從女子的手鐲上知道了她的名字——熱納維耶芙·埃瑪爾。

在眾人的幫助下，埃瑪爾被送回了家。他父親痛哭流涕，因為這已經是埃瑪爾第二次自殺了。原因很簡單，她失戀了。

雷尼納顯然對這件意外很感興趣，他敏銳的思想似乎又捕捉到什麼不對勁的地方。

「先生，如果不介意的話，能夠告訴我究竟是怎麼回事嗎？」雷尼納問那位父親。

「當然可以，你是我女兒的救命恩人。」埃瑪爾先生點了點頭，開始述說起來，「先生，是這樣的，我女兒在尼斯的復活節上認識了一個名叫讓·路易·多爾米瓦爾的男孩，他們相愛了。讓·路易原本和母親、姨媽一起住鄉下，為了我女兒，他搬到了巴黎。說實話，我對這個讓·路易·沃布瓦沒有好感……」

「等一等，」雷尼納打斷了埃爾瑪先生的話，「你剛才不是稱他為讓·路易·多爾米瓦爾嗎？」

「是的，他有兩個名字。但這不重要，並沒有影響我女兒對他的愛。這個年輕人對埃瑪爾似乎也很癡情。可是誰也沒想到，上個月，他說要回家和母親商量婚事，離開了巴黎。接著，我女兒收到他寫來的提出分手的信。在信裡，他說，他和埃瑪爾之間有太多的障礙，所以他不得不放棄，但他仍然深深地愛著她。自此後，我們沒有再見過這位讓·路易先生。而我的女兒因此想不開，企圖自殺。可憐的孩子！」

「為什麼會這樣，是他另有所愛？」雷尼納問。

埃瑪爾先生搖了搖頭說：「不，埃瑪爾曾經告訴我，她覺得在讓·路易的生活中有一個秘密，或者更確切地說，這是一個永無止境的秘密，它妨礙著他，糾纏著他。在這個年輕人臉上，總是不經意地流露出無限的悲傷。在他的心裡，有一種持續已久的苦悶和憂鬱，即便是他和我女兒熱戀時，心裡也充滿了苦悶和憂鬱。」

「你問過他嗎？比如說有兩個名字這件事。」

「是的，問過兩次，他說是他的母親和姨母對他的不同稱呼。但是奇怪的是，他第一次的回答和第二次前後矛盾。」

「這位先生的家離巴黎遠嗎？」

「不太遠，就在布列塔尼，距卡爾埃克斯八公里的埃爾賽旺城堡。」

「好了，一切都交給我吧。你只需告訴埃瑪爾小姐，救她的人會在三天內把她的未婚夫帶到她面前，請她寫一封信讓我帶給讓·路易。」

當天晚上，雷尼納和奧爾唐瑟一起坐上了開往布列塔尼的火車。第二天上午十點，他們到達了卡爾埃克斯。吃完午飯以後，雷尼納從朋友那兒借到了一輛車，徑自開往埃爾賽旺城堡。

目的地很快抵達了，在這是一處不小的宅邸，中間一扇大門的兩側有兩扇小門，小門上分別寫有多爾米瓦爾夫人和沃布瓦夫人的名字。每扇邊門都朝向幾條小路，這些小路位位於林蔭大道的左右兩側，掩映在灌木叢和桃葉珊瑚之中。這條林蔭大道通往一座古老的莊園式住宅，住宅的樣式十分漂亮，但是，它的兩翼卻顯得有些粗陋、難看，造型也大不一樣。顯然，這是兩位夫人各自的住所。

雷尼納和奧爾唐瑟剛走進院子，就聽到房間裡傳出了氣急敗壞的吵架聲。

「我們不能再往前走了，」奧爾唐瑟說，「再往前走就太冒昧了。」

「沒問題的，」雷尼納壓低聲音說，「看這兒，如果我們一直往前走，吵架的人就不會看見我們了。而我們可以通過這種方式多了解一些情況。」

他們來到前門旁邊那扇窗戶附近，透過玫瑰花和蔓草，屋裡的情形盡入眼底。兩個上了年紀的老婦人正揮舞著拳頭，聲嘶力竭地叫喊。客廳的桌子沒有收拾，上面散亂地放著餐具。離桌子稍遠一點，坐著一個年輕人，應該就是讓．路易了。他嘴裡叼著菸斗，正在看報，看來他並沒有為兩個老太婆的爭吵而感到煩惱。

吵架的兩個人中，有一個又高又瘦，身穿一件紫色的絲綢上衣，可能是剛才動過手的原因，她的臉部受了傷，滿頭黃色的捲髮亂成一團。另一個老太婆更瘦一些，而且個子很矮，身穿一件純棉睡衣，正在客廳裡吵吵嚷嚷，臉漲得通紅。

「一件行李，你也就是有一件行李！」她叫喊著，「你是世界上最壞的女人，你是一個賊！」

「我是賊，那你是什麼東西！」另一個老太婆尖叫起來。

「一隻鴨子要人家十法郎，這簡直就是強盜行為！這跟賊有什麼區別！」

「閉起你的臭嘴，你這個不要臉的！是誰從我的梳妝檯裡偷走了五十法郎？上帝呀，我怎麼竟和這麼一個卑鄙的傢伙住在一起呀！」

另一個老太婆被激怒了，她粗暴地沖著年輕人喊叫起來：「你這個沒良心的，你就打算坐在那兒，讓她這樣侮辱我嗎？」

高個子老婦暴跳如雷，反駁說：「你聽見了吧，路易？你的沃布瓦就是這樣的臭女人！你還是讓她閉上她的嘴吧！」

讓．路易放下報紙，一拳頭捶在了桌子上，震得盤子碟子都跳了起來，他大聲喊著：「讓我安靜一點，你們這兩個神經錯亂的瘋婆子！」

這一來，兩個女人馬上把矛頭指向了讓．路易，一起對他大加咒罵。讓．路易不再說了，他堵住耳朵，努力克制著自己。

「現在到了我們進去的時候了。」雷尼納悄悄地說。

「這個時候？去湊熱鬧嗎？」奧爾唐瑟說。

「對，這樣有利於我們當面戳穿他們的假面具。」

雷尼納一邊說，一邊推開門，進了那間大廳，奧爾唐瑟只好跟在他的身後。他們的出現讓屋子裡的人嚇了一跳，兩個老太婆停止了喊叫，讓．路易臉色蒼白，站了起來。

「請允許我做一下自我介紹，我是雷尼納，這位是丹尼爾夫人，我們都是熱納維耶芙．埃瑪爾小姐的朋友。我有一封她寫給你的親筆信，先生。」

讓．路易一聽到熱納維耶芙的名字，臉刷的一下變白了。他不知道面前的兩個不速之客來意何在，他下意識地把自己和家人做了介紹，無意中卻說了些令人驚奇的話：

「我的母親，多爾米瓦爾；我的母親，沃布瓦。」

奧爾唐瑟被搞糊塗了，兩個母親，怎麼回事。倒是雷尼納一直保持著冷靜，他向兩位夫人鞠了一躬，正準備把信交給讓．路易，兩個老太婆不約而同地伸出了手，同時低聲說道：「埃瑪爾小姐！她真是沒皮沒臉！厚顏無恥！」

讓．路易這回真的生氣了，他拿回了自己的信以後，把兩個老太婆分別揪回了她們自己的房間，然後拆開信，小聲唸道：「親愛的，請接待送信人，他們是來幫我們的，請相信他們。我永遠愛你，熱納維耶芙。」

讓．路易外表顯得有些笨拙，臉龐清瘦，神色沮喪。正如埃瑪爾先生所言，他那疲憊不堪的面容、悲傷焦慮的眼睛，無不表明他正處在痛苦之中。

放下信，讓．路易有些不知所措，雷尼納沒有給他更多思考的機會，單刀直入，把埃瑪爾兩度輕生的事告訴了他，並且提醒這位年輕人只有解除自己的心魔，才能徹底解決問題，獲得幸福。

「相信我的話吧，先生。」雷尼納鄭重其事地說，「把你心裡的痛苦都說出來。我們是熱納維耶芙・埃瑪爾的朋友，我們是來幫助你的，不要猶豫了，快說吧。」

「好吧，」沉默片刻之後，讓・路易下了決心似地說，「先生，我可以把全部秘密都告訴你，你也好把這些事情告訴熱納維耶芙。到那時，她就會明白，我不能再回到她身邊的原因了。」

說著，讓・路易請雷尼納和奧爾唐瑟坐下，清了清嗓子繼續說：「我的身世相當荒唐可笑，但卻是實實在在的。二十七年前，在這幢房子裡住著一個上了年紀的醫生。為了增加收入，他常常收留一、兩個交錢住宿的客人。就這樣，有一年，多爾米瓦爾夫人在這裡度過了整個夏天；第二年夏天，沃布瓦夫人也來到了這裡。那個時候，她們還是陌生人。多爾米瓦爾夫人的丈夫是一個器皿批發商，而沃布瓦夫人的丈夫是一個船長。說來也巧，這兩個女人幾乎同時懷孕，又幾乎同時失去了丈夫。因為她們住在鄉下，條件不好，於是，她們給老醫生寫了信，打算到他這裡來生孩子。老醫生答應了，就在那一年的秋天，兩個女人幾乎在同一天到了老醫生的家。老醫生為她們分別準備好了房間，還雇了一個護士照顧她們。兩個女人為了給沒出生的孩子趕做衣服，在一起慢慢地熟悉起來，相處得很融洽。當她們得知自己的孩子有可能是男孩的時候，就分別為自己的孩子選擇了讓和路易這兩個名字。一天晚上，老醫生被叫出診，要第二天才能回來。臨走前，他囑咐護士注意兩位夫人的情況。

「大約午夜時分，多爾米瓦爾夫人發生了第一次陣痛。護士小姐曾受過一些助產士的訓練，當時，她並沒有驚慌失措。但是，一個小時以後，沃布瓦夫人也開始了第一次陣痛。兩個孕婦尖厲地呼號著，護士從一個孕婦身邊跑到另一個孕婦身邊，難免顧此失彼。一場悲劇，或者說得更確切一點兒，一場悲喜劇就這樣上演了。

「沃布瓦夫人的兒子出世後，護士小姐匆匆忙忙地把這個孩子抱到了這間房子裡，給他洗乾淨，整理好，放進為他準備好的搖籃裡。可是，多爾米瓦爾夫人痛得難以忍受，聲嘶力竭地喊叫著。護士小姐手忙腳亂，已經不知如何做才好了。偏偏這時，多爾米瓦爾夫人也把兒子帶到了這個世界。護士顧不了那麼多，把這個孩子清洗之後，穿上衣服也抱到了同一個搖籃裡。

「受了驚嚇的兩位母親體力衰弱，動彈不得，護士又不得不趕去照顧她們。等安頓好兩位母親，返回去照料兩個剛剛生出的孩子時，護士已經快累瘋了。但有一件事讓她感到害怕，她把兩個孩子用一模一樣的東西包了起來，他們的腳上都穿上了相同的毛線半統襪，現在正肩並肩地睡在一個搖籃裡，要想分辨出哪一個孩子是路易．多爾米瓦爾，哪一個孩子是讓．沃布瓦是不可能的！護士小姐從搖籃裡抱起一個孩子，試圖認一認，不幸的事情發生了。她發現孩子的手冰涼，已經停止了呼吸。他是誰呢？活著的孩子又是誰的呢？

「三個小時以後，老醫生終於回來了，他看到護士正拖著疲憊不堪身體，乞求兩位母親的原諒。那個活下來的嬰兒就是我，我被兩個母親輪流愛撫，但又被她們輪流推開，因為她們不能確定我是否是她們的兒子。最後，老醫生想了一個辦法，讓兩位母親同時擁有我，於是，我有了兩個名字，也成了不明父親和母親的孩子。」

雷尼納已經聽得入了神，但是就在這個故事接近尾聲的時候，奧爾唐瑟忍不住自己流露出一絲笑意，她立即意識到了自己的失態，趕緊向讓．路易道歉。但年輕人並沒有在意，他笑了笑說：「沒關係的，夫人。想起這些，我自己也忍不住會笑的，只是現實生活又讓我時時想哭。你們剛才已經看到了，我就是生活在這樣的環境裡。老醫生去世後，她們買下了城堡，在主樓兩邊建起兩座小樓。我在兩位母親的相互仇恨裡長大，每天，我都在無意中折磨她們，也受著她們的傷害。喔，你問我為什麼不離開。很簡單，她們中總有一個是我的親生母親，命運把我們三個綑在了一起。我也曾想過逃脫，但沒用的。我和埃瑪爾相愛了，我想獲得解放，想極力說服兩位母親。可是她們不僅不答應，還把怨恨轉加到埃瑪爾身上。我不能讓我愛的人跟我一起受苦，所以我只有屈服。」

讓．路易顯得有些激動地說完這番話，然後在一張寫字臺旁坐下來，很快地寫完了一封信，並把它交給雷尼納：「先生，請把它交給埃瑪爾小姐，再一次乞求她原諒我。」

雷尼納一開始沒有接信，當讓．路易把信放在他手上的時候，他一把將它撕掉了。

「年輕人，我來的目的，不是充當信使，我要帶你回到埃瑪爾小姐身邊去。」

「這不可能，我不會走的。」

「你會的，因為你的身世並不像你所說的那樣。」

雷尼納的話讓所有在場的人吃了一驚，讓．路易更是驚得張大了嘴：「我說的都是真話！」

「當然，你沒有撒謊。但是所有的一切，你都只是聽你兩位母親說的，而她們自己也沒有確鑿的證據來證明。當時發生混亂是可能的，但作為護士而言，不可能一點印象也沒有。即便是沒有明顯的標誌來區別兩個嬰兒，總會有一些細微的地方記在腦子裡。因而答案出來了：當年的那位護士在說謊！」

讓．路易非常激動，被關在旁邊屋子裡的兩位夫人一直都在門後邊偷聽著。此時，她們忍不住走到了房間的門口，目瞪口呆地站在那裡。

「不，不，那是不可能的。我們一遍又一遍地問過她，她沒有必要撒謊啊？」兩位夫人幾乎同時問道。

「這也正是我想弄清楚的問題。」雷尼納說。

讓．路易聲音低沉而嘶啞地說道：「好吧，我們去接近真相吧！布西尼奧爾，也就是當年的護士小姐現在還活著，就住在卡爾埃克斯，我馬上派人去把她叫來。」

等待的時間總是過得很慢，雷尼納在屋子裡瀏覽了一圈。然後走到讓．路易身邊，壓低了聲音問道：「她們的境況還不錯，是嗎？」

「是的，她們擁有這個莊園和周圍所有的土地，作為繼承人，這些也同樣屬於我。」

「她們有什麼親戚嗎？」

「有，她們兩個人都有姊妹。」

「那她們應該可以和自己的姊妹生活在一起。」

「可以，她們有的時候也想這麼做。但是，不可能的，她們誰也不會放棄我的。」

就在這個時候，接人的汽車回來了。兩個女人匆匆忙忙地跳了起來，打算去找布西尼奧爾問個清楚。

「還是讓我來說吧，」雷尼納攔住了她們，「我並不反對你們問她幾個問題，但我怕你們嚇到她，那樣我們就得不到真相了。」

說話間，一個上了年紀的女人被攙扶著進了屋子。這個女人頭戴一頂凹形帽沿的亞麻帽子，上身穿一件黑色天鵝絨上衣，下身穿一條時髦的百褶裙。

「有什麼事嗎，多爾米瓦爾夫人？」她小心翼翼地打著招呼，「你好，沃布瓦夫人。」

兩個女人都沒有回答，雷尼納走了過來，很嚴厲地說：「布西尼奧爾小姐，我是巴黎警方派來的，我的目的是澄清二十七年前發生在這裡的一場悲劇。我剛才已經得到了證據，你歪曲了事實真相，你把自己的錯誤申報作為結果，在那天晚上出生的一個孩子，他的出生證是不正確的。現在，就出生證這件事而論，這種錯誤的申報是應該受到法律制裁的不軌行為。所以，我打算帶你去巴黎接受審問——除非你準備立刻承認每一件事情，以此來挽回你的罪過造成的一切後果。」

老婦人顫抖起來，牙齒也在打顫。顯然，她沒有絲毫的能力對雷尼納作出任何的反抗。

「你準備承認所有的事實嗎？」雷尼納問道。

「是的。」她喘著粗氣說。

「很好，那麼告訴我們，」雷尼納指著讓·路易說，「這位先生是誰的兒子？是多爾米瓦爾先生的嗎？」

「不是。」

「那就是沃布瓦先生的。」

「也不是。」

「可以解釋一下你說的話嗎？」雷尼納說。

「那天晚上來了一個人，是一位先生，他懷裡抱著一個用毛毯包著的新生兒。他想讓醫生幫著他照顧一下這個孩子，當時醫生不在，他就在那兒等了整整一夜，就是他幹了那件事。」

「幹了什麼事？」雷尼納問，「他到底幹了什麼？發生了什麼事情？」

「唉，是這樣的，那天晚上死去的不是一個孩子，而是兩個，多爾米瓦爾夫人的孩子和沃布瓦夫人的孩子都在驚厥中死去了。那位先生看到了發生的一切，他對我說：『這是一個天賜的機會，我應該讓我的孩子幸福，讓他受到良好的照顧。』就這樣，他給了我一大筆錢，讓我用這個孩子替換了死嬰中的一個，而他則把另一個孩子包進了毛毯，消失在了夜幕中。」

布西尼奧爾小姐低著頭，抽泣著。過了一會兒，雷尼納說：「嗯，你的證言和我調查的結果是一致的，你可以走了。」

「那……這件事……這件事是不是就算結束了呢？人們不會議論這件事吧？」布西尼奧爾小姐問。

「不會。噢，還有一個問題，你知道那位先生的名字嗎？」

「不知道，他沒有告訴我他的名字。」

「後來你還見過他嗎？」

「從來沒有見過。」

「好了，兩個星期以後我會派人去找你，請你在你的口供上簽字。不過，從現在起到那個時候，不要向任何人透露任何的資訊。」

布西尼奧爾離開了，雷尼納關上了門。當他轉過身來的時候，讓．路易和兩個老婦人都緊緊地攥著拳頭，憎恨和厄運把他們三個人綁在一起，如今這種結合力突然間被打破了。這種破裂使他們之間充滿了和睦平靜的氣氛，這是他們始料未及的。但是，這件事也使他們認真地思考。

「我們已經到了衝刺的時刻了，」雷尼納附在奧爾唐瑟的耳邊說，「我們必須帶讓．路易上車。」

奧爾唐瑟半天沒回過神，她低聲地問：「為什麼你讓那個女人走了？你對她的交代很滿意嗎？」

「我們以後再談這件事吧，親愛的。我再說一遍，過一會兒，我們必須帶著讓．路易上車。」

雷尼納轉過身對讓．路易說：「我想，就眼下的情形來看，離開一段時間，對你們大家來說都是最好不過的。那會讓你們更加看清事情的真相，完全自由地做出自己的選擇，決定以後自己該怎麼做。至於你，和我們一起走吧，因為目前最緊迫的事情就是救一救熱納維耶芙．埃瑪爾小姐，你的未婚妻。」

讓．路易站在那裡，窘迫極了，他拿不定主意。雷尼納只好又轉過身對兩個女人說：「我敢肯定，你們也同意這樣做，對嗎？夫人們。」

兩位老婦人點了點頭。

「你明白了吧，先生，」雷尼納對讓．路易說道，「我們所有的人都同意了。在矛盾比較尖銳的情況下，沒有什麼比分開更好的了。走吧，現在就走。」

雷尼納沒有再給讓．路易時間考慮，一把將他拉進了他的臥室，讓他去整理行裝。

半個小時以後，讓．路易和他的新朋友一起離開了這座莊園。汽車把他們送到了卡爾埃克斯車站，在車站等車的時候，趁著讓．路易照料行李的機會，雷尼納小聲地對奧爾唐瑟說：「直到結了婚，他才能回去。一切都很順利，不是嗎？」

「是啊，熱納維耶芙肯定會高興的。」奧爾唐瑟心不在焉地回答。

上了火車，雷尼納和奧爾唐瑟一起到餐車去吃晚飯。奧爾唐瑟一直很冷淡，雷尼納知道她的心裡裝著很多的疑問，於是笑著說：「你想問什麼就問吧。」

「是的，我總感覺這一次的冒險和上幾次不太一樣，很模糊，讓人摸不著頭腦。那個女人的供認太簡短，太讓人意外了。」

雷尼納大笑起來：「你不妨直說了吧，你認為是我不讓她往下說的，是嗎？你很聰明，是的，如果她說得過於詳細，就沒人會相信了！」

「你這是什麼意思？」

「你不覺得這個故事有些牽強嗎？一個漆黑的夜晚，一位先生用袋子帶來一個有生命的嬰兒，帶走了一個死去的嬰兒，這種事情是根本站不住腳的。可是，你知道，親愛的，我沒有更多的時間為這個倒楣的女人編一個更好的故事了。」

奧爾唐瑟驚奇地凝視著他。

「哎呀，你不知道，這些鄉下女人是多麼的愚蠢，所以，我們只好匆匆忙忙地編了這麼個故事。不過，她的臨場發揮還不錯。」

「這可能嗎？」奧爾唐瑟喃喃低語道，「可能嗎？你事先見過她？」

『當然，我不得不見到她。」

「可是，是在什麼時候呢？」

「今天早晨。我們一到這兒，你在卡爾埃克斯的旅館裡梳洗打扮的時候，我就跑出去四處探聽消息了。你可以想像，在這個街區裡，沒有一個人不知道這件事。很快我就被領到了以前的助產士布西尼奧爾小姐那裡。我在她身上沒有花多少時間，大概只有三分鐘，就弄出了一個新的說法，一萬法郎使她同意了在小城堡的民眾中重複這個多少有點讓人難以置信的新故事。」

「就是，一種相當不可信的說法。」奧爾唐瑟說。

「但是所有一切並不是那麼糟糕，不是嗎？就連你當時也信了，其他幾個更是沒有提出意見。一個讓人相信了二十七年之久的真相，要一下子全部推翻，真的要動些腦筋。所幸我做到了，我提了一個懸念，目的是想讓他們動搖；再然後，叫來當事人，背一遍我設計好的臺詞。在大家還來不及仔細推敲時，帶走讓．路易。」

奧爾唐瑟搖了搖頭說：「但是，他們會思考的，也會產生懷疑。」

「是的，他們也許會產生疑問的。但是，他們不會想到去收集證據，更不會想去仔細地思索！他們在精神的地獄裡已經整整掙扎了四分之一個世紀，你認為他們還願意回到地獄裡去嗎？他們三個人已經走出了軟弱，走出了責任的誤區。我們離開之前，我聽到兩位夫人在商量搬家的事。想到今後不會再見面了，她們之間又恢復了曾經有過的親密。」

「但是，讓．路易又怎麼樣了呢？」

「讓．路易？他早就對這種生活厭倦了。一個人一生中是很難和兩個母親相處的，所以要兩個還是一個都不要，他的選擇肯定是後者。再說，讓．路易已經愛上了熱納維耶芙，他又怎麼可能帶給她兩個婆婆。行了，這件事情的全部工作我們已經完成了，我們所用的方法多少還有一些獨到之處。有些冒險行為，可以靠尋找和發現一個菸頭，一個引起火災的玻璃水瓶和燒毀了的帽盒來發現秘密，而有一些，則要求運用純粹的心理學來分解。」

「那麼，你真以為讓．路易……」

奧爾唐瑟還想說什麼，雷尼納打斷了她：「哎唷，你怎麼還在想著他。那件事已經結束了，說真的，我對那個有兩個母親的傢伙已經完全失去了興趣。」

雷尼納說這些話的時候，語調滑稽，奧爾唐瑟也不禁咯咯地笑了起來，這笑聲讓她的神經鬆弛下來，也轉移了她充滿矛盾的感情。

6 拿斧頭的女人

戰前的巴黎，再沒有什麼比持斧女人事件更讓人恐怖的了。在十八個月的時間裡，有五名婦女神秘地失蹤了，這是五名有著不同社會地位的女人，年齡全在二十到三十歲之間，都住在巴黎和巴黎管區內。她們分別是拉杜夫人，一位醫生的妻子；阿爾當小姐，銀行家的女兒；科韋羅小姐，庫爾伯瓦的一個洗衣女工；奧諾里娜．韋尼塞小姐，女裁縫；還有格洛蘭熱小姐，畫家。

五個女人就這樣消失得無影無蹤，沒有留下一點線索，誰也不知道她們為什麼離開了自己的家，是什麼外界的東西在吸引著她們，她們現在在何處。

這些失蹤的女人，一個接著一個，在她們離家出走後一個星期，在巴黎西郊被發現時，卻已經是一具具屍體了。所有被害的女人全都是被斧頭砍在腦門上致死的，全身被綑綁得結結實實，面孔佈滿血污，身軀因為沒有進食而瘦骨嶙峋。每次，在屍體的附近，都發現了車輪碾過的痕跡。這表明，屍體是被人用車從什麼地方運來，扔在那兒的。

這五起謀殺事件是這樣的相似，警方因而成立了一個小組專門負責。但是，接下來的調查毫無進展。犯罪的動機是什麼？似乎是謀財害命。因為五個女人的珠寶首飾、錢包，還有其他值錢的東西，都被洗劫一空。從棄屍的地點來看，都是荒郊野地，搶掠財物的人也很可能是路經那些地方的盜賊，甚至還可能是某些見財起心的過路人。警方也曾認為這可能是有人在實施一個報復計畫，或者是有預謀地在除掉一批人，這批人可能存在著某種利害關係，比如說，這些人或許都是某一筆鉅額遺產的繼承人。諸如此類的推測一個接著一個，可是，一次又一次的，只要考查一下事實，推測馬上就被推翻了。有時似乎有了什麼線索，追蹤下去時，很快就會發現根本行不通。

就在警方一籌莫展之時，出現了一絲轉機。一位清潔工在人行道上撿到了一個筆記本，本子裡面有一頁寫著一些女人的名字，經查證，正是那些被害的婦女。這個名單是按時間順序排列的，每一個名字的後面，都有一個三位數的數字：拉杜，一三二；韋尼塞，一一八……。

當然，僅僅從這件事看來也沒有什麼值得大驚小怪的，可是這名單上並不是五個人，出現了第六個人的名字！在「格洛蘭熱，一二八」這一行的下面，寫著「威廉森，一一四」。難道還有人被害？

威廉森是一個英語名字，警方並沒花多久的時間就查明了。奧特伊有一戶人家雇用了一個叫赫伯特．威廉森的小姐，十五天前，她辭職回英國了。動身之前，她寫信通知了她在英國的姊妹，可她的姊妹們卻沒能按時接到她，失去了她的所有消息。

一輪新的調查又開始了，很快，一個郵遞員在默東的樹林裡發現了一具屍體，正是威廉森小姐，她的腦袋被斧頭從中間劈開了。

整個巴黎都被被恐怖所籠罩，那個記有被害人姓名的本子被公諸於眾。它像是一個生意人認認真真記下來的帳目：「在某一天，我殺了某人；在某一天，我殺了某人！」這讓人不寒而慄。

出乎所有人的意料，筆跡專家們經過鑒定後取得了一致的意見，宣佈這字跡出自一個受過良好教育，而且是一個頗有藝術品味、富於想像力並且極度敏感的女人之手。所有的媒體上都把她稱為「拿斧頭的女人」，大大小小的報紙，都為她花費了大量的篇幅，研究她的內心世界。一時間，種種離奇說法在大街小巷流傳。

其中有一位年輕的新聞記者寫了一篇文章，他在文章中大膽地提出了自己的假設，他認為那些名字後面的數位代表著一定的意義，很有可能是各樁謀殺間隔的時間。這一發現無疑為混沌的案件帶來了一線光亮，警方著手查證時間，結果證明，年輕記者的假設是正確的。韋尼塞小姐是在拉杜夫人被誘拐一百三十二天後失蹤的；科韋羅小姐則是在韋尼塞小姐失蹤之後一百一十八天被拐走的；如此等等。

接下來的推論就是必然了，最後一個受害者威廉森小姐是在六月二十六號遇害的，她的名字後面的數位是一一四。那麼，在一百一十四天以後，也就說，十月十八日，將又會有新的罪行發生。人們開始為此議論紛紛，緊張的氣氛彌漫在城市的上空。

這一天終天來了，十月十八日上午，雷尼納和奧爾唐瑟在電話裡約好晚上會面後，很自然地提起了報紙上提到的那些事情。

雷尼納開玩笑地讓奧爾唐瑟小心一點，如果碰上了那個拿斧頭的女人，盡可能繞著道走。再如果不幸被她所擄，也一定不要害怕，想著他就可以了。

下午，雷尼納和幾個朋友聚在一起，談論了一些私事。從四點到七點之間，雷尼納買了各家的報紙，但沒有一家刊載有關劫持的事。

晚上九點，雷尼納去了體育館，訂了一個包廂，他和奧爾唐瑟約好在這裡見面。可是已經九點半了，還不見奧爾唐瑟的影子。雖然雷尼納並不著急，但還是打了電話找她。回電話的是女僕，她說，丹尼爾夫人還沒回家。

雷尼納的心緊了一下，一股沒來由的恐懼抓住了他。他不敢耽誤，急忙趕往奧爾唐瑟在蒙卡爾公園附近租下的那套公寓。家裡只有女僕一個人，她對雷尼納說，女主人下午兩點鐘的時候就出去了，手上拿著一封貼了郵票的信，說是到郵局去。還說從郵局回來以後，再換衣服到體育館。

「知道那封信是寄給誰的嗎？」

「寄給你的，先生。我看到信封上寫的是：『普林斯·雷尼納。』」

雷尼納在公寓一直等到半夜，可是奧爾唐瑟並沒有回來。第二天也不見蹤影。雷尼納似乎明白了些什麼，毫無疑問，奧爾唐瑟的失蹤完全可以用十月十八日來解釋。換言之，奧爾唐瑟成了那個持斧女人的第七個獵物。

「不要對任何人說一個字，」雷尼納對女僕說，「有人問起，你就說，你的女主人到鄉下去了，你馬上也要到她那兒去。」

女僕點點頭離開了，雷尼納回到家裡，開始冥思苦想：「按照那個推論，兇手在劫持受害者八天後就會用斧頭將她砍死，只剩下七天的時間了。如果把意想不到的情況包括進去，只能算六天的時間。今天是星期六，在下個星期五中午以前必須把奧爾唐瑟解救出來；為了保證能做到這一點，最遲要在星期四晚上九點以前，找出她被囚禁的地方。」

雷尼納一邊想，一邊在一張卡片上用大寫字母寫下了「星期四晚上九點」幾個字，並把這張卡片用釘子釘在他書房的壁爐台上面。然後，整個中午，他把自己鎖在書房裡，吩咐僕人，除了送飯和信件之外，任何其他事情都不得打擾他。

接下來的四天，雷尼納幾乎寸步未離書房。他找到了所有詳細報道那六次謀殺事件的主要報紙，在把這些有關的文章一遍一遍地讀完之後，他放下了百葉窗，拉攏了窗簾，插上了門，在昏暗的房間裡，躺在沙發上開始思考。

到星期二傍晚，雷尼納依然毫無進展，他沒能發現任何有用的，哪怕是最微不足道的線索，也沒有找到最小的，能夠寄以希望的理由。

儘管他有著巨大的自製力，儘管他對自己的智力充滿無比的信心，可他也不時痛苦得發抖。他能按時達到目的嗎？照眼下的情形，沒有理由相信，在餘下的日子裡，他能把問題弄得更清楚。這也就是說，奧爾唐瑟逃脫不了被殺害的命運。

這個想法不停地折磨著雷尼納，他和奧爾唐瑟之間那種不同一般的、強烈而深刻的感情，不是旁人從他們那種表面之間的關係能想像到的。

開始時，他對她可能還只是一種好奇心，接下來有了第一個願望，就是那種想保護她的衝動。到後

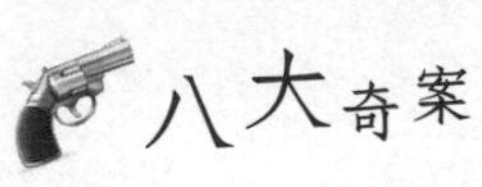

來，為了使她從不愉快的事情上轉移心思，鼓勵她堅定生活的信心，他做出了種種努力，所有這一切都轉變成了愛情。以前，他們誰也沒察覺到這一點，因為他們總是在危急的關頭彼此關照著去拯救人家的性命，面對的是他人的危險，而不是他們自己的生死安危。可是，今天，面對著危險對他們自己的第一次衝擊，雷尼納意識到了奧爾唐瑟在他的生命中有多麼重要，而他現在已經瀕臨絕望的境地，明知道她成了人家的階下囚，很快就要死於非命，他卻沒辦法去救她。

又是一個狂躁不安的夜晚，雷尼納從各種不同的角度，把整件事的來龍去脈想過來想過去，還是沒有找到出口。星期三就這樣來臨了，這一天對雷尼納來說，是一段難熬的日子。他快要退卻了，他不再像個隱士那樣把自己關起來。他一會兒打開窗戶，一會兒在房間裡走來走去。突然地又會一下又沖到街上，然後又跑回來，以此來逃脫那死死地糾纏著自己的念頭：「奧爾唐瑟正在受著折磨。奧爾唐瑟已經處在危急的關頭。她已經看見那把斧子了……她正在呼喚……她正在哀求我……而我卻毫無辦法……」

時間過得飛快，轉眼已是下午六點，盯著那六個被害者的名字，雷尼納的內心感覺到了一陣輕微的衝擊，這就是他正在尋找的那種真相的信號。一線亮光照進他的大腦。當然，可以肯定，這不是那種能讓真相大白的光明，但也足以告訴他行動的方向了。

雷尼納的作戰計畫立即形成了，他讓司機阿道夫馬上到各個大報館去，要他們在第二天早晨的廣告專欄裡，用大字登上幾行廣告。然後再到庫爾伯瓦的洗衣房去一趟，那是科韋羅小姐，也就是那六個人裡第二個遇難者曾經工作過的地方。

星期四，雷尼納沒有出門，這天下午，他收到了幾封回應他廣告的信件。然後，又來了兩封電報。最後，在三點鐘左右，來了一封快信，上面蓋著特羅卡代羅的郵戳，雷尼納喜形於色，看來，這就是他等待著的那封信了。

雷尼納把那封信讀了好幾遍，查看筆跡，又翻閱那些報紙，最後，他走到地圖前，記下了一個地址：

「克萊芒大街四十七號乙，原殖民地總督德．盧爾蒂埃．瓦諾先生。」然後，他衝出門去，奔向他的車子，大聲吩咐司機：「阿道夫，快，到克萊芒大街四十七號。」

雷尼納被領進了一間寬敞的書房，書房裡，有許多大書架，架子上擺著很多裝幀華麗的古舊書籍。德．盧爾蒂埃．瓦諾先生雖然鬍子已有些花白，可從他那和藹的舉止、坦率的個性以及自信心看來，他仍處在人生的全盛時期。

「總督先生，」雷尼納說，「冒昧打擾，我是來向你請教的。我從去年的報上看到，你認識那個被持斧女人殺害的奧諾里娜．韋尼塞小姐。」

「對，我認識她！」德．盧爾蒂埃先生叫了起來，「我的夫人請她做過衣服。這可憐的女孩！」

「盧爾蒂埃先生，我想說的是，六天前，我的女友也像那位可憐的女孩一樣失蹤了。」

「什麼！」德．盧爾蒂埃先生顯然吃了一驚，大聲叫道，「可我仔仔細細地看過報紙，十月十八號那天，什麼事也沒有發生過。」

「不，的確有事情發生了。一個我非常喜愛的女人在十月十七號那天，被人劫走了。」

「啊，今天已經十月二十四號了！」

「不錯，謀殺會在後天發生。」

「太可怕了！太可怕了！一定要阻止這件事發生……」

「這正是我來找你的目的，如果有閣下的幫助，我也許能夠成功地制止這件事。」

「你去找過警察了嗎？」

「沒有。我們面臨的這一樁樁神秘案件，可以說籌劃得細緻周密，幹得天衣無縫，就是最精明的偵探也看不出任何破綻。想按照常規的辦法來偵破這個疑案，可以說是毫無希望的，例如，偵查犯罪現場、警察四處調查、搜集指紋等等，都沒有任何意義。在以前的幾宗案件中，這些辦法就沒能起到任何作用，再重走這樣的老路，對這第七宗類似的懸案來說，只會是浪費時間。一個如此老練、狡猾的罪犯，絕不會在她身後留下那些愚蠢的線索。因此，即使是那些專業的偵探，沒有這些蹤跡，他們也就一籌莫展。」

「那麼，你能做些什麼呢？」德．盧爾蒂埃問。

「在採取行動之前，我一直在思考。我用了四天時間來反覆研究這個案子。」

「那麼，你深思熟慮的結果是……？」德．盧爾蒂埃打量了一下這位來訪者，不無嘲諷意味地問道。

「起初，」雷尼納回答，臉上沒有流露出任何表情，「我對所有的案件進行了一次綜合考查，這是至今為止，沒有任何人做過的事。這讓我發現了它們共同的特徵，排除了種種不切實際的假設，我認為這種事應該是那類神經不正常的人所為。」

「你的意思是……」

「對，我指的是瘋子！持斧女人根本就是個瘋子。」

德．盧爾蒂埃吃了一驚：「瘋子？多麼了不起的想法！那她應該被關起來！」

「我們並不清楚，她有沒有被關起來，我們也不知道她是不是那種處於半瘋癲狀態下的人。這種人表面看起來毫無危險，因而對他們的看管自然會很鬆，這樣，他們就會有充分的自由去幹那些他們嗜好的事情，按照他們野獸一樣的本能去為所欲為。再沒有人會比這些人更具潛在的危險，沒有人能比這些人更狡詐，更有耐心，更能對目標緊追不捨，更具有破壞性。而且，他們會在同一個時刻，比其他人更荒謬而又更富有邏輯性，更馬虎草率而又更為有條不紊。所有這些特徵，都可以歸結到那個持斧女人的所作所為上。死死地抱住一個想法不放，連續地重複某一種行為，這就是瘋子的性格特徵。儘管我還不清楚這個女人死死地抓著的想法是什麼，但是，我已經知道了從這種想法產生出來的行為。它總是反覆出現，千篇一律。受害人總是被同一種繩子綁著，在同樣的天數以後，被同一件兇器致命。而且，砍下去的地方也是每次都相同，就在前額的正中央，砍開一條絕對垂直的傷口。一個平常的兇手，總會出現一些不會雷同的地方，他發抖的手就會讓他的動作受影響。可這個持斧女人的手一點也不發抖，她幹出來的活，就好像以前用尺量過一樣，一點誤差都沒有。還需要我給你進一步的證明，或者是再向你講其他的細節嗎？很明顯，沒有這個必要。你現在就掌握著打開迷宮的鑰匙，而你也同我一樣清楚地知道，只有瘋子才會是這種樣子，愚蠢、兇殘，而又機械。就像時鐘，或者又像斷頭臺上的鍘刀……」

德．盧爾蒂埃先生點點頭說：「不錯，是這麼回事。人們可以從這個角度來看待這整個事情……我也開始相信，我們應該這樣來看待這件事。不過，要是認為這個瘋女人的行為是受了數學邏輯的支配，我看不出在這幾個被害者之間有什麼必然聯繫。她殺的人都像是隨意找來的，沒有什麼特別的地方。」

「是的，」雷尼納說，「你的問題，也就是從一開始起，我問自己的問題。這個問題是破解這個謎的關鍵，為了解決這個問題，我不知費了多少腦筋！為什麼是丹尼爾．奧爾唐瑟，而不是其他人？在兩百萬婦女中間，選哪一個不可以，可為什麼偏偏選中了奧爾唐瑟？為什麼就選中了韋尼塞？為什麼就選中了威廉森？按照我的想法，根據這個瘋女人盲目的、瘋狂的邏輯來判斷，她一定做過某種選擇。現在的問題是，她是根據什麼來選擇的？這些女人有些什麼特點，或者有什麼樣的缺點，或者有什麼標誌，讓這個拿斧頭的女人選中了她們？」

「你找到答案了嗎？」德．盧爾蒂埃關心地問。

雷尼納沒有立即回答，他停了一下，然後說：「是的，閣下，我已經找到了答案。本來應該在一開頭就找到這個答案的，因為要做的事不過就是仔仔細細地把受害人的名單檢查一下。要不是在我這樣一個受到操勞和思考過度刺激的大腦裡，這真相的火花是絕不會閃現的。我把這張名單翻來覆去地看了二十遍，最後才明確地把握住了這小小的細節。」

德．盧爾蒂埃一臉疑惑。

「想一想，我們也許能夠注意到這樣一個情況，如果許多人都捲進了一件事情裡，如犯罪和醜聞，那麼稱呼他們的方式應該是一致的。就拿這件事來說，在說到拉杜夫人，阿爾當小姐，還有科韋羅小姐時，所有的報紙都沒有提到她們的姓。另一方面，對於韋尼塞小姐、威廉森小姐的名字卻總是和姓一起提。如果我們將這六個被害者的稱呼統一，早就解決問題了。」

德‧盧爾蒂埃依然不解，雷尼納耐心地指出，六個不幸的女人的名字都是由一個字母開頭的，每一個受害者的名字都具有相同的特點。

「這一點就是解決問題的鑰匙，」雷尼納說，「它解釋了那個瘋女人物色被害人的標準。這種選擇的方式跟我的理論是多麼符合！它正好證明了這個女人是個瘋子！為什麼她要殺害這些女人，而不是另外的一些女人？因為她們的名字都是以字母H開頭，而且，又都是八個字母組成的！你明白我的意思了吧，對不對？字母的個數是八，她們的名字開頭的那個字母，在字母表裡的排序也是八個，而八這個字本身也是由H打頭。處處都是那個字母H，包括用來行兇的兇器斧頭，它的開頭字母又是H。這一切難道還不能說明，那個拿斧頭的女人是瘋子？」

雷尼納突然停住話，走到德‧盧爾蒂埃先生跟前：「怎麼啦，總督先生，你不舒服嗎？」

「不，不，」德‧盧爾蒂埃支吾著，他的額頭上冒出了汗珠。「我沒事，只是……只是這故事叫人有些難受！其中的一個被害人是我所認識的！而且……」

雷尼納從桌子上拿起一個水瓶，倒了一杯水遞給德‧盧爾蒂埃先生。他喝了幾口，然後打起了精神，努力地穩定了一下自己的聲調：「你的推測很有道理，可是證據呢？有沒有明確的證據？」

「今天早晨，我在所有的報紙上登出了一條廣告，是這樣寫的：『一流的女廚師求職，請在下午五點以前，寫信和埃爾米尼聯繫，地址：奧斯曼大街。』你應該明白我的意思了吧，對不對？以H開頭，又是由八個字母組成的名字很少了，這種名字過時了。埃爾米尼、赫伯特、伊萊里……出於我們至今弄不清的原因，這些名字對那個瘋女人來說是不可缺少的。為了找到叫這種名字的女性，她使出了僅僅剩下的那一點推理、觀察、思考和理解的能力。她四處出擊，到處打聽，耐心地等候時機。她很有可能閱讀報紙，儘管她對報紙的內容難以理解，可有某些特殊的事情，如某些大寫的字母，卻能抓住她的目光。因此，我相信，這個用大號字印出來的名字埃爾米尼，一定能引起她的注意，她也一定會落到我用廣告給她佈置好的陷阱裡來。」

「她聯繫你了嗎？」德·盧爾蒂埃先生著急地問。

「有幾個女人給所謂的埃爾米尼寫來了平常的詢問信，」雷尼納繼續說道，「這是很正常的。不過，有一封快信，讓我覺得很有意思」

「快信？是誰寄來的？」

「我把它帶來了，你看看吧。」

德·盧爾蒂埃幾乎是從雷尼納手裡搶過那封信的，他急切地去看信的簽名。他的第一個表情就是吃驚，似乎他所期望的事情本來不應該是這麼回事。然後，他放聲大笑起來，這笑聲似乎表達了他某種高興和寬慰的心情。

「你笑什麼，德·盧爾蒂埃先生？你看起來似乎很高興。」

「高興？不。我沒想到這封信竟然是我妻子寫的。」

「你在擔心什麼？」

「我擔心？簡直是笑話，我擔什麼心。我只是想問，你剛才說收到了好幾封信，為什麼單單認為這一封能提供線索呢？」

「因為她的簽名是德·盧爾蒂埃夫人，受害者之一的韋尼塞小姐曾受雇於她。我感覺自己選擇到這裡來是對的，我的方向感很強。冒昧地提一個要求，我可以見見夫人嗎？」

「當然，我正想向你提議。」德·盧爾蒂埃聳了聳肩說，「請跟我來吧。」

他領著雷尼納穿過一個過道，來到了一間客廳裡。一位雍容華貴的金髮婦女正坐在那裡，督促三個孩子做功課。

德‧盧爾蒂埃向她簡單地介紹了一下雷尼納，然後問他的妻子，那封信是否是她寫的。盧爾蒂埃夫人一點也沒有感到驚奇，她說信是自己寫的，因為家裡的女僕就要走了，正需要再找一個。

「對不起，夫人，我只想問一個問題，你是從哪裡知道這個地址的？」

在丈夫的堅持下，盧爾蒂埃夫人吞吞吐吐地說出是老奶媽費利西安娜告訴她的。話說到這裡，德‧盧爾蒂埃突然打斷了雷尼納想再問其他問題的念頭，把他帶回了書房。

「先生，你已經看見了，這封信的來源很自然，費利西安娜是我的老奶媽，她住在離巴黎不遠的地方，由我供養。她看見了你登的那條廣告，就打電話告訴了我夫人。就是這麼回事，我想……」盧爾蒂埃很勉強地笑了一下，「我想，你總不至於懷疑我的夫人就是那個拿斧頭的女人吧。」

「當然不會。」

「那麼，這事算是完了……至少在我這方面是如此。我已經做了我能做的事情，我聽了你所有的推測，並且有些相信它，但我真的不能再給你幫什麼忙了……」

德‧盧爾蒂埃急於將雷尼納打發走，他指了指門，然後坐下來喝了一杯水。

有幾秒鐘的時間，雷尼納一言不發地盯著德‧盧爾蒂埃，就像注視著一個眼看就要被擊敗的對手。他走到總督先生身邊坐了下來，突然抓住他的胳膊說：

「先生，如果你繼續默不作聲，奧爾唐瑟就會成為第七個被害者！」

「可我……我已經沒有話要說了，先生！你認為我知道些什麼？」

「你知道這事的真相！我已經對你說得夠清楚了，你的不安，你的恐懼，都證明了這一點。」

「可是，先生，如果我知道真相，我為什麼要默不作聲？」

「因為你害怕醜聞傳出去。我內心深處的直覺告訴我，在你的生活當中，有什麼事情逼著你不得不把它們隱藏起來。這樁血腥悲劇的真相，突然在你的腦海中閃現，但這真相，一旦被人知道，就會損害你的名聲，會讓你見不得人……這樣一來，你在自己的責任面前退縮了。」

德．盧爾蒂埃沒有吭聲，雷尼納向他靠過去，直視著他的眼睛，輕輕地對他說：「不會有醜聞傳出去的，我向你保證，我將是這世界上唯一知道這件事的人。實際上，我也跟你一樣，不希望這件事引起人家的注意，因為我也不希望我的奧爾唐瑟捲進這可怕的故事中。」

德．盧爾蒂埃仍然顧慮重重，兩個人就這樣默默對視著。雷尼納的表情嚴厲又堅定。這讓德．盧爾蒂埃感覺到，如果不說出一切，這個人是不會善罷甘休的。不過，他實在不想說。

「你弄錯了，」德．盧爾蒂埃選擇了繼續隱瞞，「你察覺到的事情根本不存在。」

雷尼納有些著急了，要是這個傢伙總這樣愚蠢地保持沉默，要救奧爾唐瑟就毫無希望了。想到這裡，他禁不住怒火中燒，一把揪住德．盧爾蒂埃的衣領，將他推倒在地：「我不想再聽你撒謊了！一個女人的性命危在旦夕！再不說就來不及了，請你告訴我！要是你不說……」雷尼納加大了手中的力量。

德．盧爾蒂埃屈服了，並不是雷尼納對他的攻擊嚇著了他，也不是這種暴力行動迫使他放棄了自己原來的想法，而是他被雷尼納那種不可戰勝的意志給壓倒了，這意志看起來可以摧毀任何障礙。他結結巴巴地說起來：「好吧，我說。你剛才看到的那位德．盧爾蒂埃夫人並不是我真正的妻子。唯一一個有權享用這個名份的女人，是我年輕時候在殖民地當軍官時娶的。她是一個很古怪的女子，精神上有毛病。我們有一對雙胞胎兒子，那可是她的命根子，有這兩個孩子相伴，她明顯地恢復了精神上的平衡，以及心理上的健康。可是，有一天，發生了一件可怕的事故：一輛疾馳而過的車把兩個孩子都壓死了，這一幕就發生在她面前。可憐的女人瘋了……這是一種默默無言的、詭秘的瘋狂，表面看不出來。這一點，你已經猜測到了。不久，我被派駐阿爾及利亞，就把她帶到法國，交給我的老奶媽照管。兩年以後，我又結識了一個女

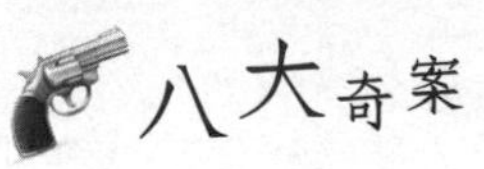

人，就是你剛才見到的那位。她成了我生命裡快樂的源泉，她是我孩子的母親。我絕不能讓她成為這件事的犧牲品，也不想讓我們的全部生活被恐怖和恥辱給碾得粉碎，我們的名聲不能同這瘋狂的血淋淋的慘劇永遠聯繫在一起！」

雷尼納沉思了一會兒後，問他：「你妻子叫什麼名字？」

「埃爾芒瑟。」

「埃爾芒瑟！開頭字母是H，而且也是由八個字母組成的！」

「這就是我剛才突然明白了一切事情的原因，」德·盧爾蒂埃說，「當你提出那些名字的共同之處時，我突然想到我那可憐的妻子的名字，而且，她是個瘋子，所有這一切證據在我的腦子裡構成了事件的真相。」

「好了，儘管我弄清了她是怎麼選擇那些被害人的，可沒有弄懂她是如何施行那些兇殺的。她發起瘋來有些什麼症狀？她一直都很難受，很痛苦吧，是吧？」

「現在已經好多了，但是她過去曾遭受過最痛苦的折磨。從我們的兩個孩子在她眼前被壓死那一刻起，無論是白天還是黑夜，那可怕的場面總是出現在她眼前，她夜不能寐，整日想的都是同一件事。」

「說到底，」雷尼納反駁說，「為了擺脫這個慘景，她就要殺人？」

「不錯，可能如此，」德·盧爾蒂埃想了想說，「但準確地說，是為了用睡眠來擺脫這種狀況。」

「什麼意思？」

「也許你不能理解，因為她是一個瘋子，因為這一切都發生在一個混亂的腦袋裡面，當然是毫無條理，不合常情的。」

「嗯，你的這種說法有根據嗎？」

「是的，有一些。只是當時被我忽視了。第一次發現異常是幾年前的一天早晨，老奶媽發現埃爾芒瑟在睡夢中勒死了一條小狗。後來，類似的事情又在其他情形下重演了三次。」

「每次她都是睡著的嗎？」

「是的，每一次，她都能睡好幾個晚上。我想，由於扼殺這些小生命，她弄得精疲力盡，這樣，就容易睡著了，就能讓她的神經得到鬆弛和休息。」

雷尼納禁不住顫抖起來：「就是這麼回事，一點也沒錯！奪去那些生命，殺死那些小動物，能讓她睡著覺。在動物身上很靈驗的事情，她把它用到了女人身上。真可怕，把那些人殺掉，把她們的睡眠給奪過來！她渴望著睡眠，她從人家那兒去把睡眠搶來！就是這樣，對不對？過去的兩年裡，她一直能睡著？」

「是……是的。」德．盧爾蒂埃結結巴巴地回答。

「你就從來沒想到過，她這種瘋病會變本加厲，她會為了能睡個好覺，幹出一些殘忍的事！你的責任心到哪裡去了，換句話說，是你的自私造成了那些無辜女人的死亡。你只想求安寧，只想你的妻子能睡個好覺！不過，現在補救還來得及，走吧，帶我去，先生！這一切真是太可怕了！」

他們兩人向大門走去，德．盧爾蒂埃先生還是有些猶豫。這時，電話鈴響了。

「一定是從那邊打來的。」德．盧爾蒂埃說。

「你妻子哪兒嗎？」雷尼納問。

「不錯，老奶媽每天的這個時候，都會打電話來告訴我那兒的情況。」

德．盧爾蒂埃拿起了聽筒，順手把另一個遞給雷尼納，雷尼納在他耳邊輕輕地把自己想要問的問題告訴了他。

「是你嗎，費利西安娜？她今天怎麼樣？睡得好嗎？」

「不太好，先生，昨天晚上她沒有闔過眼，剛才的情緒也很不好。」

「現在她在幹什麼？」

「她在自己的房間裡。」

「立即到她那兒去，看住她，不要離開她。」

「我進不去，她把門給鎖上了。」

「你一定要進去，把門砸爛，我馬上就到……喂！喂！……啊，真該死，斷線了！」

雷尼納不敢再耽誤了，二話沒說，立刻拖著德．盧爾蒂埃跑出屋子，上了停在外面的汽車。

「往哪兒走？」雷尼納問。

「達弗萊別墅。」

「上帝！那就是她活動範圍的中心，簡直就像一隻蜘蛛伏在它的網中央一樣！啊，可惡的傢伙！」

德．盧爾蒂埃並沒有反駁，他神情沮喪，臉色蒼白，雙手顫抖，所有這一切都表明他正處在悔恨和絕望之中。

「她把我給騙了，」他咕噥著說，「她的外表是那樣的安靜，那樣的溫順！還有，她畢竟還是被關在一家瘋人院裡。」

「關在瘋人院？你說她被關在瘋人院？」

「是的，不過，這家瘋人院，是由一些各自分離的房子組成的，」德．盧爾蒂埃先生解釋說，「這些房子散佈在一個很大的範圍裡。而埃爾芒瑟住的小屋隔得較遠。第一間房是費利西安娜住的，接著是埃爾芒瑟的睡房，還有兩個分開的房間，其中一間的窗戶是朝曠野開著的。我猜，那大概就是她關人的地方。」

「那麼，把那些屍體運走的車子又是怎麼回事呢？」

「瘋人院的馬廄跟她的房子很近，那兒有一匹馬，還有一輛馬車，是平時用來採購貨物的。也許埃爾芒瑟是在晚上悄悄地爬了起來，套好馬，把屍體由窗戶裡面推了出來。」

「那麼，那個看著她的奶媽呢？」

「費利西安娜已經是又老又聾了。」

「即便這樣，白天時，她不可能對女主人的行為視若無睹吧。或者，她是她的同謀？」

「絕對不可能！費利西安娜和我一樣，被埃爾芒瑟的外表騙了。」

「可是，是她打電話給德·盧爾蒂埃夫人，告訴她那條廣告的事……」

「我想，這是埃爾芒瑟讓她做的。埃爾芒瑟有理性的時候，說話很正常。就像你剛才說的那樣，她喜歡看報紙，儘管看不懂，卻從頭到尾看得仔細。一定是她看到了那條廣告，而且，她又知道我家裡要找個僕人，所以……」

「不錯……不錯，我也是這樣想的，」雷尼納慢吞吞地說，「她把這個人作下了記號。要是奧爾唐瑟死了的話，一旦她認為她的睡眠快用完了，她就能找到第八個受害者。可她怎麼能讓這些女人上勾呢？她是怎麼把奧爾唐瑟騙走的呢？」

汽車的速度不如雷尼納想像中那麼快，於是他不停地催著司機。車飛快地往前沖，雷尼納的心裡卻突然冒出了更為可怕的想法。瘋子做事的邏輯是隨著情緒的變化而變化的，萬一，她腦子裡突然冒出的念頭，令她把日期搞錯，那災難說不定會提前到來，正像一個出了毛病的鐘，會提前報時一樣。

「快點，阿道夫，要不，我自己來！再快點，該死的！」雷尼納詛咒著。

終於，達弗萊別墅到了。右邊有一條陡峭的斜路，圍牆被一道長長的柵欄隔斷。

「阿道夫，我們繞著這地方走，一定不能讓人知道我們到這兒來了，對嗎？德·盧爾蒂埃先生？那屋子在哪？」

「就在對面。」

車又往前開了一段路，然後他們下了車，雷尼納沿著一條因失修而崩塌的路邊快速奔跑起來。天幾乎已經黑了。德．盧爾蒂埃指點著路線：「就是這裡，那屋子就在後面。你看到那一樓的窗戶了吧，那是兩個分隔開的房間中間的窗戶。一看就明白，她是怎麼溜出來的了。」

「可那窗戶看起來好像是封死了的。」

「是的，這也正是沒人懷疑的原因。她一定找到了什麼辦法從那兒溜出來。」

房子的底層建在一個深深的地下室上面，雷尼納敏捷地爬了上去，在一塊突出的石頭上找到了一個立足的地方。一點也沒錯，窗戶上有一根窗閂已經不見了。

雷尼納把臉貼在窗戶玻璃上，往屋裡看去。屋子裡很黑，可他總算看到了房間的後面，有個女人躺在一張褥子上，另一個女人則坐在旁邊，抓著那個躺著的女人的額頭，正在聚精會神地瞧著。

「坐著那個就是埃爾芒瑟，」德．盧爾蒂埃輕輕地說，他也爬上來了，「另一個人是被綑住了。」

雷尼納從口袋裡拿出一把玻璃刀，輕輕地劃下了一塊窗玻璃。然後把手伸進去，輕輕地把窗戶插銷扭開了。他的左手，拿著一把左輪手槍。

「別開槍，你一定不能開槍。」德．盧爾蒂埃請求道。

「如果一定得開槍，我還是會開的。」雷尼納輕輕地把窗戶推開，不料碰倒了一把椅子。屋裡的人被驚動了。

雷尼納猛地跳了進去，直奔瘋女人而去。可那瘋婆子沒等他靠近，就衝向了門邊，打開門逃了出去。

德．盧爾蒂埃想要去追她，被雷尼納阻止了。

「這有什麼用？」雷尼納一邊說，一邊跪下來抱住躺著的女人，「還是救人要緊。」

奧爾唐瑟還活著！雷尼納把繩子割斷，掏出塞在她嘴裡的東西。老奶媽也被驚醒了，她拿著燈，急急忙忙趕到房裡來。雷尼納接過她手裡的燈，照著奧爾唐瑟。

他怔住了。雖然她臉色發青、精疲力盡、面容消瘦，但眼睛裡卻閃著渴望的光芒。看到雷尼納，她努力地想露出笑容。

「我一直在盼望著你。我一刻也沒有絕望過。我相信你。」說完這番話，她昏了過去。

他們在房屋的周圍四處搜尋，卻沒有找到那個瘋女人。一個小時後，有人在閣樓上的大櫥櫃裡發現了她的屍體，她自縊而亡了。

奧爾唐瑟說什麼也不願再待在這個地方，加上雷尼納和德·盧爾蒂埃都不想驚動更多的人，所以，雷尼納匆匆地向那老奶媽交待了該怎麼做以及怎樣說話以後，就和德·盧爾蒂埃先生，以及司機一道，把奧爾唐瑟抱回了車裡，帶她回家。

奧爾唐瑟恢復得很快，兩天以後，她已經沒事了。雷尼納小心地問起，她是怎麼認識那個瘋女人的。

「其實很簡單，」奧爾唐瑟說，「我曾經告訴過你，我丈夫的神經有毛病，他也住在達弗萊別墅。有時，我會到那兒去看他，但很少讓人知道。就這樣，我認識了那個可憐的瘋女人。那天，我剛去就碰到了她，她說有話跟我講，於是我去了她那幢小屋。一進屋，她就猛地向我撲過來，我還沒來得及喊救命，她就把給我制服了。當時我以為這不過是個玩笑，不過是一個瘋女人的惡作劇。這幾天，她待我很溫和，儘管她讓我餓肚子。到後來，她的舉動越來越怪異，我被嚇住了。不過，我時刻都沒有忘記你說過的話！」

「你沒有想到過其他的事情嗎？比如說更大的危險。」

「會有什麼更大的危險呢？」奧爾唐瑟敏感地問。

雷尼納吃了一驚，他突然明白，在奧爾唐瑟的腦子裡，從沒有把自己的處境跟持斧女人事件聯繫起來。「這樣也好，」雷尼納想，以後有的是時間把真相告訴她。現在，還是讓她得到更多的休息吧。

幾天以後，奧爾唐瑟在雷尼納的陪同下，啟程前往法國中部一個叫巴西庫爾的村莊，她有一個親戚住在那兒，她將在那兒住上一段時間。

7 雪地上的腳印

在持斧女人事件結束半個月後，雷尼納接到了奧爾唐瑟在巴西庫爾村寫來的信，在信中，她這樣寫道：

親愛的朋友：

你一定以為我是一個忘恩負義的人，我到這兒已經三個星期了，可是竟沒有給你寫過一封信！連一句感謝的話都沒有對你說過！我終於明白了，是你把我從死亡的邊緣救出來，我也明白了我曾面對的是一樁多麼詭秘的恐怖勾當！可我真的是沒有辦法，在經歷了那件事以後，我疲憊不堪，只想休息！和你一起冒險的這些日子，對我來說，的確很有趣。但是，我不得不承認，其他人的事情確實是讓人感到興奮。可是，一旦自己成了受害人，而且差點把命送掉，這樣的感受又會是怎麼樣？我永遠都無法忘記！所以，我不想再冒險了！

在巴西庫爾這個地方，我過著無比安靜的生活。我的老表姊埃爾默蘭百般地愛護和照料著我，簡直把我當成了一個病人。我的身體已經徹底康復了，精神很好。總之，我的生活很平靜，以至於我不想再去關心別人的事。可是，我卻不能不告訴你一些事，因為我知道，你依然喜歡打聽別人的事，而且時刻準備著管閒事。

事情是這樣的，昨天，我在巴西庫爾旅館參加了一次聚會，我們坐在大廳裡喝茶，周圍全是來趕集的農民。這時，來了三個人，兩個男一女，他們一來，就打斷了大家的談話。那兩個男人裡面，有一個長得很胖，穿著長外套，臉色紅潤，蓄著一圈白色的胳腮胡。另一個年輕些，穿著燈芯絨外衣，臉很瘦，而且黃黃的，帶著些兇相。這兩個男人肩上都背著槍。夾在他們兩人中間的是一個矮小苗條的年輕女人，她披著件深色的披風，頭上戴著頂毛皮帽子，臉色蒼白，略嫌瘦削，但氣質卻高雅出眾。

「這是一家人，父親，兒子和兒媳婦。」老表姊輕輕地對我說。

「什麼？他們怎麼可能是一對？」

「是的，是德．戈爾納爵爺一家。」

「天啦，那老頭還是個男爵？」

「沒錯，他是一個世家後代，只不過一直以務農為生。他喜歡打獵，好酒貪杯，爭強鬥勝，總是和人家有打不完的官司。為了這個，他幾乎傾家蕩產。他的兒子馬蒂亞更是個野心勃勃的人，很少下地幹活，他是學法律的，老在打官司上用心思。後來，他去了美洲。可是因為沒錢，他又回到了村裡。他愛上了附近小鎮上的一位女孩，誰也不知道是為了什麼，那女孩竟然答應嫁給他。五年了，她一直住在那小小的莊園裡，很少露面。」

「他們住在一起嗎？」我問表姊。

「不，父親住在村子的另一頭，就是那座孤零零的農場。」

「看上去，那個馬蒂亞是個嫉妒心很強的人。」

「是的，簡直是一頭吃人的老虎！這幾個月，一直有一位英俊的騎士在城堡周圍轉來轉去，這根本不能怪納塔莉，誰都知道，納塔莉是這個世界上最正派的女人。可是德．戈爾納父子倆卻受不了啦。」

「怎麼會這樣？」

「那個英俊騎士的先人是從前買下戈爾納家城堡的人，這個怨就這樣結下了。不過，熱羅默．維尼亞爾——就是那位騎士——可比馬蒂亞可愛多了，富有而英俊。村裡的人都很喜歡他。只是，有一次，德．戈爾納喝醉了，大聲地說熱羅默愛上了自己的兒媳婦，曾經發誓要把納塔莉搶走。這個老傢伙只要一喝醉就會說這件事兒，你聽，又來了。」

我轉身看過去，只見那個老頭坐在一群男人中間，這夥人正在拿他開心，一邊灌他的酒，一邊逗弄他。他已經有幾分醉了，可還在喝。

「我告訴你們，那花花公子是在白費氣力！不管他是圍著我們在那兒轉悠也好，也不管他是朝著那婊子拋媚眼也好，全不管用。那個窩我們看守得緊緊的！只要他一走近，就得讓他吃子彈，對不對，馬蒂亞？」說著，他抓住兒媳婦的手：「那麼，你這個小婊子也就該知道怎麼來保護自己了，」他咯咯地笑著，「哎，你並不想要什麼人來勾搭你，是不是，納塔莉？」

那個年輕女人被老頭的那些字眼弄得羞愧不堪，臉刷地紅了。這時，她的丈夫又吼叫開了：「老爹，最好把你的嘴閉上，別在大眾場所談論一些不該談論的事情。」

「影響一個人的名譽的事情，最好就是在大眾場合來解決。」老頭反駁說，「所有的事情裡，最讓我關心、也是最要緊的，莫過於德．戈納爾家的名譽了；那個小小的浪蕩公子，就是再加上他那種巴黎的臭氣派，也不能……」

他突然停了下來，不再說了。在他面前，站著一個剛剛進來的人，正盯著他。這是一個個子很高、非常結實的年輕人，一身騎士裝束，手裡拿著一根鞭子。他那健壯而又堅毅的臉上，忽閃著一雙漂亮的眼睛，眼光裡面含著一絲嘲弄的笑容。

「這就是熱羅默．韋尼亞爾。」表姊低聲對我說。

那年輕人看來一點也不尷尬，他對著納塔莉深深地鞠了一躬。見此情形，馬蒂亞走上前來，那年輕人從頭到腳地打量他，眼光裡全是挑釁。德．戈納爾父子可受不了了，他們把槍從肩頭上拿下來，抓在手裡，擺出隨時準備開火的架式。

熱羅默一臉輕鬆，毫不在意。他轉身走到酒店老闆跟前，對他說：「啊，我是來找老瓦瑟爾的，可他的鋪子關門了。你能幫我把這手槍套交給他嗎？得給它補上幾針。」

他把槍套交給老闆，笑著又說：「我得帶著這把手槍，誰也說不定我什麼時候得用上它！」然後，他還是那樣鎮靜，掏出一隻銀菸盒，拿出一根菸，點燃後走了出去。從窗戶望出去，我們看見他騎上馬，慢悠悠地走了。

老戈納抓起一杯白蘭地，一氣喝乾了，接著就破口大罵。馬蒂亞一把捂住他的嘴，強拉著他坐下。納塔莉則在他們旁邊哭開了。

這就是我要講的故事，親愛的朋友。正如你看見的那樣，這故事不是很有趣，因此也許不會引起你的注意。裡面也沒有什麼神秘的地方，值得你去參與。我甚至想要求你，不要試圖插進來，儘管那個可憐的女人可能需要保護。讓那些人自己去擺脫他們自己的麻煩吧，我們就不要再冒險了。

十一月十四日，寫於巴西庫爾

雷尼納讀完奧爾唐瑟的來信，接著又看了一遍，然後自言自語地說：「這是怎麼回事，事情好得不能再好了，而她突然不想再繼續我們那個約定了。不過，看得出，她很矛盾。」

雷尼納搓著雙手，這封信帶給他的意義很大，最起碼它暴露了奧爾唐瑟複雜的感情，其中有愛慕，也有無限的信任，不時還摻雜著不安、害怕甚至恐懼，可也有愛情。對此，他深信不疑。

當天晚上，雷尼納上了火車。一大早，他在篷皮尼亞小鎮下了火車，又坐著公共馬車在白雪覆蓋的大路上走了五英里。天剛破曉的時候，他到達了巴西庫爾村。一到那兒，他就發現，他不虛此行。因為就在昨晚，從深井城堡那個方向，傳來了三聲槍響。

雷尼納走進旅館大廳時，一個農民正在回答警官的問話：「開了三槍，警官，我清清楚楚地聽見，就像看見你站在我面前這麼清楚。」

「我也聽到，」酒店的招待說，「開了三槍。大約是晚上十二點鐘的樣子。這場雪是從九點開始下的，那時已經停了。槍聲穿過田野，一槍接一槍，砰，砰，砰。」

接著，又有五個農民提供了證詞。一個在德．戈納爾．馬蒂亞農場幹活的農民和一個農婦也來了，他們說，因為星期天放假，他們離開了農場兩天，今天在回農場時，卻進不了門。

「警官，那院子的大門是鎖著的，」那男人說，「這可是從來沒有發生過的，不管是冬天還是夏天，每天早晨，只要一到六點，馬蒂亞先生准會自己來把門打開。可今天我在那兒叫喊了半天，沒人答應。所以我才到這兒來。」

「你怎麼不去問問老德．戈納爾先生，」警官說，「他就住在大路那邊。」

「對呀，我本來應該去問問他的。」

「那我們現在最好到那兒去看看，」警官決定帶著他的兩個手下人，還有幾個農民、一個鎖匠──因為可能要他去開鎖──一起去找老德．戈納爾。雷尼納也很自然地跟在了他們後面。

一會兒很快來到了老德．戈納爾的農場院子裡，根據奧爾唐瑟在信中的描述，雷尼納一眼就認出正在套車的那個老頭就是德．戈納爾。

警官走上前去告訴德．戈納爾發生了什麼事時，他竟大笑起來：「開了三槍？怎麼會，我親愛的警官，我兒子的槍膛裡總共只有兩發子彈！」

「那麼，那鎖著的大門又是怎麼回事呢？」

「喔，昨晚，他到我這兒來，我們喝光了一瓶酒，不，可能是兩瓶……啊，也許是三瓶。年輕人嘛，總是貪睡一些。我想，他……他一定和納塔莉還在床上咧……」

德．戈納爾一邊說，一邊爬進了馬車的車箱，那是一輛老式的馬車，上面還蓋著一塊打了補丁的篷布，他抽了一鞭子，大聲說：「再見了，各位。我不能因為你們那三聲莫名的槍響，耽誤了到篷皮尼亞集市，賣這兩頭小牛。再見！」

德．戈納爾上路了，其他人也陸續離開了。雷尼納走到警官面前，做了自我介紹：「我是埃爾默蘭小姐的朋友，因為現在去她家還太早了點，如果你允許的話，我想和你一起到農場那邊去轉轉。埃爾默蘭小姐和德．戈納爾夫人很熟，要是那邊沒有什麼事，我去見她時，也好把這消息告訴她，讓她放心，你同意嗎？」

「應該不會有事吧，」警官回答說，「要是真有什麼事，這場雪會讓我們知道得一清二楚。走吧，一起去看看。」

警官是一個逗人喜歡的年輕人，顯得精明能幹。剛走到農場門口，他就發現了一些足跡，顯然是馬蒂亞頭一天晚上留下的，不久又和那個在農場幹活的農民和那農婦的腳印混在了一起。

鎖匠很輕巧地把農場大門上的鎖打開了，門裡，潔白無暇的雪地上只有一行腳印，那是馬蒂亞的。很容易想像，兒子在父親那裡喝了太多的酒，那串腳印東歪西扭的，後來還拐到路邊的樹叢那兒去了。

兩百碼以外，就是深井農莊那幢破敗的兩層樓房了，大門敞開著。

「我們進去吧。」警官說。

一跨過門坎，他就笑了起來，說道：「啊哈！老德．戈納爾不到這兒來可是錯了，這裡發生過打鬥。」的確，房間裡一片混亂。兩把椅子被砸碎了，桌子也掀翻了，許多打碎的玻璃和瓷器滿地都是，所有的一切都說明這兒曾經有過一場激烈的混戰。那架落地大鐘也被打翻在地上，時針停在十二點十一分的地方。

農場女僕趕緊帶路，他們上了二樓。不出所料，馬蒂亞和她的夫人都不在。他們臥室的門已經被砸爛，而那砸門的錘子在床底下被找到了。

雷尼納和警官又下樓來，發現客廳有一條地道連著廚房，這廚房是在屋子的後面，門朝著一個小院子開著，一道籬笆把小院子跟外面的果園隔開。籬笆的盡頭，有一口水井，來往的人必須從這口井旁邊經過。眼前，從廚房門到井邊的雪不是很厚，已被壓得朝門口這邊傾斜，就好像是有人的身體在上面被拖著走過一樣。井口的周圍，是一些糾纏在一起的腳印，說明井口旁邊也曾發生過搏鬥。在這裡，警官又一次找到了馬蒂亞的腳印，同時還發現了另外一個人的腳印，這腳印清晰一些，而且比較淺。

再往前行，就只有後一種腳印一直走進了果園。三十碼外，在這串腳印旁邊，警官撿到了一把左輪手槍。有一個農民立即認出，這槍跟兩天前熱羅默在酒店裡拿出來過的那把槍很相似。警官檢查了一下轉輪的彈倉，七發子彈已經打了三發。

這樣一來，這場悲劇就一點一點地有了大致的輪廓。警官要大家站開些，不要踩壞了那些腳印，然後，他回到井邊，探頭往裡面看了一會，又問了農場女僕幾個問題。最後，走到雷尼納身邊說：「在我看來，這件事似乎相當清楚了。」

雷尼納抓住他的胳膊說：「有什麼就說吧，警官。我對這件事也很有興趣，正如我告訴你的那樣，我認識的埃爾默蘭小姐跟熱羅默有交情，同時，她又是德．戈納爾夫人的朋友。所以……你對這件事有什麼疑問嗎？」

「我不想憑空懷疑任何事情。我想說的只是，昨天晚上有人到過這裡……」警官說。

「從哪裡來的？朝這房子走來的惟一腳印就是德．戈納爾先生的。」雷尼納提出異議。

「這個人是在下雪以前到這兒的，也就是說，在九點以前。」

「那麼，他一定是藏在客廳裡的某個角落裡，等著德．戈納爾先生回來。」

「就是這麼回事，馬蒂亞一進屋，這個人就向他撲過去，一場打鬥發生了。馬蒂亞從廚房那兒逃走了。這個人在深井那裡追上了他，拿出左輪手槍，開了三槍。」

「可是我們並沒有看到屍體。」雷尼納說。

「扔進井裡去了。」

「啊！你這種說法是不是有點武斷？」雷尼納反駁說。

「不，先生，那兒的雪告訴了我們一切。在搏鬥之後，在開了三槍之後，只有一個人離開了農場，只有一個人。而且，他的腳印告訴我們，並不是德．戈納爾先生。那麼，德．戈納爾．馬蒂亞能夠在哪裡呢？」

「可是這井……能不能下去檢查一下？」

「不行，這口井深得幾乎沒底，這農莊就是因它而得名。」

「那你真的相信……？」

「我重複一遍我說過的話。下雪以前，有一個人來了，然後來是馬蒂亞。打鬥發生後，有一個人離開了，就是那個陌生人。」

「那德．戈納爾夫人又怎麼樣了？難道她也像她丈夫一樣，被殺害了扔進了井裡？」雷尼納問。

「不是，她被人劫走了。」

「劫走了？」

「還記得她的房門吧，是被錘子砸開的。」

「慢點，慢點，警官！你自己說過，只有一個人離開了，就是那個陌生人。」

「你低頭看看那個腳印就會明白的！它們深深地陷進了雪地裡，這只能證明，這是身上背負著重東西的人的腳印。那陌生人把德．戈納爾夫人扛在肩上帶走了。」警官的語氣非常自信。

「那麼，沿著這條路一定有個出口吧？」

「是的，那兒有個小門，馬蒂亞總是隨身帶著這門的鑰匙，那個人一定從他身上取走了鑰匙。」

「這條路通到野外？」

「不錯，從這裡過去，大約半英里多一點，有一條路直通公路……你知道那兒是什麼地方嗎？」

「不知道。」雷尼納搖搖頭。

「那裡正好是熱羅默城堡的拐角處。這事開始有點嚴重了！如果這腳印一直延伸到城堡，並且就在那兒消失了，我們就可以找到答案了。」

遺憾的是，警官這一次的判斷出了錯，腳印並沒有延伸到城堡那兒。穿過那到處堆著積雪、就像波浪一樣起伏的田野後，就沒有辦法再找到那些腳印了。因為，在通向城堡大門入口的路上，積雪全被掃掉了。不過，他們也看到了另一種痕跡，是兩行車輪碾過的痕跡，沿著相反的方向，通向了村子裡。

警官按響了城堡大門的門鈴，一個手裡拿著掃把的清潔工來開門了。在回答警官的問話時，他說，一大早，在大家都還沒起床時，熱羅默先生就走了，還是他自己親自把馬套上馬車的。

雷尼納以詢問的眼光看著警官，他想知道這個年輕人接下來會採取什麼樣的行動。警官看了一下錶，然後告訴雷尼納，熱羅默一定是坐火車離開了。現在要追上他是件難事，但那列快車會在專區停留。他會打電話給總檢察官，派人把那車站看住。

雷尼納對警官說了幾句讚揚的話，然後和他分手了。雷尼納回到旅館，讓人給奧爾唐瑟送去一張便條，告訴她自己已經來了，並知道了這裡發生的事。本想去看她，但有些事需要時間來思考，所以暫時還不能和她見面。

便條送出後，雷尼納來到野外，他無心去觀賞冬日原野的美麗景色，沉浸在自己的思緒當中。回到旅館吃午飯時，對那些顧客的議論，他充耳不聞。接著，他回到了自己的房間，美美地睡了一大覺，直到被一陣敲門聲喚醒。

雷尼納從床上爬起來，開了門。讓他想不到的是，門外站著的竟然是奧爾唐瑟。兩個人沒有說話，靜靜地凝視著對方，握著對方的手，這無疑是一次幸福的會見。

「我到這兒來，應該沒錯吧？」還是雷尼納先開了口。

「是的，沒錯，」奧爾唐瑟溫柔地說，「我正盼望著你。」

「要是你早點寫信告訴我，事情也許不會發展到這一步。你看，現在連熱羅默和納塔莉究竟怎麼樣了，我也不知道。」

「怎麼，你還不知道！他們在火車上被逮捕了。可他們是無辜的……他們是無辜的，對不對？我們該做些什麼？」

「親愛的，我不得不承認，我什麼也幹不了。每一件事都對他們不利，一個接一個的證據堆在一起，都證明那是一樁謀殺案。但是，我總覺得這裡面不正常，兇手不可能那麼老實地告訴人家他殺了人。」

「你有什麼計畫了，是嗎？」

「不，正相反，到目前為止，我想不出辦法。不過，如果能見見熱羅默，或者納塔莉，知道而且弄清他們在為他們自己辯護時所說的話就好了！但這似乎有些不可能，我不是預審法官。」

「可是審問會在莊園裡進行，我們是不是可以到那兒去呢？」

「對啊，」雷尼納叫道，「這就有辦法了！好，我們要坐到最前排去聽！我們會看到，也會聽到所有的事情。而一句話，一種語氣，一點表情，就能夠給我提供所需要的線索，也許還有些希望。我們走吧。」

雷尼納帶著奧爾唐瑟來到大門前，機會不錯，沒有人看見他們來了，他們悄悄地穿過旁邊的窗戶進了走廊，那裡有一座便梯。登上幾級樓梯，來到一個小房間，裡面有一個小窗戶，透過窗戶可以看到大廳裡的情形。

幾分鐘以後，從深水井那邊傳來一陣聲音，接著一群人湧進了房子。有幾個人上了二樓，警官帶著一個年輕人也走了進來，雷尼納和奧爾唐瑟僅僅能看得出那是一個高個子男人。

「那是熱羅默。」奧爾唐瑟說。

「不錯，」雷尼納說，「我想，他們首先會在樓上的臥室裡審問德．戈納爾夫人。」

十五分鐘後，二樓的人下來了，進了大廳，他們是代理檢察官、書記官、警察分局局長和兩個警員。德．戈納爾夫人被帶下樓了，代理檢察官請熱羅默站到前面來。熱羅默的臉正是奧爾唐瑟在信裡描述過的那種堅強男人的面孔，沒有一點不安的表情，卻顯出了果斷、堅定的意志。而個子不高的納塔莉，非常苗條，眼睛裡閃著灼熱的光芒，也同熱羅默一樣，給人一種相當自信的感覺。

代理檢察官檢查了屋裡狼藉的傢俱和打鬥的痕跡，然後請納塔莉坐下，回過頭來對熱羅默說：「先生，到目前為止，我沒有問過你任何問題。目的只有一個，希望通過我們的初步調查，以及預審法官將做的調查，讓你認識到事情的嚴重性。這就是為什麼要中止你的旅行，並要你和德．戈納爾夫人一起回到這兒來的重要原因。你現在可以為加給你的指控辯護，但我希望你所說的都是真話，是事實真相。」

「好的，我保證我說的全是真話。」熱羅默稍微想了一下，然後用清晰、坦率的語氣說，「我愛德．戈納爾夫人，對她一見鍾情。可是，不過這種感情多麼強烈，多麼深厚，始終是建立在尊重她的基礎上。為她的名聲著想，我把我的感情深深地埋藏起來。德．戈納爾夫人大概已經告訴你了吧，現在我再說一遍，我和她直到昨天晚上，才第一次講話。她所過的不幸生活，讓我更加尊重她。大家都知道，她的丈夫，滿懷著強烈的仇恨，還有瘋狂的妒嫉，不斷地摧殘她。我曾經想為她解除這種折磨，還給她自己應有的權利。我找了老德．戈納爾三次，請他出面干涉。可我沒有想到，他對他的兒媳婦也是一樣的仇恨，我這才下定決心採取直接的行動。昨天晚上，我到了馬蒂亞的家，除了想跟他談一次話以外，我沒有任何其他打算。我了解他生活中的一些細節，可以對他施加一定的壓力，我只想利用這一點，達到自己的目的。我是快到九點的時候到那兒去的，那些僕人都出去了，是他自己來開的門。」

「先生，」代理檢察官打斷了他，「你說的這些事，跟剛才德．戈納爾夫人說的一樣，但是卻明顯地跟事實不相符。馬蒂亞是十一點鐘才回家的。對這事，我們有兩件確鑿的證據：他父親的證詞，還有雪地上的腳印。因為雪是從九點十五分開始下的，十一點鐘停的。」

「代理檢察官先生，」熱羅默說，他完全沒有意識到他的固執所產生的惡劣後果，「是怎麼回事我就怎麼說，可不是按照應該怎樣解釋來說的。讓我繼續往下說吧！我走進這個房間時，那架時鐘正指向九點差十分。馬蒂亞當時以為我會動手攻擊他，立刻就把他的槍取來了。為了證明我的來意，我取下了我的左輪手槍，放在桌子上我的手夠不著的地方，然後坐下來，對他說：『先生，我到這裡來是想跟你談談，請你聽著。』馬蒂亞沒有再動，也沒吭聲。我就往下說了，很直接地把我的目的說了出來，然後開出了我的條件。我調查過，馬蒂亞的經濟陷入了前所未有的困境中，所以我開出了一張六萬法郎的支票，讓他放棄這裡的一切，包括他的夫人。我出的價錢是他眼下財產價值的兩倍，他的眼睛發亮了。我們坐在那裡談了兩個小時，他一直貪得無厭地跟我討價還價。為了納塔莉的幸福，我再次作出讓步。於是，我們達成了協定，我和他交換了兩份文件，一份裡面寫的是他把深井農莊按照我付給他的那筆錢賣給我；另一份寫的是在他們的離婚判決宣佈時，我還得付給他一筆同樣數目的錢。後面這份文件，立即就被他裝到口袋裡去了……事情就這樣辦妥了。我能肯定，當時，他是真心接受這個解決辦法的。他瞪著我的那副樣子，已經沒有把我當成一個對頭了，更多地是把我當成了一個給了他幫助的人。他甚至還把通向野外的那道小門的鑰匙給了我，好讓我能抄近路回家。不幸的是，我拿起自己的帽子和大衣時，犯了一個大錯誤，沒有拿上那份他簽了名的、把莊園賣給我的文件。就在那一瞬間，馬蒂亞的惡念占了上風，他想保住他的財產，又想保住他的妻子，還想能拿到那筆錢。於是，他搶走了那份文件，一槍托砸在我腦袋上，雙手卡住了我的喉嚨。出於本能，我只能反抗，我比他更強壯，一陣激烈而又短暫的搏鬥之後，我制服了他，還在地板的那角落裡找到了一根繩子，把他綑了個結實。代理檢察官先生，要是說我的敵人的決心是突然間產生的，那麼，我的情況也差不多。因為一切都已經談得好好的，他已經接受了交易的結果，在那個時候，我至少應該關心一下我自己的利益，強迫他遵守這個協定。

我來到二樓，希望能找到納塔莉。我想，她一定聽到了我們說話的聲音。我打開手電筒，一間間寢室地找，前面三間都沒人，第四間的門鎖上了。我敲了敲門，沒人答應。那時，我正在氣頭上，容不得有什麼東西擋道。我在另一間房間裡找到一把錘子，把門砸爛了。納塔莉果然在那兒，她躺在地上昏迷不醒。我抱起她下了樓，穿過廚房。外面下雪了，我立即意識到，在雪地上留下的腳印會讓人很容易追蹤到的。可這又有什麼關係？有什麼理由害怕？我和馬蒂亞有協定，現在只不過是提早履行而已。我唯一擔心的，是來自於納塔莉的責備。所幸她什麼也沒有說，理由嘛，很簡單，就是愛情。那天晚上，在我家裡，納塔莉承認了她對我的感情。她就像我愛著她一樣地愛著我。從那一刻起，我們倆的命運交融在一起了。今天清早五點，我和她就出發了，我們準備做一趟旅行，我們從來沒有想到過會遇到什麼法律上的麻煩。」

熱羅默講完了他的故事，屋子裡出現了短暫的沉默。

奧爾唐瑟輕輕地對雷尼納說：「不管怎麼講，他說的很符合邏輯。」

「不要高興得太早，檢查官手裡的證據可多著呢，」雷尼納說，「不要小瞧了警方的力量。」果然，代理檢察官發言了：「那麼，我想請問，馬蒂亞先生現在在哪裡？你說你把他綑起來了，可是他今天早晨卻不在屋裡。」

「這太簡單了，代理檢察官先生，馬蒂亞同意了我們的協定，然後就走了。」

「從哪條路走的？他的腳印在哪裡？地上的白雪是一個最公正的證人。在你跟他打鬥以後，在雪地上，我們發現了你的腳印。可是為什麼我們沒有發現他的？當然，確切的說也有……」代理檢察官放低了聲音，「通往井臺的路上有足跡，井邊也有。這些蹤跡說明，最後的搏鬥是在那裡發生的，在此以後，就再找不到什麼了，什麼也沒有。」

熱羅默聳聳肩膀說：「代理檢察官先生，如果就憑這件事就指控我殺了人，我沒有什麼可說的。」

「在井邊二十米的地方撿到的這把左輪手槍，應該是你的吧。對此，你也無話可說嗎？」

「是的。」

「那天晚上從這裡傳出了的三聲槍響，而你的手槍裡的缺了三發子彈，這一奇怪的巧合，你還是無話可說？」

「不，代理檢察官先生，你所說的井邊的最後搏鬥根本就不存在，因為我是在這間房裡，把馬蒂亞綑起來扔在這兒的。另外，我的手槍也留在了這裡。如果真的有什麼槍響的話，那也不是我開的。」

「按你的意思，這不過是一個偶然的巧合？」

「我不知道，這應該是你們的事吧。我唯一的責任是講述事情的真相，你無權問我更多的東西。」

「要是這真相和我們調查到的事實相矛盾怎麼辦？」

「這只能說明，你們的調查是錯誤的，抱歉，代理檢察官先生。」

「你的口才不錯，但在警察能讓事實跟你所講的真相吻合以前，希望你能理解，我不得不逮捕你。」

「那德．戈納爾夫人呢？」熱羅默有點著急地問。

代理檢察官沒有回答，他和警察分局局長說了幾句話，又向一個警員打了個手勢，讓他把兩輛汽車開過來。然後，他轉向了納塔莉：「夫人，你已經聽過了熱羅默先生的證詞，他的話，和你所說的可以說是完全相符。但是，熱羅默先生提到了這樣一個細節，說他在把你背走前，你已經昏過去了。你是不是一路上都沒有清醒過來？」

「是的，先生，直到到了城堡，我才清醒過來。」

「那你有沒有聽到這個村子裡人人都聽到的那三聲槍響？」

「我沒有聽到。」

「也沒有看到井邊發生的事情，是嗎？」

「井邊根本沒有發生過什麼事，熱羅默先生已經告訴過你了。」

「那麼，你的丈夫又怎麼樣了？」

「不知道。」

「別這樣，夫人，你應該協助我們的工作，至少你得告訴我們你的想法。你是不是也認為出現了意外，有可能是德．戈納爾先生比平常多喝了幾杯，結果失足掉進了井裡？」

「不，我丈夫從他父親家回來時，人很清醒。」

「可他父親說他醉了。」

「他在撒謊。」

「可那雪地是不講假話的，夫人，」代理檢察官煩躁地說，「你丈夫的那串腳印是東倒西歪的。」

「不，那腳印不是我丈夫的，他八點半就回來了，那時還沒開始下雪。」

代理檢察官一拳捶在桌子上：「可是，夫人，你說的剛好和證據相反！這一片雪地是不會說假話的！否認那些無法證實的事情，我也許能夠接受。可是這些雪地上的腳印……」

他突然打住了，沒有再往下說。警員已經把車開過來了，代理檢察官做了一個手勢讓屬下把熱羅默帶進汽車。

熱羅默朝納塔莉走過去，他們長時間地、痛苦地看著對方。然後，他向她鞠了一躬，就朝門口走去。

「等一等！」有一個聲音突然響起來，「警官，請回來！熱羅默，你站在那裡別動！」

代理檢察官愣住了，抬起頭來。在場的人也抬起了頭。聲音是從天花板上傳來的，那裡有一個小窗戶打開著，雷尼納就靠在窗戶上，揮動著他的胳膊。

「我有幾句話要說，希望大家能聽聽！那些之字形的腳印……是的，德．戈納爾夫人沒有撒謊！馬蒂亞並沒有喝醉！」

雷尼納轉了個身，吩咐奧爾唐瑟別動說著話，然後跳進了房子裡。

「先生，你到底是誰？你是從哪兒來的？」代理檢察官的樣子有些可笑。

雷尼納一邊拍打著衣服上的灰塵，一邊回答說：「請你原諒，代理檢察官先生。我本來應該像所有其他人那樣進來的，但是我太忙了。另外，要是我從大門進來，而不是從天而降的話，我說的話也許就沒那麼有說服力了。」

憤怒的代理檢察官向前邁了一步，繼續問道：「你到底是誰？」

「普林斯．雷尼納。今天早晨，在這位警官進行調查時，我就跟他在一起，對不對，警官先生？從那時起，我就在到處尋找線索。我希望能聽到這一次審訊，這就是為什麼我要待在那個小小的沒人看到的房間裡的原因。我的運氣不錯，找到了一個小小的，但對於整個事件而言是重要的線索。知道了這一點，問題就迎刃而解了。」

檢察官感覺到了一絲尷尬，因為他對這次審訊事先沒有採取必要的保密措施，現在半路裡殺出個人來，弄得他措手不及，竟想不出辦法來對付。他咆哮起來：「你的目的是什麼？」

「證明熱羅默先生和德．戈納爾夫人的無辜和清白。」

雷尼納鎮靜自若，留在上面的奧爾唐瑟感到一陣戰慄傳遍全身，就在此時此地，她對他完全有了信心。

代理檢察官聳了聳肩膀說：「時機成熟時，只要他們是清白的，檢察當局會採取一切措施來證明他們的無辜，到時會傳喚你的。」

「可我認為最好是在此時此地就證明這一點，任何延誤，都會造成嚴重的後果。」

「好吧，那你能否現在就告訴我，德．戈納爾．馬蒂亞先生在哪裡？」

雷尼納拿出自己的錶來看了看，然後回答說：「正在巴黎，代理檢察官先生。他不但活著，而且活得很好。」

「嗯，很好。但是，又怎樣解釋那些井邊的腳印，還有在現場找到的手槍，晚上的三聲槍響？」

「完全是一個騙局，德．戈納爾．馬蒂亞設下的騙局，目的只是想陷害熱羅默先生。」

「你的推論確實精闢。那麼，熱羅默先生，」代理檢察官轉過頭去問另一個人，口氣仍然帶著嘲弄，「對此，你有什麼看法？」

「這也是曾經在我腦子裡閃過的念頭，代理檢察官先生。」傑羅姆回答，「情況很可能就是這樣，在打鬥結束，我帶走了納塔莉以後，那傢伙想出了新的花招，他想以此來報復我。」

「他對你的報復付出的代價是否太大了點？按照你們之間的協定，他還可以從你那裡得到第二筆六萬法郎。」

「代理檢察官先生，他可以從另外一方面得到補償的。我在調查德．戈納爾家的經濟狀況時，發現他們父子倆投了一筆人身保險，是互相以對方為受惠人的。如果兒子死了，或者，他冒充自己死了，那麼，他父親可以得到一筆保險金；反過來，如果是父親，那麼受益人就是兒子。」

「你的意思是說，」代理檢察官面帶微笑，「在這整個騙局裡，老德．戈納爾是他兒子的同夥？」

不等熱羅默回答，雷尼納勇敢地接受這個挑戰：「就是如此，代理檢察官先生，父親和兒子是同夥。」

「那麼，我們就應該在他父親的家裡找到他兒子？」

「你要是昨天晚上去的話，肯定會在那裡找到他。當警方發現這件事時，他已經在篷皮尼亞上了火車。」

「這些僅僅是一個猜測，你們連最不起眼的證據也沒有。而那雪地上的腳印卻清楚地擺在那裡。」

「先生，我想提醒你，人走路的方式可不止一種。除了向前，還可以倒退著走。所有的鬼把戲也就在這裡。昨晚八點半的時候，還沒有開始下雪，馬蒂亞從他父親那兒回到了家。二十分鐘以後，熱羅默先生來了。然後是長時間的談話，還有搏鬥，總共用了三個小時。後來，在熱羅默先生背著德．戈納爾夫人離開以後，怒火中燒的馬蒂亞先生突然看到了進行瘋狂報復的機會，他想到了一個絕頂聰明的主意，就利用你所依賴的證據——這場大雪——來陷害他的對手。就這樣，他策劃了自己被謀殺的現場，或者說，看起來像是被謀殺，被扔到了井裡的現場，然後，倒退著離開了，一步接著一步，因此，大雪記下的，就變成了他的到達，而不是他的離開。」

代理檢察官的臉上不再有嘲笑之意了，他突然覺得，這個古怪的闖入者，是一個值得留心的人物，可不是一個取笑的物件。他問：「那麼，他又是怎樣離開他父親家裡的呢？」

「相當簡單，坐馬車離開。」

「誰駕的車？」

「他父親。今天早上，警官和我就見到了那輛馬車，還同那個父親說過話，他像往常一樣，準備去逛市場。而那個兒子就躲在馬車的篷布底下。接著，他在篷皮尼亞上了火車，現在早已經到巴黎了。」

短短的幾分鐘，雷尼納以邏輯和事件的可能性為基礎，將全部真相攤於陽光下。德．戈納爾夫人高興得哭了起來，熱羅默則用無比崇拜的眼光盯著這個天才般的人物，是他改變了整個事情的進程。

「我們是不是一起再去檢查一下那些腳印，代理檢察官先生？」雷尼納問，「你是否注意到了，今天早晨警官先生和我在調查那些腳印時所犯的錯誤？我們只注意了那個所謂的殺人犯留下的腳印，而忽視了馬蒂亞先生。走吧，看看去。」

他們走進果園，靠近那一行腳印，很快就看出很多腳印都是笨重而遲疑的，因為腳步的跨度不同，不是腳跟就是腳尖的地方陷得很深。

「這種情況是無法避免的，」雷尼納說，「馬蒂亞在倒退著走以前，必須經過一個學徒階段，這樣才能讓他倒退時步伐的步幅距和正常走路時一樣。他本人意識到了這一點，因為今天早上，老德．戈納爾告訴警官，說他兒子晚上喝得太多了。也正是這一點，露出了破綻。當德．弋納爾夫人一再申明她丈夫沒有喝醉時，我想到了那些腳印，猜出了事情的真相。」

代理檢察官大笑起來，顯然，他已經接受了雷尼納對這件事的看法：「現在，除了派一個警員去盯著那偽造的死屍以外，我們已經沒有其他事情要做了。」

「不，代理檢察官先生，你沒有任何理由盯他的梢。」雷尼納提出異議，「馬蒂亞的行為並沒有犯法。繞著水井踏步，把不屬於自己的手槍換了個地方，對著空中開了三槍和倒退著走到父親的家裡去，這些都不是犯罪。我們能從他那裡得到什麼？要回那六萬法郎？我估計，這恐怕也不是熱羅默先生的意願，而且，他也許並不想給他加上什麼罪名。」

「當然不。」熱羅默表示同意。

「好了，那麼還有什麼？那讓活人受益的人身保險嗎？除非那個父親向保險公司提出賠償請求，否則，他連輕罪都沒犯。不過，我想，老德．戈納爾先生沒有機會犯這個罪了。看，那老頭來了！我們馬上就可以知道是怎麼回事了。」

果然，老德．戈納爾朝這邊走了過來，苦著一張老臉，努力地顯出傷心和憤怒。

「我的兒子在哪裡？」他嚎叫著，「我可憐的馬蒂亞！就是他嗎？你這個熱羅默家的惡棍！你還我的兒子！」他對著熱羅默揮舞著拳頭。

代理檢察官突然問道：「德．戈納爾先生，你是否打算向保險公司要求行使某種保險權利？」

「那當然！」老頭脫口而出。

「可是，事實上你的兒子並沒死。甚至可以說，你是他那個小陰謀的同夥，你把他藏在篷布底下，送到了火車站。」

老頭朝地上吐了一口唾沫，伸出一隻手，做出向天發誓的樣子。但立刻，他又停住了，突然改變了主意。轉過身，裝出輕鬆隨意的模樣和一種和解的架勢，笑著說：「馬蒂亞這個小子，簡直不是東西！他居然裝死，還想讓我取了那筆保險金，然後再寄給他。哼，我怎麼會幹這種下流、卑鄙的勾當！他不了解我，看錯人了！」

德．戈納爾的話沒有說完，他又開始笑起來，然後搖晃著走了。走時，他有意無意地用他那掌了鐵釘的大靴子，一步一步地壓著那串他兒子留下的、洩露了天機的腳印上。

當所有的事情解決後，雷尼納回到莊園，準備帶走奧爾唐瑟，卻發現她早已不在那兒了。他趕到埃爾默蘭家裡，奧爾唐瑟卻讓表姊轉告，說她很抱歉，因為感到有點累，所以需要休息，不想被人打擾。

「太棒了！」雷尼納想，「她不見我，只能說明一個問題，她愛我。看來，就要看到結局了。」

8 命定的結局

兩星期之後，還是巴西庫爾村，奧爾唐瑟接到了雷尼納寫來的一封信。

最親愛的朋友：

兩個星期了，沒有你的隻言片語。今天是十二月三日，是一個特別讓人心裡不安的日子，離我們的約定越來越近了，我已不敢再指望收到你的來信。但是我真的希望這一天早日到來，這樣，你就可以擺脫這

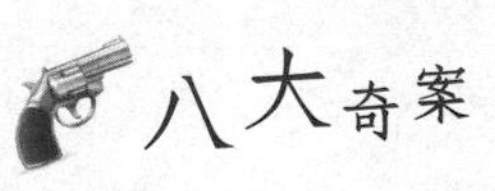

不再給你帶來快樂的契約。對我來說，和你一起並肩戰鬥，而且每次都贏得了勝利的七次戰鬥，是我度過的最快樂、最有趣的時光。現在，你不再想和我做戰友了，但我仍然希望你能快樂幸福。

不過，儘管我已經同意你退出我們的合作，但還是想告訴你，我將要進行的第八次冒險是什麼。請允許我重複你曾經說過的話，它們一字一句都深記在我的心裡。

「我要求，」你說過，「幫我找回一枚小小的、古老的別針，這個別針是用紅玉髓鑲在金線底座上做成的，是我母親留給我的遺物。誰都知道，它曾經為我和我母親帶來了幸福。自從它丟失那一天起，不幸就一直纏繞著我。幫我把它找回來吧，它是我的保護神。」

當我問你，這枚別針是什麼時候丟失的時候，你大笑著回答我：「七年以前……或者是八年……也許是九年……我不知道是什麼時候丟掉的……我對它真是一無所知……」

也許這是你在向我挑戰，也許你認為這是一個我無法滿足的條件，不管怎樣，我當時答應了你，因而，我必須實現自己的諾言。只不過，時間於我實在是太緊了，如果能再次得到你的幫助，我相信一定會勝券在握。怎麼樣，親愛的朋友，你會答應的，是嗎？我們雙方訂立的協定，我們總得把它兌現。在有限的時間內，我們難道不能把八個美好的故事記載進我們的人生史冊裡嗎？所有的邏輯、恆心、精明，甚至還有一些英雄主義，都應該寫進去。第八個故事就要開始了，而且你將是唯一的主角。來吧，行動起來，這樣才能在十二月五號時鐘敲響晚上八點以前，把這個故事完成。

那一天，你得按照我告訴你的方法行動。

首先，到你表姊的花園裡弄三根細長的燈芯草，把它像結辮子一樣結在一起，兩頭紮緊。親愛的，不要抱怨，我教給你的這些東西一定有它的價值，要取得成功，每一點都是必不可少的條件。

等你到了巴黎，去買一條黑念珠做成的長項鏈，將其截短，讓每一截剛好只有七十五個珠子。請你穿上一件絲質的藍色長袍，再戴一頂綴有紅葉的無邊女帽，頸上圍上一條皮毛圍巾，不要戴手套和戒指。

下午，請從左岸坐火車到聖埃蒂教堂去。四點整，在教堂的聖水盆旁，會有一個身穿黑衣，手拿銀色念珠的老太婆為你奉上聖水。你把你的念珠項鏈交給她，她數完珠子後會把它還給你。然後，你就跟著她走，穿過塞納河的一處彎道，在聖路易島一條偏僻街道的一幢房子，你自己進去。

在這幢房子的一樓，你會找到一個年紀不算太大、臉色非常蒼白的男人。你脫下外套後告訴他，你是來拿你的別針的。

如果他表現出不安和驚慌的樣子，你用不著著急，一定要保持鎮靜。要是他問你什麼問題，或者他想知道你去找他的理由，都不要回答他。你只需重複下面這幾句簡短的話：「我來是取那件本來就屬於我的東西，我不認識你，我也不知道你叫什麼名字，我不想跟你提要求，但我必須取回我的別針，必須！」

我完全相信，只要你立場堅定，始終保持這種態度，不管那個人會使出什麼花招，你都一定會圓滿成功。這次較量不會要很長時間，事情的結果完全在於你的自信，在於你對事情成功所抱的堅定信念。這將會是一場速決戰，你必須在第一個回合就把你的對手打敗。只要你沉住氣，你就會贏。要是你表現出任何猶豫，任何不安的心情，你就沒法對付他，他就會從你手心裡溜掉。只是在最初他會感到惱火，然後，他就會占上風。這場遊戲就會在幾分鐘內輸掉。在勝利和失敗之間，是沒有中間道路的。

如果你失敗了，很抱歉，你就只有再次跟我合作。親愛的，我已經預先做了一些事，這是不帶任何條件的。我想說的是，我做的一切，都是為了表示對你的感謝，因為你是我快樂的源泉。

奧爾唐瑟一口氣讀完這封信，然後把它折了起來，放進了抽屜的最裡面，語氣很堅定地說：「我是不會去的。」

對於那枚別針，她當初之所以看重它，是因為她認為那是件吉祥物，能給她帶來好運氣，可現在她卻不再那麼感興趣了。第八次冒險，她不會再去了。如果再跟它攪在一起，就意味著把那個已經斷了的鏈條重新接合起來，就會讓她又回到雷尼納身邊去。這等於是給這個想像力豐富的男人一個暗示，他可是那種知道該怎樣利用機會的聰明人。

就這樣，奧爾唐瑟沒有採取任何行動，甚至十二月四日的上午，她的主意也沒變。可是，吃過午飯，她突然衝進了花園，摘下三根燈芯草，像她小時候常做的那樣，把它們結成了一根鞭子，然後讓人駕著車把她送到了火車站。急切的好奇心讓她全身亢奮，雷尼納提出來的，又安排她去進行的這次冒險，真是太有趣了，太讓人感到新奇了，她真的沒法抗拒這種強烈的誘惑。

想想那黑色的念珠，那個輟有紅葉的女帽，那個拿著銀色念珠的老太婆，她怎麼能抵抗得了種種神秘氣氛的引誘，她怎麼能放棄在雷尼納面前顯示自己能力的機會？

「除了這些原因外，還有一點，」她笑著對自己說，「無論如何，他是叫我到巴黎去。而約定的敲響八點的那架鐘，遠在離巴黎三百英里以外的地方，在那個古老的、被遺棄的阿蘭格爾城堡裡。」

四日的晚上，奧爾唐瑟抵達巴黎。五日的早晨，她去買了一條黑念珠作成的項鏈，把珠子減少到七十五粒，穿上了一件藍色袍子，戴了一頂配著幾片紅葉的女帽，在四點整，走進了聖埃蒂教堂。

她的心臟跳得很厲害，竟有一點想見到雷尼納。可是四周空無一人，除了一個站在聖水盆旁、穿著黑衣服的老太婆以外，再也沒有其他人。

奧爾唐瑟走到老太婆跟前，老太婆為她送上了聖水，然後就開始數那串奧爾唐瑟遞過去的念珠。

她輕輕地說：「七十顆，這就對了。跟我來。」

再沒有第二句話，在那街燈的亮光底下，老太婆蹣跚地向前走去。穿過了圖爾納爾區，來到了聖路易島，沿著一條空蕩蕩的街道，來到了一個交叉路口，在一幢裝有鐵製陽臺的老房子門前停了下來。

「進去吧。」老太婆說完，逕自走開了。

出現在奧爾唐瑟眼前的是一個繁榮興旺的商店，這個店鋪幾乎佔據了整個底層。櫥窗裡燈光閃爍，照著那些古老的傢俱和其他古董。奧爾唐瑟在那兒站了幾秒鐘，不經意間看了一眼商店的招牌。那上面寫的是「商業神」幾個字和老闆的名字「龐卡迪」。一樓的門楣上方裝著一個壁龕，壁龕裡放著一座紫陶的商業神雕像。雕像單腿站立，以翅護腳，手裡拿著一根手杖。奧爾唐瑟注意到了，這座神像似乎是太想飛了，重心過於前傾，時刻都有失去平衡而一跟頭翻到街道上的可能。

「好了！」奧爾唐瑟低低地說了一聲。

她轉動大門把手，走進店裡。開門時，儘管門上的門鈴一陣作響，可沒有人走出來招呼她。商店裡好像空無一人。不過，在這商店靠裡面的盡頭，還有一間房間，這兩間房子都擺滿了各種各樣的傢俱和小玩意兒。沿著一條兩旁堆滿了碗櫥、立櫃、旋轉小支台的過道，七彎八拐地走了幾步，奧爾唐瑟發現自己來到了這商店裡的最後一間房間。

一個男人坐在寫字臺後面，正在看一個帳本，很明顯，他就是店主龐迪卡。他連頭都沒抬一下就說：「隨時為你效勞，夫人，請隨便看看。」

奧爾唐瑟環顧四周，這間房裡放著的那些東西，讓你覺得像是來到了中世紀時期煉丹術士的試驗室。

「夫人，你想要點什麼？」龐迪卡先生一邊問，一邊收拾桌子。

這是一個臉色蒼白，皮膚黝黑的男人，一撮山羊鬍子掛在下巴上，那對細小、詭詐的眼睛不停地轉來轉去。

奧爾唐瑟既沒拿下她的面紗，也沒脫下外套，冷冷地說：「我來找一枚別針。」

「別針在這個貨櫃裡。」龐迪卡說著，領著奧爾唐瑟往另外一間房間走。

奧爾唐瑟不動聲色地說：「不，我要找的別針這兒沒有。我不要其他任何別針，我要的別針是幾年前在我的首飾盒裡丟了的那枚，就是為了找到它，我才到這兒來的。」

龐迪卡的表情突然變了，臉上一片慌亂，眼睛裡露出了兇光。

「來這兒找？我想，你也許……那別針是什麼樣的？……」

「一塊紅玉髓，鑲在金絲底座上，是一八三〇年的東西。」

「我就不懂了，」龐迪卡有些口吃，「你……你為什麼來……來找我？」

奧爾唐瑟摘下了面紗，脫掉了外套。

龐迪卡大吃了一驚，她的樣子好像把他嚇著了，他一邊往後退，一邊喃喃地說：「藍色的長袍……無邊女帽……天啦，這……是怎麼回事？啊，黑色項鏈……」

接著，龐迪卡看到了那三根用燈芯草結成的辮子，整個人開始搖晃起來。兩隻胳膊在空中亂抓一氣，像一個溺水的人一樣。最後，他倒在椅子上暈過去了。

奧爾唐瑟沒有動，她想起了雷尼納的話：「不管他玩什麼花招，都要鼓起勇氣保持鎮靜。」

大約過去了一、兩分鐘，龐迪卡從昏迷中蘇醒過來，額頭上冒著大顆的汗珠，歇力掙扎著控制住自己，想重新振作起來。他聲音顫抖地說：「為什麼你要來找我？」

「因為那別針就在你手上。」

「是誰告訴你的？」

「沒人告訴過我什麼。我到這裡來，正是因為我能在這兒找到它，而且，下定了決心，要把它從這兒帶走。」

「可是你認識我嗎？你知道我叫什麼名字嗎？」

「我不認識你。在我看到你的招牌以前，也不知道你叫什麼名字。對我來說，你不過就是那個應該把那枚本來就屬於我的別針還給我的男人。」

這句話對龐迪卡的震動太大了，他在那個狹小的空間走來走去，有幾次都像個白癡樣毫無知覺地撞在那些傢俱上，險些把它們都碰垮。

奧爾唐瑟感覺到，她已經把他抓在手心裡了。利用他正處在混亂的當口，她突然用一種威脅而又不可違抗的口氣對他說：「那東西放在什麼地方？你必須把它交還給我，我一定要得到它。」

都龐迪卡彷彿一下子絕望了，他兩隻手交叉著，含糊不清地說了幾句話。他被打敗了，突然之間變得順從多了，聲音清晰地問：「你一定要？」

「是的。你必須把它交給我。」

「好，好，我一定……我同意。」

「往下說！」奧爾唐瑟一副命令的口吻，語氣更加冷酷無情。

「說？不，還是寫下來吧，我要把我的秘密寫出來，我的末日已經臨頭了。」

龐迪卡回到寫字臺前，煩躁不安地在一頁紙上寫下了幾行字。然後，把它塞進了一個信封，還把封口封了起來。

「你瞧，」他說，「這就是我的秘密，這就是我整個的一生……」

說著，他突然從一堆紙底下抽出一把左輪手槍，對準自己的太陽穴，勾動了扳機。

只是一瞬間的事，奧爾唐瑟猛地一下打在他的胳膊上。子彈偏了，但龐迪卡卻倒下去了。他開始呻吟，好像被打傷了。

奧爾唐瑟費了很大的勁才讓自己冷靜下來，她努力回憶著雷尼納的話，不能亂了陣腳，對方不是個好對付的角色，這次突然的自殺行為已經充分說明了這一點。表面平靜的奧爾唐瑟被這個變故嚇壞了，她感覺自己身上聚集的力量正在一點點散去，而腳下呻吟著的這個男人已漸漸占了上風。

事情的發展的確如此，龐迪卡看到了自己的機會，跳了起來，再也沒有了悲傷難過的樣子。他在奧爾唐瑟面前敏捷地跳來跳去，一邊用一副嘲弄的口氣叫著，一邊關上了商店的門。

「噢！我以為自己真的完了！只要再加把勁，夫人，你就成功了。在那一刻，我真的以為你是上帝的使者，來找我算帳了。我真像個傻瓜，差點就把那東西還給你了。啊哈，奧爾唐瑟小姐，讓我這樣稱呼你吧，認識你的時候，你就叫這個名字。奧爾唐瑟小姐，你還是缺乏毅力。」

龐迪卡在奧爾唐瑟旁邊坐了下來，不懷好意地瞧著她，粗魯地說：「說吧，是誰想出這鬼主意的？絕不會是你，這不是你的風格。那麼是誰呢？再一次舊事重提，是誰想和我過不去？」

奧爾唐瑟已經失去了再反擊的力氣，她面前站著的是一個頭腦中帶著怨恨，心中燃燒著怒火的男人，她已無能為力。

「告訴我他是誰，如果他是個暗地裡的對手，我得好好提防著他！他是誰？是誰叫你到這兒來的？是誰慫恿你這樣幹的？你說呀！你不說，該死的！我對天發誓，我一定得讓你說出來……」

龐迪卡往後退著，試圖抓到那把手槍。奧爾唐瑟緊抱雙手，死死地盯著對方。他們就這樣面對面地僵持著，過度的緊張令奧爾唐瑟大聲尖叫起來。龐迪卡想過來阻止她，但突然他站住了，胳膊向前伸著，眼睛卻盯著奧爾唐瑟的頭上方。

「你是誰？你是怎麼進來的？」他壓著嗓門問。

奧爾唐瑟用不著轉過身去就已經肯定，是雷尼納來了。

「你是誰？」龐迪卡再次問道，「你是從哪兒冒出來的？」

「從那上面。」雷尼納非常和氣地指著房頂說。

「從上面來的？」

「不錯，二樓。我在那兒住了三個月。我剛才聽到一陣響動，有人在喊救命，所以我就下來了。」

「可你是怎麼進來的？」

「從樓梯啊。」

「什麼樓梯？」

「就是商店後面的鐵樓梯。這間店鋪原來的主人有一套住房就在二樓，他經常用這隱藏著的梯子上上下下。後來，你把那道門給封死了，我不過是把這門打開了而已。」

「先生，你無權這樣做，你這是私闖民宅。」

「要救人的時候，闖入民宅也是允許的。」

「再問一遍，你到底是誰？」

「普林斯．雷尼納，是這位女士的朋友。」

龐迪卡恍然大悟，喃喃地說：「啊，我明白了！是你搞的這鬼把戲，是你讓這個女人到這兒來的。」

「是的，就是這麼回事！」

「那麼你想幹什麼？」

「要回一枚別針。」

「不，絕對不行！這世上沒有什麼人可以逼我幹出這樣的事！」龐迪卡大叫起來。

「好吧，那就把你妻子找來。龐迪卡夫人看問題比你可清楚多了。」

龐迪卡接受了這個建議，他按了三下桌上的呼叫鈴。

不一會兒，一個三十歲左右，穿著樸素，圍著一條圍裙的女人走了進來。奧爾唐瑟驚奇地發現，這個女人竟然是她出嫁前，家裡的一個女僕。

「怎麼是你，盧西娜？你就是龐迪卡夫人？」

剛剛進來的女人也認出奧爾唐瑟了，她顯得很尷尬。

雷尼納對她說：「你丈夫和我想請你幫個忙，龐迪卡夫人。這是一件相當複雜的事情，不過，對你而言不算難事，因為你在其中演過一個很重要的角色。」

「這是怎麼回事？他剛才說的話是什麼意思？」盧西娜看了雷尼納一眼，然後不安地問她的丈夫。

「就是那枚別針！」

盧西娜跌進了一把椅子裡，呻吟起來：「啊，是這件事！……我明白了……奧爾唐瑟小姐已經找到線索了，啊，承認了吧，這都是我們幹的！」

雷尼納向她彎下身去：「龐迪卡夫人，你不介意我們把這事重說一遍吧？很好。事情是這樣的，九年前，當你還是奧爾唐瑟小姐家的女僕時，認識了龐迪卡先生，不久，他就成了你的情人。你們倆都是科西嘉人，換句話說，你們來自一個迷信觀念很強的國家，在那個地方，什麼好運氣、壞運氣，咒語和護身符等等，對一個人的生活甚至一生都有著極大的影響。當時，人們傳說，你的小女主人的別針總是給擁有它的人帶來好運氣。因此，在龐迪卡先生的唆使下，你把那枚別針偷走了。六個月以後，你成了龐迪卡夫人。故事很簡單，對不對？其實，如果能抵擋住一時的誘惑，你們原本是兩個正派的人。我不想再多說你們兩人在拿到那件護身符後，是怎樣地相信它。的確，擁有這個小物件後，你們的生活有了天大的變化，成了第一流的古董商，擁有了這家叫「商業神」的商店，腰纏萬貫。你們把這一切歸功於那枚別針，要是一旦失去它，對你們來說，意味著面臨不幸。就這樣，你們的生活圍著這枚別針在轉。它成了你們的小小家神，照管你們，引導你們如何生活。要不是一個偶然的機會，讓我了解了你們的行為，誰也想不到會有這種事情發生。因為，我一點也不懷疑，除了這件錯事，你們還算正派的人。」

雷尼納停頓片刻，接著又往下講：「那是兩個月以前的事，我隨著線索找到了你們，在你們樓上租了一套房間，利用那樓梯到你們的這間店裡搜尋了無數次。可是，一無所獲。只有一件事，算得上是一個意外的小小的發現。在寫字臺一個隱秘的角落裡，我找到了一個記事本。龐迪卡先生在這個本子上記下了他的懊悔，其中有一段話，我覺得很重要。於是，利用了它來準備我這次行動的計畫。這段話是這樣的：

她向我走過來，那個被我偷走了寶物的女人，還是那副模樣，穿著藍色的袍子，戴著綴有紅葉的無邊女帽，拿著黑色的念珠，還有用三根燈芯草結成的辮子。她來了，她對我說：「我到這兒來要回我自己的東西。」是上帝讓她知道了我的劣行，我必須服從上帝的意願。

龐迪卡，這就是你在那本子裡寫的東西，奧爾唐瑟小姐只不過在我的指點下，把你的想像真實再現了一次。她演得不錯，是嗎？你也知道，要是她能夠再多一點點自我控制的能力的話，今天的贏家就是她了。沒想到，你也是個出色的演員，你占了上風。這樣一來，我也只有介入這件事了。好了，讓我們把這件事來個了結吧。把那別針交出來！」

「不！」龐迪卡大聲說，看樣子他的精力已經完全恢復，為了保住那枚別針，他會捨死拚命的。

「龐迪卡夫人，你呢？你也不願意說嗎？」

「我不知道放在哪兒。」盧西娜不知所措。

「好，好。龐迪卡夫人，你有一個七歲的兒子，是嗎？他應該是你們夫婦的至寶吧。今天是星期四，就像每一個星期四一樣，你的這個小兒子會一個人從他的嬸嬸家裡到這兒來。不用擔心，我的兩位朋友正在他回來的路上等著他。」

龐迪卡夫人慌神了：「我的兒子！啊，求求你，別這樣！我發誓，我一點也不知道。我的丈夫從來就不相信我。」

「喔，那就還有一件事，」雷尼納又加上了一句，「今天晚上，我會把這事報告給地方檢察官。記事本裡承認的事實將做為證據。讓我們等著警察的行動吧，他們有權搜查這裡所有的地方。」

龐迪卡沒吭聲，在他的心目中，有了那件護身符的保護，什麼人也傷害不了他。可盧西娜卻大不相同，她跪在雷尼納的腳下，結結巴巴地說：「別，別這樣……我求你了！……這就是要送我們去坐牢，我可不想去呀！……還有我的兒子呀！……啊，我求求你！……」

奧爾唐瑟的同情心又被調動起來了，她把雷尼納拉到一邊，求他不要傷害那孩子。雷尼納讓她不要擔心，自己只是在嚇唬這兩個愚蠢的人，讓他們交出那枚別針。

「要是他們始終不說，怎麼辦？」

「一定會說出來的，」雷尼納壓低聲音說，「我們一定得把這事幹到底，約定的時間已經迫近了。」

他的目光和奧爾唐瑟的目光相遇了，她的臉刷地一下紅了。他所說的時間，就是那個在古城堡敲響的八點鐘。

「你們好好想想吧，」雷尼納繼續威脅龐迪卡夫婦，「你們的孩子也許會失蹤，而你們自己還得坐牢。我想提個建議，如果馬上把那枚別針交給我，我給你兩萬法郎，要知道，這枚別針連三個路易都不值。」

依然沒人做出回答，龐迪卡夫人哭得更厲害了。

雷尼納開始加價，不過在每次出價的時候都停了一下，一直出到十萬法郎，龐迪卡夫人首先投降了，她沖著丈夫吼起來：「算了，說吧，說出來！你把它藏在什麼地方了？你那死腦筋也該轉變一下了，對不對？要是你還死性子不改，我們可就完了。又得變成窮光蛋……還有我們的孩子！說出來呀，你說出來！」

奧爾唐瑟覺得這樣做有些過份了，她悄悄地告訴雷尼納，自己不想要那枚別針了。可雷尼納卻沒有放手的意思，而龐迪卡似乎也有些動搖了。他臉色灰白，嘴唇發抖，嘴角上掛著口水。在貪婪和恐懼的夾擊之下，他整個人都處在了一種騷動和狂躁的境地。突然間，他暴發了，大聲吼叫著，說了一通自己都不太明白的話：「十萬法郎！二十萬法郎！五十萬法郎！一百萬法郎！一個毫無價值的東西可以賣一百萬法郎！可這一百萬法郎又有什麼用？它終究會花光的。只有一件東西才有用處，那就是運氣。過去的九年裡，我一直走運。它從來沒有出賣過我，現在你要我出賣它？為什麼？怕坐牢？怕丟了兒子？放屁！只要運氣還在護著我，就沒人能傷害得了我。它是我的僕人，它也是我的朋友。我的運氣全附在那枚別針上，我絕不放棄！」

雷尼納一直盯著龐迪卡，這眼光讓原來就驚慌的他更加慌亂了。他急急忙忙地走到雷尼納跟前，揮舞著手臂：「幾百萬！我親愛的先生，我並不想要這份禮物。我手裡這塊小小的石頭，就遠遠高過這個價錢。就像你自己承認的那樣，你找了它幾個月！幾個月來，你把這兒的東西翻了個底朝天，而我卻被蒙在鼓裡，不知道應該採取措施保護自己！我幹嘛要採取什麼措施？那件小小的東西就一直能夠自己保護它自己。它不想被人發現，那麼它就不會被人發現。它喜歡待在那兒。它把這兒的生意打理得欣欣向榮，童叟無欺，這讓它滿意，讓它高興。這就是龐迪卡的運氣！所有的同行，所有的人都知道我運氣好！我站在房頂上向大家大聲喊叫：『我是一個幸運的人！』我甚至敢用商業神做我的招牌！看看吧，我的商店裡到處都是它！親愛的先生，你喜歡這雕像嗎？它也會給你帶來好運氣的。選一個吧，就算是我送給你的一個小小的禮物，作為對你這次失敗的補償吧！這個你喜歡嗎？」

龐迪卡在靠牆的地方放了一個凳子，爬上那個凳子，拿下一個雕像，把它塞到雷尼納手上。然後，開心地大笑起來。

「好了！他接受了！他收下了這雕像，這表示我們大家都同意了這種解決辦法！我的好夫人，你也不要再難過了。你的兒子不久就會回到家裡來，也不會有人去坐牢了！再見，奧爾唐瑟小姐！再見，先生！希望能再見到你！任何時候，只要你想找我說說話，你只要在這樓板上踹三腳就行了。再見，別忘了帶走我送給你們的禮物，再見！」

龐迪卡說著把雷尼納和奧爾唐瑟推到了鐵樓梯上，奇怪的是，雷尼納並沒有反對，他就像一個頑皮的孩子被送到床上去睡覺那樣，乖乖地讓龐迪卡給推了出來。

從他向龐迪卡提出建議起，到他懷裡抱著個雕像被趕出來為止，前後不到五分鐘時間。

雷尼納租下的這套房子的餐廳和客廳，全都朝著馬路。此時，餐廳裡的餐桌上已經擺好了兩副餐具。

「原諒我，」雷尼納說著，為奧爾唐瑟打開了客廳的房門。「我想，不管今天發生了什麼事情，我最高興的是，今天晚上能見到你，並且能同你一起用餐。請不要拒絕我的這番好意，這是我們最後一次冒險裡的最後一餐了。」

奧爾唐瑟沒有拒絕，這一次的戰鬥結束跟以前的情景有太多的不同。好奇心促使她留下來，想在雷尼納這兒找到答案。

雷尼納暫時離開了房間，給僕人下指示去了。兩分鐘以後，他回到奧爾唐瑟身邊，這時已經是晚上七點多鐘了。餐廳的桌上子擺著鮮花，而龐迪卡送的那份禮物，被子放在了這些鮮花上面。

「也許，真的如龐迪卡所說，這個雕像會帶給我們好運。」雷尼納說。

他似乎活躍得很，奧爾唐瑟在他的對面坐下來時，他更是顯得欣喜萬分。

「我得承認，」他說，「這一次我又用了那些難以讓人相信的事情來引誘你。三根燈芯草、藍色袍子，幾乎是沒法抵抗的誘惑！然後，我又在上面加上了我自己發明出來的幾個小小的讓人迷惑不解的細節，例如念珠項鏈，還有奉聖水的老太婆，我知道，你是無法抵擋這樣的引誘的。別生我的氣，我只是想見到你，而你終於來了，謝謝！」

接著，雷尼納開始述說自己是怎麼查到別針的線索的。別針帶有一種護身符的性質，因此，最簡單的事就是在周圍的人裡面——包括僕人——尋找是否有對護身符這類東西感興趣的人。在列出來的名單裡面，雷尼納注意到了那位來自科西嘉的盧西娜小姐。然後跟著這條線往下查，找到了龐迪卡。

奧爾唐瑟驚奇地看著雷尼納，對於他的滿不在乎很是奇怪，事情明擺著，他被龐迪卡打得一敗塗地，什麼都沒有得到。為什麼他還能笑得出來？

「是的，你什麼都知道了，可那枚被偷了的別針，你卻連碰都沒有碰到過。」奧爾唐瑟的話裡有著明顯的責備之意，她不能接受雷尼納的失敗。更讓她難受的是，他對於受到的打擊竟能這樣毫不在乎。

雷尼納沒有回答，他把兩個杯子倒滿了香檳，又把自己那杯慢慢地喝光了，眼睛卻一直盯著那座商業神雕像。稍過了一會兒，他把雕像拿起來，像一個鑒賞家那樣審視著。

「不愧是大家之作，這線條是那麼和諧，輪廓和顏色也無可挑剔。只是，你注意到了嗎？它有一個小小的毛病。」

「是的，我注意到了，」奧爾唐瑟說，「它缺少了某種平衡，這雕像往前傾斜得太厲害了。」

「你真聰明。」雷尼納說，「這個小小的缺點是很難發現的，實際上，作為事情的一個邏輯結論來講，這雕像的身體重量，按照自然的規律，會往前翻跟頭的。第一天，我就注意到了這個小小的毛病。但當時，我被那位藝術家違反美學的法則所犯的錯誤給弄糊塗了。彷彿藝術和自然是不相容的！重力定律可以被隨便打破！」

「你這是什麼意思？」奧爾唐瑟問，她被雷尼納的想法搞糊塗了。

「啊，沒什麼！」他說，「我只是感到吃驚，那神像為什麼沒有像它本來應該的那樣朝前面栽下去。而我到現在才弄明白。」

「那是什麼原因呢？」

「我猜，在龐迪卡想把這個雕像派上用場時，首先就打破了它的平衡，而這種平衡後來又被什麼東西給恢復了，正是這東西把那神像往後拉著，這樣一來，就形成了它那種讓人覺得很危險的姿勢。」

「你是說有什麼東西在幫它保持平衡？」

「是的，一個平衡物。」

奧爾唐瑟一驚。她也有些明白了，結結巴巴地說：「一個平衡物？你認為那平衡物就在底座上？」

「為什麼不？」

「這可能嗎？要真的是這樣，龐迪卡怎麼會把這雕像送給你呢？」

「他絕對不會把這座雕像送給我的，」雷尼納說，「這座雕像是我自己去拿來的。」

「從哪兒拿來的？又是什麼時候拿來的？」

「就是剛才。當你坐在客廳的時候，我從窗戶爬了出去，那放了小神像的神龕就在窗戶的旁邊，我把那兩座神像給調換了，也就是說，我拿走了外面的那個商業神，而把龐迪卡送給我的那個放到了原來那個的位置上。」

「那個神像也往前傾嗎？」

「不，但龐迪卡不是個鑒賞家，一點點的不平衡，他是發現不了的。他還會繼續認為自己吉星高照，好運氣永遠跟著他。現在，要不要我把底座打爛，從那個焊在底座後面的鉛套裡把那枚別針拿出來？正是這件東西保持了神像的穩定。」

「不，不用了，沒必要這樣做。」奧爾唐瑟急忙說。

雷尼納的直覺、他的細心、他把握全部事情的技巧，對她來說，所有這一切都構成了這件事的背景。她突然明白，雷尼納已經克服了重重困難，完成了第八次冒險，情況變得對他很有利，因為他們約定的最後一次冒險的最後時限還沒到。

「七點四十五分，」雷尼納分明是有意提醒。

一陣讓人透不過氣來的沉默在他們兩人之間彌漫，為了打破這種尷尬的場面，雷尼納開起了玩笑：

「這得感謝龐迪卡先生，是他好心地告訴了我我想知道的事情！我知道，只要一激怒他，到頭來我就會從他的話裡找到丟失了的線索。這就好比是一個人拿給另一個人一塊打火石，還有一塊打火的隧鐵，然後告訴他怎麼用一樣。到後來，火花就被打出來了。他下意識地又不可避免地把紅玉髓別針這件吉祥物，跟商業神像比較。這讓我明白了這兩件幸運物品之間的聯繫，他把一件東西包括在另一件東西之中，說得更明白些，就是他把代別吉祥的別針藏在了代表幸運的雕像裡面。我立刻想到了門外的那座神像，想起了它那失去平衡的模樣……」

雷尼納突然停住了，因為此時的奧爾唐瑟坐在那兒，一動不動，神情冷漠。這在他看來，他講的話被當成了耳旁風，他的自尊有些受傷了。

奧爾唐瑟確實沒有聽雷尼納講，這次特殊冒險的結局，還有在這次冒險裡面雷尼納的表現，已經不再讓她感興趣了。她心裡現在想的是這一連串的複雜的冒險，過去三個月以來，她一直生活在這些活動裡面。在這一連串的活動裡，這個男人出色的表現，以及他為她所做的一切，就像一幅魔術的圖畫一樣一一展現在她的腦海。她不知道自己是否應該抗拒他，又該怎樣去抗拒。逃跑嗎？這個世界上似乎沒有這樣一個安全的角落，能保證不會讓他追蹤到。其實，從他們第一次見面起，結局就已經確定了，因為雷尼納已經規定了結局只能是這樣。

儘管這樣，奧爾唐瑟還是在尋找可以用來自衛的武器。她對自己說，雖然他完成了第八次冒險，而且，在八點鐘以前，把那枚別針找回來了。可是，不管情況如何，她還有一件事實當作藉口，那就是，他們約定的是阿蘭格爾城堡裡的鐘敲響八點，而不是其他地方的鐘聲。這是協定裡面正式規定的一個條款。那天，雷尼納在看著那兩片他渴望著想親吻的紅唇時，這樣說過：「那古老的青銅鐘擺又要開始擺動了，到了那一個選定的日子，只要這鐘一敲響八點，那麼……」

想到這裡，奧爾唐瑟抬起頭來，看到雷尼納嚴肅地坐在那裡，耐心地等待著。該是她說話的時候了，她甚至準備好了該怎麼說：「你也知道，在我們的協定裡寫的是一定得要阿蘭格爾城堡的那架鐘，所有其他的條件都已經滿足了，只有這一條沒有。因此，我還是自由的，對不對？我有權不遵守我的諾言。任何情況下，這樣做都不會讓人名譽掃地吧？我是完全自由的，我不用存有一絲一毫的顧慮，對吧？」

已經沒有更多的時間讓她把自己的話說完了，她聽到了身後傳來的「卡嚓」聲，是那種一架時鐘要報點以前發出的響聲。

第一下時鐘敲響了，然後是第二下，接著是第三下。奧爾唐瑟開始呻吟，她聽出這正是那架古老的鐘發出的聲音，正是阿蘭格爾城堡的鐘。三個月以前，這鐘聲打破了荒廢城堡的寂靜，把他們兩人放到了這八次冒險的旅途上。雷尼納居然把這架鐘搬到這兒來了，簡直不可思議。

「六、七、八。」雷尼納一下一下地數著，那古老的青銅鐘敲了八下。

「啊！」奧爾唐瑟喃喃地說，已經有點神魂顛倒了，她把自己的臉孔埋在手裡，「這鐘……這鐘在這裡……這是那兒的那架鐘……我聽出它的聲音來了……」

她說不下去了，她感覺得到雷尼納正目不轉睛地瞪著她，這似乎把她所有的力氣都給吸乾了。另外，就算她能恢復自己的精力，也不會再用力氣去抗拒他了。她已經不想抵抗了，所有的冒險都已經成了過去，只有一種冒險又將要開始。對這種冒險的遐想，把所有對其他事情的記憶沖刷得一乾二淨。這就是愛情的冒險，是所有的冒險活動中，最叫人快樂、也最讓人糊塗、當然也是最為可愛的一種。她接受了命運的安排，高興地迎接一切要到來的事情，因為她已經在戀愛了。她情不自禁地笑了，因為她想到了，就在這關鍵的時刻，當她的愛人把她的紅玉髓別針給她帶回來時，幸福又重新回到她的生活裡來了。

奧爾唐瑟抬起頭，就像一隻可愛的小鳥，她感覺到了雷尼納漸漸靠近的胸脯，她把自己的紅唇向他送了過去。

國家圖書館出版品預行編目資料

紳士怪盜：亞森．羅蘋經典探案集 / 莫里斯．盧布朗原著. -- 初版. -- 新北市：典藏閣出版 采舍國際有限公司發行, 2016.07- 冊； 公分

譯自：Arsene Lupin gentleman cambrioleur

ISBN 978-986-271-689-2 (上冊：平裝)

876.57 105006675

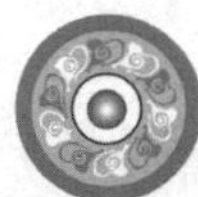

典藏閣

紳士怪盜：亞森．羅蘋經典探案集（上）

出版者◤典藏閣
作者◤莫里斯．盧布朗
編譯◤楊皪
品質總監◤王寶玲
文字編輯◤Helen
總編輯◤歐綾纖
美術設計◤May

台灣出版中心◤新北市中和區中山路2段366巷10號10樓
電話◤(02) 2248-7896
傳真◤(02) 2248-7758
ISBN◤978-986-271-689-2
出版日期◤2023年最新版

全球華文市場總代理 / 采舍國際有限公司
地址◤新北市中和區中山路2段366巷10號3樓
電話◤(02) 8245-8786
傳真◤(02) 8245-8718

全系列書系特約展示
新絲路網路書店
地址◤新北市中和區中山路2段366巷10號10樓
電話◤(02) 8245-9896
網址◤www.silkbook.com

線上pbook&ebook總代理 / 全球華文聯合出版平台
主題討論區◤www.silkbook.com/bookclub ● 新絲路讀書會
電子書平台◤www.book4u.com.tw ● 華文網雲端書城
紙本書平台◤www.silkbook.com ● 新絲路網路書店

本書係透過華文聯合出版平台自資出版印行。
本書採減碳印製流程並使用優質中性紙（Acid & Alkali Free）通過綠色印刷認證，最符環保要求。